中国作家协会重点扶持项目暨河南省教育厅人文社会科学研究项目：中国现当代小说语言美学发生学研究。批准文号：2011-JD-026

中国现代小说语言史

（1902—2012）

刘恪／著

天津出版传媒集团
百花文艺出版社

图书在版编目（CIP）数据

中国现代小说语言史：1902~2012 / 刘恪著. --
天津：百花文艺出版社，2013.8
ISBN 978-7-5306-6348-6

Ⅰ. ①中… Ⅱ. ①刘… Ⅲ. ①小说-文学语言-文学
史-中国-1902~2012 Ⅳ. ①I207.42

中国版本图书馆CIP数据核字(2013)第184407号

责任编辑：刘书棋
装帧设计：刁子勇　　责任校对：曾玺静　魏红玲

出版人：李华敏
出版发行：百花文艺出版社
地址：天津市和平区西康路35号　邮编：300051
电话传真：+86-22-23332651（发行部）
+86-22-23332656（总编室）
+86-22-23332478（邮购部）
主页：http://www.bhpubl.com.cn
印刷：永清县金鑫印刷有限公司
开本：720×960毫米　1/16
字数：466千字　图数：1幅　插页：4页
印张：32.25
版次：2013年8月第1版
印次：2013年8月第1次印刷
定价：65.00元

目 录

ZHONG GUO XIAN DAI XIAO SHUO YU YAN SHI

第一章

从语言出发到文学

语言是文学的唯一形式，舍此之外，文学并无形式。由此而言，语言是文学的重中之重。那么文学的主要任务便是探讨语言的形式。

什么是语言的形式？从物质层面而言，一方面指发声的口语的言说；另一方面指书面的手记符号。这种可感的物质形式并非文学语言物质性标志的终极形式，因为它们仅仅是语言的发生与字符，极而言之，也仅是语言的书面排列，出现的仅是字母或者汉字。它仍然仅是语言记录的一个工具，它们仅是一个话语的符号系统，这种外部的物质形式我们感受到的是声音与字符，在单元内它的形式元素意义有限，如果不和世界万事万物发生联系它就没有指涉性，如果不在关联形象内构成其内部形式，我们就不能明白这些单一独立的元素是干什么的，这样它的形式便是一种非指涉性的存在。很快这些语言形式便有了意识形态的联结，语言的形式很快成了意识形态的工具、媒介，成为了内容的木偶。由于它的广泛适用性，语言便成了人类交际的工具。

所有生物都会有语言，但它只能是口语的发声并不创造文字，生物语言有形式，但它们仅是简单意义的组合，应该说只有低等语言，人类是智性的动物，具有了复杂的行为方式和交往能力。这就形成了人类的高等语言，通常我们会把这种语言方式从结构与功能上做一种比较和区别，产生了语言的形式与内容的二元对立状态。传统认为语言的形式与内容的对立与影响是决定论的，如果我们承认语言的形式与内容是事物的意义决定的，在这里意义和材料是内容的东西，于是，是内容决定了形式，语言既然作为一种工具来使用，它便是一种内容的传导器，这一点我们的传统是深信不疑的。止于今天，内容决定形式依旧作为中国的正统观念，占据主流地位，具有优先权。

结构主义出现以后取消了这种语言的优先权。

“不是某种具体的形式或内容,而是差异。只有差异才使它具有意义。”例如我们坐的是椅子(名称),我们坐着的是一个内容,使我们坐着的东西完全可以是一个凳子,一块木板,但坐着的形式是多样性的形式:椅、凳、沙发、木板。“形式和意义的关系是以程式为依据的,而不以自然的相似为依据。能坐的东西在各种语言中会有很多种称呼,可见形式的多样性并不一定要受制于内容。”(参见卡勒《文学理论》)受长期以来的意识形态支配,我们相信我们的命名形式都受其内容支配,因而中国文学的现代历史均表明了我们的传统是重内容而轻形式的,并以内容为标准确立主流文学的唯我独尊地位。

是语言的形式差异确定语言的意义。

还有一种情形也让我们相信内容决定了形式,那就是摹仿与再现的理论。描写一个人物的肖像,绘制一个城堡,那么这幅图或一段描写便是由真实的人物肖像与真实的城堡决定的。这是传统的经典定义,似乎轻易不可搬动它。这个理论的公式:

如果A明显地近似于B,

A便再现了B。

另一推论是:A再现了B,便表明A与B程度是相近似的。

这种近似的、逼真的再现论最大的问题在于,一幅画、一段描写可以逼真地近似原物,我可以视为再现,可是我们不能说这个城堡再现了一幅画,一个肖像再现了那个人物描写,在真实与仿品之间没有这种互换原理。一个内容不必必然地决定这一个形式,例如用十个人画了十张不同风格的城堡,在每张画之间形式和内容差异都是巨大的。这出现另一个公式:A再现了B,再现了C,再现了D,再现了E。于是B,C,D,E相互之间又成了再现关系,可以肯定再现的形式是不一样的,这是就五幅画而论,假定我们就一个湖畔杨柳作为一项,采用画的形式,声音的形式,语言的形式,影视的形式做成不同类型文本,它们之间形式差异就会更大。内容也许是固定不变的材料与意涵,但它们投射的内部形式是隐含的,是变异的,(角度、色彩、音效、镜头、语言的指涉效应不是确定的,而是非确定的),这种再现却是值得我们怀疑了。由此可见,形式与内容并非是必然性的了。

但另一个概念却是确定无疑的:指谓。

何为指谓?如果某个小说再现了一个对象,那必须是这个对象的指称符号。小说人物可以代表它,认知上要参照它,但是相近似的程度不是以建立必要的参照关系,相似也非参照所必需的,这就产生了一种现象,即几乎任何东西都可以代表另外的绝大部分。画、肖像、意象均参照了原物,或者是模仿物。

针对原物指称的绘画和语言的模仿便叫做指谓，这种指谓是独立于相似的。(参见《艺术语言》)

一个精神生产的另一形式必然受到其原物指谓的确定，表明是此物而非他物,这种确定性的所指应该是内容性的,如此说,我们又无法否定内容对形式的确定性影响。作为模仿再现物来说,原物的材料性作为内容是我们无法否认的事实,是它确定了另一个形式的生产,例如一幅画、一曲音乐、一篇文章、一张摄影的形式完全可以表达个体的内容，或者说我们以不同的语言形式,诗、小说、散文、戏剧来共同表达一种现实生活的经验内容。

一个符号难道可以不必指谓它的意涵吗？或者说形式可以不必显示它的内容吗？通过实证或许可以不必是的,但精神生产的不确定性,或者语言的象征、隐喻、换喻的性质必然会关涉他的内容,否则我们讨论内部形式时认为一切内容均可以通过隐蔽的和投射的方式转换为一种并非等价物的(隐匿)形式(即内部形式)则是一句谎言。承认内容转换形式并作为内容的代表,那就承认了这样一个论点:形式作为内容的显示。

我们现在搁置一下语言。先说一下历史:(它)是时间性的生成的东西而且作为这样一个东西已经过去了(海德格尔语)。这种东西无论作为历史的形式与内容都已经过去了。历史是不存在的、缺席的。但我们总会以一种语言形式,文献式地挽救历史。这种时间性的东西在任何意义上的出现,(生命体验)一个声称的东西(相似性的)和一个被意识到为过去之物的东西是在何种意义上出现过,它都是过去存在内容的投射。

还有历史作为消失的东西,缺席了,我们用语言、思维、图像复活它,作为一种正在生成的东西,这是我们想象内容而不是我们实际的内容。当然这种内容的想象是伴随着形式的,也就是说,历史的形式不可能一点也不和历史的内容相关。我们必须承认内容是存在的,无论它以什么形式所显示。

维特根斯坦说,想象一种语言意味想象一种生命形式。从思维角度这也许没错。假如这种语言我们要用实际日常经验的表述,它要作为一种具体的语言形式进入交往行动中,可以是意愿情感,也可以是意志目的的表述,或者它是一个叙述和描写,告诉你一种东西存在,想象的语言还只是一种形式吗？难道它仍只是一片声音和一堆文字的形式吗？语言不表述内容它如何成为交际的工具和媒介呢？

这样说来语言可以是内容的，特别是作为应用实践的进入交往行为的活动,它没法不是内容。同时也说明了它作为内容的重要性。关键是它如何成为唯一的决定因素的。语言作为形式与内容的二分比，是否有一个唯一决定论的。把内容强化到决定论，唯一的高度，实际就等于对内容的否定。为什么？一切内容我们是如何被知觉的呢？我们是通过形式知觉的。因为我们的身体的敏感接收器只是转化一切形式的元素，这是由器官的能动性决定的。

另一方面我们说实际事件是受本质性的联系贯通，作为单纯的形式则不同。“形式述谓是并不受制于实事的，但它必定是以某种方式有起因的。”（海德格尔语）起因是姿态关联本身的意义。因此他的结论是：形式化起源于纯粹姿态关联本身的关联意义，而绝不起源于一般什么内容。这里的关联是指形式在实行之中，形式是一个动词。

形式指形式显示作为原始意义存在，形式显示指向对象性的被构形的东西，这样形式在更广阔区域内的意义也会指向一个实事的领域。我理解客观物被构形的，便是内容如何转化为形式的东西，形式化是内容的普遍吁求。

内容被形式化？但形式并不受制于有待规定的对象，的确是内容（海德格尔《宗教生活现象学》）。形式化原始初期只是通过构形而产生的排序，是关联的组合而非内容的组合，这样我们可以把形式化理解为不同的东西，把东西规定为对象，把它归于形式对象的东西的范畴而不是内容，因而形式化是一种关联的构形。

我们对现象理解是整体的表征，现象本身就只能在形式上得到显示，而不是现象的某种内容得到显示。经验的内容，经验的方式，经验的实行并不是三个方向上简单的并列排序，现象是对着三个意义方向：内涵意义、关联意义、实行意义，一种整体上的关联，所谓形式显示就会是要先行地整体上显示出这种现象关联，而不能把现象再作二元的形式与内容的分割，只能称之为形式关联。所谓形式的东西就是某种合乎关联的东西，而关联必定是形式的。

语言是一种现象之物，同时它是一种形式的关联之物，它必定是音响与字符的结合，是描写与能指的组合，是词语和它的句子的联合，这不仅仅是指出语言各要素中是关联的，它作为模仿再现也是关联的，语言既是它自身的形式又是作为他者反应的形式，语言的这种二重性是它极为重要的关联性，语言关联还指语言自身是五官感知的，它作为视觉的轮廓，听觉的音响质量，嗅觉所散发的气息味道，词语呈开放状态，它和重量、质感、韵味、色泽、软硬等性质与功能，语言为自身形象的创造者。以此构成语言的形式元素（内部形式，既形象的形式也如此）。但我们也不能完全否认语言确实具有某种功能，即媒介的、工具的作为中介方式而进入现实世界的万事万物，语言模仿世界万事万物并表现事物的意志与功能，语言趋向于对象的目的并予以表现，这样语言成为了事物的代言人与符号，我们通过语言而了解认知事物，语言总是具有这种二重功能与转换能力。模仿是理性，表现是感性。

语言作为自在之物，语言的主体性是确定无疑的，语言总是要表现自我而作为言说的形式，这时语言仅指向语言的关联形式，语言在自我表述的途中是不及物的(称之为语言的不及物写作)，这也表明了语言也确实是具有游戏性的功能，装饰性功能。可是语言又是一个爱管事的碎嘴婆子，日常中总爱絮絮叨叨地言说事物，或者它还服从人的权力意志言说人的意识形态。语言又出现了另外的功能：一方面语言作为人的意志与感情的言说；一方面又让万事万物处于言说之中，这时语言的言说总是及物的(语言的及物写作，这种及物性写作因其功能、价值、作用、目标是倾向性的，因而它又是意识形态写作，可称为宏大叙事。)语言的及物性写作是一种强大的传统，是一种历史遗存。

我们非常清楚地看到了语言的这种两重性，何种程度上把语言视为自主的表现，又如何认识它作为媒介工具的能力，在这两种能力之间正常的文学语言里它们应该是一种平衡关系，但在中国文学语言发展的历史上，语言作为意识形态工具一直作为主流的优先权存在，我们可以说它取得了语言霸权的地位。而语言的自我主体性的表现是绝对地处于受压制地位，尤其是现代小说语言发展的最近110年间受到了特别的打压，而且基本上是以革命的名义进行的。

一种语言被垄断、被压制这是被常识所不容的，可偏偏在中国文化中产生这种与语言的命令式。

你不准这样说，你不准那样说，人，居然没有使用语言的自由，或者语言竟然不能作为自身的表达，在语言里也存在着这种压迫与反抗。一种语言成为权力，成为保证，成为制度，语言竟然使其自身成为奴隶的产品，把普通语言强制为暴力语言、契约语言、红色语言，语言成为阶级或者革命的专用物。语言原来也可以成为一种权力意志。当然这种权力意志不是尼采、叔本华式的，而是政治无意识。从中国革命的实际发展来看，语言成为特定时代的附属产品。

当然，语言永远都会是不死的精灵。

我们讨论语言问题必须先解决前提：什么是语言？

语言首先有个共识标准才能共同探讨。而语言定义的共识表述直到1942年才有，“语言是一个任意的语音符号的系统，社会集团依靠它进行协作。”①在

① 《语言分析纲要》(美)布洛赫，特雷杰著，赵世开译，商务印书馆出版，2011年版，第一页。

这个定义里承认语言是一种媒介,一种工具。但他们又承认语言的本质是任意的符号系统,符号指语言音符组成语言。语言不仅是一个文化要素还是一种文化活动。集中的要点认为:

一、语言语法仅是对某个社会的人们说话方式所作的系统描述(人在不同情况下的语音及语音伴随而来的行为的描写)。

二、人们说话的语言是象征性地与现实世界的物体和事件相联系,词语是符号,并不是什么神秘方式等同事物。

三、一个语言形式的意义乃是这种形式所出现的环境所共有的特点,所以意义乃是我们周围现实世界的某种东西。

四、文字是把言语转化为视觉的符号。文字的视觉符号又可以反过来用听觉符号表示。

五、语言与意义之间的关系是任意的,是约定俗成的,作为社会集团里的成员他是由习惯与契约给予词语的意义。

上述的语言共识从理论上源于1933年尤布菲尔德的语言观, 萨丕尔在1921年提出了语言不是本能行为而是社会化风俗。语言影响人类关于现实世界的概念构成。著名的萨丕尔-沃尔夫假说的核心观点是“语言决定思维”。萨丕尔还提出了“语言是文学的媒介”,但他认为媒介分为两个层面:一个层面是语言的潜在内容(经验直觉记录),一个层面是语言的特殊构造(特殊地记录经验方式)。1878年索绪尔从音位学中发现结构主义秘密,1907年以后他把语言作为自治系统研究,产生了结构语言学。从历史角度去分析同族语言的演变,语言在漫长历史时期内发生的变化,这叫历时语言学,强调从时间上彼此代替的各项相连续的要素间的关系的研究,即语言史的变化。共时语言学是针对历史语言时期内的某一种语言系统内,语言状态中各个项共存要素间的关系。更进一步说语言状态在一个集体意识所感觉到的, 各个项同时存在并构成系统的要素,各项要素之间的逻辑关系和心理关系,并把语言分为语言与言语。语言是一种社会制度,是一个社会集团的各成员互相交流影响的东西,语言通过社会化契约而存在, 语言是一种表述观念的媒介。言语是个人意志和智能行为,它遵守已成定局的语言规划系统,但又包括一种语言演变。声音是音响与发音的复合单位,它又跟观念结合起来构成生理与心理的复合单位。言语是一种个人化的口语或书面的言辞活动。语言则是全体社会成员共同使用的表达体系。

最关键的概念是指一个语言系统内语言的能指和所指是一种约定俗成的

任意的组合。语言作为符号由两个不可分割的因素组成：能指，符号的音响与书写标记；所指，这个符号表示出来的概念性的意义。它们解释了语言形式的奥秘，同时又指出了寻找意义的方法。

语言是言说的形式。但语言也可以保持不说的姿态。超越一切客观事物而抵达形而上的奥秘，语言还有一种隐匿的内部形式，仅体现在思维与无意识状态。沉默是一种神性，它表明个体对世界的内在性关照，语言保持不说，仅仅是一种领悟。领悟高于语言，没有声音与文字，转化一种语言最高的意境与效果。

语言仅行进在解决自身问题的途中。语言作为工具与媒介也是可以针对自我内心的意识的指涉。这时候尤其是语言的内在思维形式成熟的结果。思维表明语言指向他者，辩证思维正好揭示了自我意识的内在形式：反思。

语言表现他在时，仅是对世界万事万物的描绘。语言指向自我，指向语言的主体性，那就是人类灵魂的家园。

语言，一个人类永恒诗意栖居的地方。

语言极其精妙的是，它在场了显示某种秩序，它缺席了却有一种深刻的在场。

匿名的语言是语言的神灵。

中国古代汉语是极其形式化的，中国人在不自觉的程度上达到了语言形式化的巅峰高度。与此同时有了极其精致典雅的古代韵文(赋、骈文、诗、词、曲等)，而白话文运动粉碎了这种语言的形式化，时间过去了一百年我们仍然很难肯定，打倒文言文是好事还是坏事，如果是坏事就说明我们的现代文学从一开始便是一个灾难的开端。

语言是一种约定俗成的任意性的声音与文字的组织原则，是这个原则支配了发声、文字组合的语言形式规律。普通语言仅作为一个社会化集团成员交流实用的媒介工具，这就是语言作为实践活动而有意义，作为某种特殊表达却没有意义。这样言语的地位彰显出来了。言语，指向个人的一种具体的语言活动，在言说中进行，是细节的，表达的，再现的，是个性化的。

普通语言是一切事物的元语言。

语言在表达世界事物同时又作为世界事物的一个部分。

任何种族语言都会是历史的永恒发展的，但又置于相对缓慢的变化发展之中，语言很少有创造性，它仅增加一些新的词汇，没有人能动摇语言和语法的根基，我们对语言的任何增加或减少都是极其有限的。古汉语，白话汉语都是相对长度和相对变化的存在。

言语不同。言语是鲜活的灵活多变的表现个人与现实的状态。言语可以无限细分和类比,是形式化,又是风格化的,言语可以成为事物和个人灵魂的独特言说。

言语的奥秘总是不能被说尽说清。

语言是为各种专业而存在,政治语言、经济语言、法律语言、文化教育语言、医学生物语言……语言为所有的分类事物而准备,语言为社会化集团的交往行动而存在,因而语言有它自身的发展规律和各种类型的形态。

言语总是一种特征化,它和语言相互作为前提,彼此依存,言语以语言为基础和工具。语言是言语的产物,同时只有言语才能促进语言的发展。

语言和言语是连体婴儿,彼此牵扯着生命。

言语作为一种有特色的交流手段是各种声音的生命运动。1.个体生命的本色表现能力。2.声音所携带的生命信息量与不同的质地。3.语言的形式是生命色彩、气息、声响、情感、本能的投射,转化为声音被弥散、消耗,也可以是分送与扩大。4.语言是一种时间的痕迹,包括它的生产与消费,语言总是在时间流逝中产生效果。5.语言是思维的直接现实,或者反之。思维以触点方式在语言中表现,语言与思维总是双向运动。6.语言是一种空间活动。也就是说,语言总是在某个地方,是一种存在的潜表达。是空间把语言确定为一种物质状态。这一点说明了语言是离不开时空形式的时空运动。这是我们深刻认识语言功能的一个途径。时空给予语言形式的活动能力,也说明了言语作为一种话语方式的表述策略,永远都无法摆脱时空形式。

语言是灵魂的表演物。我说,你说,他说,都是如此。换一个说法,语言是灵魂的歌者。

语言还是一个物质性的诱惑者,语言是本能的、欲望的乌托邦。(萨丕尔认为语言是非本能的,这个观点值得商榷。)所有语言都是词语性的:山脉,阳光,树木,花草,黑暗,地狱,镜子,纸片,黄色毛边纸,黑字,白纸,有反光的,朱批,直排或横排,铅字,复印,照排,字体的变化与迁移,手表机械物,固定的滴答,电子钟,时间的符号,透明与晦涩,日常生活中门窗与酒吧,一线阳光,蔬菜,藤蔓,阔叶,瓜果,热量在绿色植物上散发的气息,时间如游丝一般荡过来,青涩,果香有羽毛那种纤细扫着鼻翼,那个孔洞,细毛过滤,那些发生的绿色气息,如光感涌动,可却是霍霍的清汁透入鼻梁,似乎在脑袋上粘住,缓缓地下滑,气息变成溶液储在嗓子眼儿里化开,感到津液化开了,那种色彩混合着清汁气味滴—咚—滴—咚,坠在心室里,肺叶扩大吸收,现实水液被肝胃吸纳在内脏的网络里，然后是气息在全身漫开……生长的植物汁液用香息与气味照亮了人的内部那些细细柔柔的点状，让欢愉像血液一般散在肉体的纹路上，那些起伏的肉质与津液变成了体内的光线与时间，实践的指针在心瓣上跳动，铮—铮—嗵嗵—咚的一声。所有物质的词语都化成了幽灵的光影。绿色，清汁，酸涩，光波，有节律的响声，起色与停声，看着气息与味道在血管里被激活，动荡并迅速地奔跑。那里有真实词语给予的光源，或者气味和响声制造的颜色，那些柔软分叉的网络上伴着节奏：一个字，闪一下，某个词语产生倒置的晕眩，那是词语的黑洞，没有平面与深度，只有昏暗如铜镜的物品转移，最微小的固体与显微的水质都化合成神秘虚幻的假象。人的主体在词语的丛林里挣扎，虚化，突然如阳光在天空里的碧蓝，清晰得如玻璃上的微尘，人与词语都复制成各种类象，可怎么也看不清一条现实的大道，取消透视的景深效果，在各种交叉的影线里，眼睛里的事物在四散奔逃，眼睛不再是抛向前方的物理焦点，被影像拖回到时间的隧道，一个没有视域的盲点。一切事物与词语在盯视你，词语凝视，主体在凝视中融化，360度维，180度维，90度维，45度维，如佛，视角由三维转向二维，一切都归于词语的佛，我佛慈悲，赐给我词语，哪怕是一个伤痕的词语，没有手势，兰花如梦，捻指一笑。

词语随手势增长，如梦如幻。思维在行走，语言也在行走，它们是不及物的，人类凭本性拥有语言，在直觉里语言与思维会交替映带运行，如果略有停滞，他们就会跳跃起来，飞向幻想的天空，或者向下沉入阴暗的地狱，折断所有的词语的翅膀，让它们裸露，备受煎熬，剥蚀语言的皮肤让它血淋淋地，然后用火去燎烤，油去煎炸，抽筋剜骨把词语的灵魂逼出来，显示出语言的真相……

语言只有经受这种百倍煎熬，语言才能有最本色的真相，也才最有力量，所以不要轻而易举向自然世界和日常生活搬迁语言，不能把语言当成一个可以随意强奸的妓女，语言藏着自己的奥秘，轻易不会交出语言宝库里的钥匙，语言对于庸人是非常残酷的，哪怕是一百年也不会赠送你一句精美绝伦的格言。

词语是人体内部的香气。

词语是人体内部的色彩。

语言需要营养，人必须血肉相许，才能鲜花绽放。

人是猴子的时候，语言就已经可以抵达真理了。

有了心灵,语言便有了理性的光辉。可是语言源自心灵的时候,它依然向人类赠送邪恶,所有的犯罪都像词语那样源远流长,绵延不绝。

语言怎么会被人理解?因为人创造了语言。可是人的语言有许许多多是不易被人懂的,例如哲学与科学的语言。人并不懂人的语言这是一个常识,个人言语往往脱离常规以后才有创造性。因此最好的语言往往不会被大众所理解。

语言的功能到底有多大?从大与小的双向去评估,语言的能力是无限的,语言的日常应用仅是语言功能最微小的语言部分。生存,是语言的最低的道德底线。这样我们可以不必建立语言,也不需要研究它了。

研究语言的目的,便是揭示语言潜在体系的性质。

我们找到了语言的规律、规则、方法,并不仅仅为了正确地说话,正确地说话,运用语言交流,就母语而言只要习惯与常识就够了。我们研究语言是要发掘语言的最大功能,如何才能具有最佳效果的语言运用能力。特别是辨别分析说话人在不自觉地如何实施那个语言规律体系。

全球范围的人类语言,对每一个族群而言都有自己的母语:英语、德语、法语、俄语、汉语等等,这种语言都称之为自然语言,是自然存在的语言状态,这也是一种历史语言,它随着民族与地方性发生、发展与传承。

再就是语法语言。每一个大民族都有自己的语言习惯,说话的规律,包括发音与书写。这种族群之间的语法语言并不能通约,但人们却可以通过学习掌握几种语言,因为语言之间还有大同小异的语言规律,叫语言的共性,或同一性。一种语言可以被更多的人掌握,也可以只有少数人掌握,某种语言可以发展壮大,也可以彻底消亡。

语法语言分析为:音韵学、语言形态学、句法学、语义学。每一类型相对独立,又彼此联系。

音韵是人类发音系统的复杂性表现,重点在找出语言系统背后的一个限制的理念系统,这是语言生命里最重要的一个交流原则。其音位学是表明说话人自己下意识地感觉到的,精神性的音位要求如何在实际语音中发生出来。其音要对位于发声部位,要在发声序列中有相应的位置,最基本的语言格局显示特征与规则,具体的音位分析便是对比考量声音特征中的十二对矛盾,特别重视音位对立,从差异中分析意义生成,这是所有的语言学家都要把握的基本功。萨丕尔说,语音结构的概念结构都显示语言对形式的本能感觉。(声音作为传达信息的符号是最形式化的。)(参见《语言论》)

语言形态学,研究词语、词素、语音如何构成最基本的语义单位。通俗意义上叫词法研究。

句法学,是研究词如何组合成短语、从句、句子结构秩序。包括句子内的语法程序,是一个语言使用的形式手段。在语言形式格局内有哪些类型概念属于它的内容。

语义学,研究词语的含义如何构成。短语和句子里,词语、合成词的含义,主要指使用差异比较法找出词语的含义。具体到一个词的语义学,索绪尔认为词语的符号由能指与所指二元组合,意义从差异中去寻找。重要的是这个二元组合是任意的约定俗成的方式。

语言、语言学、语言史,我们在何种程度上需要它们?或者说,语言在人与事物之间的关系何在?人类需要语言成为一种自然本能的东西,但是事物可以不需要语言,更进一步追问语言是否可以脱离人与事物而独立存在。理论的极端上说,人→语言→事物三者都可以独立。但我们同时又可以说这三者又是相互指涉的。

文学家需要语言,某种意义上说,语言在文学家和哲学家那儿获得了人类史上的伟大成就。人们需要语言:一是人类靠本性拥有语言,关照内心自我意识必定是语言性的。二是人类之间的交往行为中要互相理解必定是语言性的。三是语言的实用性,它被人类作为使用工具,成为媒介。因此不仅对人群相互之间,还对动物、植物、世界事物之间构成交流关系,用语言来确定行为的方向,语言是存在的家园。四是语言的创造用以构成人类的艺术世界。语言也是一种审美享受。

文学家需要语言,但文学家并不需要语言学。文学家只需要如何巧妙地技巧地使用语言,并不追求语言是如何构成规则与系统的,要明白语言之所以成为语言系统那是文学理论家的事。一个文学家首先要运用语言,其次必须弄清楚文学语言构成与使用规律,语言学成为文学家理论家的基石,所有的语言都不是单一时空内独立存在的,语言受传统因素支配,又因创新所改变发展,一切语言的成功高低都得从一条文学语言的历史河流里去检验。这样一种语言史不仅是我们对过去的总结,同时主要的是我们如何掌握语言的技术,在语言运用的过程中我们创造新的语言的用法。最简单的道理是我们建立基本的语言标准,我们如何评价我们的语言发展历史。历史表明语言自身也会犯错误的。

中国现代文学史的语言发展,似乎刚好证明一种意义会被社会历史时代所改变,会被使用它的人群所改变。因此呈现了史无前例的汉语白话文运动。同时我们还可以肯定地说,110年的现代文学史中语言丧失了它的自然状态,成为一种极其主观意志化的语言,或者说成为一种政治意识的权力化语言,竟然因而产生了一种社会革命语言,这并不是一种语言自然规律自身发展的逻辑需要。可见语言也是可以被强行改造的。这不得不使我们考虑文学生产也可能使文学走向两极:一方面,它促进了语言的繁荣发展,这方面我们可以以中国古代的经典文学说明问题。汉赋、唐诗、宋词、元曲、明清小说都是文学生产促使语言精美雅化的结果。另一方面,它刚好促使语言走向它的反面,形成语言的泛滥或者衰落。例如极端形式的八股文。

语言成为人类历史言说主体,人们暴力地把语言强化于地球的自然环境,所以世界万事万物都被人类给予权力意志的命名,这时候文学的盛衰便与自然环境或生物存在相关,语言作为了人类独有,文学的或者其他的写作也会承载着它们所处的自然环境的痕迹,因而自然的意指系统也运用到了人类文化中非自然状态的活动。但文学语言的活动也打破了那些封闭落后的自然环境区域,并根本地改造那个环境中的地方性。这就是艾布拉姆斯所说的:"言说群体对居住地的物质世界的回忆,并在尊重动物、植物、矿物和精神共同体时,对它们如何在大地上生存的重要信息进行编码。"

我特别相信语言是地方性的,因为每个人都会诞生于某一个地方,由那一个地方赐予他语言,及一种语言的情感、地方性知识、个人所拥有的地方语言经验与表述方式。我还相信只有地方性语言中才是最独特个性的语言表述。舍此,并不存在一种叫世界语言,这种世界语言仅是一个交流的神话,它仅在特定的人群中应用性交流,便于行动的方便,这种实用取消了语言的特殊性,特别是文学语言从根本上应该根除公共语言的东西。贝特认为诗歌在回忆和维持与世界的非工具的关系中变得尤为重要。因此我们认识到的文学语言并不仅仅为了利用事物而给予他们的命名,更重要的是揭示事物在语言中存在,由此可见,文学是自然存在与人类生存的避难所,在这个意义上我们便更加明白了:语言是我们存在的家园。人与事物被言说,被表现,这从根本上表明了世界存在语言的途中。

海德格尔说,唯有词语才能确认了物的存在。

> 我生活在水边:板桥湖、虾子湖、鲫鲫湖、洞庭湖。那是一个临水的地方,岸与水咬合的地方是码头,码头有个小镇,板桥镇。当然如今已经灰

飞烟灭了。从水里生产词语:芦苇,莲花,藕,浮萍,水蓑衣,菱角,菖蒲,鱼腥草,荷叶上的水滴叮—咚,随风一扬,水珠抛出去一条晶莹的白线,嘀嘀嘀—咚咚,水腥和青草的气息与味道天然地凝聚在一起流入我身体的孔道,和血液循环,与生命律动,张口哈气吐出来的也还是芦苇与莲叶的青汁味,带有一点涩涩的茸毛与酸甜,一切草尖都化在雨水中了。可气息仍在朝霞与晚雾中漂荡,用鼻子嗅嗅,舌尖品品,所有的自然植物都会给你一种稠稠黏黏的酱汁味,那种青青涩涩有一种浓得化不开的感觉,因此我知道所有的浓稠都不会流畅,都会粘在你的器官上化不开,你吐出去,点点飞弹,腾地一下,直线,下垂,一个弧,飘动中似乎是一点青蓝的晶片,弹在另一个区域里有荷叶,蒿草,萍藻,抖动之际,浓厚的水息浮成雾网,又有了更浓的挺水植物散发草汁,叶汁,根汁,拌和水与泥的腐殖味,有如黑夜的暗潮推推搡搡地涌来,堵住了你的鼻口,我知道,什么都没有吐出去,我只有吸纳,我用手指头摸摸鼻尖,唇角,再用舌尖舔舔,那种圆润的,液流的,尖锐的,强硬的东西是如此毫无顾忌地进入我的体内,鼓动着我的脉搏,多少次我想抓那个飞蚊,但风息一般从指隙漏掉,只有当我从水中过来,站在岸边,抚摸着那无边无涯的植物,我指纹拇斗里弹跳着生命的那些微物:晶亮,斑斓,芬芳。天啦!原来我呼吸吐纳了许多年居然就是那些绿色的词语。

语言从来就没有离开过我的身体。

或者说,我的身体是在词语中成长的。

从理论上讲,语言一定位于大脑神经的某一区域,这仅仅是从言说的角度而言,语言作为形式和意涵的组合它是一个综合的结果。萨丕尔认为是一种联合经验自动快捷地形成符号标志。“语言本质就在于把习惯的、自觉发现的声音(或声音的摹仿物)分派到各种经验成分上去。”(参见《语言论》,第10页。)这是一个语言构成的假说。“荷花”一词,发音的e和ua按序列发音,耳朵能听到这个不算语言;“荷花”一词的书写秩序也不是语言;声音运动和色彩形式不是语言;词语与实物综合起来构成实物记忆也不是语言;荷花有了视觉图画,有了听觉声音,也还不是语言。它们必须形成联合经验,将荷花的视听、动感、色泽、气味、思维的全部经验印象和荷花一词联合起来构成形式与意涵的符号(纯符号),于是这个词语是语言成分的性质了。荷花是一个独立形式,词语还要形成句子,可以描述表示。例如荷花是水中的仙子。有了句子才有了语言。所以詹姆斯说："语言是在人的心灵或精神结构中充分形成的功能系统。"可见语言先经过五官感知的综合反映，再进入神经系统，最后才是心灵的综合反应。这仅仅指向词语与事物简单的认知关系，语言仅仅是表述出来的。但语言是日常的应用，还是文学的形容又会有极大的差别，这里是先有语言经验，再有事物经验，这两者是双向互动的，经过心灵成为认知功能系统，创造语言形式时会有一套语言的技巧手法：象征、隐喻、张力、悖论、夸饰与精准等等。文学语言是描写和叙述的言语学，哲学却是概念与思想的逻辑语言。语言在世界事物里是有分工的，类别的特殊与语言的特殊性结合，于是便有了人文学科的融合与分类。哲学交流思想、文学交流感受、文化交流生存方式。文学语言是直觉地体会，哲学语言是概念推理获得真知，前者获得感性的审美，后者传导理性的真理。普通语言仅用于日常生活交流，是媒介、工具性的。今天在各专业领域里都是使用特殊语言，尤其是文学与哲学。文学语言也有媒介工具性，但是特殊的。一方面，文学语言的内容是潜在的，即一种经验的直觉记录。其形式又是变幻不定与内容是任意的审美的结合。另一方面，文学语言是一种特殊构造(反常规语法)，采用特殊方式记录经验，其语言与经验均有大量的变形，成为不可理解的语言部分或非大众的审美现象。因为文学语言是个人的无意识追求。

任何语言都会包括大量的地方性知识与本土经验，这产生了语言的地方特色。中国地大物博而且气候带的跨越产生了截然不同的地域风格。人和个性都带有他出生时的地域性，语言也是深深扎根于这种地域性。中国现代小说中的乡土语言在百年史中占绝对重要的地位，这恐怕不仅仅只是农业社会的原因，重要的还有人性的因素，人类天生地依附于土地而归于自然。乡村是严峻的，这个严峻是社会政治权力带来的灾难性结果，我们不能因为我们的苦难而反对我们的乡村自然和人的亲属血脉。这种乡村自然是人类情感与生命的归宿，语言因此也会烙上个人和地域的特殊标志，山居的人，太阳是落山。水边的人，太阳是落水。注意，太阳落山的气魄和落水的景观是绝对不一样的。

语言的地域性深刻地影响个人性，在你的出生地区，建筑，宝塔，烽火台，大树，河流，山峰，它先于你的生命存在，这形体会植于你的无意识，属于原型。它是个人的又是集体文化的传承。日后在文学中会成为你大量的象征符号。地理学因此也成为你的文化语言，烙上风格的印象，或者为个人语言中标志性隐喻与象征。我喜欢水与蓝色，这与其说是我的个性，还不说是洞庭湖的地域标志。水，液态，流动之物，但它有一个相关的形态：汽，或者雾。气息与气韵成为我语言中重要的东西。雾，迷茫，缭绕，迷幻，梦境。清晰与朦胧构成了语言的两种审美状态。在水域，蓝色是一个大于一切的概念，水天皆蓝，尤其是洞庭湖地带，水生植物的绿色由淡而浓时，无一不是蓝色的转化，连湖边之雾也是蓝色的。我的地域知识与经验完全是地方性的，因此我个人语言的特殊经验与感受，完全是一种输入性的，那就是地域特色的输入。

因此我特别注意中国作家的乡土语言，它一定是地域经验的，也是他个人特色的。我基本上把乡土语言研究写了一个小册子，中国小说语言唯有这一部分与世界小说完全不同，具有鲜明的民族特色，成为不可替代的创造。

我们必须把文学生产的语言和文学研究的语言区别开来，虽然它们共同地构成了我的文学理论。

文学生产指向门类，有小说、诗歌、散文、戏剧等等，这是探讨文学语言的发生学。语言生产是个人的，具体的，感性的，它还是地方性的，特别是个人经验化，所以萨丕尔说文学家们，“下意识地懂得如何把深藏的直觉剪裁得适合日常言语的本地格调。”当然个人语言还有一些他个人神秘仪式的东西，特殊的幽冥经验：潜入黑暗，发腐而霉臭的门槛在那里是晦涩幽暗的通道，地狱之门，你从那里爬出来血肉模糊，毛茸茸的、肉乎乎的仅是一个生命胚胎，转瞬中你又从这个通道爬回去。（黑暗意识来自于史前或者子宫，具体化为某个神秘的通道。）那些草屑，牛粪，泥泞，在沼泽地融为另类生物的欢场，水蛭、臭虫、老鼠刚刚撕破一个蛤蟆的头，一汪血喷成雾，蚊虫嗡嗡嗡嗡一阵掠过，那谷粒的翼翅透明染成血红。一条懒洋洋的黑斑大蟒张口吐出分叉的芯箭，类如红红的闪电，一群老鼠和蛤蟆便掉入了那个肉红色的深井，蒿草没动，蒹荻没动，一根荷秆，一瓣浮萍，甚至水上没掠起波纹，生和死在那个通道瞬间起灭，世界寂静，涅槃，沉沦，超脱，泥泞里长出雪白的牙齿，尖利还有锯齿，绿色的草与黑泥中，白牙丛林一般织成新出水的利箭，闪闪霍霍……

人的命运镶嵌在那些尖锐带血的牙齿之上，黑暗是那般条分缕析一线一刀刃刈落阴部的毛发，割裂骨头时的吱吱嘎嘎，嘣……咯嚓——断裂处黄绿黄绿的脓液，恶臭一滴，又一滴，咚在嗓眼里……腐水中的烂叶由阵风揭开那层绿苔，那腐殖的脓液旋成窝状，咕咚咕咚地冒出血泡，折断了的秋苇扫着浓汁，那黏脓欲滴的腥臭，如死亡的胎膜成为死亡哭泣的那一部分。在幽光的旷野里，看着猫头鹰眼睛一轮一轮地转动，呜——哇，声音化成冰水留在背脊沟里，人和鸟兽都成了灾难的舞者。

幽冥意象是非现实经验的，它是一种幻觉想象的内部语言，它的语言形式是感觉意象的，可是注意，这种语言经验仍旧是地方性的，例如我的幽冥意识仍离不开水域,离不开我人生开始的洞庭湖,我旨在说明语言的生产构成是个人的也是地方的,即便想象也会从一个空间出发。

文学研究针对语言,指语言已成为一种形式的结果,我们在解析总结语言,从语言中提取规则、原则、结构是一种普遍的模式化运动。文学创作时讲语言发生的原因以及它是如何构成的,构型原则也是一个形成过程。特别是文学语言大部分是反规则运动的。这时的文学语言成因会找到个人的因素。文学研究是针对语言成果,这时的语言形式、规则、结构、原则均是成形的,即我们依据某种规律与原则,我们在总结语言。当然文学语言的研究我们也可以破解语言发生之谜,甚至针对个人和地域可以实证,但我们只能借助他人所说,无论如何文学研究针对语言的奥秘永远只能是一种假设,哪怕是作家本人言说语言的发生,他个人仅是一种语言经验,他并不能理性地反思到。

文学理论家研究语言是寻找意义创造的奥秘,是寻找已成定局的经典语言的构型规则与方法,总结语言规律的目的仍在于使用语言。在文学理论家看来,不同理论观会置文学语言于不同的位置,但语言无论如何都会是文学家和文学理论家的重中之重,并因此构成他的语言理论体系。

一种观点认为:文学是语言的突出。语言是文本中最突出最显著的标志。其一,文学把语言放置于突出的位置,成为一个陈述讨论的对象。面对词汇或句子你会用修辞方式或直接指明某种语言现象,引导对它的关注,特别指诗歌。其二,文学语言的风格化构成,某一文本整体上构成一种语言风格,语言成为文本的整体特征。例如诗歌的韵律贯穿整个文本,这时候韵律便成为一种程式化的文学标志。其三,使用陌生化方法突出句子中的某词语,并使它成为违反常规的用法,这时词语成为前置化的位置。其四,词语或句子采用特殊的修辞手法改变词语功能,或句子中形成语言的变形,这也特别突出了句子中语言的变化。上述这四个方面都是在文本中特别采用了语言技巧使得语言按照独特风格组成的文体,这在语言形式上就区别了小说、诗歌、散文与戏剧。

另一种观点认为:语言的综合要素与成分组织成复杂关系,因而构成了文学。这里是说文本中各种复杂的元素和成分组织成错综复杂的关系,它们均是以语言方式呈现的,语言的声音层次,词语与句子中的各层次结构,被强化了词语以各种方式重复,句子内部的语法关系以其深层结构然后转换各个句子中的表层语法现象,还有命名方式、象征方式都会使用特别的语言标志,文本内语言的矛盾关系构成张力,和谐关系变成韵律。总之,一个文本内部会有许多语言重复的方法:称呼的、主题的、人物的、行为的、结构的,都是以语言复述方法呈现,是这些局部的属于语音和词语的技术,是这些句子的技巧方法运用综合地形成了文学文本的语言,文学便是这种语言的综合艺术。

什么是文学语言?传统认为文学语言是一种载体,装载我们的思想与情感,即是一种运载工具。文学语言还是一种媒介,作为一种角色充当为容器,总起来说是文学语言的工具论与媒介论。萨丕尔在《语言论》便明确地指出:“语言是文学的媒介。”

新的文学认为:“语言是文学的第一要素。”(高尔基语)巴特也认为:“语言是文学的生命,是文学生产的世界。”(参见《符号与美学》)这些文学语言观仅仅只是一个口号,没有建构自己的文学语言理论。最重要的语言观是1958年法国《心理学》杂志发表的本维尼斯特的论文《论语言的主体性》,他首先批评的是语言工具论。他的观点如下:

1.语言是人类自然本性,人类并没有制造语言。正是语言教导我们如何定义人本身。

2.人在语言中并且通过语言自立为主体。因为,实际上,唯有语言在其作为存在的现实中,奠定了“自我”的概念。

3.自我意识只有在言说的比较参照中成为可能。才有适合主体性表达的语言形式。话语则引发主体性的呈现,它是由离散的时位构成的。

文学语言特别显示了这种语言的主体性。《中国现代小说语言史》在这一方面着力重点研究、探讨了中国现代自主语言发展的历史,特别比较了早期的唯美语言、新感觉派语言,探微了现代小说早期的这种自我意识的语言主体性,语言成为一种心灵之约,让人特别惊叹于某种语言现象的产生与消逝,居然由一种特别的偶然性所决定。如果没有弗洛伊德,如果没有新感觉派,中国就会缺失一种语言现象。中国的社会革命语言我们可以认定是一种必然,缺少谁,社会革命语言都会产生。自主语言的产生却是一种偶然,它太有可能被压抑所或缺。这又让我看到了希望,语言的生命是强大的,也相信语言的这种自主意识,同时后来的小说语言实验证明了,语言对自身反思,语言坚持自主性,语言作为文学的主体要素永远都不会因压制而灭绝。但历史是一个时间连续的整体,一个阶段性的文学灭亡随时都可能发生,就自主语言而言我国从二十世纪五十年代至七十年代约三十年中最终难逃一种被湮灭状态,应该说是让人震惊的。

特别悲剧性的是这三十年中没有人坚持自主性语言的文学写作,其主要原因不是绝对的社会体制和政治高压所产生的,那个时代里个人完全可以有自己的语言主体追求,仅仅在于当时社会并没有鼓励自主语言的文学写作。

由此想到语言也有它自身的命运。

一种民族语言的灭亡主要是社会历史的。但其决定因素还是民族成员的,特别是民族成员中语言天才的作用。或者还有一个民族文学的整体水平,与民族经典文学文本的存在,如果有了庞大的语言文化遗产我们就没有必要担心它的灭亡,因为经典的语言文化遗产是世界共有的。

梵文作为一种经典形式会永远存在下去,想灭亡它也没有可能性。所以每一个民族成员都应维护和创造经典的民族语言文本,使之成为全世界共有的财富。

我们仍然从文学语言是什么开始谈论。文学语言是什么?这可以是一个无穷述谓,永远类举不完。例如说文学语言是生产与再生产的语言。文学语言是变形异化的语言。文学语言是具有韵律和音响节奏的语言。文学语言是拟仿游戏重复调侃的语言。文学语言是诗情画意的抒情性语言。文学语言是一种反讽幽默语言。文学语言是一种客观冷静的叙事语言。文学语言是一种隐喻象征的语言。文学语言是一套日常生活经验简洁朴实的语言。文学语言是一套个人风格语言。在这么多的列举之内,我们不能说某一说法是错误的,但又没有全面体现文学语言这一定义。

从语言史看还没有人对文学语言给出一个准确定义。这说明什么?说明文学语言内涵丰富,外延与内涵溢出它自身现象之外,同时还说明了文学语言总是相对于它的语境,除了相对性以外,文学语言还可以无限类化,这都导致了文学语言无法准确定义。我们采用任何肯定的判断都是将文学语言的部分特征与功能片面化,因此要认清文学语言的本质最好采用否定式的方法,指认文本中非文学语言的现象后,重点注意文学语言与非文学语言的对比考察。首先把文学语言的特殊现象与普遍语言现象相区别,然后将各种特殊的门类语言相互区别,专业性便是特殊性,为什么文学的专业性会造成语言上的反语言现象呢?最后从文学语言的发生学去认识,文学语言是本能无意识的,是感性把握的,除文学语言外,其余语言都是科学的分析语言,是逻辑化的理性把握。还有一个问题是文学语言带有自身的矛盾性,它既是某种语言又不是某种语言。例如文学语言是一套精致雅化的人工语言,当这套语言模式化概念之后,它又不是文学性语言。日常生活语言我们说它不是文学语言,当它进入特殊规定的语境之后,它又成了很好的质朴简洁的文学语言。因此,文学语言必须依具体的语言实际状况去分析定位,不能统一规定什么是文学语言。

可是具体讨论文学语言我们总得有一个大致准确的标准定位,否则我们说文学语言就只是指个人自己内心的文学语言,这样便失去了对文学语言的科学讨论。这就是我们为什么总要反复地引证西方语言著作，讨论各种语言学流派，目的是确定一个语言的国际标准，所谓中国文学也在这种国际标准下去定位讨论，不然，每个人各执一词永远讨论个没完。同时还特别把文学性问题拿出来讨论，我们谈的是文学而不是别的东西，我们确定文学语言的共同前提，在这个标准下去鉴别中国文学的语言现象，估评它的得失，充分评价应有的文学语言的成就，同时也看到我们中国现代文学失败的地方，找出其根源是什么。

什么是文学语言？文学语言是一种人工语言，而且具有极复杂的语言元素，经过特殊思维之后产生的一套精致的装饰性语言。文学语言有一套复杂的声韵安排，遣词造句都经过周密慎重的修辞技巧，是一种反语法而又偏离常规的技术性语言。文学语言要突出显示人物、时间、场景的独特状态，构成语言的意境。总之它要特别，特别到引起人们对它的特别关注。它不同于社团群体交流的规范语言，也不同于人们日常随意使用的习惯语言，还不同于自然科学和社会科学中使用的逻辑分析语言。

文学语言用形象性来标志自己，它不提供对于问题意见和讨论，它在事实的充实中把世界描写出来。①语言使事物变成一个独立的形象体，由词语和句子组织的独立形象，这种形象性可以作如下理解：一方面指语言的丰富、生动、形象，具有独特的表现能力，是语言自身的形象现实。另一方面语言是塑造形象的手段，但这里我强调语言形象和事物形象的统一协调。因而有事物的形象、人物的形象、观念的形象、变化的形象，这种形象既是结果又是正在构成形象的形式过程。准确地说，用形象语言建构形象，不仅要显示形象的形式，还要显示形象的涵意，并且将这个用语言塑造的形象重新组织在一个相互关联的整体内，即一个系统的关联整体。

池塘里有荷花开了。这是一个陈述语言，是一个普通语言结构，它的核心是：花开。

早晨太阳的金线探头探脑地撤退，
宣告银灰色的雾纺成清凉的蚕丝，
从浮萍中伸出绿手的芦苇来不及，
采摘穿紫衣服的菱角——花开了。

---

① 《语言的艺术作品》，（瑞士）凯塞尔著，陈铨译，上海译文出版社，1984年版，第150页。

“花开”一词是普通的语言，我们通过铺垫的手法，把它前置化，使它在一个语言段中处于最重要的位置，众星捧月。这样的语境便决定了“花开”一词变成个人独立的形象，它是语境言说的结果。语境是一个系统的整体，太阳、晨雾、浮萍、芦苇、菱角都是相互关联的形象，是它们构成了一个整体的形象，虽然这些语言充当了描写功能，但它们是形象的。注意这种形象仅是一种语言的指谓，它并非真实的阳光、细雾、芦苇、菱角与浮萍，语言形象指向了事物，但它本质上仍是虚拟的，这种虚拟带有想象性。

花开了，花冠一打开便笑成了十六岁的少女。

涟漪荡开伸出一支含苞的荷花，早晨的太阳轻轻地撕开了那些花冠，露出了黄灿灿的柱头，清风一抚摸便把那香气传给了那些高高低低的蒿草与菖蒲。

清风揭开了穿绿衫的荷叶裙，一片粉红色的花冠掉下来，便飘落了满荷塘的窸窸窣窣……

有几颗晶莹剔透的雨珠，挂在荷花的冠顶，她觉得太灿烂，泪水打湿了透着香息的花蕊。

荷花打开了，那个女人早把青春化成了都市的尘泥。

花开败了，但香气不散。

这朵莲花打苞等待着，那朵荷花却迫不及待地开放了。

湖上菡萏不同时，月下秋香九月花。

一个形象可以有无数的语言形成表述，这就构成语言的修辞形象，我们可以采用如下的方法：

1.同语变用。指同一个词在各种不同的变化阶段中重复。

2.迂回换用。真正的对象和事实不直说而用另一个比方。

3.反说正用。这个方法与正说反用同属一个手段。

4.A作B用。隐喻和借代的方法都是如此，包括换喻。

5.轻说重用。婉词意重。或重说表示的都是关爱。

6.重复使用。可以分为句首、句中、句尾的重复使用，排比，顶针都是。

文学语言在词序和句法方面均是貌似正常的反常用法，这种语言形式的特征还有是作为最低限度内的情感内容(日常平俗浅近的)，与具有最高限度的逻辑组织之间的辩证关系。日常情感与庸俗价值观都没问题，最重要的是我们找到高级繁复的语言形式,形式自然会有出人意料的内涵。

自启蒙以后,对语言的认识一直遵循着这样一个思路:语言的发生源于对意识的反思,是人发明出来的东西,人特有的反思的理性能力需要它,便寻找区别语言的特征,成为表达事物的工具和方法,语言是我思的产物,因而也是近代哲学的关键所在。语言成为意识的结果,这样我们还可以归结为是某种内容产生了语言形式。我们需要语言,而我们需要的本身却来自一个没有起源的东西:灵魂的基本能力。这是一个目的和结果的循环。卡西尔说是"凭借特定属性而进行的指称行为,必须同时也被视为这一过程的开端与原则。"①

语言根源何处?这似乎是一个先有鸡还是先有蛋的论题,可以永远争论下去。拉康的意见是,与语言具有人的无意识结构,由此可见是语言决定了意识,语言有一种内在结构的形式,我们可以独立讨论语言形式,它是什么?它有什么样的特性?结构主义从差异中找到意义的产生,要回答语言是什么?有何功能?是一个容易回答的问题,这就是一个基本的语言理论问题,文学和文学理论要讨论语言不能总纠缠语言的起源,语言是什么?我们的重心是要找寻文学语言形式的特征及它的功能效果,我们不单单要知道语言的声音、语言的字符、语言关于世界的概念、语言指称的事物,我们要找到语言的内在形式是如何显示的,如何显示为我们的文学语言的形式特征。我们不是它思维的中介,也不是它假定的语言性质,更简单地说,我们不需要语言理性逻辑形式,我们要的是语言作为日常生活经验的感性形式,从原始本能的感受力上体会世界万事万物的诗性表述,我们不是对事物的客观表象的关照与再现,我们要的是语言形式在形象地复活事物时,语言直觉下的独特的形象的形式。我们以此为文学语言的基本准则,来要求我们中国现代一百一十年间的文学现象,要求中国的文学语言在何种程度上达到了这个要求,又承传了哪些新的语言要求,当然也以此条件来衡量中国文学语言失败的地方,考察中国文学语言面临的严峻性。

我们不能把语言作为一种再现和模仿事物的工具。虽然语言的指谓性承认了语言对现实的某种作用,但语言是一种独立自主的活动,语言的活动中伴有强烈的敏感的直觉因素,更重要的还有想象的要素,这表明语言仅是拟真性,是非确定性的,因此语言特别是文学语言便是象征隐喻的特征和作为诗性智慧的创造物。应该说语言里充满了感性直觉与情感,人类靠本性拥有语言,这个本性难道和本能欲望没关系吗?我不知道赫尔德为什么否认语言起源于

---

① 《语言与神话》,(美)卡西尔著,于晓译,三联书店出版,1988年版,第57页。

感性直觉与情感。他说:“人的思想自由驰骋,感觉从各个感官浩浩荡荡地涌入思想中。在这感觉的海洋里,人可以采取一种说话方式把某一波浪孤立出来,使之停滞不动,然后将自己的全部注意力集中在这一波浪上,并意识到自己在这么做。此刻人表现出反思……有意识地玩赏某一形象,并且清晰冷静地注视这一形象,辨析那些证明其为此物而非彼物的特征……这种辨认活动是通过一个必须使之抽象出来的特征而产生的,是通过一个作为意识因素清晰地显现出来的特征而产生的……反思的第一特征便是心灵的词语。人类言语随之而产生。”(参见《论语言的起源》)这里的语言产生于反思,我可以肯定这里指的是逻辑思维的语言,更明白地说是哲学、社会学语言。文学语言是感性直觉的,是自由想象的。如果思维不停地返回去多次反思,这种反思就如同筛子不断过滤把人的直觉性和敏感性都会筛选掉。我想可以这样比较,思想语言要追索什么?反思,辩证思维。文学语言要表现的是什么?直觉意识。是一种感觉活动。我们称它为创造性直觉。

语言是一种纯粹形式的王国,无论它指声音,还是指它的字符,不过语言的形式是内部经过二度转换的,不如艺术形式里的绘画与音乐。语言的内部形式是它形象的形式,或者形象的形式借助声音与文字表达出来作为文本中的句子,或者文本里的声音与字符形式是我们大脑里二度生产为形象的形式,这里有发生学与研究两个方向的区别。于是我们可以肯定语言形式有其两重性,首先,它是一个单纯的声音与字符给予的直观感知,一种直接感触所构成的世界性质。其次,它由文字与声音给你制造各种感官的形象声音、色彩、触碰、嗅觉、形态(图像与节奏等),以此构成的想象世界。这是我推知的语言形式的外部和内部,真实客观世界和我们的意识世界的形式又是另一回事儿。但可以肯定人文科学和艺术世界它们首要的是一个语言世界,所不同的仅是它们是特定意义上的语言,是各种不同的类型语言,特别要注意的是文学语言形式是一套艺术直觉的符号语言,每个符号都会有特定的能指与所指。

文学的符号语言最重要的它不是客观现实的模仿与搬迁。文学符号语言里有三个因素:情感、直觉、想象。这决定文学语言不仅仅只是表意,描写客观的真实性,这些对文学语言才真正是工具性的、媒介性的。文学语言在绝对意义上它是一种审美符号,诗的语言无疑是审美的,日常生活语言进入文学文本也同样要进行审美创造。这要求文学语言是一个有别以往的独特形式,并要求与形式相适应的精神内涵,两者是自由和谐的完美的整体相统一,它应该是一个完形的审美形式。

语言的指涉功能是个关键话题。承认语言的指涉功能意味着承认模仿、再现,承认现实主义文学。何为指涉？指涉(référent),是指针对实有之物,语言是现实客观之物的指涉,如果我们承认前文讨论的指谓,那么语言一定是指涉性的。现实主义,一是社会历史时代发展的总趋向,二是典型环境中的典型人物,三是现实生活中的真实细节描写。如果我们用语言对它们进行真实的模仿,那么语言的指涉功能便是确凿无疑的,现实主义对这种指涉功能坚信不疑。通过指谓的考察使我们相信语言确有指涉能力,对这个功能的承认也不算弥天大罪,关键问题是现实主义把语言的这种指涉功能强化了,使语言符号成了现实主义的替代品。1912年雅可布森发表了《论现实主义艺术》,认为借喻、借代在现实主义中占统治地位,而浪漫主义和象征主义中则是隐喻占主导地位。这意味着雅可布森是承认语言的指涉性的。1956年他撰文更清晰地论证了他的观点:根据邻接关系,现实主义作者往往会从情节到氛围,从人物到时空场景执行借喻偏离操作。他尤其偏爱部分代替整体的细节,采用借喻的文学语言指涉现实主义的人物、场景、情节、氛围,并且指出细节也有这种指涉关系。指涉看起来确凿无疑了。

问题出在哪儿？索绪尔以来的语言学,语言除了指涉语言自身以外,语言是任意的、约定俗成的。语言的符号内部,能指与所指并不指涉外部的现实世界。这个矛盾大了。结构主义以来的语言事实被20世纪中期后的全球理论家所认同,很坚定相信语言是任意的、约定俗成的。

> 如何处理这个问题呢？
>
> 文学文本从不谈论外在文本的事物的状态。所有我们看似指向外界的指涉,事实上都起因于某种严格的,任意的约定,而外在于文本的因素纯粹是词语魔术所产生的幻觉。
>
> [美]托马斯·帕维尔

这里产生一个新词:指涉幻象。这个指涉的幻象不仅针对语言、针对现实世界的外部指涉,也针对语言、针对自我主体的自我指涉,我们觉得语言指向了现实客体,或者自我指涉,这仅是一个虚拟,是一种约定俗成的契约,不可能真正的实体指涉。语言指向事物,语言仅是一个符号,而所有的事物实体是不可能搬迁到文本中来的,人物不能进入文本内,他仅仅是一个语言形象。语言指向实际之物仅是一个想象逻辑的存在,指涉是一个虚拟的幻象。

另一方面,语言无论对内对外都是约定俗成的契约。它是根据语境相对而确定的。索莱尔斯认为现实主义本身也存在着一个文本与现实之间的关系属性,它也是约定俗成的,是社会群体之间一个心照不宣的契约。我们把现实主义概念移到杜甫身上,把浪漫主义概念移到李白身上,就可足见某种主义的写作不过是一个文本规约的集合,它会因解释者不同的视角与方法定位名称。

传统将现实主义定位为,语言可以复制现实,文学可以像镜子或窗户那样反映世界,忠实地再现客观现实。今天否认模仿与再现以后,现实主义概念的表述是这样的:一种具有自己规则和规约的话语,一种编码,一种既不比其他编码更自然,也不能比它们更真实的编码。(参见孔帕尼翁《理论的幽灵》,第100页)由此可见,现实主义仅仅因时代和环境的不同,还有因个人事物视角不同给予它一个不同的命名。

总体说来,语言和现实的关系是一个悖论:语言相关于现实而又和现实没什么关系。现实有其独立性,语言也有其独立性,它们的关涉也是任意的,约定俗成的。

语言的指涉功能也是一个值得讨论的问题。可以分为外指涉和内指涉。所谓外指涉指语言针对他者的交流关系,语言可以指向万事万物,语言作为符号任何时候都会唤起符号对该事物的想象。信息在一个语言活动内所涉及的时间、地点、参与、活动旅程、开端、终止都会含有指涉含义,从开封到郑州再到北京,这是地点转移,马上相关的活动信息随之而来:例如有千里之远的距离,交通工具可以是汽车、火车、飞机,或者相关的时间需要多少天?天气怎么样?三个城市的商业信息怎么样? 凡叙事均含有这种指涉功能,交往行为、言语行为都应该细心分析信息指涉。所谓内指涉是语言符号之内的信息交流。它揭示了语言的内部形式和意义产生的奥秘。

我们看图示:

概念		树(arbor)		所指
音响形象	→	声音和音节层面	→	能指

这个图示表明每一个语言符号均是一个二元组合,即音响书写的物质层面和意义层面组合而成了词语。我们认识一个词的形体,并且认为它有意义,它必须包括如下一些元素:1.能用声音或字符给说出来,它有一个称呼。2.如果要让人明白,它必须是一个意义单位,它指的是什么。3.符号作为事物与含义的代表它关涉给事物命名,人们不能直接和事物打交道,只能用一个符号代表唤起对事物的想象。哦,原来这个符号代表那件事。4.我们应该把语言看成一

个符号链条使音响和概念连接起来,我们才知道我们说的是什么,书写的是什么,注意,这个链条连接的并不是事物和名称,而是我们看到的符号的物质层面。

这样我们便可以定位下列元素:

符号:是音响发生和字符书写的组合。

能指:音响形象,字符是我们具体感知的物质形式。

所指:物质形式之内的含义,即意义。

意指:是连接能指与所指之间的关系,符号意义如何构成。

$$\frac{\text{所指}}{\text{能指}} \longrightarrow \text{意指}$$

由此我们看这词语符号的内部都是相互指涉的,它们是独立的各个元素,但又相互依存,只有在系统关联时符号才能是有意义的存在,才能达到交流的目的。

我们现在分析这个符号内部的形式构成与它的指涉功能意义何在?为什么会成为符号学中的重大问题。

语言基本上由四个元素组成的,那我们可以对语言的基本性质定位了。语言是构成性的,不是天上掉下来的单一元素,可见语言自身便带有指涉性能。第一,语言符号是构成性的,是任意的约定俗成的组合,它的内部是由能指与所指相联结而生成的整体。第二,符号的形象由物质、形式和意义三者约定俗成地构成,表明语言是一种多层关联的结果,是人类文化的共同产物。第三,符号物质形象的识别和意义的传递与接受我们是从差异性中比较而获得。但他们之间又是相互指涉的。第四,语言是一个复杂的系统构成,受历史的陈规所制约,为一个族群所共同使用,所以人不可以改换语言种类,在文化传承内部语言又不完全是任意的,因此我们不能随意创造一种语言,一种语言接受传播因素是复杂的、综合的、漫长的,不可能一夜之间产生新语言。

意指是构成性的,它不能确立一种原则,也不能显示为一种物质的形式因素,它仅是能指与所指的关联链。所以"意指总是通过一种确定的社会和一种确定的历史来建立,总之,意指是解决人与自然的人之间矛盾的辩证运动"。(巴特语),从词义角度说,意指仅是揭示意义来源于文化历史的传承。

这些语言关联元素的特点给我们启示了什么呢?

第一,表明语言符号的形式特征是任意的、约定俗成组合的,这正好表明语言不由内容组成或决定形式，内部形式的关联性决定语言整体形式构成文本时也是关联的，既然是关联的又是任意的关联的，那么我们重新组合是有可能的。第二，但是语言又是文化传承的，约定俗成的轻易不可改动的，这又形成了语言的套话，模式化与机械化，我们可以打破这种习惯组合的常规，这便有了语言陌生化的手法，语言形式新的创造又有了可能性。第三，语言由关联元素组成形式而且是任意的，关键是由元素彼此的差异构成意义，这说明语言符号的生产是无限可能的，组合也会是无限丰富的。第四，普通语言学和文学言语学是有根本区别的，普通语言作为工具和媒介我们不能创造，因为那会影响社会人群的日常生活的交流。文学言语是反常规的，是可重新构成关联方式，形成新的形式，所以文学言语是可以创造的。

语言的内指涉还深层指向语言和无意识的关系。这个问题得从语言的发生机制上去探讨。语言形式的内指性还针对无意识和意识及思维，语言学家一直恪守语言发生的社会机制的假说，结构主义语言学的佐证特别有力量，因为索绪尔提出了关键性意见：一、语言符号分为能指和所指，而且它们的组合关系是任意性的，其能指的语符是人类群体规定的。二、能指和所指是任意性的，但它们组合产生意指，这个意指是约定俗成的，这个约定俗成一定是社会性的。我们便可以推测语言是外在人由社会构成的。三、语言是在代际相传中延续、丰富、发展的，这也可以说明语言是社会性的。所以索诸尔断言："语言是一种社会制度。"语言是一种表达观念的符号系统(《普通语言学教程》，第37页)。承认语言是社会性的我们只能放在外指性上研究它。我把它放在内指性上讨论，第一个立足点是人类凭本性拥有语言，语言发自生命的需求。第二个立足点，我这里说的是文学语言，它属于言语范畴，是个人发出的声音而不是公共语言。第三个立足点，从语言的工具性、媒介性功能转移到主体性，表现性来认识。语言发生机制的真正秘密是被弗洛伊德和拉康发现的。他们认为无意识只有在语言形式中才是可靠的。无意识具有语言的结构。在这一点上他们俩略有差别，弗洛伊德认为：意识观念是由具体的观念加上词语观念组成，而无意识观念则仅仅只有事物的观念而已。拉康从梵帝冈的语源学考察，vagire婴儿第一声啼哭预言了(vaticinatio)，标志言语始于最初的口吃。反过来说我们可以认定，语言也揭示了无意识的结构。"妈妈"这个词为全世界不同语言公认流通，但妈妈是一个概念，注意，妈妈的音响形象中元音a均被包含在不同的语言系统中，这肯定发自婴儿最早对母亲的呼唤中，是一种无意识行为。我们可以找到许多语言的无意识结果，但你又可以指出许多语言仅是社会创造的结果，找不到无意识踪迹。这好理解,语言在发展,有许多新创的词语受文化和意识形态所支配。但并不能用后者去否定前者。

如果仅说无意识具有语言结构,这一句话对我们小说语言没什么用,它仅为一个抽象的观念。无意识=语言有许多的内部的复杂规则。弗洛伊德认为意识是语言的是因为事物观念呈现必然带有事物的词语呈现。这个表述清晰明确。在他的深层理论中,无意识转化为意识只是一部分被词语化了,另一部分因压抑机制又退回到无意识了,这退回去的无意识我们并不能理性地知道它是什么。表面看起来有道理,其实无意识也要被表现出来的,它被本能冲动所显示,这种显示我们表层说不清,但是作为隐喻结构它是可以解释出来的。从解释上看无意识仍然带有它的符号系统,即语言的性质。目前我们能找到无意识的途径大抵有梦境、失语、下意识行为等,凡个人明白在干什么能自由支配自己的语言和行动都不算无意识状态。这给我们提供了一个诠释语言判别语言的方法:受主题意图支配有意识形态趋向的都不能是无意识语言,反之,语言在表演在行动中但没有逻辑关系并不知道终结意图是什么的才能属无意识语言。前者意识语言充当了自己对自己的解释,所以一句话一个语段完结,它的意义也就告诉你了。后者无意识语言不仅自身不提供一个意义的解,还可能引入歧义,这时就需要精神分析的介入。

> 有一个人,赤身裸体地在街上跑,左顾右盼,看样子想找一个地方藏起来。但街道空阔、规整,没有藏身之处。他是谁?面目不清。他想躲在一棵大树后面,但是大树后面的窗口里正有几张严肃的脸在注视他。他故作镇静地走开,去推路旁的一扇门,门锁着,他使劲推使劲敲使劲撞,但那门纹丝不动……他看见一座门楼上垂挂一面大旗,便去拽那面旗,想把它拽下来裹住自己。但那面旗发出金属声,原来是一块铁板焊成的旗。
>
> 史铁生《关于一部以电影作舞台背景的戏剧之设想》

这是一个逃跑的梦。他找门想藏起来,门锁着,他找布想裹住自己,旗是铁片做的。他不停地跑,结果成了众人眼中的展品。这时的语言:街、树、门、路、旗、铁板均是一系列能指,不提供意义的路径,那么我们怎么去探求它的无意识状态呢?逃亡,这是众多人都遇到的逃亡之梦,一般梦境中逃亡均有一个追杀,或者吞噬的危险,灾变没有给出逃亡的动因,我们通过逃亡者找门找旗找路,知道这是一个没出路的逃亡,压抑在门与路、在旗帜,这里暗含了意识形态机制。那人逃到了橱窗，从玻璃上看清了那个人原来是A。A是谁？A原来就是你自己。那人一拳打碎了玻璃。自我就这样粉碎了。这样的一个社会他找不到自我。

在这样一个逃亡的梦境中能指一直是延异出场的，我们并不能知道每一个孤立的能指是什么，但许多能指都到场以后我们分析这一条能指链，意义产生了。当然这一段语言的最终所指还是以隐喻和象征的方式延异登场了。这给我们提供了语言意义认识的新渠道。拉康改写了结构语言学，在索绪尔基础上提供了新的语义模型：

索绪尔 $\frac{\text{所指}}{\text{能指}}$ 意指　　拉康 $\frac{\text{能指}}{\text{所指}}$ $\frac{S}{s}$

拉康二十世纪五十年代的语言学转向提出了他的观点：能指与所指的关系是非常不稳定的。实际存在一个纯粹的能指领域，能指先于所指存在。因此语言不是由符号组成的而是由能指组成的。这样拉康改变了能指与所指的位置，用大写的*S*表示能指，使用斜体方式。所指不是给定的是制造的，是能指游戏的结果。前一个能指出现后便变成后一个能指的参照物，无数能指排列之后形成能指链，一个能指就是为另一个能指表示主体之物，这样能指标记为S_1、S_2，还可以说S_3、S_4。1950年拉康和雅柯布森认识成为朋友，他吸取了雅柯布森对失语症的研究并引入横向轴的概念。在能指链上，横向轴的是历时性组合，为相邻关系构成了换喻。纵向轴的是共时性组合为相似关系构成了隐喻。语言是所有结构的唯一艺术，言语的动力就来自主体的欲望，主体的欲望只能通过语言来表达，而无意识欲望的表达手段便是隐喻和换喻。但无意识欲望表达必然受到压缩和移置，因此任何言语的能指都不可能单一地存在，它必然还在另一个能指的参照物下来深入分析。

> 还有七八个人，交头接耳的议论我，又怕我看见。一路上的人，都是如此。其中最凶的一个人，张着嘴，对我笑了一笑，我便从头直冷到脚跟，晓得他们布置，都已妥当了。
>
> 鲁迅《狂人日记》

在这个例句中，不同的人均在一个能指链上：议论我的人、一路的人、最凶的人（张嘴、笑），在这个能指链每一个孤立的能指都没实际意义，这些能指排列后，能指之间为参照和主体，所指产生了，这些人干什么？共谋(布置)在这个能指链上我们历时性的横向轴考察，系列能指均是换喻关系，它们相邻出现均指向了共谋(布置)。如果共时性的纵向轴考察，能指与所指是隐喻关系。能指链上下都指向了杀人象征。这里出现的两个例句都关涉主体生死存亡的大事，是欲望，求生欲望的无意识表达。前一例梦，后一例是错乱的幻觉。梦境是以幻觉性实现欲望的，为什么所指不是一种直接表达呢？因为无意识受本能驱动的目标被压抑着，在人脑的意识领域里无时无刻不在移置与压缩，所以无意识改装成各种面貌出现，人只能借助感受相似性的形式发现同一东西处于趋向中，因而获得所指只能靠意指过程来实践了。这个意指过程便在能指链上，每个能指都是深层无意识的替代物，“正是借助于替代的可能性，一种欲望才能以自我表白。”因而文学性语言在揭示无意识状态时，一是能指的拼贴间，二是在能指链的最后。它“是一个推知和分析的过程，所以主体经常为他发现的东西所震惊。”([法]穆斯达法·萨福安:《结构精神分析学:拉康思想概述》，第19页)这是为什么呢？因为无意识表达经常处于被压抑中，一旦显现出来便成了意料之外了。往往需要用矛盾的对立的方法，从各种可能性入手，最有可能的是在能指表层最显眼的地方分析，而且是分析这个替代物的反面，正是这个反面才是我们寻找的自我表现的实质。这也就是我们为什么只看到大量的能指，而所指是空缺的，可见替代物仅提供了我们分析潜意识的线索。

这里产生了一个问题，而且是深层的。按精神分析学派的说法，无意识=语言，或者说无意识具有语言的结构。我们今天谈的语言实际是两个概念：语言与言语。语言是公共社会交流的工具媒介，言语是个体言说的话语，文学语言正是一种言语流动。保持一个人的本性，揭示个人意识与行为的真实状态，我们可以说个人语言是无意识的反映。但语言是社会性的，是理性的逻辑的，是一套语法规则的产物，那我们如何理解社会语言是无意识的呢？这确实是一个难题，拉康是通过口吃失语症发现语言是无意识的，并推衍到当代文化分析中去，提出了语言是表意链的断裂，作为一套文化分析策略对当代社会考察确实很有用，但不能从根本上说它是语言自身的逻辑关系。没错，语言服从一套语法规则，它是纯技术纯客观的。公共社会交流我们应用的是常规语言，文学语言反常规，是变形语言。为什么反常规语言是无意识的本来面貌呢？怎么样证明无意识具有语言结构呢？因为语言结构的规范对语言和言语的准则是不一样的，这确实是一个内在矛盾。

我的思考是，无意识是人的深层精神结构，语言的结构与规则也是人类共同的思维规范。于是我们可以肯定无意识和语言均属人们个体的,但它们也同时属于社会的。如果无意识和语言不是共同地含有社会属性,那么人与人无法在社会领域里交际。无意识受压抑肯定是社会伦理的,而语言我们说它模仿事物时是一个客观中介,其实语言内部也存在一个等级的制度,语言结构也是自身规定了优先权,将主语、谓语、宾语、补语天然地便画出了等级,名词、代词、副词、动词,这些功能无一不反映了语言的等级,更何况语言规则是由人制订呢?由社会与人的规约当然这不能从根本上解决语言和言语与无意识同一性的问题。杰姆逊说:“一个意符在移向另一个意符时会产生特殊的效果,而这活动最后便构成所谓意义的诞生了。我们也可以说这是一种意义的效果——即由不同意符之间相互关系所投射及衍生出来的客观化的一种表意幻景。”①他的说法中不再使用所指一词而是使用的意义效应一词来表述。他这里是重复了能指链的提法,关键是他分两个方面解释意义效应如何作用与失效。其一,不妨把个人的身份(自我)视作一种时间关系的特殊组合;过去的、未来的,都在自我所身处的此刻统一起来,而其产生的特殊效果,也就是我们为个人所最终获得的身份。再从另一方面来看,这种活跃的时间组合本身又是一种常规以内的语言功能。更准确一点说,时间统含所发挥的乃是语句的固有功能。个体身份认同是无意识的,时间统含下的语言功能是常规的,这很复杂曲折地把语言与言语、社会和无意识,还有个人统一起来了,语言与言语仅仅采用了不同的表述方式。语言与无意识的同一性特别重要的告诉我们现代文学语言一定要指向无意识深度。这刚好透露了我们当代小说语言上出现的毛病。一方面,大量的社会的意识形态的读本占据了主流文学的位置,把语言等同了社会观念,与当下的政治行为,这类语言在表述某些红色经典时实际在泛滥的游戏中取消了这种主流意义。另一方面,仍是语言工具论盛行,特别是网络媒介流行以后,语言变成了纯客观的字符,或者某种观念的号叫。还有一方面是当代许多探索幻想文学的文本,也取得了一些成绩,可是正好被它自身语言的滥用所误。最突出的是你看一个表面热闹试验的文本竟找不出它的句型变化,语法规则的变体,一个陈述句或比喻句写到底,你可以不必在意识形态的红色主题里寻找美感效果的句子,可是你翻完了某本新潮小说后竟也找不出个陈述最大限度前置化的句子,它们仅是借用了新的套语。现代小说语言的内指性正好指向了无意识的深度,意识的复杂表述,思维曲折细微的变化。语言不能成为对

① 《晚期资本主义的文化逻辑》,(美)詹明信著,陈清侨译,三联书店出版,1997年版,第471、472页。

现实的模仿和对观念的图解。

指涉是指语言内部的信息播散流通所及。指涉物则具体一些，通常把指涉物指定为某一物体，事物符号（如树、马）或语言体系内特定的指称，即最基本的部分（如能指、所指），具体指涉物我们好理解。但它也指向抽象（如爱、自由），更清楚地说指涉物是文本中的一个标题、主语、名字，讨论中的一种概念、理念、观点。另外符号也是指涉及指涉物，在能指与所指关联时，往往是能指唤起某种所指，能指往往是特定的文化与道德的价值，系列能指的出现容易在一条能指链上构成意义，这就是能指的效应（意象式的）。在能指与所指的区别上，能指表明的是主体、客体，是建构符号的重要的形式特征。所指往往要通过意识形态建构是非自然的（主体赋予的观念），这引出另一个词：参照性，意思是所指必然是社会文化的参照性来制定批评原则。指涉物不是永恒固定的价值物，而是参照的、非普遍性的，这很好理解指涉是社会文化，特定语境中锁定意义的（能指），例如爱在不同文化不同时代与人群中分别指称友谊、兄弟、欲望、关爱、性欲、厄洛斯、喜欢等。从指涉物与所指参照性正好说明一种及物性写作的存在。及物性写作是文本语言针对他者，针对意识形态的表述，也是一种宏大叙事，我们还可以理解为一种观念写作，应该说这是现实主义写作的最大特征，它要针对社会历史与时代问题发言，相信文学能解决这种社会疑难问题，从中国现代小说的发展实际看，及物写作成为了文学史主流，文学成为社会历史的代言人，类似于巴尔扎克那样的书记员，同时及物写作也成为重内容轻形式的规范性标准，构成统治中国现代小说110年的历史。

因上述的理论基础，詹姆逊认为“现代主义本身就是资本主义意识形态的表现，尤其是后者对日常生活物化的表现”。同时又可以看作现代主义物化对它带来的一切乌托邦补偿。我们看到各种破碎感的半自治性，及其后续产生的抽象客体（声音与色彩）构成的新的自治性和内在逻辑，刚好是这些新的半自治性和资本主义理性的废品存在打开了生活空间，这就提供我们（乌托邦）想象上经历理性化的反面和否定。什么叫乌托邦补偿呢？是我们日常空间充满了物化，市场机制世俗化，现代世俗与古典的感觉，还有那些各种奇异色彩与声音都可以量化计算，这种异质空间不同于历史而是一种新的乌托邦体验，它和此前的历史不可等同，这种欲望的乌托邦是经过一系列的政治、文化的嬗变成为新的意识形态，一种新的理想，虽然真实已荡然无存了，但想象中或物化现实更加真实，这一切应和了新的政治社会与个人的需求，因而它是补偿性的。这样我们就能很清楚地理解为什么文学是社会的象征性行为的内在构成。社会象征投射在哪儿呢?投射于社会的现实内容,投射于特定时代人群的独特的感觉系统并与其利比多发生共鸣。

这样语言永远都会存在一个自我和他者的问题。语言的及物性刚好证明了语言有他者的问题,语言在途中,是语言行为,语言行为的自我表演,但也必然涉及他者,这是一种语言幻象。语言可以作为交流活动,作为媒介工具,可以模仿再现事物,可以针对客观事物言说,看来无法否定语言的他者化,由于有了语言,客体可以主体化。这个幻象必定来自三个原因:一是语言的指谓性决定。二是语言是能动的,它可以内外指涉。三是语言的内部形式,因为有内容的隐蔽投射而得以存在。同时语言凭借着世界自身万事万物的光辉灿烂而构筑形象。语言要行动一定会涉及他者,语言一起飞,作为精灵的使者,在白云上能触摸蓝天,在蓝天之外有语言吗?有!日月星辰。语言追逐一切光亮和灿烂,那种永恒无际的纯蓝,蓝得透明而近于虚幻,语言粘贴在它同名的翼翅上,轻轻扇动,语言的舞蹈,在翩跹中是节奏,跳跃而动荡,编织成旋律,有浩荡的宇宙之风,语言由色彩转化为声音,由声音转化精灵的气息,语言浮游而翱翔,行云流水,驮着金灿闪亮的光线,下澈或者飞扬,临空一嘹亮又成为薄如纸页的弹唱,从云层抛出一个弧形,牵成丝丝缕缕的湿润,一滴一点的浩空水液,斜飘、垂直、横荡,由飞鸟的羽翼划出雨帘,这时语言化水,真正成了点点滴滴,滑下云层,在空旷的山野接触世俗的地面,语言由飞翔的精灵,变成了世俗的泥土。

语言永远是一个变化的魔术师。

我们讨论了语言是指涉的,同时又是一种指涉幻象。这可以视为语言指涉的悖论。我们通过大量例证证明了语言指涉它确实存在,但它也确实创造了指涉幻象。什么是指涉幻象呢?我们说能指与指涉直接秘密地结合,在符号上构成了具体的表述细节,新问题出现了,所指该至于何处呢?所指被排除符号,没有所指那能指形式何以归附,这种能指与指涉直接结合产生的效果便是所谓的指涉幻象。

巴特说:“指涉幻象的真相如下:作为外延之所指,真实在现实主义陈述中被删除,作为内涵之所指,真实又返回现实主义陈述。(这两者是矛盾的)要知道这些细节长于表达真实,那么除了真实感它们就什么也没表述。”……换言之,因指涉而引发的所指缺失,反而成为了现实主义能指,于是真实的效果得以生成。(参见1982年Barthes)我们这里必须要把语言的指涉与文学现实主义区别开来。语言不能反映现实是指语言本质上是脱离现实的,语言仅是符号,它代表事物时,语言可以在场,事物是缺席的,换句话说,语言并不能实打实地代表真实之物,仅是一个虚拟的幻象。但这又不能彻底隔断言语和现实是相关的并影响他者。现实主义也好,现代主义也好,都是资产阶级意识形态的东西。而语言的指涉只能说明语言的形式构成是关联的相互构成，但文学的指涉是非现实之物,是一种在场的缺席,是一个想象界,虽是因语言而生可它并不在语言之前而存在。现实主义始终都是一些编码,这些编码只是显得真实自然。语言并不真正指向现实界。指涉幻象造成的现象之物是这样一种状态,瞬间让语言消失,让我们相信面对的不是词语而是现实真实的本身,这是一种符号隐身于指涉身前或身后被营造出来的一种真实感觉,意即那事物在场的幻觉。读者以为自己在面对真实之物,而其实这一切不过是一种幻象。

文学语言肯定有发生学的奥秘，就个体而言肯定有个人无意识和特殊语境的关系产生,我大致推断文学语言发生：

一是社会时代的集团成员的交流因素，这从我国自1902年小说界革命开始,社会革命语言的产生最能说明问题。我们从中国革命的政治问题看,所有的社会革命语言几乎没有偏离这种政治运动的主线,由此可见,语言是社会时代的反应,语言是社会的象征行为。这个社会革命政治运动在各国既作为语言的内容也作为语言的类型形式。从社会发生学看语言,我们可以把语言视为政治无意识的。从经验层面看，我们几乎不能使用一套超越时代社会的未来语言,即使有超凡的想象力也不能,因为社会时代的进展总体可以预期,具体置于环境偶发的,特殊时期的事件发生我们不能预期。可见社会时代语言的发生是人与特定时代的社会紧密结合在一起的,可以用如下公式:语言=人+时空+事件。

从社会发生学来看语言是其社会内容与个人的综合反应。语言可视为内容的、工具的、媒介的性质,我们可以视为语言说人的形象,但也有例外,如七月派的语言,虽是革命语言,但它又是强烈的个人的主观色彩,总体上说,社会革命语言属一种宏大叙事,受强大的观念支配,是一种意识形态语言,语言的文学性差,许多文本我们可以说没有文学性,如果我们还承认政治与文学的分类的话,中国现代文学史语言发展状况确实如此。

二是从人类文化与家族、地域相联系地看语言发生学,语言主体本身便是人类文化学的,同时也源于家族地理,承认语言的约定俗成,实际是肯定了语言的地域性,一定地理范围有一定的语言习俗习惯,童年语言形成时个人便置于那个地理环境,语言作为一枚文化徽章,对个人说几乎不可改易。我们说乡音未改,对于大多数人来讲是一辈子的事情。人是家族的代代相传,语言也是家族里因承相袭,可以肯定我们的语言是集体无意识的,这种集体无意识尤其显现在人的地方性知识上，这包括命名和行为习惯，特别是一个人的声音习惯,尤其体现为无意识状态。作为中国的乡土小说语言极为鲜明地记录了这种语言现象。这种家族环境也对个人文学语言深刻影响,从个案看,老舍、鲁迅、李劼人、彭家煌、端木蕻良、白先勇、张爱玲,都是如此,奇怪的是巴金、茅盾都写了家族个人,他们却没有浓厚的家族地域语言。从语言上背叛地域与家族是极不容易的,因为它进入了无意识状态,如果不是特殊职业的规定状态,人是不肯改变母语状态的。

有句极重要的话,当一个人有了新的语言状态,这并不表明语言和地方性没有关系了,而是说新的地方性决定了新的语言状态。当然,每个国家都有统一语言规范的普遍要求，一个大区域的母语和个人血脉相连的地方性仍是有区别的,大语种的母语是共性的,是一种公共语言,只有个人出生的地方性才是个性化的,特征鲜明的。

三是个人的本能语言。人是靠本性拥有语言,对此我深信不疑,但萨丕尔反对,或是他针对普通语言学而言,文学语言尤其是个人化的、本能原欲所拥有,因此我还相信语言是远古神话与原型的东西。语言根植于个人灵魂,所谓什么人说什么话，语言如果忽略了心灵的根基，只作为公共交流的媒介与工具,那语言对个体、对自我便是一种疏离的东西,表明人不要语言也可以生存,这基本上是动物性能的,一个白痴是否可以不要语言？表面看起来是这样,可是他只要行动与交流仍需要最基本的语言表述。

因此,我们可以把语言视为一种生命现象。

从这个意义上说,拉康认为语言具有无意识结构,是非常准确的。我们只要思维一启动便是语言性的。人是用语言思维的动物,这不仅仅涉及一个语言起源的问题,还涉及语言与生命的关系,要想知道人的奥秘就必须懂得人的语言。“每一个社群都是靠语言活动组织起来的。人们所说的话语使我们最直接地观察到社群的一切活动,这些话语在社群的每一个活动中都起一定的作用。要研究一个人类集团,我们必须了解它的言语(la parole),如果我们想要更深入地探索这个社群的习俗及其历史起源(包括图腾象征),我们就必须从系统地描写它的语言开始。”(参看《语言哲学方面》)这是从人类总体语言现象上看问题,人是活动的交流的整体,如果从人的个体看语言,恐怕没有这么简单,以人的社会属性看语言,我们可以以意识形态去把握,但这仅仅是一种公约,是意识的。人的奥秘在于人的无意识状态甚至连人自身都并不完全了解,这就决定了我们从语言进入无意识层面，人的言语是人的无意识最直接的表现形式（还有梦、失语、无意识动作等），如果是自由联想的写作，特别是在幻觉状态下，人的意识不可控，这时的言语最具有对人性探索的最深刻的功能。人的奥秘因此而泄露在无意识的语言状态中，所以超现实的自动写作言语具有极重要的文学价值。舍此应该是精神病患者那些非逻辑的呓语的文学。

而这正是中国现代文学史上的缺陷，尤其现代小说语言的最大缺失，我虽用了很大精力研究了现代小说的自主语言的发展线索，也剖析了重点个案，但由于真正的个人梦境写作和超现实写作的缺失，中国某些现代小说家善于社会意识形态的伪装，个性写作受到了社会的压制，真正个人心灵的展露、本真的无意识显示几乎付之阙如，因此，我们很难看到中国人的人性本质的真实。即使我们会从社会学意义上去解剖人性与社会现实，我们仍是主观意图的想象，是一种意识形态，受阶级、政治、等级、价值的制约。这话的意思是说我们小说史上展示的人性具有相当大的虚假性。不是靠本性拥有的语言，语言有没有自主意识，这样构成的文学的历史如何不是虚假的，我们怎么能去相信呢。

上述从理论方面说了文学语言的发生学的三个起因，这仅仅是论及语言之产生的可能性。其实语言之发生，生产应该是综合的，有感性也有理性，发生之根源因个人不同也会千差万别。社会性、地方性、潜意识，仅是比较大的方向上的抽象，一些特殊的、变异的、不可理喻的语言生产来自先验的，我们可能也会找得出起源，但是来自幻觉的、想象的、病态的，我们是很难找出语言的根由。

语言发生学和语言之间又会有很大的区别，发生有不解之谜，生产呢？生产之谜是可解的，这里藏着众多的个人才能学识的技巧因素，文学语言除了那种才华天纵的人之外，或者有特殊敏感里的人之外，更多的是一套个人化的语言技巧，有很多是后天可学性的。运用之妙，存乎一心。语言如同绘画，从基本功上说还真有熟能生巧的问题，当然也有写了一辈子诗歌，写了一辈子小说的人，终身没有领悟语言的奥秘，只能算是个手艺人。

品评鉴定语言成就的高低只有在该母语之内来认定，所有的翻译文本都是不能作为纯语言的例证来考评的。

语言艺术里含有一个双重经验的征服与转换。一方面，是个人运用语言的经验，语言经验里含有语言知识掌握得多少和对语言敏感性的问题，前者是可学的，后者是先天性的，两者缺一不可。另一方面，是语言作为形式它对世界万事万物的征服，世界自身的经验，或者说人与事的自身的经验，借助语言来作为一种表现,这是更内在的经验,或者说内在经验投射在内部形式(形象的形式、思想的形式、情感的形式),转换成一种语言形象,经验转换成语言形式会充满技巧,于是有的人会转换得很漂亮,有的人会转换得很笨拙。在经验转为语言形式时除了技巧,更隐秘更内在的影响语言的是感觉与体验,感觉是直观的、是身体器官性的,应该采用现象学的方法处理语言。体验是反思的理性的,体验会寻找自我意识,所以体验的语言更内在,带有思想的深度。感觉的语言和个人本能与欲望相关,充满灵韵,会神采飞扬。所以在语言生产中总会是感性与理性交互在一起产生作用。说得更明白一些,是意识与潜意识的相互征服,文学语言成为口语语言或书面字符那仅仅是语言从发生到生产的最后的终结形式,是一个语言成果。

什么是经验?我这里采用康德的说法:

一、作为主体(我)的事件和行为的经验活动。

二、这种经验活动中经验到的东西本身或作为这种经验的东西。

在经验到的东西或可经验到的东西意义上的经验,经验的对象,就是自然(海德格尔《物的追问》)。

我以为经验不是事实,而是事实经验上升到形而上的某种理念,所以经验是一个认知结构。

如果谈论到文学语言的经验形式,这时文学语言形式是一个综合的复杂的经验引述,它至少包括以下几重经验形式:1. 语言自身表述的语言经验知识,例如语言的语音形式、词素形式、语法形式、句法形式、语义形式。你一定极为熟悉运用这些语言经验。2.事物主体活动的经验。这是一种事实经验,是客观的但又处于运动之中,包含着一系列事物运动,也包括人相应的观察体验的过程,这才是有可能准确的经验表述。3.个人在经验活动中经验到的一种主观抽象的东西。也就是人对事实经验的一种主观提升,个人感受到的经验状态。4.语言经验和事实经验整合以后,一种可以表述的经验状态。当然它是一种意义形式呈现的,这里要求语言的文学呈现,一方面要准确,一方面要生动,一方面要艺术,一方面还要融合个人的本能与直觉。最后也就是最重要的,是他们称为文学语言形式中最杰出最独特富有创造性的语言,或者说是一种个人的风格语言,在文学史上可以开宗立派。

文学语言分析方法是一个非常复杂的课题,并非三言两语可以说清楚,我曾专门给研究生开了个专题课:“文学言语分析引论”,并且非常紧张地讲了一个学期。我们从文学理论某种意义上讲,当代文学理论课基本上是讨论用各种分析方法研究文学文本的形式与意义。我曾花了三年时间写了一本《中国现代小说语言美学》(商务印书馆出版),基本上是解决文学类型语言分析的专著。

文学语言分析可分为两大系统:一个系统是就语言形式内部,即音位学、形态学、句法学、语义学诸方面对语言发生的各大元素作微观研究的分析。另一个系统是对文本内部语言运作技术的关联分析,语言形式与文本语境的拓扑关系的揭示,还包括语言总体上的风格特征。

一、音位分析的首要之处是在语言的差别之中,哪些是用来区别意义的(相同位置的不同音,有时是对立的,或者一个音[P]多次出现但不在一个位置上),产生了区别性差异与非区别性差异。从总体语言来归纳大约可以分为60个类别,这叫音位。音位准确但发音不能绝对准确,因为每个人音响并不统一。音位是指类音,但音位中个别音又是音位变体,音位变体是非区别性差异(它的变体是非对立的),音位分析需要一套系统的方法。

1.发音中的二项对立的矛盾共有12组,我们按符号次序排列起来,这种分类可以按开音节音从方法的元音序列,和辅音序列处理(把所有以同一个音起头的形式放在一起)。

2.把上述排列重复运用到所有其他位置上,排出各类型的音节中不同程度的轻重、高低、升降的元音和二合元音,列出对立的音位素(可以从语言学家的音位学吸取成果)。

3.比较综合各音位表得出音位总表。总表不仅是分表之和,还有一个互补分布原则。列出了音段音位清单后,组成语流便可以看清话语的音段。

4.重点分析音段语音的变异,这些变异有:音量、重音、音渡等。分析结果产生超音质音位。再注意重音推导出语调。

音位分析尤其适合于诗歌韵律与节奏。是一种声音形式的分析,音位本身是没有意义的,属纯形式因素。

二、形态学是指词的构形、词素、词组可以按规则组合也可以反规则组合,研究词,一头连着音位,一头连着句子。词的内部变化可以是结构形式的,也可以是修辞的,在日常生活中我们会发现一些词有意义,一些词没有意义而且不能单独表意,词表意的叫自由形式,不能独立的叫黏附形式,凡属有黏附形式的叫合成词,较小词组合成的词叫复合词。只要词语单位不能再分为更小的意义单位叫词素。合成词是从基础词语派生出来的,"男人"一词和简单词"好"、或"坏",组成了"好男人"、"坏男人",形成修饰关系,叫派生词。如果没一个单词能够跟这个合成词一样在任何地方都起着完全相同的作用,这便是合成屈折词了。如,熊猫的头。

词法分析主要指向合成词的组合关系,形成巧妙的配合。词法有六大成分:主、谓、宾、定、状、补。它们的功能性改变或者位移,使其成分发生变化,这也是文学语言形式讲究的,例如后设性语象(改变状语和谓语的位置),主动句改变被动句(宾语和主语换位),定语在主宾中的变位(修饰语变成陈述语),形态变化的方法除了改变位置的方法,还有附加法、内部变化法、重叠、异根互补、零变异等。在俄国形式主义学派中还有一个常规方法,便是陌生化。陌生化重要方法便是改变词性的运用。通俗说是词语的反常规搭配,形成词语之间的悖论性质。

三、语法分析是句子内部的形式分析。表明某种语法功能的变化位置会产生意义效果。语法是语言的一种基本规则,是组句的基本规律。这是文本语言的重中之重。因其内容复杂我这里简化抽象出几种方法:

1.代词研究,人物主体和文本主体的关系、位置、不同的人称代词对文本的性质有决定性作用。我,为自我指涉的代词,他可深入到无意识领域。他,是一个延异的无限所指,他者,是一个异己化力量。自我和他者涉及主体和客体的位移。你,是一个指证对象,对话感,是另两个人称的参照物。另外,代词的虚拟性能与身份认同问题。

2.主语形式分析,文本主语与讲述方式,人物与作者。主语方式确定视角、焦距。另外是语法主语,他的功能和位置,直接主语与称代主语。次之,有逻辑主语,句子的深层结构是指向它的。还有交互主语,人物关系的变动。同时要特别注意主语的隐含形式分析。

3.谓语类型研究,可以分为六式:连谓式、兼语式、述愿式、条件式、感受式、独立谓语。谓语是语义核心,文本的深度探索必须分析谓语性质及如何运用。

4.词语的组合关系比较。词语与词语的搭配关系既是形式的重要元素,也是一种意义生成。普通语言学,作工具媒介运用的语言,其词语搭配是预期的,文学语言的词语配搭最好是破坏预期的。隐喻与换喻一般都不是预期的。词语组合技巧我提出了十二种类(参见《文学言语分析引论》)。

四、句法分析。句子内在于语法,外在于句式。文学语言的形式最重要的显示于文本的句子。它包括语式与语类。列举如下:肯定式、否定式、判断式、疑问式、陈述式、条件式、假设式、述愿式、祈使式、或然式、必然式等。托多罗夫把句子分成两大类:意愿类、假设类。这种分类之下还有许多小类,他对这种分类做了许多理论上的说明。

另外,语言、词素、语法、句子、文本、语境有一套属于文本的语言层次的分析,如语音层、词汇层、句子层等。

五、文本语义层次分析。这种方法里的关键概念有:命题、情态、语境。重点在两个方向,一是把语境分析作结构语义学的重要内容。二是有了结构语义学的矩阵分析。重心在考察文本内部语言意义层次之间的细微差别。要特别牢记语义方阵图示:

基本语义图

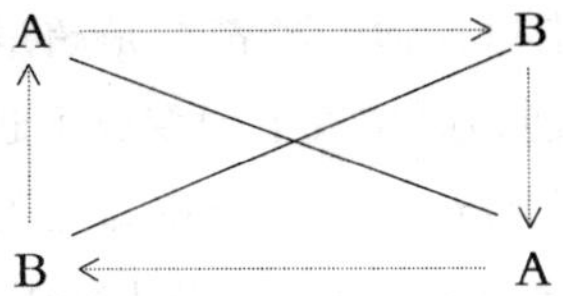

上述四个矩阵角的对立面基本意义是相对立的。

四方环阵会产生六个关系项,四个相对意义在六个项内构成意义循环,它们之间的微小差别,正是意义指向。虚线连接的矩阵表构成了一个内在的意义场。

微观关系图

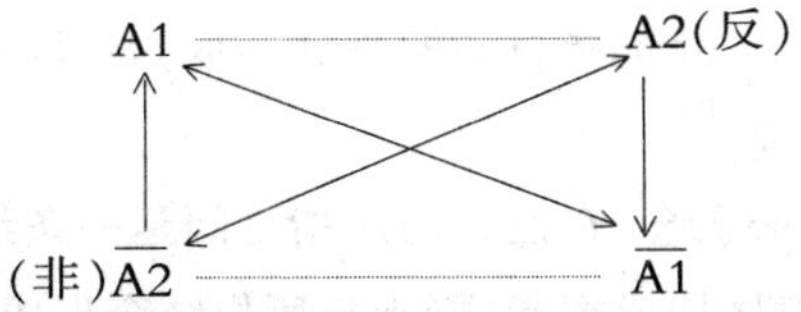

对立虚线 ······ 左右为对立关系

双箭头线 ⟷ 斜线为矛盾关系

蕴涵指向线 ⟶ 上下为无关系

我们可以用革命矩阵看其内部意义的差异:(代入革命四角)

革命关系的意义变化:

1.革命 → 对立 → 反革命

2.革命 → 矛盾 → 非革命

3.非反革命 → 中间 → 非革命

六、符号元素分析。这里指语言构成的四个要素:符号、能指、所指、意指的形式,无论我们强调哪一个都会从根本上改变语言形式与意义的关系,甚至引起文学语言理论的变化,而且在理论界引起巨大纷争和长久讨论。

1.拉康模型:意义效应。拉康结构模型里语言符号是三比一构成的关系组合

符号　词语　文本 → 能指 → S

————————————→　——　意指链

意义　所指 → s

指涉物:符号、词语、文本均可以指涉现象世界的。这打破了能指与所指一对一之间对应关系的神话,于是能指里任何一项都会是超量的,众多符号、众多词语、众多文本,它们只能集中在能指的位置上便变成了超量能指准对一个所指,例如"爱"是一个概念,是一个所指,而爱的能指却是无限超量的语符形式,假如我们把超量的恋人絮语,反复亲吻的动作,表达欲望的器官接触,全放置文本的能指位置,我们只要分析能指超量的符号就可以得出普遍的意义,能指在相互撞碰、滑动就产生了意义效应。这就是说所指不到场我们也可以根据能指拼贴从效果上能知道意义是什么。拉康又称为表意链断裂(产生精神分裂)。一个意符在移向另一个意符时会产生特殊的效果,超量的能指符号最后连环状态构成了意义的诞生。(我们并不要核心符号,概念标志出所指意义。)这种意义的效果由超量能指提供:不同的意符之间的相互关涉所投射及衍生出来的客观化的一种表意幻景。一旦能指链条断裂就会成为一堆符号的碎片,这就是精神分裂产生的心理故障。

2.意义假说。超验能指(中心概念)在能指与所指之间是一条线,既隔断又联系,由这两个符号在线条上连接构成意指(能指与所指结合形成意义系统),这说明意指仅是一个链条,它不是符号。能指与所指之间是任意连接的,它们之间的重要区别是能指与所指的差异性。因此意指行为链的时间性,或者语言行为均是以差异性为中心特征构成的。这深刻说明语言内部符号构成任何意义仅是相对的,任意性正好说明意义是加上去的,是武断的文化观念的结果,意义仅仅是一个假设出场。能指的线性和超量的时间延续展开表明意指行为并不产生意义,而是能指彼此之间碰撞构成的意义效应,意义随着能指链条推动,滑行,而意义永远是通过句子,能指链推迟出现的意义踪迹。

我们总是假定存在一个决定整个符号系统隐含着的超验能指,即观念、信仰、意义。符号由一个中心概念支配地存在着。而超验能指与社会历史力量人

类文化信仰分不开。由此可见我们的超验能指本身是一个意义预设。

文学语言形式分析的方法很多,新批评、俄国形式主义、精神分析理论、结构批评分析、生成—转换语法分析、言语行为理论分析、叙事学分析等都有各自语言形式分析的独特方法。最后要说的是所有语言形式分析的实证方法都不是尽善尽美绝对完美的，即使用数理逻辑的方法也不能穷尽语言形式及意义的全部特征及效果,因为文学语言有自身的不确定性,局部和整体之间是一个拓扑学性质。因此一切文学理论批评方法用尽了以后,仍然需要采用语言直觉的方法把握语言的特征。《中国现代小说语言史》除了采用文学理论中所有的新方法外,更多的采用直觉把握语言的方式,是一种现象学的意向性语言研究。本书采用史论结合的方法,乡土语言、日常语言、社会革命语言尽量梳理出一个史的线索,尽量进行语言现象进行描述,但这不意味着小说语言一定是进化论的,它的脉络时断时续,时隐时现,历时性考察中注意了类别的比较,但是类别语言是相互有交叉的,所以在每类语言谈论时会有一些小小的重复,主要原因在一个作家使用乡土语言时也可能使用社会革命语言，还有关于每类语言源起时,它们产生的现象与原因会有相互交叉。

另外，也采用了现象和本质结合的方法，探讨小说语言产生和发展的原因,但由于个人素养不够深厚,无法全部占有浩如烟海的小说语言材料,如果丢失了小说语言上的天才作家完全有可能,但不是我的本意。对于语言产生的本质分析我尽量地借助了当代欧美学术中的理论观点去关照，由于理论水平深度不够,我的观点有可能失之精准,有些问题看到了根本,但又受了言说的局限,有学术良心可学术勇气不够,这只能由读者去深入思考。

还需要说明的本书是从语言角度说小说的发展,重在语言史的总结,而不是研究小说发展史，所以对现代史110年间的小说发展的价值判断是不够的，即使像郭沫若、茅盾、巴金这样的大家我也没有特别高的评价,反而对自主语言给足够的重视与评价,从篇幅上看我最重视的乡土语言的总结与梳理。这是中国现代小说家属于根脉的东西，中国小说语言之所以异于别人主要在于民族的地域的独特语言。当然语言问题不是孤立存在的而是与所有的社会问题及个人性的全部问题相关联,牵一发而动全身,可以说它涉及了当今之世全部的社会人文学科,特别是新的语言理论,所以我先写了《中国现代小说语言美学》,才有可能研究撰写这部《中国现代小说语言史》总共有一百一十多万字，耗时足足四年,读书真正可以说破万卷了。

这部书应该视为一个交叉学科的产物，首先它是语言学的，讨论的是语言的性质、功能、作用，种族语言的分类及特征。其次探讨的是汉民族语言的特征，那些具有个性化的部分，涉及民族文化心理，地域性知识，随时代而变产生的语言现象。再次汉民族语言的美学探索，古代汉语的美学特征及现代汉语的美学规律，最后才是小说自身发展的可能性，小说理论与小说现象的描述，小说语言与社会和个人结成怎样的关系，这样才有小说的语言史。

第二章
中国现代小说语言的发生

中国现代小说语言的起点在何处？这无疑是一个极其复杂而又含有某种假定的危险。我们会尽量通过实证的方式说明现代小说语言产生的起点，可是当我们确定将某个时段、某个作家、某个人物、某个文本作为语言实例的时候，它都只能作为现代小说语言的一个侧面、一个元素。即便我们铁证如山地说《一日》、《狂人日记》是现代小说语言产生的起点，但新的语言产生仍是悬疑的，这是因为任何一种语言现象的产生都会是多种因素的。而且语言并不是单一地存在，它是一种复合的现象状态。单凭一个人、一个文本是无法代表整个现代小说语言现象的产生的，因而，现代小说语言产生的起点永远只能称之为假说。

第一节　现代小说语言的历史背景

我们检讨一种历史背景几乎是一种幼稚儿童的手段，这种描写性介绍是一种常识，作为论述的逻辑起点又是一个迫不得已的工作。因为我们要指证现代小说的语言起点，就必须确立一个逻辑节点，现代小说语言是针对古典小说语言的结束而开始的吗？那我们又如何定位古典小说语言的终结呢？是清末还是民国初年呢？是文言文小说的结束还是翻译小说的开始呢？是对传统小说章回体的打破或者对“之乎者也”的取消，还是以小说界革命口号为标准呢？是以文体结构和叙述方式的变化为原则，还是以人称变化和纯口语表述方式为开始呢？无论以其中的哪一个标准为原则，你都会发现二十世纪初以来的中国现代小说语言的产生、变化、发展都不可能仅仅来自哪一个方面？它是一个综合因素。

语言不是从空中降落的，它有一个自身发生的历史，特别是作为母语的个人,他必然生活在一种民族语言或地方性语言的阶段性演变中。另外,语言是先于个人而存在的,在你出生时,一种语言作为规范早已存在。应该说,每个人都是传统语言的产物,不同的是每个人居于一个时代又会产生一些新的当下语言,语言在传统中更新,这给我们确定一种新语言产生带来了特别的难度,同时它们几乎是不可分的。例如,我们在二十一世纪仍然会有笔记小说语言的存在,而这种笔记小说一定会保留着唐宋或明清留下来的语言特征,因而,我们有必要寻找一下古典小说语言发展的历史。如果承认这个前提,我们谈古典小说语言的历史就是顺理成章的了。中国最早的小说始于南北朝,第一部经典范本是干宝的《搜神记》,可以视为中国古典的第一部小说集。

盖经三年,产六男六女。磐瓠死后,自相配偶,因为夫妇。织绩木皮,染以草实,好五色衣服,裁制皆有尾形。

后母归,以语王,王遣使迎诸男女,天不复两。衣服褊裢,言语侏离,饮食蹲踞,好山恶都。王顺其意,赐以名山广泽,号曰"蛮夷"。

蛮夷者,外痴内黠,安土重旧,以其受异气于天命,故待以不常之律:田作贾贩,无关缛符传,租税之赋,有邑君长,皆赐印绶,冠用獭皮,取其游食于水。今即梁汉、巴蜀、武陵、长沙、卢江郡夷是也。用掺杂鱼肉,叩槽而号,以祭磐瓠,其俗至今。故世称"赤髀横裙,磐瓠子孙"。

干宝《搜神记》(盘瓠)卷十四

这个故事对小说的意义,它提供了原型模式的叙述,既是一个创世神话,又是一个民族想象,更重要的它是一个民俗衍生的源头。盘瓠与盘古和胡人均是音转而成的称代符号。国王承诺谁能击退外邦入侵便将女嫁给他,盘瓠取敌首立功,公主不顾国王反对嫁给了这条漂亮的狗,三年生六男六女。这类故事《太平广记》四百二十九卷存有,《聊斋志异》转化为"竹青"的故事。这种类型的故事在中国古小说中比比皆是。这类原型是神话的也是人文的、民族的,具有普遍意义。极为重要的是它提供了一种文化信息:南方蛮夷的生存方式。很显然它已成为了古典小说的讲述模型,我们还可以注意到蛮夷人的生活方式转变成一种地方性民俗。这种风俗也就是这个地方的语言。止于今天,我们依然可以从南方的端午节里看到划龙舟、吃粽子的节日风俗。而安土重旧、外痴内黠也成了南方人的特点。这便是由文化风习而生的语言现象。这种语言始初是浪漫的,不约束在制度的内部,所以他们受异气于天命,故待以不常之律:田作贾贩，无关繻符传，租税之赋，有邑君长，皆赐印绶，冠用獭皮，取其游食于水。可以肯定这时的语言是地方的、感性的。应该是一种鲜活的民族的地方性语言。约翰·杰洛瑞曾非常确定地指出文学语言的产生，“以阶级为基础的社会俗语战胜了地方性方言，标准随之确立，并立即成为文学创作的先决条件。”[①]他的论点刚好与我们刚才举例的语言现象是对立的，人类始初的语言一定是非制度非社会化的，特别是神话时期，这是否说明了杰洛瑞的结论是错误的呢？不！拉波特所说的“文学语言是指资产阶级社会俗语的一种裂变，这一裂变是由这种社会俗语的成功传播所导致的。”[②]要成为广泛流传的小说语言必须有一套帝国的传播技术，可见小说语言是帝国的后果。这就可以回答我们前面的问题，《搜神记·盘瓠》记录的是南方人早期的语言现象。而现代小说语言伴随是帝国兴起，也有阶级社会的“整体性复制意识形态的手段”（马舍雷语）现代小说语言才得以产生。这就是为什么我们二十世纪初会有几次语言的白话运动，由此类推，当代小说的语言便是解放后社会体制强行推广普通话的结果。这样语言又和一种教育体制有关，十九世纪以后教育体制确立了经典文本和一种标准语言的规范，这样才能产生成熟的社会俗语得到大众的认同，这才有了高级的语言资本，小说便是推动这种语言资本得以流动的武器和动力。

> 旧说太古之时，有大人远征，家无余人，唯有一女。牧马一匹，女亲养之。穷居幽处，思念其父，乃戏马曰：“尔能为我迎得父还，吾将嫁汝。”马既承此言乃绝缰而去。径至父所。父见马，惊喜，因取而乘之。马望所自来，悲鸣不已。父曰：“此马无事如此，我家得无有故乎！”亟乘以归。
>
> 为畜生有非常之情，故厚加刍养，马不肯食，每见女出入辄喜怒奋击。如此非一。父怪之，密以问女，女具以告父，必为是故。父曰：“勿言。恐辱家门。且莫出入。”于是伏弩射杀之，暴皮于庭。
>
> 父行，女以邻女于皮所戏，以足蹙之曰：“汝是畜生，而欲取人为妇耶！招此屠剥，如何自苦！”言未及竟，马皮蹶然而起，卷女以行。邻女忙怕，不敢救之。走告其父。父还求索，已出失之。
>
> 后经数日，得于大树枝间，女及马皮，尽化为蚕，而织于树上。其茧纶理厚大，异于常蚕。邻妇取而养之，其收数倍。因名其树曰“桑”。桑者，丧

---

① 《文化资本》，（美）约翰·杰洛瑞，江宁康译，南京大学出版社，2011年版，第71页。

② 同上，第72页。

也。由斯百姓竟种之,今世所养是也。言桑蚕者,是古蚕之余类也。

干宝《搜神记》(女化蚕)第十四卷

这是一个完整的小说故事。我们注意它的叙述语言非常成熟,如果我们取消文言文的语法句式,改变为白话衬词,改变文言实词的前置方式,它就变成了非常普通的白话小说,以此推论,白话革命从形式上仅在革去衬词,改变句法(如何处理词语的秩序),现代通俗的口语便出现了。如此现代小说语言的基本素质其实就隐藏在极其古老的话语之中,非古语难懂,仅在词的古今含义有差异,句法安排词语的秩序有所不同,还暗示了对话即交流,甚至不分性别与人兽关系,女、邻女、马、父亲四者处于语言的交流关系之中,语言推动行为,它本身又是行为。就读者层面而言,即使马不会说话也不影响人与动物交流,语言不仅仅指符号方式存在,还指一种联结方式,语言是一种动力常常应用于攻击与反抗之间的较量。人有说话的语言,女对邻女戏说马皮便是一种语言攻击。马没有符号语言,但有动作语言、身体语言、视听语言。在物体之间转换为一种对抗的形式。"这种形式揭示了语言的力量对于反抗性的肉体的独特性之体验之间的较量:处于冲突之中的那些神色抑郁的工人阻断了诗人和头上星空之间的关联并禁止他们在空白纸上进行宣泄。"①事物只要置于一种语言陈述中,那么各事物便均会假定为一种联结的状态,这种关系便是语言的。这个小说还有一个特别之处,它宣告了一种命名的传统。语言和事物之间还建立一种想象性关系,这是一种语言的隐喻性。蚕为美女,茧为皮毛,马作为人的情感的替代,这里既有严肃的命名性质,也有游戏式的文化事件含义。而且还建立在生物学法则上,蚕与桑的给养关系。词语使用日久便变成一种文化传统。蚕与桑不仅是发声与象征的联结,还是一种生存的依附关系。小说"以旧说太古之时"开局创造了旧小说的讲述模型,其中人物话语灵活多变,有独白,有对话,有直接引语,还有暗含的间接引语,如女具以告之,走告其父等都是女儿和邻女转述的语言。这些小说的讲述方式和语言形式在今天也还会在现代小说中运用。

《搜神记》这部小说始初功劳十分伟大,它确立了中国小说的许多叙述模型与主题,探求故事的奇异性、多样性、丰富性,打通天、地、人三界,融合人性与兽性,其触角广阔而丰富,视角也十分独特,大量采用虫视法,把内在焦点寓寄在神灵与幽冥、动物等身上。这合乎上古万物有灵的观念,当然众多篇目采

---

① 《马拉美·塞亚的政治学》,(法)雅克·朗西埃著,巴黎,阿歇特出版社,1996年版。

用的是伦理道德主题是一套封建的价值标准。今天看来惩恶扬善开掘人性中善良的部分对生命积极肯定的态度还是可取的。当然它也开启了中国小说宏大叙事的传统，虽然多系神怪妖魔奇人异事的活动但却采用的是现实标准和价值评价,这暗示了中国小说终归走向一种现实主义道路和目标。最早的中国小说采用的是一种怪异的语言形式，也就是说，他们乐于使用一种读者陌生的,令人惊诧的风格,以及大肆渲染的夸张手法和离奇的意象。[①]德国人的这一看法在今天看貌似合理,但在中国远古时生产力低下,认识水平有限,人们的神话思维所致，大量的神鬼怪异之事与奇特意象在古人看来未必是夸张和离奇的。顶多仅是一种超越现实的某种想象,更多地充满了感性神秘的色彩。当然这也是一个浪漫神话的起源，绝好地说明了中国最早的小说语言是非日常化的、反常的、有怪异奇幻的色彩,大量的神怪意向刚好是小说一个绝好的起源，表明幻想性文学在中国早期小说中是极为发达的，而且产生了一批精品,如《弦超与神女结为夫妇》、《紫玉韩重姻缘》、《卢充幽婚》、《李娥死后传书复生》、《王佑病疾遇鬼》、《干将莫邪》、《谈生》等篇什。它们叙述得起伏跌宕,曲折有致,构成了成熟的讲述语式的传统,换一句话说,它告诉我们故事用这种方法讲述最合适,构成了讲述人与读者的亲近关系,同时这种讲述语态也是可以丰富多彩地变化,最重要地它切近一种口语感,透露小说操作的是一套日常生活语言。当然这套话语系统在漫长的小说发展史上分成两个系统:一是日常生活语言的叙述,二是非日常生活语言的文学语言。

唐宋传奇接续了这种传统。对人物形象有了更生动曲折的叙述与描写,结构也更趋向复杂多变,境界上也更为阔大,一篇《游仙窟》有八千多字,成为经典名篇的有《柳毅传》、《霍小玉传》、《莺莺传》、《任氏传》、《虬髯客传》、《薛伟》、《枕中记》、《南柯太守传》、《李娃传》、《长恨歌传》等,这个时期的小说语言走了两条路子,一条路是雅化,采用先秦词汇、句法和典故,成为寓言式古文,还采用华丽骈赋的方式写小说,《游仙窟》是其代表:

> 华容婀娜,天上无俦,玉体逶迤,人间少匹。辉辉面子,荏苒畏弹穿,细细腰肢,参差疑勒断,韩娥宋玉,见则愁生,绛树青琴,对立羞死。千娇百媚,造次无可比方,弱体轻身,谈之不能备尽。
>
> ……依依弱柳,束作腰肢,焰之横波,翻成眼尾,才舍两颊,孰疑地上

① 《中国中短篇小说叙事文学史》,(德)莫宜佳著,韦凌译,华东师范大学出版,2008年版,第15页。

无华，乍出双眉，渐觉无边无月。

《游仙窟》

这篇小说展示了中国小说中一个新的表述方法：描写。过去小说大都是简洁的叙述，唯《游仙窟》极尽描写之能事。对五嫂描写详尽至极，描写酒宴也罗列无数山珍海味，把各地方特色的菜肴都搬上来了，极尽细微与视角变化描写庭院景色和女人闺房。琼英与少府的性爱描写也落实到身段与细部，五嫂、琼英与少府的离别更是写得缠绵悱恻，无尽感伤。在中古之前，这个小说不寻常的是，它开启了小说性爱描写的先河，而且写得香软纵情。

另一条道路是通俗化、口语化，当然它又显示为一种极为复杂的交融现象。代表作有《李娃传》、《任氏传》、《谢小娥传》，通俗故事中采用杀人与揭秘的手法，女扮男装追凶查人有点像侦破小说。展示下层妓女生活，历尽生存之磨难，这使小说靠近日常生活和通俗故事，在传奇中也慢慢减少神怪故事成分，恢复人物的世俗生活层面，但传奇中还是较多地表现了上层女性，因此语言往往雅俗纠缠。总的语言特点：其一，接续日常生活的口语，显示人物的性格特征。其二，语言又强调韵文诗化，例如环境和人物描写更多地采用韵文诗词。其三，语言综合运用各种修辞手段，特别是拟人、夸张、象征、典故、讽刺、双关等在情节中出现的关键词也用双关和揭秘的方法。其四，采用民间的文字游戏，或民歌，或诗词中的顶真、回文、藏头诗等，把语言分析和故事逻辑结合起来，语言成为小说的关键点。例如《谢小娥传》父亲托梦给谢小娥说，“杀我者车中猴，门东草。”这个字谜一直作为线索寻找凶手，最后终于找到凶手申兰。车中猴拆解为猴，车(車)除掉上下各一画为“申”字，在地支的属性中，申的生肖为猴，门东草里凶手为兰(蘭)，除掉草头，门内加车(車)字，因此凶手为申兰。这些都是一些语言游戏。在今天的现代小说语言主要继承和发展的是通俗化、口语化的那条路子。

明代白话小说是一场重大的小说语言革命，它的许多成果直接影响了现代小说语言的产生与形成。首先是描写语言得到了极大的发展，传统文言文小说中描写人物和环境均采用韵文的方式单独成为一段，有些像叙事文字的线索上吊一个包袱。自“三言”、“二拍”开始描写融入叙述文字之中并形成描写的赋体表现。特别突出的例子有《灌园叟晚逢仙女》，这篇小说叙写一位唐处士崔玄微如何惜花护花，在一个月夜的花丛里接待了十八姨等众花仙。他的语言是描写与叙述交融的，有一种强烈的抒情色彩。这篇小说在古典文本中有一种特殊的象征色彩，作为意淫的书写，欲望表达十分巧妙，“花”则仅仅是美与情欲的符号标志。小说正文则写秋先护花。有大段关于花的描写：

那园周围编竹为篱，篱上交缠蔷薇、荼蘼、木香、刺梅、木槿、棣棠、金蕉，篱边遍下蜀葵、凤仙、鸡冠、秋葵、莺粟等种，更有那金萱、百合、剪春罗、剪秋罗、满地娇、十样锦、美人蓼、山踟蹰、高良姜、白蛱蝶、夜落金钱、缠枝牡丹等类。不可枚举。遇开放之时，烂如锦屏。远离数步，尽植名花异卉，一花未谢，一花又开。向阳设两扇柴门，门内一条竹径，两边都结柏屏遮护。转过柏屏，便是三间草堂。房虽草覆，却高爽宽敞，窗槅明亮。堂中挂一幅无名小画，设一张白木卧榻。桌凳之类，色色洁净。打扫得地下纤毫尘垢。堂后精舍数间，卧室在内。那花卉无所不有，十分繁茂，真个四时不谢，八节长春。但见：梅标清骨，兰挺幽芳。茶呈雅韵，李谢浓妆。杏娇疏语，菊傲严霜。水仙冰肌玉骨，牡丹国色天香。玉树亭亭阶砌，金莲冉冉池塘。芍药芳姿少比，石榴……

篱门外，正对着一个大湖，名为朝天湖，俗名荷花荡。这湖东连吴淞江，西通震泽，南接庞山湖。湖中景致，四时晴雨皆宜。秋先于岸旁堆土作堤，广植桃柳。每至春时，红绿间发，宛似西湖胜景，沿湖遍插芙蓉，湖中开五色莲花。盛开之日，满湖锦云烂漫，香气袭人，小舟荡桨采菱，歌声泠泠。遇斜风微起，偎船竞渡，纵横如飞。柳下渔人，舣船晒网。也有戏儿的，结网的，醉卧船头的，没水赌胜的，欢笑之音不绝。那赏莲游人，画船箫管鳞集。至黄昏回棹，灯火万点，间以星影萤光，错落难辨。深秋时，霜风初起，枫林渐染黄碧，野岸衰柳芙蓉，杂间白蘋红蓼，掩映水际。芦苇中鸿雁群集，嘹呖干云，哀声动人，隆冬天气，彤云密布，六花飞舞，上下一色。

冯梦龙《醒世恒言·灌园叟晚逢仙女》

这篇小说之奇在开篇之后有五千多字的花园湖畔的描写，这么漫长的景物描写在古典小说中，自明代以前是绝无仅有的。这表明中国古典小说语言开始有大量的描写。它不仅是一个描写的数量问题，它定性了许多描写方法。其一，主题限定描写方法。不同人物，不同环境，不同时空，文本尽全力控制写花及花园这一特定的主体对象，而且是贯穿整个文本的描写。其二，采用命名描写，文本中对各种各样的花均有命名，对每一命名都有象征隐喻的描写。其三，锁定描写法，例如对朝天湖的描写，按序描写四周地理，湖上四时变化，湖内花朵和人物,均按分配,锁定,组合的方法序列地描写。其四,关系性描写,写花、写人、写花园、写植物与人是互动的,在环境中各种花卉草叶、树丛、湖泊是相互映衬的,承接描写传统的对偶法与互文法,强调互相映带效果。这些复杂的描写方法均为明清相继发生的长篇小说提供一种先导,例如,《红楼梦》描写大观园的花卉草木便承接了这些方法。

其次,明代小说以说书讲唱形式出现,给中国小说带来了一个极好的说唱传统,这个传统有两个重要贡献。一方面促进了大量的讲述体方法,使讲述成为一种经典语式。另一方面有人讲述的现场感,间之以韵唱表演,这表明小说是上口的,便产生口语感,一种说话方式把故事说出来,就已产生了许多说书的长篇,因而更大众化了。这决定了传统的白话小说具有言说性、大众性、口语感的重要特征。极为重要地决定了我们现代小说语言也应该是口语的白话,使之更好地贴近日常生活。

最后一点,明清小说的语言形式是街巷市井人们生活中的民间话语。所以明清话本中充满市井人物的方言土语,包括那些俚语,甚至黑话都进入了日常生活话语系统,这是一种感性方式的,没想到日常用语进入小说却极大地改变了小说的性质,这表明世俗人情,社会生活也融入了小说,这迫使古典白话小说走了一条平民化的道路,"三言"、"二拍"、《金瓶梅》、《水浒传》等小说都记录的是来自社会底层的故事与人物。这决定性地影响了中国现代小说也要走一条平民化道路,而语言则是口语的白话,作为日常生活的反映与民间性的体现。

清代文言小说《聊斋志异》是一个高峰,作为文体它影响了现当代的笔记小说。笔记小说就其精辟而言限定了一定的篇幅,并不表明它的容量与语言就属于小小说的特殊规范,它的制造是在其内在性的结构关系,在语体风格上都是完全自由的。笔记小说到了今天也已形成为一种传统,保持某种语言上的规范性。第一,要白描。不能使用冗长的描写方式,实际是限制对象的简洁与集中。第二,采用文白相兼的话语表达,使语言精致简略,强调语言显示出一种精神,生动地显示出词语的准确与凝练。第三,叙述紧扣故事核心与人物形象,特别突出情感的某一点,性格的某一面,心理的某片段,行为的阶段性。用短句精心突出最显著的特征,其节奏要跳跃灵活,显示为精心切分以后的重组。清代也有白话短篇小说,《八洞天》、《五色石》、《西湖佳语》、《载花船》,并非因为它艺术成就不高,而是在"三言"、"二拍"之后它们平民日常生活贴得不够近,话语方式上没有显著的特色,因而不形成对现代小说文体的巨大影响。

第二节　现代小说语言的外国文学影响

把西方文学对中国文学的影响置于一个背景，这只能是就中国文学发展史的现当代阶段部分而言，文学的个案有不受西方文学影响的也是大有人在，特别作为语言方式有很多作家都保持着良好的中国语言的传统。我们描述现代小说语言发生史时会发现一个奇怪的现象，最初西方小说翻译成中国汉语小说，采用的不是白话方式，而是文言方式，我们只能看到西方观念的影响，却看不到西方语言的影响。可以说是我们翻译家用文言文在写西方小说，反倒是当代有众多的作家受当代西方小说语言影响，出现一种翻译体的中国小说，这值得注意。例如白先勇在美国是教西方文学的，他有很纯熟的西方语言，但白先勇的小说无论长篇与短篇都是地道的中国口语，而且含有古典小说语言的精致和儒雅。因而讲现代小说语言的最初发生一定要拨开迷雾，针对具体的语言实际情况而谈。

> 是日之夕，太阳入地，阳光立隐，无复余明，台上灯光灿然，照临水面，人知守者已就其取矣。中夜寂静，如热带景色，空间雾气弥漫，绕月作大环，状若虹霓，海水微动，盖潮生也。思凯闻斯奇立廊之上，望之仅如黑子，方欲集其思虑，纳此新生……
>
> 周作人《域外小说集》群益版1921年

> 打眼一看。原来那人白发苍苍。十分老态。年纪看来像是70岁，怕实在还不止此数。但则精神矍铄。体骨坚强，态度丰貌。很像古时兵卒。白发已是全白。脸上颜色纯黑。却似西印度土人。但看他碧眼深眶……
>
> 吴梼《绣像小说》1906年第68期

这是波兰作家显客微支的《灯塔看守人》，周作人译为《灯台守》，吴梼译为《灯台卒》，周作人译于1898年，吴梼译于1906年。两个译本周作文言风格，吴作白话口语。都是西方小说译本，但没有平移西方语言的译文风格，语言特征上是地道的汉语。为什么？原因在于当时的翻译家不尚直译，基本上使用了意译方式。即把欧洲小说读懂弄清后，按中国汉语习惯重组文字。据陈大康统计，从1840年至1902年的六十年间，中国产生了305部小说，翻译的55部与时代相关，仍有200部是传统的小说。可见这时候虽有外国小说的影响，仍然不改变中国现代小说语言上的传统模型。到1902年梁启超鼓吹小说界革命，其标志为梁启超创办的杂志《新小说》。梁启超鼓吹小说界革命无疑是小说生产的最新观念，可是中国现代小说并没因此而作为标志性的产生，特别作为现代小说的白话语言标志没有出现。这又作为何种现象看待呢？我以为可作观念先行。也就是说先有了现代小说的观念，然后才有现代小说的产生。这个时间准确地算应该从1902年到1916年相距十四年后才有了真正的中国现代小说产生。所以外国小说对中国小说的影响是观念与思潮的，从问题和语言风格及结构看，真正显示国外文学对现代小说的影响是在二十世纪二十年代了，并非从外国小说进入中国算起，这一点需要特别注意，我们甚至可以说真正影响现代小说性质面貌的是明清白话小说，而不是当时的欧洲小说，这种小说现象仅止于1920年以前。

但是我不能说中国现代小说的开始丝毫没受到外国文学的影响，下面，我们仍从实际情况进行分析。陈平原宣称"新小说的诞生必须从1898年讲起。……戊戌变法把康、梁等维新派志士推上政治舞台的同时，也把新小说推上了文学舞台。1902年《新小说》杂志创刊，为新小说的创作实践和理论探讨提供了阵地。"①如果指特定概念的"新小说"应该从1902年算起，如果从有据可查来讨论现代小说，那就只能从1916年开始说起，即陈衡哲的第一个短篇白话小说《一日》；如果按语言的实际状况，这个判断似乎又不准确，事实上从1902年到1917年间文言与白话是相互渗透的，文言元素不可能一下从白话里剔除干净。鲁迅的《狂人日记》就是例证。真正的白话小说不可能是一个人的功绩，是那些当时创造白话报刊的人，《新小说》(1902年)，《时报》(1904年)。《时报》当时还专门招募短篇小说，陈景韩的《马贼》是白话短篇小说，但杂有文言，叙述中有描写，当时影响很大，这篇小说刊于1904年10月29日。相应的小说有《黄面》、《张天师》、《中间人》、《路毙》(《新新小说》二期刊)我们说的是1904年的情况，但小说发生却在1903年，这年共产生了147部小说，80部报刊小说，单行本67部，属新小说的有130部。《新中国未来记》应该是最早的新小说篇目，但我们不能就此判断现代小说产生于1902年，其一，这时清朝传统观念仍占主导地位。其二，白话小说里间杂有文言现象。其三，小说在人物。结构上的形态并不完善。小说中有太多的政治社会议论。不管怎么说，现代小说新的元素肯定从这时候产生了。

但这些业绩与当时翻译西方作品有关，梁启超便力主翻译西方的政治小

① 《中国现代小说的起点》，陈平原著，北京大学出版社，2005年版，第1页。

说。他自己还翻译了《世界末日记》,1900年才有一部《八十日环游记》,到1903年,仅一年便有七部科学小说翻译,单行本有:戴赞的《星球旅行记》、鲁迅的《月界旅行》、徐念慈的《空中飞艇》。这无疑对中国思想是一场科学启蒙。当时的翻译小说止于1907年有八十多种,而创作小说仅四十多种,仅《小说林》介绍当时的书目就显示如此。这些翻译家大多数都写新小说,无疑把西方小说的讲述方式、叙述、描写、人物、故事等新观念带入创作。可是我们都是采用文言翻译西方的政治文献与各种小说,如何看待西方思想对中国现代小说的影响?我们只能从潜在的隐秘的创作发生学上去分析。我们来看一个案,1903年9月19日的《国民日日报》发表的《我有我》:

> 到了第二年的春天,那些逃荒做奴仆的人接了信,陆陆续续的都回来了。由我村,看见现在的情形绝不像从前了。村外一条平坦的大路,路旁边曲曲弯弯的一条河,河边上一条栽了杨柳,发得绿荫荫的。走进村里,听见学堂里的书声,还有田里的水车声,真真是洞天福地。

我们看这个小说中的受西方影响元素。其一,西方自我观,强化地进入标题与视角。自我意识与我的观察。其二,有我村的自然景状描写,是一种乌托邦。这种乌托邦思想是西方人的。其三,学堂教育无疑也是西方的公学方式。如果把"奴仆"二字除掉,我们完全可以视为当代的白话小说了。我们如何看待这种清代的白话小说,能不能把它就视为一种现代小说的语言起源呢?我仍会后续讨论。

第三节　现代小说语言的意识形态基础

意识形态对现代小说语言有一种决定性的影响,这是一个十分重大的课题,非三言两语可表述清楚,我这里仅从其中寻找一些极为显著的要素。

首先,我们说说发生在近代的几次白话运动。为什么在文言与白话之间要作出一次重新选择,最终白话文战胜了文言文。我们探讨几个原因:最重要的一个原因是一个帝国的衰亡必然导致它语言的衰亡。因为"语言是帝国的伴随物。"[①]清代是封建社会最后一个王朝,它的消亡必然会导致封建传统的语言衰

① 《语言文化史》,(英)彼得·伯克著,李霄翔译,北京大学出版社,2007年版,第106页。

亡。那么你一定会问,秦汉唐宋明清经过了许多朝代的变更,为什么一直是文言文作为统治地位并没有消亡。这是因为,整个封建社会体系及性质并没有改变,变更的仅是作为朝与代际的转换,而清朝灭亡,代替它的是一种资本主义性质的思想,民主共和取代了封建专制。近代语言的变化发生在清代晚期便很好理解了。文言文作为封建体制的上层代表是一种典雅精致的语言现象,但它的精练晦涩不能为广大下层人民所普及使用,而新兴的社会下层人们作为国家的主体力量,显然要改革传统的文言。这个因素也决定了白话文是朴实的乡土语言,易于大众人群的交流。

第二,文言与白话是在反复较量中制胜的。应该说文言与白话的矛盾冲突期充满了二十世纪最初的二十年代。我们看最初的白话提倡者胡适、鲁迅、梁启超等一批人,很有意思的矛盾状态,梁启超用白话文写《新中国未来记》,但他翻译外国小说和政论中还是用文言文。鲁迅写小说用白话文,他的学术专著《中国小说史略》、《汉文子史纲要》仍用文言文。最有意思的是松友梅,他的长篇小说《小额》用白话文创作,但他的创作谈却用的是文言文。一种思想、一种语言的转换非一朝一夕,而是长时间里发生变化的。明代有了资本主义城市元素,明代便有了古代白话小说,但古白话小说经过了数百年几乎近千年才变成纯正的白话小说。

第三,文言文是传统的,但它是一种经典优美的语言,有巨大的优势:凝练、精致、典雅、文采、华丽。在音乐节奏上也有深厚的音律传统,为士大夫、上层社会和知识分子所喜欢。但它也有明显的缺点,因为语言可以特别意识形态化,把人群分成三六九等,下层人民没文化便失去了对文言文的拥有权,可见文言文制定了等级。文言文的晦涩难懂表明了它不是人们共有的事物。思想的共通性必须要有共通的语言,这只有白话文做得到。同时白话文作为大众的语言它还是一种反抗的武器——对传统语言及其思想的反抗,所以白话文称之为运动。

第四,近代思想里最显著的是一种革命思想,革命是一种大众的运动。革命必将惠及一群大众利益,无疑大众是白话的,而文言仅是社会群体中的少数。鼓吹一种激进的革命思想,我们可以用文言文吗?应该说文言文也可以表达出革命的思想,但一方面文绉绉的言辞不适合革命的性质,另一方面,大众无法用文言接受革命思想。再一方面是口语与书面的关系。口语在人民大众之中,而文言则更多体现在书面的典雅精致。口语表达有普及的广泛性,而文言更多的只能在少数知识分子与权力人物的欣赏中。这样文言与白话本身便是有了一种意识形态的等级制。革命便宣布了这种语言上的对立状态,统一的语言便出现了意识形态的对立与分裂，这种关系不可小视，它们会形成一种竞争。“如果在这种竞争中有胜利者的话,显然也一定会有失败者。如果说语言的‘兴起’是一种有意义的表达方式,那么这种趋势的出现必然是以牺牲另一种语言为代价。”[①]白话战胜文言便是竞争的结果。不过其中有一个深层隐含的问题是白话是非“文”的,俗野的。而文言是雅化文明的,古代文明的经典代表,白话战胜文言表明的是野蛮的俗语的战胜高雅的文明，这是一个非常残酷的事实,一定意义上说它也是革命的性质与内核。由此可见白话要经过漫长的革命时期才能达到新的规范状态。早期的白话处于幼稚阶段，或者还夹杂文言文,或者不含语言规范,这也是完全可以理解的。在1902年以前甚至文言与白话小说各守疆界互不相扰,文言文独占了短篇小说领域,在1916年以前没有纯正的白话短篇小说,古白话小说从明代起就占据了长篇市场,当然白话长篇并不是纯正的白话方式,例如以章回体篇目,在讲述过程中会用许多文言词语,在鼓吹小说界革命以后这种形势完全不同了。白话与文言在创作与传播中界限分明,有一种清晰的意识形态对立状态。

讨论完白话与文言的关系后,我们再谈现代小说语言的意识形态源起。如果我们仅指语言的意识形态的发源,那一定得推到宋元话本与明代白话小说,古代封建帝国里的语言意识形态是在常识状态里理解的，那就是文言文为正宗的主流势力,没人怀疑,甚至也无法反抗。白话兴起是一种潜意识里对统治阶级的语言主体的反抗,仅表现在小说与说唱的民间艺术里,丝毫不动摇。诗歌、辞赋在1908年科举制结束之前,文言文均是官方的正统语言。现代白话,或者说现代小说语言的源起，本不仅仅指向语言形式，更重要的是指向一种观念,即革命的观念。真正的意识形态根基还在观念革命上面。古典文学的观念是在一种伦理教化方面,主要用来移人性情与宣传惩恶扬善。文学观念是跟着儒家正统思想走的,简言之,文学观念的思想史是一种体制化的思想,没有构成一种革命观念。当然古人也会有造反意识,那是一种真正的政治观念,农民当皇帝实践政治上的造反,但文学观念上并不造反,思想观念也一直沿袭一条的儒家思想体系。进入现代小说表述以后,截然不同的是有了一条文学思想的革命观念,这是前无古人的行为。

我们先看看意识形态(ideology),它在三个维度上使用。其一,指一种精神

---

① 《语言的文化史》,(英)彼得·伯克著,李霄翔译,北京大学出版社,2007年版,第99页。

生产的动力，表明意识有其能动性，从根本上说它是一种精神领域里的思维活动，它贡献给人类诸多的精神产品，所有的观念都由它产生，是概念的源头。其二，作为观念的群体，有一种共同制约思想，人们在遵从它时自身的行为会自动地归于这样一种环境，或者构成部分群体在思想上的共通性，作为一个相互制约的疆域，它可能是阶级的准则，因此资产阶级、社会主义一定是意识形态的范畴。其三，我们讲事物都要追逐一定的意义，这种意义的观念会有左中右三种倾向，或者表明真实与虚假的差别。无论是哪一个维度来谈意识形态都表明它是一种充满了观念的活动，一个寻找意义模式行为。现代语言的变化处于我国一个大变革的时代，国家体制由封建专制转变为一种民主共和的体制，观念生产处于一个最为活跃的时期，正好它又伴随了一种语言运动，这便天然地切合了现代小说的意识形态基础。

有一点我们要提请注意，中国现代小说语言状态的变化是复杂多维的，但其主要核心的因素是意识形态的，可这种意识形态不是中国小说自身缓慢的符合规律的发展，而是一种强行的输入意识。语言是可以向许多方向发展的，为什么向革命方向发展了呢？社会使然，人的意识使然。例如中国台湾并没有推行普通话与简体字。语言的革命化这个原点在什么地方呢？1895年秋冬之际，夏曾佑、谭嗣同、梁启超三人谈论新诗的产生，后来产生了新诗派，增加了黄遵宪、康有为、蒋智由、丘逢甲等人。后来在《夏威夷游记》中提出“诗界革命”，同时又提出了“文界革命”，此后梁启超在《论小说与群治之关系》(1902年)中提出了“小说界革命”，简称“三界革命”。

> ……专借小说家言，以发起国民政治思想，激励其爱国精神。一切淫猥鄙野之言，有伤德育者，在所比摈……
>
> 欲新一国之民，不可不先新一国之小说。故欲新道德，必新小说；欲新宗教，必新小说；欲新政治，必新小说；欲新风俗，必新小说；欲新学艺，乃至欲新人心，欲新人格，必新小说。
>
> 梁启超《论小说与群治之关系》

梁启超于1898年“百日维新”运动之后的社会形势构成的一种革命现状，简单说是“戊戌变法”给文学输入一种新意识，当然这是一个很抽象的论述，具体而言呢？则是梁启超给现代小说输入了一种意识形态：革命观念。这里要辨明的不仅仅是小说要承载一种革命观念，连现代小说也变成了一个革命的代名词，以现代小说的发展脉络看，鲁迅也好，蒋光慈也好，邹容也好，都是把文学变成了一种革命观念的替代物。如果说梁启超提出的“熏”、“浸”、“刺”、“提”谈的是文学的移情作用，蒋光慈和茅盾则把小说变成了革命的实用工具，如此推下来，解放区文学，十七年红色经典无一例外地使小说变成了意识形态的工具。

现代小说的源起如此，现代小说的语言发生哪能例外。在这个最初的动机中，仅基于谈“仅识字之人，有不读经，无有不谈小说者”。新小说除了运载新思想外，起码还要求通俗易懂。这就顺理成章地提出一个语言问题：“在文字中，则文言不如俗语，庄论不如寓言。”小说要达到有益于改良群治，就不能不承认白话体为小说之正宗。可见现代小说语言变化也包含在这种意识形态观念之中。表面上梁启超给我们输入了这么一个小说的革命观念，其实它是革命的结果，这种输入意识还与当时西方欧洲与日本的外来思想有关。他在《新中国未来记》中说明了渊源，我们要求新意境和新语句“不可不求之于欧洲。欧洲之意境、语句，甚繁富而玮异，得之可以陵砾千古，涵盖一切。”就连政治小说的概念也是从日本借鉴而来的。他亲自做了《译印政治小说序》，并把它作为“小说界革命”其工作的一个部分。由此可见中国现代小说的输入意识从其根源来说，又发源于欧洲。因此我们探讨其现代小说的意识形态源起并非是单一元素所导致，它是个人与社会、中国与西方、政治与文化、传统与现实等多维力量的一个合力。

小说语言的政治社会色彩成为现代小说一个最显著的特征，一定意义上说，小说成为一套政治观念的宣传话语，其“革命”的观念成为小说中最重要的元素。

> 况且我所说的是破那已经破坏过的，不是破坏那未经破坏过的。尔看两千年来几个圣君贤臣天天假仁假义行些善政，早把这人格破坏，暴君污吏种种无情无理行些虐政，早把这人格破坏。一篇二十四史，哪一桩不是破坏。今天是由破坏过渡到这建设的时代，须要把这数千万如虎如狼如鬼如蜮贱民的官吏一网打尽，把这个数千年如醉如迷如狂蠢民的学说一气扫尽，才能够算得破坏哩！
>
> 蕊卿《血痕花》载《浙江潮》四期1903年5月

> 我自由的同胞啊！我们男男女女，最喜欢的岂不是自由吗？最希望的

岂不是自由吗？老夫伤怀故国，对景生悲；恨不得把那些狗奴才刬出净尽，使我国民个个雄武赳赳，将来建设自由的国家，组织共和的政府，做到我犹太轰轰烈烈，成世界第一强国……人不能一日失去自由……老夫且愿我自由的男男女女，爱一切自由如结婚一般，我祖国就不怕无自由之日了。

张肇桐《自由结婚》第一回，第296至297页

这是产生于1903年的革命小说，前一例中"破坏"一词，不如就是一次革命的代称，几乎就是一个关于革命的宣言，大到政府组织，小到个体人格，革命来势汹汹横扫一切。后一例，是关于自由的学说，一种直观的自由思想。在这里，观念是语言，语言也是观念。在半文言半白话小说中如此，在纯粹的白话小说中这种革命语言更是狂放自由，尤其到了1928年以后，资产阶级革命与无产阶级革命决裂之后，革命的观念更加明确具体，因而小说的革命语言指向更加清晰，更加细节化，这在后文会继续论述到。

第四节　现代小说语言的文体意识发生

中国小说文体实际通过一个漫长的建构过程，新的小说形式出现便带有对旧小说的破坏。我们从南北朝的"志怪"体，到唐宋的"传奇"体，再到明清的"话本"体，一变再变都是在封建王朝的内部发生演变，这种变化有形式的也有内容的，还有一种是文化风气的。但小说的根本属性没大变，小说的形式标志，特别在叙述模型方面没什么大的变化，二十世纪从梁启超发动"小说界革命"后，小说开始有了根本的变化，即小说中有了革命观念的元素。值得注意的是，晚清以前小说的语言有不同的断代变化但根本的文言意识没变，章回体结构没变，讲述方式没变。革命观念植入后小说文体开始有一种破坏性的变化。一、旧小说的伦理道德教诲是通过老生常谈的方式，所谓在故事之前，或者之后以点化的方式出现，是插入式的几句话，而现代小说里却变成了一种议论表述方法，小说借以伸展"吐露其所怀抱之政治思想。"[①]吴趼人也有"意见所及，因以小说体，一畅言之。"[②]这种大段雄辩的言谈说词与个人的政治抒情结合起来

① 《新中国未来记·序言》，梁启超著，《新小说》1号(1902年)。

② 《上海游骖录》，吴趼人著，《月月小说》8号(1907年)。

形成了小说里的议论与抒情方法。小说里有了新的表现方法，而这种议论与抒情的方法是与个人的语言和修辞分不开的。这构成中国现代小说一个大特色，即现代小说的政论化倾向，特别到后来的革命时期，小说总要借主人公口吻做政治演讲。旧小说爱在其中杂以诗词歌赋以炫耀才华，现代小说插入议论抒情便是宣扬政治社会思想。二、现代小说的文体语言更多的是个人经验与学养、性情、地方性习俗所带入的，古典小说文体有一套标准规则，志怪体、传奇体、话本体、笔记体、长篇小说中《三国演义》是历史体，其变体又有纪传体，《西游记》、《封神演义》又是神话体，《红楼梦》为家族体，《水浒传》社会传记体，《金瓶梅》社会风俗体。在稳定的历史文体中发展某种变体的小说这是常规，例如由《水浒传》产生《金瓶梅》，现代小说文体语言的出现表明了我们和传统小说文体的一次巨大断裂。新的小说问题是前所未见的，例如梁启超、黄小配等人的政论体小说，李伯元和吴趼人他们的谴责体小说，陈景韩、包天笑开创一种新式的短篇体小说，徐枕亚、吴双热、李定夷创造了骈文体长篇，还有徐枕亚、秦瘦鸥的鸳鸯蝴蝶体。另有一种影响极为广泛的译文体小说，当时知识分子均向往欧美文化，学习西方，去日本的人更多，日本几乎是一个新思想的大本营，很多新式报纸也在那儿创办，梁启超、吴趼人的小说都带有新式译文体的风格。三、影响文体的因素很多，如叙述模式、结构方法、雅俗风格等，但主要来自于语言的表述方式，其本身白话体与文言体小说便是一种语言之争。政治语言、方言俚语、通俗俚语、精致雅丽语言、娼门言情语言、神怪浪漫语言、批判谴责语言等无一不由语言的特征构成文体的。某种意义上说，语体即文体。在清末的长篇小说中运用白话已成为一种自觉意识，产生了李伯元的《官场现形记》、吴趼人的《恨海》、刘鹗的《老残游记》、曾朴的《孽海花》。李伯元取通俗语言，嬉笑怒骂、淋漓尽致地讽刺，是一种典型的批评谴责语言。吴趼人语言比较精准传神，从文言里吸收营养，又多方位对文体进行试验。既写儿女情长又写官场腐败。曾朴的小说文采斐然，意趣浓厚，多采用文言雅词，有一些呈才傲气。当时有三种方言在长篇小说有了气候，一是京语，二是苏白，三是粤语。北京话市场最大，从实际看，吴语小说风行一时：《海上花列传》、《何典》、《海天鸿雪记》、《九尾龟》、《繁华梦》等。白话长篇小说的兴起使得用白话写小说已成必然，我猜度其原因：一是由明代话本与讲唱文学的传统所至。话本长度是慢慢演进的。融入说唱艺术成为说书的职业，自然使长篇白话繁荣。二是古典长篇已取得了经典的地位，《三国演义》、《水浒传》、《西游记》、《红楼梦》四大名著虽有文言痕迹，可小说主体基本采用白话，有叙述语言和对话语言的分别。长篇白话小说势在必然，不可能返古到用文言写作。三是长篇小说从篇幅上都是鸿篇巨制，很难想象用纯粹的文言来写作会是一个什么样的结果。更有可能从此失去市区广大读者群，长篇一般都会进入说书场，讲唱艺术全用文言也是不可能的。四是由说话口语进入书写的书面语，长篇成为文人精心制作的小说文本，口语因此而带入书面，因此长篇小说无一例外都保持说书人的"讲述"方式。据此看来，小说文体与过去发生的语言方式密切相关。语言是有惯例的，长篇小说里的白话语言惯例便是保持与口语的自然，保持说唱通俗的形式。语言成为惯例进入小说。什么是惯例？惯例是集合，是协议，由此说便成为一种习俗，即堪称一种陈旧的适合他人的遵从规则。所以"惯例都是指某种业已确立的关系或这种关系的背景。""惯例是那种地方性的或普遍的指示，它既指明艺术的情境和场合，又表示着某种艺术的种种方式。"[①]通过上述原因的寻找，我们可以充分地认识到长篇小说中白话形式为什么存在的原因。语言是惯例，紧随着文体更应该是一种惯例，我们讲文体，一般是根据文体的陈规，而且是参照已出现的文体。要注意的是新文体，或者说现代白话小说文体是否为完全独创呢？白话小说可以不可以继承古典小说的文体呢？从惯例来看完全崭新的事物在我们的世界里是没有的，我们所看到的一切事物一切现象都是过去事物现象的继续。那我们如何理解现代小说文体的创新呢？一方面现代小说文体可视为过去古典小说文体的"变体"。另一方面现代小说除了具有过去小说中的某种陈规以外，它还拥有了一些崭新的元素。现在有一个矛盾，长篇小说以口语的白话为文体的语言特征，不仅产量高，而且成为经典的代表作，却为何短篇的白话小说文体迟迟没有产生呢？在长篇白话小说处于繁盛的时候，偏偏我们翻译欧美的小说时，把外国人的白话口语反而改成了文言形式。同时在大量长篇白话小说产生时，文言短篇小说都严格地保持着。这是为什么？按理，写短篇白话小说容易得多，写长篇白话小说的人保持写白话短篇不就是举手之劳了吗？从1898年至1917年间有19年时间，至鲁迅的《狂人日记》有20年的长度，为什么20年间没有使白话短篇小说繁盛呢？这里只有一个原因可解释，奥秘在我谈白话与文言的反复较量中第二点原因中所暗示的，也就是人们在骨子里对文言文的重视与留念。梁启超、林纾、胡适、鲁迅，包括大量的推广白话运动的人物，他们在演讲，发展运动时鼓吹白话文，可他们在书信，学术论文，大凡在证明其

---

① 《马克思主义与文学》，(英)雷蒙德·威廉斯著，王尔勃、周莉译，河南大学出版社，2008年版，第180页。

学问才华时依旧使用文言文方式,宣传外国新思想都坚持用文言文。显然,文言文在人们心里仍处于极重要的位置。这跟传统“文”的思想是密切相关的,他们依然以为白话不够“文”,白话的意识形态在当时的高级知识分子那儿还是清俗的,并不适合他的雅的身份。可见对待语言的变化仍含有浓厚的意识形态观念,如果仅以白话口语作为现代小说语言的起源,我们便很难确定一个真正的源点。是民国白话还是晚清白话?或者是明代白话?这一点我们必须参照语言的其他元素才可以解开谜底。

语言是一种惯例,它的变化从个体与民族看,处在一定的社会历史阶段上的变化是一致的,不可能在长篇中白话是一个惯例,而在短篇中又是另一个惯例,不同的仅在于我们对长篇与短篇的态度不一样。另外我们判断语言惯例究竟在何种维度?或者说在哪一个时空与表述策略上有了全新的处理方式,我们由语言的某种运作方式,或小说发展的时空位置确立一个现代小说语言兴起的一个标志,当然第一个新短篇文体的出现是一个重要标志。但仅有它够吗?显然,我们要对一种文体现象兴起而作为认同标志。复杂的是,我们还应该参照真正属于文体意识的长篇白话小说语言的对照分析,现代小说语言产生不是一个孤立元素。

从很宽泛的社会语言学谈一般的语言运用,对于文学来说没有任何作用,我们谈语言及语言的惯例必然是在小说文体的意义上谈论。这就是说我们对语言有了小说问题的特定要求。这里我们要注意两种惯例,一种是问题的惯例,一种是语言的惯例。我们是要把语言的惯例引入问题的惯例,童年时期老祖母哄孩子睡觉,总爱说伢崽呀,好好地睡啰,我带你上山采李子。在睡梦中奶奶便带你到了后山竹林,看到了又大又圆的鲜红李子,折一枝竹竿儿,扑下来一个滚到草丛里不见了。奶奶会说有一条大蛇张着口吃掉了,我们要把蛇打跑,才能得到李子,勇敢的伢崽才有吃的。这是日常生活语言,演变成任何女性哄孩子都会运用一套诱惑孩子的语言惯例。例如,它可以是前朝有一个穷秀才上京赶考啦,如何历艰险,中举啦;也可以是路边草丛里有一条大灰狼,等着一个爱撒谎的孩子,然后演绎一个狼来了的故事。这些民间话语惯例日久便成一套讲故事的模式:山上有座庙,庙里有个老和尚,老和尚给小和尚讲故事,从前,山上有座庙,庙里有两个和尚……这种说话讲故事的模型便变成了小说中的讲述文体,不断有讲述体的小说产生,因而讲述体又成了惯例。这就形成了一套叙述者的语言风格。我们研究小说文体的语言,便是找到关于事物与生活的语言如何进入小说的文体,又如何成为一套风格语言。

一、描写语言。描写人物的行为动作分两个层面,人物的身体描写和行为描写。我们可以视为模仿的,这个描写可以是直接的人物身体与行为,也可以是间接的描写借别人之口或手势表述出来。威廉斯认为人类有三种行为是主要描写的:杀戮、性和劳作。“常常被人们说成是关乎趣味和时尚的事情。但在上述每种情况下所采用的惯例都假定这一事件同其他事件,乃至更普遍的意义结构之间存在着某种特定的(或许常常是复杂的)关系。”[①]中国传统小说中将三种行为置换为:主人公落难,洞房花烛(或者私情幽会),经商或者读书。(农民是没有故事的)描写公子必是“昂藏骨骼、潇洒丰神、目摇岩下电、灼烁射人”(《型世言》第十八回)。描写小姐必是沉鱼落雁、闭月羞花的容颜。写的故事多是偶发性事件,但结局多是皆大欢喜,因果报应的。古代小说里描写语言里还有一个典型特征,便是人物,行为一节关键紧要地方的描写一般采用韵文,或骈赋的方式,语言是那种华丽、精致、高雅、文采斐然的固定格式,我们从这套古典小说的语言描写及话语策略对照便很容易识别现代小说的描写特征。我们只需要找出与这套古典描写语言不同的对立面来就行了。

二、小说文体语言中含两种不同的语言风格。一种是叙述者用自己的语言讲述过程的叙事语言风格,另一种是文本中不同人物的说话与对白是不同风格的语言。“叙事风格同直接表征性言语风格之间的关系在小说的各种惯例中显得尤为重要。从那种建立在叙述人物与人物之间某种真实或假定的社会身份之上的风格完整性,经过各式各样的等级差别,直到叙述人语言和人物语言之间产生断裂乃至形式上的对立,存在着一种有意义的社会差异。旨在表现异域的或某一地区的言语的,特别是在资产阶级文学中标示这个阶级的那些惯例的异体拼写方式,则都是那种确立公开的,或者也经常是被置换的或隐蔽的社会关系的一系列话语变体的地方性例证……”[②]这一点之所以重要是它揭示了两种语言的发生机制的差异,旧时小说叙述人的身份低下,恐怕仅有的一个高级知识分子是纪晓岚,因而小说文体的叙述语言是展示社会人群里向上发达的那种人,或出于惩恶扬善,叙述语言是等级的价值化,因而也是意识形态的。在长篇小说中更多的是反抗者的叙述语言,《水浒传》、《红楼梦》都含有强烈的对制度性的反抗,当然《红楼梦》也有对上流社会的钦慕语言。这种叙述

① 《马克思主义与文学》,(英)雷蒙德·威廉斯著,王尔勃、周莉译,河南大学出版社,2008年版,第185页。

② 同上,第187页。

的批评讽刺的语言到了晚清时骤然增多了，有吴敬梓、李伯元、刘鹗等人。但自梁启超以后，叙述人的语言成为了叙述人身份的展示，梁启超是一个政治家写小说，叙述语言泼辣锐利，擅于政治化议论。鲁迅的语言犀利讽刺，犹如一个社会解剖学家。如何确立这种现代小说叙述语言的产生呢？首先看古典小说问题中的叙述语言，是他者化的，是一种客观陈述他人，叙述者不出场，尽量隐藏其身份。现代小说的叙述语言是自我的，有强烈的主观情调，梁启超、张肇桐等人都会跳出来进行议论叙述，而陈衡哲完全是一套自我叙述。叙述人的身份是确定的但人物均是假定的，叙述人和人物之间的关系更是假定的，这时语言关系是多重的，人物语言完全是模拟的，古典小说容易使用性格语言，也就是适合人物自身性格、身份及社会交际的语言策略，现代小说语言里叙述者很多时候会托人物之口说话，展示其寓言象征意味，使人物观念化，所以人物语言更多的是社会价值的表述，现代人物语言发展到成熟以后会有大量的人物内心独白，潜意识语言的表现，这就出现了崭新的心理描写语言。

三、语言进入文体表述会受到文体惯例的制约。例如叙述人的视角，个人语感，说话的语调的影响。文体意识会使小说分成很多类别，如日记体、散文体、忆语体、笔记体、叙述体、译文体。一定程度上是叙述人语言方式决定了小说的文体。谈论小说本身便是谈论一种特殊类别的文体语言。现代小说准确地说，他是一种语体文，这即指他口语的白话，又指叙述人说话的语言惯例。从这个意义上说，陈衡哲的《一日》、《小雨点》比鲁迅的《狂人日记》更重要，陈衡哲的语言是有现代意识的纯口语的白话，又极为语体化，更体现了现代小说语言的基本精神与特征。文言文则是按照传统的文法惯例经过提炼组织了的模式语言。这种语言里含有传统的价值观和审美特征，有其特定的文采辞藻的要求。这里涉及一个重大的问题：谁来解放文体。这些工作当然由社会与个人来做，由文学界的领袖们来做。一般来说不可能是一两个人的力量，要由陈独秀、胡适、鲁迅、李大钊等文学革命家来做。

> 梁任公实为创造新文学之一人。虽其政论诸作，因时变迁，不能得国人全体之赞同，即其文章，亦未能尽脱帖括蹊径，然输入日本新体文学，以新名词及俗语入文……鄙意论现代文学之革命，必数梁君。钱玄同《寄陈独秀》[①]。

① 《寄陈独秀》，钱玄同著，《新青年》卷三第一号，1917年3月1日。

如果说诗界革命、文学界革命，此二种提法是顺时代潮流而论，不是惊世骇俗，但"小说界革命"在当时确实为惊人之举，因为有文学史以来小说仅作为街巷俚语，并不入流，不能视为正宗的文学。而梁启超却把它抬高到经国之大业，不仅发表理论，而且自己写小说，翻译小说，还编选小说集作序题跋。小说是一种文体，以一种文体而兴国，兴人格，这本身便是一次巨大的文体革命。钱玄同作为当事人首认梁启超有开创之功，应该说看法是正确的。后来小说文体有多方面的变化，则是理论家与小说家的共同贡献。

第五节　现代小说语言的句子变化

我们谈小说的语言必须要分析小说语言的句法，尽可能地比照这些句子的历史发展过程，从句子的变异看小说的语言状态的演变。最早的小说自然是六朝的志怪，胡应麟认为六朝的志怪雏形是《穆天子传》，更远一点我认为是《山海经》孕育了六朝志怪，甚至唐宋传奇中的神怪轶事。

有草焉，其状如蓍，赤叶而本丛生，名曰夙条，可以为簳。

《山海经·中次七经》

有梦草，似蒲，色红。昼缩入地，夜则出。亦名怀梦。怀其叶，则知梦之吉凶，立验。帝思李夫人之容不可得，朔乃献一枝，帝怀之，夜果梦夫人。因改曰怀梦草。

《汉武洞冥记》

这两个文本都是描写瑶草的，我们立刻可以判断《山海经》在前，《汉武洞冥记》在后，为什么？《山海经》如同草的简洁说明文字，对草的介绍描写仅用单词介绍状、色、名，连草的功能干什么都仅一个字，作箭头之用只以名词表述。后者描写便延伸开了，样子像菖蒲，颜色是红的，白天藏于地下，晚上呈现出来，所以叫怀梦草。例如，汉武帝思李夫人而又得不到她的真面容，便有些现代句子感了。从时间链条上看，句子越靠近现代，句子的词汇便越向双音节词靠近，再者总以单句表达复合句的内容，现代句子则是从单句中分裂出来，用两个或两个以上的句子。最重要的是现代句子有主题词以后各分句都会围绕它来写。

又东南一百二十二里曰洞庭之山。其上多黄金，其下多银、铁，其木多柤、梨、橘、櫾，其草多葌、蘪芜、芍药、芎穹。帝之二女居之，是常游于江渊。澧、沅之风，交潇、湘之渊，是在九江之间，出入必以狂风暴雨。是多怪神，状如人而载蛇，左右手操蛇，多怪鸟。

《山海经·中山经第五》

其山又有灵洞，入中常如有烛于前。中有异香芳馥，泉石明朗。采药石之人入中，如行十里，迥然天清霞耀，花芳柳暗，丹楼琼宇，宫观异常。乃见众女，霓裳冰颜，艳质与世人殊别。来邀采药之人，饮以琼浆金液，延入璇室，奏以箫管丝桐。饯令还家，赠之丹醴之诀。虽怀慕恋，且思其子息，却还洞穴，还若灯烛导前，便绝饥渴，而达旧乡。已见邑里人户，各非故乡邻，唯寻得九代孙。问之，云："远祖入洞庭山采药不还，今经三百年矣。"其人说于邻里，亦失所之。

《拾遗记·洞庭山》

两者都是描写洞庭山，《山海经》以单音词联结，除非该植物是双音节，名词间极少用连接词，同时方位词和名词兼顾动词的功能，"又东"表示向东走。而《拾遗记》完全是六朝描写句的方法，大量采用四字句，而且暗中有对仗的特点。而双音节词多是单义互文的方式组合，意即一词单义的重复，如芳馥、明朗、琼浆金液、箫管丝桐等词均是互文。芳即是馥，朗即是明，琼浆即金液，丝桐即箫管。节奏上的复沓手法可以造成一种共鸣感，回环振荡，复义互指。其中许多词仍为当今语言使用，如：故乡、邻里、采药、饥渴、还家、异常等。这些用词造句的变化表明，文体语言是在演变和发展中的，相比较整个封建时期由于文言文总的文体规范，语言有变化，但整体模式上仍不会彻底打破。明清话本中白话小说兴起了，但小说问题的格局大致还是模式化的：一、小说采用的是说书人的讲述模型。二、每个小说前会有一个入话的小故事作为开场白。三、仍采用章回体的方式结构文本。叙述语言多了许多角度，但结构方式却不改变。我们接下来看看白话小说的句子。

大凡人不做指望，倒也不在心上；一做指望，便痴心妄想，时刻难过。

三巧儿只为信了卖卦先生之语，一心只想丈夫回来，从此时常走向前楼，在帘内东张西望。直到二月初旬，椿树抽芽，不见些儿动静。三巧儿思想丈夫临行之约，愈加心慌，一日几遍，向外守望，也是合当有事，遇着这个俊俏后生……

《喻世明言·蒋兴哥重会珍珠衫》

要说小文子儿的媳妇，虽然是仓花户的女儿，库兄的儿媳妇，打扮得倒还恭本，细条的身材，瓜子儿脸，重眉毛，大眼睛，搽着挺重的脂粉，梳着大把儿头，一脑袋翡翠簪子，身上穿着浅色的竹布衫儿，脖子上围着一块三尖粉红绢子，上头绣的是龙睛鱼，脚底下穿一双粉红色缎子的双脸儿鞋，是绿皮脸儿，有三寸多厚的底儿……

松友梅《小额》(1908年)

一个春天的下午，雨声滴答滴答的打窗外的树，那雨已经是下了好几天了，连那屋子里面的地，都水汪汪的要津上水来。这一间草盖的房子，在一棵老槐树的旁边；房子上面的草，已经是很薄的了，还有几处露出土来；在一个屋角的上面，盖着一块破席子……

……床上坐的一个女人，有三十多岁，正修补一架打鱼的破网……床头上还躺着一个小孩子，不过有一岁的光景，仰着黄黄的脸儿睡觉。那女人织了一回网，用手支着腮儿出一会儿神。回身取一件破袄，给那睡觉的小孩子盖好，又皱着眉儿出神。

杨振声《渔家》(1919年3月)

这是三个时段抽样的白话小说，第一个是明代的句子，我取的是叙述人的语言，首句是一种常理评述，次句是三巧儿行为，接着是开春的白描，最后是三巧儿的心理活动，这是一色儿短句，最长不超过13个字，短则4个字，句子很精练，同时还有一些文言用法："之"、"大凡"、"合当"。但总体是白话的句子，还运用了个别口语词。这种叙述的简略句子正好透出它是古典的白话。

第二例也是短句，但这些短句缺少推进关系，在并列描写中形成互义，古典白话小说通常会把这种人物的描写转换为韵文句式，这儿却是散文化的连缀，并且在小句中夹有大量的口语，特别镶进去七八个儿化音作为衬词，渲染一种口语的效果。"要说"一词表明文体作为一种讲述语体。这描写特别秩序化,为一种锁定描写,从人物肖像写到人物的打扮。这种突出身体的外部描写有着浓厚地域与时代特征。还有一点值得注意的是《小额》的语言中含有大量地方俗语与方言,在这个选例中没能择出来,但它无疑是最早的北京白话的小说的代表作品。

第三例是间隔了十年的白话小说语言。这是地地道道的描写语言。采用白描与细描,环境与人物描写相结合。这种描写特别采用了一种扩展规则,先确定一个描写的原点,然后一层一层地扩张,句子表面上是分立的,而语义上却是连贯的,描写在含义上是集中的,所以又可叫主题限定描写,这完全破除了古典的对仗、对偶、排比描写的方法,是一种演绎法的现代描写方法。第一句点明春天,暗点其题:春天多雨。二句雨的行为与对象,三句雨的时间,四五句雨的结果。接下来用七个分句描写屋子,暗含着这样的屋子无法承雨。雨意从屋子里一切颓败状态中呈现出来。这种环境描写与下面出场的人物相连,人物描写采用的是白描的方法。这种句子之间互相连贯,承接与传递,充分地显示了现代白话语言的功能。古典白话之间的推导关系是行为与意绪勾连的,现代白话的形式是故意提炼简洁,使句子之间有拼贴与焊接的特点。现代白话语言是主题方式的,目的集中,但句子与句子连接中要透出气氛、情调、韵味,有一种自我主观之色的倾向性。句子的表面平白朴素,散淡铺开没有特别的结构组织,但又句句相连不是轻易可以拆分得了的。同时描写句渐渐趋向于长句。我们从这三个选例完全可以看出白话小说句子在逐步演进,逐步发生变化。现代小说语言的句子从1895年开始到1919年的二十四年中发生了巨大的变化,从叙述句到描写句的出现,从文白间杂的句子到政论化议论的句子,从含蓄的表意句子到直白的意识形态句子,从伦理的句子到革命的句子,使中国小说语言有了一个彻底的本质性变化。说到代表人物有詹熙、邹弢、吴趼人、张小山、陈蝶仙、蒙人、梁启超、胡适、松友梅、陈衡哲、鲁迅、叶绍钧、冰心、杨振声等人。我把1920年后视为中国现代小说语言的第二个阶段,自这以后小说语言现象是明了清晰的,而且各类型语言很快地发展成熟而且形成了各种小说流派,这样中国现代小说便有了明确的流派语言。这将留在此后的各专章中论述。接着我们看看句子变化中的内在的复杂演变因素。

葬礼结束了,死者被送走了。这看上去多么奇怪啊,那我们为之小心呵护的躯体,为了它我们祈祷风儿轻轻拂动,我们将它拥在臂弯使它远离寒冷,我们会为它移走脚下的石头,它就突然从视线之内消失了!作为一种世间不必上眼看待的浊物！一种应当被隐匿和遗忘的丑恶！这骨骼和肌肉在昨天还是那么强壮——男人尊敬过，女人热爱过，孩子依偎过——今天，它令人惋惜地，变得衰弱无力，不能抵御和保护至亲的人；财富被夺走，希望遭唾弃，影响力随着最后一声叹息而逝去！唇间的一口气，在过去与现在之间造成了天壤之别。

爱德华·布威·利顿《夜与晨》(1851年)蒋子让译

译者据说是《申报》早期的主编蒋其章，他采用了典型的中文白话句子翻译英语。我们考察这些句子：一、它用了两个被动句。二、句子内部陈述采用了对比、排比，这不仅仅是形式上的而且还是含意上的。三、采用五六个感叹句，有浓厚的抒情色彩。四、句子里包含着激情而且是夸张、反复，重要的是使句子内部形成了相互解释。五、在叙述者、人物、读者之间采用一种直抒胸臆的情感迸发。这五个方面构成了译文中汉语句子新的特点，而这种特点是古代白话中没有的，我们只要把它和前例《蒋兴哥重会珍珠衫》一比较，同是白话，风格判若两人，绝不雷同。

俄官久待不耐烦。从旁接说道：这东西，我们何必多问。推出去，杀！

清官便顺口道，杀！杀！

日官也附和道，杀！杀！杀！

一时呼杀之声。上下一片。如犬如吠。

苍八睁着眼，挺着胸，大呼道，杀便杀！怕什么……

说“便杀”时，右脚向上微提，说“怕什么”时，脚便向下一顿，登时惊天动地，轰然一声，地下爆裂弹猝发，廷内官员盗贼，是血是肉。

作者曰，此爆裂弹，想是数百年前埋下者。

陈景韩《马贼》(《时报》1904年10月29日)

这个短篇小说保持了文白相杂，文言比较少。句子特点：一、极为简短，多为单词句。而且分行。二、人物采用问答式，一人一句均分行排列。三、采用问句、感叹句、省略句、反问句，短促有力。四、最后采用元叙述句。五、句子中一问一答的单词都是言语行为哲学方式的，场景是戏剧式，四个人物概念化的，但将浓厚的氛围浓缩在极短的句子之内，掷地有声。这种短句的叙述配合精心挑选的叙事场景，一系列行动，全都毁于最后的结构，这有一些像现代短篇小说的经典模型。

> 坟台全景，突然变成一座舞蹈场！场地中间，恍惚有对妙龄男女裸身歌舞。两人的周围恍惚有许多羊儿也似人立而舞。又恍惚还有许多狮儿、豹儿、虎儿……也在里面……
>
> 恍惚之间，突然来了位矮小的凶汉，向着我的脑袋，飒的一刀便斫了下来！我"啊"的一声惊醒过来，出了一身冷汗；摩摩看时，算好，倒不是血液。
>
> 郭沫若《牧羊哀话》(1918年3月)

这是一段描写梦幻状态的语言，这是我们从他三次使用了"恍惚"，还有"惊醒"，以及其语境推断出来的，他的梦幻中的句子是稳定、准确、简洁的。我的意思是说作者并没有采用词语与句子的变形、人物的幻象、场景的虚拟等来实现，最多仅并举了许多动物。"人立而舞之"的文言表述，其他句子是长长短短的，最长也不超过13个字。可在揭示句子与句子关系时，采用了大量的符号：逗号、顿号、分号、省略号、破折号、引号、句号，几乎把新式符号都用上了。这个文本里的句子还有一个特点，充分地运用书信与对话。句子的应答关系受制于情景与事物发展的逻辑顺序。

1920年以后，由国外归来的作家形成了语言上的唯美追求者，中国现代小说语言在它产生的初期便形成了一个特殊的语言风貌：长句。这一方面最突出者是以郁达夫、徐讦、叶灵凤等人为代表。

> 西门内的长街，往东一直可通到城市的中心，最热闹的三牌楼大街，但我因为天已经晚了，不愿再上大街的酒馆去吃饭，打算在北门附近横街上小酒馆里吃点点心，就出城回到寓舍里去，正在心中打算，想向西门内大街的岔路里走往北去，她们三个，不知怎么的，已经先我转弯，向北走上坡里去了。
>
> 郁达夫《迷羊》

这个长句有132个字，其中大部分是描写心理活动的短句，共有12个分句，而且是一连两个长句，上一个长句是述愿行为句也有一百多字，这种长句在1920年以前的小说中是极为罕见的。这种叙述与描写的长句可以说是由郁达夫开启的，它的《沉沦》写于1921年，其中遍布了数字乃至百余字的长句：

原来他的故里……到了东京之后……如今到了这N市的乡下之后，他住的旅馆，是一家孤立的人家，四面并无邻舍，左首门外便是一条如发的大道，前后都是稻田，西面是一方池水，并且因为学校还没有开课，别的学生还没有到来，这一家宽旷的旅馆里，只住了他一个客人。白天倒还可以支吾过去……天花板里，又有许多虫鼠，窸窸窣窣的在那里争食。窗外有几株梧桐，微风动叶……他觉得害怕起来……

郁达夫《沉沦》

这一段文字中一连含有三个近百字的长句。从环境到个人，从个人到感觉，从感觉到心理，句子之间一层层地细腻地推进，这种情绪与感官的句子深入到人物内心，而又细微地品味，这在1920年以前中国的小说句子中是绝无仅有的。尤其是郁达夫开启了环境描写与心理描写的长句。这些长句特征：一、是视听描写的，讲究声音、色彩、味道的感受，同时也是人物一系列活动的连贯性，使长句有一种连绵不绝的感觉，从那些长句的心理因素可以看出司汤达的影响，铺陈景物的长句又是雨果式风格。二、是以独白方式抒情的，观察点是以人物主观视听与移动为顺序，因而心理总是和他形式的环境相关的。三、是感觉体验的句子。郁达夫游走于国外与中国的大都市，他的感受充满了现代性体验，那种忧伤、孤独、沉迷有着强烈的感伤主义色彩，他帮我们打开了现代都市感官体验的大门，增加了人生体验的丰富性与变化性，应该说郁达夫的语言是最早开启新感觉派语言的，这给中国小说创造了一种主观语言的表述。

上了白漆的街树的腿，电杆木的腿，一切静物的腿……revue似的，把搽满了粉的大腿交叉地伸出来的姑娘们……白漆的腿的行列。沿着那条静悄的大路，从住宅的窗里，都会的眼珠子似的，透过了窗纱，偷溜了出来淡红的、紫的、绿的、处处的灯光。

穆时英《上海的狐步舞》

如果把这柄尖刀，刺进了裸露着的潘巧云的肉体里去，那细洁而白净的肤肌上，流出了鲜红的血，她的妖娇的头部侧转着，黑润的头发悬挂下来，一直披散在乳尖上，整齐的牙齿，紧啮着朱红的舌尖或是下唇，四肢轻微而均匀波颤,但想象着这样的情景,又岂不是很出奇的美丽吗?况且,如果实行起这事来,同时还可以杀一个迎儿,那一定也是照样地惊人的奇迹。

施蛰存《石秀》

这两例长句,《石秀》长达160多字。前一长句是主观观察视点,并且把客观事物拼贴组合起来,他者主体化,使主客体融合,核心是腿与光的比较,一片肉体色欲的刺激。我在前面讲了三个特征,这里构成了长句的第四个特征:沟通主客体的虚拟想象。这种想象通过了幻觉、联想、比拟诸手法。虽然这两例在三十年代,但给出的唯美的句子却很有代表性。我们说有感觉不一定有好句子,有好句子却绝对要有好的艺术感觉,而感觉好的句子必须进入内心后综合感觉化与体验化才能产生出来。中国古典小说有大量的环境描写,《西游记》、《红楼梦》中采用的方法是白描,客观地写外在面貌。《西游记》的想象表现在人物与故事上,所谓奇人轶事成了中国小说的传统,但他们的句子是客观的有些夸张拟人的描写均是模仿式的,不能视为想象性句子。

第五个长句特征是:细腻描写与抒情结合。潘巧云是想象中死人的美丽,这是一个极端欲望化的描写句,想象不是从外部扩张与夸耀的形式,而是从细部与深度掘进,想象肉体的粉红、雪白,细微的颤动,还有各种美妙的姿态,客体的美艳对主体的征服,石秀以一种极为强烈的性欲望,把抒情、虐待,对美、对肉体的一种毁灭性欲望展示出来,有一种凄美残暴的美学特征。于是幻想着虚拟一个杀人的场景。这种虚拟是残忍与美丽的对立组合,暗含辩证组合,这一点与周文的《山坡上》共同开启了中国暴力美学的语言现象,是极其值得我们注意的。这一点还有一个特别值得注意的人物:于赓虞。他的小说极少。可资例证的有两篇《月色朦胧中的白河》、《寒夜》。

有时虽然因这可怕的境遇将暗晦的灯燃着,驱逐去这可怕的幻象,但那冷寂空洞的四壁,却又射给我一支渺茫空虚的毒箭,于是又将灯吹灭,在黑影中低低的啜泣……

于赓虞《月色中朦胧的白河》(1929年)

……这空虚,犹如火山的断崖,虽然里边或内心曾经喷放过浓烈的火焰,但现时已是冷漠的空洞了,如今从眼前这暗惨的灯影看出去,不但房间充满了黑暗有如鬼蜮,那窗外寒冷无明的景色更使人悚发。

于赓虞《寒夜》(1929年)

于赓虞的长句充满了内心的焦虑、孤独、幽暗、晦涩。在句中有大量负审美的意向:黑墟、骷髅、蛆虫、残噬、毒蛇、鬼蜮、烈焰、狞恶、幻灭、惨叫、黑空、魔鬼、凶毒。他的内心是一种疯狂与痛苦的挣扎,以死亡与孤独意象为主导。这种长句既是内心矛盾的,又是黑色病态的,而且他生产了一切不合常规的词与词组,这是一种自波德莱尔以后的现代主义病态心理。这就有了长句的第六个特征:现代人自我挣扎与病态心理的负审美的句子。

上述仅一般长句而言我们透析了现代小说语言的长句内部各种变异的特征,这里我们再探讨一下小说语言中的超长句现象。

在莓箴初离家时,我盆中的水仙方含苞初放,现今则架上只剩了一个空盆,这株薄命的残花,正不知被人辗转弃掷,已到了什么地方了!屋后的连山,宿草已重披上浅碧的新衣,欣欣地渐浸到蜿曲的山径,我每日坐在房中,从床后的小窗,独对着这盎然的山色,春风挟了花香和土中蒸发出来的气息,不时从窗棂送进我的鼻观,使我想起我心中蕴蓄着的疑难,不禁要诅咒这繁盛耀人的艳景!啊啊!我此时若是个悔教夫婿觅封侯的深闺怨妇,看见这陌头春色,想起了旧日欢情,我倒也可索性整日地紧蹙双蛾,在楼上去长吁短叹,博得众人的怜惜,群来向我安慰……

叶灵凤《女娲氏之遗孽》(1925年)

有时候……有时候,一点声音没有,忽然发出一声断弦一般的咳声,于是他会像自己咳出血来一般的感到,他很想安慰她,看护她,甚至有许多眼泪都在眼眶里等着,要到他面前去流;有时候,她甚至过来,剥剥地敲门,于是乎进来,二三句简单地谈话,喝半口或者一口的香槟,于是又出来了;但留下太阳般的笑容,天使般的晚安,这会使一切东西都显得失色,一切声音不美;这会永远在房内,在任何一角地方荡漾。

于是他又痛苦起来。

徐订《禁果》

对于他之完全支配于相见父亲的热情,而把自己遗忘了似的不顾而去了,是觉得伤感,心里不平地想着:说是同父亲有许多事要谈,非见不可。那么假设是没来呢？并且是否今晚就走，还是不一定的事，就不能到明天再去吗？虽是这样想着，假设是自己的话，好久不见的父亲忽然来了，自然也要有这种相见的急情，可是再想着目下自己的情境，难道是应该的吗？把怎样到这里来的事，一点点从头至尾的回忆着，连他那温存动人的一举一动的表情，也都会记起来，像重温着一个美梦似的，暂时把现实忘记了，脸上现出甜蜜的微笑来，但从这梦中醒来是更感到凄凉起来。

……桌上是乱放着一些方才看过的报纸……（省234字）……说不定会发生什么事似的。

沉樱《空虚》

这种超级长句的写作我们可以把叶灵凤、徐讦、沉樱作为代表，这与中国小说历史早期出现的鸳鸯蝴蝶有关，也与早期有一批爱情婚恋题材写作有关。这类长句主要表现男女恋人的恋爱心理。

叶灵凤的长句245个字。徐讦的例句是压缩过了的也是二百多字，沉樱的是一个系列长句，在《空虚》的后部分有三四个长句均在200字以上。这里选两个例句一个是273字。像这样的长句在他们的小说中是比比皆是。这种长句不是个别现象，在二十世纪二十年代浪漫主义创作中是一个常见现象。为什么会产生这样一些超长的句子呢？一、受梁启超等人小说革命时期小说中长篇大论的政治抒情有关，他提供了小说中议论的风气。二、婚姻恋爱材料的局限，二十年代是一个刚从封建社会挣脱出来的时代，自由在革命中很大程度是爱欲的自由解放，但封建余波还在，这样爱欲处在既开放又封闭的状态，因而爱情的心理冲突既矛盾而复杂。三、二十年代西方文学在中国有了广泛的影响，大量的唯美作家都在西方和日本留学过，受西方心理描写的小说影响。四、二十年代自辛亥革命之后，有“五四”运动，大革命前期，各种新思想风起云涌，女性的社会地位有了改观，这种开放心态下，革命与性是其必然的结果。这是产生长句的部分原因，但我们要讨论这时期兴起长句的美学特征，它对将来发展中的中国现代小说语言有何影响呢？

中国古代的小说基本上都是短句的，这种短句首先是文言文的，结构文字，形成一种表述传统，其次古代白话小说是要进入说书讲唱的，这一点和口语保持一致，长句无法上口，而且会绕口。短句畅晓明白，有鲜明的节奏感，听说书时，短句又便于记忆。再次短句适宜叙述，有动作性与力量感。最后，短句是中国民族语言的一个特色，表达含蓄，短语和动态配合，我们有了更为丰富的行为语言。汉语思维不擅长那些曲折细致的内心状态的揣摸与独白，这使得汉语短句不适宜传导复杂曲折富有辩证思维的表述，而这正好是欧化长话的强项。晚清的政治革命兴起正好适合用长句议论发展，因长句的发生首先应该是在政治抒情中萌发，次之才是进入小说而产生议论的部分。这种现象在现在小说早期发生时仅是在部分人身上，如梁启超、张肇桐、徐秋亚、陈蝶仙。蒙人的《风月梦》是一部烟花小说，它的最早版本于1883年申报馆上海出版，从楔子注明的1848年表明《风月梦》成书很早。这部书一百字以上的长句已经很多了，仅在于当时的作者没有标点符号意识，但有大量的长句却是事实，这也呼应了晚清许多长篇白话的句子特征。可见长句并不完全是现代小说语言的产物，它的发生仍在古典白话小说中，但它却不是常规现象。超长句，特别是口语的超长句，描写的超长句一定会是现代白话小说语言新创造的现象。《风月梦》的描写长句，一类是议论长句，二类是描写环境长句，三类是情欲心理描写长句。但这些长句中爱夹杂四字短语、韵文、对仗等传统手法，这又使得我们有区别古典长句和现代长句的方法。

一种语言肯定是先验的，由我们远久的前辈人所创造发明，我们今天无法创造一种新语言，因此我们并没有一个什么特别的现代小说语言。我们所创新的是言语，现代小说自1902年起确实发生了革命性的变化，这个变化是言语，我们谈现代小说语言的产生，实际是谈言语的产生。它指的是一种语言运用的方法，是我们言语语言的特征和方法。因而言语变化是最重要的特征，我们可以说主要是落实在句子上，使句子组成了文本，有什么样的句子便有什么样的文本。“文本由一系列句子构成。一个句子是文本的一个元素，一个单位或一种成分，文本由句子组成。”[①]句子对文本的决定作用不仅仅是材料的，语式、语调的，也不单单是内容，意识形态的，按乔姆斯基的生成语法理论规则，它应该是结构的，语言结构形式决定句子，句子的结构形式决定文本的结构。在深层结构到表层结构的生成转换最核心的是由深层结构决定的，这一点我在《中国现代小说语言美学》中作过详尽地论述。

长句有着什么样的美学功能呢？

其一，长句内部必定存在不同层次和复杂的逻辑关系，因此长句有着丰富的语义功能，不同层次的词语在句子内部可以转换为各种关系：并列、转折、递进、让转、突破、返回等。这在短句和词组中是无法办到的。

① 《语言学与小说》，(美)罗杰·福勒著，於宁译，重庆出版社，1991年版，第5页。

> 此刻将你留下，日后你若发达，不必说了；倘若弄坏了不如此日，你必要埋怨好说，“我当日有那么一条好头路，生是姓贾的打拦头板，不让我去，连累我今朝受苦。”我若说是叫吽你，他第一他是山东人，在京城里做官，那北边的日子，饮食起居皆不及我们南边，你曾住过清江西坝，谅也晓得那些光景；况且你又吃烟，他又不吃，如今他是一时豪兴，要你回去，未必能够容你吃烟；再者你昨日告诉我，他将养了儿子点了词林的生母尚且配与成衣，足见此人情性了。
>
> 邗上蒙人《风月梦》第三十九回(1848年)

这是一个204字的长句，虽然旧版书没有标点，但语言真实状态就是贾铭对妓女凤林说的一句话，这句话是分析性的，而且采用的是对比分析，把不同的生活情状、习惯包括两个人的性情与习俗都作了比较。句子内部充满了对立与差异。是一个内部矛盾的句子。这种反差产生了意义与力量。我们相信句子是对已存事物现象的描写，那么描写这一状态都必须建立在句子内部相互词语的差别，句子因此而有了张力，这表明“每一个句子都创造了一种不同的事物状态。”① 这些都是短句无法办到的。而且这个句子还提供了一个特例，贾铭的这句话是自由直接引语，而贾铭虚拟了凤林未来的话，并以言语说出来了，这是一种很现代的引语方式，叫自由间接引语方式。表述的是句子中的句子有一种说服的力量。

其二，长句有利于表达隐秘曲折的情感，具有绵长的抒情意味。语言表达情感这是最正常的语言功能，这是语言的模仿性决定的，与这一点相并的是语言功能之一，因而长句具有描写和表现思想与情感的工具性。这点分别由两个方面小说所代表，语言表现思想，即梁启超、张肇桐等。语言表达情感，即郭沫若、郁达夫等。我们这里还是一种从理论上的谈论。在二十世纪初这样谈论是极为先进的观念，具有自由解放的性质。可到了二十世纪六十年代《小说修辞学》出版以后，语言要尽量地剔除情感与思想的痕迹，主张作者沉默，从作品中隐退，产生了一种纯客观语言的写作类型。他同样也产生复杂多变的长句。这现象延续至二十世纪八十年代的先锋小说中。

其三，长句传导细微与变异的感觉体验伴随着奇异的幻觉与心理现象，使

---

① 《来自语词的世界》，(美)费兰著，王建国译，安徽文艺出版社，1992年版，第85页。

长句处于内在意识的流动状态,这样的长句一般都会搅混时间与空间的界限,使之成为一种艺术感觉的迷狂状态。

> ……娇嗔、媚笑、燕语、莺啼、曼歌、欢舞,还加上管弦丝竹同打牌所混成的一团顶时髦、顶风流、顶肉感、顶诱惑、顶幻妙,美丽的声音所鼓舞的细浪,不知是从哪一处的门缝里,哪一处的窗隙里,墙壁的哪一处的细孔里钻进来,透过来,传过来。一感染了那一缕的声息,像细菌繁殖一般,顿时我们的房间里,空气像沸腾了,坐椅像癫狂了,床褥像奔跃了,电灯像爆裂了,全房间像有千百条火蛇乱舞着,那些火蛇烧我们肉体,刺我们的情感。
>
> 章克标《蜃楼》

这是两个长句叠合描写某情欲与气息对自我极细微的诱惑，虽然句子内部排列方法比较单一,但他采用排比句不断反复地把那个欲望的信息感觉化、体验化,夸张到一种极致状态,这些体现了一种语言的暴力状态。这种长句的复杂是作者感觉体验微妙多变,针对描写的句子也要非常技巧,同时又针对读者提出了对句子阅读的领悟能力。在现代小说语言发生的初期我们尽量要求准确、敏锐、细腻地感受情感与观念,心理的细微变化的印迹,描写常态也描写变态。语言在这里作为描写的技巧手段,我们仍在生动、准确、精细三个特征上下工夫,这是遵循一种确定性的描写方法。可是在二十世纪最后十年里,很多小说会采用一种非确定性方法表现语言。我们打破语言神话,特别注意它不可靠的部分，语言的能指总是如浪漫烟花具有飞散性，在凝视中语言越看越飞散,分裂的形体越多,扩散得也就越遥远。“语言不是一种人控制得了的系统,而是人控制不了的系统。人们无法用他表达确定的意义。”[1] 所以后现代采用一种碎片拼贴的方法,长句的意义来源是建立在句子和语境的关联性上,只要我们在整体控制上有一种均衡能力,句子是可以创造的,它是为人的目的而存在的,我们可以在句中采用零散、蒙太奇、扭曲、破碎、重视能指上的拼贴,就会创造出一流的感觉体验的句子。短句或词汇性短语作为单独句子无法表达那么复杂的感觉体验,但是把词汇性短语纳入到长句中来组合、拼贴、撕裂、打乱,再组合、再拼贴也会产生一种特殊的效果。

---

① 《来自语词的世界》,(美)费兰著,王建国译,安徽文艺出版社,1992年版,第148页。

其四，长句有一种天然的描绘能力，它能把事物置于一种状态。这里有必要申述一下，客观世界事物是一种状态，我们的语言组织是一种状态，说白了一种语言的技巧无法等同于事物的原本状态，这就形成了对事物的两种态度。一种福楼拜式的客观准确地描写，“人类生活首先是一种景观，一种眼睛的工作和娱乐。我们眼睛显示给我们的一切就是我们可以确信的东西。”[①] 所以他在《包法利夫人》中创造了一种双眼视觉的方法，详尽、细致、客观地描写事物。詹姆斯不同意这种观点，真实不是客观的复写，因为现实是无法一模一样复写的。他提出把现实生活置于强烈的幻觉中，“幻觉的强烈性是(现实)最终的检验。”“必须是表达了真实生活的幻觉强烈性。”[②] 这说出了描绘性长句创造的两种方法：一种是忠实客观的描写，一种是主观幻觉强烈的观照。在中西方小说的历史上历代重视的是叙述句，动态性的，有进行速度的短句，这在中国尤其成为一个传统。描写仅采用了白描的方法，具有点睛和烘托气氛的作用。这一点合乎中国长期以来的说书传统，小说是用来讲用来唱的，为表演场所需求。二十世纪这种说唱传统衰退，尤其是今天的图像时代，人们不会去现场听故事。这种口传的小说被现代性所破灭了，代之以书写的小说，书写的小说是由听觉转变视觉，也就是看小说，具体到文本我们是看句子。这样要求句子必须具有视觉效果，表明描写的，具有视觉的长句出现是一种时代的必然。

还有一个问题，看小说也看叙述，加强句子的行为表演，有叙述的速度，人们的生活节奏决定了句子的叙述节奏也要加快，这带来的后果是什么呢？一方面是快节奏故事的消遣，仍然有短句的强势存在。另一方面看故事跟着叙述速度跑，人们可以用想象来看故事，只要追求逻辑上的关联即可，这是一种为结果的阅读。叙述是时间性的，提供故事长度就必然是消费性的。因此叙述句给我们的是行为动作，是一种轮廓，是一种完成式，满足一种期待。描写句不一样，描写句展开的是一幅画，如画的句子必然提供色彩、明暗、形体、状态，我们的视觉必须要驻留停顿下来浏览、凝视，要建立一种视觉反应。观看长的描写句式需要细察、品味，在视觉反应中是感受性的。古今对小说要求不一样，表达方式也发生了变化，我们的小说句子就必然会在二十世纪之交发生重大变化。

一定意义上讲，小说的革命就是句子的革命。

---

① 《小说修辞学》，(美)布斯著，华明译，北京大学出版社，1987 年版，第 47 页。

② 同上，第 48 页。

第六节 现代小说语言生产的准则

中国现代小说语言的逻辑起点，假定我们针对古典白话小说的结束而言，他没有错。假定我们针对1902年的“小说界革命”也没有错，因为我们从观念上已经明白了现代小说已经开始了。假定我们说是针对西方小说翻译开始，这也不能说完全错误，因为西方小说的叙述观、人称、结构形态，包括长句影响都有决定性的作用。我们还可以假定中国现代小说语言起源于松友梅、蒙人、梁启超、胡适、陈衡哲、鲁迅、冰心、叶圣陶、杨振声、张肇桐、李伯元、刘鹗，甚至早期的鸳鸯蝴蝶派中的某几个人都是可以的。可以肯定的作为一种语言现象，中国现代小说语言的发生不可能独立指某一个人，他应该是1920年以前众多现代小说创作者的共同贡献，包括政治、学术界的观念革命，白话运动等综合地推动了中国现代小说语言创新发展的潮流。所以现代小说语言的产生是一个综合因素。但因个人能力与号召力的不同，每一个作家为现代小说语言产生所贡献的力量和所生产的文本成就又是不一样的。我们这里从时间上汇拢现代小说语言产生的一些关键性文本。

第一部汉译的欧洲小说，蒋其章用白话文翻译的《夜与晨》，作者为英国爱德华·布威·利顿，1841年出版，1873年汉译，在《瀛寰琐记》上分26期连载。据说是和《申报》社长欧内斯特·美查合作译出。[①]

最早的城市环境小说《风月梦》，作者是邗上蒙人。这是一部口语的白话小说，又是一部烟粉小说，从书中楔子判断此书创作于1848年。1895年5月，英国人傅兰雅他刊登广告举办一次新小说大赛，来稿162篇，七名参赛者获奖。这次大赛引出了两部新小说：詹熙的《花柳深情传》、饮霞居士《熙朝快史》(1895年12月)。

1894年，韩邦庆的吴语白话小说《海上花列传》。

1902年，梁启超创办《新小说》，发表《论小说与群治之关系》和新小说《新中国未来记》，提出“小说界革命”。

1908年，最早的京味白话小说，松友梅的《小额》，最早为光绪三十四年版，于“小额”标题之后有“社会小说”标识。此长篇白话小说可视为老舍京味小说的源头，除口语白话之外，还有大量的北京方言。

1904年6月12日《时报》创刊，10月刊出了短篇小说《马贼》，11月有竞公的

---

① 《中国近代小说的兴起》，(美)韩南著，徐侠译，上海教育出版社，2004年版，第108页。

《中间人》、包天笑的《张天师》，后又分别在1905年2月23日和1906年5月13日分别发布“如有短篇小说”、“拟登短篇小说”。当时短篇小说创作最多的是陈冷血、包天笑、吴趼人。

1904年创办《新新小说》，1906年11月创刊《月月小说》，1907年创办《小说林》均有短篇小说栏目，但新体短篇小说总是夹叙夹议的，与当时的时评构成互文关系。

1903年，张肇桐《自由结婚》（自由社）；1915年，徐枕亚《自由鉴》（大众书局）；1913年，恽铁樵《工人小史》（《小说月报》第四卷七期）；1913年，鲁迅《怀旧》（《小说月报》第四卷第一号）。这些小说以文白兼杂的方式表达，内容上则完全是新体小说。

1917年1月，胡适《文学改良刍议》（《新青年》第二卷五号）、陈独秀《文学革命论》（《新青年》第二卷五号）、陈独秀《文学革命论》（《新青年》第二卷六号）；1918年，胡适《论短篇小说》（《新青年》第二卷五号）；1917年，钱玄同《寄陈独秀》（《新青年》第三卷一号）。

1917年，陈衡哲《一日》（《留美学生季报》第一期）；1918年，鲁迅《狂人日记》（《新青年》第四卷五号）；1919年鲁迅发表《孔乙己》、《药》（《新青年》第六卷第四号、第五号）。

1919年，杨振声《渔家》、《一个兵的家》（《新潮》3月4日号第一卷）、郭沫若《牧羊哀语》（《新中国》1919年11月第一卷七期）、叶圣陶《这也是一个人》（《新潮》1919年3月第一卷三号）、冰心《斯人独憔悴》（《晨报副刊》1919年10月7日）；1920年，张资平《约檀河之水》（《学艺》第二卷八号）；1921年5月，郁达夫《沉沦》、《南迁》。

我们可以说由上述理论文本，长篇小说，短篇小说，报纸与期刊，还有当时短篇小说征文共同构成了中国现代小说的语言发生。这个发生里还包括如下几个很重要的影响因素：其一，外国翻译文字的重要影响；其二，包括那个时代其他文体的重要影响，例如政论、散文、诗歌相互的影响，我们以鲁迅的《狂人日记》为例试作分析。

鲁迅最早的短篇是文言小说《怀旧》，1913年发表于《小说月报》第四卷第一号。据鲁迅回忆，该小说写于1912年，《怀旧》故事模型是典型的老和尚给小和尚讲故事。某个夏日午后纳凉，王翁在青桐树下讲长毛鬼的故事。长毛鬼，指山贼海盗白帽赤巾中的鬼故事。南方夏夜纳凉往往讲一些长毛鬼与无常鬼的故事，这本不奇怪，是一种儿童经验的怀旧。教书的秃先生听长毛鬼故事后挟衣而走,我则可以不读“五经”“四书”去青桐树下听王翁讲太平天国故事。王翁对故事不置可否,听完作鸟兽散,家佣李媪出场带我回家休息。这不过是旧时代家常讲的乡村之夜的恐怖故事,没什么微言大义。值得注意的是鲁迅时隔六年之后再度拾起写小说,而且是一发不可收拾的状态。《怀旧》是一部被忽略的小说,从发生学看也不足以构成对现代小说起源的重大影响。不必因人而夸大它的作用。有些契机是偶然的,鲁迅好友钱玄同给《新青年》编稿,交谈这“毁坏这铁屋子的希望”,多次促他作文,鲁迅重操小说,故写了《狂人日记》,这一创作语境在周作人的回忆中得到了证实:

> 钱君从八月起,开始到会馆来访问,大抵是午后四时来,吃过晚饭,谈到十一二点回师大寄宿舍去。查旧日记八月中的九日、十七日、二十七日来了三回,九月以后每月只来过一回。鲁迅文章中所记谈话……“几个人起来了,你不能说决没有毁灭这铁屋子的希望。”这个结论承鲁迅接受了。结果是那篇《狂人日记》,在《新青年》次年四月号发表,它的创作当在那年初春了。
>
> 周作人《知堂回想录》上册第384—385页

《狂人日记》等小说发表后,鲁迅自己坦言,我作小说,“大约所仰仗的全在先前看过的百来篇外国作品和一点医学上的知识。”[①] 表现的深切和格式的特别激动了部分青年,并在《中国新文学大系》小说二集序里谈到,并言《狂人日记》与俄国果戈理的同名小说以及尼采的“苏鲁支”语录,即有着某种因缘云云。因此而揭示鲁迅小说的俄国文学来源。马立安·高利克对《狂人日记》的个案分析,表明鲁迅此小说受迦尔洵与安德烈耶夫的小说《红笑》与《思想》的影响。

安德烈耶夫的《思想》于1910年《小说时报》第一卷六期上刊载。这篇小说由陈冷血中文译出,题为《心》俄国痕苔原著。《思想》这篇小说也是以日记体方式记叙了一名关押已久的精神病院医生为自己杀人所做辩护状。小说开头也有一个类似的楔子,交代杀人犯亨登犯罪始末。

> 一千九百年十二月十一日。医师亨登杀人罪。据犯人当时现象,以及

---

① 《鲁迅全集》,人民文学出版社,第四卷,第526页。

> 未犯罪前种种情形，其精神状态，颇有异样，甚类发狂。于是法庭诸人，大起疑惑。
>
> 后即送至爱立精神病院内。集有名医师，为之查验。如近时物故之桀慕医师，亦为当时查验之一人。进医院后的一月，亨登自作一犯罪始末书，送至查验人处，详记此事原委。是书即亨登自作之犯罪始末书也。①

人这个楔子在鲁迅《狂人日记》中演变为文言文式。《心》的正文八节以病口吻，自述并辩护。《狂人日记》正文13节也是以病人自述方式，不过其间有1、6、9、13特别简短，所以正文实数也在八节之内。从文本踪迹看，鲁迅应该受其影响。第一，鲁迅特别喜欢他，并有安特莱夫式阴冷的风格继承。第二，鲁迅编《域外小说集》还译了他《谩》、《默》等四个短篇小说。第三，鲁迅所译的小说通过德文版，陈冷血所译通过日本翻译家上田敏，他是安德烈耶夫最早的日译者，与鲁迅同译过《默》，留日的鲁迅应该注意到。陈冷血译安德烈耶夫小说，鲁迅没有理由不注意。由此可见鲁迅与俄国小说的某种渊源关系。鲁迅的小说首先是从文言文中过来，其次又吸收了西方小说与思想的精华，又密切地结合中国社会革命的实际，这样产生了他的《阿Q正传》、《狂人日记》、《药》等，都是我们探源索根的一个隐秘渠道。我们无法否定这些文本之间的相互影响，这也表明了任何文本也无法排除互文性这一概念，我们找出了现代小说产生的相互影响，但并不能说，现代小说语言就此而产生于西方小说，鲁迅的《狂人日记》就是例证，鲁迅小说里有浓厚的文言色彩，正文却是纯白话的，这种白话文又烙上了鲁迅个人性情的风格印迹。由此我们还可推断现代小说语言的发生离不开那个时代作家与文本的个人风格。外国文学影响主要在小说的文体、结构等方面，从二十世纪二十年代以后的中国现代小说的发展看，外国文学的影响也涉及语言，例如超长句的使用，后设性语象增多无疑也是受国外小说句子的影响。

我们本可以确立鲁迅作为现代小说语言的开端，可我们寻找到中国现代小说语言的实际状况却发现了陈衡哲的白话小说早一年，同时我们又发现了1908年的《小额》，松友梅的白话小说更早。从现代小说的观念看，我本可以确立1902年梁启超作为现代小说的起点，但我们又发现了现代小说的大奖赛和最早的城市小说《风月梦》，还有纯正的白话翻译小说《夜与晨》，现代小说的发生时间又提前到了1895年，这导致了某一个因素的发生现代小说的确立也随

---

① 《心》，(俄)痕苔(即安德烈耶夫)著，陈冷血译，《小说月报》1910年，第一卷第六号，第1—2页。

之改变,这就让人质疑中国现代小说还有没有一个真正的发源点。如是,我们必须确立一个现代小说的标准,和一个现代小说语言的标准,或者还有一个现代小说观念的标准。我们可以进入现代小说的讨论,由于本书是解决现代小说语言的发生问题,我的主要参照是根据那个时代小说语言的实际状态来制定一个准则,当然这个准则也只是一个相对标准。还有现代小说语言的标准止于今天仍只是一个假定,目的是让我们梳理现代小说语言的状态,清点百年来我们的小说语言有哪些实际成果,又有哪些重大缺陷,将来的小说语言究竟走哪一条路合适,让我们绝大多数的小说作者有一个理性的清醒的认识,具体研究的语言状态和中国小说语言发展的实际状态是不可能严丝合缝地对应的。

第一,现代小说语言一定是口语的白话文。这是首要标准,按常理这是不会错的,但时间的起讫却是不好规定的。因为口语的白话文在明代已经发生,而且产生了非常杰出的文本,有"三言"、"二拍"等,我们总不能把现代小说语言的起始确定在十七世纪吧。文言很显然是作为古代为文的一个标准,但文言时代产生了白话,古典的白话小说里虽然是口语的,而且地方风土人情,方言土语也进入了古代的白话小说,并且能作为讲故事人之本。今天的口语的白话现代小说也有可能会使用一些文言词,特别是用口语的白话写古代故事,相应地古代元素会很多。在文言与白话并存时我们如何区别地确定现代小说语言的起点,这很难,再难我们也应该有一个判断准则。我以为现代小说语言应该考虑以下几个因素作为语言的基本标准。其一,过去文言文讲究凝练精确,多采用单音节词汇,现代小说语言是口语的,合乎现代人说话风格,因此产生了大量的多音节词汇以改变传统语言的音响节奏,现代语言中还产生大量的叠字现象如:款款、汪汪、柔柔、深深浅浅、泱泱、丛丛、颤颤悠悠等。叠字可以使汉语方块字与单音节的坚硬程度得以改变,使句子舒畅柔和起来。古代文言是不允许句子中词语重叠,凡使用相同词汇重复的都给删除。这一条可以说是音响节奏的标准。其二,以方言口语进入现代小说,形成特有的地方口语,形成个人的叙述语调,这极大地促成了作家个人语言风格。这一点可以说是语言的民族性与地方性的标准,当然今天是全球化时代,许多人反对这种地方性,提倡普适性,取消个性,发挥共性。作为文学语言是否可行还有待商榷,但作为现代小说语言这一定是个严格的标准,我们总不能用外国话写现代中国的小说,否则我们的民族地方语言做什么用呢?其三,我们吸收外国语言学中的语法形式。这里涉及排版方式、标点符号、汉字简化等。中国的汉语形象的形式是发展变化的,文言文采用的是竖排版,没有标点符号,唐宋以后采用的是圈点法,断句阅读成为古籍整理的一大学问。现代白话小说语言是采用西方新式标点。这种标点符号一方面与意义有关，使表意更加生动明了，另一方面与情感意绪表达有关。或者说标点符号不仅仅是句子结构的需要，它变成了一种新的表达方式，使叙述人的口语、调式、情感、表意都一目了然，因为是日常生活的口语白话，那么在雅俗之间均形成自由表达。其四，现代小说语言应该取消那种文白兼杂的行文状态。晚清和民国初散文和小说已有大量的口语白话，但许多文人雅士仍无法舍弃文言文作为一种身份的表述策略，典型例子是那些白话长篇作者，写小说用的是白话文，写创作谈或书信却用的文言文。晚清民初后有三次大的白话文运动，因为报纸、杂志空前的繁盛，白话文几乎改变了人们的用语方式。从实际状况看，白话文的运动仍然是一个观念，具有某种革命的现代性，注意它是推广白话文运动，意谓做一种常识普及工作，是针对通俗易懂的大众交流而言。因此1895年到1921年全国报纸达到1104家，杂志为548种（戈公振《中国报纸进化之概观》，1927年《国闻周报》第四卷五期）。注意在1917年以前白话文并没有代替文言文，《新青年》是1915年创刊，它同样起着推广白话文的作用。1919年的“五四”运动后，白话文成为文人表达的自觉行为。也就是说自1920年以后口语的白话小说已经成为大众的一种共识。这个变化是渐进缓慢的，例如1917年胡适在《文学改良刍议》中提出白话为文，可白话文在1898年裘廷梁的文章中就非常鲜明地提出“白话为维新之本”，“开民智莫如改革文言。”（《论白话为维新之本》）陈独秀在《文学革命论》中依然坚持使用的文言文。可见彻底的口语白话文必除文言文之根。其五，白话文不仅仅是一个形式，它成为现代小说新的语言形式，必须有一套相应的文学观、思想观、价值观，是合乎人民大众的利益的，即所谓科学精神与人的文学观，这便促进了小说语言的成熟，成熟的小说语言标志就易出文学的风格流派，故此1921年之后现代文学出了第一个流派高峰，涌现出了文学研究会、创造社、语丝社、浅草社、沉钟社、未名社、弥撒社、新月社，还可称之为问题小说，人生派、乡土派、浪漫抒情派、新感觉派、鸳鸯蝴蝶派、象征派、社会问题派、京派、海派等。以口语的白话文为标准确定中国现代小说史的发端，这成了中国现代文学的潜规则。杨义认为，《狂人日记》是“中国现代小说史中的开篇之作”。[①]它是“中国现代小说的伟大开端”，“第一篇用现代体式创作的白话短篇小说。”[②]这种单篇开局的说法完全是一种

① 《中国现代小说史》，杨义著，人民文学出版社，2005年版，第154页。

② 《中国现代文学三十年》，钱理群、温儒敏、吴福辉著，北京大学出版社，1998年版，第38页。

虚妄的假说，而且这种开局也未必伟大，因为真正创作第一篇口语白话小说的是一位女留学生，被胡适称为“最早的同志”：陈衡哲。她于1917年在《留美学生季刊》第一期发表的白话小说《一日》，由此可见某种揭示开局的东西并不伟大，反而是一种平凡现象。假定我们把《一日》和《狂人日记》作为现代小说的开篇之作，我们看看它对我们的现代小说的作用，作为小说类型语言它又有哪些启发？《一日》是写美国女子大学的新生在寄宿中一日所见的琐屑生活情形。《一日》作为事件的链条统摄结构，把一日各外籍留学生相互谈论的各国生活习惯与风俗人情记录下来，是一篇真正贴近日常生活的现代小说，同时它是一篇日记体小说。还有它的人物各自皆为平行的自由对话体。因此这个小说的语言含有三个系统：1.日常生活的白话体。2.个人生活的日记体。3.立体空间的自由对话体。作为口语的白话，这篇小说的语言它的最大意义是语言的文体化。作者在相近时间里还写了一篇小说《小雨点》，为童话体，也写得自由洒脱。陈衡哲的白话小说，口语是纯正自由的，一种没有小说观的小说写法，他把一日分为若干碎片加以自我表白，自由直接引语的对话语体文，比照文言文，它还是一种真正的现代小说的写法。在现代小说的早期我们不能说它的艺术成就有多伟大，但它对小说语言的启示却也是足够重大的。《狂人日记》比《一日》迟一年发表，可《狂人日记》的分量足够重大。注意这两例在文体上有一类比，都是以日记方式表达，《一日》采用外部人物对话，《狂人日记》则采用“我”的内心对话。“我”作为观察叙述视点是典型的现代小说的叙述模型。更重要的这是一篇反思之作，小说的结局重复了文本中的语言“救救孩子……”，其实我们是可以把他归于现代小说开端期一种流派小说：问题小说。问题小说是以警世为目的。我们还可以肯定，《狂人日记》是一个民族政治的寓言文本，集体无意识的精神分裂，这个文本的政治文化意义和社会心理意义在“五四”时期我们怎么估评都不算过高。可以肯定，这是一个伟大作家的杰作。在那个时期提出自我问题与他者的矛盾，民族心理的集体无意识压抑错乱对今天来讲仍有积极意义。他的文本里主体的丧失，家族的结构，自我与他者的悖论全部统摄在我们汉语史中数千年的文化遗传，结论为所谓的仁义道德文明都是吃人的历史，提出了拯救孩子与未来。不过《狂人日记》还保留了一个文言文作为序言与正文的白话口语形成一种对照，并且在正文部分的一些局部保留了文言句式的构成方式，选词与造句都留下了文言文写作时的精辟简练的特点。

我们现在讨论另一个问题：谁是真正的现代小说第一篇？从时间上我们也许可以找出第一来，但是这有意义吗？从小说语言的发端来讲我们无法找出第一篇，或者找出第一篇也没有实际意义。资料显示，1917到1920年间虽说有三年时间，但现代作家发表的小说大体前后的时间仅相隔几个月，或者几乎时间相差无几，无法看到两个文本的相互影响。鲁迅的《狂人日记》发表于1919年《新中国》杂志第七期。论写作时间郭沫若小说还早于鲁迅小说的一个月。叶圣陶、杨振声的小说均发表在1919年3月《新潮》杂志上。冰心小说稍迟五个月，郁达夫的《沉沦》虽发表于1921年，然而他早就写好了，发表的是改作。叶圣陶在1914年用文言文发表小说，此后写了12篇，于1922年出版了小说集，郁达夫的《沉沦》于1921年由上海泰东书局出版，为现代小说史的第一部小说集。叶圣陶的《隔膜》为第一部小说集。我们按时间排序这些小说的前后关系是这样的：《一日》、《牧羊哀话》、《春宴琐谭》、《狂人日记》、《渔家》、《这也是个人》、《孔乙己》、《一个兵的家》、《药》、《斯人独憔悴》、《约檀河之水》、《冲积期化石》。

我们先说叶圣陶，他是一个有小说写作经验的人，最先写了十二篇文言小说，其间《穷愁》便写了工人的苦难生活。1918年2月又在《妇女杂志》发表了第一篇白话小说《春宴琐谭》小说中葆灵举办春宴招待知友的夫人宣传女子教育，搞新式养鸡法，开办织品厂，女人成为生产力，推广实业救国。这个小说实际创作时间比《狂人日记》早几个月。《这也是一个人》写一个15岁女孩儿出嫁做女佣，其故事主题接近于《祝福》。《祝福》则是推迟五年之后才出现。小说使用第三人称叙述女孩子一生，生活中很短的婚姻，过着被买卖，帮工的生活，陈述语言平静中带点冷酷，叙述速度比较快，采用的短句节奏，小说中有对话，但对话是交代性的。"她"没有外部语言，压缩在个人的内心独白里，这与《狂人日记》语言不一样，狂人的内在语言是反思性的，暗藏一些推断，语言中有许多跳跃、节省。更辛辣而有力量，白话的节奏大大地优于《这也是一个人》，因为叶圣陶的小说是一个人在进行叙述，有些絮叨，平实无波地说下去。显然《狂人日记》的语言更具风格化。

现代小说语言真正意义上有其原型是杨振声。鲁迅、叶圣陶这时候都是叙述语言，间之以白描。真正的描写语言始于《渔家》，我已在第五节中详细举证了。它不仅是一种真正的描写句，而且善于控制描写中的速度进程，语气和态度，开篇一段落182字从容舒缓，从环境的描写中推出女人，在描写女人的过程中锁定小孩与神情，再写人物之间的对话之时井然有序，犹如电影的慢镜头，不断锁定特写。这种描写语言和人们的日常（不知情地）观察是同步的。小说的整体控制很成熟，强化雨的意象，兼之以风，风雨一项从小说的第一句贯穿到小说的最后一句，风把哭送到耳朵里，时断时续的。这是一种描写的铺散手法，

本来用之于诗歌,作者移之于小说。除了描写的韵调外,他的描写还善于表达情绪与生动气势。他在发表的小说里这样描写:

> 忽听呜呜的大叫,好似怪兽一般的声音,一辆汽车,两旁站着的四个兵,里面坐着一位军官,带风卷雪而来。那汽车前面的电灯,好像大虫的两只眼睛,放出两道冷飕飕的光线,照在那个老头子的脸上,现出青灰的脸色,直挺挺的靠在墙上,如鬼一般。
>
> 杨振声《一个兵的家》

这种描写把声音、光线、形体、气氛都烘托出来,还在于他描写中暗藏文本的主体目的。由此可以看出,杨振声的叙事隐蔽在描写中,他不采用那种光秃秃的叙事手法。同期冰心的小说又提供了另一范例,现代小说的文体语言。所谓的冰心体,实际上是一种诗化了的抒情体。《斯人独憔悴》以主人公颖石的角度,写姐姐颖贞,还有颖铭、化卿、四姨娘,一家人处于困顿之中,从家庭关系出发讨论各种问题。此后她写出了《超人》,她从古典诗人李清照吸收古代诗词散文的韵味,又从欧洲抒情文体吸收养料,创造了一种似诗似散文的小说写法,但又是地道的中国句法,因此阿英说她隐隐产生了一种冰心体的文字。

> 一个黄昏,一片极目无际绒绒的青草,映着半天晚霞,恰如一幅图画。忽然一缕黑烟,津浦路的皖东,从地平线边蜿蜒而来。
>
> 冰心《斯人独憔悴》

> 四面的白壁,一天的微光,屋角几堆的黑影,时间一分一秒的过去了。
>
> …………
>
> 黑影漫上屋顶,什么都看不见了,时间一分一秒的过去了。风大了,那壁厢放起光明。繁星历乱的飞舞进来,星光中间,缓缓的走进一个白衣的妇人……清香随将过来;渐渐的俯下身来看着,静穆不动的看着……
>
> 冰心《超人》

这分行排列,长短句兼杂,反复叠合时间句,描写静谧而幽光的环境,达到一种诗意化形式与内韵。这在任何文言文中都是绝无仅有的,只会在欧美诗歌中看到这种特征。

郭沫若和郁达夫开创了另一种浪漫抒情体小说。

> 独坐在九仙峰顶，仙人井畔，西望那夕阳光里的金刚，色相庄严，云烟浮动，我的灵魂，早已陶然沉醉，脱壳优游。忽然阵阵清风，从前山脚下，吹来一片歌声，哀婉凄凉，分明是女儿声息。
>
> …………
>
> 女郎的歌声，早随落日西沉。女郎的影儿，也被前山拖去了。我的灵魂，在清冷的山气中，受着洗礼。我立在松树脚下，不知过了几多时辰，早已万山入眠，群星闪目，远从那东海天边，更飞上了半规明镜。
>
> 郭沫若《牧羊哀话》

这里描写与抒情结合一体，均是作者主观的抒情。郭沫若受英国浪漫派司各特的影响，小说保持有一种英雄颂歌的效果，这篇小说还保持一种异国情调的风景，描写的朝鲜李朝时代的故事。小说里是英雄美人还融合诗体特征。郭沫若语言自由潇洒，激情放纵，几乎把小说当作诗来写，后来的《残春》是中国最早的意识流。"激流三部曲"开启了左翼革命情怀的抒情文体。语言上情感直露，激情奔放。郁达夫也是一个文体创造者，他承日本私小说风格，主体抒情是哀婉凄切的，由于他个人的忧郁气质常沉入哀怨悱恻的情怀之中，因而他的文本也有一种腐朽病态之美。和十九世纪唯美主义略有不同的是，他的忧郁病态之美中，不完全是一种情感的沉醉与放荡，他还有些怀才不遇、愤世嫉俗的反抗者姿态。因而情感愤慨激昂之时又含有低回婉转的郁结，要论现代小说史文体，最早的真正的文体创造者是郁达夫，他有约五六十万的中短篇抒情体小说，只有他可以称之为"郁达夫体"，他的抒情文字有自己的独特个性，我们后面谈文体语言还会详细地分析介绍。

第二，现代小说语言的源起和发展应该视为一个现代性结果。这种现代性结果不完全指西方科学技术上的现代性，重点是指文化思想的现代性，社会时代的现代性，甚至还指政治体制的现代性。语言是一种帝国的混合物，是帝国强势推动了他们所钟爱的语言惯例，所以说"语言是帝国的伴随物"。"用帝国的比喻来描绘语言对那个时期的某些学者有很大的吸引力，即使把他说成是语言的殖民化或语言的征服，也并无不妥"。[①] 帝国强势推动他们的语言，随着

---

① 《语言的文化史》，（英）彼得·伯克著，李霄翔译，北京大学出版社，2007年版，第114页。

帝国的灭亡语言也自然随之消亡,特别对那些殖民地民族而言尤其是这样。语言作为文明的结果,肯定会有某种强权政治与暴力征服。伯克说:“语言成了政治自主权的象征,也成了政治冲突的武器,即使在学校也是如此。”① 这些观点适合某种民族语种兴衰,也适合一种古老语言的改良与发展,中华民族在汉代确立汉语为东方大国的统一语言,首先是秦始皇帝国,然后汉代《说文解字》。文言文在强大的帝国里不仅作为政治冲突的武器,还作为政治体制、外交联络的象征,科举制无疑使这种语言彻底的合法化、体制化。明代开始的白话小说的兴起,肯定与帝国的内部变化有关,与市民化社会有关,因为开国的君主是从农民出身而兴起的。清代时期封建帝国的正式垮台,文言作为封建帝国的伴随物必然会发生彻底的变化。这体现了语言发展的政治现代性。而且这个症候线索也是清晰明了的。但语言的变化与政治的变化毕竟不是那么立竿见影的,有一个渐缓变化的过程,我们举几个例子:

……五月中旬,天渐炎热。婆子在三巧儿面前。偶说起家中蜗窄,又是朝西房子,夏日最不相宜,不比这楼上高敞风凉。

《蒋兴哥重会珍珠衫》

……你们没瞧见刚才领事进来的神气,赛如马上就要同我翻脸的;若不是我这老手三言两语拿他降伏住,还不晓得闹出点什么事情出来哩。还搁得住你们再替我得罪人吗?

李宝嘉《官场现形记》

……只是面前的冰,插的重重叠叠的,高出水面有七八寸厚。再往上游走了一二百步,只见那上流的冰,还一块一块的漫漫下来,到此地,被前头的拦住,走不动就站住了。那后来的冰赶上他只挤得嗤嗤响。后冰被这溜水逼紧了,就窜到前冰上头去;前冰被压,就渐渐低下去了。看那河身不过百十丈宽,当中大溜约莫不过二三十丈,两边俱是平水。这平水之上早已有冰结满,冰面却是平的,被吹来的尘土盖住,却像沙滩一般。中间的一道大溜,却仍然奔腾澎湃,有声有势,将那走不过去的冰挤的两边乱窜。那两边平水上的冰,被当中乱冰挤破了,往岸上跑,那冰能挤到岸上有五六尺远。许多

① 《语言的文化史》,(英)彼得·伯克著,李霄翔译,北京大学出版社,2007年版,第242页。

碎冰被挤得站起来,像个小插屏似的……堤上柳树,一棵一棵的影子,都已照在地下,一丝一丝的摇动,原来月光已经放出光亮来了。

刘鹗《老残游记》第十二回

这三个文本均是口语的白话。第一例说的是客观自然中依时间变化温度也是变化的,暗写住房环境。第二例,惧怕洋人的心理态度,同时又有一种反讽性的吹嘘,第二例是描写黄河之上的冬天的冰排之景。仅从语言的表述形式看那是地道的口语,完全使用一种大众白话,我们完全可以针对文言文说它是一种新的语言形式了。可是谁也不会把"三言"、《官场现形记》、《老残游记》归为中国现代小说的开端。这是为什么?难道仅是一个时间划分问题吗?如果是时间问题,我们可以把划分中国现代小说分期提前就可以了。根子在哪儿呢?在文本中的现代性因素,特定时代会有它特定的语气语调用词特征。这是一种意识形态的痕迹,是现代性在具体文本中的表现。我们可通过叙述语言,事物的相关描写,人物的复杂关系与心态折射。例如称呼"婆子",制台对领事。巡捕、号房的意识形态的态度反映出歧视态度,一例中采用白话,他却用了"天渐炎热"、"夏月最不相宜",看得出组词仍采用简洁压缩的方法, 否则他该说,"天渐渐地炎热了"。"夏天最不合适抵西晒的房子了。"二例杨成的叙述语境指明看它的时代性。第三例麻烦一点,这是一个看山看水的风景画。时代性弱,但其间的"价来"、"价响"不是现代用法。"此地"、"约莫"、"俱是"等时间地点的词都是旧小说惯用的,还有这天寒地冻的黄河边保持客观平静而又闲适的心理则是文人雅士的做派。从文化地理学分析,自二十世纪八十年代以后气候变化了,黄河中下游已没有这种冰天雪地场景了、文本通过各种方式暗示了它自身的时代痕迹。尽管是口语的白话文,但一经使用它的社会现代性便无法遮蔽住了。语言是直观的,语言作为物质形式或许没有阶级性,什么人都可以用,可我们作者处在特定的社会时代里使用语言却存在意识形态的隐在动机, 语言透露一种集体无意识的东西,作为实践行为,特别是作为社会实践,既表述人与事物的存在,也暗含了我们语言表述的方式,人的自身存在也会随着语言的踪迹进入表述系统。一切表达的语言都是自我的语言,或者自我的意识。这样我们可以把语言看成一种现实的实践意识,我们理解语言便是理解一种意义,一种现实的实践行为。我们的观念,我们的感觉体验,我们的表述能力均受制于语言的约束,可见自我的现代性也是语言的现代性。语言因我们的当下的社会存在也同时决定了它"是一种社会性产物,仅仅因为个体是社会的一员,他才需要语言的范畴,它构成了意识的限定性因素。"[①]我们的意识是根植于人的社会性实践之中，于是便有了人们随着社会时代发展和阶级关系变化的意识形态体系。这表明"所有形式的人类意识,包括那些最复杂的意识形态在内,都根植于特定的社会条件之中。"[②]注意:这里使用了一个"特定的社会条件"其含意是深刻的。它表明特定于此的社会是阶级性、独立性、时间性、空间性的存在,简明地说它是一种现代性社会。由此看来上述三个文本的语言,表面看起来是无差别的,是合乎语言表现共性的,可实际它仍是个人言说的产物,是个人也就是社会时代的,因为个人不能脱离其社会存在。更重要的语言也是有这种现代性,语言是个人的言说。但它也包含在当代社会的普遍结构之中，语言作为文化符号深入到无所不在的一切社会规范里，换一个角度来说,是社会结构与规范支撑和表现了语言的现代性。因而我们考察中国现代小说语言的现代性自然成为了重要的判断标准，或者说现代性成为现代小说语言的重要标准。这一点尤其在其后的中国百年现代小说语言发展过程中显示出特别明显的特征。

小说语言现代性除了从意识形态维度去分析外，极为重要的还可以从现代性类型与动力结构去考察。这一点在中国革命的历史运动中也得到特别强化的印证。我们可以说无一例外的是所有现代性革命运动都进入了现代小说的语言表述之中。戊戌变法、鸦片战争、辛亥革命、白话文运动、新文化运动、"五四"运动、左翼文艺运动、解放区文艺运动、救亡运动、延安整风运动、土地革命、农业合作化、反右运动、"大跃进"、文化大革命……可以说中国近一百年历史就是革命运动史，中国现代小说的发展命脉便紧紧地依附在革命运动史上。革命总是以运动形式展开,小说又以特定的形式反映这些运动过程,使得现代小说的语言也具有这种运动的性质。这种以运动形式展开的革命往往会给人们持久而猛烈的心理冲击，它还进入人的集体无意识，或者造成精神创伤，或者以一种理想的乌托邦思想在不断构筑人们的日常生活秩序的同时也构成中国人当下的日常精神结构，中国人不论在社会历史的任何阶段性上似乎都活在一种思想精神的运动上，这不仅仅是一个理念支撑中国人存在的理

① 《资本主义与现代社会理论》,(英)安东尼·吉登斯著,郭忠华、潘华凌译,上海译文出版社,2007年版,第48页。

② 同上,第50页。

由,它还以各种明确的形式、符号、口号可以触摸的文化形式与心理感觉结构而存在。这在中国百年的革命历史运动史上是非常明确的,反而以科学技术形式构成的物质演变运动成了一条隐伏在革命运动中间的隐匿线索。只是到了20世纪最后十年才形成物质结构而重新成为人们心里的拜物教。两厢比较,思想精神往往作为一种革命运动过程性的东西,物质技术,或者真正的唯物概念往往反倒是依附在中国人的思想理念之中,无论这种物质形式固定为何种符号人们都会视为是一种精神产品。这是中国近百年来的思想与物质的矛盾性结构造成的文化现实,也是由这种文化矛盾决定了中国百年来人们生活情状与心理结构。由此决定了我们国家与民族或地域性的命运,因此而派生的中国现代小说及小说语言也走了一条畸形的道路。这是一个赫然入目的事实。这种现代性的动力模型渗透到中国人的日常现实生活状态,成为举手投足都可以触摸的现实情状,因而它也就直接转换为一种语言表述形式。

我们从现代性动力模型再转到现代性时间模型。中国是一个农业社会,在封建王朝一直使用阴历纪事,意思是按农业生产的季令来设计时间观。中国官方采用以朝代转换的年号方式来记录国家的重大历史事件,而中国民间的日常事务与民俗以及个人生日都以农历计算,还以六十甲子与十二生肖来确定诞生周年与个人命运及性格,这种历史的代际关系的分期采用的是一种循环记忆的方法,民国有了公元纪年法,可惯例仍是一套农历记时的方法,直到新中国成立才统一使用公元纪年的称呼法。为什么现代性要讨论不同的时间模型呢?这是因为现代性自身便是时间元素的。波德莱尔在定义现代性概念时说,“现代性,就是那种短暂的、易失的、偶然的东西,是艺术的一半,它的另一半内容是永恒的,不变的……这种短暂的、易失的、变幻无常的东西,你们没有权利蔑视它或抛弃它。”① 某种意义上说现代性便是时间性,因为我们考察一切变化着的事物必须在一条时间链条上参照比较,现代性便是事物在时间过程中一种变化着的否定性。易失的短暂的流走了,不变的永恒的保存了,从生活考察到艺术考察这就是一种艺术的辩证法。还因为这些“时间模型反映了历史时间的种种表现形式,它们受到某个特定时代所特有的事件,集体经验,习俗变化以及言论(文学、意识形态、科学等方面)的支配。”② 换句话说,我们看待社会事物的现代性是从事件各不同的阶段的比较中看出来的,因而时间

---

① 《1846年的沙龙》,(法)波德莱尔著,郭宏安译,广西师范大学出版社,2002年版,第42页。

② 《文学与现代性》,(法)伊夫·瓦岱著,田庆生译,北京大学出版社,2001年版,第51页。

模型便显示出特殊的重要性来了。现代性模型在语言的表现上也是如此,西方语言自身便懈怠了这种时间因素，使得句子产生的一些现状在一种时间性中比较参照。中国语言自古以来便没有时态形式,但中国人创造了大量的时间副词,灵活地黏附在词汇与句子中,或者采用语境判断和推断也能看到句子的时间性。有意思的是时间副词本身也会有古今之分,例如须臾、俄顷、瞬息间、白驹过隙等，使24小时的时间概念在中国到二十世纪八十年代以后才成为日常生活习惯的时间经验。中国传统生活没有精确到分与秒的概念,是现代科学才把时间从宏观到微观分析化了,这表明时间本身亦含有现代性的技术因素。到了今天我们对时间的认识由二维变成了四维了，空间考察成为更加现代的时间分析,时空一体化,今天没有空间的概念便不称之为时间的现代性了。

由此可见,动力模型和时间模型是现代性最为鲜明的两个表征。但它如何落实现代小说语言的现代性上呢？或者说我们如何从不同时期的现代小说中分析到现代语言的现代性。我们可以从如下几点来看:其一,考察现代小说中思想运动与当下的时间认识是如何具体的成为一个表述策略的，这一点必须要落实到具体句子中,包括词汇所含有的现代思想与现代时间的元素,并把这些众多的元素构成一种整体性的东西。所谓整体是指现代思想运动成为我们语言书写的一个强大背景，任何中国人不论何时何地都逃脱不了现代思想精神的影响与现代时间概念的约束与限制。也就是说,具体的人无法活在现代性之外,所谓存在即现代性。其二,语言现代性还表现在它有着自身一套特定的价值评估系统,叙述与描写的现代性态度,个人与时代的倾向性。例如古代人更偏重于感受性的唯心论,那么,他的体验与认知便会更多的把生活与人看作一种宿命的东西。今天相信的是唯物史观、进化论、新科学技术观,这就强化了人的自信心,自我的主观激情便会处于支配地位,相信一切后果都可以因革命态度与行为所获得,因此,我们乐意感受到新事物,追求新风尚,因为人与时代是进步的,我们的现代性体验会有无穷多样的可能性,也就可以进入细腻的微观分析,震惊体验还会带来感受的极端化与疯狂化,这又扩大了语言的表现能力,相伴随着就出现了今天的分析性语言。现在看来现代性语言不仅仅是一种形式表述的变化,它还是一个现代性内容的载体,语言说什么和它怎么说是相互依存的,无法拆开了来理解与使用。其三,现代性语言带来了多样性的后果,但最显著的后果,是生产了一个乌托邦的幻想语言,充满了革命的激情与理想的喜悦。现代性让人们相信进步与未来更美好。于是有了一个对将来梦想的预期,革命成为一种情结、一种理想,这导致语言变成一种浪漫主义情怀,会编织出各种美好的幻象,这在中国的革命时代尤为明显。另一个后果是“现代性动力意识所产生的必然结果就是人们感到我们失去了一个渐渐远去的，摇摇欲坠的过去。”[①] 我们相信时代这个概念是永恒的又是消逝的。我们永远也找不到可以返回去的过去，故产生怀旧情结，追忆成为我们情感中刻骨铭心的东西,怀旧模式也成为一种现代性,它产生了语言上的忆语体。但它又让我们产生世纪末情结,表明腐朽与堕落必然作为美学的概念存在于人类的情怀。这两个后果会表现为现代性语言的两个极点，中国现代小说语言将证明语言乌托邦都在这百年史中处于牢固的主流地位，同时由于中国现代革命运动史总是处在一种急剧变化的过程中,表现了一种社会矛盾的冲突,这导致了语言的主导范式必定是意识形态的。第三个更为强大的后果,那就是现实主义的写实性语言经久不衰。这是为什么？这是由中国的现实状况确定的,是人们生活在现实的功利主义中所决定的,是人的实用主义态度决定的。我们生活在日常现实生活中有许多功利问题,处理这些问题又是一种实用主义态度,那么我们必须正视有解决现实疑难问题的方法并揭示现实的本质。这就是为什么我们的现代小说一经产生首先出现的是问题小说这个流派。而且一直延伸到中国现代小说史的全过程。这表明中国现代历史中各转折时期革命运动都伴随着产生各种各样的社会问题,问题小说不仅与社会民生相关联,也与中国革命思想发展相关联,并与人们的思想发展相关联,还与人们的日常生活实践相关联。今天回头来总结这种语言的现代性,它几乎是一个悖论性的存在,那就是它即展示了中国现代小说史语言变化的新面貌，同时又毁灭性地从根上破坏了我们称之为中国现代小说语言的审美特质。这依然是一个事实,如果要给出一个正确的文学史地位的评估,那也可能是百年以后的事,它将由新的文学运动与文学史给予恰当的定位。

第三,现代小说的语言标准应该从文学性维度去确定。关于现代小说语言的文学性我在《中国现代小说语言美学》(商务印书馆出版,2012版,第二章第六节)中专文讨论过,这里只简述一下主要观点。

语言文学性在文学理论界存在着多种说法。最早是雅各布森在《现代俄国诗歌》中提出来的:文学科学的对象不是文学而是文学性。艾亨鲍姆也经常使用文学性。但他们都不能将文学性具体表述为一种语言的实际状态。只有什克洛夫斯基他写了一部《散文理论》专门有一章作为手法的艺术,提出了一个概

---

① 《文学与现代性》,(法)伊夫·瓦岱著,田庆生译,北京大学出版社,2001 年版,第 53 页。

念：陌生化，时间为1929年。从此把文学性确定为一种形式主义手法。具体就是指陌生化的方法。而且专指语言陌生化。文学性不能单从某一元素出发。它来自语言又超越语言自身。文学性即指语言的特殊用法，又含有"文学性是一种话语形式与另一种话语形式之间的差异关系"①或者文学性来自文本或文本间的语境构成。由此我们很难求得一个小说语言的文学性的统一规则与方法。我们只能针对文本语境中的具体句子的特殊用法来谈论。语言的文学性"不仅只触及一种句子连接的特定方式而且还触及一些表现言语比较完整的统一体的形态。我们把这种言语的较低级的统一称为言语形式。"②这一观点给我揭示的语言的文学性最本质的特质还是句子的言语形式所显示出来的。因此，"语言形式使用的越特殊，一个作品的个别风格也就越明显。"③可以肯定地说，我们不可能离开了语言来谈什么文学性，这就从侧面证明了小说的语言讨论是离不开文学性的标准的。但如何确立和实践这一标准却是非常困难和复杂的，一方面我们要把文学性作为小说语言的规范性要求，以此来度量一切小说的发生，另一方面，我们要把文学性作为小说语言实践的一种方法。普通语言学肯定是非文学的，只有让语言进入文学，类别化的表述才能是文学性的。提出小说语言中的文学性，实际表明文学体系内已经存在文学语言与非文学语言了。但我这里用文学性要求现代小说语言似乎还有更深层的原因，这才可能对中国现代小说语言近百年的历史检讨中找到兴起因素及其正面与负面的影响。我们要总结一下现代文学语言的一些规律，我们要对小说的语言成果有所估评，即给出小说语言的历史面貌，又要探索一下我们的小说语言应该何为？应该说我们今天面临着一种严重的小说语言失范，就目前状态而言，如何建立将来的小说语言范型，恐怕真正会毁灭我们汉语的美学形象，出现文学领域里的语言白痴化。在我们掌握现代小说语言文学标准时似乎还应该注意以下几点。首先，我们要明白我们的古典文学确实是文学性的，包括我们的古代白话小说也是非常文学性的。古代文人有一种自觉的文体意识和文学性追求。古代文学中是文史哲不分家的，六朝是文学进入自觉时代的标志，文学的要素是文人的一种自觉追求，因此，古代的文学性成了一套繁复的语言形式与语言技术。我们在反对古代文言文时提倡的是白话文，而白话文是非文非雅的。这

① 《文学原理引论》，(意)伊格尔顿著，龚国杰译，文化艺术出版社，1987年版，第7页。

② 《语言的艺术作品》，(瑞士)凯赛尔著，陈铨译，上海译文出版社，1984年版，第196页。

③ 《语言的艺术作品》，(瑞士)凯赛尔著，陈铨译，上海译文出版社，1984年版，第387页。

产生了一个矛盾,我们既然是用口语的白话文来写现代小说,反抗文言文,可见带有非文学反抗文学性的,但是我们的每一个小说家几乎都会否认,他是在做文学,这就存在一个悖论:我们要的是文学,而我们做的是非文学。现代小说产生初期的整体水平确实非常不整齐,很多小说几乎不能称之为小说,是一种时评政论、日记游记随感之类的,可见现代小说语言是逐渐文体化的、逐渐成熟的,后来事实证明白话的现代小说也可以很有文学性,才产生了鲁迅、叶圣陶、冰心、杨振声、郭沫若、郁达夫等。由于强化社会问题,意识形态语言普遍兴起,小说语言的非文学性也成为一个广泛的事实。

其次,我们要从日常语言与非日常语言的艺术辩证法去处理小说语言的文学性。文学性作为一个理论表述我们可以定义化,可实践于小说文本与句子便是一套灵活多变的语言策略。按常理我们很容易判断哪些语言不是文学的,肯定哪些文本与句子是文学的。在个体中,文学性规范似乎也存在一个相互比较。例如日常语言,和其他医学、经济、军事、法律等专业语言都是非文学的。可是我们现代小说语言特别热衷于日常生活状态,口语、俗语的表达,让非文学的东西进入文学的状态,这便是一个矛盾,现代小说的语言规划要求:文学性是对日常语言的变形,是对日常语言的反叛。这种反常的变形与背叛便是采用一套技术手段(语言的陌生化)使日常语言发生变化。这样小说语言的文学性实际就是在处理日常语言表达与文学表达的悖论中。使文学语言有异于日常生活与语言,除了上述条件外,还有些具体的规定性,例如,语言在叙述中是控制状态的,表述时言语是有度有序的,文体语言是有叙述调式的,从个人出发每个人的敏感度不一样,文学语言是感受化的,从语式、语感、语调、语象都服从于个性设计。词汇和句子的调整都有一个文本语境的整体性。可见语言的文学性是一个综合的语言因素。

再次,现代小说语言不能套用整个文学文体要求与标准。小说语言的文学性会有一些文体上的独立要求,它要适合小说的基本要素(人物、故事、环境),小说虽有描写但它的重心仍在叙述,我们不能在一个文本里全部采用描写的句子,也不能全部用诗的句子写长篇小说,小说是散文排列方式,我们不能把长篇小说排列改成戏剧、诗歌方式。小说语言的叙述性与描写性要遵从一定的比例,服从于个性化,人物化要求。小说语言要"争取它的自主性:诗情、艺术性和美变成独立性的价值,它们与其他价值无关。"① 这里所说的诗情、美、艺术

① 《语言的艺术作品》,(瑞士)凯赛尔著,陈铨译,上海译文出版社,1984年版,第387页。

性都是对语言具体的规定性,小说语言它要有独立自主的价值,并标明它与其他价值无关,这一点对中国现代小说特别重要,可惜一直并没有得到重视。小说的作者出身寒微,是大众民俗的宠儿,它注定是民间通俗的产物,小说的高峰是雅化,但无论怎样艺术性它脱不了大众通俗的元素,我国的四大古典小说名著就是如此。小说注定了有媚俗的成分,注定了日常化,因意识形态化在这些元素齐备的状态下我们又要求它的文学性。意思是指小说语言是非实用的、非意识形态化,要求它是具有审美性的、陌生化的、雅化的,这实际非常困难,文学性要审美,又要表达具体的日常经验,这两者的度极难处理。这是一个高难度要求, 极美极雅便失去了通俗性, 要大众通化就不能成为纯粹美学的文本。从这个高位要求我们中国现代小说史恐怕很难找到我们称之为语言艺术的小说美学。所以,这才把现代小说归于各种类别与流派,每个小说家会分别有自身的追求。我们在评判中则要找到一个适合的"度"去把握。

最后,现代小说语言无论创作或者评论我们都必须要落实到句子。说白了是具体的句子展示的文学性。无论是叙述的动态句,还是描写的模拟句,还是议论抒情的句子都要充分显示小说的基本功能,否则语言便是其他文类的了。当然今天的小说文体走向综合,走向超越的跨文体,但作为小说的基本元素还是具体的。这里小说语言还要处理一个特别的矛盾:即小说语言的传统性与现代性。句子的审美也是我们依时代而进的现代性要求而论的。《红楼梦》是古典小说的精华,其中对宝玉的描写:

> 面若中秋之月,色如春晓之花,鬓若刀裁,眉若墨画,面如桃瓣,目若秋波。虽怒时而若笑,即瞋视而有情……
>
> 曹雪芹《红楼梦》

我们说这个描写是用比喻堆起来的,是用四六句形式镶嵌的,所有美好事物极端汇集在一张脸上,我们设想一下果真有一张脸是这样,那会吓死人的。这是一种古典小说的套话语言的描写。它谈起来朗朗上口,也典雅精致,它合乎古代人对于语言的审美要求。可现代小说语言万万不可如此描写现代人物。另外我们今天还生产了诸多时尚语言:哇塞、蚁族、白领、二奶、闪婚、同志(同性恋)、一夜情、酷毙了,这些语言都被过度使用而成为废话,它失去了强有力的表现作用。我们有大量的官场小说,使用大量官场语言,或因信息技术现代化,大量地使用媒体语言,这些语言却因过度使用而失去了文学性。我们避免使用那些语言，语言的现代性并不是语言的时尚性。我们既然承认语言是生命的、个性的，每一个人物语言均带有他的人物特色与个性，他的表述中语言带有他的身体性。而身体不能是一个意识形态指挥，而是生命自身欲望的感受性、情感的体验性、个人学识的文化审美性的综合结果。我们要创造各种新奇的审美的句子，这要成为我们现代小说语言的一个规范性特征。

第四，现代小说语言的类别划分规则。

我们谈论语言现象不能笼统地说语言的特征生动、准确、鲜明。或者说语言个性鲜明风格化等概念性评估。我们得将语言分门别类从总体上找出特征，在该特征下找到细部的元素构成，然后找到这类语言是如何发生的？为什么会发生？总结某类语言的功过成败，但就语言本身仅是一种现象描绘，我们必须把不同类型语言进行比较。这样我们必须依照语言的产生发展规律，还有语言的功能，语言的审美特征对语言进行一次划分，以便于研究讨论。

对现代小说语言分类有多种方法和准则，我们可以按小说材料划分语言类型，那么语言变成了材料的依附属性。语言作为材料的符号标记，它是一种模仿反应关系，我们可以依照作者的语言发生的个性风格来划分语言，把语言作为人为的产物，这样语言成了作家的表情达意的符号，语言的个性化也就是语言的风格化。这可把语言视为表现功能的，语言是一种形式符号。语言还可以按社会意识形态的观念来划分，这是一个中国现代历史语境下的中国特色划分，表现历史时代对语言的左右，表现时间与历史性质分期的内容对语言的决定。例如革命时代的语言、解放区文艺语言、沦陷区语言、文化大革命语言、伤痕语言、反思语言、新写实语言、图像时代语言，这是一种泯灭语言审美特征的划分，可是在中国小说发展史中语言作为历史运动发展表现是尤其鲜明的，也是写史最简易而又便捷的办法。我们也可以采用语言本体论的办法来划分现代小说语言的发展状况，从这个角度看，我们可以把绝对多数的小说语言划分为工具论、媒介论、模仿论的，语言是为某一文学性质和社会性质服务的工具，另一种占绝对少数的小说语言可是视为自主语言，似乎属于语言本体论的文学写作仅仅能作为某个时代的先锋时代类型了。我们首先要考虑的是中国现代小说发展的实际状态而针对性地进行语言分类，其次考虑的是语言表述方式上有独特性的作家与作品。最后才是考虑文学语言成为自觉意识，把小说语言作为一种审美现象，充分考虑语言本体显示出来的美学特征及个人运用语言的不同方法和技巧，乃至于形成某种语言风格特征。严格说来，中国现代小说语言作为不及物写作现象很难构成一个原始的概念，所以我们必须考虑第一种情况小说发展的实际状态，这种实际状态是与中国社会革命和历史时代的运动与问题紧密相连的。这就造成了语言史就是中国革命现代史。这是悲剧性的，但是无论如何我们也无法回避中国历史时代发展的这一现代性要求。

我这里采用了折中的方法，不得已把现代小说语言划分为：乡土语言、社会革命语言、自主语言、文化心理语言、幽默反讽语言几个类型。这仅是为了论述方便而作的一个非常抽象的划分方法，小说语言是可以划分为无数细节类型的。在后面，我还划分了一类叙述语言和描写语言的演进状态，这主要根据小说语言的功能性质作的一次分门别类，这两种语言在小说中的彼长此消是对小说现代性一个很好的中国式诠释。把语言进行类分到底可不可以，或者建立在何标准上进行类分，这实在是一个大问题。我们要谈小说的语言，将语言进入理性审视的范围就意味我们使用了类的观念，语言类，把语言和他者区别开了。类观念是一种认知上的分辨，是一种思维活动的开始，建立小说语言史不可能没有类观念，问题在于我们对一种小说语言进行类的无限细分是否可以。是否作为一种方法能对小说语言的类分起作用，笔者认为是一种语言分析的必要，大而言之对事物分类，例如亚里士多德式的分类学。或者人类文化学意义的地理划分过程中，对动物与植物做精细的思维分辨都是人类认知的必由之路。语言也是一整套知识体系，经过了数千年的时间遗传，从口语看甚至是上万年的遗传，我们自然有必要对各种不同语言进行类分，看来语言分类不会有什么异议了。关键对某种文体语言进行类分是否合适，如果仅是划分出一些形式上的识别标记也倒无所谓，我们分类如果是考察类型不同的语言实质本性的差别这就难了，而且可能有问题，语言有细小的形式差异未必能构成语言之间的本质差异，如果不是从本质上寻找归因我们有必要分类吗？除上述问题我想谈的是一个语言的美学问题，或者还有一种不同的功能问题，这需要在一个语言的细部来讨论，如果是讨论语言的类的同一性，我们只要建立科目分类就可以了。我们探讨小说语言的分类是寻找类与类之间的差异性，语言功能之间的差异性，从这种差异性中进行类的价值的评估，从而来认识我们的现代小说语言多大程度上是失败的，多大程度上是成功的。我们究竟有没有小说语言上的历史成就，未来会有什么样的小说语言类型。如果这样，小说语言的分类便是十分重要的了。我想它的深层意义就来源于人类早期的原始分类上，“这种逻辑秩序极其严格，这些范畴对澳洲人的心灵有很强的约束力，以致在某种情况下，可以见到一整套按照这些原则加以安排的行动，记号和事物。"[①] 这里暗示出分类问题与原始人的知识活动及成长方式都会有密切的关系，那么小说语言的分类便不仅仅只是梳理一个小说发展史的问题，它会是一个对我们民族语言。文体语言一个重新认识的重大问题，进而创造新的语言类型与语言方式。这样小说语言史有非常积极的意义了，它甚至关涉到我们未来语言的发展和人的行为。

① 《原始分类》，(德)爱弥尔·涂尔干，上海人民出版社，2000年版，第15页。

第三章

中国现代小说乡土语言的发生与演进

我这里谈乡土语言主要依据三种中国的实情:其一,中国是世界上一个重要的乡土大国,其经济受农业生产的状态支配。乡土语言便是一种大众语言。其二,中国现代小说的历史主要以乡土社会的小说构成为主流现象,从审美的价值上看,乡土语言的成就与贡献也是最重要的。第三个原因,中国的作家出自乡村的占绝大多数,带着地方的泥土和地域宗族的经验,是乡村社会决定了乡村人,乡村人决定乡村书写。即便是有如此强大的乡土背景,但作为乡土小说的研究也是非常不够的,这一点在世界文学史范围内确属一个弱项,可想作为乡土语言的专门研究也就更少了。我这里为什么要特别重视乡土语言呢?其一,乡土语言是由其地方性知识决定的,这也包括我们每一个人都是地方性的人。其二,地方性决定了人与语言的独特性,表明某种个人使用的语言是唯一的,这样语言便有了特征性。其三,地方的丰富性决定了语言的丰富性,或者还可以说这种丰富性决定了乡土语言审美的丰富性。其四,乡土语言来自乡土民间,是从泥土里长出来的,是原创的,又因为它出自口语它又是鲜活的。这些原因决定了乡土语言既是根本性又是有不可更改性的,又是我们作为民族语言必须发扬光大的。如果更深层次地探究它,乡土语言肯定是集体无意识的,它是一个民族一个地方人群的原型。语言是一种原型,是一个族群的本体,可见其重要性必须放在首位,作为我们优先研究的东西。

第一节　中国小说乡土语言的起源

我这里先确定一个讨论的起点：乡土小说何时产生？严家炎论述:“在欧洲,乡土小说开始盛行于十九世纪。在中国,乡土文学只能产生在‘五四’文学革命以后。"并且认为"乡土文学总是在近代民主主义与现实主义这两种思潮传播的条件下才兴盛，民主主义思潮使作家有能力以审美眼光注视这类题材，从中感受到一种审美的情趣，使之成为艺术内容，并用生活本来的面目加以再现。"① 这个结论初看起来很有道理而实际是有问题的。乡土文学因何而产生？毫无疑问是乡土社会的结果，乡土社会全世界自古有之，中国也不例外。故乡本土的情结是一种民族情怀，它伴随着整个乡土社会的发展历史，最早我们见于《诗经》的"昔我往矣，杨柳依依。今我来思，雨雪霏霏。行道迟迟，载渴载饥。我心伤悲。莫知我哀！"难道这不是乡土之思。我们耳熟能详的《桃花源记》并序难道不是我们最早的浪漫乡土的表述。还有杜甫的《三吏》、《三别》这不也是现实乡土生存之艰难的反应。乡土文学作为我国农业社会的一种表述方式似乎不应该发生怀疑。如果定位于乡土小说这一概念，在中古时代倒是没有真正意义上的典范乡土小说，也不可能有这样的称谓，因为乡土小说是一个现代小说形态学的概念，它只能在现代文学史的框架下使用，但我们不能因此而否定中国古典小说中有乡土元素的执著表述。不仅如此，我还认为中国古典小说中有浓厚的乡土小说元素存在而且作为乡土文学发展的一个隐在线索。这里就得考察乡土的含义。"乡土"一词无疑以土地为尚，在一定区域内具有领土意识，同时这一定是种族与族群的地理方式存在，可见每一个民族都有自己的乡土。"它们都是领土性的：谈论种族和民族的话语通常也就是谈论地理的话语。"②这表明是地理学的概念造成了乡土。种族与地方构成了牢固的乡土意识，所谓乡土皆指土地与农事。中国古代最早的乡土记载："是月也，天气下降，地气上腾，天地和同，草木繁动。王布农事：命田舍东郊，皆修封疆，审端经术，善相丘陵阪险原隰，土地所宜，五谷所殖……"③ 这应该是标准的乡土纪事，乡土关乎的是地方的农事气候，土地整治，稼禾农耕等一切事宜。并且要求："五耕五耨，必审已尽。其深殖之度，阴土必得，大草不生，又无螟蜮。今兹美禾，来自美麦。"（《吕氏春秋》卷第二十六）由此可见乡土是要让土地与农事变成一套生产知识，即地方性生产知识。我们从客观条件上解释乡土，乡土必须是乡土人活动的场所，乡土人是他的主体，这个"主体是自知的，有边界的以及独特的个体，主体性包含在身体内部，身体限制着，束缚着主体性，并将主体性与外部

① 《中国现代小说流派史》，严家炎著，长江文艺出版社，2009 年版，第 57 页。

② 《文化地理学手册》，（英）安德森等主编，李蕾蕾译，商务印书馆，2009 年版，第 44 页。

③ 《吕氏春秋》（孟春记第一），岳麓书社，第八卷第一页。

的,不同的,别的东西分离开来。”主体是地方与人塑造出来的,这个边界所指正是空间的,地方的,身体的。“人和地方是以激进而不可避免的相互纠缠方式想象出来的,具体表述出来的以及体验出来的。”“主体被绘成地图,进入存在于所有地点的无限权力之维。”① 人作为主体进入乡土其实是两种形式:其一,主体是乡土生活方式的参与者。其二,主体作为观察视点,是他在考察乡土存在的一切并予以表现出来。如果以此为据来定位乡土和人的情感,那么中国古代的一切民间文学皆可以视为乡土文学,其篇什便大量地包括在《诗经》与《乐府》之中。因而六朝的山水诗也可以视为乡土的,陶渊明、谢灵运、鲍照、谢朓、庾信均对乡土有精彩的表述。例如鲍照的《梦还乡》里写到:“沙风暗空起,离心眷乡畿。夜分就孤枕,梦想暂言归。孀妇当户叹,缫丝复鸣机……刈兰争芬芳,采菊竞葳蕤……白水漫浩浩,高山壮巍巍。波澜异往复,风霜改荣衰,此上非吾土,慷慨当苦难。”这种回忆乡土现实中无限艰难孤独而乡土人又情有独钟的现象,在古典文学中成为一个极普遍的主题现象。如果山水风景诗歌仅是观察者的乡土情怀,当然不排除陶渊明那种乡土的实践者,那么罗敷这一女主人公则是地道的乡土人,而且是一个极具乡土个性的农妇。我们说乡土主要指人的土地意识,然后才是故乡,才是世俗人情与风土。土地表述在《吕氏春秋》和《孟子》中均有丰富多彩的方式,这是历史的权利的叙事,但它也渗透到小说中来,置买田产扩大家业是古代人几千年的梦想:

> ……陈祈道:“藏得的藏了,田地是露天盘子,须藏不得。”毛烈道:“只要会计较,要藏时由田地也藏得。”陈祈道:“如何计较藏地?”毛烈道:“你如今只推有甚么公用,将好的田地卖了去,收银子来藏了,不就是藏田地一般?”陈祈道:“祖上的好田好地,又不舍得卖掉了。”毛烈道:“这更容易了,你只拣那好田好地,少些价钱,权典在我这里,目下拿些银子去用用,以后直等你们兄弟已将见在田地四股分丁了,然后你自将原银在我处赎了去。这田地不多是你自己的了?”
>
> 《二刻拍案惊奇·迟取券毛烈赖原钱失还魂牙僧索剩命》

这个故事说的是陈祈贪取祖业田产,却被毛烈骗了,有些因果报应的性质,但事实陈述却是乡土田地的矛盾。土地在任何时候都是中国人心目中的最

① 《文化地理学手册》,(英)安德森等主编,李蕾蕾译,商务印书馆,2009年版,第413、415页。

高目标。这不仅指个人,对国家民族亦是如此,古代战争通常都以攻城掠地为目标,由此可见领土性是乡土核心之所在。接下来才是地理学的文化、身份、地点、气候、物产、家庭、民俗、节日、习惯、婚丧嫁娶等内容。

> 后母归,以语王,王遣使诸男女,天不复两。衣服褊裢,言语侏离,饮食蹲踞,好山恶都。王顺其意,赐以名山广泽,号曰"蛮夷"。
>
> 《搜神记·盘瓠》卷十四

> 后经数日,得于大树枝间,女及马皮,尽化为蚕,而织于树上。其茧纶理厚大,异于常茧。邻妇取而养之,其收数倍。因名其树曰"桑"。桑者,丧也。由斯百姓竟种之,今世所养是也。言桑蚕者,是古蚕之余类也。
>
> 《搜神记·女化蚕》卷十四

这里有乡土命名,生活状态,蚕丝的故事不仅是神话传说了,而且变成了一套乡土知识。在《河东记》的《板桥三娘子》中把这套生产知识神话化,三娘子劳作稼禾,生产食物竟只在瞬间:"后与巾箱中取一副耒耜,并一水牛,一木偶人,各大六七寸,置于灶前,舍水噀之,二物行走。木人则牵牛耒耜,遂耕床前一席地,来去数出。又于箱中取出一裹荞麦子,授予木人种之。须臾生,花发麦熟。令木人收割持践。可得七八升。又安置小磨子,碾成面,讫,却收木人于箱中。即取面作烧饼数枚。"这则故事记载中古时农耕小麦的全过程,并烤制成食品。这已是很地道的乡土小说了。宋元话本以来乡土文学无疑也是一个重要元素,作为任务主要身份为男耕女织,作为民俗主要讲婚丧嫁娶。《醒世恒言》中《灌园叟晚逢仙女》写园丁秋先爱花种花护花,其描写之详尽是古小说中罕见的。《一文钱小隙造奇冤》写的是乡镇人的家长里短,特别是那些乡土人物的争强好胜,贪利泼妇仅为几文小钱死伤数人。朱赵两家为了田土界地经常群殴叫骂,终于打斗成一场生死人命的事故。当然我们得承认古典小说中虽有浓厚的乡土文学元素,它一般呈现两个特点:其一乡土叙事和描写作为负面因素的多,小农经济,困穷落后,乡土人多贪利粗俗。其二乡土元素在小说中的表现多采用的是侧面笔法,其作用是辅助性的。《水浒传》中的大相国寺的菜园子,阮氏三雄石碣村打鱼的营生,浔阳江上张顺的渔船,武松杀嫂的故事介乎市井与乡土民俗之间。《红楼梦》里的刘姥姥和乌进孝的乡村经济也都使用的是侧面笔法。当然我们可以说中国古典小说中没有乡土文学流派。但不能说我们古典文学中没有乡土文学的表现。据我看来刚好是古典的乡土文学元素对现代乡土文学的写作者和文本都有比较内在的影响。例如中国人还乡怀旧意识便是从古代知识分子和经典文本那儿接收过来的。中国人的重乡守土的保守态度也是传统文化遗传的。再如中国自古便重视乡俗民情,传统节日,而且婚丧嫁娶的仪礼千百年来也不曾改变。这些元素都浓厚地保存在我们现代小说的乡土气质与精神之中。自古至今乡土题材内容都带有穷困落后的面貌,具有现实的严峻性与批判性,独有浪漫理想主义乡土文学有比较好的起点,一方面是古典的诗词歌赋中的乡土风景的浪漫描写,另一方面在叙事品行的文字中也有良好的开端,且不说那篇《桃花源记》,唐传奇中也有很好的表现:

> 田畴尽长大瓠,瓠中实以五谷,甘香珍美,非中国稻粱可比,人得足食,不假耕种。原隰滋茂,莸秽不生,一年一度。树木枝干间悉生五色丝纩,人得随色收取,任意纴织异锦纤罗,不假蚕杼……
>
> 人寿一百二十,中无夭折、疾病、瘖聋、跛躄之患。百岁以下,皆自记忆;百岁以外,不知其寿几何。寿尽则欻然失其所在,虽亲族子孙皆忘其人,故常无忧戚。每日午时一餐,中间唯食酒浆果实耳。餐亦不知所化,不置溷所。人无私积囷仓,余粮栖亩,要者取之。无灌园鬻蔬,野菜皆足人食。十亩有一酒泉,味甘而香。国人日相携游览歌咏,陶陶然,暮夜而散,未尝昏醉。
>
> 虽有君主,而君不自知为君,杂于千官,以无职事升贬故也。
>
> 《玄怪录·古元之》

这种乡土生活是无忧无虑的,还有人寿均超过120岁,而且亲戚、邻里包括君长均无等级之分,每天过的是歌咏游览的闲适的日子。难以想象这种中古时代的乡土生活,虽则是浪漫记载,其实在偏僻遥远的山寨里便有这种情况。浪漫乡土一直沿袭了一种传统,俭朴自足的生活,和谐天伦的人际关系,乡土人唯一希求的是取消那种专制等级的压迫,因为生活他们是可以自足的。有了上述这些元素,我们还可以说乡土文学只能产生在"五四"文学革命以后吗?

我这里讨论的是中国的乡土语言,应该说它是一个源远流长的现象。这些古典的乡土语言一定会影响到今天乡土小说的创作。有了这些前提性理解,我们再来谈中国现代小说乡土语言的发生就顺理成章了。

就乡土小说一般意见把鲁迅的《狂人日记》定为第一篇,张定璜说,"他的作品满熏着中国的土气,他可以说是眼前我们唯一的乡土艺术家。"[1] 这个意见基本上被后来的文学史家所采用,不仅如此,还把《狂人日记》作为现代小说的第一篇。但张定璜所说的基本上是一个谎言。在1925年以前叶圣陶、杨振声、王统照、废名、许钦文都已经发表了不少乡土小说了。远在1903年便有一位叫引子的发表过乡土小说:

> 到了第二年的春天,那些逃荒做奴仆的人接了信,陆陆续续的都回来了有我村,看见现在的情形绝不像从前了。村外一条平坦的大路,路旁边曲曲的一条河,河边上一条栽了杨柳,发得绿荫荫的。走进村里……
>
> ……说我们这里的田,就是种也没有好收成,不如听他去,遇着荒年那地方官自然会来救荒,再不就大家出去逃荒,一路上都有人接济……
>
> 引子《我有我》载《国民日日报》1903年9月19至20日

《我有我》是一个连载的小说,一个小小的自弃村在一个立志改变贫穷的青年真有用带领下经三年的系统规划改造人人发愤图强,依靠自己的辛勤劳动改变了贫穷面貌,成为远近闻名,人人羡慕的富裕地方。此前的文言小说也有现实批判的乡土表述,例如《夜雨秋灯录》中有小说《蛇膈》描写了太湖地区的田地吞并情况,地主孙继石拥地万亩,"附近农民凡与其田为邻者,多被吞并,用贱价强购硬夺,使其田产成方圆。"邻乡方氏有田十亩,害怕吞并便在田头栽上成林柳树,以示鸿沟。孙家将树砍伐扔于太湖,还将粪便填于其子之口,毒打屁股。此书成于1877年。我上述的乡土小说线索旨在说明,大凡对乡土文学的理解不能局限在一章一篇上,中国传统的乡土表述其性质也是综合的,我们不能指定谁是第一篇,它会有一个内在发展的连续性。而且不能凭单一的形式特征判断乡土文学的兴起与终结。我在《中国现代小说语言美学》中提出了乡土语言的三个因素:第一,乡土语言是一种地方性符号,即有当地命名特征。第二,乡土语言是一种地方性思绪,与地方风俗土语相关。第三,乡土语言是一种地方性气韵,说话有地方的语音语调。人物也有特定的气质与风韵。乡土便是这样的地方性。所谓乡土语言也是由这种乡土的地方性生产出来的。(当然语言是社会公设的,也会有非乡土的元素,但乡土人的言语活动就一定是地方性知识的结果。)就其中国来说乡土语言依然是一个抽象的指称,因为中国地

---

① 《鲁迅先生》,张定璜,《现代评论》1925年1月号。

大物博，有五十多个民族，有数千年的文明史，我们必须要有具体的乡土语言考察方式。这儿似乎有几个点应该注意，其一，时间与空间的考察，中国是农业大国但其文明史上下五千年，与西方文明比较中国的农业文明史五千年没有断裂的，不像西方经历了中世纪的文明断裂。中国文明沿着两大河流，长江与黄河水系分布，因其土地质量与南北气候差异农耕文化中分成了两类食品：小麦与水稻。北方平原多聚居方式，南方多山脉，居民均是散落在山湾水泊边，这种大地，这种山水，这种食物决定了人们的生活方式并不完全一样，也就是说同时是农耕文化其语言也会大不一样。数千年来中国城市文明并不发达，能数出来的有八大都城西安、洛阳、开封、北京、南京、杭州等，在最繁华时期仅汴京就超过了百万人口，其城市核心也就在二三十里之内，相比较广大的中国地域而言，古代城市正切合的称呼是集市概念，赶集则市场，散场则乡村。由此可见乡土语言应该以乡镇话语流通作为主导形态。其二，中国古代精英文化处于强势，儒释道三者作为经典，而广大农民是没有文化的，甚至多数不识字。乡土人没有话语权，自然乡土语言就成不了主要形态。这导致了古代知识分子向精英文化靠拢，其语言必定是雅化的诗歌与散文。民间化、通俗化是明代话本兴起才有的，但又倾向于市民文化，乡土仍不在重视之列，故而古代乡土文学确实比较薄弱。只有到了近代革命作为运动兴起，但农民中产生了小知识分子，乡土与乡土精神才能得到顽强表现，尤其是现代小说家百分之九十以上均是农民出身，或者和土地保持千丝万缕的联系，有了农民作家写土地的现象，因而乡土小说也就繁盛了。其三，晚清产生了官场谴责小说，近代中国问题丛生，西方思潮又强势地影响中国，于是现当代便成了问题中国，顺着问题小说发展，乡土文学最终与他们合流，“出现于1918年到1921年之间的新小说家，几乎都是问题小说家。”[①] 这包括冰心、杨振声、叶圣陶、陈衡哲、汪敬熙、孙俍工、庐隐，他们是问题小说家也是乡土小说家，鲁迅也不能例外。很重要的当时“五四”运动兴起，中国确实有诸多的社会人生问题被作家们发现，乡土大国产生的乡土小说自然关乎诸多的乡土问题，这是中国现代小说极有特色的一个起点，而且这一特征几乎影响到中国文学的百年传统。在这样一个前提下产生的乡土文学我们如何总体上把握它的整体特征呢？如果仅讨论中国地大物博，南北地理差异，气候特点不同，东西部习俗民情各异，甚至包括民族人种、服饰、饮食、行为的独立特色，终了还是一个人类学的研究，如何找到其总体称谓指

---

① 《中国现代小说史》第一卷，杨义著，人民文学出版社，2005 年版，第 224 页。

出其特质恐怕只有民族、族群、地域性这样的词汇了。这里最典型的办法也就只有总结出乡俗土语的特征才是最具体的表述了。民俗也许是人群之间,或人与环境的关系里产生的。土语则是各地域特征与人们性情的自我表述。细分析在乡土文学中地域也不是一个整体概念,而是一个分割概念,是空间性的。南方多山水,丛林多水汽,人们往往分割在很小的局部里,形成了所谓的“三里不同俗,十里改规矩”,百里之外的人群相遇其语言便无法交流了,那些土语便具有唯一性。东北、华北、西北。广阔之地是一种平原语言交流便好多了,但依旧是每个郡县州治的说话不一样,风俗也会彼此有别。特定的地方性产生的乡俗土语正好让彼此的地方区别开来,形成各自的特点。这决定了在全球范围内或中国土地上是不会有所谓统一的乡土文学的。乡土文学永远只会是具体的独特的范围内存在,而理解乡土文学只能是一个概念,只能是一个类型的把握了。中国最早谈到乡土文学的是周作人与茅盾。周作人认为乡土文学首先应该与地域相符,“风土与居民有密切的关系……因而地域显示一种不同风格。”其次,地方性须得有相关的个性,“自由地发表那从土里滋长出来的个性。”他特别说到文学“须得跳到地面上来,把土气息、泥滋味透过了他的脉搏,便现在文字上,这才是真实的思想与文艺。”[①] 最后认定乡土文学史人类学意义的人。强调自然人与个性人的统一突出其精神特质。在这个理论的基础,鲁迅与周作人有一个共识:越是本土地域的文学也就越是世界的文学。这就有了一个对乡土文学深化的理性认识。因此乡土文学我们从语言入手看到了两个重要的方面。第一,乡土地域是语言生产的基础,换句话说,我们的语言是从乡土地域的泥土里长出来的。虽然语言会因人而异,也会因社会因素的变迁熔铸新的元素,但地方泥土、气候环境、地方民俗仍是最基本的,所以我们讨论乡土语言采用地方性生产一词是最合适的,语言长在泥土里会具有无限的生命活力,语言离不开地方的生物环境,它是从特定的水土里长出来的,这使语言具有了一个生长的概念。有一种内在的活力与能量,大地与人构成了语言的直接源头,这种语言会有一种天然不同的质地。我们可以从里面梳理出一种乡土的精神与气韵。因此第二方面我们必须重视乡土语言的精神与气韵。“每一个大洲都有它自己的伟大的乡土精神。每个民族都被凝聚在叫做故乡、故土的某个特定地区。地球上不同的地方都洋溢着不同的生气,有着不同的震波,不同的化合蒸发,不同星辰的不同吸引力——随你怎么叫它都行。然而乡土精神是个伟大的

① 《谈龙集·地方与文艺》,周作人著,河北教育出版社,2001年版,第12页。

现实……中国出中国人,还要继续出。"[①](劳伦斯《探讨》)我们是否把乡土文学内部的秩序作如下梳理:乡土地—乡土人—乡土环境—乡土精神。乡土环境是一种综合的,核心是人与土地构成的。因此我插入了乡土环境作为其中一个元素的提法。这种乡土精神是全世界性的,可以由地方上升到民族,由民族上升到国家。这种精神使欧洲从塞万提斯起,由劳伦斯、巴尔扎克、莫泊桑、左拉、维尔加、哈代、屠格涅夫、契诃夫、托尔斯泰等人物构成了欧洲伟大的乡土小说。最为奇特的是北美,美国是一个移民社会,但它的乡土小说却构成了一种主流文学状态,自欧文、库珀、布恩、索普,还有马克·吐温、加兰、霍桑、安德森、薇拉·凯瑟、福克纳、斯坦贝克、奥康诺、鲍德温等人组成了美国乡土小说的一个强大传统。在美国把朱厄特描写新英格兰地区,鲁尼恩有关纽约的故事,凯布尔的南部风情,福克纳的约克纳帕塔法等称之为地方小说(regional novel)或者称之为地方色彩(local color),它的含义指"强调背景,人称对话和某一特定地区的社会结构和习俗。不仅有地方色彩,而且是影响人物的气质,他们的思维方式,感情和相互作用的重要条件。"[②]这个含义的解释几乎可以视为乡土小说的经典定义。有了乡土语言是依靠地域生成的认识,并从语言上又看到了精神实质,我们便有了对乡土语言的核心把握了。

接下来我们讨论既然乡土是受地域性制约的,那么语言就应该是一种共同的地域风格倾向,那为什么同是浙江作家或湖南作家,他们的乡土小说语言又会有如此大的差异呢?这里有一个深层原因,即使乡土语言依地域性而生成,它还会因个人才情禀赋,见识习惯不同而产生表述上的差异。语言的地方性是本体,但语言风格确实因个人气质、血型、爱好、脾性、受教育方式与修养程度的相异产生不同的特点,深度解析我们可以说语感、语调是个人的,语象、语式则是地方的,某种说话腔调也会保持浓厚的地方性元素,但腔调的话语态度、语速、轻重、音质的大小强弱又是个人的。丁帆在讨论乡土小说时把他们的特征归纳为:三画四彩,即风景画、风俗画、风情画与自然色形、神性色形、流寓色彩、悲情色彩。[③]这个总结过于概括与教条,但它基本上是准确的。不过它很难归纳那些带有社会批评和解剖问题的那类乡土小说,或者还有那些幽默反讽带有荒诞意味的乡土小说。我们讨论乡土小说语言

---

① 《二十世纪文学评论》上册,戴维·洛奇编,赵少伟译,上海译文出版社,1987年版,第230页。

② 《欧美文学术语词典》,艾布拉姆斯著,朱金鹏译,北京大学出版社,1990年版,第221页。

③ 《中国乡土小说史》,丁帆著,北京大学出版社,2007年版,第24页。

这个三画四彩只能概括部分乡俗土语的小说语言特征。因而对乡土语言的根本特征的寻找还必须找到更本质的融合点。例如说什么是真正的乡土精神？地方口语和方言如何构成句子并呈现为书面的词语方式(因为很多的方言土语是没有词汇能够呈现的)，用词造句既有地方性风味又有美学旨趣，还能还原到一般阅读者听懂会读,有较强的感受性。现代性语言是依时代而铸的它在乡俗土语中如何构成新的风尚特征(移风易俗新创造),特别是地方性民俗土语中那些极细微而又不同于他者的语言特色如何表现出来,甚至包括它的逻辑重音还需特别标明出来。一方水土养一方人,一方人都有自己生存活着的理由与信仰。有一个深层的精神支配他说话与行动,可是这种乡土精神是矛盾的:守乡与离乡,坚守与摆脱,传统与创新,自由与管束,新与旧等等,在乡土里总是传统保守的东西多一些,一个人终身守土他是看不清乡土的,如果这样,乡土精神只能是一种退回去复古吗？不是！乡土总是在寻求某种摆脱,寻找某种新观念、新体验、新感情、新精神。创新便充满了一种神秘的诱惑,但是从根上看人们最怕的是放下旧感情的精神与习惯,每一个人都不愿同旧的传统决裂,所以有了“恋土”、“怀旧”的审美情感作为乡土支撑的核心。他的语言他的习俗他的风物他的人情世故都是绝不可割舍的,因而从艺术上成为一种回望的美学。他们要冲出去要自由要民主,内心生出一些反抗,“在外”让他经历了一切之后他原来寻求的一切只不过是复归,人的自我只在他根脉的发祥地“在那里干着内心最深处的自己所喜爱的事,才是自由的。”① 那些有信息的个体与群体他们积极努力地实现他们某种尚未实现的和理解的目标,(尽管有可能终身无法实现）但他们在这一个过程中获得了自由。这种真诚牢固的信念在他们向理想目标实践的过程中便构成了他们的乡土精神。劳伦斯说了一句极精彩的话:“从今以后,绝不受主人管了,从今以后,还是受它的管吧。”② 乡土精神就是这样一种深刻的悖论。因而乡土文学一定是有模型的。由更多的地理及地方性知识作为一种支撑。它意味着乡土情感与精神必须纠结在坚守与摆脱、传统与创新的矛盾性质上。这有利于我们更内在地把握什么是真正的乡土文学。

我这里暂不把鲁迅作为乡土文学的起源点,先谈几个其他人物,李劼人,1912年开始写作,1915年以童年视角写了系列短篇小说《儿时影》。我们先看看

① 《二十世纪文学评论》上册,戴维·洛奇编,赵少伟译,上海译文出版社,1987年版,第231页。

② 同上,第233页。

这个小说中含有一些什么元素:第一,儿童视角,这儿童视角的构设便造成了生活往回返,其叙说的口吻便是怀旧的,找寻童年的生活样态,从童年去看长辈看人情世故,他所置身的是一种难忘的时空状态。我写我们童年便是一种说话的口语感,浅近而流畅。第二,各篇均有重心。首篇写上学时老师的印象,第二篇写舅舅家的亲情和入学拜师的仪式。第三篇遇蛮子老师,表哥表姐在晚上说鬼故事,同竹竿一起闹学。第四篇,逃学。第五篇王妈送学钱,闹新年。第三,小说浓厚的习俗风情。这里属于民俗风情的细节有:拜师仪式、送老师学钱、儿童顽劣者逃学、大舅家的亲情、过新年拜年习俗。

大表姐去堂前桌上点了一对蜡烛,这是来时从轿上带来的。妈妈引着我来到堂前,请大舅出来,她先于大舅平磕了两个头,说了许多托付话,又叫我过去向大舅家恭恭敬敬磕了四个头。大舅只拱着手,把腰弯了两弯,口里说道:"得罪得罪!"一面又说,恭喜恭喜!从今天以后,读书立志……

只见满街的铺户,家家关闭,一律的红纸对联,红纸喜门钱,贴得如火如荼。门前火炮纸渣,铺得无一些空隙。街上行人,寥若晨星,除了几个穿靴戴帽,手执护书拜早年的而外,并不见一个闲人。彼此会面,最先开口,就是那些恭喜发财的喜话。

《娱闲录》1915年7至9月,二卷一至三期

这个小说虽不写乡村农耕的事,但却是地道的民俗风情,他的地方性知识都很讲究,几乎均通过典礼仪式表达出来的,包括送老师的学钱都是很讲究地包装好。这表明了乡土文学必须有仪式的东西,仪式在某种意义上也是乡土的规范,乡土都是亲戚邻里,熟人朋友不能采用法律程序管理,因而仪式礼规便有了法的性质。可见民俗仪式是可以构成乡村秩序的。因而乡村伦理便显得格外重要。

一条小河,稳稳的向前流动。
经过的地方,两面全是乌黑的土,
生满了红的花,碧绿的叶,黄的果实。
一个农夫背了锄来,
在小河中间筑起一道堰。
下流干了,上流的水被堰拦着,下来不得,不得

前进,又不能退回,水只在堰前乱转。
水要保她的生命,总须流动,便只在堰前乱转。
堰下的土,逐渐淘去,成了深潭。
…………
一日农夫又来,土堰外筑起一道石堰,
土堰坍了,水冲着坚固的石堰,还只是乱转。
堰外田里的稻,听着水声,皱眉说道,
　　“我是一株稻,是一株可怜的小草,
　　我喜欢水来润泽我,
　　却怕他在我身上流过……

《小河》周作人　1919年1月24日

这是地道的乡土叙事,它是南方的小河与塘堰,是委婉的清亮的,乡村的谷物与乡村农田的水利。而且作者采用了以水为拟人化地讲述。虽然分了行,我们可以不管它是诗是散文还是小说,重要的是它含有的乡土文学的元素。这种乡土诗歌并不是一个单独现象,胡适先生在1919年以前的新诗:《新婚杂诗》、《乐观》、《上山》、《老洛伯》(这最后一首是译诗,苏格兰女诗人Anne Lindsay夫人),以村妇口吻写的一首乡土叙事诗,在胡适诗歌中,乡土口语、乡土人物、乡村婚姻、田园山村,还有乡村的明月夜,尤以译诗《老洛伯》可称之为现实批判的乡土诗。我在这里作了一些较宽泛的引述来看乡土文学的元素,再比对叶圣陶、杨振声、郭沫若、冰心、张资平、郁达夫等人在1920年以前的小说中对乡土表述的元素,就能更看清乡土文学是一种新文学现象,而不是局限在哪一篇作为乡土小说的代表。尤其是我的目的在探寻中国现代小说中乡土语言的源头,它一定是一个相互联系的综合的文学现象。值得注意的是,在近两三年中,新文学并没形成一定之规,就问题乡土与人生派乡土也不是一个流派运动,这些初期的作家由于报刊的滞后与传播手段狭小,很难说他们之间存在着什么样语言的影响,由于他们大多数是在国外待过的人,均有清晰的文学观与文学个性,他们个人的文学表述均有很强的个性色彩。这也表明了他们有乡土意识并没有乡土流派的团体。他们是各自铸造自己的乡土气息与韵味。这些小说在1920年以前不超过二十篇,可以肯定的是,鲁迅、叶圣陶、杨振声、李劼人、冰心、张资平、郭沫若、郁达夫等人播下了乡土文学的种子。这一时期的乡土语言有什么特点呢?一、确定了乡土语言是摹仿的,是乡土地与乡土人的,是乡土的地域性知识与精神决定了乡土语言。二、初期的乡土语言浅近平实,口语清新,但写实乡土与浪漫乡土均已萌芽,一方是鲁迅与杨振声他们;一方是郭沫若、郁达夫、周作人他们。三、乡土语言在小说中的表现一开始,其叙述语言和描写语言就很分明,人物语言一般都是摹仿式的,这决定今后乡土语言作为文本元素的技术分类已然非常明确。四、乡土小说一开始就是现实的乡土语言处于强势,含有浓厚的悲情和尖锐的批判。乡土语言一开始就紧贴地方性、人性化、人的风俗、人与环境中诸多的消极因素。五、虽然乡土语言的情感饱满,描写精确,也有部分语言显示了深厚的力度,但初期的乡土语言并没有风格流派化。这些语言生动活泼,他们是感性直观的,作为文体语言还应该有新创造,特征化、风格化。

二十世纪二十年代应该是乡土小说的初期,后来众多的乡土作家开始显示他们乡土语言的风格特色了,并有自己的艺术追求,也慢慢地细分出乡土小说的不同流派。

第二节　中国小说乡土语言的初期形成

乡土小说兴起时出现了理论与实践并举的现象。周作人1921年开始推崇乡土文学,他自(《旧梦》序)《地方与文艺》(1923年),茅盾在1920年开始关注乡土文学,在《文学小辞典》中增加“地方性”词条(1921年5月31日《民国日报》副刊)。王伯群1920年在上海《文学周刊》发表《文学与地域》的文章,最终由鲁迅确定“乡土文学”的概念。这表明乡土文学是一种自觉的写作,理论上也有人关注,那我们如何看待他们的语言呢?

> ……须得跳到地面上来,把土气息、泥滋味透过他的脉搏,表现在文字上,这才是真实的思想与文艺。
>
> 周作人《地方与文艺》1923年3月

这里的“表现在文字上”,就是指语言,从当时的讨论看乡土语言强调的是“自由地发表那从土里滋长出来的个性。”(同上引文)乡土语言要展示地方习惯和风俗的不同特色,还应具有写实的精神。(郑振铎语)乡土语言还应该表现土地与情感细节,“爱乡心的表现,不仅在这冲动一时的感情上。在微妙的感情里,也渗入了不少的爱乡心。故乡的山川草木亭园常常蒙绕在我们的梦想里,这种故乡的记忆……实在是一部分文学作品的源泉。所谓乡土文学、乡土艺术，便是这种。”[①] 值得注意的是，乡土小说产生以后没人专门论乡土语言的标准和状态，仅讨论作家的语言个性。上述关于乡土文学语言均由笔者从文献中清理出来的。我们顺着这角度看看在乡土小说形成初期的语言特色。

首先我们讨论鲁迅。关于鲁迅的小说研究已经汗牛充栋，仅就夏志清与捷克学者亚罗斯拉夫·普实克的笔墨官司就相当精彩。我所注意的鲁迅小说是《狂人日记》、《伤逝》、《阿Q正传》、《祝福》、《白光》、《在酒楼上》、《孔乙己》、《药》、《孤独者》、《离婚》、《故乡》、《社戏》。在这个排序中我把《狂人日记》排在首位，是他重在表现人们内在精神的人格分裂。它作为一个民族政治文化的寓言式读本，尖锐地展示了历史与现实，公众与个体，国家与家族，自我和他者水火不容的矛盾对立，象征性表述了中国子民的精神崩溃。我得避开关于鲁迅小说的整体评判与分析，直接地寻找他小说语言的根脉。一般讨论他的语言有两个向度：一个指向语言的组织结构，从功能上说，“鲁迅也在追求表达的含蓄、节制以及简约、凝练的语言风格。”[②] 另一个指向语言的修辞效果，即鲁迅语言尖锐泼辣、幽默讽刺、冷峻犀利的风格特征。前者是鲁迅寻找自己组织语言的一个标准，总原则是删繁就简，只要画出精神就行。后者关联到鲁迅的情感、性格、政治态度与审美倾向。一般我们讨论他的语言都是高度概括抽象，仿佛语言仅是文本附带的一种色彩与韵调。这里讨论语言必须把它视为一种文本的字里行间的构成方式。如果按上述两个向度而言，它可指一切语言现象，我们必须归属到鲁迅特征的乡土语言。换句话说，故乡本土是如何通过语言方式凸显出来的，这一语言特点又属于鲁迅所独有。这方面鲁迅有一个自我指认，“安特莱夫(L. Andreer)式的阴冷”(《中国新文学大系·导言·小说二集》)这种语言上的阴冷是一个包容性很强的词，是从语感上立言的，由语言形象渲染出来的语言感觉，这里便有语言的声音、色彩、调式、温度等因素，阴冷作为一个标志性符号它伴随着阴晦、寒冷、清凄、幽暗、冷冽、阴寒、寒刺、暗淡、苦涩，包括夜晚的幽光。

> 微风早已经停息了；枯草枝枝直立，有如铜丝。一丝发抖的声音，在空气中愈颤愈细，细到没有，周围便都是死一般静。两个人站在枯草丛里，仰面看那乌鸦；那乌鸦也在笔直的树枝间，缩着头，铁铸一般站着。
>
> 鲁迅《药》

---

① 《民国文学论》，郑伯奇，1923年。

② 《中国现代文学三十年》，钱理群、温儒敏、吴福辉著，北京大学出版社，1998年版，第36页。

屋子不但太静,而且也太大了,东西也太空了。大大的屋子四面包围着他,太空的东西四面压着他,叫他喘气不得。

鲁迅《明天》

太阳渐渐的收了他通黄的光线了。场边靠河的乌桕树叶,干巴巴地才喘过气来,几个花脚蚊子在下面哼着飞舞。而河的农家的烟突里,逐渐减少了炊烟……人知道,这已经是晚饭的时候了。

鲁迅《风波》

月亮对着陈士成注下寒冷的光波来,当初也不过像是一面新磨的铁镜罢了,而这镜却诡秘的照透了陈士成的全身,就在他身上映出铁的月亮的影。

……便不见了白光的影踪,只有莽苍苍的一间旧房,和几个破书桌都没在昏暗里。他爽然的站着,慢慢的再定睛,然而白光却分明的又起来了……

……接着一条黑影。他不知道怎的有些害怕了,张惶的点了灯……他极小心的,幽静的,一锄一锄往下掘,然而深夜究竟太寂静,尖铁触土的声音,总是钝重的不肯瞒人的发响。

鲁迅《白光》

……雪花落在积得厚厚的雪褥上面,听去似乎瑟瑟有声,使人更加感得沉寂。我独坐在发出黄光的菜油灯下,想,这百无聊赖的祥林嫂……

鲁迅《祝福》

我独自向着自己的旅馆走,寒风和雪片扑在脸上,倒觉得很爽快。见天色已是黄昏,和屋宇和街道都织在密雪的纯白而不定的罗网里。

鲁迅《在酒楼上》

其次又是拜;又是哭,直到钉好了棺盖,沉静了一瞬间,大家忽而扰动了,很有惊异和不满的形势……连殳就始终没有落过一滴泪,只坐在草荐上,两眼在黑气里闪闪地发光……他流下泪来,接着就失声,立刻变成长嚎，像一匹受伤的狼，当深夜在旷野中嗥叫，惨伤里夹杂着愤怒和悲哀。

鲁迅《孤独者》

鲁迅语言的乡土是鲁镇、未庄、庞庄、寒石山、吉光屯，多数是他外婆家的背景。活跃的人物则是狂人、祥林嫂、阿Q、爱姑、单四嫂子、孔乙己、吕纬甫，但鲁迅偏偏把他置于阴冷的环境，阴冷的人物命运之中。这种阴冷的语言是由何而生成的呢？首先是色彩上的，鲁迅擅长的是黑白的对比色，黑色，暗指他的环境是晚上，在油灯之下的黯淡，傍晚光线晦涩的时候，黑色给人一种阴沉压抑的感觉，具体到鲁迅文本中器物的描写都是黑色，他用换喻方式，将黑置换为铁色、铁镜、铁的月光，屋内有黑气，他的黑色是发生性的，鲁迅习惯从傍晚写起，屋内黑下来便是夜里的事儿，这种黑色的夜晚，幽光逼真地充肆于《药》、《白光》、《孤独者》、《在酒楼上》、《祝福》、《伤逝》、《狂人日记》等篇目中，在这里黑色不仅仅只作为背景，它还是隐喻，还是表现的主体，是人物的黑色人生。仿佛人物是幽灵般的病态，黑色在主题意义上是终极化的因而黑是一种取消之色，一种下沉之色，一种否定之色。相对的颜色：白色。鲁迅爱布置与雪有关的环境，鲁镇也总在飘雪之中，雪中的酒楼与雪中的人物。雪总是带着寒气，一种轻盈的白色一带阴寒便有了死死的压力，变得沉重，在白雪盖着的鲁镇，祥林嫂扎的是白头绳，还是月白背心，“两颊上已经消失了血色。”她的阿毛被狼吃了。白色在这里与黑色构成互文，其象征指向为恐怖、死亡、阴寒等同一含义而选用的不同词面。

其次，“阴冷”一词布置在语言的气息与温度之上，使它成为意象的重要方面。买药的夜晚与小栓的坟头布满一种阴沉死亡的气息，这个气息不是坟头给予的，而是华大妈半头白发，坟顶红白花，空虚，树如铁枝，草如铜钱，哑——悚然抖动的声音。大凡鲁迅的屋子都隐喻为铁屋子，空而静，一种是空间上的没有温度的寒冷，还有一种是秋天的萧索，冬天的寒冷，鼻口间喷的白气，雪打在脸上的寒气。环境和人物总是在阴冷中汇通具有一种阴寒之气的暗示。

最后，鲁迅文本在情感倾向上也是坚硬冷峻的，同时在阴冷设置中有些辅助性的器物、符号、动植物均是与冷色调事物相靠的，最典型的是乌鸦，这是民间信仰中的不祥鸟，常与死亡、灰色、阴冷相配置。天色也总是铅色、白皑皑，要么天色便乌青或者玄黑，寒冽的冬天，天气又阴晦了……苍黄的天底下，远近横着几个萧索的荒村，没有一些活气。人心内在的阴冷与外在环境的阴冷相契合。还有紫白色的藤花，荸荠式的圆兰，动物中出场最多的是狗与狼，这些凸显出事物本性地倾向阴冷。在人物结局上总伴随着棺材与坟头的描写。大多数草民或小知识分子都是向死而生，人的希望与人的生存总是反向象征与隐喻。这样“阴冷”一词便成为事物本质的描写，于是语言就没法不阴冷了。

我们总习惯于总结鲁迅语言的特点是尖锐泼辣，反讽幽默的表述方式，看到的是峭拔瘦劲精警尖刻的力量展示，这仅是鲁迅语言一种外在式感受。其骨子里我以为鲁迅语言是从文言简洁中偏移出来又融合现代语言节奏感的语言现象，主要表现方式是在跳跃与拼贴中组织图像。

> 七斤……慢慢地说道：
>
> “你今天说现成话，那时你……”
>
> “你这活死尸的囚徒……”
>
> 看客中间，八一嫂是心肠最好的人……
>
> 七斤嫂没有听完，两个耳朵早通红了……
>
> ……六斤手里的空碗落在地上了……七斤直跳起来……九斤老太拉了伊的手……
>
> 八一嫂也发怒了，大声说……
>
> 赵七爷本来是笑着观的……
>
> 村人们呆呆站着，心里算计……七斤既然犯了皇法，想起来他往常对人谈论……七斤的犯法，也觉得有些畅快。他们也仿佛想发些议论……嗡嗡的一阵乱嚷，蚊子都撞过赤膊身子，闯到乌桕树下去做市；他们也就慢慢地走散……七斤嫂咕哝着……

这是一群乡人嬉闹吵架的散乱图景，是拼贴的乡俗民间画，无端而起无端而终，《风波》起于乡人闲话终于乡人的吵闹，并不需要什么逻辑组织，它呈现为人的语言碎片。

> ……飘进土谷祠，照例应该躺下便打鼾。谁知道这一晚，他很不容易合眼……
>
> 阿Q的耳朵里又听到这句话……
>
> “女人，女人！……”他想。
>
> 即此一端，我们便可以知道女人是害人的东西。
>
> 中国的男人……可惜全被女人毁掉了。商是妲己闹亡的；周是褒姒弄坏的，秦……虽然史无明文……而董卓可是的确给貂蝉害死了。

谁知道他将到“而立”之年，竟被小尼姑害的飘飘然了……小尼姑脸上不滑腻……不至于被蛊了……他五六年前……拧过一个女人的大腿……

“女……”阿Q想。

他对于以为……伊们全都要装“假正经”的。

鲁迅《阿Q正传》

这里阿Q的精神想象全都是碎片式的拼贴，阿Q调戏了小尼姑之后产生一系列的幻想，由此我们看阿Q的日常行为也是随机性的，见人见事见物的随机反应，这可见未庄的一切形象都是借阿Q视角予以拼贴的。生活，特别是在革命动荡的年代它体现为残篇断简式的碎片，当然最能看清的是那个狂人的精神碎片。因而也就转换为一系列的句子碎片，这是鲁迅语言的特殊化碎片，为什么是特殊化呢？因为鲁迅文本整体上给人的感受是他在结构组织文本时有一个统一化的整体，并且意图题旨都非常清晰明确。这一点确实取决于鲁迅对社会政治的伦理化思考。但具体到乡村人物的现实他的爱憎分明的情感又被激发起来，选择图像文本时又会依据环境与人物详略印象来截取，这使他的图像组织处理的非逻辑化方式，他在意向化地处理这些图像，所有乡土事物便成为“颗粒”状态（德勒兹语），颗粒与句子分别是独立的，它们是被镶嵌进入句子的连贯性中，这里有两种情况：一种是鲁迅在思维上的碎片颗粒的构造形式；另一方面由各种颗粒在运动状态中被移动、挪置、跳跃、拼贴的节奏感和语言流组成的画面。我们要看清鲁迅文本的碎片拼贴便必须深入到句子的内部，其一，看他的停顿方式，采用的点状、断裂、分布。使用的是密集的词汇、短语、小句（从连贯看它是整体），恰好这些停顿的效果却是从连贯中断开局部，使空间分割为细小的点状与小块面，所以文本中任何一个场景都是由无数的“颗粒”罗织的意象构成。其二，我们还可以找一个角度来看他的碎片拼贴，我们注意鲁迅文本大量地处于反相的、异质的、幻想的、分裂的、人物与事件图像。这些均是由差异、对立、矛盾关系所构成，这是负面审美的，往往丑恶、死亡、腐败、邪毒的事物在最基本单位显示时均为碎片式的，这由它的分裂本质所决定。其三，于连续画面与事件中常插入警言警句，这是一种镶嵌法。例如：“地上的路，其实地上本没有路，走的人多了，也便成了路。”（《故乡》）安宁和幸福是要凝固的，永久是这样的安宁和幸福。（《伤逝》）人必须生活着，爱才有所附丽。（《伤逝》）灵魂的有无，我不知道；然而在现世，则无聊生者不生，即使厌见者不见,为人为己,也还都不错。(《祝福》)这种语言的碎片是自发的个性思维,是时代压制、恐慌、愚昧、暴乱所产生的痉挛性感受与体验所致,人所处时代的阵痛、失语、迷乱、精神分裂状态所致,总之与病态人物处于病态时代有关。由分裂法则导致思维法则的产生。“碎片,令人瞩目的部分,事件或视野还必须被一种特殊行为提取,这种特殊行动恰恰在于写作。”这时候碎片往往变成最耀眼、印象最深刻的部分呈现于文本中的事件与人物之中,每一个停顿、破折号、顿号包括一切间断距离都会显示出碎片的颗粒状态,“正是在碎片中呈现出隐藏的背景,或卓越或疯狂。碎片是对血腥或宁静的现实的偏离反射。”[①] 碎片在断裂、分岔、跳跃、延伸、插入、转向以及欲言又止中产生,常规视听中碎片是整体的补充与辅助,可在批判反讽语境中碎片显示了比独立场景、特殊事件、主要人物更为重要的性质,甚至他比我们对整体的重视更为重要。

鲁迅乡土语言中的阴冷、碎片、讽刺、激愤是他的一种主观态度,含有一种超强的对乡土的关爱与心痛,是一种人工设置的修辞性语言,这种语言一般为表现性语言,这种表现性语言倾向于情感、理念或某种观念文化的表达。鲁迅语言同时也运用了许多隐喻和换喻,有极强的象征色彩,是一种极强的表现性语言可是它又极具摹仿性,对现实环境及人物的描写与叙述是写实性的,那些稍夸张的细节却又极具真实感,因此我们又可以说鲁迅的语言是摹仿的,这就形成了再摹仿与表现之间不容易类比分析。他一方面是尖锐泼辣、反讽幽默的语言方式,以《阿Q正传》、《药》、《孔乙己》、《祝福》为代表。可另一方面有浓厚的怀旧与悲情意识,采取的诗情画意形式所表达的乡土之情,这方面又以《社戏》、《故乡》为代表。总起来说,鲁迅创造了一种独特的主观抒情语言,描写了乡土环境、乡土人物,他在描写乡土风俗习惯时,多运用地方口语,着力展示乡村生活细节包括服装、饮食、年节、社戏、婚丧嫁娶等人们的生活方式样态。还有各种人物、地点、器物的命名均遵守地方性知识沿袭,作为风俗画,鲁迅文本的场景与实物均可复制为一系列的文化遗存。鲁迅有股热血激情、愤慨忧患的情怀与思想在语言内部运行,因而他的语言是一种反思性、批判性的,这带来了一系列语言症候:幽默讽刺、瘦劲尖锐、泼辣凌厉,又因为他是针对社会人生的主要问题偏重揭露与批判,因而他又是一种社会文化意识形态的外部语言。这使语言倾向了政论性与观念性。大致还是表现思想的语言,这一点又影响其后百年的社会意识形态语言的发展,同时还影响到文化心理语言的产生和发展。

---

① 《批评与临床》,(法)德勒兹著,刘虹译,南京大学出版社,2012年版,第118页。

如果定位分析,鲁迅的文本还是只能称之为表现性乡土语言,而且是内部极富于矛盾冲突与差异分裂的表现性乡土语言。

杨振声是和鲁迅同期发展乡土小说的作家。可以断言他的乡土语言是自己创造的,没有受到鲁迅某些文风的影响。他除了小长篇《玉君》偶尔涉及以外,基本是小说史忽略的一个作家。他的短篇小说《渔家》、《一个兵的家》、《贞女》基本上与鲁迅的小说同期发表,包括他发表于1921年的《磨面的老王》,他发表这些小说后去美国了。此后才出现鲁迅那些有重要影响的代表作,例如《阿Q正传》、《故乡》、《孔乙己》、《祝福》等,因此从乡土语言而论,他的小说绝对早于鲁迅。还可以进一步而论的是他开创了中国乡土描写语言的另一典范。

雨声滴沥滴沥的打窗外的树。那雨已经是下了好几天了,连那屋子里面的地,都水汪汪的要津上水来……那屋子里面的墙,被雨水润透,一块一块的往下落泥。那窗上的纸,经雨一洗,被风都吹破……

杨振声《渔家》1919年3月

好像两堆雪在那里蠕蠕的动。那老头的胡须眉毛,都挂着冰雪,脸上变了青紫的颜色,已经是不能行动了。他的小孙子赤着一只脚,踏在雪里,只是抖抖……

杨振声《一个兵的家》1919年4月

迎头几对散乱不整的仪仗,接着一乘蓝呢轿子,轿里的一座神主。后面又是一乘蓝呢轿,轿里坐的是一个十八九岁的女孩子,一身缟素衣裳,头上横罩一段青纱,两边垂到肩上。雪白的脸儿毫无血色,只有唇上一点淡红。木僵僵的生着,眼珠儿也不动,好像泥塑的女神一般。

…………

暮春的一日午后,新娘……(省61字)她随手折了几枝柳条,(删188字)……柳条折断了一地……那座神主呆呆的看着。

杨振声《贞女》

一个伏天的午后……树荫,一丝风也不动;好像大地停止了呼吸,沉闷的很。一团炎炎赤日……(省26字)寂静的可怕……没有声息。花草……长舌的鸟儿……蚂蚁……蜜蜂……花园……茅草的破房……隆隆的

磨音,打破死一般的沉寂。(共200字)

老王看的出了神。那个小孩……这个景象深深印在老王眼里……瞪着眼睛仰卧在炕上不动……一点声息也没有……虫声……犬声……来点缀这个空寂的世界。(197字)

小孩子喜得张了小嘴,露出一口清白的小牙来……看见桌上放着一盘子热气腾腾的黄瓜炖牛肉,方蒸好的馒头……草屋里的老王已经绝粒几日了……风寒,头烧……腰腿却痛起来……他躺在床上,也没人送饭他吃,捧水他喝……忽觉屋内放了光阴……驴子……推磨……老婆……做饭……小孩……可爱脸……笑……

杨振声《磨面的老王》1921年10月

我们看看杨振声这些描写性乡土语言有何特征:首先在中国现代小说史上最早确立了一些描写方法。例如锁定描写、分层描写、关系描写。第一例写雨,首先锁定雨滴沥滴沥的状态,然后扩展式描写,雨在地下,墙上,雨扩的状态,再表现对一个草房产生的效果。这种扩展还可以从此物推导到彼物,最早由局部扩展到整体场景。杨振声发誓把乡村的苦难一层层地揭出来,逼到一个角落和一个细节。这种锁定扩展的描写的方法,为以后所有的乡土作家采用。另外采用了分层对比的方法描写,这种对比既把事物和人物对比,也从情感色彩与运动关系对比。在雪地里老人与孙子的对比,丰盛的事物与绝食等死,寂静与磨面的隆隆声响,神牌与女子对比。这使两种事物两种情感尖锐的对立起来,传导的不仅是作家情感,同时他是一种观念,还是对社会与人生批判性思考。由此可见杨振声的修辞化,他采用互文性的修辞描写,写大雪灾,雪移动,孙子小脚踏在雪地,一方面写雪的环境,一方面写的人物寒冷。雪与人物相互为文。轿中的神主和轿中的女人分别写于一个神偶、仪式、宗教与风俗,一方面是女孩青春作牺牲品,定位她的服饰、脸色,这个鲜活的生命描写是为死亡准备的,神偶和女人的换喻,因此也可以相互为文。杨振声最擅长这种对比的描写法、互文的描写法。有时他以乐写悲,以饱写饥,这种互文描写深得中国古典文学的描写方法精髓,它是诗歌中常见的一种描写方法。这种描写方法的创新追求是作者有意图的一种美学追求。杨振声在研究《诗经》描写时便使用一个很个人化的命题,叫:分别。其意思是指分类而言,分类则比较。在比较中事物才鲜明起来，他说："必有真实的景，才有真实的物。""物必与其他景中之物联系起来看……（一定的背景衬起来看）才有个性。"所以物之生动，必是由全景的真实，而全景的真实，又必深于情感的深切。[①]杨振声描写事物与人物极善于把握他们的差异，在对立矛盾中寻找对立互补的互文关系。他几乎是表现生命之物向死亡而生的，写贞女、老王、渔家都是死亡之人，这种乡土变成了死亡之乡土，可见乡土之矛盾对立的尖锐。《一个兵的家》写其祖孙对比，极隐含的目的却是他们中间缺了一代人。在杨振声的小说中语言几乎全是这种对人性的展开，按说这是一个极为现代意义的描写方法，即关系联系的方法："一方面是比较的关系；一方面是联系的关系。这里的关键是找到事物之间的关系属性。"[②]这种对照的描写方法既是互相映衬，但也是互相揭露，在对立中往往我们可以更深入细微地分析他的矛盾性，也可见人性之细微处。

除此，杨振声的乡土描写语言一反传统描写特点。我们知道鲁迅从传统接过来的描写语言是白描法。杨振声用的是铺散法，也就是说，他把描写的语义扩展到文本内的每一细部，使之产生巨大氛围与效果。鲁迅用的是短句与词汇的方法，描写祥林嫂，多数句子两个字，三个字，五个字，简洁到了瘦削的程度。杨振声则用长句铺展，往往是一个段落都交给了描写。新娘折柳枝她呆呆地出神描写用了一个小段文字共约三百字。描写磨面房的沉寂，这个沉寂的渲染描写共用了200字，用通感的手法写老人看，看一种声音用了198个字，并且以声音来写空寂。这种细节性的细致描写在此后中国现代小说发展的一百年之中当然不算什么，可在中国现代小说产生之初的两三年之内，那是一个不小的贡献，他启示了两个方面，一方面乡土语言的细致描写成为可能性；另一方面展示了乡土语言描写的多样性。或者我们看到了杨振声的描写揭示了更深层的问题，那就是乡土语言其主要功能确实是模仿性的、写实性的。这有可能是一条更广阔的乡土语言发展之路。应该说除了鲁迅的表现性乡土语言之外，更应该重视的是杨振声这种写实模仿的乡土语言，事实上在现代小说发展的百年间，这种模仿性反映性的乡土语言是一个庞大的主体潮流。

叶圣陶虽不是乡土作家，但他的文本有一部分却显示了浓厚的乡土语言，而且这种语言是朝着精致典雅的方向，显示了乡土语言的另一风貌。普实克说他的句子"总是喜欢使用对仗句式，追求句子之间的和谐一致。"因此沿用了一

---

① 《她的第一次爱》，杨振声著，华夏出版社，1999年版，第246页。

② 《现代小说技巧讲堂》，刘恪著，百花文艺出版社，2012年，第273页。

种经过长期训练已化为习性的风俗，或是各种文学体裁及风格的旧等级制度也发挥了一定的作用？[①] 他和鲁迅一样都是用文言文写作过旧小说，转到用白话文写新小说无疑会带着旧文的习惯，我们看他的《一生》打头便是对仗性句子。“伊生在农家，没有享过‘呼婢唤女’‘敷粉施朱’的福气，也没有受过‘三从四德’‘自由平等’的教训。”在描写微风熏熏、鸟雀歌唱时：秋千往还着，浪木震荡着，皮球腾跳着，铁环旋转着……（《低能儿》）一路规整的排比句。可以肯定鲁迅和叶圣陶都继承了文言文写作的传统，语言句子的精警工整、凝练节约是显而易见的。

急迫的橹声起在右面的河面，使我一切思考都暂停，直奔对面的水埠，跨下石级，站定在齐河面的一级上。向右望去，黑影似的一条船，依稀可以辨认了。斜方体的灯光从穿侧窗框子里射出来，映在水里，在一支橹搅得莲花似地零乱。河水动荡的声音，合一种短促的警示；橹偶然触着河底的石头，发出重浊声……我呆呆地望着去向，灯光和波纹，很觉得恋恋。一会儿，船身模糊了，不可辨了；灯光微弱了，没有了；橹声呢，先是渐渐地轻微，终于听不见了。

叶圣陶《恐怖的夜》1921年1月25日

叶圣陶从视觉和听觉两个方面描绘乡村河流上的行船，在这里乡村风景便是乡土语言，如何体现为语言的特色是作者对语言的调整和运用，作者每个分句都从视觉再到声音，从长句再到短句，使长短成为一种句子节奏。叶圣陶的用语习惯以短句见长，句子与句子紧凑连接，有一种口语的韵调。乡土的语言贴近乡民土地的事情而写，《晓行》是乡土语言的典型，河水、泥土、水车、农舍、池塘、农具、秧田这些农事都充满了深情。

田里的麦全已割去。农人将泥土翻了转来，更车了河水进来浸润着。预备种稻。已成形而还不曾长足的蛙就得了新的领土。他们狭小的喉咙里发出阔大而烦躁的声音，彼此应合，联成一片。

叶圣陶《晓行》1921年6月

① 《抒情与史诗》，（捷）普实克著，郭建玲译，上海三联书店，2010年版，第180页。

深的皱纹满网着他的额部，表记他一生的困苦和劳倦；嘴的部分向前突出，上下唇紧缩，掩不没龈肉，两排深黄焦黑的牙齿全然露出；他有个很大的鼻孔，鼻孔上掀，露出浓黑的毛；我从他的面目的全部看他。

叶圣陶《悲哀的重载》1921年6月

叶圣陶是站在一个城里人的角度感受乡土环境的，服从于他的观察视点：我不曾走过这条路……于是看变成了对乡土的发现，“走完了种豆的地方便到河岸……河水和池水一般地深蓝和静定，但因潜隐的流动有几处发出光亮。……和平而清淡的阳光照到田面，就想施予一切以无限生意，一条田岸，一方泥土，和农人手里的一柄锄头，都似乎于物质里面有内在的精神。”(《晓行》)这是一种什么精神呢？一种乡土精神，一种生命精神。乡土精神会因时空与地理，还有人文等因素的不同而产生的不同的精神面貌，可能有一种基本的乡土精神，恋土恋乡固守家园，把乡土思想播撒推广发扬光大。但以领土为意识的乡村精神也会因人因时而不同，于是乡土精神也会注入现代性的含义，使清代、民国、当代中国的乡土精神输入不同的内涵，叶圣陶所看到的精神乃是一种生命气韵，从画面分析还是属浪漫乡土的东西。从本质上说，叶圣陶还是用文人语言写乡土，很难从骨子里透视乡土人的内在情韵，可他的语言有两个东西值得注意。其一，他最早对乡土人物的肖像描写是采用的浓墨重彩的铺排手法，间之以细节，例如《悲哀的重载》中对那个老人皱纹、嘴、牙、鼻极尽其细致描写，还有一位中年妇女也集中描写脸孔，从眼中看到悲苦的神情。在《饭》中对室内景详细的描绘，推及其室内小孩六七个共用了四百九十多字，把色彩、声音、器物的各种质感竭尽全力表现出来。其二，语言极力地画出其生命状态，揭示其精神实质，当然他是采用的外部描写法，这种外部语言叶圣陶在使用时采取了定性定调、声色俱佳的方式，应该说对后来乡土小说家使用语言是有启发的。还可以提及的在中国现代小说发轫之初，叶圣陶出版的短篇小说集是最多的，最早他于白话小说前发表了12篇文言文小说集为《穷愁》，白话小说集《隔膜》于1922年，《火灾》1923年，陆续出了六本小说集，他的第一篇白话小说《春宴琐谭》发表于《妇女杂志》1918年2期，实际是略早于《狂人日记》的。另外，1921年他发表了九篇小说并参与创建文学研究会，可见在早期的小说史上他是很有影响的，普实克认为叶圣陶的“幽默比契诃夫的悲剧意味更浓。更残酷。”[①] 这种幽默是文

① 《抒情与史诗》，(捷)普实克著，郭建玲译，上海三联书店，2010年版，第187页。

本质地的,也是语言的。还有值得注意的,他的乡土语言是偏重于冷静的客观描写。鲁迅的激愤与阴冷在语言的内外都是一致的,一眼即见。杨振声是一种同情批评的态度,描写时的倾向性分外明确。叶圣陶有一种冷静的油画式的人物描绘,尤其在细节上更为深入,毕尽纤毫。

视中国现代小说的实际状况,自1921年以后中国乡土语言应该进入了新的重要时期:可以称之为爆发期。

第三节　写实乡土语言和浪漫乡土语言的形成

我这里想先讨论一下乡土文学的概念。这个概念最早是周作人、郁达夫1927年专门讨论《农民文艺的实质》提出了四点:其一,写出农民感情和痛苦,如实地写出东西来。其二,主观上为农民申诉和呼喊,为农民而作的文艺。其三,有地方色彩的农村文艺。其四,开导和启发农民的知识文艺。[①] 1935年鲁迅使用了明确的"乡土文学"概念,并指明三个特征:其一,是侨寓文学的作者。其二,回忆性对乡土叙述的文字。其三,隐现的乡愁。[②] 次年茅盾撰文《关于乡土文学》发表在《文学》第六卷二号上,他强调乡土文学不单是特殊的风土人情的描写,而"应该有普遍性与我们共同的对于命运的挣扎"。[③] 综合我在第一节中讨论的乡土文学与地方色彩的概念,我们发现一个问题,那就是我们讨论乡土文学的特征和源流不能只从概念到概念,总停留在对定义的解释之上,要始终扣住乡土的风俗人情与地方色彩,综合其作者,其文本,包括语言与表述方式作全面的考察。我这里仅是从语言的角度去考察文学而且特指向他的一个文类:小说。这里还有一个几乎属文学界公认的现状,"中国新文学运动的萌芽,虽然就是'乡土文学'的萌芽。"[④] 反之亦然。这话貌似合理,提高乡土文学到与"五四"新文学同步的地位,实际却是掐断了乡土文学的历史根脉,这一点我在《小说乡土语言的源起》中已作论述。因而我们必须把乡土文学语言作为一个历史的连续运动考察,然后把二十世纪二十年代作为一个乡土小说语言的高峰期,这样我们既可以看清乡土语言的线索,又能看清乡土语言的一些问题。

1920年代的乡土小说作家按茅盾表述的有徐玉诺、潘训、彭家煌、许杰。按

① 《中国现当代文学研究》,王光东主编,东方出版社,2011 年版,上卷,第 7 页。

② 《中国新文学大系·小说二集·导言》,鲁迅著,天津人民出版社,2009 年版。

③ 《中国现当代文学研究》,王光东主编,东方出版社,2011 年版,上卷,第 20 页。

④ 同上,第 23 页。

鲁迅排列的有蹇先艾、许钦文、王鲁彦、黎锦明、黄鹏基、尚钺、向培良。按蹇先艾1984年之后几年的回忆,他认为“尤其是北京的青年们,多数是在鲁迅的扶植下,或者受了他的小说熏陶才从事写作的,实际上鲁迅就是一位最早的乡土文学作家。”① 这期间还包括茅盾的乡土小说,但茅盾的《春蚕》、《林家铺子》均是30年代的作品。注意在这样的一个名单里没有废名、沈从文、凌淑华、师陀等人。在这个名单里实际应该还有写实乡土的台静农、王统照。我们这里先按个人特征入手讨论写实乡土小说语言的特点。

王鲁彦于1923年写《秋夜》是以“我”的视角在进行心里对话。我描写环境,我和兰英对话,我在梦态状况的紧张与恐惧。这个小说确实可以看出受鲁迅《狂人日记》的影响。接下来有《柚子》、《狗》、《许是不至于罢》、《菊英的出嫁》、《阿长贱骨头》等早期的小说。

《许是不至于罢》以一个乡下婆婆口吻叙述:

>……围墙又高屋又大,东边轩子,西边轩子,前进后进,前楼后楼,前巷后巷密密连着……他屋里的椽子板壁不像我们家的椽子板壁,他的椽子板壁都是红油油得血红的!……你看,他现在在小碶头开了几爿店;一爿米店,一爿木行,一爿砖瓦店,一爿砖瓦厂……
>
>…………
>
>咳咳!……命,而且性命有没有还难预料!如果他捉住我,要一万就给他、一万,要十万就给他十万,他肯放我倒也还好,只怕那种杀人惯了没有良心,拿到钱就是砰的一枪怎么办?……哦,不要紧!躲到警察所去……啊呀,不好!扰乱的时候,警察变成了强盗怎么办?……宁波的银行里去?——银行更要被抢!上海的租界去?路上不太平!……啊,怎么办呢?

这两段话分别构成文本第一节和第二节,一个穷婆子的心理和王阿虞财主的心理。我们看王鲁彦的《秋夜》也是以人物心理活动为依据,只不过幻化为各种梦境。《菊英的出嫁》是以菊英对娘的口吻诉说,《黄金》又是以侄子辈称呼史伯伯的口吻叙述与观察,这是一种把外部客观描写与内心所想所思的意识状态结合起来的表述方式。所以他的语言文字会有某个特定视角观看与讲述痕迹。因而在场景与人物之间实现自由转换,灵活多变,又可以触摸到穷婆子、

① 《我所理解的乡土文学》,蹇先艾,《文艺报》,1984年第一期。

王阿虞、菊英、娘、侄子等人物心理运动的痕迹。这种心理语言既是对他人诉说,又是对自己诉说,我们不能简单地理解为叙述视点问题,应确切地看到的是一种心理表述语言,这种言说的口语是心理的,并不是说书人纯客观的口语。"她看见娘病了,躺在床上,她的脸上的笑容就没有了。她没有心思再做工,但她整天坐在娘的床边……菩萨,娘是敬重的,娘没有做过一件亵渎菩萨的事情。但是,天啊!为什么不留心肝儿在娘的身边呢?……娘日日夜夜在愁城中做苦工,还有什么生趣?娘的唯一的安慰只有这一个心肝儿,没有她,娘早就不想再活下去了。"这里是纯口语的近于一种诉说,不过它是一种双重心理的语言,带有双重虚拟。首先,肯定它是菊英心理的吁求,她在心里说娘。其次,这是娘的心理状态与想法,是娘对女儿的情感倾诉。这种双重心理的痕迹是隐匿的,极不易察觉,但又极好地交融了两个人物的心理状态。上面是从心理状态出发对话说事,同时他也从心理感官去描写,十年之后鲁彦仍然用这语言表述方式:

> 是忧郁的暮春。低垂着灰暗阴沉的天空。斜风挟着细雨,一天又一天,连绵着。到处是沉闷潮湿的气息和低微的抑郁的呻吟——屋角里也是。
>
> "还没有晴吗?——"
>
> 每天每天,明达婆婆总是这样的问着……
>
> 河水又涨了。虽然是细雨呵,这样日夜下着……皱纹下面河水在静默地往上涌着,往上涌着……
>
> "还没晴吗?……"
>
> 每天每天,明达婆婆总是这样的问着,仿佛这顷刻间雨就会停止下来似的。她明知道那回答是苦恼的但她仍抱着极大的希望期待着。她暂时忘了病着的身体的疼痛和蕴藏在心底的忧愁,她……她得见到他,必须见到他。那是不能瞑目的……她把他养大……而现在,她的责任还没有完。
>
> 鲁彦《河边》

这里的环境描写是控制在明达婆婆的视线内和想象中,并且和她的心理描写结合起来,雨水、山间、田野、屋角,包括光线与湿气,忧愁爬上皱纹,雨水滴在心上,血和河水一同都充满了心理的感觉色彩,或者说心理运动。因而他的客观描写总会烙下主观色彩的痕迹。经过上述分析我们可以得出一个结论:鲁彦的语言是一种心理语言。有内心独白的描写,有心理对话,有感觉心理的环境,事物的描写,特别是他擅长双重心理的描写语言。我们可以称这种为心理描写的叙述语言方式。

早期的乡土小说语言带有浓厚的心理印记和抒情性是在所难免的，这是因为作者来自农村土地，或者知识分子对农民充满同情，抑或是侨寓他乡而充满忧郁的怀旧，鲁迅的《故乡》与《社戏》便是如此。王统照的《一栏之隔》写在回忆之中，倒叙两年前的乡村革命图景："冬夜月下，在清静与寒冷的乡村街道中，我仿佛听见喧呼欢喜的声音，杂沓的步声，追逐着刀刃的相触声，哈哈……哦！……啊哈的人语……"这构成了王统照自称的新感觉与新经验。因而乡村事物也是抒情性的。

> 一个黄而瘦弱，目眶下陷，蓬着头发的小孩子，每天他只是赤着脚，在苇塘游逛。忍着饥饿，去听鸟朋友与水边的蛙的语言。时而去听听苇中的风声，所响出的自然的音乐。但是父亲还是伺候偷吸鸦片的小伙役。母亲呢，且是后母；为了生活，去做最苦不过的出卖肉体的事。惟有星光送他到家中去。明日啊，又是同样的一天！
>
> 王统照《湖畔儿语》1922年8月

王统照采用了一种直接用口语说人物的形象，口语的描写，凸现客观人物肖像时，却表现作者的主观抒情。把客观描写与直接抒情性语言结合起来，这是一种不同于鲁迅、叶圣陶的语言方式。王统照的这种语言方式在《沉船》中发挥得极明显，往往在人物描写和抒情描写之后便有这样的直接抒情语言。只是这种抒情有时是作者语言，有时是人物议论语言。

> 双喜的妻照常的坐在明廊里褙锡箔。灵敏的，迅速的，她把薄薄的锡片搬一页到黄纸上。反转手掌用指尖轻轻整一整，光用"砑头"在四角按几下，然后尽力的砑几砑，不绝的作出滴得滴得，叽咕叽咕的声音……
>
> ……放米淘箩等物的地方。"吓"她不由得惊嚷了一声，那动物惊着耸了耸身子，就含着鲞头飞奔的爬上一株枯树枝上，缓缓的鲞头放在树杈里……她没法赶它下来想去找一根棒，旋转身去，可是又看见盛米的淘箩底朝天的浮在水中，渐渐地离开河岸去了……尽力的传出手去找淘箩，可是觉得手臂不够长，却看见河底上散着无数白米，一群小草鱼很活泼的在那里游着吞食。
>
> 许钦文《疯妇》1923年10月11日

这里描写的是双喜妻子的日常生活状态，她干的活儿是褙锡箔，是非常精细的物化表达，然后是做家务去溇河石级上淘米箩，丢失了蓥头和米，导致婆婆和媳妇矛盾极端化，这里没写婆媳吵架，仅仅用了“双喜大疯了”一词。一个关于疯妇的小说没有写疯行，也没有媳妇如何不轨，反是勤俭持家，全部压抑都在媳妇那里，却疯了大娘，这里还暗示地描写溇海边的墓地。全文采用象征隐喻的方式。曾经有看法认为许钦文学鲁迅，其疯妇现象受祥林嫂影响，表明一种文体现象的传承，这很荒唐。《祝福》写于1924年2月7日，《疯妇》是早一年在《晨报副刊》发表的。许钦文的乡土语言是一种温婉曲致的笔法，采用了一种隐喻象征语言风格，对农妇的描写充满了情致，例如双喜夫妇相互期盼，刻意打扮自己媳妇，在一盼一送中委婉情深，显然许钦文的语言温婉中暗藏反讽。

一般认为鲁彦、许钦文、台静农、许杰、蹇先艾等人在鲁迅影响下写作，蹇先艾在半个世纪后承认这一传承关系。我以为这个问题得分开看，也许对文体的观察及视点与社会批判，他们早期的一派从问题小说转向乡土小说的作家是如此，但就他们的乡土语言而言是与鲁迅极不一样的，而且这些乡土作家互相之间也是大不一样的。许钦文与鲁迅同为绍兴人，语言风格是极为不同的，许钦文的语言有许多温婉抒情的成分，描写运用了铺散和复沓的手法，他描写月与影时：

> 路被月光照的很亮，连石板缝也可以看得很清楚。月亮在她右旁的蔚蓝的空中露出鹅蛋般的脸来，向着她不绝地微笑。走过了松村桥，转了弯，月亮转到她的背后，她的面前就现出一个黑影来了。她在一条细长的石板路上走着，路的两旁都是青草地，前面是一所楼房的砖墙。走到了离墙只有两丈多远的地方，就在那粉白的墙上发现了一个人头的黑影。她仍一步一步地向前行，黑影上项颈下渐渐地显露人身的黑影，并且渐渐地腾高，终于形成她自己的影子了。
>
> ……细看她的影子……影子玲珑得非常可爱了……她影子的脚旁显露出个人头形的黑影来……
>
> 许钦文《鼻涕阿二》

菊花鼻涕阿二被评论认为是阿Q的女性版，从内容与形象看确实有《阿Q正传》的影响，但语言表述绝对不一样，阿Q没有自我的影像，或者影子的异化与幻象。在阿二那里的乡村民俗是要解释的。

> 在松村,贱小娘本是个普通名词。贱是贵贱的形容词,小娘是指小老婆、妓女或者土娼而言，小娘上面加一个贱字鄙视不知守贞操的名称，……转成她的特有名词了。
>
> 许钦文《鼻涕阿二》

那些乡土语言变成了纯自然的白话,如“积存在灶窝里的由她用草尾心编成的花朵……”草尾编花朵的技艺作者能描写到七八百字。可在鲁迅那儿也许就两三个短句,或者干脆就一句话。许钦文的描写语言色彩是丰富多变的。

> 广阔的河懒洋洋地伸展着,碧绿的水微皱着漪纹,远处闪耀着鳞般的白光,近处的对面,倒映着山和山麓的房屋,都可以看得很清楚。
>
> 微微的凉风轻轻地吹来，使得他的耳旁的白发飘着舞动。他仰面前望,看见那尖尖的山顶上正顶着个鲜红的太阳,紫色的雾气弥漫着山顶,渐红渐暗,一直延到山腰……以为那夕阳的红……只好拿“夕阳的红”这四个字来说明了。
>
> 许钦文《夕阳》

鲁迅描写均用黑与白,偶尔用红或绿点缀一下,黑色与白色均是鲁迅语言的意象,无论在哪篇小说他都会展示出来。许钦文会用各种色彩搭配,绿颜色长流,点缀白波,紫雾阵阵变化,红色慢慢强大,这里有四五种颜色混合,他着力在用文字绘画。是一种山水写意画。许钦文使用绍兴话是纯口语的,而鲁迅的绍兴话有一些简古,在许钦文那里描写有许多文人的古代意象的词语,确立描写的中心词后喜欢前添后加的方法。因而我们确实可以从许钦文的语言中看到乡村牧歌田园的味道，不过这种恬静民俗的乡村过多地蒙上了悲怆性的追悼之情。

台静农的乡土语言和那个时代所有乡土作家都不同，很少赋予乡村田野的描写色彩,多采用的是口语言说,或者是人物大量的对话,句子比较干瘦,缺少丰润,从句子的简洁度上确实有些接近鲁迅,但句子没有神韵,仅是事的因素。《新坟》一篇全部采用人物对话语言。一问一答中事情与心理状态均会凸现出其发展过程,这样的好处是让事件过程进入人们的反思之中。《弃婴》一文特别表现了语言的细节性，这种细节似乎是事物场景的特写。

……那黑的东西，已显然陈在我的眼前，许多破碎的布片，中间横卧了一个胎儿的尸体，正是紫红的脸，胎毛黑黑的小人儿。那尸身满了野狗的牙痕，那肥嫩的小腿，已经失去了，只剩下了胯的半截，现出紫红血色的肉。……便由两只强悍的（狗）……尸身衔起，一只狗好像咬住颈脖，胎毛黑黑的头瘫软地下垂，另一只狗大概是衔了那血肉模糊的下胯的半截。一群……

台静农《弃婴》

语言是真实的细节，采用反复对照方法，这是一种模拟的逼真性，又因其是说语言的方式，使得他的话语具有议论色彩，《苦杯》、《建塔者》都是如此絮絮叨叨地言说，连介绍一种送葬的乡俗仪式都是说话式的句子：

不久，棺是到了，送棺的人很多，有老人，有少年，都是很凄楚的，在棺的后面，是一个十三四岁的小孩，穿着通身的孝服，拿着引幡，有认识的说是死者堂兄的儿子。在棺的最后……白服啜泣的少妇……

台静农《烛焰》

这种简朴的句子有一种直接的力量，这样说着说着便容易转入议论，特别采用短句方式，连描写也是如此，"歌声逐渐消失在大野里。最后，仅剩有一种孤独的歌声，这歌声在寒空中孤峭战栗，但仍旧是阴森和壮烈。少顷，大野又将这孤独的歌声吞没了。"（《建塔者》） 台静农可谓是创建一种议论式的描写语言，故意把句子切割、打碎，突出口语的节奏感，"冬夜是那么长，山风又刮得凄厉，秋不觉的疲倦了。生在田埂的荒草上，远远地向东边望去，月色被乌云遮住，东边的山林，成了一屋漆黑的城郭，耸立在夜幕里。地知道……"这里仿佛是作者对着环境说话，环境人化以后与作者构成一种对话关系。

我们走……明月挂在中天，海水微波，月光碎乱在波心里发出灿烂的光。远看停船无数，都无灯火。左岸是T埠的大树林，林中耸出一座高塔。乌鸦在林中哀哀地叫，但不见飞翔。秋颜色映着月光惨白，悄然地站着，好像在默想什么。

台静农《昨夜》

这是一段纯自然风景，但风景拟人化了，风景在说，在于有感情与色彩地表达。显然，这种议论式描写语言台静农有着独特的优势，他的这种自语式、他语式、对语式，作为语言表达的特点已经贯注到文本的每一个句式中去了，这又给人造成一种絮叨的啰嗦的重复之感，同时也给出了语言外露直白的浅近。可见台静农的语言里优势中藏着劣势。那些极细腻的感觉体验因素反倒被他的言说话语瓦解了。台静农很得鲁迅所赏识，“能将乡间的死生，泥土的气息，移在纸上的，也没有更多，更勤于这位作者的了。”他的作品也被鲁迅成为“优秀之作，”[①] 作为乡土小说的赞誉显然鲁迅有一些过高估计和评价。但比较下语言态度他倒是与鲁迅比较近的，说到文体样式的靠近他更是贴鲁迅最紧的了。每个短篇的篇幅仿鲁迅的精辟与短小。说话的情绪饱满与激愤也有些近似，但台静农有尖锐并不泼辣，语言说话节奏高频率快，韵味却是明显的不够。相比较台静农的主观语言，许杰的更表现为一种乡土的客观语言，特别是他的杰作《惨雾》描写环溪村风光从容不迫，描写玉湖村人心又有一种抑制不住震荡。描写语言是油画式的一层层铺展：

> ……溪流的后面，是一滩黄色的沙石，沙石的后面是一片草地，草地上面生长着丛密的柳树和许多芦苇，柳林长满了绿叶，直遮蔽了这山的山岭，与苍碧的晴天相接；相离还远的隔岸的环溪村，已埋没在柳浪……
>
> 许杰《惨雾》

《惨雾》的开始就这般描写，从两个村庄到裕大伯等六个被惹怒的群像描写而展开，到癞头金出场文字已经有一千多字了。这里有气势和氛围，句子与风景一样崇山叠嶂，句子不是对照便是排比，不是排比便是顶针，连绵浩荡，洒脱通达，语言以气胜出。语言的渲染铺展，流畅气贯，许杰对语言的观念和见解自己在小说中有一个极好的注脚，他说：“他的语言有许多牵制，正好像什么人把他的舌根拖住；他想使他自己的语言，普遍的涉及全体的听众，所以喉咙特别的提高。他说到后面简直是不成声了。他那语言飞散的效力，还不及他口边的泡沫的爆发；而他声音的拖沓和凝滞，却正似嘴角上的白沫一般渐渐凝结着。”（《惨雾》）这里说的是语言沉积着、压制着，使语言具有一种爆发力，最后

---

① 《且介亭杂文二集》，鲁迅著，《鲁迅文集》卷六，人民文学出版社，1981 年版，第 255 页。

喷发而出，一泻而下。在许杰那里语言总是拥堵的，然后才是夺路奔涌。上面说的是语言的速度和力量，同时语言也含有另一种东西："村上总是充满一种杀气，这一种味是辣人的火药气和涩口的血腥气所混成的，同时，也充满了一种囚牢里的惊恐与断头台上的肃杀。"(《惨雾》)这就是语言的氛围与情势。我们说许杰的客观语言是指他的摹仿和描写是真实的再现事物，从语言散发出来的情态看：一方面是悬案的氛围和势态；另一方面是力量与速度，这又显示了他主观的质地。最后使这种语言又变成了抒情性语言，我们看他文本的结束：

> 她的眼泪流过了他的尸身，渗透了他的血痕斑斑的衣服，再染着那贴着尸身的石板——尸身在石板上印了一个人影，一直到了现在。
>
> 是暴风猛雨的使人感到吃辣一般的夏夜，是细雨连绵使人感到吃酸一般的春潮，是黄梅时节的凄楚，是白雪漫飞的凄厉，我们都可以在祠堂前的右边的石板上，看见那潮湿的冤鬼的人影。
>
> 许杰《惨雾》

许杰还有另一套心理语言，是他首开赌徒变态的心理语言，这是一种模仿的写实心理语言，还有一种意识流的心理语言，主要表现在《漂浮》、《暮春》两个集子中。这类性意识的精神分析语言，应该说略早于新感觉派小说的写作，其渊源来自弗洛伊德，但其发轫却是始于创造社的影响。吉顺赌徒心理有如下特点：其一，始终抓住金钱心理总是与贪欲、妄想症紧密相连的，始初吉顺家族有丰厚的经济基础，他本人也能干，起初有轻视金钱的心思，导致挥金如土，吃喝玩乐总会有几个堕落的朋友。其二，赌场中小胜的圈套和金夫、平春的蛊惑，产生暴富的幻想心理。其三，以妻儿换巨资赌本，结果只能给他八十元。语言顺着赌徒的人物心理变化而变化，巧在语言并没集中在赌桌上的虚荣心理。典妻过程中吉顺所受的屈辱，他幻想着可以变成巨富。最后绝望。赌徒的心理曲线：富有—挥霍—赌胜—大败—求胜—毁灭。赌徒由于欲望膨胀会产生一种幻觉心理，吉顺的幻觉心理语言带有独白性：对呀！人生行乐耳！有了钱就是幸福，有了钱就是名誉；物质的存在，是真实的存在，精神不过是变化无常……他想到此地，精神便如释了严重的枷锁，眼前的天地，真实空旷得很，何处不可以任他自由飞翔，自由欢唱？他推想以后的命运……呸！你们滚开，听你顺老爷的吩咐！什么？你不认得我是顺老爷吗？——啊！……今天县知事还请我吃酒，请我陪他的夫人打牌呢？(《赌徒吉顺》)这种幻觉语言是自由的，是跳跃的，带有情绪倾泻的，产生出一幅视觉上的幻象图景。个人行为受制于他自我幻影的激励。许杰的长处还在于把赌徒心理与环境描写融合起来，是意象式的描写，具有象征性：

> 秋风在疏柳梢头萧然掠过，空间便轻轻地飞下几片落叶，秋晚的凄凉……柳林外涓涓的流水在响，柳梢头的碧天，已嵌上一颗颗闪烁的明星，四周觉得无限的扩大。忽然有一声惊人的哀鸿，顿然间感到万籁的阴森，周身不由地发了一个寒噤。孤鸿在他的头上飞过，羽声嚯嚯然……吉顺现在的处境的写照，又好像象征着他的妻子未来的运命……
>
> 许杰《赌徒吉顺》

这种心理的幻觉与环境描写交融一体的感觉语言在二十年代初达到如此效果并不多见，这又极大地影响后来的社会革命语言与文化心理语言。茅盾认为吉顺和大白纸“都是畸形人物……被生活的飞轮抛出来的渣滓……《惨雾》是那个时候的一篇杰出的作品……”表现吉顺时采用了“颇为细腻的心理描写”。[1] 我们如果深入注意一下，吉顺作为畸形变态人物的典型并没有构成对社会和他人的巨大危害。他似乎与阿Q具有同样的性质，由自欺构成的对自我的伤害，最后祸及妻儿家小。从语言才气论，许杰要超过他们前面的几位同代人，显示了他在扎实的写实功力上的某种文采气质的超越。

彭家煌在始初发轫的乡土小说的实绩上成就是非常大的，是他给乡土小说语言带来了一些新的元素，他创造了乡土小说中典范性的文本《怂恿》，还有表现女人命运的杰出文本《节妇》。农业文化中牛比人金贵的《陈四爹的牛》，《喜期》中的悲剧，捉鬼的人闹鬼，《活鬼》中的陋习。乡土文学一直仅是文人的传统，我们从侨寓、乡愁、异域情调等字眼来模仿乡土小说，便暗含了一个角度，是文人站在一定高度来反思乡土风俗，似乎乡土文学和农民自身并没什么关系。彭家煌的最大功绩是乡土人在自身看，自身说话，乡土人物在展示其自身的命运。因此从语言上说，他使用了一套真正农民自身的语言。这种语言不仅是乡村风俗土语的叙述语言，更多的是人物自身在乡俗土语中活动，语言是乡土人的生存方式，他们行使了命名权，语言是他们的直接现实。那种乡俗俚

---

① 《中国新文学大系·小说一集·导言》，茅盾著，引自《中国现当代乡土文学研究》上卷，东方出版社，2011年版，第17页。

语是他们的血脉、情韵与命运。他们的生活方式便是他们的乡土语言。

条丝烟,在政屏家是稀罕的宝贝。他生怕辜负黄生生的烟,抽出半年难洗一次的烟斗,用小棍子通了几通,将周围凝结的黑黄色胶汁往自己的赤脚上一揩,随即装烟抽着,一口长气,连两颌都吸进去半寸深,烟如进了坛,没一点糟蹋的,过足了瘾才递给旁大。"禧宝的和气,堆花,条丝烟"连连的在他的心里打转。

彭家煌《怂恿》

每天绝早起来,把牛牵到山里去,拣有青草的地方,还看那块青草垛!这是一,嗨,嗨,嗨,看牛,看牛,得两只眼睛瞧着牛,哪些草它欢喜吃,哪些草它不欢喜吃,你得随它的意,它到哪里,你到哪里,不能只是抓着牛绳站着不动,眼睛只顾打野景!这样子要你看什么牛啊!海,海,这是二,到了十点多钟的时候,那时候工人都回来休息了,你才牵牛回来,还看牛饱了没,牛肚子大,得吃的多,是不是?到下午四点钟光景又牵出去,煞黑回来,这是三。海,海,海!还有按时候换牛屎草,喂水,有空杀青草,忙的时……

彭家煌《陈四爹的牛》

彭家煌基本上保持用地方语言叙述,绝早(很早),打野景(四下闲看),煞黑(傍晚,砍价)。《怂恿》基本保持了湘北土语表述:呷酒(喝酒),过细些(认真),唱枷绊,翻门坎(重复,再来一次),雅奈我不何(也拿我没办法),呵喝西天(闹得动静很大),身胚(身材),洋腔海白(吹牛说大话),节边子(临节日)。这些都是乡民的日常叙述语,惯用的。还有一些俗话:"书从屁眼里读进去了","蛆婆子拱磨不起","当面的锣,对面的鼓","鸭婆子进秧田,来往有数","送肉上钉板",这都是湘北乡间的俗语。这些地道的乡土语言,不仅是作家的乡土叙事,更是人物活动中的对话,使得这些方言土语具有极强的叙事特征,为人物和情节服务。且看他对喜期的描写:"张家接亲的花轿前导这旗伞,后拥着吹鼓手,两乘素轿是迎上亲的,浩浩荡荡地在云雾中穿插,很有些神秘的意味。锣声,唢呐声,沿途引出许多妇女们奔出大门看热闹,这是黄二聋家姑娘的喜期。"(《喜期》)再看人物性格的口语:"你个死东西呃!—— 一身膨臭的,教莫死到河里去冲一冲懒尸!这副模样也配上床来享福呀!——滚,滚,滚——"(《陈四爹的牛》)在杨振声、王鲁彦、台静农、许杰、叶圣陶,包括鲁迅他们使用的乡土观察视角，他们本质上是一套文人叙述语，用作者语言讲述故事和人物,是他们看到的乡土情景。因而真正的乡土语言仅仅表现在极个别人物的对话中。彭家煌是用农民语言将乡土事情与人物讲述出来。彭家煌也在文本中插入一些作者议论,这些议论还是以农人视角出发。除此之外,蹇先艾使用了一些贵州的方言土语,但蹇先艾都是用的欧化了的语言在陈述。

运用乡俗土语也许没什么奇怪,因为每个人都会有乡俗土语,重要的是造就他们语言的表述风格。彭家煌的语言早期偏于纯客观,后期倾向主观。在《怂恿》中他尽量让场景客观化,作者的陈述隐退到幕后,看不到作者踪迹。然而这些乡村任务都是活灵活现的地方性语言在交流汇通。尤其他用乡土语言构造了这批人物:郑屏、述芳、禧宝、牛七、二娘子性格化的表述。行文之中彭家煌基本上使用短句,很少句子在十个字以上,“千不是,万不是,总是他自己不是!这样‘猪三哈’三个字传开了,不知道他出身的人,都叫他‘猪三哈’,因为念起来顺口,熟悉,再根据百家姓上有姓牛的,他姓一下子猪当然不会错。于是,起初‘周涵海’、‘猪三哈’闹不清,终于周涵海失败了湮没了,猪三哈却留在世上称雄!”这段话最长的句式11字,这形成了彭家煌的语言节奏铿锵,跳跃灵动。同时他又是地道的地方性口语,增加了这种本土语言的韵味,造成一种很好的语言氛围,环境因此而沛然生气,油然而浓厚。当然他也不失时机地采用许多短句与长句间夹与综合。《勃鸡》中百字以上的长句很多,而且进入了心理独白,例如:

> 实在这平安的干燥无味的生活又把他弄厌了,也有些看不过她那瘦削的脸子,而尤其不忍推想长此以往的她的结局,然而他还是硬着心肠的只用手将她推开,但她却用手将他牢牢抱住,反而进一步的将泪流满面的头颈凑近他的头颈,全身抖颤的几乎喘不过气,那泪是几乎流进他的颈根里。
>
> 彭家煌《勃鸡》

这个句子长达125字。这个小说一开头便是两个长句，第一个长句252个字,第二个长句130个字。小说中有一段内心独白:“对自己说,在车马喧嚷中……好悲哀的自家啊!……”长达1216字均在自我设问之中。虽然有这许多精辟的小分句连接起来的长句,所以仍不失短句特征,我们看族长的一个句子有210个字,是口语式的,句子内部却是零碎的短分句,例如,“真了不得,好,我们族上又出了个角色啦,哈哈哈,真难得!——开祭本来在晚上,那天晚上……

祭文有几篇,原来有人读的,因为我会读,就让一半给我读,实在,千多字一篇的祭文,跪在地上慢慢的读……读的时候,族长啊,老公公啊亲自拿了烛站在旁边……”(《风头》)这样的长句实质和短句并没什么差别。

彭家煌爱用口语造成俏皮活泼、委婉诙谐的地方特色,有时他也描写风景:

> 看看坝里的水,静静的又澄清了,鱼儿们也在水面吐气了;看看两岸的沙子白茫茫的起伏的,而且枯燥;看看天边,日光全没了,云彩一列一列嵌在青天上,鱼鳞般闪耀着,而远处的树林却现出阴森而沉郁的样子;看看自己的家,家在山那边,并不远;望望自己的脚下,乐田在眼底下旋转,鸣虫到处向他嘲笑,沙洞里的鲫鱼冷静的翻着白肚皮,怪可怜的,可是谁料到它们的暴君于今恶贯满盈了,流亡在荒岛,自生自灭,没有人过问吗?
>
> 彭家煌《牧童的过失》

这种用口语连接短句的风景描写,并且并置两种风景用了两种口吻进行对比,略有些自嘲的味道来描写风景,这是过去没有过的,彭家煌的风景、乡村、田野、人群、家族都是极为严峻残酷的,永远面对艰难辛苦,永远面对生存中的各种问题,因而他的语言永远包含忧郁和激愤、伤感与悲痛。语言中忧愤深厚,激荡回环着一个气韵与力量。然后才是他不得已的幽默讽刺,因而他采用一种特殊的方式:喜剧的方法,悲剧的结果。并使这种效果达到一种无人能及的巅峰效果,创造了他最杰出的文本《节妇》,一个大饥荒年头,郑候补大人花八元大洋买了一个将要倒毙路旁的小丫头阿银。革命后大人退隐乡间,阿银服侍的夫人死了,然后阿银服侍大人,在她十八岁时正式嫁给了大她五十岁的郑大人,生有一子,大人便去世了。阿银新寡乡居困难,由大儿子接往北京,柏年家居不错,夫人病了,阿银忙里忙外,柏年按新潮打扮了这位后母,继而私通,但没有长久,刚得到生活乐趣的阿银便要回乡下守节,柏年令儿子振黄在上海接待这位“太婆”,在上海的振黄却带这位年龄相仿的太婆逛街,看戏,赶酒会,跳舞,听音乐,那是一个快乐的启蒙,阿银像真正结婚了,真正做人了。真正在上海快乐了一个多月。柏年责令儿子赶忙送阿银去乡下,阿银说我不能离开你啊,我万万不能。柏年要从北京来上海亲自送阿银,不得已阿银离开了上海。阿银扮演了一系列的身份:乞丐、奴婢、亲姆、寡妇、情妇,最后成为贞妇。

> 虽然殷勤送别的振黄在江岸娓娓地跟随着她，且预约了后会的佳期，来日方长的勉慰着她……然而阿银依然是无声无息的，木石般钻进了船舱，一屁股将自己嵌在木椅上，泪水滔滔的淌，世界毁灭了，一切摧倒了，仅仅一个长蛇在亮晶晶的荡漾的泪波中蜿蜒着。
>
> 彭家煌《节妇》

一个女人成为三代人肉欲的工具，阿银却是一次比一次地感受到幸福，她没有成为伦理上的贞妇，但形式上依然要恪守妇道的名节。这个小说的语言彭家煌没有使用那些暴烈、愤怒、疯狂、苦难的词语，始终保持着一种委婉、和谐、宁静，郑道台、柏年、振黄全没有脸谱化，是一种人性化的描写，柏年也许专制了一点，是他感到了儿子的某种越位，情有可原。三代人都没有施暴但其虚伪到了某种极致，家族的名节永远是他们招牌。阿银本是从苦难中来，她服侍了老少三代人一点怨言也没有，反而一步一步地感受到了幸福，符合人物命运的轨迹，与她自身贴切的感受与体验。内部压制了一种极大的情感力量与悲愤，但文本表层与语言的外部却是波澜不惊的和谐平静。《节妇》的语言举重若轻，以其委婉和谐写忧愁悲愤的深广。彭家煌语言是以其口语方式娓娓道来，不急不忙，夹杂一点议论与抒情，甚至还携带一点愉悦的快乐。这与《祝福》中的祥林嫂，《离婚》中的爱姑走了一条极不同的道路。鲁迅对那种封建伦理用了极冷酷恶毒的讽刺语言，其劲道可谓凌厉锋芒，但这里的阿银更能撼动人心。我们比较一下鲁彦的阿菊，许钦文的疯妇、阿二，许杰的香桂、香妹等一系列女性形象，乡土小说中的女性形象都是苦难形象。这些痛苦与艰难都在女人的表层上，而阿银的表层确是温婉和谐的，是在一种反差中表现深层的忧患与悲惨。

彭家煌的语言还有一个好处，他的口语无论是描写还是叙事均保持在人物行为、人物对话、故事情节的运行之中，绝不单独地来一大段独立与人物与故事之外的描写。他的语言一定是乡土人说出来的，表现为极其浓厚的乡土色彩，那些土音土调成为人物的生活常态。茅盾总结他的《怂恿》是“一段悲喜剧。浓厚的‘地方色彩’，活泼的带着土音的‘对话’，紧张的‘动作’，多样的‘人物’，错综的故事发展，——都使得这篇小说成为那时期最好的农民小说之一”，[①]表面上看来对茅盾是一种过高表扬，其实这种评价并不一定给予了最高肯定，

---

① 《中国新文学大系·小说一集·导言》，茅盾著，引自《中国现当代乡土文学研究》上卷，东方出版社，2011年版，第16页。

就彭家煌的作品而言，现在重新认识他的排序应该是《节妇》、《陈四爹的牛》、《怂恿》、《喜期》、《活鬼》。《节妇》、《陈四爹的牛》、《怂恿》在任何时候都应该是非常杰出的作品。实际上，他在1927年三十岁时便完成了他作为一个伟大作家的存在，且丝毫不比欧洲乡土小说名家弱。只是他英年早逝，没有给我们留下长篇巨作，但他的语言依然对我们今天的写作具有深刻的启迪。

蹇先艾是一个颇受重视的乡土作家，写作材料所波及的乡土故事与人物面比较广，且多采用客观冷静的视角展示，较少地插入了个人情感与思想的议论，被鲁迅作为第一个乡土作家来谈论。点明谈论了《水葬》“展示了老远贵州的乡间习俗的冷酷，和出于这冷酷中的母性之爱的伟大。”[①] 蹇先艾所取的是一个从外部切入贵州的文人视角，作为故乡本土的观看者，《水葬》人物与故事是醒目的，一个小偷骆毛被处沉水的刑罚，展示一个悲剧，无数村民来看热闹。真正的悲剧在看客心理。开篇用了316个字描写骆毛这个人物，对环境采用的是文人描写：

> ……阴天，天上飞驰着银灰的云浪。萧萧的风将树林吹动，发出悦耳的一片清响。远处近处都蔓延着古柏苍松。路是崎岖不平的山路，有时也经过田塍或者浅浅山丘……天空依旧恢复了沉寥的铅色，桐树里显得意外的冷冷落落，那金黄色的稻田被风吹着，掀起了轻的很自然的波动。真是无边的静谧……听见鹧鸪的低唱……
>
> 蹇先艾《水葬》

《水葬》描写一幅遥远的风俗画。是用文人语言描写乡土，在词汇和人物口语上使用了一切地方性俗语。相比彭家煌那种纯正的乡土语言表述应该是差远了。《酒家》是朋友何啸石提供的一个故事，蹇先艾却写成了一个非常好的小说，十九岁美丽天真的招弟，准备嫁给巴团长不知做第几任姨太太。褚梦陶用知识和爱情去启蒙招弟，招弟不为所动，反而使梦陶丧命巴团长枪下。蹇先艾把这样一个小故事写得起伏曲折，最后是动人心魄的。民俗如此？还是金钱和权力如此？他提出了一个值得思考的悲剧，文明启蒙的复杂性与代价。生活并不像我们想象的那样，生活有自己的逻辑轨道。任何人不得轻易改变。

---

① 《中国新文学大系·小说一集·导言》，茅盾著，引自《中国现当代乡土文学研究》上卷，东方出版社，2011年版，第11页。

陈述到此，现实乡土小说的语言早期呈现了一些什么样的特色呢？

第一，产生反思批判的乡土语言。乡土是个人的故乡，是生我养我的地方，无数文学艺术都在歌颂故乡，它是梦中理想的场所。自现代小说产生始初，乡土小说所展示的全是严峻残酷的中国乡村存在，是矛盾和问题的乡村。很自然地导致启蒙，乡村为什么如此？批判也就随之而来，鲁迅便首开先河，针对几千年文化传统，针对社会伦理，针对时代社会的基本性质，无疑会产生批判性思维。为什么全是乡土的批判语言，仅从上述社会情势的外部特征说是不够的，我们的考察乡村文化遗传，现实伦理。乡土民俗语言也不是一日产生的，它根植于长期的社会伦理，特别是乡民几千年的宗法家族习惯。文化一旦成为生存方式是不易修改的。语言便是这种社会时代与家族个人存在的约定俗成。批判的语言学我们还不能作如此简单理解。所谓批判是从价值尺度而言，语言所含有的价值评估系统。在民俗词语中便含有这些评判：祭祀、墓葬、惨雾、疯妇、窃贼、改嫁、阿Q、鼻涕阿二、猪三哈、弃婴、苦酒、活鬼、商人妇，社会将那些美好的词语都给了上层社会的精英，草根农民从人称到器物，从食品到用具，从身体到环境都是低劣状态的，他们常与牛、马、猪羊、鸡鸭等动物为伍，这一切也给予了语言的倾向性。这就可以肯定批判语言它是意识形态的社会功能的。批判语言的代表人物迈克尔·哈利迪是这样表述的："语言因其在社会结构中的功能而成为它所是的东西，行为意义的组织应该多少有点洞悉它的社会功能。"[①]这话的意思是指出社会结构功能确定了语言的批判性质。语言的行为与转换便会有贴近社会结构功能的作用。另外，语言还体现了特定的世界观，一种语言总要揭示它特定的社会意义，如果从社会功能考察语言的构成就必定含有批判性。乡土小说虽然重在风俗画、风情画、风景画，但它的人物均受社会时代的政治伦理所影响。事物也被意识形态化，因此不同的词汇、句子只要我们选择了它，就可能具有意识形态的批判功能。这就是为什么批判语言也称之为系统语言的功能主义语言学。语言是在一个系统里活动，它的"转换"，它的"行为"，它的"被动化"，它的一切变动都可以在文本意识形态层面去限定它。说白了语言的社会功能决定了它的批判维度。但是它又不是那种直接的表面的社会批判，而是借助了象征、隐喻、暗示等多种手段综合为一种乡村民俗现象而隐含着批判的东西。

第二，因为是批判语言的性质，这便决定大多数乡土作家的小说语言风格

---

① 《话语与环境变迁》，(英)费尔克拉夫著，段晓蓉译，华夏出版社，2003年版，第26页。

都沉闷阴暗、苦难悲剧的,形式特色便是那种幽默、嘲弄、讽刺的嬉笑怒骂,态度上是哀其不幸,怒其不争。美学上又是回望的,怀旧模式的,悠悠乡愁,感叹不尽。这也决定了他们多采用外人的观察视角。乡土是我们视野中的,而不是我们生活中的。这决定了乡土小说中很难有英雄式的,很难有我们社会时代的理想典型。所以乡土语言多是描写展示的,并带有回望中的伤感与忧愁。乡土总是沦落的。乡土也因其愚昧落后,便有了等待拯救的潜意识,我们每个人对乡土都有一份自己的责任。

第三,乡土小说因其地域的文化特性所限,作者个人文化修养与性格的差别,这决定了乡土语言必是彼此差异的存在。各地的乡土民情、风俗习惯彼此不同,鲁迅的未庄和鲁镇是绍兴的缩影,他与许钦文同乡,但两个人的乡土语言殊异,鲁迅语言阴冷,尖锐泼辣,不留情面地批判;许钦文语言却善于铺排渲染并以描写见长,内涵情致要委婉,但在鼻涕阿二那里又采用直接抒情方式。每个乡土小说家都把语言限制在他的本土文化之中,蹇先艾的桐村文化,鲁彦的陈四桥文化,许钦文的松村文化,彭家煌的溪镇文化,许杰的枫溪村文化,因而使得他们语言各有千秋。台静农的小说精辟短小,语言泼辣,多是短章;而许杰确是才气浩荡,语言文字有一股激情气势鼓荡而出;彭家煌完全让位于地方语言的现实韵调,无论描写叙述都是土话俗语,你直接和他的人物与故事交流。蹇先艾全是一套自己的文人语言在表现地方风俗,他本人也是一个看客,因而人物语言是乡土的,叙述语言是欧化的。叶圣陶更是采用了一种精巧雅致的高雅文化语言。他只能描写所看见的乡土情状。

第四,早期乡土语言呈现出类别特征,例如许杰的心理描写语言,彭家煌的乡村人物故事的客观语言,还有乡土作家共同特色的议论语言。这种议论大都是针对乡村人物故事的具体细节的议论,这些议论大多表现了作者的理念与意图。还有这些乡土作家逐渐明确了使用叙述的故事语言,与人物和环境的描写语言。总之,始初乡土小说中描写语言取得了极大的成就,极尽了人物身体的纤毫,突出表现了他们的特征,倒是心理描写依然比较单薄。

第五,乡土风俗的口语发扬光大。乡土小说家无一例外地都采用口语叙述,这决定了他们的语式是讲述式,意即我在说乡土发生的人物故事,“我”可以作为其中一个人物,也可以只作为讲述者。以“我”为视点的又可以是呈现式的语式。特别是以怀旧模式展开的关于故乡本土的回忆,或者乡愁。口语表述传承了明清话本小说的特点,语言最具中国风格、中国化的。这也决定了乡土小说语言大部分以浅近通俗的短语为主,具有很强的模仿纪实性。如果我们再深一步探究以口语和地方性为特点的民俗俚语，它又会是最文学性的言语活动,而非普通语言学的语言。因此我们判断彭家煌的语言便是独一无二的,这不仅仅因为他执著于乡土现实的模仿表达,从根本上体现了他作为乡土作家,在极力还原地方语言特色的同时，还对那些方言土语进行了系统的组织化的艺术处理,是一个艺术家在说语言。另一方面他强化了那些方言土语的表达,把那些极端地方化的土语通过前置化的方法,使它处于突出的位置,这就使方言土语成为一种表现主体,方言土语本身的质感凸现出来,这种方言土语的地方特色也就是乡土大众个人的感受和体验特色。说白了,方言土语本身是一种生存方式。

我们接下来讨论浪漫乡土语言的实际状况。

我们讨论写实的乡土小说界限似乎很明确,始于鲁迅、叶圣陶、王鲁彦、杨振声等人的乡村题材写作。提到浪漫乡土小说线索便有一些麻烦,在1920年代我们唯一能确定的人物便是冯文炳,他的《柚子》、《浣衣母》等十多篇小说写于1923年,《竹林的故事》写于1924年,而沈从文写作始于1927年,也就是说,在1925年前与废名的写作操同样类似风格的人几乎没有，因而浪漫乡土小说不能称为一个群体的发生。这是否可以说浪漫乡土的文学是一个孤立的现象呢?似乎也不能这么说,1919年周作人便写了乡土诗歌《小河》,就文学主张而言浪漫乡土也是周作人有目的的追求。某种意义上说,冯文炳的浪漫乡土追求与周作人的极力推崇也不无关系。直到1933年京派文学确立,浪漫乡土文学风格变成了京派文学一个自觉地追求的目的。据沈从文介绍,与废名同一风格追求者还有四君子:王坟、李同愈、李明琰、李连举。但他们的作品无论当时还是后世都没有构成文学历史的影响。

废名的乡土文学的美学用周作人的话讲便是“平淡朴讷”,圆通静美。一种田园牧歌式的生活情状。

> 出城一条河,过河西走,坝脚下有一簇竹林,竹林里露出一重茅屋,茅屋两边都是菜园:十二年前……四五月间,霪雨之后,河里满河山水,他照例拿着摇网走到河边的一个草墩上……因为太阳射不到这来，一边一棵树交荫着成一座天然的凉棚。水涨了,搓衣的石头沉在河底,剩现绿团团的坡,刚刚高过水面,老程老远乘着划船一般站在上面把网朝水里兜来兜去;倘若兜着了……三姑娘的小小的手掌,这是跟着她的欢悦的叫声热闹起来……妈妈也沿坝走来,说盐钵里的盐怕还够不了一餐饭。

老程由街转头，茅屋顶上正在冒烟，叱咤一声，躲在园里吃菜的猪飞奔的跑，——三姑娘也就出来了，老程从荷包里掏出一把大红头绳："阿三，这个打辫好吗？"

废名《竹林的故事》

这里是典型的农家生活，一家人浑然天成的伦理亲情，这种无忧无虑难道还不是世外桃源吗？平凡人、平凡乡村、平凡故事，用淡淡的文字画就一幅风景画，废名写透了乡村的寂静之美、和谐之美。一个农人的家，夫妇、父女、打鱼、种菜、洗衣、买盐做饭，我们每个人都熟悉的乡村生活，又仿佛我们都生活在期间，"不但那农村少女动人清朗的笑声，那聪明的姿态，小小的一条河，一株孤零零地长在菜园一角的葵树，我们可以从作品中接近，就是那略带牛粪气味与略带稻草气味的乡村空气，也是仿佛把书拿过来就可以嗅出的，"[①] 这是沈从文在二十世纪三十年代论冯文炳的精彩描述。这是乡土语言给我们的一种田园现象，我们要探讨它是如何构成这如诗如画的风景。首先，这是一种二十世纪初乡村宗法制亲情伦理的实际和谐环境，家族之内、家庭之内、人群之间还保持一种血缘亲情的关系，人伦道德与价值观念还保持人类童年的亲情和睦状态，没有政治权力压迫，没有金钱物化腐蚀人心，简单说，乡村民俗的宁静致远的风俗画有其社会政治基础，乡人得以保持原始古朴的状态。这是语言保持纯净和地理学特征的社会基础，换句话说，乡村民俗的格局是在社会功能结构上的凝聚，否则它将是另一幅面貌。其次，乡土语言的选择极其重要，南方那农村的典型事物：小河、水塘、茅屋、菜园、柳树、竹林、洗衣石、大水牛、鸡鸭放飞、猪归栏圈。描写这些事物并不使用复杂的句子和艰涩的词汇，而采用口语言说的方式。他是用一种浅近平实的语言说一种乡村生活，同时这种语言要配合的是乡土人的质朴与舒放，人物的行为与土地、山田、河塘，或者与生产行为如耕田、捕鱼、放牛等有关，乡人的心灵旨在他一家人的生活满足之中，一家人的和乐之中，这就不可能不是一种平淡朴讷的作风。三姑娘这个少女的环境必须要有河边葱茏草丛，茅草屋旁必须有菜园，坪场必须在杨柳树下，参差荡动的竹林，尖细狭长的竹叶有着疏疏飒飒的响动，因而便有了乡村诗情画意的象征世界。他们的生存状态也是耕田、捕鱼、收割，三姑娘在这样的语境里捉鱼，扎红头绳，围着父母亲一起牵衣嬉闹。在此，乡土语言也会有自己的韵调风味，也会

① 《论冯文炳》，《沈从文文集》第十一卷，花城出版社，1984年版。

构成乡土语言特殊的节奏与连贯方式，乡人赶牛唤猪、吆喝鸡鸭都有特定的语言节奏。废名试用的乡土语言是经过雅化了的语言，极为精致，但他没忘简洁，乡人对话不可能复杂，具有精简的特点，他的短句基本上控制在五六字之内并形成节奏：

> "陈老爹！赶快！快！"
>
> 地保敲门。
>
> 第二天，老爹主宰祠堂。土坡企眺，一片汪洋，绿茸茸的好像一丛芦苇，老爹知道是柳叶：
>
> "我的……"
>
> "嘛……"
>
> "老爹！……好睡呵？……今天呢？……老板骂我，说我混玩一趟！"
>
> 下午，老爹从镇上引一个木匠回来。
>
> 霹雳一声，杨柳倒了……老爹直望到天上去了，仿佛向来没有见过这样宽敞的晴空。而那褪了色的红纸，顿时也鲜明不少。
>
> 废名《河上柳》

这里的短节奏、相互呼应之语，邻里相认的拉腔拖调"嘛——"便是无线延长音。这个杨柳不仅作为古朴的相逢的象征风物，它还是青春勃发长寿之物，杨柳树总是与南方的春天相伴。同时它还是乡人生存的必须之物，例如：柳荫、撵我、挂灯、大柳树下拴牛拉马，是乡人的象征之物。柳树是南方的乡俗，其语义是复杂多意的，说到对陈老爹的隐喻也是复杂矛盾的。一种复杂的乡土情怀，温情与忧郁俱生，青春与伙伴同在。废名的乡土语言中除了讲究节奏外，还十分注意白描，并且是一种描写中的叙述：

> 抱村的小河，下流通道县境内仅有的湖泽；浣湖的居民，封着冬季水浅的时候，把长在湖底的水草，用竹篙子卷起，堆在陆地上面，等待次年三四月间，用木筏运载上来卖给上乡人做肥料……白皑皑的沙滩上，点缀着一堆堆的绿草，大人们赤着脚从木筏上跨上跨下；四五个婀娜的小孩，小狗似的弯着身子四散堆旁；拣粪的大孩子，手里拿着铁铲，也偷个空儿伴在一块。这小孩中的主人，要算我同柚子了，其余都是我两个人要来的。这湖草同麻一般长，好像扯细了棕榈树的叶子，我们拾了起来，系在线上，

便用剪刀修成唱戏的胡子。这工作只有柚子做的顶好……

废名《柚子》1923年4月

这种早期文字废名也写得不急不忙,从容有度。二十二岁的废名用一种口语的散文笔调,描写与叙事兼容,独特地画出这乡村牧歌的风景。他的描写从短句来看均是白描,但他也有喜欢用复沓重叠的笔法,一层一层地涂抹竹林、杨柳、水塘、池草,这又近于渲染铺挑的细致地描写了。在描写中,柚子、三姑娘在活动,在行为,叙事又因此而展开。淡远悠长的炊烟,婀娜垂姿的杨柳叶,涟漪吹皱的池塘水边,青春勃发的小姑娘在做游戏,在割草、摸鱼,还有蝉声鸟叫,凸显了自然的宁静与清幽,这是农牧村野的旷远淡雅的韵致,自然而天籁。这种诗意如画是浑然天成的。最后,废名吸取了古典主义的神韵,从古典诗词传承了精致典雅语言,把乡土小说写成了古代绝句式的精品。甚至他会把那些古典诗词的名句化在他小说之中。直接让"东方朔日暖,柳下惠风和"的句子进入《河上柳》的门楣。"太阳正射进屋顶,随波荡漾。初夏天气,河清而浅。"描写的乡土有如古代乐府。他甚至把"雪陶鸾镜里","宛在水中央"那些熏浮的具有古典韵味的句子镶嵌于描写状态之中。这古意古韵进入乡土语言中再加上那些古朴的事物,便更添了那些古典遗韵与风雅,这便追出了《诗经》与《乐府》意境与情调。他的乡土小说便是这般的淡远了,幽雅了。不仅他用词与造句仿古拟占,更重要的他在语言中植人了一些顿悟与偈语,使组句的小段环境仿佛超然出世了,有一些参禅理佛的味道,这又确有一些像陶渊明、王维他们皈依了田园牧歌的精神状态。

稍后,沈从文进了创作始初年代,二十世纪二十年代他已有数十篇小说之多,其中包括他的一些重要作品:《连长》、《柏子》、《雨后》、《萧萧》、《会明》,其中《龙朱》、《七个野人和最后一个迎春节》、《牛》都是比较大一些的作品。很重要的他还有一部分中篇小说:《老实人》(1927年)、《山鬼》(1927年)、《绅士的太太》(1929年),另外他的长篇小说《一个女剧员的生活》,创作也始于1930年之前。这些统计数据表明:沈从文在1920年代已经进入创作的旺盛期,而且有把握做大篇章的能力。这一点他和废名有极大的不同,废名的长篇小说《桥》写了十年,但十年造桥,桥中间的篇什依然是短篇,而且是精辟至极的短篇写法。大多数是千儿八百字的章节。沈从文的小说文体一开始便有格局阔大,浩荡纵横的特点,人物与故事都不太局限在小的框架内进行。当然沈从文也有精短的短篇,如:《丈夫》、《腊八粥》、《参军》、《油坊》等。

讨论沈从文早期的小说语言色彩，我们很容易指认他是一种主观浪漫的抒情风格，可是我们具体落实到语言文字的描写时却又是写实的、模仿的，他的语言指向具体的人物、具体的故事，包括一切风土民俗的细节都是纪实的，房舍、器物、服饰都是具体可考的，那种实用与具体包括了当地人的行为方式与口语对话。这分明又是一种客观现实的作风。这是为什么呢？是否在他的语言中充满了一种矛盾的东西呢？这里最根本的原因是沈从文在自己并不知情状态下对一种异域情调的描写。为什么这么说？湖南湘西是苗族人聚居的地方，他们的风俗习惯兼有苗、汉、彝三族杂居特色，洞居、狩猎、歌会、跳舞均是苗、彝两族特点。沈从文以汉族居于其中并没有异族之感，可是他所描写出来的一切地方性韵味无不含有异族风景。所以他的乡土语言也是异域情调的乡土语言，这一点是其他乡土小说家恰恰没有的，因此这种异域情调的乡土语言风格便成他一个醒目的特征了。

> 郎家，以及乌婆，彝族，花帕，长脚各族……郎家族男女结合，在唱歌。大年时，端午时，八月中秋时，以及跳年刺牛大祭时，男女成群唱，成群舞。女人们，各自穿了峒锦衣裙，各戴花搽粉，供男子享受。平常时，大好天气下，或早或晚，在山中深阿，在水滨。唱着歌，把男女吸到一块来，即在太阳下或月亮下，成了熟人，做着只有顶熟的人可做的事……矮奴的言语，正如他自己所称，是用一枝秃笔与残余颜色涂在一块破布上的。在女人的歌声上，他就把所有青石岗地方有名的出产比喻净尽……藏在一堆干草后面的龙朱，要矮奴大声唱出，照他所教的唱。先不闻回声。矮奴又高声唱。过一会儿，在对山，在毛竹林里，却答出歌来了。音调是花帕族中女悦耳的音调……歌只唱三句，就止了。有一句留着待答歌人解释。龙朱就告给矮奴答复这一句歌。又教矮奴也唱三句出去，等那边解释。
>
> 沈从文《龙朱》

唱歌、对歌是苗彝两族的恋爱和娱乐方式，也是他们劳动生活的形式，歌声是他们交流情感与思想的方式，因此唱歌就是郎家族的乡土语言。生活无论艰难困苦还是幸福快乐，唱歌便是他们心灵的一种表述形式。《龙朱》中唱歌有具体的时间(各种节日)，乡村空间的山阿水滨。(实际村寨与田间都可以对歌的。)唱歌的方式有对歌、传歌、应答的方式，也有不定的模型，领歌人居然是一个矮奴。真是所谓一地一风俗。“他们的口除了亲嘴就是唱赞美情欲与自然的歌，不像其余的中国人还要拿来说谎的。”沈从文用另一篇小说解释了乡土唱歌就是他们的生存方式，就是他们的情感欲望的表达形式。所谓自然的歌：一方面是指自然天性的歌咏；另一方面是指发于本性率真的自然，而汉族人受政治伦理文化熏染了几千年，早已失去了这种自然状态。我们可以进一步证明的是他们的峒居生活：

山洞以后，生活仍然是打猎，猎得的一切，也不拿到市上去卖，只有那些凡是想要野味的人，就拿了油盐布匹衣服烟草来换……他们平日里或坐在洞中磨刀练习武艺，或在洞旁种菜舀水，或者又到山坡头湾里坳里去唱歌。

屋为土窑屋……屋顶高耸为泄出烟窗，屋中火堆的烟向上蹿去。屋之三面围大土砖封合，其一面则用生牛皮作帘，帘外是大坪。屋中除了有四铺木床数件粗家具及大木柜外，壁上全是军器与兽皮。一新剥虎皮挂在壁当中，虎头已达屋顶，尾则拖到地上。还有野鸡与兔一大堆，悬在从屋顶垂下的大藤钩上……

沈从文《七个野人和最后一个迎春节》

在这里生存现实就是他们的语言，语言也是他们的生存现实。因此沈从文早期文本便充满了这种异域情调、原始风景的描写。南方的峒居与北方的窑居不同，陕北土窑是正宗民居，南方峒居一般只有少数的苗族、彝族，在山上一般都构筑木楼、竹楼，南方土地潮湿，阁楼下住牲口，阁楼上住人。汉族一般构筑木屋或石屋，因此寨楼与峒居均为少数苗族、彝族所为，即便用木头构成了窑屋了，屋内装饰依旧是洞穴式的，挂满各种牛头、虎头、兽皮，或者野鸡与野兔。这是居住风格。到了冬天山民也多用兽皮做衣，这种毛皮做衣无论古今仍然是最昂贵的。衣饰的风俗在湘北湘西无论苗汉、土家、彝人都会有风俗上的融合，特别喜欢使用白色。男人的头上均喜欢捆扎白头巾。

装束呢，按照湖南西部乡下小富农的主妇章法，头上不拘何时都搭一块花格子布帕。衣裳材料冬天是棉夏天是山葛同蒸麻，颜色冬天用蓝青，夏天则白的——这衣服，又全是家机织成，虽然粗，却结实。袖子平时是十有九卷到肘以上……

沈从文《山鬼》

我们再说湘西湘北各少数民族汉化了，但仔细考究也可以说汉人也在少数民族化，湘北汉人的习惯，大都浸染了土家族的习俗，而湘西则苗族、彝族、土家族、汉族好几个民族的风俗相互融合着，因而沈从文描写的湘西在汉族读者看似熟悉的是汉人节日，但仍是湘西的主导，春节、端午、中秋等，但沈从文的文本《龙朱》、《阿金》、《七个野人和最后一个迎春节》、《山鬼》等又用非常浓郁的原始风景与异域风情，显示了和汉语写作十分不同的东西。我们要探讨的沈从文这种异域情调语言是如何作为他早期乡土语言的主要特质的，他的决定是语言学的呢？还是民族学的呢？首先肯定沈从文使用的是汉语，但表现出来的文本与韵味又是异域情调的，这种异域情调实际上是湘西的地方性知识决定的，但却借汉语的读音、语法、语义，包括汉语句子与韵调的东西，换句话说，民族文化生活的内容作为底座而汉语言的符号系统仅作为一个表达的形式。接着我们会追问沈从文的语言是苗、彝、土家三族的翻译语言吗？达尔文有一个重要见解："不同语言和不同种族的形态，以及它们逐渐进化的证据是非常的相像……我们发现语言中明显的同源性(homologies)，是由于它们源自同一进化群体……当强势的语言和它的方言分布得很广时，将造成其他语言的逐渐消失。语言就像物种一样，当它消失以后就不可能复生了"[①]。在湖南的西部和北部汉语同化了其他几种少数民族语言，但其他少数民族的语言痕迹也就留在了汉语之中，例如命名与风俗便是如此。因此我们又不能把沈从文的语言完全看成汉语对地方乡土的模仿与写实。正是由于沈从文处在苗、彝、土家三族的混合之中，他的以汉语为中心的地方乡土语言便形成一种独特的原始风景与异域情调的特征。因此沈从文的乡土语言的这一特征我不能简单归结为仅是汉语的一个特征。"语言间的差异就像物种间的差异一样。"还可以证明，"语言的差异会导致民族认同的差异并且影响甚巨，也有好的，也有坏的结果。"[①]他是有异于废名、周作人、萧乾等人的浪漫乡土语言的，而这个中间得以明显区别的正是沈从文的汉语中混含了少数民族语言与风俗特征，是一种异域情调的乡土语言。当然他这种语言差异性随着时间的进程又会发生变化，经过三种处理方式达到他中后期的乡土语言的又一种新的特色。(指变异性、遗传、隔离的语言学的处理方法。)沈从文的二十年写作实际已经很丰富了，除短篇以外他还有很多中篇，除了乡土小说，他还有城市小说。他的城市小说语言

① 《语言本能》，(美)史迪芬·平克著，洪兰译，汕头大学出版社，2004年版，第261页。

又是另一种风貌。实际没隔多久,沈从文便产生了创作中最重要文本《阿黑小史》与《边城》。有点值得深思的是沈从文后期他写过《青色魇》(1946年),这是一个典型的异域风情小说,重写了阿育王与驹那罗的故事,可是从语言上看并没有乡土的异域情调的韵味,倒是可以说他是翻译改写了一个异域故事,这反证了一点,并不是异域风情的特点可以决定属于沈从文真正的乡土语言中的异域风情的味道的。异域风情没有本土语言的根基,不是深入血脉与骨肉的地方性生存状态,也就没有真正乡土语言中的异域风情味道。

什么是沈从文的典型语言:重复与简练的辩证法。

沈从文用词在许多地方式必须要重复的,这种复沓是音韵的、节奏的,功能在句子中的勾连,效果却使句子有弹性、柔软、韧性,这些词语往往是一般人很难选择的:

> 这船上做生意。做了生意,慢慢的变成为城里人,慢慢的与乡村离远,慢慢的学会了一些只有城市里才需要的恶德,于是妇人就毁了。但那毁是慢慢的……
>
> …………
>
> 男子一早起身就要走路,沉沉默默的一句话不说,端整了自己的草鞋,找到了自己的烟袋。一切归一了,就坐到那矮床边沿,像是有话说又说不出口……
>
> …………
>
> 一定要走了,老七很为难,走出船头等了一会儿,回身从荷包里掏出昨晚上那士兵给的票子来,点了一下数目,一共四张;捏成一把塞到男子左手心里去。男子无话说……老七又将这钱点数一下,塞到男子右手心里去……男子摇摇头,把票子撒到地下去……哭了起来。
>
> 沈从文《丈夫》

这里的重复可以分为两种类型:一种模型是连续式……从A……到A……到A……再A……的排比与顶真方式。另一种是词语铺散手法……A……非A……A……非A……A……A。这是一种不规则的词语布散方法,但语义可能是矛盾的,词性与词义都有所改变,但归一了还是核心语义作为结果。句首的“做生意,做了生意”,“就毁了,那毁”,便是顶针方式,沈从文爱用这种选词方式描写景物。“慢慢”一词连用四个排比。后面是那个男子经历了自己的妻子为娼之后,他做了个猴栗便沉默。在妻子和金钱之中他要选择了,他无话可说,一共用了十个"一"的数目词,但这个"一"是三种功能的:一表示数字的;二表示程度的副词;三表示行动的。一个无语男子,妻子为了娼的尴尬,说什么呢?归于"一"的十次重现真是一种刻骨之感。这种复沓手法所造成的效果是绵延无穷,回环余味的。有时沈从文让这种复叠方法循环到让人害怕的程度,眼看着这种重叠用词快要崩盘了,他却截然止住,万斛一收。在这种绝对重复中沈从文同时也选择了绝不重复的方法。

> 坐船久了的人,一爬上岸,总觉得地在脚下动。无形中把在船上憩着为水荡摇成为新习惯,一上岸,反而觉是岸在动了。实则动的是自己身子。但是谁能不疑心是地动呢?
>
> 沈从文《船上岸上》

> 雪落得怪热闹,像一些大小不等的蝶蛾在飞,并且打着旋。
>
> 沈从文《雪》

> 悖时的! 我以为你到常德府,被婊子尿冲你到洞庭湖了。
>
> 沈从文《柏子》

> 秋天来溪水清个透亮,活活的流,许多小虾子脚攀着一根草,在浅水里游荡,有时又躬着个身子一弹,远远的弹去,好像很快乐。
>
> 沈从文《贵生》

第一例写运动幻觉,没有反反复复地描写幻觉体验和状态,仅仅只把水上的摇荡感觉移到了陆地,做了一个运动比较,这里极为精到地描写了体验中的运动幻觉。第二例描写雪飘落状态,只用了一个比喻句。第三例,柏子和他情人幽会,相思的女人有千言万语要说,仅选了一句乡下妇人的一句骚话,活灵活现地表达女人怨恨。第四例清清溪流,先正面写了一句透亮、清流,再补充一个虾游细节,活活画出一条清溪。如果采用复沓铺散手法每一个例句都会写上几百上千字。沈从文最经典的练字、选词、造句是他的代表作《边城》:

> 妓女多靠四川商人维持生活,但恩情所结,却多在水手方面,感情好

> 的，别离时互相咬着嘴唇咬着脖颈发了誓，说好了“分手后各人不许胡闹”。四十天或五十天，在船上浮着的那一个，同岸上蹲着的这一个，便各分别呆着打发一堆日子，尽把自己的心紧紧缚定远远的一个。

这里词语选择均是高度提炼，“所结”“咬着脖颈”“浮着”“蹲着”“那一个”“这一个”“呆着打发”“一堆日子”“缚定远远的一个”这表现水手同女人之恋的情状。提炼的每一个词都是有足够的力量形成超过词语本身情状的表达。我们从这个句子的连贯性看也是行云流水的，在描写中插入一些口语，但又不使用任何生僻的词，仅直接表现某种情状。沈从文迷恋在这种重复与简略中走钢丝绳，他在表现一个事物爱使用多侧面多角度，穷尽事物姿态、色彩、色味、形状的多种可能性，以致使人觉出他的描写语言极其的啰嗦：

> 从那个青石碉堡向下望去，月光淡淡的洒满了各处，如一首富于光色和谐雅丽的诗歌……（省140字）薄暮的空气极其温柔，微风摇荡的大气中……（各种气味省92字）……柔软的白白月光，给位置在山岨上石头碉堡画出一个明明朗朗的轮廓，碉堡影子横卧在斜坡间，如同一个巨人的影子。碉堡缺口处，迎月光的一面……眺望那半规新月……（省394字）人都相信这是月亮作成的事，与日头毫无关系。（省169字）……对头上的月光正满意的会心微笑，似乎月光也正对着他微笑。旁近他身边，有一堆白色东西。这是一个女孩子……女孩子一张小小的尖尖的白脸，似乎被月光漂过的大理石，又似月光本身。（省285字）……一派清光洒在两人身上温柔的抚摸着睡眠者全身。山坡下是一部草虫清音繁复的合奏。天上那轮新月，似乎在空中停顿着。长久还不移动。
>
> 沈从文《月下小景》

这里对秋月的描写可以说无以复加，整篇小说写两个小恋人，月光中的村寨、山头、溪流及男人、女人不过是从另一角度写月亮，尤其他不厌其烦地写秋熟之景。这种月亮的过度书写，它既是美文，又是繁文，所有句子永远是月光下景色的后续补充句。这种现象被夏志清称为“写出冗长的，像英文掉尾句一样的断断续续的句子来。”[①] 类似的意见还有，“次则用字造句，虽然力求短峭简

① 《中国现代小说史》，夏志清著，复旦大学出版社，2005年版，第138页。

练，描写却依然繁冗拖沓。有时累累数百言还不能达出'中心思想'。有以老妪谈家长，叨叨絮絮，说了半天，听者尚茫然不知其命意所在……他用一千字写的一段文字，我们将它缩成百字，原意仍不失……"[1] 这种貌似公允的批评实际是最糟糕的论点，是一种不懂文体区别，不知道创作者意图的猜想假定式批评。我们不是写批判的杂文。鲁迅的文字精练是另一种反讽文类，所以文字简省峭拔、辛辣嘲讽。沈从文是一种浪漫柔美的抒情文体，语言文字要悠闲荡漾，舒卷开去，是在柔和绵软里藏针露刺的做法。这种浪漫的抒情语言如果没有长句、没有闲笔、没有情绪、没有节奏的变化是根本出不来的，因而他必须把文字语言糅合为一种情感，让生命的灵动与感觉直接转换为一种抒情方式，这时候的抒情形象有人物的、有环境的、有事物和器具的，有一种人与人、人与环境的高度统一。语言作为抒情体最重要的形式必须有渲染、营造、设计、摆布。天然地使语言掌控的人与事物构成和谐关系，有一种天然去雕饰的诗化与画质感觉，这决定了沈从文的语言总是平缓而悠远，清丽而澄澈，梦幻而诗意。这里有一个很难处理的关系：一方面要放纵语言，使之酣畅淋漓，浩荡如流，使文风有一种行云流水、舒卷畅流的文势。另一方面它又要控制、调整，变成一种合乎人与事物的节奏，让乡土地理、民俗风情、气韵血脉、风景气候都浑然协调起来，合乎语言的音律、语法、句式等规则状态的双相贴合，这样的语言才是自然的，才是意境的，才是诗画。简洁地说，客观的乡土地理环境与人物要与主观情绪语言高度吻和融洽才行。有了这样的理念我们再还原文本观察分析，就会发现沈从文的长句是加强气势，渲染环境，使这些长句的内部曲折而富有弹性，有一种放纵情绪任气韵流动贯通各句之间的关系。

白河……水中游鱼来去，全如浮在空气里，两岸多高山，山中多可以造纸的细竹，长年作深翠颜色，逼人眼目……春天……夏天……耀眼的紫花布……秋冬来时……黄泥的墙，乌黑的瓦，位置却永远那么妥帖……

白河的源流，从四川……春水……秀山……茶洞……河面……秋冬之际……河床流水……落水起岸……

沈从文《边城》

这是570字的两个小段，全是描写的小长句。写的是白河及白河两岸与四

---

① 《沈从文论》，苏雪林为《沈从文选集》作序言，第15页。

季。我们不能把它看成呆板的语言,而要看成有生命灵气的人,这些长句之间有气韵在转换,有流动的气息在贯通,水的地理变化受大气环境的调节,所以四季均是不一样的,这种流动有内部的水来润滑畅达,又有外部的色彩变化:白(水)、褚(玛瑙)、绿(竹)、红(桃花)、紫(花布)、黄(泥墙)、黑(屋瓦),色彩应四季而变化,水随地理环境而涨落。舟行,货物,脚夫,扁担,旅行与劳作,沽酒与饮食,这一条流水便是一系列贯穿的句子,而句子也是有呼吸与运动,有跳跃与歇息,其间虚词尤为重要,似乎是长句的韧带,其血脉调节全靠它们周转:便、若、则、如、凡、且、使、在、正、必、从、但、这、既、因、得、而,也别小看这些没实质意义的词,它不仅带动引领句子,还有使句子黏附起来的作用,重要的是它贯通句子的气韵。句子中可以有闲置短句和词组,虽然意义不足,但造成气势与氛围都是至关重要的。在沈从文的语言中更多的还是动词去传导,句子之间的节力灵动活泛,当然短句还有两个特点:一是构成重点意象,水、雨、月亮、色彩、声音。二是感觉直观地独立表达,具有诗的形象与诗的节奏。

> 到岸边。
>
> 天渐夜了。日头沉到河山下去,天空就剩一些朱红色的霞。这些霞,还时时变,从黄到红,又从红到紫,不到一会儿已成了深紫,真是快夜了。
>
> …………
>
> 在空中,有一些黑点,摆的极匀……我猜它是雁,远却猜是鸟。然而全猜错……原来这是渔鹭鸶!……
>
> 望到鹭鸶,我想起远家中的那只大白鹤,就问远,是不是还牵挂那只鸟。
>
> 沈从文《船上岸上》

沈从文的短句一般都在五六字内调节,灵活转换。当然我这里是为了分析的方便把他的长句与短句拆分为两种类型讨论,其实沈从文的句子一般在行文内是长短交错的,特别有代表性的是《阿黑小史》,它以短句、口语对话居多,是以短句带动长句。基本保持了话语言说的风格。而《边城》则是长句居多,有如长鞭水袖般挥动起舞,短句则在其间调节,这形成了《边城》舒缓轻慢的节奏,句子多连成了画面,人物在画中运动交流。

沈从文的语言是一个奇迹,说它奇迹指它没有来源,他推崇废名,但他的语言与废名绝不一样,二十世纪二十年代以前的文学史绝没有使用过他这样类型的语言。说他是奇迹,是因为他开创了浪漫抒情的乡土语言文体,跟随其后形成流派,整整八十年过去了并没人超越他,也没有得到他的精髓。他的语言是口语的湘西民俗语言,没有任何华丽、典雅的深奥词汇,也不引用古典诗词,但却构成了纯净真美的语言效果。他的语言真正是一种行云流水般的抒情笔调,浅浅地勾勒,细腻地描写,具象中有暗示与象征,甚至他还穿插了较多的议论与介绍,(这是小说忌讳的)但却也没损伤他整体的语言风格,语言所到之处必定构成意向,形成意境,产生水乳交融的梦幻般的文字效果。他也会偶尔植入一点文言词汇或小句,长句也有些书面语言的痕迹,但他总保持用口语的乡土白话来叙说,有意增加土话,使土话和书面语形成谐趣,但也有点故意扭曲,朴素叙述的进程中会加入一些文采描写,口语对话中会旁白几句议论,你感觉他在试验语言功能,但句子连成一片又全无痕迹。他并不仰仗辞藻也不雕琢古怪的句子,尽力突出乡土语言的本色特征,造成了一种天然的状态。尽管他也说要试验文字语言的韧性,或者不惜摔碎而考验它的硬性,你找遍他的小说也没看到其先锋性词语和句子,他似乎总是老老实实地从从容容地写作。当然他试着用多种手法写作,如日记书信体,用分析语体代替讲述语体,有时通篇采用口语对话,有时则不用一个对话。在都市写作时他转用一套幽默反讽的笔调,铺展那些离奇人物与故事,甚至写国外的故事。在他的几套表述语言中,都市与乡土语言是泾渭分明的。刚才讨论过沈从文的长短句运用及其效果,其他中国作家在长句与短句的交配选用中各尽特色,郁达夫会用长句,鲁迅的短句力量在同代中无人能及。所以,用长句或短句并非说沈从文的语言有多么伟大,重点在于他长句与短句运用中的特色,而不仅仅是一种提炼或造句功能。说长句的舒卷郁达夫、徐讦都很见特色;说短句的精辟,废名也达到很高成就,这样我们必须要定位沈从文致力的是什么样的句子,何以构成他独立的语言特色。仅仅只指出他如何精心安排句子的长短突出其功能是不够的。沈从文的句子特色:其一,用短句拼贴组合构成长句,有推导式、并列式,环环相扣,使句子内部构成一种循环贯通。其二,他的句子是链条式的,在分句内部或形式焊接,或互相暗示,或三三两两的交替缠绕,类如滚雪球,因此他的句子没法撕开、拧断,内韵以气贯注,表层以词语勾连,看似短句实则都是长句。其三,句子中构成复调,通常会用巧妙的小插入,或隐喻换喻,或议论抒情,或并置两种形象,或岔开与归并,表明句子内部运动多变,撒得开收得拢。有时他句子内部会出现旁枝,看似要逸出句外突然转折又拉回来了,造成句子层出不穷的新惊喜。其四,他的句子永远都是具体的、物化的、动态的,是意象的句子,在句子内部有核心意象,又有次级意象,使这些意象的句子丰厚饱满,摇曳生姿。因此他的意象句任何时候都会生境的,把你带入一种忘我的意境,也因而他的句子是象生境,境又生象,相互套生,在这种境象中相互生成,相互补充,最终成为整体。其五,他的句子长于描写,静态与动态总是互相配搭,把静景写动,把动态配静物是极重要的,他要天然去雕饰,用纯净、简朴的俗话写尽土俗,《边城》中写尽精雅。他的句子之所以有谜一样的光辉,就是他仅用口语的白话句子造成的神奇魅力,因此他的小说永远没有生僻的词,(或者说功力不在词上,而在造句构设上。)但却有无穷美丽的韵味悠长的句子。我们抽样一段文字,看他的平淡和平淡中构成的精美:

> 他就常常上山去捡柴,(深层结构)。五明捡柴(补充),不一定家中要靠这个卖钱,也不是烧火乏柴,五明的家剩余的杉松栗栎,就不知有几千几万。(三个表层结构)
>
> 五明捡柴,(重复深层结构)一天捡回来的只是一捆小枯枝,一捆花,一捆山上野红果。(三个表层结构)这小子,出大门,佩了镰刀,佩了烟管,还佩了一枝短笛,这三样东西只有笛子对于他十分合用。他上山,就是上山在西风中吹笛子给人听!(六个表层结构)
>
> 把笛子一吹,一匹鹿就跑来了。笛子还是继续吹下去,鹿就呆在小子身边睡下,听笛子声音醉人。来的这只鹿有一双小小的脚,一个长长的腰,一张黑黑的脸同一个红红的嘴。来的是阿黑。(八个表层结构)
>
> 沈从文《阿黑小史》

这是一个民间童话的句子,句子深层结构就是五明捡柴,推导式:捡出一个阿黑来。却因此生成转换二十多个表层语法结构,这些表层语法结构彼此套生,隐喻,象征,童话,因而又构成了神话的原型结构。我们看这两段句子的内部大量的是名词性短语和动宾短语,通常在三五个字中形成短句,或推导,或套生,在修辞上可以是对比与排比。这个长句构成的语境,其深层结构也是隐喻性的,一般文体使用深层结构仅出现一次,甚至是缺席的,但他却反复运用深层结构,这种深层结构的重复便构成了修辞性谋略,使小句滚雪球一样的繁衍,直到最后一个语言符号到位,这个语义场才得以生成。这时捡柴变成了意象,佩饰变成了意象,吹笛变成了意象,小鹿变成了意象。阿黑一出全部境界都出来了,一个清幽的童话意境得以产生。

沈从文的乡土语言在他的时代或此后半个世纪都得不到认同，不仅仅苏雪林和夏志清对他的语言持有批评态度，就连鲁迅也嘲弄沈从文那不标准的乡土语言,称之为:努努阿文(意为幼儿语)①,这是件很奇怪的事,例如鲁迅赞美了鲁彦、许钦文、蹇先艾、许杰、萧红等许多乡土作家,而他们的语言除意识形态化不说,也有大量的放纵啰嗦的乡土语言。包括那些今天几乎不留痕迹的乡土作家向培良、黄鹏基、尚钺,还有黎锦明、裴文中虽有成绩,今天看来怎么也超不过沈从文。鲁迅在世时,沈从文的大量小说包括代表作《边城》、《阿黑小史》、《丈夫》、《山鬼》、《凤子》、《萧萧》、《三三》、《月下小景》、《静》都已问世。那么鲁迅的批评只能归为对风格的不认同。直到今天仍然还有许多作家及批评家也对沈从文的乡土语言不认同。我曾对湘军五少将提出让他们背诵《月下小景》、《阿黑小史》,他们均不明白我的用意。那么沈从文的语言到底有何意义呢?

首先,综上我们对沈从文乡土语言特征的分析,沈从文创造了一种乡土抒情语言,而且这种语言几乎同鲁迅一样是前无古人后无来者的。你会说沈从文之前有废名,我以为废与沈之间语言风格是根本不同的。废名语言简朴,讲究的是凝练精粹;沈从文语言完全白话言说,讲究复沓循环。废名是凝聚的意象画;沈从文描绘的风景画。废名多短句跳跃,用他自己的话,他在写绝句的诗。沈从文使用的是长句,其中多停顿,讲究回环之美的意境。废名的江南风俗的乡村院落有池塘青竹,史家庄共存于长江中段的山野水河。沈从文融汇苗、彝、土家、汉四种民族风习,独造出原始风景与异域风情。废名的精致短章更靠近散文风格,口语中有一些文言雅意;沈从文纯粹的口语的白话,地方性知识构成了民俗画,人物在环境中,在时间的历史里显示为一种有长度的时空运动,语言冲淡,但有故事的展开、转折、高潮、结局,也就是说人物是在情节逻辑上运动。废名没有形成流派,沈从文有传承,在湘一脉有周立波、古华、莫应丰、何立伟、陶少鸿、陈启文,在外省有汪曾祺、老张斌、董立勃。这样的对比并没有批评废名的意思，仅在于指出不同，从本质而言废名简古有回返与归于宗教特点,沈从文有从宗法制乡村出来向现代性奔走。同样是从语言本质上说,废名与沈从文都没有真正的继承者,沈从文的乡土语言中有那么多异域情调,句子内部构成了复杂网络。后来的乡土语言仅借了沈从文的形，但没有继承其神韵。我们以此判断沈从文抒情乡土语言的独创性,因而具有文学史上的地位。

其次,沈从文的乡土语言,并不仅仅是一种类型语言对文学史的贡献,这

---

① 《致钱玄同的信》,鲁迅著,《鲁迅书信集》,人民出版社,1976年版,第72页。

种语言是有跨越的,他的土家、苗、彝语言的融会使湘西地域有了边疆的概念,他的人群有了开土扩疆容纳新资源的意象,那条白河不是简单的水的意象,而是一条交流沟通之水,把外部城市的现代性成果融入边寨之中,其各种货物便变成了现代景象。在无意识状态下表述了民族融合,城市与乡村交流的现代理念。这方面沈从文是从“搜集和加工未被规范化和无结构的街谈巷语以及山歌、趣闻和民间故事而起家的。”构成了他乡土语言的叙事,他的作用也许该从更宽泛的历史维度来考察。沈从文“认真采用五四时期民粹主义者的修辞学,并考察方言、民歌和民族,此外作为对中国国语文学和民俗运动的贡献,他的地域色彩并不只是为伟大祖国提供一种乡土产物,而是为有可能使中国借助其全体人民的文化复苏的新文化添砖加瓦。”① 因此沈从文的抒情乡土语言是现代文化的一种新贡献。这一点也从他始终坚持口语的、白话的语言方式,坚持运用乡俗土话、俚语,包括用这种语言行使命名权,用这种语言描写人物和环境。始终坚持用一种洗净铅华的朴素句子表达,可以看得出他坚持一种现代语言的表述理念。文学是语言的艺术,而这种语言必须扎根在他的地域性乡土之上,形成独特的地方性人民语言。

最后,沈从文的乡土语言给我们提供一个深刻的启示。何为语言的文学性,何为语言的最高标准,他不必从古代的文言文、古代经典中去找,也不必向国外的经典名著去寻找。最高最美的文学语言就在我们的地方性知识中,就在我们最朴素的乡土语言之中,最纯最白的朴素语言也可以创造最美丽最有效果的文学语言。

二十世纪三十年代乡土语言特色作家还有萧乾、凌淑华、汪曾祺,三人都各有自己的特点,因为汪曾祺的写作延至新时期,我把他放到新乡土小说语言去谈论,现在似乎可以总结一下浪漫乡土语言的总的风格特色了。

一、乡土语言的田园景观和浪漫牧歌。这种语言无论它的材料或者情调氛围均有一种返回去的古意。很容易被人称为返回去的复古,称为一种保守主义,于是又很容易追索到它的根源,例如陶渊明的《桃花源记》。特别是从鲁迅的《故乡》之始,到师陀的《果园城记》都采用了一种回溯式的语体文方式,即离乡之后又返乡的叙述方式,引起人们的旧梦依稀,胜景不再的味道,从美学上采用了一种怀旧模式。中国文学历史中的乡土文学便有一个桃源原型。那么我是否把它理解为复古的文学呢?废名沉醉于古诗古词中提炼乡土意象,沈从文

① 《沈从文乡土主义在中国现代文学中的运用》,(美)金介甫著,《中国比较文学》1999年第二期。

从民族融合提取了原始主义的神话与民间传说，师陀构设了他的牧歌式的《果园城记》。这也包括鲁迅的几次返乡之行，都有一种无可挽回的故乡本土的民俗。历史不古，人心不再。于是我们又把乡土小说称之为一种田园牧歌式写作。它的语言怀旧梦幻，忧郁、思恋、雅歌的情调是不可避免的。这也决定了这种语言是造梦怀旧的风景。可是我们想想，那种故乡不再的现实到底是什么？是故乡现实的被破坏与衰败，鲁迅的故乡是凄凉哀怨的，废名造桥虽是梦幻，但他的莫须有先生也怀有厌世精神，他本人便最后皈依宗教。沈从文在乡村也经历了沉重的辛酸而走入城市；师陀也是重返故乡的牧歌式寻找。这些均表明乡土此时的意象都如乡土作家所批判的那样，满目沧桑，苦难重重。因而浪漫乡土是呼吁重建乡土，以梦回的方式返乡。期望真正有个桃源的原型重现。而浪漫乡土所显示的依然是宗法制下封建伦理的乡俗民情，一切地理学的民俗风土知识均是古典传统制度下产生的生存模型，政治，道德如此，文化习惯也如此，对语言的追求呢？这里表现出矛盾的姿态：一方面，他们仍旧追怀古典语言精雅韵致，同时他们又向往口语的白话。另一方面，他们从古典文学中提炼词语，也包括意境，但他们又大量采用民俗俚语，这形成了语言的怪异，即牛粪上一朵精美的花。"一个部落，由一位头目治理，已经很老很老了。居民全都是打猎的能手。他们有着青青的山岭，静静的溪流，明朗的天，淡白的云。他们呼吸着芬芳的空气，按照祖先的老法子管理牛羊；自由自便的过活，真所谓日出而作，日落而息。"① 这里的"头目治理"便是宗法形式下的家长制，这里"按照祖先的老法子管理"依然是一套封建伦理。难道文人所吁求的田园故土还是一种封建制度建构的"浪漫乡村"？这里似乎有一个逻辑上的矛盾：我们的美好浪漫产生于一种罪恶的制度，因此我们必须建立新的视角观看：其一，我们要看到所谓现代文明带来的乡土破坏。其二，我描写的是我们期待的乡土，也就是说我所表现的是一个乌托邦桃源。其三，我仅借助了我故乡本土的情怀，隐含的仍是对现实乡土的批判。简单说，浪漫乡土语言是一种综合的驳杂，含有大俗亦大雅的东西在里面。

二、乡土语言立足于他的描绘功能，特别是它客观地针对地理学的风采。因此，乡土语言是自然的，自然即风景，风景也就是本乡与本土的语言，这样语言也就自然本色了。因此浪漫乡土有大量地描写地理学中的风物，说它具有地方性知识，完全因人们在他的生存地面上活动所产生的一套生产语言、交流语

---

① 《牧歌》，芦焚著，《文学》1936年第七卷第1期。

言、人的情感语言。因而浪漫乡土的语言,本质上仍由其地方性所决定,至于情调与韵味则由作家本人的气质与才华决定。似乎后者成分更重一些,所以浪漫乡土小说家的语言比写实乡土小说家的语言更容易区别一些,也许这是由于它更适合表达个性化一些。废名、沈从文、萧乾、师陀以及后来成为流派的浪漫乡土语言也是很容易进行个性指认的。

三、浪漫乡土的语言一定具有三个字:意、画、诗。所谓意,浪漫乡土语言必须有浓厚郁结的意境,这一点无论它是古意,还是今意,无论它是意蕴还是意味,它都强化了一点内在的意旨,这个意旨更重的是神韵,而非写实乡土语言的事物实至名归。有了意便有了飘逸和韵味感了,画面是乡村地理学的客观标志,其主要核心是指山水,然后才指村寨,一定意义上浪漫乡土语言里一定是景大于人,对人的要求是能入画的,人画统一表明自然也是有灵性的,合乎于人情世俗,是人性化的自然乡土。所谓诗是指乡土语言要对乡土人的存在有脱俗脱尘的提升,诗意本身是浪漫化的东西,这种诗是人的内心灵魂与乡村地理风物的高度统一,大部分的乡土语言诗意都绝对是有原型的,合乎人性深度的同时也是审美的。这也是浪漫乡土语言会有特别感染人的审美取向的原因之所在。

四、浪漫乡土语言保持从容舒缓、优雅浪漫的语调节奏。当然也可以有明澈轻快的小调节奏。这种语言的抒情是从容的,为什么?只有从容舒缓中才见其细微,有了细微才有感受才有体验性。只有从容舒缓才符合于古典美学与人们怀古的心理节奏。慢是一种体验美学上的延伸,这样语言才能入目、入心、入神,才能引起灵魂的摇曳飞散。牧歌语言本质是舒缓飞扬的,这与乡土事物中牛羊鸡鸣的动物语言关联,同时它也与农业文化的时空观相适应的。乡土语言也对应四时之景的变化而造句,色彩便与农村村寨的风物相调和,声音也是自然的呼唤,在山里是高亢敞亮,在水上流动波浪,气味便播撒于山林河塘的旷野之上,那无疑也是自然清新、淡雅芳香之气。可见浪漫乡土语言其性质在“浪漫”二字上,一种自由而没滞阻的自然语言才浪漫。

五、浪漫乡土语言重在作家提炼的语言,在陈述中见其韵味。人物语言一般均是本乡本土的俗语、谚语、俚语、歇后语,包括农人的粗话野语,增加其谐趣。如果全部采用其乡土人的地方语,这样语言太实便变成写实乡土了。浪漫乡土语言对愚昧落后、野蛮粗俗的地方话是有改造的。农业语言是一种生产性语言,自然纯朴,但它太实用,若要美化,便要进行形式上的改造,词语没法重造,但组词和造句方式是可以多变的。比较一下写实乡土语言凝重、模仿,密度大,直接命名,谓语节奏快。浪漫乡土语言疏朗、开阔,命名之后解释是多元多维的,形容词多,谓语节奏慢,或者减少一些谓语,这种语言缓慢到几乎处于凝滞,最明显的便是废名的语言。沈从文的缓慢是拉长的,但动态依然明确,所谓自由浪漫一定要有空间的运动,有了空间的自由节奏才是可以调整的。除了这个因素,风景也是产生于空间的变化,地理学的起伏跌宕,山与林,田与寨,还有长长的流水,一切生机在空间里显示,但空间的展示是从容舒缓的,可见我们讨论语言也不能只简单地认识语言的色彩与声音,重要的是语言也是在空间里构成一种交流关系。语言在空间里命名,事物也会在一个空间互动,于是语言便在一切事物之上冲荡交互,这样语言运动便成了空间运动的结果。

浪漫乡土语言的这些特征与文化的特定时代相关,六十年以后农业社会的性质发生了变化,工业因素和人的生活节奏发生改变,浪漫乡土语言将何去何从呢?这又是另一个问题了。

第四节　革命与乡土:语言的剧变

中国现代小说经历了一个特殊的年代。二十世纪三十年代,为什么称其特殊呢?主要是1930年代中国社会发生了剧烈动荡的变化。1930年3月2日中国左翼作家联盟成立。次年夏天全国17省发生大洪水灾难。1932年发生淞沪会战。淞沪战争对民众心理影响重大。且秋天又发生了丰收成灾的怪异事件。民族矛盾上升,逐渐爆发了全面的抗日战争。在东北有伪满洲国,抗战之后上海,长江以北沦陷,便有了沦陷区文学与重庆和延安的抗战文学。简单说,文学的局面复杂同时代复杂局面是同位的。这时候核心问题是土地的丧失。土地矛盾由地主与农民的冲突,变成了国民与外来民族的冲突。乡土被各种社会势力所左右,但无论哪股社会势力占据优势地位,它对真正的乡土意义而言,均是撕裂性的冲突。中国乡土发生了剧烈的变化,真正的宗法乡土性质发生了改变,乡土语言出现了前所未有的变化,它融入了一些新的元素,而这些元素的导入对乡土语言的变化既有积极作用,也有非常消极的影响。其中最重要的一个元素便是革命。

革命进入小说的第一个信号是1903年梁启超的《新中国未来记》。第二个重要信号应该是《阿Q正传》。第三个信号是发生在1920年代末的蒋光慈身上,他标志性的文本是《少年漂泊者》。这三个信号,第一次是观念性的,是不针对小说形态的。第二次的革命影响是形象与主题,但鲁迅是在探索革命的成功与否,属于是问题性的。第三次蒋光慈的革命——《少年的漂泊者》,是以必死信念义无反顾的投身革命,革命变成了一种行动。中国现代一百多年的革命可以用无数种形式表达,我以为这些均是表层的,最深刻的革命是土地性质的归属。领土性的归宿总是动乱变化的深层原因,但土地的任何一次细微的领土性动乱都会是革命性地影响乡土人与乡土中一切风俗民情。往往到了矛盾激烈冲突的顶端,便会由观念变化到行为革命。《少年漂泊者》中,汪中革命的起因便是土地,其父交不起地租病倒被刘老太爷逼租气死,母亲割喉自杀。一时间汪中家破人亡,没有土地便去漂泊流浪。足迹遍布皖、鄂、沪、粤诸地,由孤儿到奴仆,由奴仆到伙计,由伙计到乞丐,做了工人、干部,最后成了一名革命士兵,他自身的行为显示革命要素贯穿中国社会。钱杏邨称他为“中国革命文学著作的开山鼻祖。”[①] 社会革命的行为产生了社会革命的书写,因而社会革命成为一种主体类型,我将会有专章论述它,这里仅仅谈及革命作为元素对乡土语言产生的影响。

1920年代的乡土小说语言,描写了乡村社会的贫困、灾难,表现为一种生存的苦难美学。重点在描述其现象,乡村环境与乡土人都保持了很好的形象色彩,那时乡土是感性的,虽有灾难也不失其美好,对乡土事物本质上没有观念的对立,对乡土的愚昧、丑陋、粗俗是哀其不幸而怒其不争。当革命作为一个理性元素介入后,乡土社会变成了一种理念,那里的等级、阶级、贫穷与富裕,地主与农民都置于二元对立之中,革命便成为这二者之中压迫与反抗的杠杆。因此我们的乡土不再单纯,而变成了一种乡土革命。我们首先要注意的是蒋光慈与洪灵菲。他们宣传了一种真正的革命文学,但并不密切相关于我所说的乡土革命。因而吴组缃与茅盾也许更重要。

吴组缃的重要作品为《西柳集》。他本人出身地主家庭,很清楚农民与地主的关系。他写了《官官的补品》(1932年),“我”是文本中的官官,是个祖业丰厚的膏粱子弟,回乡探亲吃不到补品,母亲为“我”雇了一个奶妈。奶妈吃的是草,挤的是奶,靠她的奶去养活全家。奶妈丈夫小秃子被官官家族夺佃后流浪上海,官官受伤后又是小秃子的血救了他,最后小秃子居然被砍死于河滩。这种阶级分化与冲突达到了最尖锐的程度,这里使用了自我嘲讽语言。借大叔之口说了一套地主逻辑语言:

① 《蒋光慈与革命文学》,钱杏邨著,收入《现代中国文学作家》,上海泰东书局,1928年初版。

> 因为遭了“夹收旱”,他竟然欠起半租来。大叔发了火,说他抗租不法,……大家头上同顶一块天,大家全是在同样的年头里过日子。为什么别家佃户田里都有匀调雨,满田水,偏偏你种的田里就没有?为什么别家田里没蝗虫,唯独你种的田里就有了?别家佃户也一样有田防捐,户头捐,田亩捐,也一样请伙计下田,为什么他们就驮得起,单单就只见你每年来叫苦怨天?

这里各种各样的捐税刚好透露了乡村土地上的阶级压迫,最后其实是因为地主和土匪有矛盾,把小秃子给误杀了。文本语言表现了一个地主少爷灭绝人性的冷酷心理过程。人物语言透露了农村复杂的社会关系:一是地主家族的宗法的,二是土匪的活动,三是共产党的,四是洋人外族的,五是国民党的。而且文本用吃奶喝血作为隐喻揭示了乡土人之无限艰难。这种阶级的革命元素最鲜明,冲突最剧烈的是《一千八百担》(1933年),小说正面描写了有两千户人家的宋氏家族代表的一次宗祠集会。凸现了1930年代中国农村社会宗法制度崩溃前的状态,以农业为本的国家根基在革命暴动中的风雨飘摇。诸色人物在其间结伙倾轧笑面相酬,商会之子寿假托,公子哥松龄,教职叔鸿,管事柏堂,区长绍轩,各种人物轮番登场,为了囤积的1800担租谷而矛盾展开,在各种纠纷的利益分配中终于酿成了农民暴动,农民夺回了租谷。这里的乡村语言均是为了利益争夺而展开的。柏堂关于1800担租谷的作用阐释是吞吞吐吐暗藏玄机的。抢粮场面:

> 外面那群野鬼似的汉子早潮水似的望门里涌过来,直向后堂仓房那边窜,箩筐,簸箕,木桶……满堂乱舞。锣鼓和嚷喊声放大了数十倍,连那一棵棵的大石柱都在跳着……祠堂门口进进出出乱窜着人;挑着,扛着,驮着满满家伙稻谷的,口里“杭则!”“哎呀!”“咳则!”“杭呀!”地应答着;拿着空家伙,口里打着呼哨,旋风似的往里面卷……
>
> 吴组缃《一千八百担》

这是一种混乱的,充满暴力的抢粮的革命场面,语言是行为的,也是描写性的。值得注意的凡属革命语言:一是运动的,二是情绪的,三是氛围渲染的,四是带有狂欢与发泄的快感。革命这个元素成为了语言的动力结构,就连其他描写也变成隐喻性,作为一种气氛一种烘托:

> 这时候已经快十点半钟。雨已变成鹅毛雨，西厅里一块长方形的阳光骤然由天窗上照下来，依旧是这么炎烈可怖。天井阶沿的湿地上不住冒白色的水蒸气……有的拿芭蕉扇遮住偏西的太阳光，远远向祠堂里面张看；有的还搬着箩筐家伙大呼小叫的往祠堂那边跑。野狗疯了似的来回地奔窜着，叫。一种闷热的野草垃圾泥泞怪气味弥漫在空气中。
>
> 吴组缃《一千八百担》

这段文字从语义上说，它已非自身描写事物的所指，而是一种有目的意图的渲染，十点时的雨与太阳矛盾并置，南方特有的气象：闷热。一种蓄势待发的状态，好像一个气球马上要爆破了。后一段文字是暴动中人群情绪，狗、垃圾泥泞的混合气味，更加烘托了场景中的混乱与膨胀感。我们说吴组缃的语言无一例外都是对乡土社会情状的展示，运用的是乡土人的语言，包括乡村环境，例如还有丰坦村、金燕村的环境及人物活动，还有对话都指向文本的意识形态，其核心词便是革命。于是乡土语言便变成了一种对乡土革命的释义，这使语言变成了一种对革命之道的阐释，这样语言更加逻各斯中心化，有了一种宏大叙事的产生，这种语言的革命情绪今天看来似乎不能仅局限于某一个人或某篇文字，它是从1902年以梁启超为始作俑者，经由鲁迅、郭沫若、蒋光慈等人逐渐形成的乡村革命话语。只是到吴组缃、茅盾，包括四川乡土，东北乡土语言的融合共同形成一个庞大的潮流，还有七月派与解放区文艺界的共同介入，直到"延安文艺座谈会"截止。左翼文学便成了一种新的传统，一种主流标准。我们今天如何看待吴组缃的乡土语言呢？吴组缃对乡村政治、社会等级、人物透视有一种非凡的能力，提取的语言细节和对事件的认知能力是大格局大气魄的，在细微处都有一种惊心动魄的力量。一个吃奶喝血的少爷最后处死了小秃子。1800担租粮作为一个叙事动力把隐蔽在幕后的力量纠集起来，最终鼓动为一种革命的暴动。一个农妇为了50元钱居然杀死了自己的母亲，一个无赖勒索自己的女婿。他善于抓捕极为反常的尖锐对立的细节构成基本的叙事力量，然后所有语言都调动起集中力量于一瞬，产生震惊心灵的效果。因而我们可以肯定吴组缃的语言：其一，浑厚而圆润，气势而力量。他的描写语言是修辞化的：

> 鸭嘴山……突出丑怪的岩石；好像遇到一个横蛮的凶汉：两手撑腰，仰面向天，有意伸出一只脚拦住去路，要和这远来的过客闹是寻非。大河

奈何不得，只有把河路让开，转而向北……向二百里外的大江里环流而去。

吴组缃《山洪》

他描写景物拟人化，突出景物的气势与力量。《樊家铺》的景物描写一直压抑着，第一节平实地展开。第二节便气氛压抑。第三节让桂花出场一下，接着写黄叶飘落当是毛毛虫吓一跳，最后用铁签猛力扎向娘的头：

她模糊恍惚地看见落在脚边那半明不灭的神烛。她拾起那神烛，点着了板床被褥下的垫草，点了帐子和被单……外面光明如昼。过亭下翻着乱蒿草，逃荒的乞丐们一个都不在，他们涌进城里去了……不由自己……飞跑而去。

吴组缃《樊家铺》

杀母亲，用的是铁签扎头，极为残忍。完事以后焚尸灭迹，这个细节写出了人性的残忍之极。这时他荡开一笔写屋外月光明亮，亭外草乱人消，给出一个空寂的旷野，显示为一种心理的落差，把一个凶残的心理极有层次地演示出来。吴组缃的语言是人物语言，是描写人物的语言，各色人等饱满而有力度地呈现出来。他的语言在平实推进之中总是暗藏杀机的，情绪饱满恣肆汪洋地铺开时，他又会归拢到一个特别有力量的目标之上。所以他看似闲笔的时候却是不可以减省的。其二，吴组缃创造了一种属于"我"的视觉图像语言和情绪语言。"我"是吴组缃惯用的视角，但他的"我"并非是现代主义的自我，而是现实主义的客观自我。在文本中他的人物、事件、环境是逐一展示的，有一种视觉规律与心理活动的连贯性。因而他也习惯用一套讲述的语式，这样便易于调动人物的情绪，当然这种情绪是倾向性的，根据人物身份而假定的，例如官官=我，凌子彦=我，青姑娘=我。官官是一个贪欲的少爷心理。凌子彦对金雪=姑娘抉择态度。青姑娘眼中菉竹山房充满了诗情画意。有如柳宗元笔下的《永州八记》的风光。吴组缃会根据人物情绪而描绘环境风物，有着一种特定的色调。

天气依旧很闷热。天上布满破旧棉絮似的云……遍地冒灰白色的尘烟。——但已经太迟了。连阡累陌的田禾，有的是呈着老绿色，矮矮地拥挤在干裂的土壤上面……稻……只是一些灰白的壳子，干瘪得犹如老婆婆的乳房;有的是早变成焦枯萎黄的蒿草……

吴组缃《一千八百担》

沿着荆溪的石堤走……回环合抱的山峦渐渐拥挤，两岸葱绿古老槐柳渐密，溪中暗赭色的大石渐多，哗哗的水激石块声越听越近……响潭的两岸，槐树柳树榆树更多更老更葱茏，两面缝合，荫罩着乱喷的白色水沫的河面。一缕太阳光也晒不下来。疏疏落落点缀……白垩瓦屋……梅花窗的围墙上面露探着一丛竹子……

吴组缃《菉竹山房》

我这里比较的是两种情绪下的环境，还有两种情绪下人物肖像，这都是活画出来的。柏堂阴险，官官阴暗，线子疯狂，反复多侧面地描写喜欢金银花的小姑娘。吴组缃的描写语言丰富多彩、情绪饱满充盈，并补之有力量的细节，因而他的语言讲究结构形式，无论何种时空内他都会有一个倾向性的中心感，或者是某种理念意图。这也强化了语言的逻各斯中心主义。这一套语言的背后也必定是意识形态的。总体来说吴组缃语言，作为作者是主观的，作为乡土是客观的，他擅长铺排的描写，在家乡口语中植入一些方言。人物在环境中是有条不紊地自然活动，文本如实画出当时乡村的实际状况，作者不随意插入议论，观点和倾向通过人物对话与场景流露出来。他的景物描写多用长句，并富有层次地展开，人物对话是口语的。他的乡土民俗落实在人物、器物、建筑、仪礼之上，有具体的称谓和样态。他的小说方法是贴着乡土风俗去写。

我们说乡土语言，从客观上讲主要立足于地方性知识来考量，地方的特色决定了语言的特色。但作为小说语言又是有作家个人性格与主观意志的强大因素，这样我们不得不考虑地域性的划分。从1930年代的流派小说状况看，我们可以作如下分类：东北作家的流亡群体，有萧红、萧军、端木蕻良、骆宾基、舒群、罗烽、白朗、李辉英等。四川作家群：艾芜、李劼人、沙汀、周文、陈铨等人。湖南作家群：沈从文、叶紫、丁玲、张天翼、彭家煌、黎锦明、蒋牧良、彭柏山等人。江浙作家群：鲁迅、茅盾、叶圣陶、柔石、魏金枝、汪曾祺、路翎等人。其他作家如吴组缃、许地山、丘东平、台静农、陶晶孙、王统照等人。

第一，东北作家的语言。特指1930年代东北作家流亡到关内的怀念故乡之作。最重要的是指他们已经失去了故乡，与日本侵略者的民族矛盾上升为主要矛盾，导致了他们的抗敌情怀，必然在语言中含有愤怒、悲悯、苍凉、流浪的色彩，这种主客观因素形成了特定时期内的流亡文学的特别语言。

我们先说萧红，她的创作基本立足于1930年代。背景特殊的是她作为富家女却有别母别家别国之痛，19岁开始浪游，她的笔触一出场锁定的目标不一样，《王阿嫂的死》写出张地主的残暴之下连死两命，包括流产三命具殒，20岁出头的姑娘首先关注的是生命存亡问题，这使她的语言首先便呈现生死攸关的严峻气氛。她追问人的生命存在，动物、植物的生命存在，这是一个对不在（毁灭）的拷问，注定她的问题讨论是悲剧性的。残酷而严峻，这使得她的语言中象征和隐喻的底色和生命存在有关。生死是两界之事，而情绪也会趋向两极，生的蓬勃和愉悦，死的哀伤与悲怆。王阿嫂一出场便以三条生命作为代价。值得注意的是，她却采用了非常诗化的语言来表现：

> 草叶和菜叶都蒙盖上灰白色的霜，山上黄了叶子的树，在等待太阳。太阳出来了，又走进朝霞去。野甸上的花花草草，在飘送着秋天零落凄迷的香气。
>
> …………
>
> 月亮穿透树林的时节……小环，这个小幽灵，坐在树根下睡着了。林间的月光细碎地飘落在小环的脸上。她两手扣在膝盖间，头搭在手上，小辫子……风吹动着。
>
> 萧红《王阿嫂之死》

这种诗化更添加了生命灭亡的淡淡的悲哀。仅仅过了一年她把这一种重大主题重演，干脆以其含义命题；《生死场》这在当时来说也是一个庞大的文本，凡17节，共六万余言。它提供的是反抗者的话语，从一切生命挣扎的反抗到最明确的革命语言流淌在血污一般的黑土地上，不过这时她仍无坚定信念来解释人们的生命现象，把杀戮归结为永劫轮回的生死场："十年前村中的山，山下的小河，而今依旧似十年前。河水静静地在流，山坡随着季节而更换衣裳；大片的村庄生死轮回着和十年前一样。"（《生死场》）这个文本的语言特点：大量使用跳跃性短句，"叙事和写景胜于人物的描写。"① 大量的写景类如诗行排列，她把景物各分成独立句行，使句子成为自然段落，在第十节之前大部分章节的开头都使用这种分行式的诗意描写。这种短句分行的语言风格一直保留

① 《萧红作〈生死场〉序》，鲁迅著，《鲁迅全集》第六卷，人民文学出版社，1981 年版，第 408 页。

到她的长篇力作《呼兰河传》中，不同的是，她把大量的自然风景描写改成了地方风俗的描写，更为有机地融入到人物行为中去了。把一切风景、风俗、风情的东西都还原为特定的地方性上来，绘出呼兰河的油画色彩，她的短句便类如画笔上的点彩或短笔触，很有表现色彩：

东二道街上的扎彩铺，就扎的是这一些。一摆起来又威风，又好看，但那作坊里边是乱七八糟的，满地碎纸，秫秸棍子一大堆，破盒子，乱罐子，颜料瓶子，糨糊盆，细麻绳……走起路来，会使人跌倒，那里边砍的砍，绑的绑，苍蝇也来回的飞着。

要做人，先做一个脸孔，糊好了，挂在墙上，男的女的，到用的时候，摘下一个来就用。给一个用秫秸捆好的人架子，穿上衣服，装上一个头就像人了……

生、老、病、死，都没什么表示。生了就任其自然地长出；长大就长大，长不大就算了。

老，老了也没什么关系，眼花了，就不看；耳聋了，就不听；牙掉了，就整吞；走不动，就瘫着……

萧红《呼兰河传》

这种风俗的细致描写能使任何一个人依样去做，也能扎出个纸人纸马来，这个风俗的深意和随着人的生命机能相互构成隐喻关系，缩命，轮回，依然保持她最初对生命的思考，人生无常，命运无奈。这种生命意象呼应了那个中国东北极地小镇的沉滞而郁闷，愚昧而冷酷的社会环境，童养媳小团圆，王大姐，所有的生命和那些猪马牛羊一样，和苍蝇蚊子一样挣扎在生命线上，所有的生命最后都死在土地上，土地的寓意是既生长生命又毁灭生命。萧红自己认为："有一种小说学，小说有一定的写法，一定要具备某几种东西，一定写得像巴尔扎克或契诃夫的作品那样。我不相信这一套，有各式各样的作者，有各式各样的小说。"[①] 从创造性上说这也许没错，但创作有规律也是没有错的，不过萧红铸就了自己的抒情文体，批评家说她使用了多种文体综合了各种方式，其实就语言的风格特色她是一以贯之没什么大的变化。她的语言最大特色便是扎根苦难乡村的风俗描绘，一切生命在生与死之界碑间努力挣扎，惯用短句，跳跃，

① 《萧红选集·序》，《萧红选集》，人民文学出版社，1981年版，第2—3页。

急速分行，小段拼接，大量的景物细节，强烈的抒情气质。使文字游走于现实与梦幻之中，回忆与现实之中，童年与成人之间，在浓厚的乡俗土语中布满一种深切慨叹情绪和忧郁的感伤气质。仅仅在于这种抒情语言在《小城三月》更为悠扬一些，在最后的长篇《马伯乐》稍增了一些讽刺与幽默，从文体看萧红并不长于此道，幽默没增加多少反倒使语言变为更直接的大白话，人物倒是集中到马伯乐一人身上，可文本展示的是一个现象过程。这使得她许多细部描写的灵气和诗意在过程中丢失了。如果从语言描绘能力看，那篇不太受注意的《莲花池》，却是一个重要的代表作品，她采用了童年视角，把外部描写和心理细微触动结合起来，小豆子有极为复杂细微的心理运动，祖孙的关系与环境融为一体，儿童梦幻“永久是那样，一个梦接着一个梦”，这是一个绿色的梦，我们也可以诠释为一个生命的梦：

> 湖边上那小莲花地……油亮亮的绿森森的，在它们来回摆着的时候，迎着太阳的方向，绿色就浅了，背着太阳的方向，绿色就深了。偶尔也可以看到那绿色的草里有一两棵小花……完全被青草包围了，完全跟着青草……那小花朵就顶在青草的头上似的。
>
> ……他的眼光看到了墙上活动的蜘蛛，看到了沉静的蛛网，有看到了……看到……看到了……看到……
>
> 他的眼睛是从低处往高处看，看了……就不见他的孙儿。而后他把眼睛闭起来……他的眼睛……他看不到火了。他以为火也看不到他了。
>
> 萧红《莲花地》

小豆眼中的生命之绿，爷爷在孙子死后的眼睛，这里极细致地描写了眼前一切，眼睛的寻找与关闭。生命在隔代之间幻灭，暗示为生命遗传的链条也断裂了。从语言的抒情性看，《莲花地》很内在，有一种欲哭无泪的感觉，人物行为全部在细致入微的描写中，同时折射出人物曲折的心理状态的变化，作为语言上的互文，小豆心理的细微也是爷爷心理活动细微。相比较《旷野的呼喊》传导的是一种愤怒情绪，一种无奈的反抗。大风也成为一种语言传达人物内心激奋的情感，大风随情感节律兴起、推动、停滞、狂暴，通过隐喻象征把北方的风写得起伏跌宕，纵横捭阖。我们可以作一个简单的换喻，大风=革命=情感=力量。萧红着力于语言抒情时特别重视它的氛围与情绪，时而委婉，时而清丽，时而呼啸，时而滞重，青春时便是个女性，愤怒时便是一个男性。她善于捕捉那些阴暗的事物并加以毁坏腐朽然后组织为灾难，语言在句子的流动中变色、汇总、拔节，从写实中提升出某种语境中的情调与诗意。

再说萧军。在乡土语言中萧军语言的艺术成绩不很突出，但他的核心词汇却是醒目的：爱国、革命、反抗、抗日等。他按理念和信仰写作，世界观便是他的语言观：

> 革命？革命就是把祖先就欺负我们的那些臭虫们，全杀了；把现在东三省的日本兵全赶跑了……革命以后，一个钱不花，你就可以有个老婆！自己有地，不再给别人种了。懂了吗？这就是革命！……
>
> 萧军《八月的乡村》

他借高丽姑娘之口宣传革命，传导了他的革命理念，他的乡土语言便是为大地而战的革命语言，在那个时代最有力最直接的语言就是爱国与革命。他的语言里有鲜明的阶级意识和社会批判情绪，显示语言的特征也是尖锐、愤怒、批判的情绪与力量，他的抒情语言是直接的、遒劲的、雄浑的，洋溢着浪漫的英雄气概，他的口语往往是急切凌厉不容置辩地冲腾而下，连描写景物也保持一种运动状态：

> 队伍走起来，是一条固执的蛇，长长地拖着尾巴，无休止的穿行着森林，田野，山谷……残落的人家……
>
> 太阳照耀在高空，在一个时间里，没有一点云丝也没有一点风，高粱叶全停止不动了，豆叶湛黄。
>
> …………
>
> 在茅草间，在有水声流动的近边，人可以听到蛙，虫子……诸多种的声音，起着无目的的交织，和谐地随伴着黄昏，随伴着夜，广茫的爬行。
>
> 萧军《八月的乡村》

萧军笔下的这个乡村没有民俗，没有俚语，没有个人之间、邻里之间、亲戚之间的婚丧嫁娶活动，取而代之的是革命行动，稍有一点民房描写："屋角和炕的那一端由屋顶沁下来的水，很匀整地敲着地。破了的还半附在窗框上的窗纸，为了风的絮聒……"在这样的乡村有老人和孩子、妇女，东北的王家堡子及它的民居均是供游击队休养整编的地方。这时候的乡土已经没有正常的人群按部就班地生活,日常生活被一种革命运动所裹挟。把生活中各种复杂细腻的人情纠结转换为意识形态的阶级对立关系。在一个国家民族危亡时来描写一个革命的乡土,我们不能说他有错,这正是一个乡村严峻的重大考验,抓住这个关键来表现乡村中的人性应该是极有力量的,萧红也表现得比较到位,而萧军的正面表述太直白浅露,艺术力量就弱多了。他的长篇巨著《第三代》作为乡村社会学来讲,有不俗的乡土人的表现,具有史诗品格。语言上还是袭取了前期雄浑遒劲的笔法,其境界开阔强悍,而心理描写又呈现了粗犷与细腻的融合,富于长篇架构。但有一点不可小视,萧军将革命的核心概念植入乡土语言之中,对后来的乡土文学影响甚大,其本质可以归入抗战文艺。夏志清认为他一方面开发了反日小说的路线,另一方面也预示了以后土地改革时期的小说模式。并且说《八月的乡村》提供了一个写游击战争小说的公式:"这套公式是:农民士兵粗野的语言,每隔一个段落加插的爱国歌曲,偶然的田园式风景的描写再加上以暴露敌人残暴行为为名的对性及暴行露骨的描写。从这部小说开始,我们进入爱国战争宣传的时期。"① 夏志清的话未免有点刻薄,但也大致上属于实情,《八月的乡村》因为鲁迅在论辩中极力推荐,也因为国共合作的全面抗战,其影响是巨大的。

端木蕻良作为东北作家群一员,他的创作应该是最为丰厚的,现在能统计的长篇有《大地的海》、《科尔沁旗草原》、《新都花絮》、《大江》、《钢铁的凯歌》、《曹雪芹》共六部,特别值得提出的,端木蕻良是一个自觉的乡土小说家,有自己的创作观、选材态度,并对乡土语言有一种标准原则的追求,这是极为不易的。他的语言瑰丽而苍凉,湍急而沉雄,凄切而清朗,画质而诗意,是东北作家群中最见语言功力的作家。我们先看看他的成名作《鸶鹭湖的忧郁》的语言表现:

> 月亮已经西沉了,白茫茫的大雾带着刺鼻的涩臭,慢慢推成棉毡,为着破晓的冷气的蔓延,开始凝结起来。大的分子黏合着小的分子,成为锥形的露珠降低了。远远的芦苇,深谷,大树,朦胧里现出粗拙的天无定色的庞大的块和紊乱不安的线条。鸡声又叫了,宛然是一只冤死的孤魂无力地呼喊……
>
> 端木蕻良《鸶鹭湖的忧郁》

① 《中国现代小说史》,夏志清著,复旦大学出版社,2005 年版,第 196 页。

这是土地上的雾,我们也可以说它是大地的氛围,人便置身于这种苍凉迷蒙之中,“雾的浪潮,一片闷郁致人死命的毒气似的,在凄惨的大地上浮着,包育着浊热,恶瘴,动荡不停。上面已经稀薄,显出无比的旷敞,空无所有。”(《鸶鹭湖的忧郁》)这种弥漫、模糊、蒙眬充满了浸润渲染的画面,有一种病态的水墨画的样态。如果说这还不足以表现他描写北方时所展现的豪迈苍劲、雄浑粗犷的艺术风格,转头便出现了塞外风光:

……蒙古包放马声——长鞭连落的脆响,回音由山谷中传来。游龙似的马的突唇声“咴,——噢呜……噢呜……这道来的人……原野里的鹰,是有着鹫一般的高傲的,不会学着雀鹰子,灰鹰,青鹰……那样小家子气……它永远是悠闲的在蓝天里浮着……

黄羊子在塞外是精巧的造物。娇小的腿,如同袅袅欲折的竹节。它经常竖起薄薄的小圆耳朵,向远方去听。它是神经质的,而且受不到保护,有一星儿风声草动,就只好拿起腿来便跑,它的速率是可惊的,转瞬之间,依然是砂碛,远山,古道,成群的黄羊子早已不见了……远远的天,飘来寥落的风响……

……他大嘴向这一边歪着,络腮的胡子扰乱了的“麻刀”似的差一点儿掩没了鼻梁。眼睛细眯着一道缝,眼角那儿伞状的皱纹……他的脸非常不正,微偏,左太阳穴那儿有个大疤,似乎他就用那个疤在看人,疤上显出紫亮的光。(煤黑子)……他不是我们队的,双尾蝎才是我们这队的,并且是我们的队长,我们队长脸上是菜绿色的,血液大概也是绿的,身上发青,有人说他是“老棒”……有人说他每天夜里必定吃一条蝎子才睡得踏实,他身上有“五毒”,蛇见了他就打团……

端木蕻良《遥远的风砂》

从这这段摘引中我们看到了马、鹰、黄羊子以及荒野中的人,这时粗犷野蛮的人和动物没什么差别了。端木蕻良这种叙述和描写的语言非常文人化,注重写事物、动物、人的异常状态,并在这个状态中描写它的动态细节,真正使用一种油画的笔触,勾出线条,着染色彩,然后让这一切生命之物和那片背景谐和地融蚀在一起,这正是一种写大地的方法,意即什么样的水土养什么样的人,大漠草原才有这样彪悍强健的人物和动物。用他自己的话说:“土地使我有一种力量,也使我有一种悲伤。”为什么呢?他就出生在科尔沁旗草原,他的生命是土地的赐予。“土地传给我一种生命的固执，土地的沉郁的忧郁性，猛烈地传染了我。使我爱好沉厚和真实。”“土地是一个巨大的影子。”“这种忧郁和孤独，我相信是土地的荒凉和辽阔传染给我的。”他在创作经验里如是说，在他理解的土地里生命=大地。这铸就他的小说本质上是乡土的，因而他说只有“四种东西，风土，人情，性格，氛围……创作境界：三分风土能入木，七种人情语不惊。”风土是地方志，是历史，是活的社会经济制度，是此时此地的人们的活动的总和。“人情是意识的形象，是人格的自白，是社会关系的总表征。性格是一个人社会活动的全体，是意识和潜意识的河流。氛围是一件事物的磁场，是一件事物在人类心理上的投影。”[①] 同时他还有语言风格的追求，造字上避免用没有变化的句子、对句，或者老大一串拖长的句子。对于词汇他注意用多音节和少音节的混合运用。有时故意用一两句不顺的句子杂在全文里。语言应该在生活里向下摘。这些创作态度都实践在他的一系列长篇小说创作中，特别是那部《科尔沁旗草原》。此书共19章32万字。地址锁定鸶鹭湖地区丁府的发家史，上部写历史的年轮，下部写历史年轮中的横截面。从回溯叙述开始，大笔墨的表现瘟疫地区的灵官附体的巫术，一种民俗风气的详细描写。死亡风俗里争一块风水宝地，逐一展开一幅乡土风俗画。其主要乡土人是丁宁和大山。分别作为不同人群中的两个代表。大山是野性猎人的代表，丁宁是一个性格复杂的人，称之为丁宁主义，包括有民粹、利己、忧郁，还有布尔什维克。在大草原上有一种原始的动力，也有一种改良了的力量。对他的语言巴人有一个评价：“语言艺术的创造，超过了自有新文学以来的一切作品：大胆的、细密的、委婉的、粗鲁的、忧郁的、诗情的、放纵的、浩瀚的……包含了存在于自然界与人间的所有的声音与色彩。”[②] 并断定它有如中国之元曲给予中国文学之划时代的意义。这是一种从语言风格上的立论，在具体使用的乡土语言中也并非尽善尽美，例如过分倚重作者本人的描写语言，人物语言有一些粗糙、疏脱，土著人的日常心理反应、变化、差异的展示均有不足，作者对农民的矛盾心理，同时还带有作家本身社会意识的理性植入，其所谓生命概念还是文化知识分子的认识，个人拯救草原和人类命运仅是一种乌托邦主义，因为作家带着理念写作，真正的乡土语言，地方民俗，真正个体生命意识反而会受到相应的压制与曲解。端木蕻良作为上层知识分子非常古怪地把一种原始粗犷的草原猎人风格与精英雅致

① 《初吻》，端木蕻良著，华夏出版社，1998年版，第384页。

② 《直起来的〈科尔沁旗草原〉》，王任叔著，选自《巴人文艺论集》，人民文学出版社，1984年版。

的曹雪芹文本的贵族语言风格揉在一起，产生了一种奇妙怪异的味道。

总体来说，东北乡土语言是文化地理学的，从区域上讲那里包容太阔大，有兴安岭森林，有内蒙古大草原，有东北长白山起伏苍莽的山群，林深路险，地广人稀。气候也与中原和南方大不一样，有标志性的漫天大雪，呜咽不歇的狂风，超乎常情的寒冷。生存环境导致了生存状态，要么在野外跋涉奔走狩猎，或驻一山头为匪，要么守土，对家的概念比南方重要，他们要打发一个漫长的冬季，必要的柴，必要的酒，因而高粱与大豆是主要的农作物。乡土是东北人的生存条件，大量土地被日本开发团占有，沦陷时间长达14年之久，东北人的生存日常状态只有两种：一是反抗，选择流浪漂泊的生活。二是驻守，选择忍辱负重的生活。无论从何种意义上说，在异族统治下的乡土会有格外的一种沉重一种隐痛。作为侨寓的乡土或作为坚守的乡土均会多出一些迷茫、飘逝、无根的感受与体验。这一点要注意区分国内自治条件下的民族纠纷与国外的民族侵略后对人民统治状况是不一样的，主要在生命保障和领土丧失的问题上，故而东北作家群的主体意识里有两个最顽强的东西：流亡中对家园的吁求，乡土中对生与死的感悟。萧红、萧军、端木蕻良的故乡小说里便有浓厚的生命意识，总会常去讨论生与死的命题。还有一种苍凉广阔背景下强悍生命的功能与作用。乡土语言也同时是他的生存底座和他们人物性格的直接表现，只是在每个人那儿呈现的风格色质略为不同而已，萧红是温婉诗意中有一种沉郁苍凉；萧军是粗放旷达中雄浑苍茫；端木蕻良更接近草原辽阔豪迈文辞浑厚俊朗，有一运动感的苍劲。这样在苍凉、苍茫、苍劲中有着共同的生命底色：苍，灰色，古朴，浑厚，沉郁，力量。所以东北语言是明快爽朗、浩荡苍劲的。又由于东北与关内文化差异，他们的语言更有原始野性的古朴，那种硬朗刚强的力量更是江南水乡所缺失的。

第二，四川乡土作家群。四川作家主要是时间的绵长，特指他们起源时间长，有影响的著名作家多，空间位移并不像东北作家那样动荡不安。例如若论现代小说的第一篇不是陈衡哲的《一日》，也不是鲁迅的《狂人日记》，而是李劼人的《儿时影》，该小说发表于1915年7月《娱闲录》二卷1至3期，那是一篇接近三万字的小说，是地道的纯正口语的白话，流畅而富有情趣，同时有大量的地方风俗描写，人物性格亦是很鲜明，虽是写少年学堂的故事但也描写老师、母亲、姐妹与同学。他使用的是四川成都的地方口语，其方言俚语均在其中，显然作为学生题材大大地超过了陈衡哲的《一日》，论作家数量，四川有巴金、郭沫若、李劼人、艾芜、沙汀、周文、陈铨等人。其中巴金和李劼人都有长篇巨著。但严格意义的乡土语言写作的只有沙汀、李劼人、艾芜三人，周文有少量的几篇乡土小说。李劼人主要用地方语言写成都市。

沙汀是一个用川味语言写作的人，这不仅只指人物的地方口语的对白，在作者叙述中也用四川地方语言来表述，这一点几乎和彭家煌操湖南话写作一样。沙汀的乡土语言特征：其一，来自民间的声音与韵调又有绘声绘色口语表达。其二，叙述中使用地方语言，但多采用白描，使用特定语调的短语拖长，或跳跃，活画出四川人在侃侃而谈时溅出的唾沫星子。其三，在地方口语陈述中暗藏一种反讽幽默，作者的态度在嬉笑怒骂中暗暗地显露。其四，地方民俗和乡村里的人情世故都通过特色的口语陈述出来。乡土人的口语均在人物交流中构成相互的关联。

> 照经验，事情一露了头，弄到县长面前去了，就难办的。他已经派了老大进城，但带回来的口信是：……额外那捎信人又说……

这里是陈述语言，完全口语化，如“照，露，弄，带口信，额外”这些口语词的融会有浓厚的川味特色。而人物语言中总插入一些地方俗语，类似如“打一比方”。

> “你讲呀！”吵吵重又坐了下去，继续道：“真是没有生过娃娃不晓得×痛！怎么把你个好好先生遇到了啊？冬瓜做不做得樽字？做得。蒸垮了呢？那是要垮的，——你咯老哥子真是！”
>
> …………
>
> 他的声口和表情照例带着一种嘲笑的意味，至于是嘲笑自己或者对方，那就要凭你猜了。他是经常凭借了这点武器来掩护他自己的。而且经常弄得顽强的敌手哭笑不是，他们叫他做软硬人。
>
> “让开点，你个龟儿子，看把脑壳烫肿！”(茶堂倌语)
>
> 沙汀《在其香居茶馆里》

这个小说有特殊的意义，它类如电影戏剧手法，人物之间对话剪接是蒙太奇的。喝茶聊天是小说的基本元素因而需要语言的对话，对话要机智诙谐有魅力。在一个小茶馆里讨论服兵役的时政，在争吵中殴斗，是闹剧又是喜剧，最后两个对头知道人已放出，陷入尴尬状态。小人物小茶馆讨论大事情，人物心态均在一种权力背景中抗衡，使整篇小说布置在一个讽刺语境中，所以对话是夹枪带棒的。幺吵吵这个人物还是一个滑稽肖像。《丁跛公》是沙汀由早期写作到成熟期的转型之作，丁跛公作为坏人逻辑中的注解，充满了酸甜苦辣的讽刺意味。说此作是一个地道的故事不如说使用地道的乡土语言写了一个地道的坏人，用了地道的土语：乡约、跛子、过殿、响头、毛脸等。书写的是乡村官吏杂役狼狈为奸，祸害乡里。沙汀很注意乡村政治，县长这一形象屡屡出现在各篇什之中。《代理县长》中康县长清查款子得不到便宜便到省里活动行政费用，秘书贺熙(代县长)暗示中国历代有一套秘书政治。典型的是奴才做了主子比主子更凶。勒索老百姓的五角买路钱，扬言，瘦狗还要炼它三斤油。这位贺熙是烟鬼，每日吞服一两颗泡子"吊瘾"，这位兵痞还臭讲究，我们看看他洗脸吃饭的细节。

他的洗脸是有一种特别的派头的。要滚锅的水洗，洗的时候把脸全浸在水里去，拿毛巾按着原是发痰的鼻子揉搓，息里呼奴，好像在水里搓洗衣服一样。随后还要打扫烟筒似的，用毛巾的一角尽量塞进鼻孔里去，不住地转动。"别的不要紧"，他常常这样愉快地说，"这帕脸非洗舒服不可！"

…………

和许多惯常出门的四川人一样，他自己也能够弄菜，那最得意的杰作是麻婆豆腐、回锅肉和烘蛋。但在这边地灾区的地方，他却只好每天吃"猪镖"炒潼川豆豉。而且这还是他上任时准备就的。衙门里不大便于开火，所以每天餐饭时，他总得出街去临时借用老百姓家的锅灶。当做报酬，他每次给他们一个值银一分的大铜板，或者半碗剩饭。

沙汀《代理县长》

对一位县长或秘书没有写他们在如何处理政务，而写没完没了地贴告示，他洗脸洗鼻子，上老百姓家去蹭饭，那个灾年他"挥动锅铲，而那一片一片的猪膘，也正在蜷缩，透油的时候，联保主任跑来报告他，说是索桥边已扣留下二十个以上的灾民了。"终于激起了民变。沙汀特意选择细节语言去讽刺官僚，把猪膘饭与勒索收款事件并置而产生辛辣的讽刺效果。由此可见，沙汀使用语言并不在言辞多么泼辣刻薄而是使用语言的一种态度，他的反讽效果是通过并置细节、事件、句子形成的反讽语境。沙汀的代表作《淘金记》被李长之称为"乡土文学中之最上乘的收获。"具有鲜活的人物个性与醇浓的乡土生活情调。我们看看北斗镇的日常生活：

人们已经从被窝里钻了出来。他们咳嗽着吐着痰……(生活)平常而简单:昨天如此,今天如此,已经做过好多年了。女人们上灶门口劈引柴火,肋下夹了升子到街上籴米,或者带了桶去井边提水……

有着上等职业和没有所谓职业的杂色人等……而是那第一个精彩节目是上茶馆。他们要在那里讲生意,交换意见,探听各种各样的新闻。他们有时候的谈话是并无目的的,淡而无味和繁琐的……

北斗镇是并不大的,它只有着一条正街,两条实际上是所谓尿巷子,布满了尿坑、尿桶和尿缸的横街,但它却拥有九个茶铺。赶场天是十三个……

人们已经在大喝特喝起来。用各地的土语说,这叫做开喉。因为不浓浓的灌它两碗,是会整天不痛快的。有的则在苏苏气气的洗脸,用手指头刷牙齿,一面和同座的人讲闲话……算是涌泉居的主人的林么长子……

沙汀《淘金记》

这就是川西北小乡镇的平平淡淡的日常生活，但极有地方特色，习惯喝茶、闲聊,茶水喝多了自然就去尿尿,所以茶馆多了,尿坑也就多了。平淡而琐碎,一种无聊生活在小镇展开了。生活平淡而乡俗味却是醇浓的,这种浓郁的地方风味,并不是描绘出来的,《淘金记》并不长于这种静态的局部的描写,而擅写街巷人物的交流,茶馆里聚了四方八面的地方人物,闲侃神聊滋事生非,把人物与环境、事件与对话交互联络起来,从各种错综复杂的人物关系里看世态人情的冷暖炎凉,这似乎是沙汀最擅长的手法,也具有本乡本土说书人的民族风格。具体到乡土人物的语言特色,沙汀能把那个时代中国之艰难困苦的乡村农民,活画出一种愚昧、沉闷、阴暗、落后土气,还有农民式的势力、小气、幽默与狡猾,但又不失善良和正义之心。当然农民有着一种幸灾乐祸的看热闹,看与被看他们的悲剧性实际是一样的,那个《在祠堂里》的当洗衣婆的连长太太遭受的惨剧，其实是祠堂里看客各色人等的命运写照，但乡下人是不自知的。这是一个环境与事件严密交织的文本,特别渲染出一种场景的气氛,让一种声音传导出内部发生的残暴,每个细部都会让人紧张而不安。

突地静寂下来;他们没有再听见回声,但都无意识地屏住了呼吸,好像准备在毫无抵抗地招架一下打击一样。而接着,新的扑打来临了。不过这和以前有点两样,奔跑声和撞着木器的声响一停止,便一切沉寂,只有一种低沉而吃紧的扰攘继续着……

沙汀《在祠堂里》

从川籍作家来看沙汀是善于写声音的,人物声音、环境声音,因为他爱布置茶馆,各种不同嘴脸人的声音,无论它是言说的声音,还是描写的声音,均会有各种各样的腔调,这些腔调便表现人物的性格,如果把声音的纷杂集合起来又是有氛围和气场的,因而沙汀文本里的场面感很有层次,是主体的,络络有连的,要写得活灵活现是极不容易的。

艾芜是一个多产的作家,止于今他最有名的仍然是他一本小小的《南行记》。这是足够可以沉思的。《南行记》实际是一种个人生活的赐予。这是艾芜从1925年到1930年去南洋半工半读的打工生活的缩影。"我"是观察者也是叙述者,还是一个自我形象主体,这样一个漂泊的平凡人体验生存的艰辛,所以"我"打交道的均是一些草根民众、挑夫、流浪者、马头哥、小偷、强盗、商贾、走私贩子、野性姑娘等,艾芜展示的南洋漂荡的异域风情,行走在各种乡土的大地上,如果按风土、风俗、风情来要求,《南行记》无疑是乡土的,但这个乡土不是作家的乡土,没有故乡本土的刻骨感受,于是这种他人的乡土总是与自我有所疏离的,"我"仍然是乡土的看客。还有一点值得注意的,《南行记》是典型的文人乡土,作者使用一套文人叙述语,在表现各色人等,仅在于他说话声音不同并没有构成乡土风俗中本质的东西,"我"也仅仅剪接了一些局部来以小窥大。因而这个文本有典型的文人语言痕迹,风景有浓厚的异域特色,险峻、瑰丽、清幽、委婉、朴野,他能从那些畸形粗野的底层生活中发现美丽。

朝破壁缝中望去,外面一片清朗的月色,已把山峰的姿影,崖石的面部,和林木参差,或浓或淡地画了出来,更显着峡壁的阴森和凄郁,比黄昏时候看起来还要怕人些。山脚底,汹涌着一片蓝色的奔流,碰着江中的石礁,不断地在月光中,溅跃起,喷射起,银白水花。白天,尤其黄昏时候,看起来像是顽强古怪的铁索桥呢,这时却在皎洁的月下,露出妩媚的修影了。

艾芜《南行记·山峡中》

这几乎是剪接了的风光片。清新朗丽的峡谷、新月、波涛、桥影,而他配置的人物都像出入丛林的野性精灵、野老鸦、鬼冬哥、小黑牛、野猫子、阿狗,所有的山林人物均是和野兽与家禽有关，在这里风景是永恒美丽的，各色人物均是受利益驱使的，具有强悍的兽性，所以人物之间彼此会担心突然爆发各种伤害。人物首先是在生存系统建立一种自我保护原则，然后才是进攻，人的本能都是直接地显现，在最低道德线中人依然是战胜兽性，毕尽光华的人生哲学境界，“我”和夜猫扮农家夫妻是为野猫子脱险，重现光明。这个文本巧妙地运用各种对比，强人和弱者，清秀环境与野蛮男人，人物彼此中含有天性的差别。从文本的传奇性和浪漫风物，人物间彼此强悍野蛮的对峙，使得文本有些粗犷，呈现一种豪迈的抒情风格，我们几乎有理由说他是一种主观抒情很强的浪漫乡土风格。30年代中后期艾芜作品转向写实，同时他把笔调返回去写故乡，这时他有一批写实的乡土小说，称为连续的系列中篇《丰饶的原野》三部：《春天》、《落花时节》、《山中历险记》。周立波认为，他的《春天》是一首真正“朴质清丽而交织着凄愤情调的新歌，它歌颂了丰饶的原野，它歌颂了坦质纯朴的原野之子——农民。”他自己也认为“真的回到故乡去一般”。他对粮食与劳作有切身的体验与感受。

> ……因上午粮子替她割得太多，下午做的时候，没有让粮子继续帮忙，就没有做完，剩了好些稻把子在田里。这给雨淋着，不但要半天才晒得干，而且，如果下得太久了，就会发霉生芽的，比不得那些没有割倒的稻子……（媳妇）抱起稻草把子，就在桶边上，碰统碰统地打了起来。她这时感到，只有着实下力工作，才能消除心中的痛苦。她便不顾热，不顾汗水，不顾稻毛刺人，只一味使劲打着……（姜老太婆说）你就拿热奶子喂他么？你怎么这样不清楚！等下再给他吃吧。
>
> 艾芜《秋收》

乡土不是那种浪漫的，乡土真正的本质是生产，一种艰辛的劳作才能生产食粮。你只有在生产过程中才知道食粮的收割，保存，粮食赐予农民如同产妇用奶去奶孩子一样，都会有事物自身的禁忌和配伍，否则食物和人是两伤。这时的艾芜真正具有了一种农民情怀，他的语言才是一种感受和体验过了的乡土语言。这种语言的重要性比他多采用几个书面文辞的描绘重要得多。艾芜习惯选用寡嫂村妇的女人视角，姜夫人《芭蕉谷》、姜大嫂《秋收》、周四嫂《一个女人的悲剧》、徐二嫂《黄昏》、石青嫂《石青嫂子》，这些女人均有丰富的生活经历，经受各种男权的压迫，又得抚养孩子，生活格外艰难困苦。其《石青嫂子》是精彩的一篇。一般看来,石青嫂带着五个儿女开荒垦地,勤劳艰苦,是位有着中国传统美德的农村劳动妇女,她敬拜阴灵护佑婆婆,企求儿女无灾无病,帮助丈夫养家糊口,是一个十全十美的模范农妇。这无疑是歌颂了有美德的乡土人,可小说的实际主题并非如此,而是极为顽强地表现了石青嫂恋乡恋土的情怀。一个农妇看土地那种执著,百折不挠坚守自己的土地,石青嫂据理力争,地主夜里烧了她家的房子,石青嫂最后同意交租(地是石青嫂自己开垦的一块荒地而且劳作了十年),地主又派人把她的菜苗拔掉,强行侵占土地,石青嫂最后被赶走,带着孩子们去流浪。我们看看她对土地的恋情:

>……她也下了个决心,无论别人怎样想方设法来赶她走,她都不会离开峡谷一步的。她觉得在峡谷里生活,将近十年,和山峰,树林,小河都弄得非常的熟识,尤其这片朝夕用光足板踏过的斜坡,四季长着青绿的菜蔬,红黄的瓜果,使她分外感到亲热,正如吃奶的孩子看见母亲的乳房一样。她一向觉得峡谷就是她一家人的。她在岭上寻柴,总是钩点枯干的树枝,很不忍向那活生生的树身砍进一刀……小河也很使她喜欢……每年过年的三十晚上,她定要走到水边,点起香烛纸钱,诚心诚意表示她的感谢……
>
>艾芜《石青嫂子》

一个人如此对乡土执著地眷恋,这是乡土人的真情实感。这篇小说从农村妇女的心理和视角把握土地,因而她的语言一方面是乡土人的语言表述;另一方面是乡土人的内心独白。艾芜极细腻地表现石青嫂子的心理变化,她总担心别人抢走她的地,于是她会故意说下这块地的缺点,野草易长,不精心不认真劳作,这块地很容易荒掉。同时这里的景物描写也是一改过去的文人气,采用乡村妇女口气平实而浅近地描绘风景,而且风景状态是随人物情感而变化的。石青嫂忧郁时天空便布满乌云,屋子乱糟糟的。学校繁荣时她的庄稼便果实满枝头,树上有各种鲜花,客人全是怡悦的眼光。学校搬走了,坏人来了,她的环境便不景气了。但石青嫂坚持,白菜青绿了,橘子长红了,广柑变黄了,鸡也长肥了,突然一夜间一场大火把家和土地上的作物全烧得焦黑了。土地、风景和人心,一夜间在残暴中毁灭了。总之,艾芜的语言描绘了滇缅边地的原始朴野,同时又表达了故乡岷江峡谷与沱河平原的清明朗丽。

李劼人应该属于市井文化心理语言,因为他绝大多数小说均是描写成都街市生活的,少数几篇乡土小说如:《好人家》、《湖中的画》、《对门》里的女人也算是乡镇出身的,他的重要长篇是写成都北门外的新都县,且是写天回小镇,人物多是活动在城乡结合部。所谓《死水微澜》是中国社会的乡镇生活,在20世纪初没有什么大的变化,因而它的功劳在于保存封建社会灭亡以后中国乡镇生活最普通最基本的文化生存形态。实际他用语言文字给我们提供了一个社会形态的生物标本。我们几乎可以通过他的语言再复活一个旧时代的乡镇生活形态。这部长篇小说从天回镇的民俗风情写起,文字朴实口语化,类似如话家常,从从容容写出一个不平凡的村姑邓幺姑,把这个人放置于一种婚姻关系中,通过蔡傻子的兴顺号,罗歪嘴与顾无成几个人的恩怨情仇展示他们命运中的悲欢离合。首先,通过我的童年视角介绍邓幺姑,"她会做一手好菜。她是小脚。又会做针线,脚上的绣花鞋也是她自己做的,漆黑的头发,油光水滑。分分头绾个圆纂,不戴丝网无一根乱发,扎粉红洋头绳,别根白银簪子,头用印花手帕包着用一条带子勒到纂后,再用大银针别住,她学洋婆子打扮。衣服是藕荷色的大脚裤,滚着青洋缎子宽边,镶了道淡青博古辫子,夹袄上还罩件葱白洋布衫,袖口驼肩都是青色宽边。她特别爱笑,一对弯豆角的眼睛,脸上搽有脂粉,脸颊红红的笑出两个浅浅的酒窝儿,眼眶中都安了两枚又清亮又呼灵魂的眼珠。眉毛不好,短,扯得细而不弯,嘴鼻也不大好,上唇是翘的,不笑也能看到发亮的齿。额窄窄的下颏又尖所以颧骨比较高。别人说她是一个青果脸蛋。"这一幅人物肖像花了一千多字。这是一个不安生的农妇,学着城里女人和洋婆子的打扮,爱笑爱谈带有一些风骚。用了864字描绘了大铺兴顺号后,又不厌其烦地介绍空坝四周,空坝之左:

挨着内货间,是灶房,灶房横头,本有一个猪圈的,因为蔡大嫂嫌养猪臭,自她到来,便已改来堆柴草。而原来堆柴草之处,便种了些花草,和一个豆角金瓜架子。日长无事,在太阳晒不着时,她顶喜欢端把矮竹椅坐在这里做活路。略为不好的,就是右邻石姆姆养了好些鸡,竹篱笆又在破了,没人时,最容易被拳大的几只小鸡侵入,将草花下的浮土爬得乱糟糟的,而兼撒下一堆一堆的鸡粪。靠外面也是密竹篱笆,开了一道门。出去,便是场后小路,三四丈远处。一道流水小沟,沿沟十几株桤木,蔡大嫂和邻居姆姆们洗衣裳的地方,就在这里。

…………

罗歪嘴无意之间,一眼落在她解开外衣襟而露出的汗衣上,粉红布的,虽是已洗褪了一些色,但仍娇艳的衬着那一只浑圆饱满的奶子,和半边雪白粉细的胸脯。他忙把眼光移到几根生意葱茏,正在牵蔓的豆角藤上去。

李劼人《死水微澜》

这是一些极平实质朴的语言,几乎不具有可写性,但又在不经意中写出来,空坝四周的描写烘托这位邓幺姑的家庭活动空间,女人爱笑,性情,但生活过得很仔细,内心有美,爱花惜草。日常生活女人喂奶,都是亲戚邻里不在意,却为后文罗歪嘴的行为留下了伏笔。

李劼人的乡土语言看似散漫、从容、舒卷,实则用心颇深,他不在词语和句式上找变革,仅仅如实道来,但却精心地提炼语言细节,往往在不经意处留下象征隐喻,对于那个时代的风俗、民情、节日、仪礼丝毫不放过,慢慢地展开不断叠加细节,使之最后出气氛,出韵味。邓幺姑打伤回了娘家,蔡嫂子也关在牢里,罗歪嘴逃跑了,这时面临的是蔡兴顺的倒闭,幺姑面临家破人亡,她明白一切后果,不反抗了而是顺应那个顾天成。顾天成来幺姑家七次,每一次见面李劼人都把它写清楚,不怕啰嗦不怕重复,每一次的行为方式与礼品都不一样,顾天成为这样一个女人七进七出,可谓至极了。而幺姑心里都有准主意。嫁给了顾天成挽救了一切,她采用了实用主义态度,而非为观念活着,最后父母问她,你不怕顾天成日后反悔吗?她掷地有声说:"能够着罗歪嘴提了毛子,能够着刘三金迷惑,能够听陆茂林的教唆,能够因为报仇去吃洋酒……能够在这时节看上我,只要我肯嫁给他,连什么都答应了,连什么都敢写纸画押的人,谅他也不敢翻悔!……我也不怕他反悔!……就是反悔了,我也不会吃亏!""哈哈,只要我顾三奶奶有钱!……怕那个!"这个村妇把自己雕塑成了一个现代女人的典型,她已成为一个复杂意义的新人。

周文,我在这提他有着语言表述上的特殊意义。周文的小说描写川康地方的军旅生活比较多,《烟苗季》揭露地方军政的凶残与险恶,军阀内部猜忌分肥,表现中国内陆地方与军队的极端黑暗。这个长篇可以说是由大量的对话而组成的,人物的态度及相互关系是由此而衍生。周文的文本是地方性的,但他使用的叙述语言却是作家主观的陈述语言,人物对话的地方土语也不多,看不到四川方言特点。他的描写语言有一些讽刺夸张,善于挑选一些极端细节:

旅长气得脸色发青,两眼锋利地紧盯住他。就在这当儿,一个蜂子飞来了，全身黄黑色，尖嘴尖屁股，两翅飞舞着发出嗡嗡的声音，就在那士兵粗乱的眉毛前，深陷的眼睛前，尖尖的鼻子前上下飞动。那蜂子忽然停在兵士的鼻梁上了，伸出它屁股尖的针刺向皮肤刺进去，屁股还动了几动。那士兵傻了似的，紧紧咬住牙齿……那鼻梁上立刻隆起一个包来，眼眶里含着泪水。

周文《烟苗季》

周文的长篇对话方式是由其内容决定的，说事，是一种功能性表述，另一部分是性格表现，主要是粗话骂娘，这种对话太多会失去叙述进程的意义。在对话中，他有的部分是比较特别的，是人物内心活动的潜对话，例如在第十章的最后第七节，旅长在上房东床边愤怒的状态，他失败不甘心地自我反问，与周围月光逃离的环境烘托，情绪激动中把黑暗也作为物体描写。这种场景与心理气氛，周文往往表述得充分而又融合有一定的艺术效果。

周文的情绪语言和那些革命的情绪语言略有不同，革命小说渲染情绪时爱用口号式、鼓动式短语呼吁，直露的革命观念表现。周文的情绪语言善于制造氛围，另外加进去的细节想象，使描写不断延异。这样他创造了一种暴力美学的语言，这主要表现在他的两篇小说上：《山坡上》与《山坡下》，并由此引发了“盘肠大战”。《山坡上》发表于1935年12月的《文学》第5卷第6号上，描写的是一场桥头战，士兵王大胜和敌人肉搏，将李占魁掐死，闭气之后苏醒，发现在清凉的月光下，群狗吃尸体，王大胜醒来继续与李占魁肉搏相击，但王大胜肚皮破裂处，哗然而出的肠子花花绿绿一片，这时群狗扑向了肠子，李占魁以石击狗，王大胜请求结束自己的生命。这种惨烈血腥的场面让人震惊，小说写了12000字，主编傅东华认为不真实，肠子流出以后还能搏斗吗？于是删掉2000字。傅写了四篇文章谈论该文，周回敬了六篇文章说这源于生活的真实，他十七岁左右在石板桥见到十几具尸体，有些没死但剥除衣服，冻得发白，双眼恐怖。这时鲁迅支持他的创作，傅东华在“盘肠大战”中辞去主编职务，后来王统照担任了《文学》的主编。《山坡下》发表在《申报月刊》，《赖老太婆》与《山坡上》同年发表，收入《多产集》时改为《山坡下》，其意图很明显的是回应“盘肠大战”，赖老太婆在战争中逃难，炮炸坏了她的右腿：

……膝关节那儿烧断了，斫成残缺的破布；破布分开，现出断了的膝关节，血红的碎骨和碎肉，膝管骨在那血红中透出一点白色，血水从那碎肉与碎骨那儿汩汩地流出来，好像涌泉，流在泥地上，汇成红红的一摊……那断了去的小腿，血肉模糊……而尖尖脚的一头的脚尖也没有了，现出那白色的脚掌骨，骨的周围是破了皮和肉，血腻腻的……（她把小腿对大腿膝关节对接）……现出一条两头血红中间黄色粗皮的肉棒，好像刮了毛的猪蹄子。

周文这种极其残忍血腥的文字饱和了作者的抒情性。他除了把这种血腥暴力渲染出来，然后便是寻找最有力量的细节，老人在血泊中爬行、呼救，浑身疼痛至极，这时她的身后是一群黑色的大蚂蚁奔向血红的小腿而来，两个大蚂蚁在凸起的碎肉边转圈了，那些碎肉的血水还湿腻腻的，两个蚂蚁的细脚似乎在里面搅动，染成亮亮的红色。语言在这儿已然是残忍至极了。然后周文不停地让那些残忍的细节滚动，蚂蚁走过是一道血线，蚂蚁的触须如何推动碎肉又爬向她的脚骨，七八个蚂蚁抹下去后它画上了七条红丝线又混到成千的蚂蚁里，她翻动小腿，蚂蚁，膝关节，小腿。从肉、骨、血里面看蚂蚁爬动，左手里的小腿忽然很凶地跳动，发现一对圆眼的黄毛狗在啃小腿的一端，同时有白狗和黑狗闻着血腥也追来了。由蚂蚁换成三只狗，周文更加残酷地表述一种暴力血腥，数狗争血肉模糊的小腿，居然用了570字来描写这种惨烈，最后狗把她的小腿拖走，几狗争食，老太太呼唤自己的腿“……腿……腿……”

赖老太婆的两耳嗡的一声，牙齿一咬，眼前顿时变成黑暗，高高伸出去的两手向地上一搭，惨白的脸便慢慢地搁在地面，鼻尖埋在土里。

这时候远远地枪声又逼进来，而且中间还夹着“轰隆”的大炮声。

周文《山坡下》

赖老太婆的伤残，流血，作者使用的语言是层层逼近的，一层炮炸伤腿，二层煤球似的铁块轧断了腿，三层血流遍地，四层血与肉、骨头，五层蚂蚁舔血，六层接小腿与大腿，七层拿着小腿小狗啃，八层狗舌舔着血、舔着大腿，九层她用断腿打小狗，十层狗抢走她的腿而争食。周文在一层层地展示语言极致，渲染血腥。这仅仅是一个语言表层，它的深层是心理力量的发泄与展示，他让暴力有条不紊地展开，心理接受也是一层一层地达到极限，最后达到一个峰值。注意他的描写和整个情结结构是呼应的，儿子和媳妇、孙子逃难，始初没逃，枪炮把他们闭在屋里，儿媳、孙子从后门逃走，老太太炸伤，追儿媳，倒在血泊中，断腿之后又展开另一情节，把断腿血腥事件情节化。始初是流血，然后是断腿与裹脚布，接着是蚂蚁争血，高峰是三只小狗抢老太太的小腿，老太太昏死。一个文本中分成两个情节段，每个情节段均可以用几何三角形表示情节结构，这个结构可以称之为：弗赖塔格塔式法（Freytag's Pyramid）。周文的暴力语言结构可以视为弗赖塔格塔的套层组合结构：一层是老太太断腿情节作为骨架，二层是语言展开的细节包括想象性描写的推进，三层是作者与读者的心理渲染的可接受的阶段性推进。这三层共同构成语言的攀升进程：开端、发展、攀升高峰，最后回落结局，这样形成一个金字塔的结构图形。[①] 中国现代小说有一个表现苦难美学的线索，杨振声的《渔家》、《磨面的老王》，鲁迅的《药》、《祝福》是始作俑者，此后鲁彦、许钦文、彭家煌、许杰、王统照、吴组缃、叶紫汇成一个潮流，东北和四川作家也极致地描绘故乡的苦难，一方面被豪放风格疏解了，一方面是幽默语调所掩盖了。似乎周文是一个极端的例子，他以《山坡上》和《山坡下》创造了一个高峰，伴随着产生了一种暴力语言。这一特殊贡献很容易被人忽略，因数十年来他的这种语言表述均颇受争议。四川作家众多，但真正意义上的川味可能只有李劼人和沙汀，因为大多数作家均是用一种官话写作，仅把一些地方民俗融入进去了，地方语言的特征并不明显。真正的乡土语言应该是地方思维和地方语言为支撑的乡土人物与乡土事件的风俗画展示。

第三，湖南作家的地方性表述。湖南作家也是一个庞大的作家群体，论人数也许超过了东北和四川作家，包括刘大杰、彭家煌、张天翼、沈从文、蒋牧良、谢冰莹、叶紫、丁玲、康濯、周立波、彭柏山、黎锦明等人，论其成就也许比不上江浙作家群，但论乡土小说语言他们都有独特的贡献。

叶紫是二十世纪三十年代乡土小说的重要现象。他不仅仅是因为鲁迅和茅盾推介了他，他写了个丰收成灾年的小说《丰收》，最主要是他迫近了时代的核心，创造了一种观念乡土小说，一种真正的革命小说。这种革命是形象的革命，与宗法制乡土解体的一种意识形态对立的乡土，构筑了乡土文学中二分对立的情感、结构、人物，给了文学新的定义：文学是战斗的。

首先是形象革命，立秋是一个反抗者，农民中心的不屈者公然抗租抗税。延续了《丰收》的"火种"，真正点燃了"火"捣毁了何八爷的窝，革命上了雪峰山。这是一种革命观念但叙述却构设在具体农事过程中。"插好田，刚刚扯好二

① 《实用文学研究导论》，(美)布朗、雅布洛著，罗长青译，中国社会科学出版社，2011年版，第68页。

头草……一连十多天不见一点麻麻雨。太阳悬在空中,像一团烈火一样。田里没有水了……"于是农人只有连夜车水才可保粮。

> 汗从每一个人的头顶一直流到脚跟。太阳看看移到了当顶,火一般地燎烧着大地。人们的口里,时常有缕缕的青烟冒出。脚下也渐渐地沉重了,水车踏板就像一块千斤重的岩石,拼性命都踏不下来。一阵阵的酸痛,由脚筋传布到全身,到脑顶。又像是有人拿着一把小刀子在那里割肉挖筋一般的难过……
>
> 叶紫《丰收》

乡村中艰辛的劳动,水是命脉,是根本,用脚踏板从水箱里抽水灌田,塘里没水便得求雨,敬神。有雨了,又变成水灾,抗住水灾便保住丰收,丰收是农人的全部希望,丰收了呢?谷价低落到一钱不值,接下来何八爷来收租,保甲长带兵来收捐款,救国,团防要钱,交完所有的债务,捐款还差三担三斗五升谷子,农人又落入赤贫状态。这就是农民的丰收。这种丰收必定震惊国人,震惊世界。反抗者绝对是社会压迫和剥削的结果。把乡土民俗深化到农民的生存危急,乡土人的革命是一种自发的、本能的、求生意志决定的。革命并不必然的和乡土相呼应,根本的来自阶级社会和时代,反抗者才揭竿而起。这也许是中国的特殊性决定的。丰收不是病,病根在谷贱伤农的社会机制。梅春也是由一个被压迫者最后被逼得走上反抗之路,注意,这些反抗者形象都是被逼到一种极端之后他们出于本能的反抗。革命于是又有了新的含义,便是对生命的保卫。

叶紫的语言是简洁朴实的,《丰收》中全部都是乡土人从事农事工作的全过程,他们的心理变化全部随着一年农事而喜怒哀乐。这里我们订正一个观念:我们不能说叶紫语言是革命的,但他又是革命的。说他革命是指他在乡土语言中植入了反叛情绪与革命观念。说他不是革命,指他简朴的句子,直接没有文饰的词汇运用,文本是生活的直接裸露,并不靠语言的修辞力量来抵达我们称之为文学性的东西。说他的语言疏朴毛糙,指叶紫并不充分注意词语搭配与各种句式的调配,任凭情绪来驱遣句子。在人物关系、人物态度、人物语言上都黑白分明地显示意识形态的等级差别和对立。把一种乡土语言表述为观念语言,影响到中国小说半个世纪的乡土语言表达,这一点上茅盾在前,叶紫在后。不过叶紫还有语言的另一面,那就是清俊婉丽,诗意抒情。这与乡村地理学有关,与那个天然的洞庭湖有关。

黄昏的洞庭湖……澄清得成为一片碧绿了。软软的，光滑的波涛，连连地，合拍的抱吻着沙岸……太阳已经完全沉没到遥遥的，无际涯的水平线之下了……天空中……碎絮似的晚霞的裂片。红的，蓝的，紫玉色和金黑色的，这些彩色的光芒，反映到湖面上，就更使得那软滑的波涛美丽了。离开湖岸约半里路的蓼花洲，不时有一阵阵雪片似的芦花，随风向岸边飘忽着。远帆逐渐地归来了，它们一个个地掠过蓼花洲……

叶紫《湖上》

这里全是湖上纯自然的气息，没有刀光剑影，没农事的沉重辛劳。他的另一篇《偷莲》，类如江南水乡的采莲曲，特有的民间文学，一个汉少爷梦想调戏采莲姑娘桂姐儿。最终不能，被长工牛僮看到了那喜剧的一幕。《山村一夜》又转为一种凄清冷艳的语言，并且深入到人物的内心，以倾诉的方式由刘月桂公公讲述新奇激动的故事：

外面的雪越下越紧。狂风吹折着后山的枯冻了的树枝，发出哑哑的响叫。野狗遥远地，忧郁而悲哀地嘶吠着，还不时地夹杂着一种令人心悸，不知名的兽类的吼号声。夜的寂静，差不多全给这些交错的声音碎裂了。冷风一阵一阵地由破裂的壁隙里向我们背部吹袭过来，使我们……连连地打着冷噤。

叶紫《山村一夜》

这里又是一种阴冷沉郁的苍凉风格，语言保持一种自叙式，有对天的呼吁，有自身责问，有不解的疑惑。这种全部以人物自叙语言构成的文本保留有人物情绪，特别是他说话的语言节奏，把心事忧广连贯在或慢或快的语速之中，他的凛然之气，反省乡村间的世情百态，总结人生惨痛教训，文本留下了一个独特的社会文化心理踪迹。

丁玲的小说有一部分是展示乡土的，但她的小说很难说是乡土语言，她使用的是一套知识分子的叙述语言，包括灌注其内的心理描写也应该是一种知识分子的心态，于乡土小说这一成就讲，她的实绩是有限的，她的功劳是一种观念输入，创造了一种女性知识分子革命的小说。是她发展了由蒋光慈创始的革命加恋爱的小说模式。丁玲十几岁投身革命，20岁便名震文坛，带着梦想，充满了革命的浪漫主义精神。她被一种幻想所激励着,失败带给她一种浓厚的感伤心理,这是非常容易理解的,一种自"五四"以来的精神烙印与时代和家庭抗衡,在各种复杂的矛盾纠结中,那种个性的、自我的心理冲突彼长此消产生的一种喜剧的象征,在黑暗寂寞的时代带着绝望的号叫而冲决堤岸发出的声音,那"是心灵上负着时代苦闷的创伤的青年女性的叛逆的绝叫者。"① 应该说茅盾的这个断语还是准确的。这表现在她的《梦珂》与《莎菲女士的日记》之中,她作为乡下人进了城于是又以一个城里人的眼光看待乡下人,这时写了《阿毛姑娘》、《庆云里中的一间小房里》,乡下女人如何在城里堕落。《田家冲》写革命者三小姐去农村,揭示农民社会心理变化。从革命的视角看乡土和乡土人的时代变化,首先我们考察它的时代真实性,20世纪三四十年代革命始终是农民充当了革命主力军,丁玲无疑地正确地反映中国农村这一变化。《水》是她一个转折作品,当时影响巨大成为无产阶级文艺的代表作。其一,我们要不要写1931年全国十六省的大水灾。其二,我们写典型与群像是否可以由作家选择。其三,反抗者是否有文学。至于它是否完善我们倒是可以视文本而论。其四,文学作品上的艺术应该从何来看。这四点的意见的立足不同便可以分为两派。如果建立在肯定的角度,那么《水》便有它的价值,要是否定,《水》则变成一个糟糕的作品、虚伪的作品。我们先看看否定意见:"《水》是一篇极端紊乱的故事,手法笨拙不堪……一看《水》的文笔就能看出作者对白话词汇运用的笨拙,对农民的语言无法模拟。她试图使用西方语文的句法,描写景物也力求文字的优雅,但都失败了。《水》的文字是一种装模作样的文字。"② 夏志清在这里否定《水》主要建立在丁玲的语言文字上,或者还有表现手法上。同时他还摘引了一个叫韩倚桁的人,1934年对丁玲的评论。认为丁玲是追随新写实主义理论而写作。强调了集体生活的描写,没有个人生活的干骼,就连个性的人物也没有,只有社会的表面观察。他们的行动和言谈都是真实的但不是个别人物的行动或谈话,是集体之无个性的一般化。那言语那行为是不能作为一种完整的艺术的有意义的部分。首先,我们看到这是丁玲转变时期的作品,肯定是不完善的,但却是重要的代表性作品,面对全国大水和灾民我们能无动于衷吗?哪怕它是一次速写。有半个中国浸在大水里,千万人的生命被水吞没,丁玲为何不可选择一个众生相,一个群体去表现呢? 她已经写过很多个人典型,这次选择一个集体利

① 《女作家丁玲》,茅盾著,载《文艺月报》1933 年 7 月第 2 号。

② 《中国现代小说史》,夏志清著,第 192 页。

益为什么不可以?其次,这种描写众生相场景,与大水中环境描写真是“幼稚而又不能得到深刻的印象”吗?[①]《水》的语言真是乱糟糟的装模作样的文字吗?这里我们必须重新找到把握这个文本的方式,如果你是寻找大水灾英雄如何作为,这个小说当然会让你失望,因为作者压根儿就不想构成英雄传奇。丁玲这里选取的是一个女性观察视点,而且她在并不完全知情的情况和全体人群经历一次大灾难。她只取了我所看见、所接触、所听闻、所感受到的东西。她受制于一种大情势的拉动而行进在事件的全过程中。《水》写的是一种大灾难下的情势,一种灾难心理,一种众生命运。而且保持了我和他们的距离、反差、张力。首先,是写大灾难的预期心理,5岁老幺,狗和“我”都在听,“风在送一些使人不安的声音,不过是一些不确定的声音,或许就是风自己走过丛密的树梢吧。”老外婆一家细碎的对话透视往年水灾状况,由龙儿和外婆对话引出三爷还有大福与菊姊。“有点尖锐的声音被狗狂吠吞噬了。”人的视线便都集中了,透过那青色的,暗灰的夜,从大开门里,望着那笼罩的烟雾,望不清,消失了轮廓的苍茫茫的远处。人影与狗叫中屋外广漠的夜色。描写巨大灾难来临的安静与死寂,慢慢渲染一种巨大恐怖的预期心理,一丝一丝像蚂蚁一样爬来,“风从远远的吹来……带来了听不清……嘈杂的人语声……男人们说话……更隐隐约约在树叶之中。现出闪闪的火光,一群人……做着防御那大的灾难的到来……堤是横在这屋子的左边两三里的地方……远方有人大喊。黯淡的月光映在黯淡的人的脸上,风在树丛里不断的飕飕杀杀的响。人心里布满了恐怖,巨大的黑暗平伸在脚前面,只等踏下去了。”狗叫,人影,说话,谈论别处是从牛毛滩逃难的人。

> 沸腾了的这旷野,还是吹着微微的风。月亮照在树梢上,照在草地上,还照在那在太阳底下会放映点绿油油的光辉的一片无涯的稻田,那些肥满的,在微风里呓呓的软语的爱人的稻田……
>
> 天空还是宁静,淡青色的,初八九里的月亮,洒在茅屋上,星星眨着眼睛,天河斜挂着,有微风在穿过这凉快的夏的夜。
>
> 丁玲《水》

第一章充满了一种预期心理,压着笔写安宁、清朗,一些无声中的躁动,情

---

① 《中国现代小说史》,夏志清著,第191页。

绪在内部像传染病一般慢慢传播，这些环境幽雅的描写是对比更强烈的幕后动态，有效的和狂暴的洪水形成对应，也和将要发生的民众愤怒产生对比，这种反差更有效地渲染一般家庭老幼病残的恐怖心理。第二章便写汤家阙一夜便被汪洋大水吞没之事。第三章写逃难。在洪水与逃难中，群众情绪滋生起那种政治无意识，官捐如此之多为什么不修堤坝。船只运来的不是救济粮而是防止难民造反的枪支弹药。第四章灾难之后饥民饿死，镇上富人吃鸭吃鸡，镇长招待的是城里调查的人，由带枪的士兵守镇。政府没有赈济难民，人民等着饿死，终酿成民变。灾民用十分粗鲁下流的话骂官府与"我"细致地观察环境，描写天空、夜晚、水势、泥滩太阳成对映。各章之间关系是逐层深入，最后几句表明暴动已经产生。"生命的奔放，比水还凶猛，朝镇上扑过去。"我们似乎又可以把《水》看成一个象征主义作品，水是灾难的表征，也是反抗者生命与情绪的象征。《水》不写个体的个人英雄，而表述巨大灾难中的众多难民，革命是一个普遍事实，关乎众生命运，为本能而起的而非观念而起的革命，这表明了一种社会情势，一种群众情势，这种情势便是洪水猛兽。作者把这情势有条不紊地推进：预期心理—恐怖心理—求救心理—反抗心理。这部小说的内部构成很完整，语言将粗野和精致对比产生张力，一直使用侧笔，最后转为正面，一种积蓄的心理力量在爆发的那一刻，文本结束了。必须指出，丁玲的这篇民生革命的作品是不好否认的。这就如同我们面临自己祖国存亡时刻，我们是参与屠杀民族同胞，还是反抗日本的屠杀是同一个道理。在考量一切文学价值时我们有一个最低道德底线。刚好丁玲的这个作品在于作为左翼文学的代表作，是革命小说的标准典范，并由左翼理论家总结为一套无产阶级革命文学理论，并作为新的小说诞生。[①] 对于时代重大的现实的关乎人民基本生存事件，从阶级和革命去理解人与事件的性质，文学中一种新的表现技术，这都是可以得到大众认同的，具有可写性的文本，正因如此便作为正统革命的标本，使文本产生了意识形态的合法化，成为钦定的主流的文体，这种正宗的危险在于取消了文学的个性与多样性。语言上的危害也在于此，除了它的模仿性之外，便成为意识形态的附庸。从1931年开始我们已经有了八十年的正宗与主流的文学统治了。今天我们谁也无法否认《水》是革命的乡土小说，这包括她的《一颗未出膛的枪弹》、《我在霞村的时候》、《夜》、《奔》、《田家冲》以及她有代表性的长篇小说《太阳照在桑干河上》等一系列作品。从理论上讲，它决定了此后解放区所有乡土小说

① 《中国现代文学三十年》，钱理群等著，北京大学出版社，1998年版，第232页。

的基本理念直到解放以后这种革命的乡土小说。无论歌颂还是批判的都成为了共和国文学的主流话语。

蒋牧良的乡土语言有《旱》、《老秀才》、《懒捐》、《余外婆》等小说。首先说《懒捐》这个故事建构在语言彼此质询时出现的误差，然后产生的荒诞性。乡土人在苛捐杂税中逃无可逃。农民吴大头子腿脚长了几个大疮仍下地犁田。

> 脚肚子上尽是田泥：像金鸡纳霜丸那么地穿起一层糖衣。几个发烂的疮口，先前贴的膏药，不知掉到哪儿去。他用两只手从田里掏些水洗去了泥：天哪，黄疱疮烂得多难看！
>
> 窟窿中间的红肉，像一个小朱砂锅，那么凹进去有几分深。两旁隆起的边沿，给水泡得发了白。吴大头子自己的鼻子里闻到一股死鱼味，就想得要呕。"哇"的一声，当面牙齿咬的竹管烟袋掉在水里。
>
> 蒋牧良《懒捐》

这是一个农民对自己身体破残的自述。他病得无法耕种土地。这是一个农民身体残忍的描写，他的身体烂还没什么，因儿子关在省牢里而焦急。他的田赋已经多征了两年，家里已是精光，这时县里又来征税。老爷说要征烟税。吴大头子听了说，我没有种烟。老爷仍要45块钱。这吴大头子只好求赵太爷说情。证实了没种烟便没法交种烟税。老爷说，谁叫你不种烟呢?因为身体有病，儿子关在省牢里。老爷在理屈词穷时说，那你是赖税，不交税要罚，罚一个懒捐，并且交懒捐钱45块，并把吴大头子关进县牢。权力可以在乡土中无中生有。这种乡土的盘剥已到了荒诞的地步了。在一个不存在的前提下竟然产生了一个懒捐税，天下奇闻。语言在对话中交互理解的不同竟然产生一种新的语言，这表明只有权力是永远有理的。权力压迫语言产生歧义。农人还能说什么呢？乡土人只能失语。

《旱》这个小说写于1930年代中期。表述一个勤劳诚实的农民在天灾人祸之下家破人亡，最后走投无路。这个小说共十一章，用了三章来写农民浩浩荡荡的求雨仪式。展现一种敬畏天地鬼神、倚仗天地恩赐吃饭的文化风格心理。求雨场面恢弘浩大，各种仪礼层次分明，从壮观视觉到锣鼓齐鸣，夹杂着老铳轰响，人们的虔诚与期待心理描写得淋漓尽致。蒋牧良的乡土语言主要在人物对话和风俗描写上，另外还有他对乡土人精到细致的描绘，他们的音容笑貌，包括他们在屈辱状态下的无知与不幸。另外他还使用一些湘中方言，这些方言都是对一种情状的形容。他文本中散发的土气是地道的，是农民和乡土息息相关的生命症候。语言的节奏时而舒缓,时而急促,时而深沉,着力于民心民情地展示,当然他也有大段的民俗描写,由于阶级意识的植入,蒋牧良的乡土小说是沉重的,是反抗者的革命。

周立波是1940年代作家。他是位语言天才,自身做英文翻译,在东北写《暴风骤雨》,东北味的语言醇浓。回湖南写《山乡巨变》更是地道的湖南乡土味。周立波擅长写乡土小说,不过基本可以定义的是他写革命的乡土小说,和社会时代变革中的乡土小说,乡土变成了一个时代的影像。

牛是乡土文学中极为重要的生物形式, 在土地上它扮演了除人以外的第二主角,从功能上有时它比人重要,所有农家第一重视的是牛。周立波早期小说便是以牛命题的。农民张启南爱牛,他的喜怒哀乐都系在牛身上,他紧张地等待牛生产,一条牛中另一条牛的生命:

> 牛的身子微微地在动,出来一点点灰色透明的东西,那是胞衣。肚皮好像很痛,它把前脚向后弯,想去揉一揉,后脚弹起来,用力打着地。地面是出奇的脏, 积满了新的和旧的牛粪和牛尿。张启南在牛躺着的地方撒了一点糠……牛转过头来, 用它的嘴唇去触前脚近边的地方。两只大眼睛,有一点潮湿……望着人们,它真想哭出声音来……产妇把嘴巴搁在潮湿的地面上,嘴唇一定在发热,要放在凉冷的地方。它挣扎地站起来,显然是痛的没有法子想,站着试试看。也不行,又睡倒了。张启南把它的尾巴向背脊方面扳开。出来了两只小脚,蹄子是白色的,轻微地在动着。蒙在蹄子上面的透明的胞衣,被张启南用手指戳破,小蹄子第一次接触世界上的空气……爱各样的牛。他常常拿他老婆的梳子,蹲在牛栏里,好久好久地,梳着母牛腿上的毛。他更爱小牛……
>
> 周立波《牛》

周立波在这里细致地写了牛的痛苦,也是张启南的痛苦,他爱小牛,人与牛沟通情感。牛终于生产了,在月光中他有了快乐的微笑。“外面月光很明朗,照出了院子里好几堆残雪, 放射着耀眼的光辉……远处的小溪里面的一些青蛙叫,和近边的牛嚼草料的声音,此处是十分的寂静。”这是一些清新俊朗的抒情文字,很有感染力。周立波把握了农民,知晓农民和牛的感情,牛的生活与性情他都给予经验化:

> 牛哪里笨呢？它机灵极了，就欠阎王老子给它一个说话的舌头，不会说话。它一天要吃三巡水，田里的水有粪尿，它不肯喝，要到塘边去。越口里的活水，它顶爱吃。一眼塘里的水，水牛吃过的地方，黄牛不肯吃，黄牛吃过的地方，水牛闻一下，就昂起脑壳。
>
> 周立波《山乡巨变》

彭家煌写牛写成了悲剧与死亡。废名写牛写出的是童趣。周立波写牛是和牛沟通情感，尊重生命，他的牛有愉快与痛苦，有风光，牛有习性与生活方式，这种语言贴着牛去写很不容易。这方面沈从文写的《牛》应该是最好的，他真正让大牛伯的喜怒哀乐与牛融汇一起了。周立波集中力量已经把牛写好了，可到后面总爱输入革命与时代意识的理念，一下子冲淡了人与牛的生命与情感意义上的联系。在周立波那儿乡土民俗已由社会变革开始移风易俗了。《山那面人家》讲的是乡村娶亲，这里没有哭嫁，没有花轿，迎亲和送亲的队伍都没有，是一个新式的婚礼向毛主席敬礼，乡长主婚，仅侧面写了一下听壁脚的闹婚。《艾嫂子》中艾嫂子有一套喂猪经。"喂"构成一套生产性知识，写得很活泼，全然是乡土人的经验和语言：

> （猪）一看它咬窠，在栏里打圈，准定发作了，你要赶紧丢把草给它；以免蚊子咬得它弹起来，把崽子压坏，有的猪婆偏拣夜里下崽，那你要不怕辛苦，通宵守夜，守在它旁边，等胞衣一出，拿火夹子夹走，莫让它吃了。猪婆子吃了胞衣会没得汁子。胞衣丢在活水里，涧里，塘里，都可以，这样子，奶汁就多。
>
> 周立波《艾嫂子》

这是地道的地方性知识，如果没有长时间的养猪经验是不会体会那么细致，周立波当然不会养猪，但他会去找养猪人来说，乡土经验通过他的语言再一次传递。周立波一生坚持创作了大量的乡土小说，他的语言模仿能力几乎是一流的，他的湖南话不用说，他写陕北的小说运用的是陕北的乡土语言，在东北写《暴风骤雨》居然能使用东北的方言土语。早期他试图用文人语言改造乡土语言，用许多文人清丽雅致的语言去描写风景，人物肖像最大限度贴近他的性格，自《山乡巨变》之后，他基本脱掉文人气的东西使乡土语言纯粹起来，但另一种文体出来了，乡土中革命观念日益浓厚，建国以后全部都是一种革命乡土的语言表达。

湖南乡土语言成就最高的肯定是彭家煌与沈从文，其次才是叶紫和周立波。从中国现代小说语言史的角度立言，成就最高的是彭家煌，他的意义比鲁迅、茅盾、叶圣陶要高。其原因：中国乡土语言无论从始初还是演进的高潮，甚至到了新中国成立，大多数乡土作家仍使用。一、从古典文言接受营养，一看便知道是文人语言；二、或者从欧化吸取优势，改变了中国句型，语言是一种西洋变体；三、自1940年代以后语言植入革命要素，又变成了革命观念的地方语言。彭家煌使用地道的乡土语言，叙述故事描写人物都用乡下土俗语言讲述，你找不到文人痕迹。另外他的人物语言也完全是乡土人的故乡语言，并让大量俗语、俚语、歇后语、谚语进入叙事与人物的口语表达。这一点没有先例，也没有后来人的继承。沈从文讲述还是文人的，故事和人物的叙述依然还是官话，虽然采用白描，但无论如何都会有欧洲语言的影响。只是他把各种语言的优势天然地糅合在一起使我们看不出多少痕迹。他的语言呈现能力格外强，乡土地域的人和事物、河流、山村、小船、下雨各种景象都极为自然流畅地呈现出来。百年的浪漫乡土写作无人能超过他。

叶紫、丁玲、周立波的意义是在中国建立了革命的乡土小说模式，并把它固定为一套红色的经典，作为左翼的代表作。如果说叶紫和丁玲仅是观念上的成功。周立波以毕生精力使革命乡土小说成为新中国文坛的一种主流现象。能同他呼应的是山药蛋派与荷花淀派。但从另一个角度看，因而也就损害了乡土小说的纯口语的表达。

第五节　革命乡土的延续与发展

这一段的乡土小说主要指七月派的乡土，山药蛋派的乡土，荷花淀派的乡土及十七年的乡土。这里从时间跨度上说很长，人员也很多，可是就乡土语言的创造而言可说的并不多，这里仅展示一个概貌，或具体解剖些语言个案。

一、七月派。1937年9月11日淞沪战争爆发，胡风、艾青、曹白、萧军、萧红、端木蕻良等人创办杂志《七月》，并且坚持了四年之久，1944年的《希望》杂志又接续了这种办刊宗旨。这个流派的宗旨是胡风的文艺理论。其一，表现时代精神和民族解放的总路线。其二，反对空洞文艺，提倡主观的战斗精神向人们心理深处拓展。其三，是强调人民群众活生生的感性存在，强调客观生活的主观体验与深度精神创伤，张扬生命印迹，表现中国人在那个时代的残酷生存状况。

丘东平的小说几乎都与战争有关，讲一种军队生活。他少数的乡土小说也会含有战争的惨淡苍劲。《多嘴的赛娥》中的赛娥喜欢说话经常挨打，可被敌人抓住了她却一声不吭。

> 雪下得更大了，天空和地皮像戏子一样涂着奸狡的大白面。赛娥走得慢，伊的黑灰色的影子几乎总是和那小村庄保持着固定的距离。不过一霎眼的工夫，赛娥的影子在雪的地平线上远下去了，变成了一个小黑点在雪地里蠕蠕地作着最困苦的移动，像一只误入了湿地的蚂蚁一样。
>
> 丘东平《多嘴的赛娥》

这几个句子写小赛娥在雪地缓慢艰难地行走，运用了六七个比喻，而且是比喻里套比喻，隐喻小女孩顽强的生命力，是油画的笔触，在一个点一个色调上一层层地涂抹，把那种矮小、悲惨、苍凉、混沌的状态表现出来。

> 正如一大锅煮得烂熟了的猪糟，当水快要干了的当儿，那上面便穿起了万千的孔来，靠着一点黏液在那万千的孔里呼呼地作着总的沸腾，这声音是笨拙而又沉重，地壳也几乎跟着要震荡起来了……女人，袒着黄色的胸脯，伸出了那黑色而坚硬的乳头，小孩子则躺在她腋下，那小小的发满着烂疮的面庞上的表情是：热、郁闷、痛苦；似乎在毒哭着自己说：……小小的面庞都变得很美，那薄薄的嘴唇，起着新鲜而不曾消失过的锐利的边……微微地笑……幻梦的笑，不可思议的笑，在这个笑的同时中，突然又变了——这里有着欢乐与悲哀的调和，而悲哀正又急激地到了极端的一面……汉子……鼻子给打破了，也没包扎，染着血的地方都变了黑，不，这黑色……那破烂的疮口，空气里的各种下等的菌类在侵蚀……火的烈焰在侵蚀着木炭的边缘，等一等就要发腐了……溃烂……
>
> 丘东平《火灾》

陈浩然按旧俗给宗族里做古怪的祭祀仪式，罗冈村和将军山村邻近，逃来大批难民，他们在群殴中抓了31个难民，上面便是描绘的难民的一角，岂不是一幅标准的难民图。丘东平的语言很有特点：饱满激情，语言重重叠叠，反反复复，多种修辞手法套用，长句一个接一个回环缭绕，几乎是一条词语的河流，隐喻、夸张、排比、拟人，使之其象征，往往总是浓墨重彩地布置意象，同时又把这些外部视觉和内部心理感受体验结合起来，超量地、极致地将事物推到极端让你恶心、呕吐。这些词语在其中不断加深色彩，增加刺激的声音，尽量使语言感官化，一般词语构成画面以后，就是一组组意象了。这种语言极端化只有新感觉派、象征派曾使用过。丘东平将这种方法全部用于他对战争抒情的表现。对乡土主要是描写乡土人、乡村和感觉中的乡村事件与民俗，这种密集的主观语言影响到后来的乡村心理小说的描写。其实莫言的小说语言源头究其根本就在新感觉派和七月派这儿呢！

同丘东平比较，路翎的小说语言更内在一些，情绪更深沉一些。丘东平的语言是外显的激越、苍凉、浓重、雄壮，而路翎的语言外在看客观表征要平实一些，由人物转入内心，多了一些心理的激情、分析、情绪与力度，从里往外涌动，是那种沉郁、深厚、悲愤、苍凉的东西。对中国大地充满了一种激越的悲悯，发出低沉的呼号，同时他更有一些地道的乡土元素。

> 小路上软着很厚的灰尘，连路旁的荒草都被灰尘蒙蔽了。阳光强烈得刺眼，无边无际的草原——火焰般的暑热：各处都反射着强烈的光，一切都显得辛辣，有力，鲜明，在沉静……昏迷了的生命来……红色的西式建筑……树木的后面……长江的水带闪耀……绿色的高堤……稻田中间的航船的帆篷……木船上都晒着很多衣服……（描写平原共用了838个字）
>
> 路翎《平原》

长江平原的风俗画，很细腻。在这个背景下是一堆农民夫妇吵架，追赶。男人叫胡顺昌，30岁，黑而结实，女人矮小，瘦弱，叫桂英，女人要跑回娘家。他们因为四斗米，保长要征粮，他们就那四斗救命粮。女人不同意，他们吵闹，出走，最后竟至女人跳水。农家夫妻的柴米油盐问题，生活的严峻。女人冷漠，男人激越，两人比着站在原野上争吵。一种极普通而又本质的乡土生活。

还是写一对夫妇，在一个风光的田野上，男人王兴发在猪圈旁冲凉，保安便来抓壮丁了。没穿衣服给抓走了，王兴发愤怒反抗也没用。他的老婆翠珠跟着追到镇公所，人被关了。王兴发已经缴过5000壮丁费了。又要抓他。老婆在镇公所等了一天，饿得发昏，奶水也上来了。

> 她终于靠在墙上昏迷地睡去了。那个小孩……奶头。酷烈的阳光，从

对面的那排房子上消失,在郁热的阴暗中……

街上的人们增多了起来,各处都发出了嘈杂的,愉快的声音……正街转角的地方，响起锣来……傀儡戏开场了。王家幺嫂……仿佛是梦里见了这一切……她这样熟悉……她突然看见了一个散发的，穿着绿色衣服的女傀儡……奔跑。她是在寻找什么……她寻找……替身，因为她是一个冤魂……奔跑,歌唱而呼叫……这个冤魂……发出了一个复仇的声音……举起她的尖刀来……王家幺嫂突然吓醒了……(共720字)

一个寻找丈夫的奶孩子的女人饿昏了产生幻觉,描写她的孤立无助,她的绝望。她幻想她是一个冤魂,替身,她的第二个自我。性格中另一个面:复仇。这个文本的激情是逐步展开的,王兴发从镇公所逃出来了,躲在包谷田里。文本借助电闪雷鸣抒发了王兴发的情感:

漆黑的天边,闪了一下强烈的电光。王兴发夫妇……女的……哭着;男的……倔强的，傲慢的，可怕的模样来……活泼而速疾的大风吹过田野,黑云……闪灼着的,安静的又是调皮的星星……更强更密的电光……使云隙间的星星消失……狂暴的呼喊着……包谷干燥叶子……山峰上滚动着,金色的,凶恶的,细瘦而美丽的。(390字)

路翎《王兴发夫妇》

这种大段的、长句的描写、抒情在七月派作家中比比皆是,特别是路翎擅长展现人物内在的抒情性,把愤怒、悲壮、苍凉冲决堤岸式地喷发出来,这种抒情心理还有愉悦的,不断反思的,幻觉的,人物的情感与外部事件交织在一起彼此纠缠着,滚动一起发展,客观事物的发展有一种内部情感的动力。主观语言如此的暴烈、不断地推动、循环、缠绕使之成为一种语言流,创造一种叫做语言的暴力美学,这是丘东平和路翎的功劳。

二、山药蛋派的乡土小说语言。山药蛋作家以赵树理为首,始成于1940年代延续到1960年代。这是一个跨时代文学现象,包括的作家有马烽、西戎、束为、孙谦、胡正等人。以山西的地域性为标志,晋地乡村生活为基础,使用的山西本土语言。他们最重要的是继承了中国的讲唱文学传统,采取说书的口语式叙述故事,以人物口语融入叙事进程,采用的是一种纯正的农民口语。赵树理是一种真正的乡土文学,但他的乡土小说又是特定时代的产物。

什么是赵树理的乡土语言？其一，赵树理式的说书方式的故事与人物表述。

> 三仙姑下神，足足有三十年了。那时三仙姑才十五岁，刚刚嫁给于福，是前后庄上第一个俊俏媳妇。于福是个老实后生……于福的娘没了……只有个爹……留下新媳妇……于福他爹……新媳妇却跟他闹起来……父子两个没办法……邻居……请了一个神婆子……三仙姑跟上……初一十五就下起神来……

赵树理讲述式有如下特点：第一，各句子之间是连珠的，按方位，按时序，按人物关系，前后左右，先上后下的方式。第二，是推导式的，先有什么，再出现什么按时空，按逻辑关系展开，语气展开与故事展开都是一层一层地推导，这样保持了一种期待心理的连续性。第三，是循环式的，先用一个语言的深层结构定位，然后便分成许多表层结构，然后再回到言语的深层结构。三仙姑下神是一个深层结构，三姑嫁人，于福老实，爹种地，村里年轻人聚在三姑周围，爹发火，三姑吵闹，请神婆子，然后三姑成了神婆子。这套表述语便合乎上述三个特征。赵树理的文本展开也是如此。

先确立一个标准段落，然后推出三姑装神，三姑走了，老人走了新人又来了。三仙姑女儿出现，下一节小芹，由小芹引出金旺，再下一节讲金旺，由金旺家引出小二黑。文本结构便如此类推形成整体。

其二，赵树理的讲述语言的内容也绝对是乡土的，但支配这种乡土的观念却是革命的。虽然他采用的农民视角，观念的本质并非真正的农民式。所以他展示的乡土风俗画是有倾向性的。他写晋东南的乡土人的生存方式：婚丧嫁娶、生老病死、吃喝拉撒、宗教信仰、农业生产的一系列知识，最多的是关于乡土习俗的表现，可赵树理的乡土风俗有了新的名称，叫移风易俗。

> 就庙里的拜亭算灵棚，灵棚下设起三个灵牌……前面排了一排桌子，摆着各色祭礼。两旁挂起好多挽联。
>
> 开祭的时候，奏过了哀乐，巧巧领着两个妇女献上花圈，然后是死者家属致祭……向拜亭上的灵牌敬礼作别……村里一大群人，锣鼓喧天……送到三里以外。
>
> 赵树理《李家庄的变迁》

这是一套新的送葬祭祀方式，有一些像追悼会形式。赵树理很乐意把农民的生产知识也转换成语言：

谁知道种地真不是件简单的事！……光几畦茄子秆就说了一前晌：用锄削，削不下来，用斧砍，你从西边砍，它往东边歪，用镢刨，一来根太深，二来枝杈碍事，刨不到根上……用锄先把一边刨空，搬倒，用脚踩住再用斧剁。弄了半晌还没弄够一畦……小刚……刨给我看。奇怪！茄秆上的枝杈偏不碍他的事？哪一枝碰镢把，就把哪一枝碰掉……就刨了一畦……

……送粪。我胳膊疼得不想去插（插是往驮子里装的意思。因为锹插进粪箩，能把粪取起来，所以叫插）（三嫂穿着白孝鞋）她拿着一张锹，立插摇不下去，平插就从上面滑过去了，反过锹来往回刮也刮不住多少，却不幸把她一对白鞋也埋住了……把粪又倒回来半驮，等抬上以后他又一锹一镢帮我添满，这才算送出第一驮粪。这一下我又学了一样本领……

赵树理《地板》

其三，赵树理的乡土生活与乡土语言包含一种喜剧色彩，从平民视角出发观察，寻找乡土中一些小小的矛盾，人物之中的喜怒哀乐但又不伤人伦与生命的悲情，他表述的是农民式的民族文化心理，这一点和农村经济状态与价值相关。赵树理的讽刺幽默是善意的，因而他的语言美学中带有许多生活情趣，或生活哲理。《李有才板话》里常说的："吃饱了一家不饥，锁住门也不怕饿死小板凳。"还有铁锁老婆二妞说，"你们五十多的记不得，四十多的记得就是两个茅厕。"赵树理还善于捕捉一些生活细节：

三仙姑坐在香案后唱，金旺他爹跪在香案前听。小芹那年才九岁，晌午做捞饭……（小芹忘了）金旺他爹出去小便，三仙姑趁空向小芹说，"快去捞饭！米烂了！"却不料就叫金旺他爹听见，回去就传开了……见了三仙姑就故意问别人"米烂了没有"。

赵树理《小二黑结婚》

赵树理从乡土风俗中吸取了许多口语的言说,《传家宝》中李成娘便有三件宝:一架纺车、一个针线筐和一口黑箱子。针线筐是娘家的陪嫁,那里面针、线、尺、剪、顶针、钳子之类,破布恐怕都有二三十斤,按用途分类,有补衣的、有打褙的、有垫鞋底的。《登记》中以“罗汉钱”为线索串起三代妇女命运。而罗汉钱是北方乡土中常见的定情信物。赵树理所有小说都是乡土故事,都是用说书人的口语讲述出来,其人物的口吻,当然也包括说书人口吻。首要的是使用农民口语,保持那个乡土里人们说话的特点。其次,农民语言,必须易懂朴实,有说话的节奏,这样他的语言是短频率快节奏的,词语明确清朗。赵树理语言的幽默从人物命名开始,农村爱取一个外号,或者人物常用的口头禅。最后,他描写人物也是农民式的,三仙姑老来俏,爱脸上搽粉,头发稀疏了便顶上一个帕子。说官粉涂不平脸上皱纹看起来像驴粪蛋上下上了霜。是赵树理影响了马烽、柳青的语言路数,虽然他们三个人风格有差异,但总体上都是乡土模仿语言。因此他们的语言是地方性知识确定的。赵树理更民间更口语,是一个农民在说话。马烽的语言是一种人物谈话式,他爱用第一人称视角,总是从“我”出发去看人看事,把另一部的事情遮蔽起来,他的语言有些乡土村民的絮絮叨叨。在村俗民趣中喜欢导入一些误会,写农民的机智与幽默。柳青是知识分子,精通英文,他的语言是由书面语言转向口语化的,所以在柳青的乡土语言中有一些精致细腻的东西,在人物与事件的表述中他善于结构,他的叙述语言总是从容不迫。李老三旧社会过来的总爱偷东西,远近百里之内都有名了,只要是丢了粮食首先怀疑便是他。解放后《李老三翻身》被编成了节目,元宵节后,胡秃子和李老三为土地吵架了。

> 李老三所买的那三垧地,和胡秃子的地毗连,一上一下,中间隔着约莫3丈高的一个山崖……陕北土音,人们叫做“圪崂”。这个圪崂愈来愈扩大,以至于变成一块可耕土地……地契约上……崖高1丈,上下5尺。意思是均分山崖。上边的地主人拍畔和垒畔,下边的地主人溜崖和斩崖,都只能以半崖为限,并没有提及那个圪崂如何如何……乡长同意了(去调停)……21堆粪送好了,为防止被山风吹散,上面盖了一层黄土……每隔10步,打了一个贮水的窖子。崖,溜的溜了,斩的斩了……李老三就掂起镢头……打扮土地……农谚说:“地种3年亲如母,再种三年比母亲。”
>
> 柳青《土地的儿子》

这里的乡土人对土地情感的变化，从土地获得的知识，他们真正变成了土地的儿子。

柳青小说的表面文字再也看不到学究、书面腔了，但他和赵树理、马烽相比，仍然是描绘文化人手下的乡土风情。他的语言表述中总是带有主观的抒情，或者以人物的身份与心理进行抒情，描写环境风物也是要和他的意识形态倾向相结合，是一种“着我之色”的描写方法。

> ……不觉得太阳便沉没在传说日军修铁路……晚霞还晖映着这边的山头，但只昙花一现便泯灭了，代之以无涯的暮色苍茫。一柱炊烟从烟囱里升起，缭绕着汇集了起来，笼罩在村庄的上空。
>
> 柳青《地雷》

无论李树元老头看到的景物，还是心理想象的环境均带有主观抒情的色彩，村里房子烧了，他的心理复杂了，日本人是可恨的，但儿子去打日本又是危险的。他的心情总是矛盾着的，当儿子银宝成了英雄他又骄傲了。柳青在口语运用中总少不了使用一些文饰充足的词汇，这使得他和赵树理、马烽不一样，柳青口语比较舒缓，马烽口语近于絮叨，语言连贯而快捷，另一些作家如束为的《红契》、西戎的《喜事》均同山药蛋派保持同一风格，如果不作详细区分我们几乎可以视为是一个山西人所写山药蛋派作品。

三、荷花淀派小说。荷花淀派从产生而言实际是个特例，1945年，孙犁在《解放日报》发表的《荷花淀》、《芦花荡》等水边系列小说在解放区影响很大，此后韩映山、刘绍棠、从维熙产生类似风格的写作。荷花淀派产生不会是一夜间的空想，或偶然灵机一动，从互文性看这类小说文本一定有它的渊源。几乎所有现当代作家都强调了向鲁迅学习，从语言上看，止于21世纪我看还未见真正有人接续了鲁迅语言的遗风，况且接续了鲁迅的小说的语言也未必一定是伟大的作家。“记得鲁迅先生在许钦文初写小说时，曾称他的小说为‘乡土文学’”……“鲁迅自己也写了很多篇……这已经不是什么乡土文学，而是民族的瑰宝。”[①] 孙犁说他对乡土文学就这么一点印象，恐怕还有错误。孙犁的行文刚好透露了他注意自鲁迅起的乡土文学，并作了抬高。刘绍棠倒是承认他学习乡土文学的传统从鲁迅开始，承认萧红的《呼兰河传》。沈

---

① 《关于“乡土文学”》，孙犁著，载《北京文学》1981 年第 5 期。

从文先生的《边城》。孙犁同志的《铁木前传》“都给我的创作以深刻的影响。”[①]我这里所作的追索表明荷花淀派是对传统乡土小说的一种继承。丁帆先生委婉地指出了这一现象：“在白洋淀乡土小说中，孙犁对人物的选择与塑造，与沈从文的湘西乡土小说一样，将‘真善美的极致’主要置放在众多优美而充满温情的女性形象上。”[②]表明了荷花淀派与沈从文的浪漫乡土小说的继承关系。主要表现在其一，比较风景描写和农村风俗的表现。其二，对人物故事塑造的态度。其三，小说语言和诗意的美学追求。有了这三点便足够可以看出他们之间的相互关系。是否一定要揭人家的创作老底，互文影响是否要一对一的文字考证，似乎没有必要，所谓影响是一个大的理念下的某种方法的相互联系，特别是在一个共同的地域性状态下的写作，即便偶有相似也不能判断一个人对另一个人完全仿造。

> 月亮升起来了……女人……手指上缠绞着柔滑修长的苇眉子……编成了一大片。她像坐在一片洁白的雪地上，也像生在一片洁白的云彩上。她望望……淀里也是一片银白世界。水面笼起一层薄薄透明的雾，风吹过来，带着新鲜的荷花荷叶香。
>
> 孙犁《荷花淀》

这是一种口语的浅白的句子，“月亮”作为一句话的领词，也是作为一个文本的领词。突出洁白，苇子与女人，但极紧要地捕捉一些细节。绞、编一种动态。坐，静态。望望，一种视看，月下风景。吹，香气。简洁的白描中感官的各种元素都到位了。句子已经很少了，他还一并用了四个“一片”连成一个动作句，三个描写句。对词语的调控与设置，对句子的排列与穿插，孙犁都是很有用心的。但这种语言运用的策略很像沈从文的，当然我不是说抄袭，允许许多作家在方法上的一致。有趣的是孙犁把北方女人写得很含蓄，而沈从文的南方女子很泼辣。作为美文诗意而言，孙犁强化的是意到，减少行为方式。沈从文却要极尽细微地铺展一系列行为，其韵味暗含在动作之中，例如《阿黑小史》。孙犁的诗意乡土有一个明确的意识形态倾向，而沈从文则往往指人性的某个侧面。孙犁的乡土中人情是一种革命的辩证法。水生嫂八年仅和丈夫见半个傍晚便用冰床

① 《关于乡土文学的通信》，雷达、刘绍棠著，载《鸭绿江》1982年第1期。

② 《中国乡土小说史》，丁帆著，北京大学出版社，2007年版，第174页。

子送丈夫出湖,女人希望他快返战场取得胜利。

> 她轻轻地跳下冰床子后尾,像一只雨后的蜻蜓爬上草叶。轻轻用竿子向后一点……大雾……河两岸残留的芦苇上的霜花飒飒飘落,人的衣服……银白色。她……冰床像飞一样前进……她连撑几竿……她的脸冻得通红,嘴里却冒着热气。小小的冰床像离开了强弩的箭,摧起的冰屑,在它前面打起团团的旋花。前面有一条窄窄的水沟,水灾冰缝里汹汹地流……冰床就像受了惊的小蛇一样。抬起头来,窜过去了。
>
> 孙犁《嘱咐》

接下来的对话便是女人为什么快船轻舟地送丈夫走,是因为家里媳妇盼胜利,敌人用的飞机,我们用的小舟。我们也要和敌人抢速度,夫妇俩温馨的柔情在战争中荡然无存。在大战争环境下我们如何定位真实的情感。

后来的荷花淀派,仅刘绍棠成就最高。他创造了叫"运河"的乡土文学,并总结了几点乡土文学的理论:

一、坚持文学创作的党性原则和社会主义性质;

二、坚持现实主义传统;

三、继承和发扬中国文学的民族风格;

四、继承和发扬强烈的中国气派和浓郁的地方特色;

五、描写农村的风土人情和农民的历史和时代命运。

他还认为乡土文学是写农村和农民,并不把所有写农村和农民的都算作乡土文学。刘绍棠归结的乡土文学的理论要点有准确的,也有矛盾的,或者说也有错误的。乡土文学核心特征是乡村的风俗画,以其乡村的人情世俗作为伦理表述,而把党性作为民俗的根本要求是不妥当的。现实主义典型化作为核心要求,如果作为乡土文学的一个标准,那么理想的、乌托邦的、浪漫的、诗意的乡土文学及其浪漫乡土的传统就不是乡土文学了吗?作为理论教条我们要考虑到它是否有内在的矛盾性。不过刘绍棠的创作与理论并不是严丝合缝的,在乡土小说写作中,他的鲜明风格特色应该是超过了他的前辈孙犁的。作为创作实践的代表作《荷花淀》它只是一个短篇。我们所知的地方性知识,地理文化太有限,它也几乎没有什么风俗性,方言土语、生活方式的差异也不明显,最多只能说有一些水文化特色。刘绍棠年仅18岁便创作了《运河的桨声》,这一部八万字的中篇小说,他有一种语感、语调的天赋能力。我在《中国现代小说语言美学》(语调中第一节作了详细分析。)(商务印书馆,2013年版。)对于乡土风情无论批判或者颂扬,本质上仍是一种抒情文学,因此语调、语感、语流、语味均有极高要求。《运河的桨声》全文共27章。章节之后调式是统一的,各章之间语调又是变化的,总是保持从容舒缓,在各章的语调传递时保持了统一性又显示了差异性,20章之前有一种循环缠绕的韵律, 自21章语调推向了高亢、冲突、力量,是明亮的叙事语调,环境的布景也显示了丰富多彩的变化,声音组合喧闹密集。最后一章和第一章呼应,归于中秋,但最后调式是从容舒缓中提升到高调抒情,最后灯亮了,桨声,脚步均归于一个意识形态的颂扬主题,很直露浅显。这可归为一种时代的局限。不过一个18岁的青年能把语言控制到如此程度确实是一个天才。鲁迅与沈从文的代表作均写于成熟男人的中年期,其艺术语言已经到炉火纯青的地步。他的代表作《蒲柳人家》以望日莲和周檎的故事展开,七章25节写了地方风俗,如何情歌传送,还有富有童趣的风俗画面,运河上的船舟,洼地河岗的植物,瓜果飘香的农家小院,蚊虫与飞鸟,流水与孩子们的游戏。刘绍棠民俗意味极强的小说有《渔火》、《狼烟》两部小长篇。早期刘绍棠喜欢描绘的运河沿岸的风光画,自《渔火》起他变成了民俗学家了。这时民俗有了场景、人物,特别有了民俗细节。《渔火》第一章三节的语言几乎是运河复兴庄的风俗演义,并注意了北京周沿的历史与现代的时空交叉,他仍习惯让女人春柳嫂子登场。他的风俗是从历史沿革开始的:

> 四十里绿水湾湾的通惠河……一九三五年的时候,通州有四大船行……北运河……叫官道;另外那四条河……叫分水。通惠河……小船帮,领船……官称春柳嫂子……复兴庄……潞河中学……(元朝)通州叫潞县,河……直达京城,云集积水潭四岸……又名海子……点将台,只有二三十户人家……八里桥……两度……炮火破坏。通州……设立漕运总督衙门……燃灯佛舍利塔……创建唐朝贞观七年……塔有十三层。
>
> 刘绍棠《渔火》

这里是慢镜头推动的民俗语言,从写法上承袭沈从文、孙犁的路数,这是一种锁定描写语言,基本根据空间的移动变化而转动。这时的风俗是文化地理学的,由地域,即北京通州的水运特点而衍生的人群生存特点。"码头"为集结地。

百顺堂，头一进是三合院的宝局：东厢房推牌九，西厢房打麻将，南房斗纸牌，掷骰子，满院吆三喝六，打爹骂娘，大呼小叫，声震屋瓦。相隔一道花墙，月亮门里别有洞天，也是一座三合院，没有南房有北房，不是宝局是烟馆。十一间隔断是一个单间，每间一张烟榻，每张烟榻一位烟瘾君子，怀抱烟枪，喷云吐雾。旁边都有一个脸搽得雪白，嘴抹得猩红的女人，点烟灯，烧烟炮，削水果，递香茶，后一进是九花娘的迷宫密室，闲人免进。

刘绍棠《渔火》

刘绍棠的民俗描写稍嫌机械，他爱使用对仗与四字句把风俗按一种顺序呈现，反倒不如他早期文本的语言是轻巧灵动的。有一点值得注意，刘绍棠的乡土语言是正宗的，而且值得我们分析乡土语言的基本特征。刘绍棠运用大量的人物语言，这里村俗俚语很明确，叙述语言是北京话，因此对刘绍棠而言，叙述语言和人物语言均是北京话，仅在于人物语言多了一点北方方言。他基本要操两种语言：官话与俗语。后期的刘绍棠语言节奏加快了，风俗语言有了密度，语调中少了韵味，语言中少了清灵之气。这和刘绍棠强化语言的意识形态有极大的关系。那时乡土仍需要从容舒缓的态度。

四、十七年乡土小说的状况。这时乡土小说延续了1930年代以后接续新时期，写作者声名显著的有周立波、丁玲、康濯、柳青、马烽、王汶石、茹志鹃、浩然等。这时候有一个特殊的动因，那就是乡土文学的土地经历了变迁。首先，革命让土地回归农民，土地改革是真正意义的，可是农村很快实行农业合作化、人民公社化。土地更进一步地被国家垄断，农民没有自己的土地，那他的乡土感情便有急剧的变化，因而真正的乡土情感荡然无存了。

自1940年代以后大规模的土改运动，农民和大地关系密切了应该更有利乡土小说的写作，但各种政治运动使土地与个人的关系不停地运动，简单说土地关系的变化重组了农村生活关系的变化。农民生活变化必将影响农村政治与文化及经济关系，并产生各种细微的改变。乡俗民情里注重人情、伦理、世俗、血缘，可以说这四者是乡土文学的胎记，当革命的思想渗透了权力、等级、国家、社会组织成为乡土叙事中的主要话语与价值倾向，自然导致了用观念组织人民的共同情怀与价值标准，过去故乡中的宗族神性和自由伦理被强度压制，人心不古，成为乡村怀旧模式的根脉也不复存在。说得简洁明白一点，乡土小说的语言是私人情感话语，是以家族为单位，亲情血脉为纽带的。有了意识形态的革命话语后,乡土语言变成了公共的话语意识,共同受国家权力的制约,也许我们还能以农村为题材,以乡土人为对象,可传统乡土中的风俗人情抽空了,作为乡土语言也就没有人的语言的味道了。这从根本上毁损了乡土文学。

> 月亮很亮,把屋前两棵高高的白杨树,映照得越发巍峨挺拔。树底下,远处的山坡上,依然闪烁着工地上那片电灯光……年轻姑娘,顶多十七八岁,面色黝黑,两颊圆鼓鼓的黑里透红。头发很短……白杨树上,飞快的溜下一个人来……喇叭突然大声唱起来,白杨在摇摇摆摆,仿佛白杨在唱,在唱过去的和今天的,唱五彩缤纷的未来,唱一切的一切……
>
> 茹志鹃《高高的白杨树》

乡土小说中的风光描写在此成了观念风景,白杨是象征的,和茅盾的《白杨礼赞》没什么两样,白杨细部描写也变成了大形容词:巍峨、挺拔。女人的特征主要是健康。乡村中的声音再也不是民间文艺了而是一种革命的理想宣传。我们可以理解十七年的乡土语言是一种观念象征。

> 初冬好天气,日头挺暖和。河槽里结了一层冰的小河……河水轻轻流着,声音像敲小铜锣……小毛驴也很懂事……伸着鼻子嗅嗅道上别的牲口拉的粪蛋蛋……嘴伸向地边,啃一两根枯草……
>
> 康濯《我的两家房东》

这种自然平实的口语其实是很好的,人物也可以说地方语言,但是语言所说的内容却是工作与学习,凡说之事均要向进步的思想观念靠拢,语言这时便只有阶级的属性,语言的地方性是环境与生活在环境里的人同地方生存的特征共同构成的,某种象征性观念其实是外加的。乡土语言的变化,来自乡土生存的变化,一般说来自然风光与地理变化是异常缓慢的,人的生活方式变化比较快,这里起决定性的原因是现代性,现代性科学技术与文化改变了我们旧有的乡土形态和乡土活动方式,甚至我们说话的乡土语言。所以乡村城市化的概念是最需要我们警惕的。

我们来讨论另一个问题:什么是真正的乡土语言。

我们可以抽出新中国成立后的十七年的小说来看一看:赵树理的《锻炼锻

炼》、周立波的《山那面人家》、柳青的《恨透铁》、马烽的《我的第一个上级》、欧阳山的《乡下奇人》、西戎的《赖大嫂》、方之的《出山》、刘澍德的《拔旗》、菡子的《万妞》、高缨的《达吉和他的父亲》,这些小说肯定都是写农村的,同时也是写乡下人的,人物语言也还是乡下人说的话。我们是否还可以把它视为传统的乡土小说呢?显然,它不是传统的乡土小说了。第一,它没有我们历来重视的乡土风俗与人情了,例如各种节日风俗,婚丧嫁娶的礼仪,走亲访友的礼俗,人物的行为方式与地方某种特定的传统宗教、风俗、信条有关,例如传统中开河挖渠、建房架梁均会有仪式,表示一种民俗心理的习惯,在休闲生活有许多游戏玩乐的东西,再例如吃喝拉撒也会有些民间崇拜与地方特色。这一切都从十七年的农村小说中清除了。这与解放区革命以来的移风易俗有关。第二,把宗族伦理的东西剔除,例如家族中有七大姑八大姨,叔伯舅舅的家庭亲情关系,简单说家族等级铲平后变成了同志。那么请客送礼、婚嫁与生老病死均有礼仪,革命使他们成为同志,集体举行婚礼与开追悼会,使所有人情含义的东西变成教条与仪式过场。也就是说人类的狂欢心理与狂欢场面被移风易俗所革命了。和谐温暖的情愫从个人心理根除。第三,民间文学被拆解,因为没有节日与婚丧仪式,那些传统的节日形式被取消了。这一点倒不是法令与革命的教条导致的而是被大众文化与影视图像所替代。没有民间文学形式,乡土人的娱乐欢快,精神欣赏被压制了。第四,民间乡土语言是一种生活经验发生,是一种宗法伦理所焕发的,它是一种大声音的口语,是乡土人快乐与悲愤的情绪的表达,这种语言的特点会根据民族与区域的特点相伴。例如在有河湖海洋的地方,日落叫太阳落水。在山川丘陵的地方,日落叫太阳落山。词语是一个地方性风俗的辞典。这些地方性的生产生活知识是不可以因革命而改变,可是革命总爱树立新观念,人们有一种追逐新潮的心理,乡土语言也会被潜移默化地改变。因此,没有一成不变的乡土语言。我们是否可以叫它为新乡土语言呢?接下来问题又产生了。自二十世纪三十年代开始,中国的社会环境一直在变,而且变化巨大。特别是近三十年,现代性不仅仅改变了城市面貌,也极大地改变了乡村状态。那么这个新乡土语言就不得不追踪到乡土与革命如何联姻、如何结合、如何在演进中形成新的语言规范,如此一探索,1930年代初丁玲的《水》便成为一种文本实践的开始,无论《水》好还是坏,它都已成为一个开头。丁玲的《水》成为新乡土语言的开头,这样一看新乡土语言的出现,我们并不能形成一个倾向性的价值判断。我们不能随意判断新乡土小说的好坏。

第六节　新时期以后的小说乡土语言状态

新时期自文化大革命结束开始。随后便出现了“伤痕”乡土小说、知青乡土小说、文化乡土小说、新写实乡土小说、浪漫乡土小说、先锋乡土小说等多种乡土小说的现象。这时候我们评判乡土文学的概念完全不能采用传统乡土的概念，我们可以说应该真正有一个新乡土小说的概念，而且它有个核心的观念词:现代性。现代性乡土概念不同于过去数十年中的革命乡土概念。这里的现代性也许还有本质性的革命理念。但是现代性同这个社会时代与时俱进的时候,现代性它是一个知识系统,不仅仅包括政治历史、社会时代的观念,还包括一套自量子力学以来的新的科学知识以及日益加快的技术革新。同时我们还要注意到新的人文科学知识、新理论的影响。这样看来,新乡土小说处于这样一种乡土性中,自丁玲《水》之后为革命的新乡土,延续到新时期的“伤痕”甚至知青乡土小说。另一种应该叫现代性新乡土小说,从部分知青乡土小说开始到二十一世纪头十年的乡土小说。这也包括文化反思的乡土小说,因为它是站在现代性的知识型的反思。但要注意,革命乡土和现代性乡土的界限很难一刀切,有时它们界限是一种交混的“伤痕”,“反思”时期乡土小说多数是问题性的。

古华的《爬满青藤的木屋》与《芙蓉镇》便是这样一种乡土小说,《爬满青藤的木屋》由于写的是一个封闭的瑶山林场,描写还有一些浪漫的异域风情。乡土的美丽超过了乡土的严峻,这个小说有一个极严肃的内在性呼吁,现代性知识对盘青青的诱惑。那个李幸福带给她的是一种精神体验。小说里的人物语言的地方口语味很浓厚:

> 怕个卵。顶多不发口粮。我们绿毛坑有水有土。你看看,我这双手巴子粗得和量米筒一样……冬下我再开出一块棉花地,……阿妈留下的花车,木机搬下来……
>
> ……走进大森林的雾里,恍若走在迷蒙的梦里。满山满谷乳白色的雾气,那样的深,那样的浓,像流动的浆液,能把人都浮起来似的……日头露脸,云雾初散时,他坐在山腰瞭棚口,头顶千柯竞翠,万木葱茏,脚下却仍是白茫茫一派雾海,只见一簇簇高大的粤松和铁杉从这团团滚滚的雾气中浮出……
>
> 古华《爬满青藤的木屋》

大森林的风光画，又是瑶族边界林地，有些异族风韵。人物口语还是湘南口音。连比喻都是农民式的。人物称呼也是少数民族习惯的。他们活在他们的地方文化之中。《芙蓉镇》是表述一部分乡镇人物，文本一开场便是湘南五岭的风俗人情。芙蓉仙子的传说，赶圩场的风俗，吃米土腐等三省交界的边地土俗。圩场是各乡各村的土特产的大汇集，这也是一种经济交流方式。《芙蓉镇》是一部有乡土风俗代表性小说。仅在于他是反思一个时代的社会问题，寓政治风云于地方乡土之中。乡土特色中表现得情真意切的是何士光。

何士光的《乡场上》、《种包谷的老人》。一个老人对土地的感情是以生命为代价的。那种细微真切的体验入木三分：

> 一眼望去，只见青绿的山峦默不作语，连绵地向天边伸延，颜色逐渐变得深蓝，最后成为迷蒙的一片，一片片的杉树林和柏树林，无声而绰约地伫立，连接着一簇簇的灌木丛，一直通向好幽深的山谷里去，好久好久，远远的蓝天里出现了一片密匝的黑点，飘忽着，渐渐地近了，倏地化为一阵细碎而匆忙的雀语，仿佛被这儿的寂静惊骇了似的，一下子掠过去，又还原一片小小的黑点，消失在那样肃穆的蓝天里……
>
> 静得简直可以听到须根切切地吸吮叶片嚓嚓地伸长……握了一只水瓢，一步步往包谷林深处挪动……每移动一步，衣襟都把包谷叶擦得窸窣作响……溽热扑到人的脸上。那些伸到面颊上的叶片……尖梢刺着他的干枝桠一样的手背，叶齿从他的瘦黑的脸上划过，茸毛粘在他的细细的脖颈；汗水……粘湿了那些碎屑……浸到划出来的细小的口子里去……水刚一沾着泥土，就发出吱吱声响，又细碎又清晰，一点也不流淌，马上就被吸干了，在须根周围留下一小圈淡淡的影子……褐黄的眼仁已经浑浊了，但不知是噙着浆液还是映着阳光，差不多眯成一线的眼缝里……隐隐闪动的亮光，好像……望着……没望……想着……又没有想。
>
> 何士光《种包谷的老人》

很少有作家这样写乡土小说，我不单单说他的描写细腻，而是他的叙事态度。其一，他完全从乡土及人物上剔除了烟火气，只让土地与植物本真地袒露自身。其二，乡土人对土地与庄稼是一种宗教般的情怀，这种信仰超出了自身的生命能量。其三，极细腻深刻的乡土体验与感受。扁担，红木的，早已是玉一样圆润，琥珀一样发出深沉的暗红色的光亮。和他胸膛、颈脖、肩胛一样烟熏火燎之后渗出了一层油，隐隐的、暗红色的光泽。一个农民的身体和他的器物变成这样的色泽与质感。那真是体会到骨子里去了。老人将自然的宁静体会成一种宗教，在超微听之下土地与植物都会有一种人听不到的声音，可灵魂感受到了乡土的声音。一切土地、植物、山光水色及食品、血脉、气运都是乡村人的宗教，人从那里来又从那里归去，农民一生便和他的土地和庄稼厮磨，于是他也变成了庄稼和土地。

我们能把乡土领会到它就是人的魂灵，那我们才真正读懂了乡土。《种包谷的老人》里刘三老汉托人交给队长三十二元钱，不知何年欠的公家的债务。个人清空了自己的一生干干净净地回归大地。来自大地又贡献于大地，人的生命经过一次循环，只不过将精神领会的东西提升到终结意义上去理解，所谓超然物外，这是农人最后的感悟。因此，《种包谷的老人》可称之为乡土小说的精灵。而他的语言应该是一个宗教徒写的乡土语言的文人感悟式的经文。

叶蔚林的个案说明语言必定是文化地理学意义上的结果，他本是广东惠阳人，少小参军，二十多岁来湖南在湘南山区生活十年，是那条潇水养育了他，才有了《在没有航标的河流上》，才有了这条河流上种的南瓜：

> 每次煮吃南瓜之前，他都将南瓜籽儿小心地抠出来，漂净晒干，里三层，外三层用纸包起来，塞在灶门边的砖洞里。冬至前后，南瓜籽儿收集得相当多了，他就打开纸包选种……枯瘦的指头捏住一粒粒南瓜籽，看个仔细……选出的种籽，用另纸包起，扣进一只生锈的铁盒子里。每隔三天，再取出来选一遍……最后才选定那么三四十粒。这些宝贝不再放在铁盒子里了，换块麻布包紧。塞进贴身的棉背心口袋，用自己的体温保护着它们……（南瓜）一色身圆蒂正，一色光滑金黄，一色米斗般大小。白露秋分，南瓜收下，摆在床铺下，八仙桌下……爷爷都要对南瓜欣赏一阵，用手摸摸，用指头弹弹……
>
> 叶蔚林《在没有航标的河流上》

这里是乡土生产的知识性话语，平实浅近地介绍一套种南瓜的方法。这时的语言不是写字选词的难度，而是词语背后的知识性结构与体验方式。其间渗透了乡土人的情感方式与农业心理。乡土生命有一套交互关系，庄稼生命在于种子，对种子的爱护便是对生命的爱护，它和农民身体温度相连，而庄稼又决定了人们的生命存在，1927年因南瓜讨来了老婆。人民公社成立第二年（1959年），由于父亲没好好地种南瓜结果饿死了。南瓜是灾年的救星。因此我们就不能这么简单地看待南瓜语言了。

叶蔚林描写自然风光的语言是值得注意的。他的描写语言充满了清灵、俊朗，有一种水的温润，描写的事物密度大，善于运用比喻，还有一种特殊的气势。从四时季节，早晚气候和各个不同的空间位置去审视那条潇水，没有航标表明了它是一条野水，布满了荒野之气，但又有情感变化。如果有人怀疑叶蔚林对潇水的描写，那萌堵山脉的黑谷风光是不那么好抄袭的。湘南山谷风景有一种异族风韵，聚集有瑶族、苗族与汉族的风俗。旷野大山才九户人家。

> 花香伴着清凉的夜气，泉水一般迎面扑来。深山的月，似乎特别小巧，春夜的月，总有几分迷离，望上去像煮成半熟的鸡蛋白，似透明又不透明。月光既不是白的，也不是黄的，而是一片纯净的灰蓝。它像一幅无边的纱幕，小心翼翼地覆盖在山野之上；于是一切景物的轮廓变得柔和圆润而饱含水分，仿佛在互相渗透，融合，搅拌成一个朦胧的梦。
>
> 叶蔚林《在没有航标的河流上》

这里的描写语言必须是观察与体验的结果，如果没有对南方山区切身的感受是写不出来的。南方林木植物茂盛，树叶阔大，绿色太多太浓，在山谷里形成一种水绿水绿的颜色，这样的幽谷观月，月色必然带青蓝之色。南方春夏秋三季多雨，山间多雾，因而南方大山的事物必然饱含水汽，有浸润柔和的质感。

二十世纪八十年代湖南形成一个乡土小说的高潮，人数众多，有莫应丰、古华、叶蔚林、孙健忠、韩少功、蔡测海、何立伟、彭见明、刘舰平、叶之蓁、吴雪恼、贺晓彤、钟铁夫、肖建国、蒋子丹、杨克祥、陶少鸿等人。湖南乡土小说的特征有浓厚的地域文化，主要的地理形态是南高北低，由湘、资、沅、澧四水汇合成洞庭湖，湘东幕阜山脉，湘南九嶷山脉，湘西五陵山脉，唯湘北是洞庭湖平原。但它的小气候构成了湖湘文化，“湖湘”一是水文化，二是楚巫文化，从文化地理学上造就的人格特征：外圆内方，火辣血性是其内在的，而人物外形面貌却是矮小猥琐的。因此语言文字偏于温润灵秀、清朗瑰丽。又由于大多数作家农民出身，从骨子里来说，他们使用的是农民语言：一方面是纯口语的节奏，另一方面是短句，词组性的停顿。还有些重要方面是湖南湘方言分布复杂，地方语言的土话众多，语调偏平，不喜起伏，可语速快捷，这样语言的跳跃性强，节奏活泼，语速快一方面关乎思维,一方面关乎脾性急。湖南乡土语言以短句跳动的口语表述为主,但湘北的语言又调式平缓,悠扬抒情。因此句子变得长,使语言态度从容舒缓,娓娓道来。所以常德,岳阳倾向抒情文体。湖南正宗的乡土语言大概只有沈从文与彭家煌。韩少功是变形的乡土语言。何立伟仅前期是浪漫乡土语言风格,其余莫应丰、古华等一大批人只能算问题乡土的语言风格。细分析后,张天翼和蒋子丹应该算幽默反讽语言,不能纳入乡土语言。聂鑫森是市民文化语言的。王跃文、阎真、肖仁福等是社会革命语言。综合看湖南乡土语言风格虽然突出而强大,但在中国小说史上的大家并不多,虽然周立波、丁玲、康濯都很有名气,也算是革命乡土小说写作的中坚,但他们对乡土语言的贡献却不是很大。

新时期知青乡土小说其实是一个特殊形态。知青去乡村从事了劳动生产,其本质并不是他们多么热爱劳动生产,对乡土具有多么质朴的激情,一定程度上说,他们的本意是逃避乡土的艰辛,但逃避乡村的艰辛,也无法离开乡村,使得乡村的农民与知青混杂地生活在一起。知青一般都没什么特别繁重的生产劳作,在知青们自身度过了一段浪漫异域的生活,他们返城以后便有了一种深切的乡土回忆,这构成了乡土文学中一些积极意义的东西。知青是有文化的作家,他们的乡土小说一般是外在的表现不同于那些本乡本土的作家,他们本身便扎根在农村,而且他们大多数文化程度并不高,那些质朴那些跟土的亲缘血脉又是永远割不断的,所以这两方面的作家还是有些质地上的不一样。知青乡土作家我们可以找到叶辛、梁晓声、王安忆、史铁生、张承志、朱晓平、李锐、孔捷生、陆天明、阿城、陈忠实、路遥。还有同为知青但可以作为乡土文化派的韩少功、李杭育、阿来、郑万隆、贾平凹、陈应松、林斤澜、莫言等人。新写实的乡土小说家刘恒、刘震云、迟子建、杨争光、张抗抗、李佩甫、张炜、毕飞宇、张斌、李本深、董立勃、邓九刚、肖亦农、路远。新生代的乡土小说家有石舒青、须兰、红柯、鬼子、东西、孙惠芬、韩东、毕飞宇等。先锋乡土小说家有马原、洪峰、吕新、苏童、格非、林白、残雪、墨白、行者、刘恪等人。这是一个极不完整划类又不精确的名单,当代乡土小说的人物与问题是可以再用一部新的专著来谈论的。还有我们按幽默反讽的乡土性质而言有高晓声、王润滋、乔典运、赵德发、赵本夫、蒋子丹等,现在我们还可以找到一批七〇后与八〇后的乡土小说研究。

从乡土性质给予语言的效果,结合作家的个性气质,乡土小说语言大体可以看出如下倾向:一、具有浪漫气质与理想情怀的回忆性乡土语言。二、具有写实性质的问题反思而带批判性乡土语言。三、具调侃消解幽默反讽的乡土语言。四、具有改造重构乡土语言的极端实验。一句话,当代乡土小说语言趋向多元化,非确定状态。这在一定程度上带来了我们对新乡土语言评估的难度,引发的问题是,我们研究乡土语言时该采用一个什么标准和方式,究竟还有没有我们纯真的乡土语言表现。

我们可以肯定,梁晓声、张承志、莫言、汪曾祺、何立伟、格非、张炜等人是浪漫气质的小说家,他们的乡土语言,情绪饱满,感觉飞扬,语言是诗化的,有一种隐含的终极的理想化寻找。我们可以讨论几个语言个案。

先说张承志。他的语言里有一种不可遏止的浪漫主义激情,一切自然或自然一切皆着我的主观之色,其色彩、光影、声音、形体、感触与味觉都被强烈的情绪笼罩着、牵动着。他的景物描写用了大量的比喻、夸张、象征的手法。他的草场、马、羊、人物均是拟人方式的,有旺盛的生命力,对各种自然景物和场面都充满了感觉体验,往往是一连串的描写长句,有很多象声词和不同的色彩,形容词也是重量级的,他的描写长句少则三五个分句,多则一个大句群组成整个章节段落,长句的绵延感和重复也是非常明显的,因而他的文本语言是过度使用,总是膨胀的,有一种语言流动的相互覆盖现象。这种放纵的语言也带来了能指的超量而所指简单抽象。文本有大量的句子但句型变化却少,他的风景和风俗都是主观描写出来的,不是草原文化显现出来的。虽然有其象征特色,而内涵却缺深厚沉稳。作者似乎意识到了语言暴力泛滥,早年出版的《金牧场》有十章三十六万多字,十年后重写一遍改成《金草地》仅有14万字。篇幅大量减少了,可是语言表现的技术方式和思维特征却没有什么大的变化。

> 她走近那头高的黑白花荷兰乳牛，亲切地拍拍它的额头。那奶牛动着闪着缎光的脖颈,聪慧地睁大温柔的眼睛等着她。她蹲下,把木桶放稳在袍襟上。唰唰,雪白的奶浆一股股射向桶底。其余几头奶牛也慢慢腾腾地踱过来……她挥动着双臂,上身一动一动地摇着,用力地挤着,脸上浮着平和的微笑。
>
> ……索米娅洗着衣服,用湿漉漉的手撩在脸上的散发,随口和路过的人们说话。阳光照着她黧色的面颊和黑黑的眼睛,她显得安详、自信而平静……给那户人家养的一只山羊羔喂了奶。她点燃炉灶，用斧头砸碎茶砖。一家人围坐在炕上,奶茶正在铁锅里沸腾。
>
> 张承志《黑骏马》

索米娅进行的是生产劳动,劳动是艰苦的累,这里她是在微笑,所有动物也接受了这种劳动关照,我们知道如何挤奶,如何煮奶茶,砖茶是用斧子砸开的。作者采用了拟人,人与动物充盈着欢快的情绪。这种草原生活情趣是经过理想化塑造的。草原文化中索米娅被坏东西希拉奸污后,没有悲伤与仇恨,同样充满了生命幸福感和欢快感。

张承志的风景描写是动态的,充满力量的:

> 他在激流中……眼前粘满青苔的岩壁飞快地移动着。
>
> 这水流得太快啦!他想……他蜷起身子,双脚拼命地蹬了那石头一下,巨石在水里半隐半现一掠而过。流得太快了……他奋力扬起臂膀,鼓足力气,用爬泳对准山西的石壁冲刺,他觉得石崖上的绿苔……可是河水抓着他仍然向下飞流……他看见又一块狰狞的巨石朝他驶来了……他的身体立即被河水冲得横了过去。他的身躯翻转了,右臂被一股强力重重地拉了一下。他死死抓紧了右手攀住的那个石棱,感到激流……哗哗地激起浊白的浪花……温暖多沙的水流托着他的肉体滑过……浑黄的浪头激烈地推撞着他……黄河父亲,他想到,我感激你……
>
> 张承志《北方的河》

这里的河水是人格化的描写,而且是作为一种力量的象征。他直接指认,黄河是一个父亲的符号。张承志的草原、黄河大量的是这种移情的描写,而且句子是线性的句子,大体顺着时间、空间序列排展开来,把情绪蕴藏其间,这样使他的语言产生了众多的带性句子,连绵不动的长句一味蛮横地勾连产生挤压力量,永远不可穷尽地使用形容词描写,可是他的词面变化太少,一段话,一页面,一章节,视线很快滑过去,其大体含义都了然入目了,结果造成众多语言泛滥而其含义却少。我们可以视为一种暴力语言。

再说莫言。从乡土小说言说,莫言的代表性作品应该是《球状闪电》、《爆炸》、《金发婴儿》、《红蝗》。他坚持乡土小说中一个地域性的空间划分:高密东北乡,然后用长长的历史贯穿它。

莫言从语言本质上是走的张承志一路,同样被一种浪漫主义激情所控制,所不同的是莫言带来一种负审美,表现乡土中一些扭曲丑陋的让人恐怖恶心的事物。他的描写句少则数十多则数百字,有时甚至上千字,一个句子一个意象,从能指上是无限夸大而延长,甚至在句群和语段内并置各种复合的意向,超量地使用比喻和夸张,每个单独的描写句都有繁殖能力,或者静态地一句套一句地拉长,或者动态地使行为和声音保持一种空中滑翔状态,句子成了纺线不断地抽出,拉长,循环,束结。他语言流的纯粹性的风景与风俗一反雅化,而是粗鄙化、原始化、欲望化,虽然在句子中也保持了对话和独白,但他的语言却是不能上口念的,那是一种扯不断的绵延。莫言的句子也是膨胀过度的,也是超量浪费的,他的激情不同于张承志,是一种观念和情绪的直露,描写句的核心是意象句,意象可以发展为象征,但莫言更多地发展为欲望化的、感觉化的、负审美的情绪或冲动。他让语言有一种狂欢的表演。我们可以视之为一种暴力的感觉语言。

> 正南方不时有血红色的闪电撕开铅灰色的云层,闪电像一棵落尽叶子的树,有时也像吐着芯子乱窜的蛇,有时还像一串串的珍珠项链。闪电过……眼睛里充斥进颤抖的闪电。闪电距离不等,他倾听着空气急剧膨胀的声音,计算着闪电的远近……闪电继续撕扯着云片……绿色的草皮在闪电下急剧地变幻色调……喀喇喇——忽然在头顶上亮了灼目的闪电响了短促的雷声……球状闪电。火球约有儿童足球那么大,非常轻巧灵活,像实心的又像空心的,一边滚动,一边还发出劈劈啪啪的爆裂声……滚来滚去的火球。做着复杂的运动……像看着两个小精灵在跳舞……
>
> 莫言《球状闪电》

这个"球状闪电"正是莫言语言的自喻。莫言总是让语言一出现便用一连串的比喻,或者做各侧面的具体描写,然后语言之球要炸开,语言炸开之后便漫天飞花。光彩四射、漫天飞花的语言便铺成各条线索,顺着文本的纹路铺散到最细小的语言单位之中。这时的语言有色彩(闪电的赐予),有声音(雷声的赐予),有气息(各种腥臭霉烂的赐予),那儿是乳牛的觳觫,竹笛悠扬,草地,河川,海洋,鲜花与荆棘,桉树与芦苇,袋鼠怀揣婴儿,流浪汉剪羊毛,白色小楼有成群结队老鼠与蛆虫,"一群白色鹦鹉用樱桃色的弯嘴巴把褐色多棱的桉树种籽啄得像冰雹般散落下来……图像,记忆之河"铜铁怪物,老鼠抢牛粪,浊臭熏天,几百头牛拉稀,这些句子像麻花一样扭曲着,混乱地在句群中奔跑,完全没有一种造句章法,泥沙俱下地进入了那个高密东北乡的储藏室里。就感觉器官的开放而言,他确实袭承新感觉派小说,从语言的膨胀而言,他又袭承了七月派小说,从感官极致的身体反应而言,他似乎又有周文、端木蕻良的东西,莫言的小说语言确实是一种语言的狂欢,是一种语言的暴力美学,这是一种绝对地反中国古典美学语言的语言,我们应该如何定位评价这种语言呢?他在《红蝗》中大量运用丑得让人恶心的事物:“红色的淤泥……东北乡庞大凌乱,大便无息……美丽家族的过去,网络大便、动物尸体和人类性分泌液的混合物。”同时还运用极美与极丑的词语,在对立状态下产生效果:“思念无臭的大便一样思念我可爱的故乡。”“石板路上的马蹄声与粗大滑畅的肛门。”莫言对“故乡”使用大量的负审美词汇,采用诙谐反讽的口气,使自己故乡充满了一种内在的对立与混乱,仅是一系列的能指的根本漂流起来而无法进行价值评估。这时的“丑”概念我想一方面是为了莫言的渎神精神,作为反抗者的修辞学;另一方面仍是一种美学需要。“丑”是一种美学变体,古典美学作为美学的反面,在美学发展的历史中“丑”渐渐作为独立概念,“丑”是认识美的一个阶段,是接受人类经验的模糊形式。或者说“丑的美化的确是各种资产阶级艺术的基础,首先是颓废派的基础。”[①] 这也就是说“丑”也是一种美的形式,是美的变体,使纯美的语言变成恣肆汪洋,腐朽霉烂而又混乱不堪的语言,这样的乡土语言变成了对乡土自身的反抗背叛,因而乡土语言也可以震撼人心,也可以是感觉的泛滥。

莫言的乡土语言并非词汇性的,他的词汇量并不大,而是意象性的,他编织各种意象并使用并置,句子内并置或句子之间并置,从自然现象说有田野意象、树林意象,最突出的意象是雷电意象、太阳意象,部分地使用身体意象、河流意象。他爱用各种各样的动物意象。在《爆炸》中父亲也是意象性的,那只麦田里的狐狸也具有某种意象意味。这种比比皆是的意象语言成为段落或篇章的主宰便容易成为象征的题旨,就象征意义上说无所谓美与丑的倾向性价值判断,只要表达特定的情感理念,那么《红蝗》中的丑也是一种泛滥成灾的意象语言,交叉混乱地宣泄、喷放,就像拉稀时大便从肛门喷涌而出有一种排泄的快感,因而他多次把嘴比喻成“美丽的肛门”,“泄稀薄大便的肛门”,奇丑男人和母驴交配,在这里门的意象是原型的,它是嘴、肛门、阴门,大便成了语言流中的快感器。门的快感实质上就是一个美的调节器,美被认为是“在每个地方作为调解者而运行,把它所接触到的一切都变成……其他的调解者。”[②] 显然美是作为一种交换关系的,是一种深层意义的关于美的事物的永不停歇的换喻。从这个意义上说,美是美的,丑也是美的。我们把梁晓声、王蒙、张炜,加上莫言、张承志都可以称为激情式浪漫,军旅题材的朱苏进也可以划为这种浪

① 《美学范畴论》,(俄)舍斯塔科夫著,理然译,湖南文艺出版社,1990年版,第126页。

② 《美学谱系学》,(加)法阿斯著,阎加译,转引俄罗斯语,商务印书馆,2011年版,第540页。

漫,还有汪曾祺、何立伟、董立勃、张斌、陈启文等人。这种浪漫乡土语言具有一种梦态的抒情,语调与语态从容舒缓,优雅风采。重要的是这类乡土小说语言坚持一种诗化与画境,具有一种典型的古典美学风范。同时这也是废名和沈从文开创的一条乡土小说语言的美学传统。

这类乡土语言以汪曾祺为代表。是他直接传承了沈从文风格,这不仅因为他是沈从文的学生,重要的是他有自己的乡土语言理论。他认为:“语言不只是技巧,不只是形式。小说的语言不是纯粹外部的东西。语言和内容是同时存在的,不可剥离的。”“所谓诗化小说的语言,既不同于传统小说的纯散文的语言。这种语言,句与句之间的跨度比较大,往往超越了逻辑,超越了合乎一般语法的句式。”[①] 可见汪曾祺追求乡土小说语言的诗意化是有理性支配的,并构成了鲜明的文体特点。这主要集中在他的《受戒》与《大淖记事》中。

> 荸荠的笔直的小葱一样的圆叶子里是一格一格的,用手一捋,哗哗地响……荸荠藏在烂泥里。赤了脚,在凉浸浸滑溜溜的泥里踩着……伸手下去,一个红紫红紫的荸荠……在柔软的田埂上留了一串脚印……五个小小的趾头,脚掌平平的,脚跟细细的,脚弓部分缺了一块……一串美丽的脚印……
>
> 汪曾祺《受戒》

这种语言的诗意并非是自然风光给予的,是事物一些极小的细节掀动人物内心的情感,荸荠的描写是具象的感觉与体验,是形象化的,从心理因素而言还是隐喻的,具有浓厚的性意识。对脚趾极细微的情怀表露,以脚趾代小英子为换喻的方法,这种意象浓厚的事物成为符号代表某种诗情运动,因此它是一种深层的诗意化表现。

汪曾祺还有一个不为人注意的观点:“我以为风俗是一个民族集体创作的生活抒情诗。”“作为小说,写风俗是为了写人。”“风俗,不论是自然形成的,还是包含一定的人为的成分,都反映了一个民族对生活的挚爱,对‘活着’所感到的欢娱。”[②] 风俗是特定人群的生活情怀与生活信仰加上地方爱好。

---

① 《汪曾祺代表作》,华夏出版社,2009年版,第260—264页。

② 《谈谈风俗画》,汪曾祺著,《汪曾祺全集》,第四卷,北京师范大学出版社,1998年版,第350页。

这里还住着二十来个锡匠,都是兴化帮。这地方用锡器,家家都有几件锡制的家伙。香炉、蜡台、痰盂、茶叶罐、水壶、茶壶、酒壶,甚至尿壶,都是锡的。嫁闺女时都要陪送一套锡器。最少也要有两个能容四五升米的大锡罐,摆在柜顶上,否则就不成其为嫁妆。出阁的闺女生了孩子娘家要送两大罐糯米粥(另外还要有两只老母鸡,一百个鸡蛋),装粥用的就是娘柜顶上这两个锡罐。因此,二十来个锡匠并不显多。

锡匠的手艺不算费事……用竹节草……磨得锃亮。

汪曾祺《大淖记事》

这是高邮县某地的锡器的使用风俗,锡器制作的方法,我摘引时删除了350字。汪曾祺的风俗画展示琐碎繁多,发誓把那种风俗场面还原出来。这个风俗展示有语义考古学,如关于大淖的“淖”字使用。有生产性知识,如锡器的制作工艺,有人物活动,涉及男婚女嫁、生老病死时有极细微的细节描写,这些细节也会关乎人物命运的变化。风俗是人物命运的徽章,也是人物性格形成的动因之一。同时人物与风俗还是互动的,人物在风俗中展开,风俗也改变人物行为,人物从地方性本质来说,他只能是风俗的印迹。

汪曾祺对中国乡土小说起了至关重要的作用,自1930年代起丁玲及以后的赵树理的乡土小说中,“革命”一词起了支配作用,几乎泯灭了风俗的作用,革命乡土小说一直到京派的刘绍棠,浩然已是巅峰状态了。在1980年代中期之后汪曾祺突然在乡土小说中取消“革命”一词,还乡土小说以本来面目。而且在语言上有了独特的追求,使乡土小说语言有了新的范例:风俗化、诗意化、散文化的田园牧歌。紧随其后的有何立伟。何立伟的乡土小说代表作:《白色鸟》、《小城无故事》等。他的语言在1980年代中后期颇有影响。

迤逦了两行深深浅浅歪歪趔趔的足印。

盈满了从河堤上飘逸过来的野花的芳香。

无涯地绿着,恰如了少年的梦。

……还有咯咯咯咯盈满了清脆如葡萄的笑声。蝉声嘶嘶嘶嘶叫得紧。远处一叶白帆,正慢慢慢慢地吻过来。忽然传来了锣声,哐哐哐……

何立伟《白色鸟》

何立伟的语言使用了众多的叠词,叠词重在形容词与象声词,造成语言上的复合节奏，排列采用诗行方法，如同电影技术中的镜头语言，拉长了，淡远了，又拉进特写，是一种非常文雅悠扬的抒情口语，画面与声响结合造成淡远旷达的效果。汪曾祺说，“何立伟的一些小说也近似唐人绝句。所谓唐人绝句，就是不着重写人物，写故事，而着重写意境，写印象，写感觉。物我同一，作者的主体意识很强。”[①] 这类乡土语言讲究精致凝练，有古典神韵与意味。

浪漫乡土语言一直都是众多南方作家所用，只有少数作家袭取了它的特点，孙犁在20世纪三四十年代以荷花淀派的风格继承了沈从文传统，但就其格局、意境、韵味远有差距。在1990年代中还有位河南作家老张斌把这种乡土语言发扬光大了。他的代表作是《蔷薇花瓣儿》、《柳叶桃》(1981年)、《故乡故事》。老张斌的乡土语言最大特色，继承传统乡土语言的描写性同时，融会进去了许多感觉化、意绪化的东西，使乡土语言的客观化传统增加了新的元素。

> 踩着有一点弹性的马粪，呼吸着加进了马粪味和煤烟味的湿冷空气，给吸惯了乡间清淡空气的鼻孔以新鲜的刺激，加快它翕动的频率，他误以为这就是城市气味……不过是昌黎的气味……大德增的气味。
>
> …………
>
> 大德增像一个容器，装满了声音，能把人漂起来。这时，在马嚼草的声音中我听出了小凤在花丛中匆匆走过时发出的特殊的声音，伴着蔷薇的芬芳气息……
>
> 老张斌《蔷薇花瓣》

他把气息、声音、味道这些不易表现的事物用形象的、感觉化的身体反应呈现出一幅画质的东西，使声音和气息成为一种立体的可感形象。乡土不单纯是一种客观形象而是入心入肺、入血入骨的身体的内在性主观感受。这种主观的体验性文字同样也充满在他的风俗描写中，“大德增”不是一个旅店而是一个大车店，骡车是吐丝的，蚕吐丝，蜘蛛吐丝，吊死鬼也吐丝，一个夏天用一根丝把自己倒挂在槐树上，从月亮坨到昌黎是一种隐形的丝牵着，父亲跳下车用拳头捶着腿，一颠一拐地进小屋，“噼里啪啦的算盘珠子像有一系列玻璃球掉在硬木地板上。”把日常生活置于一种北方旅途风俗里，他在其游走的旅程中写他感觉体验汗漫地泛滥流动。他有着异常灵敏而感觉的触觉，把整个乡土情

① 《小说语言的诗化》，《汪曾祺文集》(论文卷)，江苏文艺出版社，1993年版。

怀写在故乡的一草一木之中。还有一点值得注意的是,老张斌的乡土语言把那种表面的风光画、风俗画、风情画的性质转换为一种人物的心灵感知与生命体验。让事物的声、光、色、味、气形象地呈现为身体器官性的感受,这自然而质朴的情韵流动,使视觉因素的图画与感觉性的诗意在乡土情怀里成为不可追忆的无奈,其中沉淀为一种内在的人性之美。

董立勃与陈启文是两位湖南籍作家,他们的乡土语言,就董立勃来讲,有一些异域风情的东西。陈启文的则使用一种回环往复的絮叨语言,表述乡土人和土地的情感。

乡土小说也许永远都会和乡土现实相关,乡土永远是社会的最底层,所有的社会问题也都会细微地折射到他们那儿,影响到乡土人的现实行为与心理情感,这决定了乡土人永远都会面对人生各种各样的问题,有肉体的也有精神的,同时还会导致不同的价值取向。于是乡土小说便会直面现实、直面人生,每一个乡土作家都会从不同高度采用不同方法试图解决乡土问题,寻找我们称之为乡土社会的理想目标,或者寻找一个建设故乡和家园的理想途径。针对乡土社会作社会政治或经济文化的反思,解剖人性与人生命运动中的问题,最终还是引起疗救。这方面的作家是乡土小说主流,人数也是最多的,其反响也是最强烈的。传统有杨振声、鲁彦、许钦文、台静农、彭家煌、许杰、沙汀、艾芜、吴组缃,包括茅盾、叶圣陶的部分作品,其后又有了革命的乡土小说传统。包括师陀与李劼人。新时期以后有了贾平凹、刘恒、李锐、路遥、陈忠实、刘震云、阎连科、杨争光、迟子建、毕飞宇等人。由于人数众多,我同样只能从语言的风格特征上取样评析几个案例。

首先说说贾平凹。对贾平凹的小说评判也许有分歧,但他的语言具有特征的鲜明性、个人性、抒情性都是不可否认的。

贾平凹的语言似乎来源两个系统,他从赵树理、柳青一派继承地方语言,直接让商州语言进入了文本,俗语、俚语、谚语都整合在地域文化的表述之中,所有人物语言都通过筛子过滤成为适合自己口语言说的方式(这里极为隐在的),作者也运用本乡本土的语言,这二者的融合度极高,几乎不露痕迹。另一方面,他又从废名、沈从文的风格吸取营养,所不同的他吸取的是炼字造句的一种规范型方法,把所有句子都裁划得整齐,然后又加进去白话及笔记体的说话方式,从从容容地说书,这使得贾平凹的语言特别流畅朴实,俊雅中兼有清朗平白。他的口语里有一个隐含的叙述者在整合人物与叙事者的语言,用一种娓娓道来的言说方式,这种言说笼罩文本,包括风景、人物、事件、场景、风俗的仪礼活动,一切描写与叙事的因素都是说的,因而与所有当代作家相比,他的语言最具话本的特征。

贾平凹的大部分小说都是写陕西商州地域风情，他的人物语言基本是商州人说商州话,叙述语言首先保持口语的特点,以口语来说故事,说人,但这是一个有文化的讲述人,讲究字斟句酌与语速节奏的快慢,不仅如此,他会尽量地扣住地域性风俗来讲述:

> 十一月初六,出了个大红日头……一条更长的扁担,在火上烤了,用磁片刮磨。一遍又一遍上了豆油,能照出蓬头和垢脸。中午时分,于院中设了香案,将那扁担两头挂红横放案上,木犊跪在尘埃里磕头作揖,敬扁担神……他不再去担龙须草了,趁天寒地冻,去更深远的山里担木炭。祭奠之后……齐足立于门内，叩齿三十六通，以右手大拇指在地上先画四纵，后划五横，毕，咒曰:"四纵五横吾今出行……急急急如九天玄女律令。"
>
> 贾平凹《黑氏》

这里记录了敬扁担神的全过程,甚至把咒语全都罗列出来,这种风俗是一种心理,祈祷也是仪式性的,从木犊的视觉和行为演示全部过程,并保持一个虔诚的态度。描写风俗仪式不能是给读者看的,而是人物自己内心的崇敬感,还有和他人沟通,风俗是当地乡土人对宗教、信仰没有半点质疑,是那地方的族众互相采信的,因而某种风俗的意识一经演绎完毕,我们便会知道人物与事件的结果。贾平凹喜爱使用纯口语的方式讲述,这个讲述一般是三人称的,这样他的聚焦是分散的,视角也是可以自由移动的,这保证了两点:一是讲述方式中可以从口语的运用里推测叙述者与人物,或者人物之间的显与隐的关系。二是这种托于人物讲述的,或隐含的叙述者保证了视野的广阔,随时可以介入一些他者的因素。

贾平凹是绝不做文人式的冗长雅致的精细描写，他愿意采用口语的白描手法,这点他是取法于沈从文和赵树理的。

> 太白山顶有一池,池围三百六十五丈,不漏不泄,四季如然。池水碧清如玻璃,但凡有落叶漂浮,便有水鸟衔走,人以为神事。
>
> …………

> 雪，下得很厚，有不肯消融，见风起舞濛濛，只好泼上水冻一夜，结一层一层冰块，用锨铲到阴沟里去。
>
> 贾平凹《太白山记》

这种白描仅是把事物点染出来，塑定一个形态，绝不肯描绘复杂状态，而且他还会故意使用一些文言词，又去掉一些衬词，这样句子的枝叶便削干净了。即使这种白描也仍然是口语的言说，于是他便不能组成文采华美的舒缓的句子，因此也就丧失了组成那细微的感受与体验。他当然也有特殊的文本。《油月亮》拟仿了鲁迅并以弗洛伊德理念写了一个精神变态尤佚人，其语言便有了一些变形、幻觉的特点，但他依然使用纯口语的讲述，反而滞阻了变态人的心理发挥，意思是指句子内部没有错裂、混杂、拼凑、幻想等方法，文本整体依旧是理性的。所以变形的语言风格出不来。

刘恒的语言始终都会有他特定的关注点，例如他爱注意生活与人，在细部上是血腥的，有力量的或者还有一点肮脏的东西，与那些平凡人骨子里的生命气力的效置。

> 尖刀不理会……笔直地沿着脖腔刺了进去……快刀嗖一下抽出了血浆，在瓦盆上呼啦啦溅出了黑红的扇面似的瀑布，门槛上那张脸映照了生动的血色，显出死一样的苍白……叔叔傲然地觉得那红水淌得有失汹涌，复又挺刀直进，扎进湿淋淋的血口子，在心的位置上横翻竖搅，把拳头和小臂浇满了滴滴答答的红粒子和红条子……暴虐的杀害使他尝到十足的快乐……
>
> 刘恒《伏羲伏羲》

刘恒的暴力语言是爱使用长句，多角度地反复使用修辞手段逼出人性邪恶中的极致。然而在平常的日常生活中语言又会呈现为散漫无羁，短句子与口语的节奏循环推进，使得刘恒有了一个语言流，无论写乡村与城市都用北京土话给它带动，在这种语言流中他让说话的语词复沓，循环，如同一个漩涡不停地转动带着人物事件往前涌动，他的对话可以是短句但必须倒腾几次，在前一句固定了语义之后，他有大量的回收句，他的句子顺着一个方向来回拉动，在这种语言里形成他说话的语调，这种语调是连绵流动的，但还有一种不断结扣解扣的方式演进，用北京话说，“掰扯”，我们和他掰扯掰扯，在文本中是作者和人物掰扯，人物和人物掰扯，在掰扯过程中语言打磨得非常光滑，游走而流动，词语往往采用的是加法，词语加句子多得相互拥挤，但它们能在一个惯性和语流里行走，也许就是这样的方式构成北京作家王蒙、王朔等的话痨，这种话痨构成了刘恒小说语言的日常生活之流。生活和语言同质，全部成为了街巷胡同里的家长里短。

同样的话痨现象，刘恒絮叨的是生活的平庸无奈，每个人都会去从生活中有所得，生命悲壮中虽有惨烈的东西，但我们仍旧是一个圣斗士，获求的仍是一种理想的目标。宿命靠个人的努力去克服。王朔是嬉笑怒骂，肆意调侃，具有一种渎神的精神，同时他也调戏文学把文字当作儿戏，贬损码字儿的游戏，王朔使用痞子语言，“我是流氓我怕谁”。刘恒的一切调侃幽默都是严肃的，在口语上也会有些游戏的戏谑性，但都是针对一些不良现象的批评。他的乡土语言集中表现在《狗日的粮食》与《伏羲伏羲》之中，展示的是洪水峪的地域风貌与人情世故，故意书写一些旧俗恶习包括一些丑陋粗鄙的材料，表现的却是一种生存与现实矛盾的批判意识。刘恒的语言状态总要去考量生命极致力量的感性显示。

我们现在说李锐。李锐在小说《红房子》里说：“至今我一直把自己认作是一个乡下人。”从意志到情感，从理念到兴趣，都可以认定李锐是一个乡土人，这倒不论他的阶级出身或者富贵与贫贱，还是出身城市与否，乡土天然地有一种对人的吸引，人是一种归附于土的动物。李锐的乡土是一个复杂的空间概念，他祖籍四川，生于北京，下乡在山西吕梁。地域对他是不断移置而风貌不同的地理景观，从《厚土》系列来看，他喜爱的土地仍是一个农业文化概念。仍是立足于大悲悯的苦难乡土，这一点正好表明了他是承继沈从文所表现的生命沉沦的悲伤、理性残酷的压制、历史丑恶地毁灭人性等一系列人性思考的命题的乡土传统。历史对土地命运的改写，变故只要与人的命运联系，便具有苍凉悲壮的因素，人能归于土吗？这一直是值得思索的问题。

> 繁星浩渺，月光朗朗的夜空，脚下万木葱茏，虫唱蛙鸣的大地；肥大的葡萄叶在沙沙作响；夜风在浓密的草丛里微微叹息；蟋蟀和水渠里青蛙的叫声在原野中混作一片……在那儿，在那儿一丛晃动的青藤下边，一个亘古长存的秘密，随着柔和的月光也就融进这一派天籁之中……我像一片树叶一样瑟瑟地颤抖起来……
>
> 李锐《红房子》

星空朗月之下，树叶藤下，所谓的秘密只有大地的秘密。文人语汇的环境描写，仍含有浪漫热烈的情怀。北方原野漫无边际的青纱帐，水渠，亮丽的界限，冲天的杨柳，还有紫穗槐，“每到夏天，就吐出长长的闪着黄色斑点的深紫色的花穗，招来很多嗡嗡的蜜蜂。紫穗槐的背后……”这些风景里植入浪漫理想的元素，接续的是沈从文的自然风光遗产。李锐只要一移动空间，面对他的吕梁山区的文化地理，又显示一种不同情怀：苍凉，悲悯，伤怀。

> 无比的怜惜从视线中涌泻出来，深情地抚摸着群山。只能在苍天之下忍受屈辱的山们沉默这，木然这，比肩而立，仿佛一群被绑的奴隶。沉默聚多了，便流出一种对生的悲壮；木然凝久了，便涌出一种对死的渴望；于是，从沉默和木然中宣泄出一条哭着的河来……
>
> 太阳很好，草很好，牛们也很好。随着缓缓移动的脚步，和吃草时摆动的脖子，牛铃叮叮咚咚地响着，稳稳的，悠悠的，传得很远。牛群越放越大……越过越孤独。
>
> 李锐《看山》

李锐的群山是孤独沉默的，只有牛群，山是人格化的，牛也是人格化的：“白白的口涎就顺着嘴角长长地垂下来，在明媚的阳光中拉出一道闪闪发光的弧线。或许猛然间回忆起来……中断了香甜的咀嚼……黑而大眼睛……注视群山。”中国乡土是一个巨大而沉默的悲凉整体，乡土千年前如此，现代百年如此，当代的中国还是如此，乡土中国的现实本相是悲伤荒凉的真实存在，乡土人更是苍老疲惫。李锐采用了非常文人化的语言，但把乡土事物与本相提升为哲学的考量，采用隐喻、象征、哲理的方式让语言呈现为寓言化倾向。李锐是一个语言的自觉者，他创造的是一种与农民相关又不同于农民的文化人的口语，语言背后有一个巨大的生命意志支撑，可见李锐乡土语言是自我创造的个性化的乡土语言。

杨争光的语言是一种镜头语言，或者说是一种电影语言。简洁、瘦硬、干净，而且是人物语言的对话状态多于叙述者的描写状态。因而他的乡土语言像乡土电影一样，或者说更像西部电影。他重要的作品主要有《黑风景》、《赌徒》、《老旦是一棵树》、《黄尘》等。

> 一鞭子，牛毛上冒起一股烟尘……牛毛里有土，所以就出来一条白

道儿……尘土在空气里飞来飞去，看不见，可它飞来飞去，填在那些纹理里边，汗水水一浸，就那么粘在富士的额颅里。

杨争光《黄尘》

杨争光的语言总在细节处出质感。看词语的表面好像是无意义重复，如此简洁之中他仍要重复，重复的内部有一种滚动的恶毒与力量。他写母猫与老鼠时，在鼠猫游戏“母猫不时地停下来，捶打那只老鼠。它咬在老鼠脖子那里，咬得很紧，老鼠咧着嘴，牙齿龇在外边，好像在笑。”这个细节与婆子妈和徐培兰，富士与花香有一种隐喻性关系。这是一种生物式的“说不出是仇恨还是残忍”。看得人们惊心动魄，“一会儿发冷，一会儿发热”，“用手抠脊背……那里痒痒”。语言在冷峻抽空了的状态下，另一种以生命相搏的力量与邪恶在内部爆裂，反讽，黑色嘲讽，白刃见血式的裸露语言在生存本相面前具有强大的震撼性力量。他的语言总是不动声色的暴烈。因而死亡事件经常在他的语言中发生：棒棒上吊，哥哥杀死妹妹，砖头拍死人。生活经验里充满了死者或杀人者，冷静地写一个杀人过程似乎与自己毫无关系。

他听见了一声骨断裂的响声。他看见老眼的两只手离开了手腕，从铡枕上掉下来，在白花花的碎草里动弹着……镢头砸在人头上和砸在硬土块上差不多……砸死了老眼。老眼的茶色石头镜断成了两截，镜片上沿着几滴粉红色液体。那时候太阳正一下一下在云层里往上拱着，云层里有一种挤破东西的咔咔声。

杨争光《黑风景》

这种语言简洁得如同炭笔勾画几下的线条，简洁的镜头语言在推拉之中用不同质地的事物或画面把杀戮更加拓展，渗入死亡的刀法从不拖泥带水，干净利落处有一种冷峻的幽默，平静质朴的生活表面下涌动着人性的狂暴与偏执。中国乡土寓言式地充满这种杀戮而农民心态几乎以麻木方式对待生命的存在与消亡。荒诞的本质不过是愚昧地生存而已。

我们谈论文化乡土小说，其起点其实还在鲁迅那儿，《狂人日记》、《阿Q正传》都是对中国文化劣根性的探索，中国文化存在许多陋习，但也有许多优秀传统，我们无所谓探讨哪种文化优秀而哪种文化堕落，人本身便是文化的产物，这一点新时期有不少的传统文化小说，如《那五》、《神鞭》、《三寸金莲》、《棋王》、《老井》、《青衣花旦》、《青衣》，这类传统文化小说许多都归于市民文化类小说，乡土文化小说相对比较少一些，但它具有特殊的力量，这方面韩少功、阿城可算其重要代表，韩少功讨论的是民族文化劣根性问题，阿城讨论儒释道的文化，当然中国传统文化小说还有许多类型，如陆文夫的《美食家》。

韩少功的小说创作自《爸爸爸》、《女女女》发生重大转变，他摈弃了早期《风吹唢呐声》和《月兰》的质朴纯净的乡土语言风格，选择一种疯癫变形、幻觉重影的魔幻语言，同时，韩少功还采用了一套冷静逻辑的分析语言，他爱在词语和句子中分析出语言在民俗传说中的出处，类似于语言考古，他刻意寻找古汨罗江为代表的湘北语言源头及其演变的历史，把村俗俚语、民谣民歌，放入一个具体的语境，揭示出不同时代和不同人群对语言使用所产生的意味。这是一种真正的语言自觉行为，让小说回到语言本身，回到语言存在的一种生活方式。这里的乡土语言既是作者的又是马桥人物的，使用口语、俗语、土语交流，是一种典型的“说语言”。使语言成为小说实验的自觉行为，真正体现了一种为语言的写作。以中国小说语言发展而言这是一个典型的范本，但也因为过于理性地分析语言将其他的表现因素泯灭了，如语言的诗性、画意，语言的风俗性应该是融入人群交流里且有血有肉的个性痕迹，这里只有语言的情状，而情绪与韵调的感染力消失了。这种感性的或缺，后期小说几乎成为了理论文本。

韩少功为什么使用一种丙崽视角呢？这是因为中国文化的几千年传统成为人民的自觉行为，人们无法发现那些被遮蔽了的国民性缺陷，我们必须采用大胆的、变形的观察剖析方法揭开鸡头寨上的一层神秘雾霭。因此有了奇异景象与怪异风俗，甚至还有些神话原型元素，这些均是文化心理积淀的且已成为人民集体无意识的表象。

> 树上有一些铁甲子鸟，黑如焦炭，小如拇指，叫的特别干脆洪亮，有金属的共鸣。它们好像从远古一直活到现在，从未变什么样……粗看是鹰，细看是蝶，粗看是黑灰色的，细看……黑翅上有绿色，黄色，橘红色的纹路斑点……
>
> 种粮是实在的，蛇虫瘴疟也是实在的。山中多蛇，粗如水桶，细如竹筷……把扎成妇人形，涂饰彩粉，引蛇抱缠游戏，再割其胸，取胆……还有一种挑生虫，人染虫毒就会眼球青黄，十指发黑……
>
> 韩少功《爸爸爸》

这种古怪的特别的铁甲子鸟是一个人、事物、地点及风俗的隐喻，表明它来自远古，是神话的，有原型的，那么丙崽这个人物便不奇怪了。人与鸟是共生的。鸡头寨的动物、植物、人均是异相的。因而语言也是幻象的、神魔式的。什么样的语言就什么样的人。丙崽便是乡村土地对象化的世人心态，也是个人自我化的观照，或者是一种民族意象，根植于民族心灵深处的文化象征，鸡头寨的时间形态下的空间变化，也就是土生土长的子民的人生状态。不同的仅在于作者运用了短路、失语、拼贴、跳跃、镶嵌、复现等许多现代手法。这给乡土语言带来奇诡瑰丽、斑斓多彩的语言效果，韩少功的方法是新的但内容都是土的，他扎根当下农民村寨并向远古去求证，一个民族的过往史，考证词语和句子的使用，因而鸡头寨的语用学在特定环境中起着交流作用（暗示为交流是不通的，是滞阻的，每个人的语言实质上是独白式的），幺姑在一个现代性环境下而且有退休工资的，她和珍姑吵架，相互争斗又相互维护，她们并非用语言交流而是一种神秘的领悟与感受。因此他的人物语言都是难懂的土话，还夹有许多古词古语，（这在湘北广大区域内确实保存了许多古人口语）表明地方性语言不仅源于日常也产生于久远的遗传，这一方面他用长篇小说《马桥词典》形式来进行词语的语义学考古，追踪那些古奥而神秘的语言发生，暗示一种语言的发生便是一种子民生存的现状，也是族群发展的历史。

韩少功还有一套疏离语。指作者在讲述中进入规定情景后人物、故事、场景、情感、气氛均保持情绪气韵的一致性贯穿，这时作者用停顿、穿插、释义、镶嵌手段突然跳出规定场景，使之更加客观地认知小说中发生的一切元素。《北门口预言》便运用了很多疏离语言："北门口以前是杀人的地方。""北门口是杀人的地方""北门口去啃泥巴""揩刀肉""洗刀酒""到北门口的时候，这里早已不做刑场了。"或者介绍杀人的几种方法。这些疏离语的作用是把读者从规定的感性场景中移置出来，并保持一种理性的思索。另一种疏离语的方法是用乡土语言来解释乡土词汇的产生及其运用，这在《马桥词典》中比比皆是。韩少功的乡土语言大体上有三个系统：其一，乡土人物自身的乡土俗语、俚语，或特殊用法。我们可以视为小说的对象语。其二，乡土语言中的解释系统，我用乡土语言中说话方式注解某一乡土古词、俚语、俗词的用法与含义，这是元语言系统，不过他还是保持用土语解土语。其三，乡土语言与文人语言混合的叙述和描写的语言，把讲述和呈示方式结合起来。

赵本夫使用乡土语言是无疑的，他的《绝药》便是一种文化小说，一个走江湖的崔老道在卖膏药，行踪飘忽，总是漫不经心的，行走于乡间或闹市。

一张黄油布铺在地上，从褡裢里取出一块块烟油似的膏药，散放在上面，而后盘膝坐地，手里把玩着一只三条腿的乌龟……膏药，在旁边的陶钵里沉沉水，放在手里慢慢地搓，慢慢地捻……细长的墨棍……二拇指往中间轻轻一敲，断成两半……不大会儿，全成了一截一截的……老那么的脆，这时又出奇地粘……

赵本夫《绝药》

中药膏成为一种传统，崔老道死后，二毛继承了他的衣钵卖白鸡膏，不同的是二毛多了一台留声机。暗示神秘的中药会被西药取代。赵本夫喜欢书写三教九流的民间文化，编筐的，做木工的，纤夫，农民卖驴，还有《天下无贼》，不同文化形态便是不同的生活形态，同时他还注意介绍不同类型的生活知识，如膏药，木工。生产也如此："高粱晒米前，要打三次叶子。头一次打掉根叶，二次打掉中叶，三次打掉顶叶……梅家的高粱地就'放叶'"。所谓"放叶"就是谁打谁要。赵本夫的乡土语言最大特点是短句，多节奏，读起来铿锵上口，例如，"高粱叶上有白粉，有红蜘蛛，沾得满身都是。脱光衣裳干活，利落，也省衣裳，也快意。女人们尤其快意。平日在家……"他的句子在二、三、五、七字之内循环，最常见的是在五字之内转换。这种语言现象在《涸辙》中尤其明显，而且在短句中使用省略号与破折号，或者采用短语分行的办法。这也是很合乎中国古典小说的传统。

张国擎也可以算是一个文化乡土小说家。不过他的陈述语言是通俗化的文人语言，《古柳一景》的语言绵密悠长，有一种扯不断的感觉。《葱花》中又表现为地道的口语节奏。《煮火》里的乡俗镇经过了多少代风云变幻却并未改变本性，虽然冯老八是个异质人物，最后还是归于古镇乡土，这表明古老的乡镇文化具有顽强的力量，可以吸收同化许多不同的文化现象。

林斤澜是一个重要的文化乡土小说家。他的《矮凳桥》系列小说文化味十足，他的语言风格取笔记体叙述方式，用文火慢功，絮叨功夫从容讲述：

这一溪的水，好像是石头渗透出来的，好像是石头硬顶着风吹太阳晒，却把精华，把骨髓，把灵魂汇集起来，流走下去。溪水带来了水草，带来了枝杈横生的野树，带来了鱼虾，带来了竹筏木桃，春茶冬笋，山珍海味。带来了矮凳桥，桥上挑担提篮……

林斤澜《袁相舟》

林斤澜的乡土语言也写三教九流，芸芸众生，开小酒馆儿的、做纽扣的、舵工、渔家、茶店的各色人等。他写的乡镇情感，乡镇琐事，偶尔兼有异秉的人物病相。人们似乎都认为林斤澜的小说有些“怪”，读起来是顺畅的笔记体，词语形成的短句也没问题，可是读完以后总觉得怪怪的，无法在故事形态、人物性格上过多地说三道四，究其原因，他的短句小段承接的是线性或跳跃，但小段之间意思转换时多有省略和飞白。短语连接也少使用衬词。他有许多小节性意象式跳跃，相互指代时靠暗示，或者人物行为有些不好理解，那个《憨憨》开篇足有千儿八百字讨论气的问题，讨论意识形态的问题，他又飘到事物的细枝末节，做了许多梦，有癔症却找不到梦境的具体所指，可见他的语言在明与非明之间产生奇怪的感觉。有一个方法把握，你把他的语言作为片断性写作，仅在一个语言片断来理解描写与陈述，不必刻意求得段落在整体的意识形态观念上说什么。同时还要注意他的语言在小句上是清晰、精练、简洁的，其实语言的片断连缀起来你就发现他很爱“掰扯”，掰扯是把语言反复不停地从多角度说，这就造成了言多而意不明。

乡土的反讽幽默语言我们放在整个社会语言中去谈论，先锋小说的乡土语言应该有许多问题讨论，但它和我们讨论的另一大类型语言：自为语言交叉，因此我们将在那个章节里谈论。作为一种语言现象，我们侧重讨论的是它的差异性与特征性。也许有的乡土小说家在小说史上很有名气，我在乡土小说语言的分析中却没有提到他们，一方面他们可能是在一类共性语言中仅作为乡土小说的参与者，而没有语言学意义上的贡献。另一方面他们的乡土小说虽有名气而且语言也算是有些特点的，但不足以影响和改变小说语言发展中的现状，或者提出重大的语言问题，我们也不讨论他们。例如茅盾的农村三部曲：《春蚕》、《秋收》、《残冬》，我把它归于文化心理小说的阶级意识语言来讨论。我们能列出乡土语言讨论的名单约有六十人左右，这在新时期以来算一个庞大的队伍，但每一乡土小说的语言类型我们仅能作五六人的抽象分析，实际有可能的话，我们完全可以作一部新乡土小说语言的专著的。

第七节　新乡土小说语言的特征及可能性

我们大致描述了中国乡土小说语言百年发展的历史，乡土小说的语言存在于每个乡土作家的具体文本的个体差异性的描述之中。我这里近乎于个案性的归纳总结,我想我们应该对这些乡土语言发生的表现形式作一个更深的、理论上的特质总结。

第一,可以从乡村地理学断言,乡村语言应该是一种乡土地理特征的复现与模仿,因而又是写实性,这种写实与作家的乡土概念有关。鲁迅、叶圣陶、许钦文、王统照、彭家煌、叶紫、废名、沈从文均写的是家乡土地上发生的故事与人物。虽然可以创造一个未庄、史家庄、鲁镇,但家乡地理特征如行船、马车、宗庙、村寨等山川地理一定都是可以和亲历暗合的。这种写实性会带来如下特点,地方风俗的精细描写,地方人情血缘乡邻都具有宗法性质的联系,故乡的现实性引起的反思与批判,因而形成社会问题的探讨。乡村的风景画一定是写实性的。因而文本的语言必定符合地方性常识与风俗特征,也必然引入作者自身从童年学会的方言土语及地方性思维习惯。这种语言在乡土小说中会占绝对优势的位置,其后百年小说发展也证明写实性、描写性乡土语言为乡土小说的主流。

乡土语言根植在乡村地理特征的复现与模仿中, 我们可以称之为乡土语言的物化特征。可是这个特征只能三年五载地保持语言的统一性,十年、二十年、半个世纪乃至一百年,这个乡村地理会发生巨大的变迁,与地理相伴的观念也发生巨大的变迁,例如水库,高速公路,铁路,经济开发区,老房子的拆除,生产方式的改变,有的地方则马上把乡土变成了企业,地理特征完全可能由现代性发展变化而改写,由革命观念导致地理学上的变异,村舍变成了学校、医院或纪念地。因此,传统的乡村地理学便由革命和现代性两个概念而变得面目全非,我们如何看待这一地理学的历史变迁呢?梅里克·S.格特勒认为:“历史可能体现在物质要素中……也可能体现在个体的经验中(一个人或一群人)。历史的一部分也会包含在制度中——社会结构通过规章制度正式或非正式的方法塑造了个体和企业的观念、准则、期望和实践——意味着路径依赖有着广泛的社会维度。”[①] 在历史变迁中旧的地理学痕迹在消除,宗庙,祠堂,四合院,马车道,碾坊,油坊,大襟衣,长袍,缅裆裤,乡村无论从生产力,还是生活方式,包括器物和用具都在废除, 代之以新的方式, 这种地理学的变化与历史的变迁,都从根本上决定了乡土小说的语言也在发生变化。这就是为什么我们会有新的乡土小说的原因。

第二,乡村是作家生命产生成长的场所,所有的童心与童年经验均产生于

① 《文化地理学手册》,(英)凯·安德森等主编,商务印书馆,2009年版,第164页。

此，因而是一个审美理想的寓寄地，往往出走与回归成了必然的母题。对故乡的回望情怀必然是诗性的，带有浓厚的抒情意味，作者把这种故乡的记忆变成怀旧。这种回瞥之美往往又带有古典的余韵，诗性语言是一种对乡土神性形而上的提升，于是变成一幅多愁善感的风情画。我这里想讨论一下乡土语言的诗情创造特征。

乡土是一个与大地、筑居、生命气息、人情相谐的地方，每一个人有一方自己的水土、蓝天、白云、星空、气候，那些与之水乳交融的呼吸与食物，在这里由天、地、光、气构成了生命产生地，注定了这些本质性事物构成了诗意，也就有了"栖居之诗意因素"。乡人的农牧神在天空，在大地，在他活动的阳光雨露之中，乡土人们因此而构筑它们神性的现象，"形象的诗意道说把天空现象的光辉和声响与疏异者的幽暗和沉默聚集于一体。"这种"形象"是乡土情结的形象，是诗意的形象，它必定"是别出一格的想象，不是单纯的幻想和幻觉，而是构成形象。"如何真正理解形象呢？海德格尔说："形象的本质乃是：让人看物。""真正的形象作为一种景象让人看又不可见者，并因而使不可见者进入某个它所疏异的东西之中而构形。"[①] 海德格尔的意见精彩之处告诉你诗意的形象并不在一树一村，一河一山，因为这是一些具象的事物，全世界各地普遍存在着，这些事物居于故乡它仅在于唤起你的想象，勾起你的情感，你用这一切而不拘形象，一种郁结而成的乡恋形象，至于它是什么，均在每个人的心灵之中。因而"形象"一词是在构成之中的象。构成的形象才表达出浓厚的诗意。可诗意在人与事物之间构成，然后语言才有意识。乡土语言这时又非完全心性的了，它是构成形象而寻找那个可看而看不见的东西。这时的乡土语言是表现性的，是抒情意味的一种幻象之物。

乡土语言的诗性不仅如此，它还是审美本体论的。"德国人为诗性推出一种定义，我们可以把诗性理解为产生美感的东西以及来自审美满足的印象。"[②] 诗性也是一种行为，一种想象行为与语言行为。它提供给你的诗意是隐秘的，真实的，思想的，当然它也是情感的，因而诗意避免直说，那会大杀风景，所以要采用暗示与象征的办法。"诗的个性程度，地方色彩，现实性和独特性愈强，便愈接近诗的核心。"[③] 乡土语言最是这种诗性语言，为什么呢？乡村首先应成

---

① 《讲演与论文集》，（德）海德格尔著，孙周光译，三联书店，2005 年版，第 199—211 页。

② 《诗学史》，（法）贝西埃著，史忠义译，河南大学出版社，2010 年版，第 392 页。

③ 同上，第 392 页。

为一个人的精神象征，但对故乡的情怀愈是采用暗示隐喻便愈是有力量。“一切表达物体和抽象心灵的运用之间的类似的隐喻一定是从各种哲学正在形成时期开始，证据就是在每种语言里精妙艺术和深奥科学所需用的词，都起源于村俗语言。”[①] 这也揭示了一个重大的语言秘密，我们所拥有的语言正好都来源于这乡言土语之中。文本的所有诗性都是通过语言组织出来的，诗意不仅通过语言材料并且在语言组织过程中激发想象，在阅读者看来，实现审美的功能仍是语言带来的效果。审美语言一定会采用超过常规的表意手段，这样能指一定会过度膨胀与超重，当然像鲁迅、废名又采用减法，使能指更精彩凝练，但目的是一样的。这种多语或少语均是以表达符号自身的特质为重心组成诗性结构。于是同样的符号处理方式不同效果就不一样，废名与沈从文都被认为是乡土小说，可他们的乡土语言的区别却很大，废名用减法，沈从文却是用加法，句子往往采用循环复沓的方式。他们在两个极端点上反常规地使用乡土语言，因此我们可以判断何立伟更接近废名，而汪曾祺接近沈从文。这是他的用语方式的区别。我们对乡土语言的分类似乎更应从分析文本句子中对语言偏移的技术手段来，因为“布拉格学派肯定道，诗性言语通过打乱话语表现程序，在语言体系中发挥着突出作用。”[②] 要注意一点，要使乡土语言充满诗性表达，要紧靠符号语言的审美功能，重在语言的能指因素，而不是突出语义上思想力度，这样乡土语言就会意识形态化，这是因为我们格外在意语言的所指元素。对语言这两个方面的强化方式不同，使用观念不同，导致了乡土语言分头指向两个方向：一个是乡土问题小说；一个是乡土诗化小说。百年乡土小说发展一直存在着这两个维度的演进。

第三，乡土语言蕴含着一个关于乡土的人性、人生、人情的认知结构。乡土语言是乡土小说的一个痕迹，是一种地方性思维与记忆，但乡土语言也影响地方性的人文风情。它是构成乡土文化的主要面。任何乡土语言都会灌注丰沛的乡村经验与这种生命意识，但并不是我们依葫芦画瓢就有这种乡村语言的文学性的。中国有大量的乡土小说是非文学性的，仅仅是一种意识形态的诉说。这里涉及到审美现代性与价值估评问题。文学语言应该是这样的一种语言：语言成为“审美对象自身具有一定的价值，不为任何功利目的所奴役。”[③] 我们应该尽

① 《新科学》，(意)维柯著，朱光潜译，商务印书馆，1989 年版，第 200 页。

② 《诗学史》，(法)贝西埃著，史忠议译，河南大学出版社，2010 年版，第 557 页。

③ 《问题与观点》，(加)马克·昂热诺著，史忠义译，河南大学出版社，2010 年版，第 26 页。

量开掘乡土语言中丰富生动的表现力，乡土语言中既明朗又暗示地带有农民生存特点的语言效果。我们既有了乡土语言的美学特征，又有了评估乡土语言的各种标准，以此来检索百年乡土小说，从而给出一个正确评价，这应该是不困难的。但是乡土语言现象却是多变而复杂的，多种派别、多种语言现象是交织在一起的，就鲁迅而言，他既有乡村问题小说的语言，也有乡土抒情怀旧的语言，还有社会心理的、意识形态的语言。谈到某个作家的乡土语言可以单纯地定位，如废名、沈从文等，但叶圣陶、王统照、王鲁彦等就不好单一定位。我们大致可把自鲁迅起的一批乡土文学作家归为一类，他们是叶圣陶、王统照、许地山、鲁彦、许杰、许钦文、台静农、彭家煌、蹇先艾、叶紫，他们关注的是农村草民的生存问题，是写实性的作品，各自展开自己家乡生活的严酷面貌，这一批乡土小说家我以为他们仅是在乡土材料上保持着一致性，语言还是发挥了各自的风格特点。鲁彦的语言情绪丰沛热烈，语言对事物对人物模仿都带着个人主观色彩的评判，他的观念与情绪是融合的。我们看到的乡土是他评判过了的乡村土语。叶圣陶的语言精致，长短之间是选择后的搭配，语言讲究韵味，语言在陈述事物与人的过程中力图描绘客观性，而主观意念暗藏其中，哀婉略有反讽。许地山早期的乡土语言里注重色彩、事物、器具的变化，句子有画感，是一种丰富多彩的语言，后期沉淀下来更多的是客观陈述，细腻地表现语境中的情状，把观念含在事物之中。许杰的语言描绘性能很强，语言很出氛围，善于铺垫，往往把环境、人物、事件、心理交织起来，他的心理总是情状的，情状是一个事件连续地继起，他和周文一样很能渲染，使语言文字很出情绪与感觉，绝不会孤孤单单地使用观念语言。但他们的情绪是外露的。王统照的语言长于风光描写，写出事物细致而微妙的变化，因而抒情性、风俗性强。当然他也直接说出观念造成抒情直露的毛病，相比较他喜欢用长句铺垫，其文本也篇幅略长一些，他的长篇更是如此，后期语言倾向复杂化，兼有象征隐喻、意象和心理分析等，早期语言地方性强，后期反而削弱了。彭家煌语言最大的两个特点：一方面，绝不作风景描写只集中在叙事进程上，因而他是中国最具叙述意识的作家，紧扣人物与事件来写，偶有些人物和心理的描写，但都暗含一种目的。另一方面，他是决计按乡言土语来写作的，有大量的方言、俚语镶嵌于陈述之中，被称为中国第一个用地道的方言写作的人。他爱用短句，他的短句与众不同的是每个小分句总在三字五字之间，绝不多用词组，这使得他的语言保持了地地道道的说话痕迹，是讲述语式的。在语言的表层与深层之间保持一种微妙的反讽，这种张力造成喜剧意识，但在语言的表面特征上并不太夸张。同是湖南人的叶紫的语言就观念明确多了，他的语言也有浓厚的乡土气息、地域风俗，但叶紫有一种社会批评的态度，彭家煌则是隐喻的。台静农的语言贴近场景，人物均是乡村对话，且凸现事物细部，而这些细部又是整体的有机部分，这样就有一种朴实亲切的风格，容易产生地域风俗的意境，有浓浓的氛围感。有些描写句子是清灵的，但整体的情感状态是凝重的。他的语言是一定要从乡村环境的沉思中反思出社会问题的。蹇先艾和师陀都是用乡土语言复活乡土生活本身，有一些像观察日记，他采用外来者的视角反观自己的乡土，力图把乡土的表象募仿出来，倒也是本乡本土的生活，似乎和故乡的本质稍隔膜了一些，使那些生活表象掩盖了乡土人情更内在的真实。上述作家都用乡村土语写作，也都是口语的散文化表述，从总体特征来说，他都是模仿理论的，用语言把故乡的一切画出来，画成风景画、风俗画、风情画，把他们归于乡土写实派没什么异议，因而从创作方法来看也是一样的，由于创作基础的理论是模仿论，他们这些作家不能有完全相异的特征，所谓语言风格仅仅在他们的个性上，而且这种个性也只是细微的差别，许多东西在表层上是无法分辨的，只有细细地深入到内部，深入到句式，深入到语言组织的细节上我们才能发现个人独特的语言风貌，我们几乎不能给他贴什么语言标签，只能是描写性地揭示其语言特点。说到这里有一个特别的人，他叫陈炜谟，有篇特别的小说《狼筅将军》也是采用了反观故乡的方法，乡村描写没什么特点，但有一个极大的好处，口语的白话小说，那么多乡土作家都不遗余力地显示自己的故乡特色。他们口语总的表达都趋于一致性，唯独这一篇特别展示出一种活泼的口语节奏，形式和语言，语调和意图，速度与结构都有一种反差的张力，整个文本最集中的特征便是：不同人的说话节奏。即便有少量的叙述人的陈述也大致合乎口语的节拍。这是我们研究乡土语调的一个绝好范例。

说到此，我们可以对中国乡土小说语言的大致发展脉络做一个极为简要的概括性总结。

第一，1920年前后，我们基本可以称之为乡土小说语言的发生阶段。主要以客观模仿的理论作依据的，是乡土写实派的语言风格。这是一个不平凡的乡土语言发生，重要的代表作家有鲁迅、废名、王统照、许地山、鲁彦、许杰等人。最初的乡土语言似乎还不好按流派论，这是因为他们各自的风格语言并没形成影响，不足以带动一个流派的作家群。这个现象自1925年之后便逐渐显示乡土语言的类别划分，特别在1930年前后革命乡土小说的出现，使各种乡土语言自成系统地聚在一个派别之下。

第二，浪漫乡土小说语言小有气候，特别是京派和海派作家的区分产生了沈从文、萧乾、凌叔华、林徽因、汪曾祺等一批人,以天津和北京为基地,且私下有交谊和传承等关系。这启示了一种语言现象,一个流派的产生,与一个同人圈子有极大的关系。这时逐渐显示乡土语言的一个总体风格:首先,他们是乡村田园牧歌式的温情敦厚,恬淡隽永。崇尚自然之美,展示平淡的风景画,其风俗醇浓而又自然地表现在族群的生活方式之中。其次,采用散淡活泼的口语,明丽轻悠的话语特征,用词造句既有典雅精致特点,又有简约古朴之风,多用地方口语并把它改造成文人口气,其句子短促、跳跃,又相互勾连,充分让词语复沓重叠产生一种回环之美。最后,他们把个人的思想观念隐匿起来,化为形象性的事物,用象征、隐喻表现出来,从不进行政治思想观念的直接议论,让现代性思想转换为审美理想与情趣,往往体现的是人本主义观念,是一种天地人三者合一的朴素的唯物主义思想。浪漫乡土小说语言看起来风格大致统一,具体到作家本人,体现出来的风格语言其差异又是很大的。特别是文化地理学的差异会直接反应到语言、语调上,例如湖北的废名、湖南的沈从文、江苏的汪曾祺,我们一旦深入文本马上看出差别。由此我们看湖南籍的古华、莫应丰、陶少鸿、董立勃也是不一样的。当代更年轻的湘军五少将,他们也使用乡土语言,田耳和于怀岸都是沈从文的小老乡,于怀岸的语言凌厉急切,尖锐激情,而田耳则舒缓从容,细密中有充盈的感觉色彩,沈念用他细密而富有感觉的语言扎根在藕池河边的一个小镇,关怀那些在历史变迁中的风土人情。马笑泉含有尖利嘲讽,批判所指皆针对社会时代来发难。谢宗玉的散文则大有沈从文之遗风,舒缓而柔美,精雅之间乡土更接地气与自然风韵,让乡野事物有着人文化的关怀。新产生的作家还有易清华、郑小驴、刘先国、熊棕,其各自风格特异。

第三,1930年之后乡土小说有一个剧变,呈现出来的派别很多,(仅在于我们没有认真归类)彼此的乡土语言差别也极大。“革命+恋爱”的乡土小说始于蒋光慈、阳翰笙,13省大水灾和丰收灾年也是一个时空地理的起因,叶紫与丁玲创造社会革命的乡土小说,同时由于民族矛盾激化,醒目地出现了流亡的乡土作家群体,如萧红、萧军、端木蕻良等,还有七月派的乡土作家以路翎、彭柏山为代表,把战争引入了乡土叙述。这时各地域特色的乡土作家大量出现,四川籍乡土作家、湖南籍乡土作家、江浙籍乡土作家、两广籍乡土作家。他们共同的特征指向革命、战争、阶级、农村问题,重要的是乡土小说语言已经被观念化,是一种意识形态的写作。这一批乡土小说作家人数众多,能够罗列的名单也有四五十个,他们是一种乡土观念语言的叙述,在本乡本土中发生的社会政治事件,或者乡村生活中宗族、民事纠纷事件,包括家长里短的日常生活琐事也都在其中，是模仿写实的，因此，追求真实的细腻的细节描写。人物、环境、故事都是以革命、阶级、社会等意识形态观念为考量标准。使用地方语言，这时他们的乡土语言是激情喷发式的，有一种社会革命的理想，还有一种乌托邦式的浪漫情怀，"革命"一词很有诱惑，它不仅是理想，还是一种狂欢情绪，甚至是一种渴望已久的生活方式。革命是危险的但也是刺激的。因此这类乡土小说语言有四种调性：一是激情性的；二是冷峻批判性的；三是怀乡恋土的追忆型，这种怀旧模式里凄凉悲怆，但又有深切的思念缅怀；四是社会表象与个人心理有着复杂的重叠关系，有象征也有隐喻，有原型但是一种分析性乡土语言。这是一个中国社会决定的特殊乡土小说语言模型。

第四，解放区的乡土小说(应该说也包括沦陷区的乡土小说，因为关永吉曾提出重振乡土文学的口号)。一方面以赵树理为代表的"山药蛋派"，作家有马烽、西戎等人，这条线索直到后来的柳青的《创业史》及更后的陕西和山西作家都在延续。一方面以孙犁为代表的"荷花淀派"实际指部分北京和天津的作家。此外还有一些不太好归为流派的乡土小说家如师陀、李劼人、欧阳山等人。这里有一个极重要的政治文化事件，那便是1940年代召开了延安文艺座谈会，凡属革命文学的骨干全部参加，毛泽东总结并发表了讲话，从此以后革命文学的基本性质便顺着这条道路走了七十年。

这是一个庞大的作家队伍，表明了中国的乡土小说的发达，如何看待这批小说的价值与成就，也许今天还无法特别准确地估评，甚至连他们的成功与否都有待我们重新去鉴定。从语言的角度值得注意的大概有如下一些作家和作品：吴组缃的乡土语言是客观的，擅长描写和铺排，在家乡口语中带入一些方言。人物在环境里是自然地活动，他的文本在于如实地画出当时乡村的实际状况，作者本人不插入评论，让观点和倾向从人物与场景中流露出来，他的景物描写使用长句而且极注意层次，对话是纯口语的，他的乡俗落实到祠堂、仪礼、各种器物的名称状态上，是乡里人看乡土中的人与事件。我认为他是一种贴着乡俗的写法。沙汀的乡土小说是典型的"川味"，四川人说话的幽默风趣在他口语中有许多词汇与短句，俚语和普通话的调式不同，他的乡土小说是本乡本土的人物在对话、独白，在场景中风俗性和人物的性格、语气、韵调是融合在一起的，所以他绝不会有长句对景物的铺张，他是在用语言说人、说事、说其风俗，既算偶有描写也转化为风俗语言的说话，《淘金记》便是一种典型的乡言土语。比较二者，吴组缃仍在用语言画出人物场景及事件。沙汀所有的语言都在说本地人物故事与风俗。艾芜的语言主要的功力在描写和诗意上，他主要是采用视觉观察，色彩与情状是形象生动的，然后才是纳入听觉、幻觉、感觉、味觉等五官感受的多种方式，他在南行的途中多呈现为一种异域风情，虽然作者有一种人文情怀，贯穿于语言之中，有沉重的哀愁，但他的语言依然是表象地铺陈，没有扎入到人们的心灵与思想感受之中去，在风景与风俗人情中没有构成人们浓厚于大地血脉之中的生存方式。萧红的风俗画无疑是一种田园牧歌式的，家乡风土的一切习俗构成了她对呼兰河的讨论方式。她的语言不能算人物环境的口语，而是她自身经过提炼了的一种描写性的口语，句子异常短小，更多的分句是词组性的，这使得语言有一种清灵的跳动感觉，她的风俗是浮在人群与事件之上，语言流动之中有一种欢快的浮岚雾气。路翎的语言贡献是把外部的描写性语言转化为内在的心理活动，吸取了西方人内心刻画手段，把蒋纯祖内心表现得细腻复杂，尤其重视行为过程中的心理变化，郭子龙的心理活动与他的行为及和尚对话紧密相关，这时的心理既有独白又有对话，还善于抓住人物表情的复杂变化，某种意义上路翎的心理描写也采用心理辩证法。当然他也有直接表露思想观念的议论使之文风直白。赵树理和孙犁两个人的乡土语言走了两个方向：一个是民俗大众化的，一个是风景优雅浪漫化的。其实这两种语言都是理想主义的，赵树理想让所有底层人群都能文学化，把草民情状原始质朴地转化为小说。孙犁却把艰难困苦的现实风光化，追求自然美、人性美、风俗美。因此赵树理的语言就是农民语言，包括俚语、俗话、民谣、歇后语等，农民语言与生活情状绝对民间气息化，直接展示乡土生活的婚丧嫁娶、村居习惯，饮食节日心理，是那种地地道道的风俗画，甚至语言大量采用民间文艺的方式，即板话评书的言说样式。何谓语言的民间形式，我想赵树理应该是一个典范，至于怎样评价观念革命和意识形态则是另一个问题了。孙犁的语言其实是指向追踪废名和沈从文的，让乡土语言雅化。他细小的特征在人物对话中，他们的心灵与情致都是流动变化的，用细部描写表现心灵与情感的细腻，而叙述语言的主体则是作者的一种审美提炼，清新俊逸、淡泊明志是与他的乡土审美互为表里的。他的乡土语言里没有粗俗蛮野的东西。这两个人在北方各自有影响的传人，就如沈从文的语言在南方一样。在后继者那里，柳青、浩然、高晓声走的是赵树理一条线索，刘绍棠、叶蔚林走的是孙犁的一条线索。贵州有两个作家，何士光是承赵树理风格的，李宽定是承孙犁风格的。这仅仅是一些最粗浅的乡土小说语言风格发展的脉络，而他们之间是否真有其师承关系则又另当别论，但风格上的一致性是肯定的了。

第五，新时期伤痕反思乡土小说和知青乡土小说可以说是中国特定历史时期的产物，没有从1966年到1979年这段中国历史便不可能有这两个类型的乡土小说，其语言的变化也是因时而异的。我上文取样谈到的古华、叶蔚林、何土光、张承志、莫言、韩少功等一大批人都共同走过了那个岁月。这一批人的乡土语言呈现极不一样的语言风貌，他们也有模仿写实的客观语言，在语言与事物之间我们看不到距离，这一传承来自法国的新小说，也属实验范畴。似乎还有另一种客观语言，是语言、作者、事物三者之间的关系。我们可以用零距离来指称，但又不是那种纯客观语言。语言对人物与事物具有一种透明性，语言的自然形态偏重，也就是说，没有人工刻意的语言痕迹，让事物清晰呈现本身的状态，读者直接与人和事物打交道，没有晦涩、滞重的感觉，但又没有用纯客观的手法。

> 今日天气晴朗，蔚蓝的天空只有几抹淡薄的云烟，大河上洒没金色的阳光，几只银白的小鸟翻飞剪水。从水连着天的远处，一只客货两用的大木船，高扬着南风吹满的白帆，被匍匐跪行的岸上的纤夫牵引着逆水而来。
>
> 刘绍棠《渔火》
>
> 人们把一盏玻璃罩子煤油灯点起，昏黄的灯光照亮了房里的陈设。床是旧床，帐子也不新；一个绣花的红缎帐荫子也半新不旧。全部铺盖，只有两只枕头是新的。
>
> 周立波《山那面人家》
>
> 赵老爹虽说年过花甲，却还腰粗腿健，身首硬朗。他头上缠着的青布帕，只怕有几十层那么厚，像个头箍似地箍在脑门上。脑门下一双猎人的眼睛，清亮有神，四周布满了鱼尾细纹，也是高鼻梁，嘴角线条分明……他身上披了件棉工作服，口袋里斜插着竹篼烟斗，脚上打着绑腿，穿了双青藤草鞋。
>
> 古华《金叶木莲》

刘绍棠、周立波、古华这三位其实都是属于意识形态作家，他们的思想世界观均是社会革命派的，自然他们会用语言去表现他们的社会革命观点，但在其景物、人物、风俗及事件进程的描述中尽量符合客观事物状态，看不到多少语言的痕迹。或者说我们只看到语言自然流淌的表述状态，并没看到被语言扭曲的事物，在语言与事物间我们可以用等号表明其性质。

在20世纪80年代中期以前乡土小说语言的意识形态特别重，保持一种社会问题剖析与社会现状的激情批判，最切中要害的是对文化大革命以来的历史时代的政治反思。当然到知青小说就发展为一种文化反思,其乡土社会的内容描述包括其民俗民情,并不见得有什么鲜明的特征,但表现方法却变得丰富多彩了。

在那些代表性作家身上我们看到了如下变化：

第一,这种明显有个人特征的语言是一种典型的人工语言,经过作者的主观刻意发散出来的语言。第二,它是一种表现的语言,虽然他们文本里尽量地再现某种客观性,但他们的语言却是一种表现方式的,即每个人的语言均在表现它自身的创作个性。第三,他们的小说让语言超过了它所表达的事物,从语言特征去分析是语言看人群、看事物,看我们的乡村,这里分别只能是张承志的草原、莫言的高密乡、贾平凹的商州、韩少功的马桥、刘恒的洪水峪。而最真实的、客观的乡村土地我们是见不到的。第四,传统的乡土小说语言基本是模仿写实性的,一种语言功能是一种工具、一种媒介,语言自身的审美特征看不见,因此我们很难说传统乡土小说的语言有何种贡献,因为语言的特征是乡土自身的特征,我们最多能探寻到语言对事物和人的高度仿真能量。我们所言的语言准确、生动、形象,其实是事物和人自身形象性的表现,我们知道的语言的生动与准确其实是事物本质。世界事物自身具有这样的表现性。

另一方面,新时期以来乡土语言发生了巨大的变化。语言自身有其本体,有其现象。直白地说乡土语言在作家那儿成为一种语言表演,充分发挥了语言自身的魅力。传统乡土语言作为表现工具时,其功能是单一的,并不知道语言自身可以呈现多姿多彩，每一个叙述者的个性和语言的特征相加时会产生拓扑学的变化,这就带来先锋小说家的语言试验。我们将在另外章节专门讨论先锋小说带给新乡土小说语言上新的可能性。

第六,当代乡土小说呈多元趋向,而且其内涵与传统乡土小说表现出极大的不同。这批当代作家的时限基本上是最近的二十年,他们主要指须兰、石舒清、红柯、鬼子、东西、孙惠芬、韩东、毕飞宇、李洱、陈铁军、西飏、吕新、格非、林白、行者、墨白、陶少鸿、董立勃、陈启文、陈应松、谈歌、曹乃谦、熊正良、李本深、邓九刚、洪峰、马原、李佩甫、夏天敏,也包括笔者本人在内,是一个庞大的写作群体,这个群体就乡土小说的性质可以定位为现代性乡土小说,或曰新乡土小说,其内容上的成就未见有多么大的实绩,因自问题乡土、社会剖析乡土、革命乡土、文化乡土等历史传统中的乡土小说已经把笔触深入到乡村风俗的方方面面,我们很难说乡土小说从材料上讲有哪些地方是没写过的,到了新时期又有伤痕反思乡土、知青乡土、寻根乡土、新写实乡土等对传统的中国乡土作了深入扎实的反思。当代新乡土小说所关注的农村环境、土地、农民乡居、民俗、生产方式、器具、文化生活等方面的描写很难说他们超过了前辈作家,更有甚者是今天的乡土文化元素处在被消解的状态,我们很难提供一整套的乡村文化模型与生活方式,在现代性潮流中乡村也被类化,尤其在乡村生活的男女主力,即青年男女均处在异乡状态,变成城市打工者。表明乡土文学遭到巨大打击。

但是新乡土小说却在两个方面大大超过了他们的前辈。其一,在现代浪潮下的新思想、新观念、新知识从根本上改变了今天对农村土地与人,环境与民俗等一系列问题崭新的认识,因而在更深的思想层面来透视我们的乡土现状,例如乡村政治和社会问题可能更加尖锐深重,乡村人处在弱势的状态下,乡村仅有阶段性政治,只有政策与口号,经济上的临时行为,农村都在被异化之中,它的演变、移位、改造、重塑往往服从于官员意志与形象政绩,使乡村自身付出了沉重的代价,例如资源污染,生态环境恶化,领土权形同虚设,土质被农药化、肥异化,民俗风情被淡化,民间文化丧失,这些乡土小说写作中涉及到的根本问题是有目共睹的。当然,现代乡村也享受了现代性知识与技术带来的便利,乡村信息化前所未有的发达,乡村公路也快速发展,农业机械化也初具规模,这优势如何改造成为乡土小说富有美学意味的新内容,似乎没有产生新的模型。

其二,新乡土的表现形式还是有较大的扩展,呈现为前所未有的语言特征和复杂多变的形式。特别指那些先锋实验性的乡土小说。我们细细地考察一些新乡土的语言类型:一类为再现性,使用冷静的客观语言,主要模仿写实指向乡村事物与人。它又分两种状态:一种状态是清除情感色彩使用一种中性语言。一种状态仍保持意识形态的批判姿态,针对乡村社会问题而发言。二类为表现性,又称为主观抒情性写作,这又可以分为两种状态:一种为主观激情状态,作者情感恣肆汪洋;一种是委婉抒情走浪漫乡土的路数。语言更加精致雅化。三类为隐喻性的,大量抢救保护传统文化,特别重视表现民俗风情的东西,从性情深处寻找乡土生活模式中温情的东西。四类为符号性的,我们可以称之为极端形式上的。文本整体是意象化的、象征性的。最显著的标志是语言的极端试验,发挥语言的能指效应,语言的极端装饰性,其所指是消解的,意义通过能指滑动、延异、拼贴、能指链所获得。新乡土小说如何在21世纪取得重大突破已经不是一个语言本身所能解决的问题,而是一个社会时代的重大问题。我们思考新乡土小说语言的新形式与内容,必须更广泛地思考这个时代所面临的重大问题。

第一，新乡土必须回答土地归谁所有。农民没有土地这就从根子上绝灭了乡土的概念。但这个问题几乎又是二十世纪革命的核心问题。二十世纪前半世纪是地主有土地，农民租土地，保持了农民的根本命运依附于土地。土地国有化，农民根本上失去了土地，这很可怕，农民和土地的情感联系没有了，这样土地在各种维度上坏死了。1980年代有了承包责任制，农民有了部分土地权，1930年代、1950年代和1970年代，农民有土地是根本问题，土地是要养的，这个问题只有农民懂得。农民有了新的身份："农民工"，土地开始荒芜化，其实这未必就是坏事，可以歇地，土地也是要休养的。只有个人的土地农民才会建立超乎常情的人与土地的关系，才能抑制土地由现代性所带来的各种各样问题。农民与土地是一种天然的互动关系，把土地交给农民，土地才会有真正的生命力。

第二，故乡概念的彼涨此消。农民有了土地，农民附之于土地便有了故乡，因为土地无法随个人带走的。土地产生故乡是首要因素。其次，故乡概念与生你养你的人伦亲情有关系，你的血缘是与土地相关的。血缘总是家庭的，在一个家庭单位里你是儿子或者女儿，离家出走成为一个家庭正常因素，出走包括家庭与故乡，一种是永远没有离开乡土的，一种离开乡土以后再反观乡土的。乡土并不能成为一个固执的封闭空间，任何乡土都是社会的，"这也包括家庭生活存在于所有的人类社会当中，甚至包括那些在性和教育的习俗方面似乎与我们差别最大的社会"，"家庭是存在于所有类型的社会中的一种共相。"①这告诉我们，是家庭与其所在的地理告诉了我们什么是故乡，乡土必须是某个个体和族群眼中的乡土，最大的恐怕是祖国的概念。故乡在农业社会里主要指扎根的乡土，今天中小城市崛起故乡还包含了城市概念。故乡的实质是指向个人的根脉。传统乡土的乡愁指向了故乡的不变，贫穷落后的哀叹。而今天乡愁恐怕是故乡变得面目全非反而失去了亲情感。家族中对先祖的崇拜与祭祀消失了，浓厚的民间风俗也没有了，宗族祠堂，老亲戚的生活方式也灰飞烟灭，故乡在现代性发展中幻灭了，这才是一个真正的大问题。

第三，乡土经验的异化。每一个地域的乡土必然和他那儿的婚丧嫁娶、民俗节日、亲情邻里的礼物形式相关，这些宗法礼仪成为固定模式。有着比法律更有力量的约束，它是乡土人生存活动的一根纽带，于是形成乡土社会的生活

---

① 《遥远的月光》，（法）列维·斯特劳斯著，邢克超译，中国人民大学出版社，2007年版，第45页。

情状，彼此间亲情和谐，在乡土概念里一个族群，一个村中的邻里犹如一家人那样，在生活起居，春种秋收均不分彼此。只因为这样，乡土便有了巨大的融合力。1930年代革命闯入了乡土，人们用意识形态标准要求乡村。1980年代以后现代性知识模型彻底改变乡村中的生活方式，乡村中人际关系、家庭关系、政治权力关系都发生了巨大的变化。是现代性技术改变了这一切，大众文化取代民间文化，赌博恶习泛滥成灾，人际关系冷漠。农民和土地与生产变成了一年一度的权宜关系。乡土不再有特殊的吸引力。这一切导致了乡土经验的平庸和模式化，很难从乡土生活中找到一些特异的新鲜活泼的有效经验。但乡土的另一面又变得问题丛丛了，几乎每个家庭都会或显或隐地与城市联结起来了。1980年代以后的城市打工几乎使每一个农村家庭都会有一两个人在城里工作生活。这也形成了一系列的新问题。农村自身也会置于这一系列问题之中，农业生产与销售如何面对全球化市场、耕地选择的作物品种如何市场化、农村如何异化为加工基地、农村民居的建设与选择、农药与化肥的过度使用、水资源的匮乏与再生问题，现代性语境中农村中所有问题几乎都是新问题。极为严重的是农村的文化教育与知识结构，传统社会里文学与学术是在野不在朝，文学在乡村的根脉很深，今天的乡村人才与文学几乎丧失殆尽。如何构成一个乡村知识分子阶层是个大问题。

第四，对乡土文学和理论的蔑视。有一种极为无知的理性思考，认为乡土是落后贫穷、愚昧卑劣。否认农民意识，轻视农民作家，甚至认为乡土文学其实是在不断对文学进行庸俗化、实用化改造，使它背离文学的基本精神，扼杀独立人格与艺术个性。乡土文学是一种土文学。与之相比较的，他们提倡一种洋文学，一种城市文学。这是很荒唐的，连基本常识也没有的对乡土文学的否认。首先从古今中外看，乡土文学是每一个民族的根脉，他们在那里构成传统，形成伟大的经典作品。中国古代除了极少的市民文学外，应该说绝大多数是乡土文学。不夸张地说，文学是从乡土里长出来的，这也包括它的作家。没有人荒唐到会否认他一出生的那个文化地理学。在农业社会生他养他的必然是乡村。富裕的城市人只有极少数的人才去做文学。自古到今的文学都会以乡土文学的强大而构成了文学史的基本框架。其次，土地、地理，一切地方性的生物环境决定个人全部，由它的乡土性规定了他的生命形态、人格、气质、文化。如果还有内容一说，乡土构成了他的全部写作的材料，或者说他个人只有乡土经验，并无别的经验。为什么？因为城市经验是机械复制的、共生的、大家共同遵守的类型经验。从人类的经验发源看，人类只有乡土经验是原型的，在千秋万代的农业生产经验中构筑符合基本人性的社会形成,形成他与乡土相适应的情感、性格,包括人生全部的地方性知识,舍此并无其他来源。最后,我们很有可能会失去乡土社会。这个乡土社会终结论只说到了一半,提供的是可能性。乡土社会消失之后那是什么社会呢?那仍然是乡土社会,仅仅在于它不同于传统形态的乡村社会。试想我们可能取消祖国九百六十万平方公里的领土吗?土地永远存在,依附于土的一定是农民,有土地,有农民,便有乡村生活方式,并不会因为把所有的农人安置在一个有楼房的小社区内我们的乡土社会就没有了。乡村永远不会改变,田野上永远都会有庄稼。我们的任务或者说国家的重要任务,是构造新的乡土社会形态,有适合于土地、适合于农民的生活模型,有一套乡村知识乡村经验,因而产生适合乡村的文化艺术。

第五,乡土语言的可能性。乡土社会无疑会发生巨大的变化,那么乡土语言也会变,我需要一套什么样的乡土语言呢?并且是乡土的文学语言。从理论上说,乡土文学语言永远都会存在,但它是什么样子?建立一套什么样的语言标准那是至关重要的。首先,我们看到的乡土语言消失的是词汇性的,因为乡土事物改变了,旧词不用了代之以新词。但地域性语言表述方式、口气、语调、节奏、韵调均不会有大的改变。其次,产生于地理学的土地、山脉、河流及地域性风光不会有大的改变,近三十年来河流改变、湖泊发生变化,这主要是人为的因素。地方风景永远是最有魅力的存在,它也是乡土语言的一个方面。最后,便是乡土人生存活动方式中的交流语言,这一块会有大的变化,特别是电脑、手机普及之后,图像与信息改变了乡村人群的表达与交流的形式,最主要的还不是某种形式的变化,而是乡土人之间,土地、环境、主人之间的情感、体验、感觉发生了变化,有可能更贫乏,但也可能更丰富。乡土语言亟待建立一个有美学意味的规范性模型,有几个权威范本。当然乡土语言也危机四伏,恐怕不仅只乡土语言,一切社会语言和个人语言在现代性的压力下也会发生急剧的变化。拯救中华民族语言恐怕不是一个理想中的口号,而是我们今天的语言的实际状态。文学家应该提供出新的语言样板。

对于中国而言,乡土语言的现状及未来尤其值得思索。

乡土语言基本是农业社会的,如果社会高度工业化、信息化了,我们如何重返乡土社会语境。乡土语言保存的是人类最后的物质家园和精神家园,如果它们消失了,人类会怎样?至少我眼前无法回答这个问题。我们已经看到大众通俗文化开始危害到民间文化,如果现代电子信息图像文化取代了乡土文化,中国人的情感素质和审美感受会是什么局面,那可能是现代人真正丢失了灵魂的栖息地。

有一个巨大的问号,我们需不需要牺牲乡土社会文化,以完成一个城市化改造的新都市化的大众通俗文化。在生物多样性观点的今天我们不能让一种文化形态绝灭。这隐含两种元素是必不可少的:其一,地域概念是一个没法取消的东西。其二,文化,特别是作为人与地方本性的文化它不可以被取消。文化特性是这样一种东西,它是"代代相传的固定不变的事物,又可以把它看作是区域性的事物——在这里,文化空间逐渐受到种族和民族观点的影响,形成了一个强有力的'血与土'联合体。"[①] 民族国家的概念直接受到它的支撑,它是一种文化动力以此构成"文化——区域——民族——国家"的一个逻辑循环,有领土便会有乡土,只有城市的国家它是一个孤岛。没有乡土不可能产生伟大作品和伟大作家。这里可能有一个更深层的原因。是语言创作发生学的原因,是什么决定了乡土语言的发生和类型呢?一方面是地理、环境和种族,也包括特定的水土条件。另一方面是个人气质的,它关系的是血缘、遗传、情感、习得、审美、认知的思维方式,简单说,是一个人的素质和他的地理环境决定了乡土语言的特征、质地和语言风格的倾向。在山地沙漠的人和在湖泊河流上的人,他们使用的语言方式和特征肯定是不一样的。其实知识也是由地方性决定的,人的知识和语言就像稻谷、玉米、麦子一样,是从特定的土壤里长出来的,不一样的地方水土,那么粮食所含的元素也就不一样,语言便是一个人的精神食粮。我们可以断定,每一种乡土语言都是特定的地方长出来的,这既包括地方的物质痕迹也包括地方的精神痕迹。无疑乡土小说也会是地方上长出来的,从其根基来判断,我们又大可不必担心乡土小说会从此灭绝了。因为地方性是不可能绝灭的。假定有一个楼兰和亚特兰斯蒂的地方消失了,但在另一种地方又会出现的。

最后,我们可以因此而判断新乡土小说在未来的发展必定是自由的、民主的、和谐的,是乡土社会的综合表述,其语言既是对传统乡土语言的继承和发展,又增加了现代性乡村新特征的语言现象,综合而成的新乡土语言。

① 《文化地理学》,(美)迈克·克郎著,杨淑华译,南京大学出版社,2003 年版,第 205 页。

第四章

中国现代小说社会革命语言的生成与传统

我这里所言的社会革命语言，其实主要是指革命语言，在中国现代小说的生成与传播。至于社会语言在古典小说中已明确存在，特别指那些古典的长篇小说，晚清那些官场谴责小说其社会语言更是明确。社会革命语言有时是分开的，如古典小说有社会语言，但不一定有革命语言，自20世纪三四十年代以后，社会革命语言成为了整体现象，到了1980年代以后社会革命语言又有分家。其中最明确的是革命作为语言现象进入现代小说，可以说是一个标志性特征，这使得古典小说与现代小说有了一个明确的区别标记。

"革命"一词在中国古已有之，最早见于《易经》"天地革而四时成，汤武革命，顺乎天而应乎人，革之时大矣哉。"这里说汤武的革命是成功的，革命指向一种人为的，彻底而全面的社会变动。中国古典革命的含义，余英时总结为四条：其一，是以天下为己任，所谓：先天下之忧而忧，后天下之乐而乐。其二，有一种冲破罗网的决心与行动。例如康有为、谭嗣同那样的行动。其三，指一种坚韧不拔的弘毅精神。其四，要有生而不有、为而不恃、长而不宰的精神，这话的意思指革命需要生、为、长，而不能存在有、恃、宰的状态，革命不能在一己之私利后停歇下来，固有，恃傲，妥协。革命是一个持续而又渐进的阶段性的发展。这个革命是有信仰和责任感的行为。其"革"指更新，更道之意，"命"指社会变化之命，"命"也有指挥，令行禁止之意，意为改变领导权。古典革命含义从《说文解字》中释义而出，特指改变更新领导权的意思，这是一种明确的社会革命。

中国现代小说的"革命"概念与古典之意不同，在实用过程中似乎有些偏义误读，把它仅理解为变革、粉碎旧制度、改朝换代、杀头、暴力等。没有把革命理解为社会重建修正的含义。因此，今天革命总是针对反革命而言的。"革命"一词进入了现代小说以后带来了小说的巨大变化，甚至改变了小说形态，提供了现代小说的新气象，但也给中国现代小说带来了许多僵化的东西，制约了其健康的发展。这“革命”一词进入现代小说以后便成为了中国小说一个新的传统，成为一个不可或缺的元素。这也带来了对中国现当代小说解释的困难。

第一节　社会革命语言的形成与观念化

社会革命话语在中国现代小说中表现出来的状态是世界上最为独特奇异的一个语言现象。说到奇特，第一，革命语言有明确的起始时间；第二，革命首先作为观念口号提出，是先有理性观念，然后才有实践行动。第三，“革命”一词保持与社会问题的统一性。如何来理解这个问题呢？这告诉我们，通常情况下革命和社会两个词不能拆分来理解，但就具体问题和情势而言它又是可能分开的。社会机制原本是一个有机统一的整体，这就是说，革命与政治、经济、文化、民族及一切社会问题保持形式上的统一性，是它构成错综复杂的内在的社会机制。所以余英时说：“革命起于社会发展的不平衡，社会既是整体的，革命当然也就不能不是全面的了。”[①] 革命必然会涉及到社会，社会变化也必然会有革命的性质，尽管它可能是一个局部而具体的细小的专门领域，社会与革命总是会有千丝万缕的联系。所以我使用“革命”和“社会”两词的语言现象的时候总是有分有合的，会视具体的语境来确定。第四，革命语言是中国小说史发展以来的新元素、新事物，一旦进入小说的肌体便再也没有离开过中国现代小说的历史现状，并且成为一个牢固的语言传统，要仔细地搜寻这个语言传统的源头，它甚至要早于我们称之为中国现代小说的历史时期，习惯上我们把鲁迅的《狂人日记》定位于现代小说开篇，新发现的史料证明，陈衡哲的《一日》(1917年)或者李劼人的《儿时影》(1915年)都比鲁迅的小说早，所以现代小说开篇并不能执著一个确定的时间，但有一点是肯定的，“革命”一词进入小说肯定是在1902年，由梁启超掀起的“小说界革命”，不仅明确了观念，而且他本人还有明确的革命小说实践。

1902年11月14日《新小说》刊行梁启超的政治小说《新中国未来记》，小说虚拟黄克强代表的君主立宪派和陈去病代表的共和政体的革命派在庆祝维新50年大会后的辩论。小说中有一个口头革命派宗明，他说：

---

① 《论革命》，余英时著，选自《民主制度与近代文明》，广西师范大学出版社，2006年版，第228页。

你们两位也未免有点子奴隶气了。今日革命，便要从家庭革命做起。——

今日的支那，只有革命，必要革命，万万不可以不革命。我们四万万同胞啊！快去革命罢！赶紧革命罢！大家都起来革命罢！这些时候还不革命，等到几时候呢？

梁启超《新中国未来记》

梁启超以此掀起“小说界革命”，并在他的《论小说与群治之关系》中首次提出了此口号。作为资产阶级文学革命运动的语言现象，它顺理成章地被无产阶级革命借用了，从此小说革命不仅是一个口号一面旗帜了，而是绵延百年的小说创作实践。以此为文本标题的，如李宝嘉的《官场现形记》、李霁野的《革命者》(1924年)、无名氏的《苦社会》等。

第一，我们考察社会革命语言的含义及其发生的可能性。可以肯定我国古典小说并不以社会革命为语言形式进入文本，直接将社会与革命作为观念形态并作为叙述语言和人物语言始自1902年的梁启超。但作为社会话语与革命话语在百年的小说实践中的内涵并不完全一样。革命以其个人支持态度分为左右两派，这与资产阶级革命和无产阶级革命性质又是不一样的。因此我们先要厘清社会和革命两个概念，再分析由此而伴生的语言现象及在小说中的表现。

社会(Society)，是一个系统，一个结构，具有一种特殊机制，用以调节人群中各阶层的关系。“一方面，它是一个普遍用语，用来表示一大群人所属的机制与关系。另一方面，它是一个非常抽象的用语，用来表达这些机制与关系被形塑的状态。”① 社会自古有之，但使用“社会”一词，特别是具有现代意蕴的社会概念始于20世纪初。它意指社会的组织与机制，或是社会人群团体的分类与阶层的一个关系的表述。最简单的说法是指个人之外的一切空间结构里人群的活动。其实个体也是社会的，“任何个体的现象从根本上讲都是由它的周围的各阶层的人无可估量的影响决定的。”② 由此可见，社会是一个无所不包的综合体。这样看来小说是离不开社会的，它既被社会所规定，它又表现着社会。问题是社会公共语言又是消解小说艺术语言的，把小说语言变成社会机制和组

---

① 《关键词》，(英)雷蒙·威廉斯著，刘建基译，三联书店，2002年版，第446页。

② 《社会学》，(德)西美尔著，林荣远译，华夏出版社，2002年版，第1页。

织关系的社会公共话语便取消了小说语言的特殊性。而小说家的任务是如何使社会公共语言变成小说的艺术语言。

革命(Revolution)一词更为复杂。现代意义上的革命是一个专门的政治术语,与暴力、权力、颠覆、杀戮、改变等相关联。革命是一件性命攸关的事情。它从产生至今都是一个极重要的词。西方传统意义仅指持续不断的旋转运动,在循环中会有各元素的相互替代,便引申为反对现有秩序的运动。人类命运的生命活动由命运之轮的旋转决定了人生的沉浮，因此人生的上下反复变动也有革命之意。"革命"一词与社会相连便有了颠覆旧有社会的体制而创建新的社会秩序的意义了。因此"革命"一词主要用在社会层面的运动状态,导引关联人类自身的命运。其实革命更宽广的含义可以用于一切事物的变化之间,揭示了人与事物、人与人之间更微妙的关系结构,因此我解说的革命要义为:革命是关于否定性描写与生成预期的辩证法。革命可以是一个瞬间行为,也可以是一个长期持续的运动。如果按照社会和革命的基本语义去叙事、去描写、去把握语言,这也正是小说的基本规范,例如《水浒传》、《金瓶梅》,一部是社会革命小说,一部是性革命经典长篇小说,同样被我们认同,问题是从梁启超的小说界革命开始,社会革命语言或者小说走了一条偏执的路线,以社会革命的观念名词和公共语言,侵害了属于小说审美语言的特质,因此使小说变成了非小说的东西,而成了社会革命的宣言。

这种社会革命语言在小说中的表现是两种语义的存在:其一种,社会革命语言既作为内容又作为形式,是一种直接的观念思想形态在文体中的呈现,讨论的是社会问题,说的是革命话语。其起源便是梁启超的《新中国未来记》。到现代小说产生时,社会革命话语的小说便作为问题小说流派显示出来了。最早产生的现代问题小说在1919年,有冰心的《斯人独憔悴》,叶圣陶的《这也是一个人?》。1925年是一个转折点,蒋光慈在元旦发表论文《现代中国社会与革命文学》,从标题我们就可以看出这是一个社会革命话语的宣言。随后他发表了《少年漂泊者》,郭沫若发表了《一只手》(1928年),其后有了社会革命话语的代表人物和代表作品,即茅盾的《蚀》三部曲(1927年)和《子夜》(1932年),从此无论在资产阶级还是无产阶级革命中,社会革命话语便成了一个传统。

另一种社会革命语言是以其隐喻象征形式表达的，从语言表象上并没有太多社会分析和革命语录，但其文本的主题意图却是社会革命的理念所贯穿的。典型的代表应该是鲁迅的《药》(1919年)和《阿Q正传》(1921年)。这影响到后来的乡土小说中的社会剖析派,吴组缃、沙汀、艾芜。这里把茅盾和这三个人分开,其一,虽然茅盾本人属于社会剖析派,他本人也受鲁迅的影响。其二,茅盾的《子夜》处理的是社会工业经济问题,而其他三人则偏重乡土题材的农村社会问题。鲁迅的社会革命话语的小说,除《呐喊》、《彷徨》这样的集子定名时便有强烈的社会革命意味之外,他的《故事新编》也是如此,最典型的《理水》中用社会的语言直接讨论社会制度中的民主政治。鲁迅的社会革命话语以其象征隐喻的方式不仅影响二三十年代的小说创作,且直至新时期的社会文化小说也是由其传承而发展的,不过鲁迅是在辛辣强烈地批判旧的文化传统,而文化寻根小说更偏重于展示民族文化中落后的一面。

> 我们的同学,也不是血气之徒,不过国家危险的时候,我们都是国民一分子,自然都有一份的热肠。并且这爱国运动,绝对没有一点暴乱的行为,极其光明正大,中外人士都很赞美的。——你们是国民的一分子,难道政府里面,都是外国人?若没有学生出来爱国,恐怕中国早就灭亡了!照此说来,亏得我有你们两个爱国的儿子,否则我就是民国的罪人了!……
>
> 冰心《斯人独憔悴》(1919年)

这是化卿和儿子颖石的对话。他直接观念化地讨论国家大事。从家庭视角谈论社会事件,揭示校长、家长、青年学生三者之间的矛盾关系。表现的是两种思想的冲突,而这一切都暗藏在社会制度的组织形式里——为什么会丧权辱国呢?政府和子民各承担什么问题?这里使用的尽管是议论与对话方式,却具有某种政治性。

> ——我们此次大罢工,为同劳动阶级命运之一大关键。我们不是争工资争时间,我们是争自由人权!倘若我们再不起来奋斗,再不起来反抗,则我们将永远受不着人的待遇。我们是自由和中国人民的保护者——麻木不仁的社会早就需要我们的赤血来濡染了!工友们!在打倒军阀的火线上,我们应该去做勇敢地先锋队。只有前进呵!勿退却呵!
>
> 蒋光慈《少年漂泊者》(1925年)

这是演说鼓动、直白的政治宣言。表现了一群革命者的抗争。这种语言方式宣讲观念,充满激情地抒发胸怀,激情中要以血染的方式抗争。它的主题词便是：反抗、革命、奋斗。这是一场无产阶级向资产阶级宣战的革命。

> 我们为甚么要夺取政权？并不是因为无产阶级受了几千年压迫，要起来报仇，要起来把那专横的资产阶级压制下去，让我们自己来专横，我们是要为全人类的平等的发展而谋求世界的进化的，资本家把世界上的全部财产垄断在自己的手里，使大多数的人类受无穷的压迫，连自己所需要的极少量的生活费都不能满足——无产阶级夺取政权是很容易的，但是你要把反对阶级彻底制服，你要使物质生产力尽量的发展，你要使人类的精神恢复到本原，这却不是容易的事。
>
> 郭沫若《一只手》(1927年)

这是一篇阶级分析的专论，压迫与反抗、富有与贫穷均建立在一个阶级关系的对立冲突之中，"革命"一词的含义就不仅是无产阶级要夺取政权，还要巩固政权，半个世纪后共产党人实现了这个梦想。社会革命成了无数人的乌托邦理想。革命人、革命运动、革命理想，一切都充满了革命的元素，因此而产生了革命的小说。这在那个特定的时代应该说它顺应了社会历史发展的潮流，作为文本现象对社会现象的反应也是正常合理的，但是革命语言却从此成为一个传统——无论革命成功与否，社会如何变化，在中国现代小说史上它成为百年的幽灵，社会革命的小说也因此成为中国现代小说的主流现象，这难道仅仅是价值观问题？或仅仅是一个社会历史发展的必然。我们从前苏联和东欧诸社会主义国家的文学考察看到，国家社会革命的必然决定了文学的必然性，那么中国社会革命的历史决定了中国现代小说的历史，应该说也有这种必然性。这种对应一方面因梁启超强化了小说作为社会革命的工具，另一方面说明我国的小说家均是模仿论者，让小说竟成了社会历史的应声虫，再一方面我们小说家与理论家一再推波助澜，一再避难就易，过于狭隘地理解了大众的通俗文化，反对精英高雅的文学，这样小说便有了某种宿命(起于民间归于民间)。现在我们要问，我们的人民大众需要这近百年的现代小说吗？它们除了适合当时的社会政治时效以外，是否能够成为我们一百年以后或二百年以后必读而自愿阅读的经典，例如我们二百年后还读《水浒传》、《红楼梦》、"三言二拍"，再过二百年我们国家的人民还爱读今天所谓的现当代小说吗？我们一再坚持提倡一个标准，主流典范小说必须反映社会革命历史进程中的深度，一再坚持恩格斯的现实主义原则，那么这个现实主义原则是中国小说永久必然的一个出路吗？当然我提出的仅是问题讨论的一个起点，当下没人能逻辑地回答它，我也只能说中国小说语言不能走这条路，因为它不是小说语言的必经之路，道理很简单，我们的明、清两代没有经过资产阶级和无产阶级革命，但是它们却留下了伟大的经典小说，在世界范围之内，欧洲诸国和美国都没有经过社会主义革命，它们却有无数经典的小说，由此可见，小说与社会革命并不是必然地联系在一起的，这是指小说，说到小说语言更是如此，不能把小说等同于一套社会革命的语言策略。我这里是从某个方面上而言，但也不等于说我们要从小说里根绝这种社会革命语言，以鲁迅的《狂人日记》和《阿Q正传》而言，大量地运用象征隐喻，文本结构暗含社会结构，人物暗含革命的运动，作为革命的怀疑论者和宿命论者同样使用了曲折的社会革命语言，这也是我国的小说语言所能接收的，因而社会革命的语言以什么姿态，掌握一个度乃是非常重要的一个准则。

在中国，小说与社会与革命与政治相联系，这是中国现当代社会的一个特点，只是这个特点被强化到一种不寻常的高度。梁启超的这个起点给我们足够的教训。直到后来毛泽东说，利用小说反党是一大发明，就把小说完全政治思想化了。小说应该这样吗？欧洲诸国也经历了资产阶级革命，同样也经历了各种各样的变革，为什么欧洲与美国并不夸大小说的这种作用呢？这是否与我们的民族性有关？梁启超作为一个从封建社会过渡到资本主义革命的代表人物找到小说界作为一个突破口，实在是一个谜，不过他的小说和小说理论倒是很好地实践了他的思想。

> 欲新一国之民，不可不先新一国之小说。故欲新道德，必新小说；欲新宗教，必新小说；欲新政治，必新小说；欲新风俗，必新小说；欲新学艺，必新小说；欲新人心，欲新人格，必新小说。何以故？小说有不可思议之力支配人道故……
>
> 故今日欲改良群治，必自小说界革命始；欲新民，必自新小说始。
>
> 梁启超《论小说与群治之关系》(1902年10月)

梁启超把小说架在道德、宗教、政治、风俗、技艺、人格之上，作为经邦定国的大事。甚至连实施群治的社会革命也要先搞小说革命，让小说成为一个民族国家的首要大事。我们看看梁启超的"群治"是干什么的？梁启超的新政革命的经世理想核心是"群"，他的群是一个治国之大纲，包容政治整合、民主化、民族国家理想三大内容。群治包含着政治参与、政治整合、政治合法化以及政治共同体的治国大纲,因而叫群治,群是联合的政治团体,指合群关系,指中国人集合成一个有凝聚力的组织良好的政治实体,所以群乃“苟属有体积有觉运之物,其所以生而不灭存而不毁者,则咸恃合群为第一义”[①]。合群不仅是治国之纲,还是宇宙规律、生物进化的原则。这是一种宇宙与社会趋于群体整合和社会人群团体的组织结合的认识,由此梁的思想“超出传统反专制主义水平,正在趋向一种大众参与的思想。其决定性影响,无疑是西方的民主理想”[②]。以上我们可以看出,梁启超把小说置于一种无限的高度,因此他提出了“小说界的革命”这决定性地影响中国现代小说百年以来的政治纲领,因而也就创制了一套社会革命的语言系统。如果这套社会革命语言仅针对上层建筑,仅针对颠覆政权也许它的语言系统仍将是有效的,因为普通人们不会同梁启超们一道讨论国家政权治理,也就是说,这一套话语策略涉及的是民族国家的大事而非人们的日常语言。那么小说表现日常生活便可以不用社会革命语言了。事情没这么简单,革命语言成为经典,成为传统还有其更深层的原因。

社会革命语言不仅关乎国家政权建设,还涉及了人类欲望的解放,甚至关涉人们日常生活观念与行为的解放。革命作为一种否定性力量主要用于反抗,颠覆。这分大小两个级,大的一级指国家社会与政治权力,小的一级则是人们的本能欲望上反压抑、求解放与自由。这种微小到个人的性意识,包括身体欲望的一切解放与自由。如果革命不是微小到与每一个人利益切身相关,那谁还会去革命呢?所以我说革命是否定描写,它含的另一个方面便是对生成的预期,即个体欲望要获得的东西,而获得的是一个具体的生成,这个生成指衣食住行、情爱情感,也指万事万物的自身生成,人们对这个生成有一个理念和情感上想象的预期。这表明每一个人的革命在砸烂粉碎之后有一个重建的、有一个获得的预期。这样社会革命话语便深入了人们的日常生活中。

> 经过激烈的辩论以后,待付表决的提案共存三个:一、是陆慕游和店员工会委员长林不平的提案……二、是林子冲的提案,主张三大要求暂行保留……三、是方罗兰的提案,(a)店员加薪,以年薪在五吊以下者增加百分之三百……(b)店东辞退店员得到店员工会同意;(c)店东歇业问题由

① 《梁启超与中国思想的过渡》,(美)张灏著,崔志海译,江苏人民出版社,第53页。

② 同上,第56页。

各关系团体……(d)纠察队及童子团的步哨，即日撤退……(e)不得自由捕捉店东。

茅盾《动摇》

在一个晴朗的下午——南乡的农民们在土地庙前开了一个大会。王年风做了临时主席，站在他面前的是三个脸色惊慌的妇女，其中一个穿得较为干净的，是土豪黄老虎的小老婆(18岁)……“只有五个女人，不够分，怎么办呢？”……最后，大家有些嚷得喉痛了，便决定了抽签的方法。凡是没有老婆的农民都有机会得到一个老婆。

茅盾《动摇》

小说中表达的是乡村政治中的革命行动。地方政治的选举与讨论议案，涉及阶级双方利益，钱、就业、执法等，值得注意它提到了童子团，儿童成了革命的武装力量，革命席卷一切人群。南乡农民协会攻占土豪，均分他家的妻女、小老婆、尼姑、寡妇。农民用抽签办法占有地主的小老婆。农会分田解决吃的，分妇女解决性。革命对于普通老百姓是实际利益，官僚们讨论民选议案，理性地瓜分利益，农民则是直觉式地抽签定归属。革命在农民如此，在知识分子那里要的是精神自由，逃婚与自由结婚，早期革命一定和婚姻恋爱有关，这就是革命小说里其他一切准则都可以摧毁，但恋爱是一定要的。性革命如此深入人心正因为它是人们的本能活动。

由此我们总结社会革命语言的起源，它必定建立在反对帝国主义反对封建主义基础之上，是由特定时刻的特定社会语境决定的，在中国准确的时间是在1902年，由梁启超发起的小说界革命开始，这决定了是具有中国特色的，因为在西方没有一个与政治社会纠结紧密的所谓小说革命。其起源要素归结如下：

一、社会政治革命决定了小说世界，造成了一套社会革命的话语策略，由此可见，是社会语境决定文本内容，特定的文本内容又决定了它的语言表述。这时候的社会革命语言除了表现社会政治行为、制度、组织之外，它肩负传播着社会革命的政治理念，要说达到成熟应该是三四十年代的事情了。这种语言一产生便注定会成为一套革命的传统。

二、社会革命是和个体革命紧密纠结的，应该说个人欲望革命是潜台词，是深层的，是内在的潜意识的动力结构。而社会政治革命是一种外在表现形式，是一种组织制度的反抗，它必然转化为武装暴力的冲突。我们自然可以搜索到一套精神上的革命的社会的理论，其实这仅是借用的一套符号系统。生存本能和性本能决定了大量的人群去参加革命，换句话说，是革命解放了普通大众的制度压迫与性压抑。这就可以理解饮食男女是革命的最基本因素。

三、威廉斯说漫长的革命。这是一句很有深意的话，革命总是阶段性地持续发展，封建革命，资产阶级革命，无产阶级革命都是阶段性的，完成了便有了继续革命，但它们建立了一个互反的循环链。革命是一个生成过程，每一个人都会对这一生成过程产生预期。革命贯穿于宇宙一切事物之中，封建主义、资本主义、社会主义的革命过程；民主、工业、文化的革命；一个事物衰败到新生，事物的转换革命，它们内部都有一种结构关系，相互联系与互相区别构成了漫长的持续革命，每一个革命的开始及它的发展与结果都是不可见的，只存在于预期之中，可能成功也可能失败。威廉斯的文化革命中的主导、残余、新兴三种模式便是一个革命生成的过程。革命在万事万物中的各阶段的性质可能不是统一的，但仅就革命的这一性质与结构却是共通的。所以威廉斯说："一旦文化生产本身被看作是社会的和物质的，整个社会进程的不可分性就有了一个不同的理论基础。它不是建立在经验的基础之上，而是建立在各个单独生产过程共同性质的基础之上。"[①]这是一种极为本质地对革命性质、结构、形式及适应的范围的深度理解，中国现代小说侧重理解的社会革命形式是前两种，其实只有第三种革命才深入到一切普遍事物之中去，因而对革命的理解不同，使用的社会革命语言也就会不一样。还有社会语境和个体差异的不同，也会形成社会革命语言不同，这给我们对社会革命语言的分类提供了标准依据。

第二节　社会革命语言的早期演进状态

社会革命语言的早期我们大致可以划定1902年到1930年这个阶段。在这个阶段里我们把理论的革命和小说的革命分开讨论，前者指向观念，后者都是语言的一种实践行为。

那个时代，革命是一个不容置疑的词，最早发生在封建社会里，反帝反封建变成一种革命，例如戊戌维新的革命，后来有了资产阶级的辛亥革命，在1927年之后又有了明确的无产阶级的革命。中国有"革命"一词孙中山是第一人。但提出文学革命的第一人却是梁启超。把革命作为一种理论讨论是一种风尚，一种

① 《政治与文学》，(英)雷蒙·威廉斯著，樊柯译，河南大学出版社，2010年版，第127页。

时代需要，一种势在必行。我们可以看看这一时期的关于文学革命的论文：

1.梁启超《论小说与群治之关系》1902年10月

2.胡适《文学改良刍议》1917年1月

3.陈独秀《文学革命论》1917年2月

4.王敬轩《文学革命之反响》1918年3月

5.沈雁冰《文学与人生》1922年7月

6.代英《文学与革命》1924年5月

7.泽民《文学与革命的文学》1924年11月

8.光赤《现代中国社会与革命文学》1925年1月

9.沈雁冰《论无产阶级艺术》1925年5月

10.郭沫若《革命与文学》1926年5月

11.鲁迅《革命时代的文学》1927年4月

12.鲁迅《革命文学》1927年10月

13.茅盾《从牯岭到东京》1928年7月

14.李初梨《怎样地建设革命文学》1928年

15.鲁迅《对于左翼作家联盟的意见》1930年

我们把革命文学初期形成定格于左翼联盟成立。这从当时的理论文献对"革命"一词的讨论或革命文学的性质可以看出，对革命永远都会存在着两种对立的矛盾冲突。但革命作为观念文学是不会有什么更改了，可以说"左"联的成立便决定了革命文学成为今后百年文学发展历史的一个传统。由此产生的文学文本我们也初拟一个线索：

1.梁启超《新中国未来记》1902年11月

2.蔡元培《新年梦》1904年

3.邹容《革命军》1903年5月

4.陈天华《狮子吼》1904年

5.李伯元《官场现形记》1903年

6.张肇桐《自由结婚》1903年

7.林獬《娘子军》1904年

8.恽铁樵《工人小史》1913年

9.包天笑《沧州道中》1922年

10.何海鸣《先烈祠前》1924年

11.鲁迅《药》1919年5月

12.鲁迅《阿Q正传》1921年

13.张闻天《旅途》1924年

14.茅盾《蚀》三部曲1927年

15.蒋光慈《少年漂泊者》1925年

《鸭绿江上》1927年

《短裤党》1927年

16.阳翰笙《女囚》1928年3月

《地泉》三部曲1930年

17.洪灵菲《流亡》三部曲1928年

《大海》1930年

18.巴金《灭亡》三部曲1929年

19.丁玲《韦护》1930年

这是一个很不完善的线索追踪，但大致勾勒了革命话语进入文学文本的实际状态。30年中革命由一个词、一个观念演变成文学文本的一种表述方式、一种普遍的语言状态，“革命”一词好像一夜之间发生，但却又是慢慢成为爆发，燎原之势，继而成为一种革命的传统。如果说早期“革命”一词由于阶级的仇恨与愤怒，导致革命党人写革命文学，其后慢慢演变为一种革命的时尚、风雅，革命是一种激进主义的通行证，革命由此显示出三个特征：其一，革命变成一种表述模型：即革命加恋爱的文本范式；其二，革命文学总是在主流现象与流派现象中交错，说流派指早期的普罗小说，说主流是指30年代之后中国现代文学基本以革命小说（红色经典）为其主流现象；其三，革命文学包括文本模式与语言现象均已成为现代小说和当代小说的传统。即使有其他文学流派出现，社会革命小说的主流价值观一直是与时俱进的，革命的价值观似乎百年以来并没有多大变化，即便到二十一世纪，中国当代社会也依然以其社会革命的传统价值为唯一评判标准来衡量中国小说发展的历史。

我们现在具体分析这种社会革命语言的演进与发展。

首先我们明辨一个事实，“革命”一词并非始于“五四”运动进入文学，也不是白话的现代小说的结果，“革命”一词其实是晚清社会诸矛盾的结果，第一个真正意义的革命是太平天国的起义，这是一个政治权利的争夺战；另外，我们从统治集团的内部看也有革新派与保守派，其结果产生了戊戌维新的革命现状，从大汉民族利益看，中国的民族革命是双重的，一重反抗八国联军，反对列强瓜分中国，对小说革命而言《马关条约》是一个起点。另一重是汉族人民反政府的活动,又叫做反满,故而孙中山最早的革命口号以驱逐鞑虏为主要目的之一。可见“革命”一词首要的还是起于社会时代的需要。在漫长的历史发展中,“革命”一词实际仅指向一种社会的政治秩序的根本改造,说白了是一种改朝换代的社会变革。为什么到1902年时,革命突然变成了一种文学事件呢?这实在是梁启超本人在一次对革命的错误理解,是他夸大了小说的社会功能和作用,他说:“欲新一国之民,不可不先新一国之小说。”小说变得异乎寻常的重要,可以在启蒙运动中开启民智,端正人心。小说如何改良社会?社会受政治、经济、文化等一种结构性力量制约,小说仅仅是人民在特殊状态下的一种闲趣,一种审美。可梁启超却从小说中发现了革命,发现了小说与社会等价值的东西,强行将革命输入到小说中去的,由此可见,小说中的革命从一开始便是一种革命者的输入意识,革命是被强化了的主流意识,小说本体中其实没有任何先验的革命元素。

其次,革命本身是一个政治词汇,是一个观念的符号,它导致的一种现象,政治革命一方面是革命著作,是其理论话语,例如马克思、列宁、毛泽东的著作。另一方面是革命的行为,例如中国的反帝反封建的斗争,抗日战争,解放战争,这些革命都是社会性的,和文学、小说没有直接必然的关系。小说作为时代的产物,这时的政治革命是小说的一个背景因素。何以革命又成了一种小说的语言现象了呢?这就出现了观念对于行为的作用,这就出现了黑格尔的历史诡辩论,甚至还有时尚心理与大众乌托邦情绪左右情势。总之,从“革命观念——革命小说——革命语言”的推衍过程中有着极大偶然性,我们可以说是一种极为复杂的情势造成了现代小说的革命语言现象,这种现象并没有出现在美国的南北战争时期,也没有出现在法国大革命时期,甚至奥匈帝国,普法战争都没出现过,因为上述各国的社会革命太有可能产生众多的革命小说,但是欧美各国并没有革命小说的品类。可见中国现代小说的革命小说是一个特殊的类型。根据中国革命历史的实际看,革命小说出现其实也有某种必然性,不是太奇怪的事,但革命小说的模型,叙述方式,人物形象,语言风格应该是一种什么样态却是可以大加讨论的,也许因人因事的不同,革命小说的样态完全不是今天这个样子。这涉及人们两种认识:一个关于革命的认识;一个关于文学的认识。可以说,由于我们对于革命和文学一系列的错误认识,或者还因为国家的政治精英对革命与文学的错误认识,共同造成了我们今天革命小说的语言状态如此的局面。同时也让我们看到一个深刻的文学悖论,那就是,成就一个时代的文学大师,却毁灭了我们真正的文学。社会革命语言就建立在这样一个深刻的悖论之上。

最后,我们把早期的革命小说发展分为三个阶段性来演进:第一个阶段从1902年到1918年现代小说产生。第二个阶段从1918年到1925年的"五四"运动的前后;第三阶段从1925年到1930年的"左联"成立;这三个阶段表面看起来与政治文学事件相关,而实质上是与文学状态展开的程度相关,和文学运行的复杂线路有关。第一阶段革命理论与意识的强行植入小说。第二阶段文学现状出现了众多流派的竞争。第三阶段革命小说成为自觉意识,是流派的也是团体的,趋向于主流方向,成为中国新文化的主脉。

我们先看第一阶段:革命观念的确立。早期革命是一个词语,一种现象,是一些政治句式,可以说"革命"一词最早只能是在社会形态里使用,由政治社会领域转入文学领域时,"革命"一词保持时政评论的性质,因而早期的小说里革命常常是一个讨论的对象。梁启超在《新民丛报》上《释革》中说:"革也者含有英语Reform与Revolution二义。……Revolution者若轮转然,从根底处掀翻之,而创造一新世界。"为什么把这样一种改变领导权的革命应用到一切事物之中呢?关键在Reform的含义,意指,使之改建重组,或改进、改革之义。梁启超认为Reform可以应用人群中一切事物,包括了道德、宗教、学术、文学、风俗、产业等所有的社会事务,革命具有这样一种全面性。这样梁启超主张小说界革命也就不奇怪了。革命进入小说在梁启超那里开篇为《新中国未来记》,但我们很难说它是文体性的,甚至梁氏自己也不能确定。"似说篇非说篇,似稗史非稗史,似论著非论著,不知成何种文体,自顾良自失笑。"[①]从他的议论看,结合当时报刊文体看,我们可以看成是一种时评小说,而当时时政议论反而更受读者欢迎。这让我们看到了革命小说的初始状态。

> 现在的政府既然是异族,还要有什么希望?他好是他的好处,他不好是他的害处,同我们的国一点没有什么干涉,要你去管他做什么呢?况且他若是要好,我们的国民就永远做他的奴隶,没有翻身的日子。幸亏他今日不好,所以我们国民受了满肚皮的气,还能记着他从前进来的时候怎么样杀戮人民,怎么样奸淫妇女,怎么样抢掠财产,念念在心,不敢忘去。……现在他异族政府居然不肯改好,叫我们常常有了报仇的心。他要逮捕壮士,我们说"不敢忘";他们要拘拿革命党,我们说"不敢忘";他要杀尽

① 《新中国未来记》,梁启超著,载《新小说》第1号,1902年。

我们的国民,我们也说"不敢忘"。三年的"不敢忘",这九世大仇也可以报了,岂不是我国的造化吗!

张肇桐《自由结婚》第四回

这里的反满是典型的革命者言论,也是一种改变现行的领导权,它是明确的时政评论,革命还有其具体的内涵,并不仅指一个"革命"的词语,还可以理解为"自由与民主"的精神。当时宣传"自由"的有《自由魂》、《生死自由》、《自由鉴》等小说。

我们自由的同胞啊!我们男男女女,最喜欢的岂不是自由吗?最希望的岂不是自由吗?老夫伤怀故国,对景生悲,恨不得把那些狗奴才刬除净尽,使我国民个个雄武赳赳,将来建立自由的国家……岂不是好吗?但是这种事业,一定不是不知自由的人所能做到的……古人道得好:"不自由毋宁死",真是万古不磨之论。

张肇桐《自由结婚》

这几乎就是一个关于自由的宣言,情绪激荡,态度坚定明确。在20世纪初直接鼓吹自由与民主无疑是政治色彩浓厚的新词,而且革命的态度是异常的尖锐激进。这也许规定了百年以来的小说历史,凡鼓吹革命的语言都有态度明确、立场坚定、情怀激越的特点,革命是一件大快人心的事。因此我们又可以认定当时的革命语言特点:其一,是作为革命任务的革命演讲与辩论,具有激进意识与英雄气概。其二,主要采用通俗易懂的白话口语,但也偶尔插入文言文与文言句式。产生了当时的白话报纸。其三,革命是一种浓厚的政治意识,因而政治态度是鲜明的,与革命有关的同时还产生了大量的时尚新词和壮士仁人的口头语。其四,革命是观念也是行为实践,革命语言和革命行动是统一的,语言的激进和行动的激进是同步的,语言的暴力同时也是行为的暴力。这几乎暗合了言语行为的新理论。其五,革命语言有着无比宽阔的广度,它不仅是一个政治制度和社会变革的词汇,同时也渗透到经济文化,家庭婚姻,还遍及工厂农村,几乎成为那个时代人们的一种生活方式,特别是针对传统文化的反抗,小说语言与当时人民的社会实践有着广泛而深刻的联系。这个时期代表性文本除了《新中国未来记》和《自由结婚》,还有《文明小史》、《官场现形记》、《惨世界》、《老残游记》、《血痕花》、《自由魂》等。

第二个阶段,现代小说产生期。这里指现代小说成为一种文体,这种文体不同于中国古代短篇小说,不同于外国短篇小说,是新产生的一种文体,尽管我们不能唯一地指出谁是第一篇现代白话小说的作者,(迄今发现最早的是1908年的松友梅的长篇白话小说《小额》)但我们能大致指证出,1918年左右有一批短篇白话小说而构成了称之为现代小说的文体。例如我们可以明确说《药》、《狂人日记》、《阿Q正传》、《一日》、《渔家》、《一个兵的家》、《牧羊哀语》、《这也是一个人》、《沉沦》、《斯人独憔悴》等。这些小说有定评的是由他们构成了社会问题小说,所以小说中会出现讨论社会责任与义务,社会合理与否,社会问题导致的个人灾难,其中重要的核心仍然关涉到革命,代表性的文本应该是鲁迅的《药》与《阿Q正传》。这时候"革命"一词由表面的口号化,进入观念的辩论、争议、讨论的状态,进入了革命的深层认识,革命理论,革命知识进入人们心理和日常生活,成为一种革命的无意识状态。《药》企图澄清的是某种文化愚昧,不能用革命者的血做人血馒头,支撑文本的深层理念是革命的血不能白流。因此我们可以把《药》称作为纪念革命者秋瑾而作。《阿Q正传》中的阿Q是一个农民的代表者,表述他所有的言语与行动不过暗示他是如何理解革命的,文本中所谓的"阿Q革命",显然是一个失败的革命,但是鲁迅的目的在于总结辛亥革命失败的教训。

> "革命了……你知道?……"阿Q说得很含胡。
>
> "革命革命,革过一革的……你们要革得我们怎么样呢?"老尼姑两眼通红的说。
>
> "什么?……"阿Q诧异了。
>
> "你不知道,他们已经来革过了!"
>
> "谁?……"阿Q更其诧异了。
>
> "那秀才和洋鬼子!"
>
> …………
>
> "难道他们还没有知道我已经投降了革命党么?"
>
> 《鲁迅全集》(一)第516—517页

阿Q式的革命左右了他人生命运与结局,他因革命而中兴,有了虚幻的革命心理,最后又因革命而被杀了头。革命是阿Q和未庄唯一重要的大事情,连老尼姑都知道革命的语言,而且不分敌我都可以充分利用革命。应该说《药》与

《阿Q正传》还有后来的《理水》都是典型的革命文本。这一时期小说中的革命语言服从于文本语境需要，不仅仅讨论革命的句子，由其议论性的革命句子转换为描写性革命句子，革命是一种场景化描写，《风波》也使革命成为一种民俗描写。革命还成为阿Q等人物行为的动因，革命在文本中更加内在化。有些文本在言语行为上可能没展示过多的革命语言，但"革命"一词会体现在人物的情感、心理或者事业与命运的终极选择上。在1920年代最初的几年里，革命语言还表现出象征隐喻化的倾向，由赤裸裸的口号式理念转入内在化的人物与环境的象征性描写。这里似乎可以探讨以下方面问题：一、乡村社会的苦难命运作为社会问题根源，革命在于解放农民，在于启蒙农民的革命意识。二、上层社会或者知识分子，还有那些苦闷于人生的小资产阶级知识分子，在革命时代与观念的冲击下出现的摇摆，或者选择，使他们日后选择了革命道路。三、记录一个革命者，或者非革命的心路历程，他们在革命时代的活动与表白，革命是通过其矛盾、犹豫、幻想、乌托邦、动摇、毁灭、新生创造一系列过程展示出来的，这表现为革命的个人行为和社会变革具有不一样的性质。这个时期的文本除了鲁迅的几篇代表作之外，有社会问题派小说，还有张闻天的《旅途》、郭沫若的"激流三部曲"、郁达夫的《沉沦》等作品。

第三个阶段，革命者的激进的革命话语。标志性的文本是以1923年蒋光慈的《少年漂泊者》、《鸭绿江上》和《短裤党》为代表的。革命话语是激情性地展示革命者的反抗斗争的活动。《少年漂泊者》借主人公汪中口吻直抒胸臆地呼吁，采用书信体，致革命诗人维嘉，作者的一个代称，全文长达四万余字，汪中自述一个被压迫者如何变成反抗者，一路漂泊流浪干各种杂活，因为革命通风报信被老板辞退，漂泊中参加了革命，投入"二七"大罢工，看到革命者林祥谦被杀，他从监狱出来也投身革命。

> 李进才的话，真是有许多令我不能忘却的地方。他对我说，倘若他能出狱时，一定还要做从前的勾当，一定要革命，一定要把现社会打破出出气。我相信他的话是真的，他真有革命精神！
>
> ……
>
> 汪中就是不怕死的一个人，我与他离不多远，他打仗的情况我都看得清清楚楚地，他的确是英雄，在枪林弹雨之中，他丝毫没有一点惧色，并大声疾呼"杀贼呀！杀贼呀，前进！……"汪中在呼喊打倒军阀、打倒帝国主义的声中，忽然被敌人的飞弹打倒了……

蒋光慈《少年漂泊者》

这是对革命、革命者、革命活动的直接陈述，在这里语言文字保持书写者、思维、模仿对象三者的一致性，无论是人物形象，物质对象，甚至说语言都被革命这一观念同化，说革命时，指向革命的一切活动，说行动时也就是革命语言。革命不仅是陈述对象，也是陈述语言，还是抒情性质本身，这种浪漫的革命抒情自"左"翼文学之后一直归为革命文学的一个抒情传统。这一点郭沫若、郁达夫、成仿吾作为一派，蒋光慈、洪灵菲作为一派。无论革命抒情怎么变化，源头均从这两派开始。不仅叙述语言和人物语言革命化，连环境描写的风景也被革命象征化了。

满天的乌云密布着，光明的太阳不知被遮蔽在什么地方，一点儿形迹也见不着。秋风……一阵地吹到了漂泊人的身上……风声，波浪声，加上轮船不时放出的汽笛声，及如蚂蚁一般的搬运夫的哎哟声，凑成悲壮而沉痛的音乐；倘若你是被欺侮者，倘若你是满腔悲愤者，你一定又将你的笑声渗入这种音乐了。

蒋光慈《少年漂泊者》

别小看了这种描写，从此以后的革命文本，均以这种隐喻象征的描写来布置一个革命与反革命对垒的鲜明状态。革命胜利，革命者扬眉吐气，便是太阳光芒万丈，东风和暖一片暖色调的抒情气氛。凡是反革命处于强势，革命者遭难均是"乌云密布"，"秋风寒冷"，"黄叶成阵"，音乐也变成了一种萧瑟之声。由此可见，革命作为语言现象，它不仅仅是一个词，一个观念，某种故事行为，或革命者人物形象，革命的全面性在小说中是整体地铺开，包括客观事物的细节描写都会纳入革命词语的轨道。这种革命语言在蒋光慈的《短裤党》中发展到了极致，它继续了《少年漂泊者》的主题，宣传无产阶级革命，直接采用口号式的革命行为，目标明确为打倒军阀与帝国主义，革命目的如此，既表现了工人运动，也描写农村暴动的可能性。《短裤党》便是直接描写1927年的上海大罢工，小说描写了那些紧张热烈的气氛。革命烈焰处处燃烧。这个小说标志普罗文学的创立。俄罗斯有个无产阶级作家联合会，蒋译为"拉普"，别津斯基根据早期苏联镇压白匪而写成了《一周间》，小说颇拟特写，革命文学中始有共产主义者的影子，这部普罗文学是一部杰作，《短裤党》也可以如此类比，共产党人成为真正关注的中心。蒋光慈的三部曲不仅仅是革命者的代表作，也是1925年到1927年中国政治思想初期发展的三个阶段性的体现，还是中国现代大革命发展、起伏变化的整体过程。因此蒋光慈的三部曲有着革命文献一般的意义。另一个相关的问题便是革命激情，激情来源于作家的世界观，革命激情无疑产生于革命观念，由此激情是观念的产品；而个人也会因欲望的匮乏或充盈而产生激情，可见激情是身体性的，有一个刺激与反应的机制，黑格尔认为源于主体文本中，也源于读者对他的解释。因此激情一方面源于作家的主观世界，另一方面源于客观的环境与事物的刺激。革命激情一定是革命者主观的，但也源于客观现实的压迫。革命激情是观念的也是情感的，我们会问它和狂欢有什么差别，狂欢肯定是激情的，但它特定于人的本能，是一种特殊的时空内的活动，起因是节日中的情感释放。这两种激情在功能和效果上肯定是不一样的，但欢乐或激情会产生积极和消极的效果。积极的会产生乌托邦式的想象图景，消极的会产生一种破坏毁损的力量，在这一点上激情和狂欢是一样的，"狂欢不仅仅是解构，狂欢使现存的权利结构显得异化和独断，它释放了一种潜能，使一个黄金时代，一个人人回归自我的，充满狂欢真实的反差世界的出现成为可能。"[①]它们的间离效果犹如布莱特戏剧，具有既解构又重构的辩证意象。这告诉我们革命激情所含有的潜在力量既破坏一个时代又重建一个时代，但在革命语言产生初期一概只注意了革命是破坏一个旧世界。

革命语言的激情在初期阶段还会有一种分裂与重合的现象，这很少为革命者去深刻地思索。我们知道早期的创造社也充满了激情，是一种右翼发展的浪漫抒情派，这时革命者激情也可走向右的消极，郁达夫、茅盾的第一个三部曲，就蒋光慈本人在他的"左"方向的三部曲完成后，他的抒情审美也向右转了。似乎郭沫若又从右向"左"转了。可见激情方式的左右方向转换是不定的，是革命者主观愿望促成的。这又有了蒋光慈后来的中篇小说《丽莎的哀怨》，不可掩饰地发出对白俄贵族那种无可奈何花落去的感叹。革命小说在20年代形成热潮，有过"蒋光慈热"，并且是一种时髦文体，叫光慈体，这批小说成为一个时代的写作现象。根据严家炎统计有：洪灵菲的《归家集》、《大海》；阳翰笙的《地泉》、《女囚》，小说集《十姑的悲愁》；楼建南的短篇《挣扎》、《病与梦》、《盐场》；钱杏邨的《革命的故事》、《义冢》、《欢乐的舞蹈》、《玛露莎》；戴平万的短篇《出路》、《都市之夜》、《陆阿六》；李守章的短篇小说《跋涉的人们》；刘一梦的短

① 《沃尔特·本雅明或走向革命的批评》，（美）伊格尔顿著，郭国良译，译林出版社，2005年，第192—193页。

篇集《失业以后》;龚冰庐的《碳矿夫》;郭沫若的《一只手》、《骑士》。这使得20世纪30年代以前便有了一个革命文学的流派:普罗文学。

革命小说成为一种传统是时代社会带来的结果，与其说革命小说语言成为传统不如说革命者的革命成为一种传统，如何看待革命文学的传统与价值的再评估这个问题是异常复杂的。那会是一部论著探讨的事情。我这里想说说它的问题所在:革命小说被定为正宗作为标准,它必定模式化、概念化、简单化。革命是个巨大而沉重的帽子,在革命与反革命中只能选择其一,都愿意做革命者,从意识深处,革命这一理念已经在历史时代、社会政治中合法化了。人民是拥护革命的,革命只能依照前面画出的样子继续进行,这是一个死结,必然导致文学再也不可能在革命的旗号下创新了。另外,革命作为目的,他被直接理解为革命行动,理解为对社会现实的当下写实。在革命的社会里是有阶级等级的,没有人愿意做反革命,在革命的对立面几乎没有反抗者,因为革命政权取代了一切,包括苏维埃政权与革命委员会。再次,革命语言是经过革命观念标准化了的,不能轻易地更改,这种语言会直接指向革命目标与革命行动,成为一种鼓舞人心的口号。

> 起来!起来!大家联成一条线!叱咤喑呜,使用我们的强力,把罪恶贯盈的统治阶级打倒!打倒!打倒!打倒!我们要把吮吸膏血,摧残自由,以寡暴众的统治阶级不容情地打倒!才有面目可以立足天地之间!……全世界被压迫阶级联合起来,打倒资本帝国主义!国民革命成功万岁!世界革命成功万岁!……
>
> 洪灵菲《流亡》

革命如果只针对一个目标或者某一任务，那我们就可以作简单的肯定或否定的判断了,这也决定了革命时代的语言及行动都可能简单化,因为判断它的标准就是这样一个二元选择的简单标准。初期革命小说的语言已说明了这种简单方式的存在。就连小说的人物、故事情节也模式化,这种模型为:革命+恋爱。人物之间的一切代称也都变成了“同志”关系。革命变成了一种理想主义,这种共同的乌托邦不仅是一个人生的政治导向,就连他的生活道德与行为准则导向也是如此。也就是说革命不仅是一个语言表现的事实,也是一切私人空间里检测一切的唯一标准。由此可见革命的小说也是一个按标准化统一了的东西。

现在我们要问的是革命小说为何铁定成为如此的现象，或者我们中国现代社会为何特别兴盛此类文学作品。我们说欧美也经过各种形式的革命为什么不产生此种革命小说。其一，肯定由中国革命的历史现状造成的。二十世纪初，我们的革命阶段性并没有严格地区别反封建、反帝国、反殖民、反满、反资产阶级，革命任务是笼统的，我们的口号虽然明确，但是农民和工人，全国民众一下被革命热情所鼓动，形成的是广大多数的底层人民与统治阶级上层作为鲜明的对垒，革命一下变成了两个阵营。革命既是阵营性的又由势力的多寡形成了凸起与衰落，这样以革命为标准很容易简单地判断当时中国阶级对立的实际状况。中国革命的情势始终都是鲜明的对立状态，一直延续百年，新中国成立以后仍然采用这个政治标准，于是革命小说的规定性也就是中国社会历史发展的规定性。如此我们把革命小说的线索延续为传统便可以看到，革命小说—七月派小说—解放区小说—17年红色经典—文化大革命小说—新时期复兴小说，可以说只有到了二十世纪八十年代以后革命小说才发生变化，但是它的另一形式又出现了——官场小说。二十一世纪之后，也许革命小说才从形式上基本消除，可从社会、阶级的内部这种革命的较量其实并没有消除，而且是矛盾更加尖锐，冲突更加隐蔽更加持久。例如贪腐、仇富或富二代、城乡对立等主题从本质上说它们又是更新的革命小说。应该说，只要政府党派不取消马克思主义的原理，这种革命的形式标记依然会存在。因为是它们确立了主流的革命价值观。尽管当下今日的革命已经是伪革命了，形式却还是从二十世纪初发源来的一种样态。

其二，这种社会革命情怀是一种政治无意识。也就是说人作为社会的公共关系存在会不可避免地存在政治无意识的。用詹姆逊的话说："文学是社会的象征性行为"。当革命成为社会的必然份额它就会先决性地影响人们的意识形态，马克思主义便是这样一种政治经济学，他对我们中国百年以降的历史社会便是这种结构性的影响，无论这百年历史是否定期发生革命性事件都是如此。"正如公开的革命已不是定时的事件，而是使革命前作用于整个社会生活过程的无数日常斗争和阶级分化的形式浮于表面——这些斗争的形式潜伏和隐含地存在于'前革命'的社会经验之中，只能在这种'真理时刻'作为后者的深层结构显现出来……"[①]革命无论作为观念，还是作为事件的印象，还是作为价值标准均会潜在地经常地影响人们意识与思维。换一个角度说，中国社会经历了漫长的革命历史，而且是如此地激烈，又持续地发生影响，革命已成为牢固的

① 《政治无意识》，(美)詹姆逊著，王逢振译，中国社会科学出版社，1999年版，第7页。

政治无意识心理，或者精神，因此，我们在叙事、文本、文学、艺术里要彻底消除革命的痕迹那是不可能的了。由此再来检索，我们中国现当代小说充满了浓厚的社会革命语言这就毫不奇怪了。这迫使我们认真思索和总结这种革命语言，重新估计和评价革命语言的历史作用和审美效果。有没有一种革命的语言美学，我们如何看待？仔细地深入地分析革命语言现象：一是标准的革命语言；二是变体的革命语言；三是反革命的语言。只有这样我们才能正确有效地重新评估革命语言。

第三节　社会革命语言的延续与类化

革命小说新的延续绕不开丁玲的《水》，我在第二章已作详细讨论，因为有论争，主要集中在价值评估上，这里再补充几点。第一，丁玲的革命小说已有其外部传承和个人写作的内部延续，从外部讲，我前面总结了革命小说三个阶段，最直接的外部条件是蒋光慈的革命小说，有一个特别重要的因素，是他的《短裤党》，继承了俄苏传统中别津斯基的《一周间》的表现手法，用特写或速写的方法写群像，是针对社会在短期发生的重大事件所作的类似非虚构性小说。那么丁玲仿效的肯定是这类型的革命小说，针对的是1931年中国南方17省发生的大洪水灾难与农民革命的乡村暴动。从个人写作延续看，丁玲在1929年便写作了“革命+恋爱”模式的“左”翼小说，陆续有《1930年春上海》、《从夜晚到天亮》、《田家冲》等一系列的革命小说，《水》是丁玲个人写作的必然。第二，革命既是时代的选择也是个人的选择。就中国现代革命的实际状态而言，有革命的，有反革命的，还有一种是非革命的。就革命小说而言也是一种选择的结果，例如沈从文和丁玲都是一起到上海，又是老乡，还有个人私谊，沈从文小说便选择了非革命式，而丁玲选择了革命式。1930年之前沈从文写作了大量的小说，许多重要的代表作已出现。沈从文并没选择“左”翼那种激进的革命写作，丁玲选择革命小说的写作从日后的革命道路看，她选择了终身革命方式。所以选择革命与革命小说，写作出《水》这个小说是无可厚非的。第三，作为革命小说《水》的评估是好还是不好，仅仅只是那种态度的两种评价机制，这并不重要，重要的是《水》作为一个事实存在，它已发生了足够的影响，正因为它的影响才使我们看到革命小说的语言带来的后果。理论家就《水》总结出了革命现实主义的三个标准：“第一，作者选用了重要的巨大的现实题材；第二，在现象的分析上，显示作者对于阶级斗争的正确的坚定的理解；第三，作者有了新的描写方法……不是心理的分析，而是集体的行动的展开。”①并把《水》视为普罗文学的一个重大突破。这样就把《水》推上了革命小说的经典位置，作为革命小说的一种尺度。《水》这个小说有没有毛病呢？肯定是有的，可这些毛病是革命小说一个集体的毛病，夏志清作了最大限度的批判，他认为：“《水》是一篇极端紊乱的故事，手法笨拙不堪。”“作者的声誉，即便在非‘左’倾作家的圈子里面也是相当高的，我们奇怪的是，那个时代的趣味怎么能够容忍这一类文艺上的欺骗？作为一个小说家，丁玲比蒋光慈及郭沫若都不如……丁玲是属于同庐隐这一类早期女作家群，她们连一段规矩的中文也写不出来。一看《水》的文笔就看出作者对白话词汇运用的笨拙，对农民的语言的无法模拟。她试图使用西方语文的句法，描写景物也力求文字的优雅，但都失败了。《水》的文字是一种装模作样的文字。”②夏志清痛下杀手的全面批判，从文本到个人的彻底清算，《水》变成了一个中学生作文都不如的小说，个中的原因我们并不清楚，但《水》的实际状态并不是夏志清所诋毁的那样，我已在上章作了详尽的分析，《水》的优势刚好说明了它的影响。《水》的语言也确实有些问题，虽不如夏志清说得那么严重，丁玲所暴露的正好是无产阶级革命小说在语言中所犯的通病，这也成为百年小说史中所谓主流的革命小说的毛病所在。这种影响贯穿了20世纪，即使在当下，众多的网络作品，或个体所言的为大众写作，或官场小说，或新新人类的小说，他们所犯的语言上的毛病，无不是革命小说语言通病所带来的流弊，区别仅在一部分人冠以革命者身份，另一部分是非革命者的当下网络写作群体。从语言审视的角度看，革命语言泛滥于小说的世界显得粗糙滥俗，啰嗦冗长，文理不通，句子缺胳膊少腿，语言上装模作样，极力粉饰，稀里哗啦的欲望语言，从不加选择，在语言态度上呈现极不诚实极端虚伪的矫揉造作，永远没完的话唠，从不知道自然语言为何物。我们就此有一个基本判断，革命语言是一种矫揉造作的人工语言。我说的人工语言是非人性语言，在观念支配下，某些写作者都在扭曲基本人性的情感色彩，使革命语言符合某种语境中的革命观念。非革命者的自我写作也是如此，语言仅是他们欲望发泄的工具，这让我们思索的是大众仅操纵生活语言，并不追求文学语言，所以写作者便大量地使用语言去刺激大众，使语言归于大众低俗的文化心理，或者仅是个人生活状态的梦呓。革命小说始出，到丁玲是一个转折，其革命

① 《中国现代文学三十年》，钱理群等著，北京大学出版社，1998年版，第232页。

② 《中国现代小说史》，夏志清著，复旦大学出版社，2005年版，第192页。

语言无论是从“左”还是从右都强力地影响中国现代小说一百多年的历史，于是我们会问，为什么革命语言还能存在，而且继续发扬光大呢？我们要不要纯洁我们中国汉语言文学的传统呢？这得出一个极为矛盾的答案。革命的宗旨和目的就是为大众，为底层，就是要展示出语言不纯粹状态。革命语言就是要允许杂质存在，否则它就不是革命语言了。第四，我们一定要区别革命语言和语言革命。革命语言是中国革命小说的一个基本事实，它受中国革命传统思想及观念所左右，受中国革命者和革命运动所左右，是一种客观事实与语言的存在状态。一种是现实主义的模仿，另一种是革命情怀的主观表达，因而革命语言也有很浪漫的表现型的表达。语言革命是在西方哲学的语言学转向下发生的，中国一直到二十世纪八十年代都没有自觉的语言革命，1980年代后才有语言革命意识，二十世纪初的唯美主义、新感觉派、象征主义是西方语言转向的余波，中国作家是感性直觉地接受了它，中国先锋的语言是在语言革命的旗号下展开的，因此中国当代先锋语言不能视为革命语言。正宗的革命语言还是源自“左”联发起的革命小说的延续，它关注社会问题，立足于意识形态地评估公共领域里的交流与私人空间的价值态度，使个人和社会均处于观念价值的认同与异化之中。从这个角度讲中国现当代小说史，其主流话语系统我们都可以视为革命小说，其语言也就自然属社会革命语言，所分歧的仅是革命与其变体的差别，这并非语言革命的本质差异，而是中国小说真正的悲哀，也是一个无法改变的后果。

我们接下来分析几个文本中的革命语言及他们的演进。

张资平的《冲积期化石》，这部长篇小说可以视为中国现代小说史的第一部长篇小说，写于1921年，主人公韦鹤鸣自幼丧母，父亲在异国，他半天读书半天放牛。父亲归国后送儿子入教会学校，考省政治学校后留学日本，父亲要求他回国完成旧式婚姻，他逃婚进入山中寺院。这部小说文笔流畅，结构松散，随处可见议论旁枝。“革命的产物只有三件：一件是军队之增加；二是想做官的人数增加；三是黄花岗新名胜。”小说中的主人公是游走不定的，表现出来的与环境的格格不入，这也暗示了一个反抗者总是会与他的客观处境低于社会主导地位相关。主人公往往从苦闷中寻找社会突围的路径，总是寻找爱情相伴。张资平是一个专门书写言情小说的作家，但他的小说依然不缺少革命者形象和革命的话语。

他们所以死守着祖先给他们的几亩田，借给农民耕种，可以分享农民劳力所得的结果……要请农民替他们耕种,耕田的牛是农民的,撒的谷中也是农民的。踏田的是农民,插秧的也是农民,灌水的是农民,收割的也是农民。由撒种至收获,田主可以一点儿不劳动,只到收获期,跑去监督着农民收割(……)你们不出半个铜钱,不流半点汗水,就享有农田所有权,使役农民的人,请倾耳听我的话,我诚恳的告诉你们,你们祖先收买农田所有权的时候,是"劳心者治人,劳力者治于人"的黑暗的时代,也是"民可使由之,不可使知之"的未开化时代。现在时代变了,能够自食其力的人就是最光荣的人,不能够独立生活,吃他们劳力所获得的果实的人就是最卑劣的人。你们快把农田所有权让给有能力耕种的人……

田主和农民间的利益分配法,看田的等次而定。田大概分上中下三等,上的四六分配,中的五五四五分配,下的对分,更下的倒四六。更说明白些,就是田质好的,田主所得利益大于农民。田质坏的(即劳务多的)农民所得利益大于田主……凌君觉得农民和田主见的关系完全是主仆关系,他对鹤鸣像俄国的农民仇视贵族一样。

张资平《冲积期化石》第35节

这里所记录的我们可以称之为典型的土地革命语言。作者采用的实际是一种阶级分析的方法,其基本假设是土地利益的价值分配方法。农民作为生产力他们付出劳动,要耕地,要播种,要收获。生产资料也是农民的,他们的耕牛,生产工具,包括种子,都是农民自己的,但农民所有的资产收入却都要交给田主,因为土地是田主的,田主付出得最少却获得最多,而农民付出得最多却获得最少,这便造成了不平等现象。这个不平等现象的症结何在呢?这里包括了两点:第一点,是阶级关系中的差异造成的。马克思考察了三种差异的阶级关系:奴隶制、封建制、资本主义。在这些差异关系中,我们都可以归结到生产关系中的权力差异,在劳资关系中,平等理论是指你可以拥有自己的但不能占有他人的,《冲积期化石》中鹤鸣家族便是占有了他人利益。理论上讲他们是不劳而获。这破坏了平等。第二点,是阶级关系中的位置。鹤鸣家是处在田主的位置,农民处在被压迫被剥削的位置,这个位置是由其社会制度中的合法化决定的,祖业,购买,各种政治变化中的特权都表明了是一定的"阶级关系中给个人指定一个合适的位置。"这个"阶级位置是在一种特殊的社会关系中"形成的,"当人们在这个世界上生活的时候,当人们以各种方式做出选择并行动的时候,他们的行为在和其他同样做出选择并行动的人的关系中被系统性的结构化了。”[①]这两点正好是小说中关于农民革命的关键所在,作者关于田地和生产资料, 田主和农民的各关系项的详细分析就在于揭露这种阶级关系中的不平等,他把农民革命的思想和行动具体化到土地和生产的实际之中去,小说刚好利用了凌君的人物语言展示出来并且揭示出人物的心理分析。表明了小说中典型的农民革命语言的状态。当然农民未必能说出这番话,仅在于作者假借凌君的一番语言做了阶级分析和革命的宣传。

张闻天的长篇小说《旅途》,表述的是中国青年王钧凯与恋人蕴青分离后去美国当工程师,认识了美国女子学生玛格莱(加利福尼亚大学生),两个人分别代表东西方两种理想与价值观,中间还夹杂着克拉小姐(安娜)的爱情,安娜居然为钧凯的爱而投河了。这些三角恋爱也没能阻止王钧凯回国参加革命斗争。他回国参加了革命军任第一路军副司令,他带领部队攻上敌人的炮台为保卫中华民国出力,最后中弹牺牲了。小说里表述的是一个青年如何选择革命的道路和他与三个不同国籍的女性的自由恋爱。革命与爱情的选择中,王钧凯最终选择了革命。这部小说对革命的表述是一个主人公的行为与众多他人谈论所显示出革命理念对人生行为与话语的支配作用。表层写的是爱情故事,实质却是革命者面对爱情选择的态度,他把革命的观念播撒在生活、事业与爱情的抉择中。他们革命的政治态度是明确,“民众的大团结就是组织政党。”“利用群众团结力量,澄清中国现在的政治,这就是说他们预备组织一个新的政党来干新式的政治活动,他们到外国来就是想在这一方面增进自己的见闻。”小说所昭示的革命是有目的行为,它既是自我意识也是一种输入意识,这一点按玛格莱的话:“我们是要革命的, 至于我们的爱, 那你倒不必忧愁, 只要我们不死——我们革命的精神不死——是永远不会变动的。”[②]美国的女大学生对革命与爱情的认识是统一的,她倒成了鼓励王钧凯革命的动力,特别是玛格莱的遗言: 我很抱歉不能追随着你替中华民国被压迫阶级以至全世界的被压迫阶级尽一点力量……你的性情你是最容易陷于失望中间的……革命这是我们的一切,把我俩驶向于血浪潮中的就是她。玛格莱在因病而死的最后一刻,依然清醒地鼓励王钧凯把革命持续地进行,她看到了革命的软弱性。这部小说的贡献在于它首先描写了革命者作为主人公,他是游荡者,在犹豫徘徊中逐渐成长为一个坚定的革命战士,初期的革命状态可以概括为少数的散兵游勇,渐渐发

---

① 《阶级分析方法》,欧林·赖特主编,马磊译,复旦大学出版社,2011 年版,第 13 页。

② 《旅途》,张闻天著,上海书局,1985 年版,第 164 页。

展为团体，为革命的坚定者。革命者目标明确，勇于牺牲。其次，革命者有各种爱，主要书写的是他们的浪漫爱情，这是由革命者不稳定的空间性质决定的，“革命+恋爱”的浪漫性由此展开，他对人性探知的神秘过程有着持久的魅力和诱惑。由此我们也可发现人性深处的隐秘。恋爱是身体的情欲，革命是观念的精神支撑，这“革命+恋爱”的模式实际所展示的是“肉体+冒险”，这是最容易蛊惑人性薄弱的地方，每个人潜意识中都会有这种浪漫理想的东西，这是对未知神秘的探险，“革命”满足了这种要求，最浅薄的革命目的与最通俗的大众情爱，永远会游荡在大众的心里。最后张闻天的这部小说开启了浪漫革命的爱情心理描写，蕴青以书信方式展露自己的爱恋心理。安娜以殉情方式表达爱情，玛格莱的爱情坚韧持久，其主题内涵总是密切结合革命的理念。而王钧凯交织在几个女人的爱恋中，他总是在犹豫、期待、痛苦、选择之中游走，整个文本其实就是在表达他在爱情中对革命处于犹豫彷徨的心理状态。这种内心的矛盾冲突有时激烈，有时柔婉，有时迟疑，有时坚决果断。很大程度上我们可以把这种心理看作革命家张闻天的心理自述。因而我们看到文本的爱情语言和亚罗镇的风景语言，包括那个郁舍蜜公园都会觉得文本语言均在一种革命选择的心理支配中，而且是小说语言的一种深层结构然后扩散的表层语言现象。

叶圣陶的《倪焕之》以小学教员倪焕之的人生命运的探索追求为其主线，描绘了革命不同时期的社会状态和思潮变迁，辛亥革命后，“五四”运动、“五卅”运动、大革命失败，展示的革命几乎由各种社会运动所组成。小说所展示的是教育界，目的以教育来改造社会，以教育救国，倪焕之受水乡小学蒋冰如的聘请，施行了一系列的教育改革但最终失败，他追金佩璋新女性式的爱情梦，最终也不过是一个世俗婚姻，于是倪焕之决定投入革命的伟大洪流之中，去寻找社会革命的真理。他直接用一套革命语言演说：

> 不要以为我们这里只是一个乡镇，同大局没什么关系。假如全国的乡镇都觉悟过来，还有什么目的不能达到……因为乡镇里的人都知道起来抗争，可见中国不是几个官僚的中国了。在场的各位，不要把自己看轻，大家来担负救国的责任吧……这只是第一步，不是最后一步；以后的目标，我们还有许多。不过这第一步必须首先做到，立刻做到。假若做不到呢？吓！我们不纳租税，我们采取直接的反抗行动！……
>
> 叶圣陶《倪焕之》163页

一个教育家成了直接的革命的鼓动者、宣传者，他身体力行地参加到革命行动中去。有一点值得注意，好像这小说只是写三分之一的革命，其实不然，革命作为一种观念支配早已对他的生活产生重大影响，这表明对倪焕之来说是由不自觉革命到自觉革命，如同《旅途》一样写一个革命者是从幼稚到成熟到坚定，由盲目革命到自觉革命。这部小说的巧妙处在于倪焕之的每一次心理转变都会与当时的革命运动发生联系：有复辟帝制的传闻，就使他预料到今后的幻灭。"五四"运动启发他向往乡村以外的世界。"五卅"运动又让他放弃教书参加城市政治活动，直到1927年大革命失败便把他推入绝望与死亡的边缘。在这部小说里，"革命"一直是由一个动力结构，成的个人准自传体小说，是一个革命者的成长小说，这里的革命者都在摸索一条自我觉醒之路，在这个过程中，由于革命理想的支撑又充满了强烈的自我想象，王钧凯如此，倪焕之也如此。凡属革命小说似乎都脱离不了革命决定论的套路，尽管他们在选择革命前历尽艰辛。早期革命对于大多数人群一样，他们忠诚了一个信念，面临的结果便是失败与胜利。革命似乎天然地适合小说这种形式，"作为形式，小说代表了生成与存在之间的一种不断波动然而又能保持稳定的平衡；作为有关生成的思想，它显然变成了一种状态。于是，小说通过把自己转变成为一种规范之生成着的存在而超越自己。"[①]革命对于革命者塑造的过程也如此，小说由形式所展现的东西与革命者人生形式所完善的东西我们可以视为同步。革命本身也是一柄双刃剑，不可能所有的革命都成功，因而成功与失败是交替的互相包孕的。王钧凯和倪焕之都走完了个人悲剧之路，但他们的自我想象却不是这样，英雄主义和宿命论者会有不同的结论，只有坚定的革命者，"在向前方的乌托邦迈进的时候，将所有伤感的理想主义都践踏于脚下，只有那些无须小说家式的自我想象的人，那些对空洞的同情不屑一顾的人，才能享受革命。"[②]这表明革命在完成一种自我，实现一种自我创造，这一点和小说形式的目的是一致的。至于终结问题，这部小说仅达到创造一个既是个人的自我也是民族的自我便足以表达革命所达到的阶段性宗旨就可以了。《倪焕之》的革命语言具有一些激情与暴烈的色彩，保持论辩的语言，且有些许的幽默与反讽。《旅途》的革命语言却含有忧郁、感伤的情调，尽管王钧凯最后选择了坚定的革命态度，但革

---

① 《卢卡奇早期文选》，卢卡奇著，张亮译，南京大学出版社，2004年版，第48页。

② 《现实主义的限制》，（美）安敏成著，姜涛译，江苏人民出版社，2011年版，第101页。

命行动的语言仅在最后的几个小节；倪焕之不一样，包括他的教育行为也同样含有革命的因素。从语言态度上叶圣陶是激进的“左”翼语言，张闻天却是带有异域感伤情韵的委婉语言。这是革命作为动力，不同革命者采取的不同革命态度所致的。或许还由于写作者个人的气质与血脉肝胆的差异缘故。

萧军的长篇小说《八月的乡村》我已在“乡土小说语言”一章中作了文本分析，这里我将其作为革命话语的表现再略作一些补充。萧军这部小说对其以后的革命小说的影响主要源自如下几个方面：其一，正面书写了抗日革命战争，中国现代小说延至17年的红色经典小说，其中绝大部分都是革命战争小说。这个战争包括抗日战争、解放战争、正规运动战也包括游击战。可以说《八月的乡村》正式影响了革命的战争小说分类。小说正面描写了陈柱司令员率领的人民武装与日伪军队血与火的拼斗，在山间丛林拉开战役而且极为惨烈。铁鹰队长带着游击队伏击日军运送给养的火车，补充大量的弹药。敌人袭击了革命军根据地，革命军又抢攻了地主的大宅院。这里表现了知识分子出身的萧明(萧军本人的隐喻)带着一支由农民、工匠、胡子和旧军队士兵组成的队伍急速地穿过山涧丛林，投奔王家堡的人民军队。间接地描写萧明与安娜的爱情关系。总之，《八月的乡村》是对中国早期抗日的民族战争的一个素描，直接出现了革命的战争文学的品类。其二，游击队攻占地主王三东家，枪毙地主抢占了果实。类似乡村土地革命中地主和农民的对立斗争。我们听听陈柱司令宣言式的表述：

> 同志们全知道，我们当前唯一非灭不可的敌人，就是日本帝国主义的军阀，政客，资本家。为日本帝国主义走狗的满洲军阀，官吏，地主，土豪，劣绅……他们是无耻的东西……他们企图破坏，阻碍劳苦大众的革命发展；他们企图永久使弱小民族，劳苦工农和士兵阶级，永世千年，子子孙孙，在他们的地狱里生活！为他们做牛马，做奴隶……
>
> 萧军《八月的乡村》

这种宣言式的鼓动民众造反的话语是所有战争小说动员士兵，土地革命动员农民的标语和口号，这时的革命语言直接针对革命的客观目标，阐明革命的功能、目的和任务，态度是鲜明的，语调是激昂的鼓动的，它最有效的是找准了阶级关系中的位置，立场是站在士兵、农民和广大多数穷苦人一边，所以具有震撼性效果。因而也视这种革命鼓动语言为典范，不断地出现在各种斗争的场合。其三，革命总是与恋爱加在一起，小说中女主人公是一位朝鲜族的战士安娜,这个安娜还是个思考者。如果我们详细分析,这个小说提供了革命语言的三种类型模式。一种为阶级对立的即地主和农民对立的语言;一种是革命领导者使用的一种革命专制语言;再一种便是革命队伍里内部做思想工作的革命劝诱语言。夏志清分析这种语言的模式化:“农民士兵粗野的语言,每隔一个段落加插的爱国歌曲,偶然的田园式风景的描写再加上以暴露敌人残暴行为为名,对性及其暴行露骨的描写。从这部小说开始,我们进入一个爱国战争宣传的时期。”[①]他对革命战争小说语言所做的抽象概括分析从表征上看基本是准确的,我们要思考的是为什么所有的战争小说、土地革命小说的语言都是这样一套模式化的话语呢?是革命本身的时代性决定的?还是革命者自身的观念模式所决定的?是作家的素质与个性导致的?还是中国现代历史中人们的文化低下所导致的呢?这个原因倒值得我们去作深层的探讨。

柔石的长篇小说《二月》和短篇小说《为奴隶的母亲》到底如何定位评价,这是一个颇费思量的事情。直白地讲,它们到底属不属于革命的小说,小人物,弱者,命运的不幸者,如果作为革命小说,表层应该有与底层相关的统治阶级的压迫,小说并没有展示其阶级对立的关系。如果说《为奴隶的母亲》是一曲反抗者的哀歌,采用反讽笔墨表达被压迫阶级的弱小人物的无可奈何,我们依旧可以将其看成革命的小说。《二月》却是由一个知识分子在双重的爱的枷锁下的选择困惑。萧涧秋是一个用情至深的人道主义者。文本展示的他是个革命的躲避者,一个苦闷者。但我依然认为《二月》是一个革命的文本。对革命,我们从语义学上要有一个区别,防止把革命语义简单化。例如革命语义一方面有强烈的对立关系,是革命与反革命关系。另一方面它是非革命的,任何语义均在语境中发生变化。萧涧秋退避革命运动,从语义上是非革命,一个人的革命是在不断改变革命语义。资产阶级的反革命家庭出现坚定的革命者这已不被我们所怀疑,从革命运动发展看,许多革命者都经过曲折的思想犹豫、彷徨、呐喊、坚定、动摇、投降等等过程,这些消极、软弱都是非革命状态,然后选择革命坚定走下去。萧涧秋便经过了一个革命语义的循环模式:革命—反革命—非革命—革命的过程。萧涧秋走南闯北其实都在进行革命的考察,退守乡村,革命低潮,从惠州李先生战死看,萧没有出路,退守乡村反思,从政治讨论中萧也厌倦了革命,他说:“主义到了高妙,又有什么用处?所以我没有。”方谋怀疑他是一个共产主义分子,却不是。

---

① 《中国现代小说史》,夏志清著,复旦大学出版社,2005年版,第196页。

话又转到中国未来的推测方面,就是革命的希望,革命成功的预料。萧涧秋谈到这里,就一句没有谈……革命军不久可以打到江浙,国民党到处活动的很厉害,中国不久就可以强盛起来,似乎在三个月以后,一切不平等条约就可以取消,领土就可以收回,国民就可以不做弱国的国民,一变而为世界的强族。

柔石《二月》

针对激进的革命速胜论而言,萧涧秋可以说是一个反革命,他避的就是一种激进的革命。后来他照顾起革命烈士的遗孤来,但不由自主地陷入了三角爱情的纠缠。最后革命遗孤或病死或自杀,他终于去了女佛山,闯上海,然后去南京又投奔革命了。小说避开了对革命的直接书写,转而写一个青年在人道主义的救赎中如何去成为革命者,使革命成为人物与故事的隐在系统。这里又似乎塑造了一个忧郁的抒情形象,从风格上看,又似乎开启了后来的《青春之歌》。

柔石特别爱用短句, 这种短句的含义是指他的一个句子的内部多是词组性的,习惯多次断开,因而他的短句多是短节奏式的。对话的句子更短,仅限于问答的方式。他也有描写性很强的句子,作为长句镶嵌在短句的叙事中,“路是幽暗的,迎面吹来缥缥缈缈的凄冷的风。星光在天空闪照着,树影在地上缤纷地移动;他一步步地踏上去,恰似踏在云中一样……”《旧时代之死》里的描写也是细腻的,例如对女孩儿的衣衫、步伐描写,也用了二百字以上,多角度地描述状态。柔石关于革命、关于苦难的抒情不像蒋光慈那么外在,那么浮泛,而是一种较深沉绵长的环绕,情绪是低回婉转的深切之痛,这种情绪也表现在多次深入到人物的内心状态,表述复杂的人物情感。这与他更多地选择青年和妇女人物有关,以便于叙说这种细腻的情绪变化。虽然是词组,短句组合成的语段节奏,却无外在激烈的冲突而是有着内在反思一般的忧思感怀,在这种情绪的抒发中他观察场景、器物,一个句子的内部都是极为细碎的组合。别人的短句短节奏是为了表达一种欢快轻松,或者有力度的表现,他的短句节奏却是为了回环勾连形成一种沉郁忧伤的情绪线,因而可以区别,别人的短句节奏是阳性的,柔石的短句节奏是阴性的。他也用外力写苦痛的撞击冲突,写撕裂的毁灭,但他的情感落点还是向内走的,痛的深刻在于内心的缠绕。

茅盾的长篇小说《子夜》肯定是一部广阔复杂的社会革命小说,在整个现代文学史上是一部巨型的社会革命小说,当然还有路翎的《财主们底儿女》和李劼人的《大波》,巴金的《家》、《春》、《秋》都是巨型的革命小说,但立足城市工厂,立足于民族资本家的革命,这是第一部。茅盾创作《子夜》有他明确的观念:"看了当时一些中国社会性质的论文,把我观察得到的材料和他们的理论一对照,更增加了我写小说的兴趣。"(《〈子夜〉是怎样写成的》)他针对托派认为中国已经走上了资本主义道路,反帝、反封建的任务应由中国资产阶级来担当的观点,用吴荪甫的形象正好证明资产阶级的失败。从自述到文本都可以证明茅盾写这部长篇小说均是一种主题先行。这是中国社会革命小说一个显著的特点,先必须假定一个革命的观念,文本的一切在于证明观念的正确无误。因而所有的革命战争小说,革命的土地小说无疑都是革命取得最后的胜利,革命者的永恒胜利便成为现代小说的一个模式与传统。《子夜》的核心是表述社会革命中各种错综复杂的阶级关系。如何从阶级关系的对抗、变更、缓和、冲突、换位、胜利来考察革命的语义变化《子夜》是一个最合宜的文本。

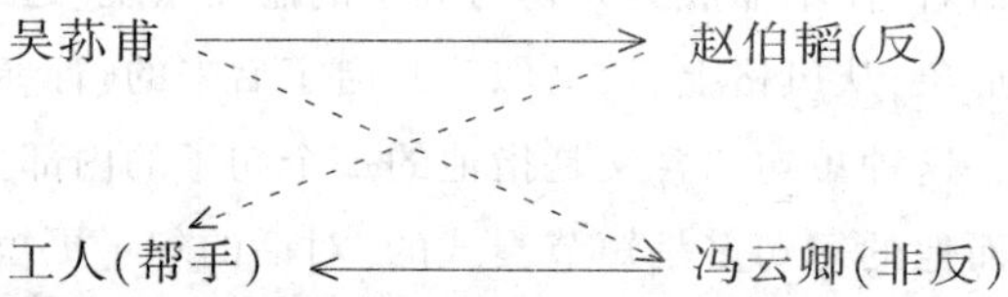

民族资产阶级、买办资产阶级、投机资产阶级、工人在1930年代的阶级关系的矛盾中主要展示为这样一个语义结构,主要矛盾是对立的,指吴赵集团对抗。次要矛盾是吴与冯是可以利用的,在各种利益中摇摆。工人与赵是国家利益上的对抗矛盾,工人与吴、冯是劳资关系上的矛盾,可以激烈,又可以缓和的。这样一个结构语义又衍生出各种复杂的关系,导致各种语义变化。

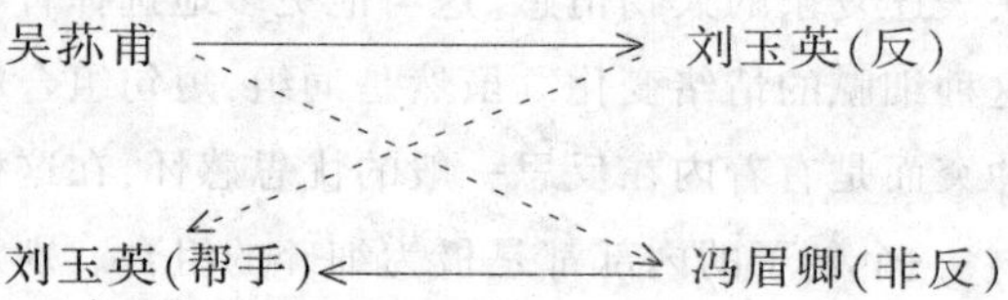

在这组语义结构中,刘玉英是赵伯韬的情妇,理应是吴荪甫的对头,但刘玉英知晓赵伯韬的经济情报。她暗示卖给冯云卿,由于冯的误解,使冯遭到惨败,刘玉英转而把情报卖给吴荪甫,又成了吴的帮手。阶级关系的矛盾主要受制于两个方面:一方面是政治态度。一方面是经济利益的驱使。但这两点又不是铁板一块,又会随环境与人发生各种微妙的变化,革命与反革命于是也成了一种辩证关系。茅盾要在小说中揭示出这么复杂多变的阶级关系，于是首开启了社会革命的分析语言，吴荪甫处理对外与赵伯韬、冯云卿及其工人罢工的矛盾，他要多方面立体地分析社会情势。对中国现代产业化，对民国政府的经济与技术政策的分析，预测金融社会在中国的初期发展，评估股票市场，用不同手段去兼并、重组资本市场，这一切的考量又把投机和赌博的算计也用上了，瓦解他人，偷窃情报，本意在资金短缺的情况下靠股票市场投机赚回来，结果失败。如果说在资本运作上他用尽心机，在对待工人运动时不免有些粗暴，他过高估计赵伯韬，而过低估计工人阶级。这种分析议论在《子夜》文本中随处可见。有些经济分析几乎是抄袭了1930年代上海市场的经济资料。这使得茅盾的分析语言融合了社会学、政治学、哲学、经济学的知识，是一种理性的社会革命语言。他的特点是对一个场景的局部，或一个人物的状态作全面细致的面面俱到的描述。作品用词语去布满，词语连贯的头头是道，它是一个工厂机器运作，一个经济网络下各种人物关系的联络图。句子之间的逻辑关系是一环连一环，语言对人物对事件对环境是准确地模仿。就《子夜》而言，他模仿了中华民国早中期的社会经济图式，真正把握了社会的结构性关系，所以吴荪甫冷静，一般临阵不乱，说话强势又似乎有理。茅盾还借助不同人物的不同身份加以区别，将分析语言用于人物描写，徐曼丽是交际花，刘玉英是梦中情人，冯眉卿是由经济利益驱使的色情牺牲品，茅盾书写这些人饱满的情欲，及各种文化身份的现状，但他的人物与语言仍是服从于他事前所定的观念，即人物是社会革命和经济情势的牺牲品。其语言还善于场景铺排，往往从他的场景和人物状态中会找到幕后经济运行的线索，不同的是他使用许多社会、政治、经济学的专业术语，所以后来的经济学家把它作为分析中国二十世纪三十年代以前的经济模型。

茅盾的分析性社会革命语言，往往会探索社会成因，其间运动过程及原因，从社会和人群结构中寻找蛛丝马迹，最终推导出他所认为正确的社会革命。在特定的时代的社会政治及其革命会是各种性质的扭结点，这不是一个小说家可以说清的，茅盾这时变成了社会学家和政治家，他的语言也变成了一条探索中国革命前期出路的一套符号系统。他的语言就是他的思维和思想观念的直接呈现，在《子夜》中他只考虑社会结构、经济形势及个人野心，或者说他只考虑对当时的社会革命的模仿，并不考虑社会革命语言的美学准则，所以他的语言是意识形态的、分析性的、质木无文的。当然他的革命语言清除了蒋光慈的激情，也不是后来七月派的感觉语言，而是一种更冷静客观分析的逻辑语言。他在《多角关系》中还不厌其烦地开列了家庭账单和工厂资产的明细表，这倒真可以参照1930年代上海的货币使用与经济结算方法，我们可以试看其中之一,资产栏目如下：

良田一千余亩,约计四万元(照上年田价)

市房(本地的和上海的),连地皮,约计三十万元。(内上海房产地价暂依一九三〇年工部局估计八折计算,应合大洋二十三万许。)

祖遗住宅一所,约值两万元。

上海公馆一座(连地皮)约值三万数千元。

华光厂机器生财(估价二十五万元),他可能摊得五分之一。

家具汽车古玩字画等,约共值三万余元。

现款——数目不明。

茅盾《多角关系》

这些精细的数据统计，包括房地产价格，肯定是个精于计算的人才能理清。说到茅盾小说的语言,有一部分篇章是不好处理的,茅盾确实写了许多出色的女性,个性与她们的状态,其体态的一妍一痴都颇到位,包括这女人的外形与她的精神状态,尤其在对话流露出来的一些心机,话语在她们那儿是丰富多彩的,撒娇、淫荡、执著、颓废、苦难、隐忍、谎言,有口无心的、工于心计的各色女性,她们比生活之中更像女人,这种女性塑造能力我们似乎不好去非议,《创造》中的娴娴,《一个女性》中的琼华,《蚀》中的章秋柳,《虹》中的梅、韦玉,《子夜》中的徐曼丽、刘玉英、冯云卿。女人生物性的一堆肉体,心胸处一双乳房。"一位半裸体的只穿着亮沙坎肩,连肌肤都看得分明的时装少妇","赤裸裸的一条白腿简直好像没有穿裤子"。《腐蚀》中的赵惠明,《多角关系》中的唐太太、李桂英,《第一个阶段的故事》中的潘雪莉、赵清芬、曾小姐,这些女性中往往负面人物多，她们在生活中沉沦与堕落，但也有一些不甘沉寂而坚持奋斗的,如何来确定她们的文化身份,这众多的女性写作其意义何在？如果从社会学、人际关系看她们不过是社会工具,不仅被他人所利用,她们也利用自身的美色。我们又如何从性别政治来分析她们呢？首先,茅盾的女性形象一部分肯定要获得她的政治筹码和经济利益。女性可能比男性更显出利益意识,这样性别便注定成为革命的一部分。其次,革命的全面性表明革命是一部分,反革命是一部分,两者是截然不可分的。我们考察其中任何一个部分都离不开参照另一部分。革命过程中革命的消极态度会转变为坚定态度,反之亦然。从欲望的角度看茅盾塑造的女性形象都是比较主动的，在政治态度上总是反复变动的，关键是个人欲望总受着利益的驱使。再次，对女性身体的描写美化中些许带一些反讽与夸张：

> 她们身体上的掩不住全身肌肉的轮廓，高耸的乳峰，嫩红的乳头，腋下的细毛！无数的高耸的乳峰，颤动着，颤动着的乳峰，在满屋子里飞舞了。
>
> 茅盾《子夜》

这些女性虽然出现在不同文本里，但她的外形多少还是雷同，其服饰，飞翅发型，藕色轻俏的旗袍，胭脂口红，高跟鞋，娇言谩语，使潘雪莉、赵清芬、刘玉英、冯眉卿、赵惠明等人存在同质化倾向。当然茅盾对女性心理的描写，女性之间细微的矛盾关系都有相当出色表述，这里面孕育了茅盾女性写作的一种矛盾态度：一方面他提倡女性解放具有革命思想的追求；另一方面，他描写女性时又容易把她们作为物质欲望化的对象，含有性别歧视，压制性的性别限定。这倒不是说他削弱了女性书写中的政治性，相反，他总是以革命作为性政治的标准，用女性视角，女性观点来处理社会和政治问题，处理那个时代的革命走向，因而茅盾的女性是以其革命理想为支配的人生，即便堕落也是从革命理念的前提下走向自毁，因而他的女性写作采用的是革命语言，尤其鲜明的是"幻灭三部曲"，《子夜》、《腐蚀》等长篇小说中充满了女性革命的语言。我们再说他的"农村三部曲"，茅盾基本上是一个城市作家，他的农村表述基本上是观念表述。稍好一点的农村小说都是短篇小说，《林家铺子》、《春蚕》、《秋收》、《残冬》等。这里的革命语言，一方面立足于对农村阶级矛盾和经济困顿的分析。另一方面农村矛盾暗示农村的革命暴动。一切动态事件的纽结，其核心点都会归结到阶级冲突的矛盾，阶级对立直接导致革命。我们说茅盾的革命语言并非说茅盾小说如何用革命语言去描写环境和政治蓝图，当然文本间也有。重要的是他的小说文本、环境、故事、人物均被革命观念支配着，文本内革命成为一种内在的叙事动力，这一点王德威有一个准确的判断："我们所谓的政治小说，指的不仅是以描写政治理念与环境的小说，也包括小说的写作与阅读，文本间与文本内的叙事辩证现象。换言之，我要处理的不只是有关政治的小说，还涵盖小说的政治。"[①]茅盾的这种工厂政治小说直接影响我们现代小说中的所谓工业

① 《写实主义的虚构》，王德威著，复旦大学出版社，2011年版，第77页。

题材的写作,直指当下工人写作,所不同的是今天工厂里主体由农民工转型成为打工者,至于当下各方面的社会矛盾只会更加复杂和尖锐。

巴金的"激流三部曲"自1931年开始陆续用了十年时间写成,是一部百万言巨著。小说书写的新旧民主主义交替时期封建大家族的崩溃和青年叛逆者追求新的生活方式的图景,展示的是青年思潮的萌芽、发展、决裂的过程,他展示的也是革命语言,区别在于茅盾使用的是政治经济革命的分析语言,巴金使用的是家庭内部青年思想革命者的呼吁,同样也是反抗者之歌,《家》里写了三个反抗至死的女性:梅、瑞钰、鸣凤。一个多愁善感反抗旧式的婚姻咯血而亡,一个贤惠端庄而承续香火的传宗接代者因难产而死,一个因反抗阶级压迫因婚姻不能自主而投湖而死。三位女性以死亡的方式发出反抗者的呼声,同时也展示了觉慧、觉民、淑英三人作为家族革命里的青年反抗者,最终冲破封建家族的封闭体系,做了家庭叛徒,走出家庭奔向一个象征理想的世界,最后参加了革命党。我们当然不能说《家》、《春》、《秋》三部小说都使用的是革命的语言。从事实上讲,文本表述的还是家庭、婚姻、爱情、读书学习、年节风俗、家族间人情与生意往来。他的语言还是家长里短、日常生活。当然是家庭里人们之间的生活状态。他的社会语言主要由青年学生的视角所切入。现在我们要探讨的在于,什么是巴金的小说语言。这是个难题,因为巴金本身没有形成风格语言。他是一种日常生活的大白句子,平铺直叙地演进,不采用复杂多变的修辞手段,也很少那种跳跃想象,句子中没有个体特别敏锐的感觉方式和个人独特的经验体验。《家》的开头:

> 风刮得很紧,雪片像扯破了的棉絮一样在空中飞舞,没有目的地四处飘落。左右两边墙角各有一条白色的路,好像给中间满是水泥的石板路镶了两条宽边。
>
> 街上有行人和两人抬的轿子。他们斗不过风雪,显出了畏缩的样子……
>
> 风玩弄着伞……风在空中怒吼,声音凄厉,跟雪地上的脚步声混合在一起,成了一种古怪的音乐,这音乐刺痛行人的耳朵,好像警告他们,风雪会长久地管治着世界,明媚的春天不会回来了。
>
> 巴金《家》

我看他所用的比喻,雪比喻为棉絮,声音比喻为古怪的音乐,这种明喻直接而笨重,不带任何灵气。在街巷里行走,那风雪的状态、质感、动态、色泽都不显示观察者的个人经验感受,很难看到氛围的特殊性,而且还直说了一个象征世界。这是一套学生气浓厚的套话语言。句子是后一个赶着前一个走的,所有语言是按客观环境布局顺从视觉和听觉秩序,因而他的环境描写是介绍性的。好的句子应该打破客观环境描写的机械布局,而且服从作家敏感的特殊性,而感觉和体验地组合、拆散、拼贴得出句子的长短状态,在句子中看得出选词、炼句、词语的言响,色彩效果和事物状态效果是天然巧合的配置。不应该是直写的大白句子。这也表现在人物对话、独白,陈述句子是平铺、浅白、外露的,一个句子从台前到幕后都保持着宣讲性的直白,没有任何的回味,那人物语言就只是一个宣讲材料了。

> 如今在思想上他跟他的大哥是愈离愈远了。他的确不能够了解觉新。……大家庭里面的一切简直是一个复杂的结。他这颗直率的、热烈的青年的心无法把它解开。他说在大哥面前看着大哥带痛苦的表情的脸,一个可怕的思想突然来袭击他的心,这个可想的真实就是:这般人是没有希望了,是无可挽救的了,给他们带来新的思想,使他们睁开眼睛看见这个世界的真面目,不过是增加他们的痛苦罢了,这正像使死尸站起来看见自己的腐烂一样。
>
> 巴金《家》

觉新是小说的主人公之一,是觉民、觉慧的大哥,他和瑞钰的婚姻和家庭生活在《家》还是很抢眼的一对,大哥的一生经历和他所经受的痛苦是非常相似的,人物也有代表性,因此他的一生靠自身事件经历,独白、对话,或通过夫妻、长幼、兄弟各种关系揭示出大哥自身的悲剧性,这里却通过觉慧之口在开篇不久直白地说出大哥一生的人生价值, 使大哥这个人物在小说进展中没有任何含蓄的深层表现。这样的大哥存在是被觉慧介绍出来的,其语言非常粗浅平淡,是一种说教。巴金早期的小说《发的故事》、《雨》、《窗下》、《星》都是这种直接描写和陈述的语言。他的环境描写笔墨倒是不少,但基本上是客观模仿写实,所有人物似乎都是一个性格都说一样的话,他虽然比较重视心理描写,尤以独白最多,但这些内心独白均是一种直接浅白的议论。基本上没有进入人物内心深处,缺少那些人性极致的体验性与感受性。《星》是一个中篇小说,开篇对大海作了一些细致描绘,小说文本展开了之后再也不见海了,客观之海,心情之海，回忆之海均没有，海绝对灭迹，因而他对大海的描写便不能对人物与事件构成氛围性环境。如果作为过渡性细节提示，那就应该是浅浅的白描就够了。在三部曲中巴金最常用的笔法是通过一个人物对另一个人物进行介绍性描写与独白，所有关于痛苦、挣扎、欢乐、爱恋都是通过口说出来的，这样家庭人物关系是通过直说与介绍，而不是人物性格之间双方冲突而揭示出来的，就像舞台戏剧中每个人作一个自我说明。他的句子力图要把人物、故事、环境说得明明白白，在一两句之内是简洁明白的，没有过多修辞性的添加，但他在环境和内心表述时总爱把这一两句拉长写成三五句、七八句，句子是多了但含义就那么一点点，心理活动也许允许展开一些描写，有一些清晰的运动痕迹，这是否说明巴金语言是明了准确的呢？刚好是过多的句子分散了含义的表达，他没有像鲁迅、废名那样去锤炼句子，沈从文写环境和人物也是运用很多句子，但句子是作为一种复沓的手法而存在。巴金仍由那些简单直白的句子顺着场景和人物关系行走，尽量地让过多的句子涌现出来，那些词语粉墨登场以后，相互之间从形式和含义都是叠合的，他总是让人物展示心理活动，可在不同场合和家庭人物之间布置的心理活动很多都是大同小异，一种语意在某场景中反复对话，还会延续到下一场景继续重复，人物通常会说很多的句子。他的家庭分析多数也是社会分析并使之象征化，把台前和幕后的含义了然说清：

> ……那个陈设华丽的客厅，在那里许多达官贵人曾经消遣地度过他们的一些光阴，在那里他们曾经谈论多一些政治上的重要事件。不管他怎样反对，上流社会休息聚谈的地方现在居然变成了一个下等土娼的卧室！……这时候他好像被“卫星”的和“护法”的思想鼓舞着，迈着大步走到客厅的门前，掀开门帘进去。他厉声对那个女人说，她不能够住这里，非马上搬开不可。
>
> 巴金《家》

巴金采用的一套客观模仿语言，作者的抒情性隐藏在人物大量的内心抒情上，或者通过人物直白地说出来，属于观念的革命性语言也不隐晦，拿《家》的第二十五章对城市报纸刊物的介绍也是一种直接议论：“张军长被联军各将领推为军事领袖，从而又做了政治的领袖。他把政权抓在自己的手里，并且公开表示要施行新政……《黎明周报》，刊载新文化运动消息，介绍新的思想，批评和攻击不合理的旧制度和旧思想……这一群还不到二十岁的新的播种者已经感染到人道主义和社会主义精神。甚至在这些集会聚谈中，他们就已经夸大地把改革社会，解放人群的责任放在自己的肩头上了。”这个周刊是社会革命与家庭革命的一个观念平台，小说中不遗余力地对各种周刊的创办、发行及思想观念进行介绍，并且从家庭侧面表述那时候的社会思潮在各种人物身上的反应。最后导致的是家庭分崩瓦解，这时候我们回头来理解巴金的革命语言就是顺理成章的。难怪夏志清说：“巴金仍然是一个宣传气息甚重的作家。”巴金本人也不掩饰地说：“我写这个小说，不仅想发散我的热情，宣泄我的义愤，并且想鼓舞别人的勇气，巩固别人的信仰。我还想使人从一些简单的年轻人的活动力看到中国人的希望。老实说，我想写一本宣传的东西。”(《火》的第一部)巴金是公认的无政府主义者，那个时代的专制独裁空前牢固而血腥，无政府主义者要反抗政府，那只有革命了，于是爱情、婚姻、家庭、真理，包括那个基督都是他宣传的武器。巴金给我们一个极深刻的教训：小说语言上的成功与否倒不在于它是否直接对革命进行书写，鲁迅写了革命并没人指责他的语言上的失败。巴金语言并没有直接对革命表述，语言仍是不成功的。如何使用一套文学性的话语其影响因素是众多的，各种的决定因素是值得深思的，以上是我们侧重于1930年代以前的长篇小说来讨论了革命语言的写作状态。

第四节　社会革命语言与红色经典的形成

关于社会革命语言的产生和它前期的历史发展我们在上文已经作了详尽的论述。它们关键性的阶段：一为梁启超的小说界革命；二为“五四”运动前后现代小说的诞生；三为大革命时期蒋光慈等的革命文学产生；四为1930年后“左”翼作家联盟的产生。这样在现代小说领域里社会革命语言是一个新产生的元素，赫然固定成为小说语言的传统。这种语言欧美没有，俄罗斯与东欧存在过，后来消失了。中国延续了百年之久，革命语言显得更加昌盛。难道不会灭绝吗？未来会怎么样？我们是否应该坚持社会革命语言写作呢？这是一个在理论与实践上必须回答的问题。

中国现代小说的社会革命语言是中国社会革命的历史所决定，这一点不用怀疑。无论革命胜利还是反革命胜利依然表现为社会革命话语，难道这是革命的传统所决定的？理论上讲，我们可以对一切传统发起革命进而取消它。我们没有，它反而更加庞大更加牢固，成为了根深蒂固的传统，我们今天如何理解这种现象?我们奉行的是一套革命政治,它自上而下从权利高层到民间的日常生活都渗透了这种社会革命语言,它不仅是我们的话语方式,还是我们日常生活的文化方式,革命是一套知识,是一种政治文化。

政治是什么?是一种秩序与历史,是一种社会的组织方式。政治始于一种观念,一种观念的不同派别,左派或者右派,不同派别产生思想、行为、价值的差别,这就是差别政治。中国现代百年以来的政治最强力的元素是什么?是革命,我们是革命的政治,这本是社会集体中的一个公共关系,革命业已成为一种制度,成为一种生活方式,因而它又扩散在私人空间中。改变私人关系的性质,改变人称,他被两极化:同志或者敌人。一切人际关系都是以斗争的、辩论的方式存在。革命是标准,决定态度与行为。所有的革命不是以胜利为终结,相反它基本上是以失败而结束。那为什么会存在呢?因为它是一种最具否定力量的作用于社会机制与个人的活力。由此看来,革命总是阶段性的,那么说革命语言最终是要灭亡的,可一种革命性语言灭亡之后呢?兴起的又是另一种革命语言。无论何时反抗者总是存在的,这一点詹姆逊有精彩的论述:“必然性在这里是以人类历史上发生的全部革命的决定性失败的不可改变的逻辑形式出现的:(因为)马克思的终极前提——社会主义只能是总体的世界规模的过程(而这反过来又是完成资本主义‘革命’和全球性商品化过程的前提)……这种或那种局部革命过程的失败或障碍,矛盾逆转或功能逆转,都是‘不可避免的’,都是客观限制的探索。”[①]革命总是通过它的失败结果来理解历史的循环进程。所以继续革命是社会永恒的动力。既然革命已经变成一种永恒的幽灵,我们个人无论是模仿现实与表现理想都会借用这种革命的语言,文本作为一种言语行为总是建构在它另一个更大的语言系统之内,即社会革命语言,并把这种语言视为一种焦点,那就是阶级差别语言,一切以语言为媒介的文本都会以革命作为其象征行为的形式结构,它表现为文字的或声音的。这样我们的文学就完全可以理解为:“或文本被解作实质为阶级之间意识形态对待的论辩和策略的象征性举措。”[②]这里的阶级之间的意识形态对峙与策略象征举措并不是说明我们的文本语言仅仅是隐喻的,而在于说明这种革命是内在性的,革命是一种欲望、本能、思维、意识,是与心理和现实同步的东西。那么这时革命既是欲望本能又是解放欲望本能,由此我们可以辨明一种关系,语言是思维的直接现

① 《政治无意识》,(美)詹姆逊著,王逢振译,中国社会科学出版社,1999年版,第91—92页。

② 《政治无意识》,(美)詹姆逊著,王逢振译,中国社会科学出版社,1999年版,第75页。

实,语言是和本能欲望同步的,那么他一定就是无意识的,即语言与思维是无意识的,而革命又和语言与思维保持某种同一性,我们便可以推导出革命也受这种无意识支配,因而我们完全可以理解革命语言进入了人们的无意识状态。这样革命语言成为传统我们也就不奇怪了。

我们说社会语言自古有之，今天我们在无论日常生活中或者文学领域里使用社会语言是再正常化不过的，为什么我们会对使用革命语言保持某种异常高度的警觉呢？难道我们在1902年以前就没有革命语言了？其实是有的,是人们没有清醒地认识到,只要有反抗意识就会有革命语言,同时人们对“革命”一词认识有误,古代革命从汤武开始局限在人为的全面的社会运动中,旨在社会重建,并没意识到个人行为的暴力革命,而后一种含义是基于法国大革命成功的启示,是基于马克思主义的传播,可见现代革命的观念是一种输入意识,尤其是深入到阶级斗争观念和意识形态里的思想认识时,个人或集体要采用暴力行为推翻政府来获得社会领导权。这对中国人而言是地地道道的现代输入意识。那么为什么中国古代没有这种个人行为的暴力革命意识呢？(当然不是绝对,陈胜、吴广、李自成都是的,但他们是官逼民反,《水浒传》中农民造反也是官逼民反,因而个人行为的暴力革命意识是非自觉状态的。)尤其是在文学作品里这种革命意识比较薄弱,为什么呢？古代时代是以宗法制为代表而进行的道德伦理的压制,在血脉、亲情、君父、天命之间是封闭的,是人伦天理的,这时候的意识形态幻想建立在天命、命运、宿命的认知上,它是一种封闭叙事。所谓存天理,灭人欲。革命是缓慢渐进的个人意识，革命也是一种发现，只有到了现代社会革命才被真正地认知,也就是说,中国革命不是从革命者的内部认知的,而是从传播作为知识从外部认知的。革命一旦输入,它最重要的功能便是:革命最主要的是一种对欲望的解放。我们一旦从阶级对立和意识形态上认识革命了,革命作为意识与欲望便变成人类个体的行为特征与心理特征，文学也就充当了作者和个人的这种深层的欲望表达，小说只要植入了这种本能欲望的表达就必定是政治性的,是革命性的,这也就会关涉到社会性主题。我们从古代革命到今天的现代性革命演进来看，我们自身并不真正地了解这种革命的欲望表达,它被一种社会伦理意识所遮蔽,于是个人会用小说文本作为一种象征性行为来表达,从中显然我们看到了政治无意识在调和文本与现实、个人与社会之间的关系，这时候政治无意识是一种文本的内在动力,“仍然力求通过逻辑的排列组合从它的不可容忍的封闭中找到一条出路，找出一种解决办法。"[①]从政治无意识来看,革命可能是一种文本内容的东西,但是进入表述层面时,革命又是一种形式结构的,即是一种语言现象,所以革命语言有一种对欲望表达的痛快与宣泄的作用。自现代小说的发生后,革命语言就有一种宣泄的作用,革命语言本身便携带一种宣泄的激情。而我们在把一般的隐喻语言重写,或者换位操作,在我们本身没有向阶级语言输入这种革命意识之前,是不会有这种近乎疯狂的语言效果的。一旦语言有了这种意识形态的指向,它就充满了力量,充满了活力,变得无比灵动,意识形态并不提供直接解决的方案,而是展开一系列决定性的矛盾,这时候又由典型主体变成欲望的客体,革命语言在夸张激情表现自我之时又同样明确地、热切地、渴望地奔赴他的目标与价值。革命语言其实就是这样一种政治无意识:既揭示个体思维、心理、人性及其内在的本能欲望,成为一种社会革命的语言动力,又作为社会时代与现实生活的普遍历史现象。这个意思是说, 它是由一种内在主体变成一种客观主体。可见,作为社会革命语言它也是一个被表现的对象。由此,我们可以总结社会革命语言第一个明确的特征为:革命首先是一种观念,由现象进入思维进入意识,继而成为语言,成为政治无意识。中国现代文学的历史在这110年间的社会革命语言既是一个主观主体又是一个客观主体, 说革命语言为一种政治无意识,是它内在的一种动力,一种被表达的主观主体,同时它又是一种形式,一种现象,是客观的现象,它在被模仿、被表现之中,所以社会革命语言在现代文学之中成为一种历史,继而成为一种传统,轻易没有被撼动过。对于社会革命语言,要么是彻底抛弃它,要么就全面采用它,除此再无别的办法。

社会革命语言第二个显著特征是理性的逻辑分析语言, 而其分析方法主要采用等级的阶级分析方法。今天阶级分析方法已经多样化了,有新马克思主义的阶级分析,新韦伯主义的阶级分析,新涂尔干的阶级分析。阶级分析的方法有三个模型:一、简单的等级阶级分析。二、韦伯主义的阶级分析。三、马克思主义的阶级分析。阶级分析的核心是分析阶级关系和阶级结构。前者包括阶级斗争、阶级利益、阶级形成、阶级意识。后者包括阶级等级、阶级位置。总之阶级分析的概念包括如下八个方面:

> 1.生产的社会关系概念。2.作为生产关系形成的阶级关系。3.阶级关系差异的含义。4.阶级关系中的复杂性问题。5.阶级关系中位置的含义。6.

---

① 《政治无意识》,(美)詹姆逊著,王逢振译,中国社会科学出版社,1999年版,第75页。

阶级位置的复杂性。7.宏观和微观层次的阶级分析。8.阶级行动者。……八个问题与能否在马克思主义传统里清楚地阐述阶级概念有关，但它们中的多数也都与其他的阶级分析问题相关。

(美)赖特主编《阶级分析方法》

社会革命语言无论描绘环境与人物,或叙述行为事件,还是对话、论证、评议都内在地由其阶级分析而决定。通常我们会说使用了社会革命语言,那仅是一个抽象概念的指认,社会革命语言具体进入文本后它表述人物、事件、环境的细节,是一套语言的操作。无论它是模仿的还是表现的,它都具有客观的指涉性,体现为物性,这样就进入了社会层面。只要是在人、物、事的层面我们言说清楚便必然是等级的、位置的、关系的、结构的阶级分析方法了,社会革命语言自身天然地契合了这套方法。当然作为文学语言的表现方法,社会革命语言也还会受制于个人性格气质与学识的影响,从文化地理学来说,它还受到区域的地方性知识的影响,这里重点是指向了表达技巧与语言氛围及效果,但决定的主体还是阶级社会中的客观存在。我们只要回头再看社会革命语言在现代小说历史的发展就非常清楚了。梁启超意气风发,使用的革命语言就像他操控的时政评论一样,针对的是戊戌变法,立足的大词是中国、民族、聚会、演讲,所涉及的人物也是风云人物,因而他的社会革命语言有整体感,有一种时代风云不可遏制的气势,他明确地使用了议论评判的逻辑语言,当然他的阶级分析方法还没达到马克思主义的理性高度。而鲁迅的社会革命语言变成了一种描述,夹入议论分析,看到的是阶级关系变动中对革命的态度,其语言方式又完全采用了嬉笑怒骂、尖锐幽默的反讽方式。蒋光慈则完全是直抒胸臆、痛快淋漓地喷发其革命激情,他表述的是底层的阶级压迫,他唱的也是反抗者的歌。社会革命语言在三个人那儿是完全不同风格的。这是从三个人物的空间比较上,我们从时间上来看看。

从前天起，市场上就布满了中央军在陇海线上胜利的新闻。然而人心还是观望,只有些零星小户买进,涨价不起。昨天报纸上大书特书中央军胜利,交易所早市一声开拍,各项债券就涨上二三元,市场中密密层层的人头攒挤,呼喊的声音就像前线冲锋,什么话也听不清,只看见场上伸出来的手掌都是向上的。可是赵伯韬他们仅仅放出二百万去，债价便又回跌,结果比前天只好起半元左右。这是据说大户空头还想拼一拼,他们要到今天看了风向再来补进。

茅盾《子夜》

……到地区，总要看看咱们地委书记。古陵的老书记了，郑书记肯定很关心咱们古陵的情况……今天请大家来……通过同志们谈的，对古陵的形势形成一个比较完整的概念……年轻的县委书记迅速展开了工作部署，一天召集几个以至十几个大大小小的会议处理各种问题。县委机关一片忙碌。农业会、纪律检查工作会议、社队干部会、厂矿工作会议、文教会、治安会……这些情况顾荣都知道。他虽然感到阵势在压过来，却反而镇静起来。他又一个"标准的"领导干部所具有的政治头脑。越是像李向南现在这样一头扎进具体工作中忙忙碌碌的人，越不可怕。他们急功近利，热昏头脑，无法顾及上下左右的政治关系，结果往往被人轻易击败，落个狼狈下场。

柯云路《新星》

这两个文本相距了半个世纪，前者是对一个交易市场的复杂因素分析，后者是对一级县委政权内部关系的分析。二者都是客观的分析语言。其方法都是紧扣核心问题和关键词，上下左右分析各种利害关系，使市场和官场一目了然。这种表象的分析语言的背后是一个叙述者的思想能力，一个社会结构和语境的实际状态在发生作用。对语言特征的判断无外乎指精确与粗细、尖锐与平庸、冷静与激情、文采与质朴的矛盾。无论何种复杂的社会结构与人际关系，我们都可以用语言分析，无论任何革命形势与状态，我们都可以用概括和具体的方法分层描述。可见社会革命的语言特征便是精确细致的逻辑分析语言，行文强调准确实在，相互问答的关联，语言的量级，轻重高低的选择。值得注意的是，从茅盾的《子夜》开始，对工厂和商场的实证分析，到当今大量的官场和职场的小说，基本上都使用了一套冷静客观的分析语言。这种社会客观的分析语言在漫长的小说发展史中融入了另一套文化心理分析语言，其特点虽是分析官场社会时，仍然注意寻找一些文化心理的元素。

大多数领导都喜欢下级的汇报。并不一定在于汇报的内容，重要的是汇报所象征的姿态。多向领导汇报说明你尊重领导，就是没有工作可谈，你找领导汇报工作也行。照说，你的思想当然是你自己的，可这很有

> 必要向领导汇报。而且汇报思想最能讨巧：因为思想这玩意儿无形无色、无声无响，你想怎么汇报就怎么汇报。说白了，你揣摩着领导喜欢什么思想，你就汇报什么思想。
>
> 王跃文《国画》

这实际上是领导与其下属的文化心理分析。这套语言采用的逻辑分析必然由具体的实证分析再抽象提升到文化心理，所有的社会结构或阶层的制度分析都不能就事实而谈事实，这样你写一个官场报告便行了，必定分析到人际关系，分析到社会文化心理，只有这样才能显示到语言所及的社会文化深度。

茅盾、柯云路、王跃文三个人及其文本的时间相距有半个世纪，他们表述的内容或许略有差异，词汇随时代有些许变化，但他们的社会革命语言与阶级分析的方法，其意识形态的价值评估是没有变的。这种没有变：一是针对现实语境的矛盾及问题；二是批判地暗合某种嘲讽，倾向是政治性的；三是以权力关系转移为准绳。叙事角度一般是利己主义的。为什么社会革命语言会广泛地采用逻辑分析语言呢？难道这仅是由社会革命语言针对的社会革命的理论本身所决定的吗？或者由于社会革命本质上是集体主义、是公共交流领域而发生的吗？仅此难以说明社会革命语言理性分析的必然性。它应该有更重要的而且更深刻的原因。

一般来说，个体的文学语言是感性的、情绪的、体验的，服从于个人身体性的器官感知，对客观事物与日常生活的认知与感受均是个性化的、风格化的，语言更多地受制于个体性格、气质、习惯、好恶，或者才学的能力，那是一套感性的才情语言，语言没有特别设置的围栏，可以自由驱遣无所不至。而社会革命语言是一套理性限定语言，一切规范受革命目的所制约，这种语言要发现问题、分析问题、解决问题，得出一个正确方向与目标，因此它必然是理性逻辑的分析。这仅仅是从某种语言的功能性来认识的，社会革命还会有它特定的内涵。首先，马克思主义认为：历史过程中的决定性因素归根到底是现实生活的生产和再生产，只有在这个过程中人类生活能以此真正认识自己的基础，而获得了理性的形成。简单说，人类是在生产与再生产过程中获得理性形式的认识。这种形式不是局部的单个的无差别的各环节归为一个统一性，或同一性，而是在各环节中彼此处于动态的辩证关系，是一个统一体内部差别的存在。具体生活中我们只能提供单个的形式认知，但作为社会革命的认识论这种形式——内容关系的自在之物特征必然会提出总体性的问题。这才是李凯尔特历史观具有最新发展的,思想上最精致的形式认识,这一点正好与马克思主义暗合。

第二,马克思说:“无产阶级宣告现存世界制度的解体,只不过是揭示自己本身存在的秘密,因为它就是这个世界制度的实际解体。”[①]这表明理论同革命相联系绝不是偶然的,也不是特别复杂,革命是阶级解放的必由之路。换一角度理解,马克思的理论本质无非讲明了革命本身是一种过程,一种思想的表现,它不断被记录、概括、传播、发展,但它们之间的每一步骤都相互成为一种必要前提,这种相互认知的意识在理论本质上便是一种辩证的方法。这就是卢卡奇所说的,把辩证方法变为革命工具的环节和规定性。为什么辩证法会取代僵化的因果关系呢?辩证法具有这样的性质:一个规定转变为另一个规定的连续不断的过程,是矛盾的不断扬弃,相互之间不断转化。在历史过程中这种主体和客体之间也是这种相互转化的辩证关系,这表明了一种理论在实质上是可以成立的,阶级革命在辩证法理论支配下说明了无产阶级取得政权的可能性。可见,辩证法不仅是革命理论,还是革命方法。革命语言必定是辩证法的,辩证法又必定使用逻辑分析语言。

第三,我们讨论过革命与辩证法之间的必然性,这是一个理论问题,但革命永远是实践问题。卢卡奇认为:“对于辩证方法来说,中心问题乃是改变现实。”[②]这就是说,革命与辩证法必须针对行为,特别是针对流动性概念,现实是什么?现实永远是一种活动存在。革命语言在革命者那儿永远是用来解决现实语境中的矛盾,因而根本上是具有阶级斗争性质的。这里似乎涉及了一个更新的语言理论可以用作解释社会革命语言,即言语行为哲学。中国现代史上早期的革命者均是义无反顾地以行为来实践自己的革命语言,如邹容写《革命军》,陈天华写《猛回头》、《警世钟》、《狮子吼》。

> 然鄙人之于革命,有与人异其趣者,则鄙人之于革命,必出之以极迂拙之手段,不可有丝毫取巧之心。盖革命有出于功名心者,有出于责任心者……革命问题之意见也。
>
> 陈天华《绝命辞》

陈天华、邹容、秋瑾无不是以死而效忠革命。现代小说中革命语言表现形

---

① 《黑格尔哲学批判导言》见《马克思恩格斯全集》第一卷,人民出版社第一版,第462页。

② 《卢卡奇文选》,李鹏程编,人民出版社,2008年版,第4页。

态呈现为多样性,不再是单纯地夺取政权了。鲁迅的革命语言重在揭示伪革命现象,如何唤醒农民参加革命问题。茅盾的革命语言在于分析显示问题的复杂性。巴金、柔石的革命语言在于揭示革命的犹豫、彷徨,在于寻找何种显示革命语境的出路。郭沫若、郁达夫正好表述了两种极端状态下的革命情怀,一种是激情式的行为革命;一种是革命的颓败、感伤、低回的意志。多数高喊革命语言的人都出于浪漫主义的情怀,作为不满现实的一种理想寄托。充满了浪漫革命的想象。在蒋光慈、丁玲之后革命语言慢慢纳入一种理性规范,使社会革命语言成为一套模式。从团体来讲,太阳社和七月派起了非同寻常的作用,表面看"左"联之后到解放区文学诞生革命语言成为一种标准规范,但共产党在未取得政权之前大的创作只有丁玲和周立波, 加上赵树理的山药蛋派和孙犁的荷花淀派。这些都不足以构成革命的经典文学标准,也无浩大之势,而且从1942年到1948年才短短六七年时间,仅就《太阳照在桑干河上》与《暴风骤雨》和《小二黑结婚》似乎还难以构成经典化,那个时代目的不在经典化,而在宣传鼓动革命,解决革命在现实中的问题,例如战后的土地革命问题、政权建立问题。

第四,革命与辩证法在革命年代里它是一个语言表征,但更重要的是让它负载更重要的理论意义,或者说社会关系和社会结构意义。他们对社会时代的体制建设那才是根本性的。一方面是马克思说的:"革命因素之组成为阶级,是以旧社会的怀抱中所能产生的全部生产力为前提的。"[①]因此新中国头十年的革命语言表现为以生产力为前提的经济建设问题,土改、合作化、人民公社、大跃进,无一不在经济建设中纠结着政治问题。另一方面的革命语言,政权稳定以后,一部分革命者所采用的旧式方法写的革命战争小说。由此可见社会革命语言会由新的时代社会关系和语境的不同而变化。另外,无产阶级的立场决定了辩证方法提供的对现实的认识是和政治态度分不开的。这表明了对唯物辩证法的理解只有无产阶级斗争才产生, 资产阶级由于阶级利益的局限不可能产生唯物辩证法。无产阶级要把夺取政权的革命、政权建设以及革命带来的一切问题都要解决,都要说清楚,简单说,无产阶级革命要合法化,他必须建立一套理论,一套语言系统,辩证法正好合目的性地应用上了。这时革命语言变成了文件、政治条例、会议、舆论先导。社会革命语言既是劝诱又是强制,它们是问题的,随时代而变化甚至变成了某个新时代的时尚语言,一般来说,时尚总是革命性的。革命提供新的词语,时尚也是提供新词语,区别仅在于时尚

① 《哲学的贫困》见《马克思恩格斯全集》第四卷,人民出版社第一版,第197页。

是一种自然人性的流动性而非强制性流动性。革命语言里强制性地流动,针对此时此刻,因而革命语言多数具有报告性,具有语言说人的特征。革命话语变成统治的工具以后便取消了人性化,是一种公共套话,所以革命语言在公共交流领域里容易成为某个人的口头禅,被演讲、大会发言、权力集团讨论时大量的约化或者泛滥,现代政治中所有会议从形式看仅仅只是在讨论某种社会革命语言,然后便转换为契约文本,无产阶级者把它转化为文件,作为个人行动的最高指示,语言成为驾驭他人的工具。

社会革命语言第三个显著特征:革命语言由革命者的心灵发出,带有强烈的革命激情,具有直抒胸臆的特点,情感沸腾,激情四射,这种革命激情无论对外对内都有拷问性质,反思批判性质。所以他们多选用家书、日记、致某人物、绝命辞、给亡友等形式,以便造成口语上的呼吁、请求、命令、倾诉、号叫、耳语,把叙事者和读者拉近为零距离,直接打动对方或读者。除了革命抒情本身为一种修辞手段,还采用夸张、拟人、对仗、排比,甚至直呼口号,尽量使情感有奔腾宣泄、冲腾而出的感觉。另一方法是,社会革命语言必须塑造一个英雄形象的代表,借他的口来演说、抒情。其语言是集体主义的宣言、誓词,庄重而严肃,把这类英雄形象塑造成正义、真理和无产阶级的代表。华汉的代表作《女囚》便是借女犯人赵琴猗的身份给冰梅姊妹写信的口吻,保持一种倾诉、悲愤、揭露、控诉的语言特点来讲述她在狱中的遭遇:

——你这保护有产者的刽子手!你这吸吃劳动者的血汗的恶魔!你这破坏革命的人妖!你这残杀了我的爱人又来强奸我的禽兽!你!你!你!想不到!想不到我要打出你的脑浆,来做血祭我的酒醴。

华汉《女囚》

赵琴猗的爱人岳锦成被杀后,敌人又乘她昏迷之际强奸了她,作者对琴猗的情绪是这样描写的:"创痕深碎的心扉里,悲愤的烈火如炸药库爆发了似的,一股股直冲我的心中来,脉管里澎湃着血轮,又涨得我的全身,发出猛然的怒痒,我再也不能忍耐片刻了!她用黑暗中的电棒把敌人打出了满脑的血浆。"激情和愤怒在革命语言里必须是一种暴力,要见红见血,语言直接显示其搏击的痕迹。同时,革命语言会有一个指涉的对象,对外射向客观社会层面的劳苦大众,对内射向个人精神心理的各个侧面,也是一段慷慨陈词:

……这些动物一部分执行劫掠和统治者外，余者都是冥顽不灵的奴隶！黑的巡捕，黄的手车夫，小贩，大老板，行街者，小情人，大学生……满街都是俘虏！都是罪人！都是弱者！他们永远不希望光明！永远不渴望光明！他们在监狱里住惯了，他们厌倦光明……唉！唉！唉！死气沉沉的孤岛啊！失去了灵性的大中华民族的人民啊！给人家玩弄到彻底的黑印度巡捕啊！我为你羞！为你笑！起来……大家连成一条线！叱咤喑呜，使用我们的强力，把罪恶贯盈的统治阶级打倒！打倒！打倒！打倒！……之菲很激越慷慨地自语着，这时他对着大海，立在市街上挺直腰杆，两眼包着热泪，把拳头握的紧紧，摆在胸前。

洪灵菲《流亡》

洪灵菲的小说《路上》形式上采用的日记体。《气力出卖者》是写给母亲的一封信。《蛋壳》是我和P的对话形式。《家信》采用的是母亲给儿子写信的方式。这些形式的选择本身便表明了我有话要说，其语言特征是对内指向我的各个精神层面，可以清晰地看到一个革命者的精神历程。同时语言上保持某种宣讲的性质和劝诱的方式。

母亲……我们的人类是最多的，我们的力量是最大的，只要我们能够一致起来，那些专为压迫我们而生存的魔鬼们是抵挡不住的。他们都是一些纸老虎。母亲，只要我们能够把压迫我们，摧残我们，屠杀我们的特权阶级消灭，天下从此便会太平，人类从此便会相亲相爱。以后，在这个世界上……大地上有的只是花，只是光明，只是爱。那时候，人人都做工，人人都享乐。彼此都平等，全部都自由，但是，母亲呀……非先把现社会的制度根本推翻，把这现社会上的特权阶级彻底消灭不可。在这样的过程中，需要最坚决的争斗，需要多量的血和牺牲……

洪灵菲《家信》

革命语言是征服性的说理。把激情抒发与分析说理结合起来，甚至还要描绘出一个理想的乌托邦，英儿对母亲便实施这种乌托邦策略，相信人类有一种革命事业，相信未来是一个美丽新世界。

前面说过，革命语言是由辩证法本质所确定的，刚好说明没那个语言兼有两种对立的性质，革命语言必须是批判的，革命语言又必须是歌颂的，对敌人对旧社会是一种尖锐锋利的批判，严酷打击。对同志是一种歌颂，它要塑造革命的代言人，一种英雄品质与英雄行为。由这种对立的矛盾性质就决定了革命语言是一种斗争的语言。也就是说，它必然包含着内在的矛盾冲突。鲁迅、张天翼、蒋光慈、洪灵菲、茅盾、吴组缃、沙汀、周文、高晓声、乔典运、王跃文、宗璞、谌容、王朔都采用了批判语言。它的另一面都是歌颂语言，如丁玲、周立波、柳青、梁斌、杨沫、王愿坚、王汶石、茹志鹃、张抗抗、蒋子龙、张洁、柯云路、刘恒、刘绍棠、李国文、王蒙、刘醒龙、邓一光、贾平凹、陈忠实等都采用了歌颂性语言。这里区分两类语言仅是从创作风格的倾向性而言，具体在一个作家的文本里又会显现不同的面貌，往往是批判与歌颂交织的，决定批判风格或歌颂风格还是与作家本人选择有很大关系。刘震云《塔铺》是歌颂性的，但他的《单位》和《一地鸡毛》又是批判性的。莫言《红高粱》是歌颂性的，《檀香刑》却是批判性的，因此从语言的倾向性来划分意义不大，不能由此判断一个作家的写作性质，但能看到革命语言有一种内在的矛盾性。从宏观分析看，革命的歌颂似乎是一种主流现象，所谓十七年出现的红色经典小说基本上是革命者的颂歌，以塑造那个时代的革命英雄、无产阶级代表、好人为主。总之是集体主义的优秀人物。

> 他发现那个同志的脸色好像舒展开来，眼睛里那死灰般的颜色忽然不见了，爆发着一种喜悦的光，只见他合起党证，双手捧起了它，像擎着一只贮满水的碗一样……“记住，这，这是大家的！”……用尽所有的力气举起手来，直指着正北方向，“好，好同志……”
>
> 王愿坚《七根火柴》

小说塑造一个伤员用自己生命保留了七根火柴，照亮温暖整个部队的战士，他却牺牲了。完成的是一种革命理想。革命语言在文本中的功用是什么呢？其一，是塑造革命者的理想形象；其二，是传播一种革命理念；其三，是改造我们的现实环境。那么革命语言应该是社会批判的东西与现实格格不入的东西。何以革命语言又成为一种传统呢？这是由革命的性质和任务确定的，任何革命都是从现实里生成出来而又与现实格格不入的东西，因为它的生成是朝着人们预期方向发展的，下一个目标和结果应该是更好的。因而革命语言总是随着现实语境发生变化的，每一个时代都会产生自己的革命语言，表面看起来不同社会的历史时期的革命语言截然不同，但就其本质都是同一的。

……百川就让山子上班，护理他还得记着队里的工，百川过意不去，山子不肯走，哪怕队上不给记工，他也愿意伺候百川。百川一摔伤，大伙都想起了百川的好处，若不是百川办事公平，队上的人一年下来，还不知少拿多少钱呢……

张抗抗《工作人》

表面上看来张抗抗使用了和王愿坚完全不一样的语言和塑造了两个彼此不相关的人物，可他们作为形象本质是绝对同一的，核心词是舍己为人。可见革命语言使用的形式可能有所不同，但它的表现手法却是雷同的。这也是我们鉴别许多当代貌似新潮的语言其实质仍不过是一种革命语言的方法。革命语言所具有的激情或塑造的英雄，其共同特点却是奔赴一种过度煽情的语言策略，回头看我们当代的许多电视剧，且不说它们作为革命题材，即便是当下日常生活题材仍然逃脱不了陈旧的革命语言。这一切都由他们的革命目的所决定。

在谈到社会革命语言的抒情性问题时，有几个关系要处理的：一是抒情的显与隐，革命语言在1949年以前是激昂慷慨的，建国以后的抒情强度弱化，借物的隐喻与象征抒情稍微隐含一些。二十世纪八十年代以后的抒情小说特别隐含，表面看不到多少抒情印迹，甚至有些冷漠，实际是一种革命语言的抒情变体。二是抒情的正与反。这是指歌颂与批判的抒情态度。浪漫抒情多歌颂，现实抒情多批判。新时期有一段时间书写了众多的改革英雄成为主流文学，这里的词语抒情已转变抒情形象的塑造，主流话语还有许多国家形象的代言人。主要作家有柯云路、张平、周梅森、钟求是、蒋子龙、关仁山、何申、谈歌等人，抒情的正反矛盾是由意识形态的价值观决定的。三是抒情的持续与疏离。社会革命语言成为传统，在新的社会时代继续成为一套话语体系这是很好理解的，因为国家形象依然保持着，同时由它的意识形态支配着，社会革命语言保持某种抒情性可以视为社会革命语言的特征之一。时代确实发生了变化，现代性成为二十一世纪最重要的社会表征，现代性社会有了新的表征，例如从信息看，媒介文化发挥了主流作用；从视听的文化看，我们又进入了读图时代，商业拜物化和时尚广告影响了更新一代人的审美观。传统时代由信仰导发的抒情，又因传媒方式改变，延续性情感变成了即时性情感，情感经验处于极大的变化中，精神性的信仰情感变成了物质性的实用情感，经验的同质化，生活形象不断变化为信息化、社会符码化与解符码化，人们的情感日益冷漠、隔阂、多变，语言对大众会有一种疏离感:一方面经验贫乏使人们无情可抒;另一方面情感是一个漂浮物,失去信仰与伦理之后,同质化使情感变得越来越无意义。90后的人们只注重语言的直接性,目的化。抒情于是变成一种滥用,一种滑稽可笑之物。这对社会革命语言是一个极大的打击,但又是无可奈何地产生了。例如当下的网络语言在言说情感时都没有抒情信息抵达,可见网络语言是一套抽空了的符号,直接颠覆社会革命语言的,我以为是当下的网络语言。

社会革命语言第四个显著特征:幽默与反讽。革命话语要保持它辩证的本质,含有这种内在的矛盾因素,它的首要功能是保持着批判与征服特点,使表象暴露出某种本质的东西。另一方面,社会革命话语一定是意识形态的,话语发送会有作者本人或主人公的语言态度,而这种语言态度受制于情感与价值倾向的影响,语言态度有鲜明泼辣的,也有隐含曲折的,还有直接明确的,这与革命自身性质相关,阶级立场自然会分出等级、层次、正反诸关系来。革命语言要表现这些复杂的态度与情势,这就很自然地推导出幽默与反讽的语言形式。这两种语言有着本质上的共性但形式语义的效果却有轻重之分,幽默有喜剧意味,是善意的,所以说幽默是讽刺的初级阶段,更多地体现为一种情状,在一定语境中制造格格不入的效果。反讽应该是一种毁灭性的讽刺,主体针对客体达到一种批判指向,反讽目的如此,但反讽出现的语言情势效果,或者形式上的多元,反讽的样式又是丰富多彩的。我们如果进入微观语言分析,所有的社会革命语言,只要它含有意识形态倾向,它就免不了会带上幽默与反讽的特点,两者仅仅在于它程度上的多寡而已。这是为什么革命—辩证—反讽有一个深层的一致性。“反讽本质上是辩证的,(革命也是辩证的)因为它代表着为了使言辞自我否定而自觉地用隐喻。”①语言中的隐喻和转喻在二元组合中势必也会出现错位,那么语言的效果上就会出现幽默与反讽的状态。这表明反讽不仅是我们语言运用中的一种修辞方式,还是我们对存在认知的一种思维模型,或者说20世纪以来的存在本身便具有反讽性。

> “呃啾”的一声响,爱姑明知道是七大人打喷嚏了,但不由得转过眼去看,只见七大人张着嘴,仍旧在那里皱鼻子,一只手的两个指头却撮着一件东西,就是那“古人大殓的时候塞在屁股眼里的”,在鼻子旁边摩擦着。
>
> 鲁迅《离婚》

---

① 《元史学——十九世纪欧洲的历史想象》,(美)海登·怀特著,陈新译,译林出版社,2004年版,第47页。

> 大赤包被委为妓女检查所的所长，冠先生不愿意把“妓女”的字样贴在大门外。可是，他不晓得转文说，妓女应该是什么。琢磨了半天，他看清楚“妓”字的半边是“支”字，由“支”他想到了“织”，于是，他含笑着开始写：贵府冠夫人荣升织女检查所所长……“哦！管女戏子的！牛郎织女天河配，不是一曲戏么，”这样猜悟出来，他就更后悔不早来请教关于唱戏的事，同时，他打定主意，假若冠先生肯入新民会的话，他应当代为活动。
>
> 老舍《四世同堂》

中国的伦理文化中那种讽刺幽默的小说并不发达，在文字语言表层的嬉笑怒骂、讽刺挖苦的风格一直不为古人擅长，古典小说中几乎没有讽刺幽默的长篇小说。现代小说的讽刺幽默为鲁迅所创造，多数都为鲁迅一派的小说家门所传承，但也没有长篇巨著，老舍的《四世同堂》可算一例。这种风格的典范代表为张天翼，还有其后的钱锺书的《围城》。这是一部骨子里的幽默之书，那些人物及人物之间关系的幽默，小说侧重的是人物的话语态度，语境和人物之间构成的反差，还有叙述者本身讲述过程的幽默。

> 最近一次，上来的鸡汤淡得像白开水，我跟汪先生说：“这不是煮过鸡的汤，只像鸡在里面洗过一次澡。”他听错了，以为我说鸡在这水里洗过脚，还跟我开玩笑说什么饶你奸似鬼，喝了洗脚水——大家都笑……后来我把这丫头带哄带吓，算弄清楚了。这老妈子有个儿子，每逢我这儿请客，她都叫他来，挑好的给他躲在里间里吃。我问这丫头为什么不早告诉我，是不是偷嘴她也有份。她不肯说，到临了才漏出来这老妈子要她做媳妇，允许把儿子配给她……
>
> 钱锺书《围城》

这是一次客观陈述，巧妙地运用了误读、换字的玩笑法，然后把事件安排成一个讲述包袱，最后揭示原因，使语言在整体之上有了幽默感。这是一种日常生活的幽默，但文本展示的是几个家庭中的人生命运，同时又置于抗日战争开始的国难之中。讽刺幽默的语言在文本中是两个方向的：一方面是讲述者的语言态度，或故意使用含蓄加讽刺的幽默态度；一方面是文本语境与人物之间的压力形成的。至于语言上的插科打诨与嬉笑怒骂我以为是次要的。我们要分清骨子里的幽默与表面的幽默。

从上述选题看，现代小说语言中幽默讽刺的现象，还有一个明确的话语表述形式，而且市井文化与乡村农民式的滑稽都还有不少这种幽默式的语言风格。反讽在语言运用或达到的效果要浓重一些，用大白话说，反讽的语义拐弯要多一些层面的转换。

> 烟，袅袅地上升着，林先生的脑子里，也就浮起像烟样那么游离不可捉摸的想头：好好的日子不过，要和东洋开仗，这不是撩蜂射眼肿么？人家向你说好话，只要五省的地方，亲亲热热地送给人家，那里会有什么鸟事？他摇一摇头，表示无限的遗憾，然而，蓦地记起来两句古书："昔者太王居，狄人侵之。"是呀，就迁之岐山，古圣王早有榜样在前头；这帮毛头小伙子们偏自作聪明，创出一派民族呀，国家呀，让人一听到就害头痛的字眼，"最后"他妈的"关头"，使性子和东洋人交手，死了几千万人，丢了几百省土地，还闹不开交，到底上算不上算？人家起先只要五省呀！这都是革命、革命、把一些青年人的脑子里革出了毛病，动不动就说老人家是腐朽冬烘；这样没有皇帝管，哪里成世界！所以说，中国人都是贱骨头，不打不成家的东西。打啦，让东洋人好好地教训一下……打喷嚏是旁人在另一地方责骂；于是林先生就愕住了，以为刚才的想法不大对头。
>
> 张天翼《父子保长》

这是林先生的一段反讽心理。他并不是真正要将中国五省送给日本人，而是用犬儒主义态度展示一下奴才心理，在这个心理展示过程中有幽默、讽刺、夸张，还引经据典地说我们有卖国的传统。林先生的反讽心理是一层一层地推进的，瞎说爱国与否，然后说征兵抽丁。因而儿子做了保长，抽丁的事必须做，但他们家老二有五个精壮的儿子也在抽丁之列。作法自毙就更是一重反讽了。

这里把现代小说的讽刺语言风格略作一个概述。

要谈到幽默与讽刺的革命语言的开始，还是得谈到梁启超的时评政治小说《新中国未来记》，梁启超采用了辛辣猛烈的讽刺笔调批评了自百日维新以后的革命形势。但真正写作幽默反讽风格的小说应该是陈天华，从文体上他还是采用的正面宣传的抒情体，承梁启超一脉，但他的革命语言却是纵横捭阖，反复类举。

> 人人都说瓜分是一句假话，乃是维新党捏造出来的……不知各国不是不瓜分中国，因为国数多了，一时难得均分……不如留住这满洲政府代他管领，他再管领满洲政府，岂不比瓜分便宜得多吗？……我只怕各国不实行瓜分，倘若实行瓜分了，中国或许倒能有望。这暗行瓜分的利害，真真了不得。
>
> 陈天华《警世钟》

陈天华的外国人快快实行瓜分中国，倘若实行瓜分了，中国倒是有希望这是怎样深刻的一种反讽。还有他在小说《狮子吼》中表面平静叙述叶赫那拉氏慈禧篡权，实则是辛辣讽刺她左右逢源，手段毒辣地害死正宫慈安，慈禧后来重用李莲英，大行卖国之事。最有反讽意味的是中国被满人统治又行卖国之事，独有舟山一小岛中的民权村，是一个民主自治的领地，数百年保持独立，国虽亡了其村不亡。村中孙氏有子叫念祖，自小有志向。村中总教习先生叫文明种，这文明种在民权村教有二三百学生，姓名与行为都寓意深刻，是一种中华文明不灭的象征。孙念祖倡导自治，从此民权村便成了海岛的一个革命乌托邦。这对浩大的中国受尽洋人欺侮是一个极大的反讽。

> 问案官问道："你是不是审血诚？"答道："我不晓得什么审血诚。"问案官道："你到底名叫什么？"答道："我名叫审不磨。"问案官道："你是不是读书人？"答道："我是读书人。"……"为什么要加入革命党呢？"答道："我不是革命党，是一个流血党。"……问案官对着喜保讲道："好了，近来为着那些革命党，弄得咱们慌手慌脚的，为何又弄出一个流血党来了，这都是你弄出来的是非。"……喜保因此把吴齿唤来，当面认识。
>
> 陈天华《狮子吼》

这里的革命话语既有幽默滑稽，又有嘲弄反讽。吴齿是一个人物，对应无耻，革命党对应流血党，问案官因吴齿的攀咬随便定罪。陈天华的一系列文本写于1903年之前，大量使用革命语言，并把慈禧太后的凶残对应海岛的民权村的自治，造成反讽效果。问案官问审血诚场景和阿Q被审三过其堂的场景极为相似。革命者对他反抗的政府和统治者永远都会使用一套嬉笑怒骂的革命性语言。这确定了社会革命语言从起源上讲便保持一种幽默反讽的风格，更深层的原因在于革命是一种理性运动，其理论是在总体论把握下对革命运动有着深刻的认识，他之所以能用讽刺的态度，是因为他通透地理解曾经发生的一切，所以我曾说过："反讽是一个对当下世界矛盾的本质的认识……他有足够的才智能看透矛盾的本质，而且相信自己能解决它，(所以构成了反讽的态度)。"[①]早期社会革命语言中的反讽与幽默一直是遭批判的对象，主体没有建立对革命自身的怀疑，这几乎是个共同的特点。革命立足于信仰的不变，批判指向也锋芒毕露。到了鲁迅时期幽默反讽的指向是多元的，《药》指向刽子手杀害革命人士的残酷，华老栓用革命者的血做人血馒头吃，暗讽民众的不觉醒。《阿Q正传》中讽刺对象不仅是洋鬼子、政府、封建遗老遗少，还指出革命本身的缺点和错误。这时革命语言的讽刺不仅指向客体，同时也指向主体。这一点尤其值得重视，语言出现一种自审现象，一直延至新的元语言方式，发展到后来的西方策略，后现代实际构成的是反讽语境。

鲁迅之后是老舍的幽默反讽，老舍更多的是人物描写与环境的反讽，老舍属于地域文化的，他直接承继了邓友梅的京味文化小说，因而，可以理解老舍为一种文化反讽，我把他移到文化心理语言去讨论。

幽默反讽语言的成就最大者当属张天翼，其主要标志是他已经成熟为小说的讽刺文体，可以叫"张天翼体"。

张天翼的代表性文本是《华威先生》，写的是抗战时期一个文化官僚每日里匆匆忙忙地钻进各种抗战会场表演的几个片断，他包揽各种会议的头面，一个领导的权利中心在形式上处于支配地位，而实际不解决任何问题，这样一个会议它的深刻内涵是多样的：一是个人权威的虚伪性；二是革命的形式主义；三是群众盲目的个人崇拜；四是革命的狂热不仅是领导攫取权力，还是群众的乌托邦狂潮。这里活画出了一个伪革命者的典型形象：

> 他永远挟着他的公文皮包。并且永远带着他那根老粗老粗的黑油油的手杖，左手无名指上戴着他的结婚戒指，拿着雪茄的时候就叫这根无名指微微地弯着，而小指翘得高高的构成一朵兰花的图样。
>
> 张天翼《华威先生》

这段描写是讽刺性的，用的是隐喻修辞，"永远"指不变的形象，公文皮包，暗指革命工作与革命文件。"黑油油的手杖"象征着手里的权利，并特详细地写

---

① 《先锋小说技巧讲堂》，刘恪著，百花文艺出版社，2012年版，第241页。

他的兰花指与戒指,还有雪茄。这是什么意思?抗战抽高档雪茄,表明他是个腐朽的官僚;兰花指图样,是戏剧表演的形式,华威的一切行为都在做戏,装出来的。结婚戒指,“革命+恋爱”是一种文化模式。文明婚姻,向西方学的,我们看他赶的会议:县长工作方案的修改、难民救济会、工人救亡工作者协会、伤兵工作团、通俗文艺研究会、战时保婴会、难民读书会。这些会议是发生性的,随机都可以出现。对于抗日战争这些会议均没有实质性,会议众多对革命也是一个象征性的,革命话语泛滥,务虚不务实,口头革命派。但华威先生在不同的会议中强调的是“领导中心之下”,清楚文化领导中心,领导机关的指挥作用。言下之意,华威先生只讲革命的领导权。如果作为战争年代革命工作的客观陈述,这也许是一种真实写照,略显一点夸张罢了。

我们注意,张天翼在此有特别的用心,第一点,他写的是革命者的革命活动,无论怎么说均是在革命工作范畴之内,如果讽刺针对的是这些工作客体,那仅仅说明革命工作没有到位,善意地讽刺一下革命者和他的工作状态。如果这样理解便误解了文本更深刻的另一面了。嘲讽不是针对革命工作客体,而是针对革命及其话语的主体,革命语言的虚伪性,讽刺指向主体时那就是反讽策略了,反讽一定要揭示主体内在性的荒谬。这样《华威先生》不是提供的一个简单的讽刺修辞方法,而是提供了一个反讽文体。革命语言在于自行结构革命的内涵,揭示其虚伪性。第二点,这个文本没有连贯的故事情节,也不纠缠复杂的人物关系,场景也极为简单,几乎不能算作故事小说。仅是一个人物小品。思考一下,它靠什么构成作品的框架呢?一个人物速写,但又无过多的描写。这个文本全部由人物语言组成,注意,全部是经典的革命语言,对革命及其工作活动而言,一点错误也没有,革命语言的能指全部到位,但革命内涵全部抽空了,因而革命语言仅是一些空洞的符号。这是个要害,非常重要,革命家永远都会重复使用这些语言,包括会议、报告、文件,其革命语言的特征都是惊人的统一,模式化的。可见这个文本反讽的不仅是针对人物,还暗暗地讽喻性地针对空洞的革命语言。

张天翼的小说前期语言基本上保持口语的诉说,短句,词汇性的表述,人物对话也是跳跃、断裂的。《小彼得》、《团圆》、《笑》这样的文本通篇都由对话构成,几乎和舞台剧本差不多。《包氏父子》、《出走以后》、《砥柱》虽然有了一些对话长句,但对话的口语节奏是鲜明的,人物说话的口气、神情,包括句子的断裂与跳跃都可以从句子中看出来。夏志清在论张天翼的语言时说:“(他)用最经济的描述和铺陈,以戏剧性和敏捷的风格,张天翼捕捉到他的角色在动作中的每一特征。他摒弃了华丽辞藻,也不用冗长的段落结构;又用喜剧或者戏剧性的精确,来模仿每一社会阶层的语言习惯。就方言的广度和准确而论,张天翼在现代中国小说中是首屈一指的。”①夏志清这段评价非常啰嗦,采用戏剧性台词,这在反讽性文本中是一个普遍特点,沙汀语言也有这种效果,说张天翼语言精确,经济其实不切合实际状况,张天翼许多时候故意啰嗦、重复,故意重叠句子造成语言的单调,表明革命语言的模式化。另外,反讽文本几乎无法使它辞藻华丽,针对语言讽刺时便无法使语言刻意的华丽。倒是张天翼的人物语言的模拟能力高人一筹所言不虚。

我们说张天翼的语言有着良好的通俗化,因为他所讽喻的对象是社会各阶层的三教九流,各人性情,怪癖,装腔作势,虚与委蛇,他多元极具模仿性,又富有幽默感,他语言总是很有层次,很有用心。每个人物是表层的,为什么说,怎么说,都有特定人物角色的心理依据,因而他的语言总会有表层语意和深层所指。他的语言基本上在两点上运行:一是写人物行动,革命活动与日常生活行为;二是人物在特别语境内的对话。他把场景、过程叙述、内心情状都给删除了。因而有着木刻碳线的效果。他本人在《文学大众化问题征文》中建立了一个关于写作的基本理论:笨重沉闷的心理描写最好能够避免,每个人物都拿举动来说明。写景也越少越妙。这一条作为个人创作原则是无可厚非的,作为张天翼而言他选择这一方法与他采用的反讽文体有关。他的这个立论实际来自中国小说的古典传统,不深入到人物内心。但一定要明白,这条公共准则大大地影响中国小说的发展,没有心理描写的巨著,也没有世界一流的描写性的现代小说。这对现代小说语言创造的多元化与丰富生动,发掘潜意识心理深度危害极大。我这里并不是说这种反讽文体就不能构成巨型文本,我们看品钦、巴思都有庞大的后现代戏拟巨著,巴塞尔姆的小说基本都是反讽性文本。语言是为我们所用的,运用之妙,存乎一心。张天翼还有一个值得注意的是他对语言效果的营造。鲁迅的讽刺语言冷酷、辛辣,让人紧张。而张天翼的是一种喜剧语言,诙谐轻松,让人发笑,往往是心里的一点会意,但人物与语言也会留下一些深思,他注重从平凡人的日常生活出发捕捉矛盾,抓住细节,语言的节奏和速度很快,通过人物之口时活泼,上口时可以对话,两个人交汇时便显出一种语言智慧,又有语言通过强调表达出来情势,使反讽语言在人物身上出现一波三折的效果。长太爷之专横,黄宜庵以庄入谐,陆宝田搬起石头砸自己的脚。包国

---

① 《中国现代小说史》,夏志清著,复旦大学出版社,2005年版,第150页。

维粉碎父亲的梦幻。长丰大叔一辈子艰辛苦熬。史兆昌空有堂吉诃德的滑稽。若论文本的讽刺形象的塑造,中国现代小说史上没有人能超过张天翼,这绝非夸大其词。

其后,沙汀的部分文本保持了讽刺文体,比较特别的是沙汀保持的是用地方语言构成幽默讽刺,川味自身有一种独特幽默效果,主要特征是指那种拖腔拉调,一种不平凡的高低处理词语。张天翼处理反讽对象时有一种特殊的变形,人物不同常规;沙汀的人物比较客观,以白描之笔勾勒点染,在冷静而不动声色中带有一种社会分析,注重揭示其人物的各种戏剧关系,作者着力于一点来描绘,作者、人物、读者注意力都在此处,而效果却在彼处突然爆发,沙汀的语言焦点总是集中在本质要害上反复地进行拟设性分析,看似闲设的笔墨在关节紧要处立显效果。《丁跛公》总是沿着坏人逻辑去写人物心理,他在环境事情的格格不入中产生喜剧效果。《代理县长》是奴才当了主子更加穷凶极恶,贺熙这种品类古今均是有的。沙汀语言的讽喻能力在《在其香居茶馆里》达到炉火纯青。事件构架在一家茶馆里,这决定语言的表述方式只能是口语的对话,语言效果只能通过各人物的关系表现。茶馆看似散淡,其实都暗藏玄机,全部事件的反讽效果在跛子公布的结果:人已经出来了。方治国和邢幺吵吵剑拔弩张的矛盾竟然被儿子报数错了而缓解,黑幕是新县长的贿赂作用。关于沙汀的语言,我在乡土小说语言中已作了详尽的谈论。这里略作补充。

讽刺文本在现代小说的发展中是稀缺品种,集一生之力专攻的作家可能就张天翼、沙汀、高晓声、乔典运这几个可数人物,其他如陈白尘、翼汸、黄药眠、钱锺书、予且、杨绛都只有部分的讽刺性文本。为什么会这样呢?难道是我们民族性格不善反讽?我们的晚清时期的谴责小说可以说是把讽刺效果发挥到极致,包括长篇小说《儒林外史》,为什么晚清兴盛的一种艺术风格却在现代小说传统中衰落了呢?这是一个值得研究的现象。我们接着讨论高晓声。

高晓声最大的成就就是贡献了一个幽默心理的农民形象:陈奂生。这个人物是历史跨越性的,始于《漏斗户主》。

> 陈奂生有个绰号,叫"青鱼"。这是赞美他骨骼高大,身胚结实;但也有惋惜他直头直脑,只会劳动,没有打算的含义在里面。他往往像青鱼一样,尾巴一扇,向前直穿,连碰破头都不管……这几年来……成了"投煞青鱼"。这就不仅突出了他的性格,而且表明了他的处境;他确实像围在网

里的青鱼……

高晓声《漏斗户主》

这个人物表面语言丧失了自有行动。他没有粮却被迫卖了余粮，也不搞副业，只是在地里干活儿，口头禅就是"还是再看看"，个人和环境的格格不入造成了反讽效果。最初是漏斗户，先解决吃粮问题。解放了的陈奂生要去城里看看卖自制的油绳，给自己买了顶帽子，病在候车室被县长发现，进了县委招待所，一系列戏剧性关系，陈奂生便露出了阿Q精神胜利法的农民式自慰：

这五块钱花得值透……有谁坐过吴书记的汽车？有谁住过五元钱一夜的高级房间？……唔！……他精神陡增，顿时好像高大了许多……他仅仅花了五块钱就买到了精神的满足……

高晓声《陈奂生上城》

陈奂生有着农民的憨直、淳朴、执著，但他又有狭隘、拙讷、虚荣，揭示的是中国历史长期对农民心态的扭曲。陈奂生在城里的一系列活动，他和变化了的生活环境的喜剧式冲突，高晓声极细微地描写陈奂生在宾馆里光脚板走路，害怕坐沙发，不知如何睡床。他还原了一个完整的农民式的审美形象。暗示转型时期农民心理由物质变化到文化启蒙，又由文化启蒙到思想启蒙。最后经过《陈奂生转业》、《陈奂生包产》、《陈奂生战术》、《种田大户》、《陈奂生出国》等一系列自我演变完成人物命运的发展，这时候才有一个新的农民形象，有着精神内涵和丰富物质的农民。农民不应该是一个单调的符号，而应该是一个有着复杂性和深刻性的时代人物。高晓声根据历史的变革书写了这样一个农民典型。这个理念本质上是革命发展观的，农民革命有这样的普遍的历史命运吗？这是一个值得讨论的问题。但是高晓声倾尽全力描写了这样一个农民形象。如果陈奂生这个人物命运是反讽的，由他构成了讽喻主体，那陈奂生的觉醒发展不过是某个虚假的乌托邦。如果这个讽喻指向了历史环境中的诸因素巧合，那反讽则是针对现实的批判。高晓声的讽刺艺术很可能落入一个悖论之中了。那么高晓声也就变成了一个时代"青鱼"。高晓声的语言艺术很有自己的特点：文本是一种作者讲述体，作者的口语讲述中重视分析，这分析是絮絮叨叨的，插入的描写简洁，人物的行动心理活动和外在表现力求展示出反差，反讽是人物感知的紧张，而在他者视点看来不过是滑稽，这样形象的反讽是不自知的。文本是江南地方风俗语，说话展示各种人物情状乃至于俗语："自己竟被一些人当成了香狸猫的卵子，被一个劲儿地吹捧起来。"带来一些诙谐可笑。最大特征是作者采用了一套按人物自身逻辑的分析性语言，所以人物话语与心理语言在个人角度总是合理的，另外，他的作者叙述语和人物对话语的风格上是统一的。后期语言稍有一些过多的描写显得拖拉。高晓声的语言还有一个特点，便是他在絮叨的讲述中有一种情绪构成语言流，轻易不要把他的句子中断和拆开，因而他的语言有一种流动的节奏，委婉的倾诉性。

乔典运是一个被忽略的农民作家，但他又是一个最不应该被忽略的农民代言人。他一直在乡村中坚持乡村写作，触及的都是乡村政治，敏感地捕捉中国乡土政治的变化及其复杂性与虚伪性，再大的中国政治在乡村中都会服从乡村伦理，这表明乡村伦理与中国政治永远处于冲突状态。乡村中的民主与自治到底如何抵达？这乃中国最大的政治。乔典运的《满票》、《问天》、《香与香》都是很重要的文本。我们说他的语言是典型的中原乡土俗语，人物的口语变成叙述语言：

> 司机看看条子吓了一跳，说，摸一下就要一百元？爱社说，我只要五十元，还有五十是你的。司机笑了，给爱社五十元。还说，够朋友。走时还笑，还不住说，拜。五爷看得迷糊了，只摸一下就挣了五十元钱……别看这一下，我摸了几万次才会这一摸。五爷想想也是这个理，把学费加上了，这就叫本事。
>
> 乔典运《香与香》

这里的对话与行为都是幽默的，修车就此一摸，而一摸一百元，爱社明要一百元返回五十，利益均占。这里对话与陈述都是用的极短的句子。还一个特点，乔典运把全部的对话体的自由直接引语都变成了自由间接引语。同时对话语又变成了叙述语。口说的话语和心里的话统一起来，造成了乔典运的说话文体。

乔典运的反讽技术并不在一词一句的精彩，乡人说话本无经典，他爱在语段之间，人物之间构成反讽，或者语言分析中的反讽意味：

> 啥是理根？理根就是一个穷字。咱们这个天下，是穷人的天下，穷就是最大的理，千理万理都得服从这个"穷"字。一穷九分理，不要说平时穷沾

光,就是犯了王法,你只要是穷人,也得让你几分。你没看看,有钱的人还得装穷,穷要不好,为啥放着排场不排场,偏偏要去装穷?你本来就是穷人,这多好,多硬棒。为啥要削尖脑袋装出力流汗往那些有钱人堆里钻?不是自找苦吃……九九归一,有钱人终究也跑不出穷佛爷的手心,没早的有晚的。迟早都得收拾他们……

乔典运《满票》

这里对穷困与有钱进行歪批邪说,极大地达到一种反讽效果,注意,这上合了君子固穷,下接了何老十这番歪理。你明看是歪理,何老十却句句都有理,并创造了一个新名词,"理根",穷变成了根本之理。可它偏偏又暗中含有某种畸形社会的真理,革命时代,穷是一种最好的保护色彩。否则有钱的人便变成了革命专政的对象了。乔典运用反讽策略揭露乡村民主的虚伪性,革命传统心理的根深蒂固,悲剧在于何老十最终失败在何处?一个自认为彻底的革命者仅靠家人得了一票,村里群众对这一个革命者一票也没给。一定意义上不投革命一票又是公正的。这种反讽心理何其惨淡。《问天》表述的乡村政治,民主选举,一切都看村支书这个统治者的脸色,所谓竞争仅是人际关系问题。乔典运特别会选择话语表述的角度,语言自身有一个视点,一定要找到最佳的聚合方式。"爷"似乎成了他语言的透视孔,语言的表层朴实平静,有一种不动声色的悲情与苍凉,透出世态与人生感,而在语言态度上,人物又采用了十足的犬儒主义。

社会革命语言的第五个显著特征:客观的纪实性与浪漫的幻想性。这几乎造成了语言的两种对立现象。自1902年开始,小说的社会革命语言就是整个时代历史中社会革命发展的记录, 历史上所发生的革命运动都会以语言形式被记录下来,最突出的是社会革命的阶段性:"五四"运动,1927年的大革命,抗日战争,解放战争,中共地下党的革命活动,历史上发生的多次土地革命运动,红军的二万五千里长征,新中国成立后的合作化,人民公社,"大跃进",反右,文化大革命,新时期的改革,所有社会革命历史活动都转换成文本的社会革命语言。从这一点看,社会革命语言的首要功能是模仿性,纪实性的。又由此可见社会革命语言是时代历史的见证,是必然的宿命,我们可以把这些小说作一个简单的罗列:路翎的《财主底儿女们》,丁玲的《太阳照在桑干河上》,周立波的《暴风骤雨》,赵树理的《三里湾》,欧阳山的《高干大》,黄谷柳的《虾球传》,草明的《原动力》,艾芜的《百炼成钢》,柳青的《创业史》,梁斌的《红旗谱》,杨沫的《青春之歌》,陈登科的《风雷》,浩然的《艳阳天》,周而复的《上海的早晨》,孔厥、袁静《新儿女英雄传》，吴强的《红日》，马烽、西戎的《吕梁英雄传》，罗广斌、杨益言的《红岩》，慕湘的《晋阳秋》，李英儒的《野火春风斗古城》，高云览的《小城春秋》，杜鹏程的《保卫延安》，刘流的《烈火金刚》，冯德英的《苦菜花》，曲波的《林海雪原》等这样的一批革命的历史小说，它们和中国社会革命历史几乎处于同步，记录了那个时期的革命战争，塑造了一批革命英雄形象，歌颂新人物新事情，注意，这个时候的小说人物主要是战争中的革命英雄，社会主义工业建设的工人形象，土地改革，合作化，人民公社的农民形象，这时候的小说是高度政治化，革命目标十分明确，在社会革命的底盘上鲜明地以无产阶级利益为判别标志。因此社会革命语言变成展示以新中国为存在的革命人物的行动实践和同志之间的话语实践，所谓红色经典就是书写中国革命历史中革命家的行动状况。他们行为的工作性质决定了他们必然使用一套社会革命话语。按语言理论说，一个帝国消失和灭亡，它的语言也就消亡了。封建王朝崩溃，我们与之相适应的文言文便消失了，但新中国成立，跨越了一个世纪的语言并没有消失，社会革命语言沟通了资产阶级的民族革命和无产阶级的社会主义革命，两种社会在革命性上，其本质与功能达到了某种统一，使得革命语言成为一个传统，当然社会主义革命由于内容上截然的不同，所以涌现大量新的革命语汇，革命语言由于产生于革命观念和革命家之口，这种语言展示了革命家自身的历险，因此我们又可看到革命语言有着阶段性上的差别。梁启超反封建帝制反帝国主义时的语言显然和民国资产阶级革命与民族保家卫国的抗日战争语言是不一样的，那时的核心政治词汇是三民主义。无产阶级社会主义革命是以马克思主义为纲领，核心词汇是阶级斗争，共产主义信仰。新中国取得了政权便有了社会主义建设新高潮的内容，这是一种革命历史运动的纪实，任何人也无法根除社会革命语言的客观纪实性。仔细注意，这些革命语言中总会保留众多的运动词汇，无产阶级革命者保留着革命胜利的巨大的狂欢心理，他们喜悦、高调、颂歌、热情、激昂、信仰等，这一切称之为革命的情怀，他们展示的是一个群体的成功，因此红色经典的语言必须保持这种昂扬向上，激情澎湃，这决定了红色经典中绝没有个人琐屑的心理情感与独特的个人私语。公共语言公共交流，这决定了公共的革命语言是泯灭个性的，一种人民大众的健康情绪、豪迈的信仰抵消了个人的颓废，因而革命语言也不准标新立异，语言必须服从观念与模仿，从革命语言的功能和一系列要求看，它根本上是反文学性的。红色经典顾名思义，是要求社会革命语言保持一种暖色调，合乎辩证法，合乎革命，合乎阶级斗争，是一种理性的暴力，是一种统一调性的语言。这一切现象至少已被我们众多的红色经典小说所证实。革命语言是简单平实,直接明快,它还保留了许多工业、农业、战争时期的行业术语,词汇简单,不喜爱描写,修辞也是直白的,这有一个深层原因是旧中国的无产阶级文化低下,没认识多少字便开始写小说,这决定了社会革命语言是平铺直叙的,模式单调的,这又可以断定红色经典小说一定是大众小说。

新中国成立后,无产阶级取得了政权,出现了一种新的革命形式:社会主义建设。这时的社会革命是以自身的改造与变革为目的,革命者在寻找自身的合法化,从而适应新的社会革命发展的需要,“继续革命”成为一个关键词,具体表现为革命党在寻求自身体制上的变革与完善,要保卫一个红色成果,要发展社会经济,势必带来社会全方位的变化:政治、经济、军事、文化等包括各种政治经济关系的调整,还有现代性科学技术成为新的生产力。新的社会革命更加具有内在性,社会关系更加复杂,生产力和生产关系的所有微妙的变化都会反映到文化领域,直接成为一种小说形式。新中国成立后十七年的小说便是例证,当然小说有其滞后性,新的社会关系变动,显示出十七年的社会革命运动变化主要表现在那个时代的中短篇小说上。我们从下述篇目就看出特征来:李準的《不能走那条路》、秦兆阳的《选举》、王愿坚的《粮食》、王汶石的《风雪之夜》、邓友梅的《在悬崖上》、海默的《我的引路人》、申跃中的《一盏抗旱灯下》、茹志鹃的《静静的产院》、刘澍德的《拔旗》、张庆田的《老坚决外传》、任斌武的《开顶风船的角色》、马烽的《我的第一个上级》等,表述的是无产阶级群众和共产党员对新政权新建设的一种高度热情,但从革命理念看历史时期内革命工作的性质便有所不同了,每一个人继续革命都会产生新姿态,这是一种充满内在革命的语言。我们说革命会由自身的矛盾性凸显出它的另外一面,过去革命者面对的是反革命,今天革命者面对的是非革命,革命者借革命的名义干坏事。革命真正是遇到了新问题,展示了革命新的复杂的语言,例如产生了王蒙的《组织部新来的年轻人》、柳溪的《爬在旗杆上的人》、白危的《被围困的农庄主席》、肖也牧的《我们夫妇之间》、耿龙祥的《入党》、李国文的《改选》。这时候大一点的作品还有周立波的长篇小说《山乡巨变》、杜鹏程的《在和平的日子里》、草明的《乘风破浪》、秦兆阳的《在田野上前进》。由此我们可以看出社会革命语言的纪实性是记历史之实、现实之实、政治经济之实,是社会革命语言承担的时代历史任务,是一种对现实存在的模仿,这表明语言的写实性。所谓浪漫的幻想性是指一种对革命不切实的理解,是一种革命的狂热、想象、激情所致。浪漫幻想性语言实际是建立在虚妄之上而产生的一种心理效果，这种语言并没专门产生一批文本，而是纠结在革命现实主义文本之中，我们可以说它讽刺一种不切实际的革命，也可以说是革命浮夸风，还可以说是小资产阶级的温情脉脉，直到无产阶级文化大革命是一种革命的狂热病，其根子还是在人们很容易被一种"狂欢节情绪"所鼓舞，一种浪漫的乌托邦心理。这一点上，革命语言的狂热也产生于革命运动的狂热，例如"大跃进"运动，共产主义的集体生活。

现在我们可以把现代小说的社会革命语言的发展脉络作一个简单梳理而进行价值评估了。

可以断言的是，社会革命语言最关键年代始于1902年，梁启超的《新中国未来记》，邹容的《革命军》，陈天华的《猛回头》、《警世钟》，1903年的小说可以视为革命小说的高潮。陈天华的《狮子吼》在文体上比较成熟了，他写于1904年。早期有少数的是文言文写作，但其主流显示白话创作的成功，而且有现实革命的小说，也有乌托邦革命的小说，例如张肇桐的《自由结婚》、林獬的《娘子军》、恽铁樵的《工人小史》、引子的《我有我》，不仅显示了革命小说的文体类别，还可见大量的新词与新观念，这种时评政论体采用了口语的白话，具有极大的演说与鼓动性，这种小说的白话革命在当时是一个伟大之举。例如当时文人与革命家用白话写革命小说，但是他们的书信、文告，或者在礼仪场合，官方契约都仍采用的是文言形式。这是为什么？传统的文人不仅具有官方的权威，还具有文化传统中文人思想里的正宗概念，可见社会革命语言早于其他类型语言起着改变中国小说语言的先锋作用。就其影响而言，陈天华的三部分作品应该是最大，这个影响在于梁启超、邹容、陈天华三位都是革命家写革命的小说。他们当时的社会革命语言是直白浅近的，近似一种观念的宣讲，论说时又有逻辑分析的形式：

> ……将来建立自由的国家，组织共和政府，做到轰轰烈烈，成为世界第一等强国……人不能一日失去自由，没有自由就好像行尸走肉一般……且愿我自由的男男女女，爱一切自由如结婚一般，我祖国就不怕无自由之日了。
>
> 张肇桐《自由结婚》

我们注意，张肇桐使用的是一种现在将来式，他宣传革命时还给你的大脑里构设一个乌托邦想象，坚信有一种新的社会能确凿无疑地到来，自由是我们共同的想象，自由是我们的未来实践。后来有了辛亥革命，有了“五四”运动，最后终于建立了民国的革命政府，社会革命语言不仅是先锋性，同时还具有寓言性。可见，社会革命语言的激进是有其内在历史的原因。十多年后鲁迅的小说语言没有那么直白，也不是一味地“左”倾，相反他是在阐述革命的复杂性与可能性。虽然是幽默讽刺、尖锐泼辣，仍不失某些含蓄，运用了比喻和象征的修辞。由外在的革命深入到人性的革命，按说鲁迅应该是树立了一个良好的语言范例，可是在110年的现代小说历史发展中仍寥寥数人，而且真正构成文体的也仅仅只有张天翼一人。鲁迅的弟子和他扶植的未名派，台静农、李霁野、建平、刘重修、柔石、萧军、萧红仅是内容上接受了鲁迅的社会剖析的方法，提出问题，分析问题，引起疗救，可那种幽默讽刺的风格却没有真正的继承人。尤其是他那种冷峻与泼辣的语言特色百年之后仍无遗响。

蒋光慈的《少年漂泊者》和《短裤党》可以视为无产阶级的革命小说，可以说他影响了一代革命家。作为“左”翼文学的起源点还是不可忽略的。他还创造了一种“革命+恋爱”的模式小说。洪灵菲的《流亡》三部曲，阳翰笙的《地泉》三部曲都是革命小说中代表性的作品。他们的功劳在于组成了结结实实的现代小说社会革命语言的传统，革命小说初期是一个流派，是一个品类，最终成为新中国的主流文学。可以说社会革命语言由梁启超、陈天华、鲁迅、蒋光慈、丁玲他们在不同的历史时期，阶段性地构成了革命小说传统，并由此形成标准与规范，从此社会革命小说成为不可改变的东西。我们可以说革命小说有许多代表作，分别可以代表不同类型，严家炎说《咆哮了的土地》是蒋光慈“最好的接近于成熟的一部作品”。夏志清说丁玲的《水》是一个“笨拙不堪”的小说。我这里针对的是革命小说从本质上而言是否有幼稚和成熟的这些说法。它的幼稚是革命的不成熟，它的成熟便是革命的不再幼稚？革命不仅是过程和运动。革命还是一个暴力过程，幼稚的革命是否表明他们还没学会杀人？成熟了，是否革命变得狡猾一些？社会革命的语言的幼稚与成熟是从何种维度上去立论，革命小说的成熟是否说更革命了呢？我的意思是社会革命语言是不能在审美现代性上来论述的。语言的美学要求可能和革命语言的要求是背道而驰的。所以对于社会革命语言我们只能从革命的性质、任务、功能、目的……简单地说，只能从革命内容上去认定，去评估。这样看来，革命小说及其语言是反美学的。到丁玲的《水》为止，革命小说完成了定型化与标准化。从路数看不管它是现实革命派或浪漫革命派，其根本出发点都是马克思主义的阶级观，宣传无产阶级的领导权。革命者有着本质上的趋同性。既然革命是一种观念，由一种思维继而成为一种政治无意识,它就是一种语言的支配方式,它的尖锐批判,它的浪漫激情便是它自身特质的显示,革命是阶级的斗争,是辩证法,这就决定了革命语言具有逻辑分析的特征。他们会不自觉地使用社会分析的陈述方法。社会革命语言从骨子里具有改朝换代的对立存在，这决定了社会革命语言任何时候都会有其论战性。它是一种理性语言,所以它会渗漫性地对家庭、社会、人生、命运、事物、环境来作分析性陈述与展望。人物有一套革命思想,作家有一套革命思维，社会提供的又是一个革命舞台，那么革命小说只好借工厂、家庭、乡镇、社会关系与结构来完成一个文本构成,革命是什么已经变得不重要了,重要的是革命奔赴什么目标,完成什么任务,他的文本要构成什么样的形态?他的人物们想干什么?最后小说要回应到他的任务和目的上来。因而革命小说有一个特点:革命是其出发点又是一个理想幻想的归宿点。革命在完成一个循环,文本的最终点也是如此。革命是他们为之奋斗一生的目的又是他付诸行动的指南。小说,仅是革命假借一个什么名义在不同的作家那儿玩了一个叙事的“游戏”。

我们还是从丁玲的语言实际出发作一个整体上的了解。

丁玲的语言,从1927年到1930年,早年间写作保持了一种很好的女性视觉中用语言触碰事物的方法,这时语言带着细致的描写性,对人物也保持温婉情绪的呵护,人与物是一种交融性的,让读者充分享受她语言的感官性。

> ……小船……向生满苇叶的曲港行去。有的地方芦苇太高了将月光遮去,船只在深黑的水潭中无声的滑走,或是嚓的一下,船底触着斜伸出的断茎,或是风过去,苇叶的尖全颤颤的,细语着,薄的衣衫全鼓荡起来……发覆在额上……它像酒一样,慢慢将你酥醉去,然而你不会感到这酒的辛烈。它诱惑了你,却不压迫你,正像一个东方式的柔媚的美女,只在轻颦轻笑……
>
> 丁玲《韦护》

这种语言的良好感觉一直坚持到小说《水》,在《水》里已经有很浓厚的革命话语。但对事物的细致与敏感,情绪的丰富性仍然保持得很好,尤其注意到语调和语感的协调,句子的节奏感是有意识的安排,把人物节奏和自然节奏融会得天衣无缝。自《我在霞村的时候》直到晚期的小说,其语言直白朴实了,语言陈述中观念性很强,女性的感觉因素逐渐消失了。虽然还用她的女性视角,可语言的敏感性没有了。丁玲在语言上是极为个人化的,在她的语言中剔除地方性民俗化,湖南益阳人的地方乡土语言极为浓厚,我们只要看看周立波的作品就非常清楚。丁玲在观察事物表达情绪时铲除了那些土气,充分显露她是一个女性知识分子的口吻和感觉,丁玲语言是她的个性的充分展示。我这里之所以还能肯定《水》的语言,而且在乡土语言中对《水》作了详细分析,很重要的一点,我没有把革命语言作一个成熟与幼稚的区别,这不是一个评判革命语言的方法与准则,关键在作者用什么态度或者他为什么那样使用革命语言。在《水》以后丁玲过去语言中的许多特质消失了,这刚好说明是革命语言改变了丁玲,消解了语言的文学性与审美性。《太阳照在桑干河上》的叙述和描写已经彻底地消除了丁玲的性别特征,完全是一套革命语言。

> 他们三个人一道研究这本"土地改革问答",却各有各的想法。总是容易接受新事物而又缺乏思考的李昌,他越念下去越觉得有趣。他常常联系村上的具体人物来说明谁是地主,谁是富农,谁是中农;应该打击谁,应该照顾谁,愉快的笑离不开他的脸……对党的,对毛主席的赞叹……程仁呢?因为他春天参加了做"合理负担"……他常常说,天呀!李大海有三十亩地,你能说他是富农,或中农呢?他那个地是什么地呀,给人也没有人要嘛!或者就是说:"别看刘振东地少,一个青壮年,三亩好水地呀!"……张裕民说得比较少,他只考虑一个问题……能够掌握多少力量,能否把村子上的旧势力彻底打垮……老百姓会自觉地团结起来,进行翻身,可不是一件容易的事。
>
> 丁玲《太阳照在桑干河上》

丁玲这时使用革命语言已经很熟稔了,她借人物之口进行经济利益和阶级层次推论分析。分析语言由表及里,由简单到复杂,是一套辩证的革命语言。个人生活事件变成了一套抽象的革命道理。全部的关注力在集体在政治或者说在权力如何运用。这正好说明知识分子接受革命的改造。《太阳照在桑干河上》是一部展示共产党在农村进行土地革命真相的书,暖水屯这个桑干河畔的偏僻山村里主要是村民和地主恶霸之间的仇恨,共产党干部领导农民推翻封建制度但又掌握着政策和法律制度,调解了这种复杂的社会矛盾,特定时期内中国农村革命中人物关系错综复杂,小说采用阶级分析的方法对复杂的地主阶级关系也不去简单处理,仅写地主恶霸钱文贵一人便表现了村乡政治中的上下左右内外的各种矛盾，实际上是丁玲以一个革命家的眼光穿透了农村中阶级斗争的矛盾，把两大对立阵营的政治态度与个人立场采用辩证法的方法剖析,作为无产阶级一方除了阶级分析,还看透了那个时代农村宗法制家族观念作用下的人际关系。这决定了丁玲在小说中全部采用冷静客观的阶级分析的革命语言,这时候社会革命语言是工具性的,是模仿论的,是写实性的,我们再也无法从文学的审美语言去要求它了。甚至可以肯定审美语言是她刻意回避的东西了。

关于周立波我们已经在乡土语言中作了详细论述，这里换一个角度谈谈他的社会革命语言的表现。我说过周立波是个语言天才。他学英语可以做口语与文学作品翻译,他可以用东北话写《暴风骤雨》,用地道的湖南土话写《山乡巨变》。他还是一个学贯中西的学者。《暴风骤雨》表述的是新中国成立后在松江省元茂屯一个偏僻的东北村里社会制度和阶级关系的根本变化。同丁玲一样,表现共产党在乡村中国进行土地改革的历史真相,似乎这里的阶级对立更简明直接,民众作为乡村政治的基础力量对地主韩老六仇结怨深,赵玉林的复仇,在阶级对立上是集体主义的而非个人的,他并不贪图财物。一个有政治觉悟的农民为保卫胜利而牺牲。这个乡村饱含着革命的政治热情。《暴风骤雨》便是这样一本土地革命的史诗,一本政治革命之书,如果仅是这样并不需要再一次回头来谈论它，重要的是周立波写了一部完全不同于自己故乡的东北地方色彩之书。

> 不大一会儿进来两个人,一胖一瘦……胖子名叫杜善发,外号杜善人……瘦子叫唐田,外号唐爪子,是韩老六的磕头的。两个都是大粮户……他们三家都有一千垧以上的好地，条通和黄土包子还不算在内。街里的福来德烧锅,就是他们三家合股开设的。
>
> ……杜善人好念佛,家里供一尊铜佛。唐爪子信神鬼,家里供狐黄二仙……吊灯的晃眼的光亮照着墙壁上翠蓝的花纸,照着炕梢的红漆炕琴,照着三代宗亲的紫檀神龛……掀开透花窗帘，从玻璃窗里，瞅瞅当院。……马圈中,柴火堆底下,洋镐和铁锹挖掘石头……
>
> 周立波《暴风骤雨》

他用东北地方语言描写东北乡村家居和人物。其间地方土语在一段文字中居然有十多个方言词汇。虽然是用地方语言描写却又暗含着政治经济的微观分析，三家人的土地与店面表明了政治上绝对是剥削阶级，当院的描写可以看出家庭的富裕，同时在人物描写之中暗暗地推动故事的隐在线索，如何转移资产。《山乡巨变》的乡俗土语更加浓厚。可以说是用地方性风俗画，展示特定时期乡村政治与农民生活方式的变化，并把墨迹染透乡村各家：亭面糊的家、陈先晋的家、菊咬筋的家、李月辉的家、刘雨生的家。从家庭结构内部展开人际关系，于是宗法家族背景也看出来了，由父子、夫妇、亲友、兄弟各色关系中看乡村革命如何牵动人心。家庭变化也与革命观念有关，张桂贞有资产阶级思想，由兄妹关系影响到刘雨生家庭关系，盛家英就像个田螺姑娘一样温情而可爱。乡村人物盛佑亭有着十分复杂的农民性格，面子上求新变骨子里守旧。邓秀梅奉命组建清溪乡的农业合作社，作为县团委副书记成为了一种革命的象征，在她的带动下，社会革命的乡村运动渗入到各家各户，革命是主题但在风俗画中又变成了暗写的因素，刘雨生当社长重建乡村权力，最初的农民政权意识不强还停留在乡村的革命运动层次。用革命改变中国乡村制度，从根本上掀动农民千百年来固有的生活模式，一种社会运动波及了乡土中的每一个子民，真正是一个“山乡巨变”，这种革命可能灭绝了真正的乡土文学。革命对于农民而言只不过是开了一个历史的玩笑，土地改革把地主的土地分给了农民，合作化把土地又收归集体了，农民前所未有地变成无根的农民了。这是周立波乡村社会革命语言真正的要害。但他确实全方位地使用了湖南的乡俗土语，重要的他使这种乡土语言天然地合乎这个土地上的人物性格，陈先晋淳朴实在，王菊生自私狡猾，刘雨生温和而执著，盛佑亭迷糊而随意，盛佳英敢爱而含蓄。在这里以社会革命的政治思想为底盘，乡俗土语为表相特征，周立波硬是把这二者调和在一起，既探索了民族形式又建立了个人的表述风格。《山乡巨变》作为革命的乡土小说，最大的收获便是从真正意义上摧毁了我们千百前来的真正乡土小说。从乡俗土语上他是成功的，而思想观念上是革命的，《山乡巨变》不过是演绎了1950年以后的乡村政策作为共产主义过渡时期的生活表相的变化。

新中国成立后十七年构成了红色经典小说的繁荣期，最重要的是建立了一个社会革命语言的经典类别划分：1. 由七月派创始而产生了革命战争的红色语言，这类型的作品极多，甚至可以细分为，抗日战争的革命语言、解放战争语言、土地革命语言、地下工作者革命语言、监狱地下革命语言、游击队革命语言、一切以军事战争为主导的革命语言，这是17年红色经典的主体。2.由丁玲而起的解放区土地革命语言，由赵树理而起的山药蛋派的乡土革命语言，导致了中国革命的乡土小说，例如《创业史》、《艳阳天》、《红旗谱》、《虾球传》、《高干大》、《三里湾》、《在田野上前进》、《金沙洲》、《风雷》等一系列长篇小说。3.由草明的《原动力》而起的工厂革命小说，主要展示的是产业工人的改革，代表作有：周立波的《铁水奔流》、萧军的《五月的矿山》、雷加的《春天来到鸭绿江》、杜鹏程的《在和平的日子里》、罗丹《风雨的黎明》、艾芜的《百炼成钢》等。4.工商资产阶级改造的小说，代表作有：周而复的《上海的早晨》。5.由萧也牧的《我们夫妇之间》为代表的一批中短篇革命小说。

其次，红色经典小说无一例外地都使用了社会革命语言，它的语言特征除了我在前面总结的五大特征以外，又加入了新的元素。一是鲜明的时代特色，特别展示了历史阶段性的运动特色。新中国建国，土地改革，合作社，人民公社，大跃进，反右，自然灾害。语言的政治性成为第一标准，这既有文艺政策的强迫性也有个人创作的自愿，中国人被一种革命胜利的喜悦所包围，革命意识、革命热情、革命的主人公姿态，致使这些红色经典的语言是暖色调的，明亮高调的，所谓紧跟时代建设的健康向上的情感语言。这种语言绝对是一种意识形态理念。二是揭露现实生活的阴暗面，即让我们看到革命的极端主义带来的社会毛病。白危、耿简、萧也牧、耿龙祥、李国文等人的小说展示了革命小说的另一个生活层面。但大多数都被认定为右派言论。这些批评革命的也是革命语言，他无外乎在争论革命的正确性问题。这同样也是一种革命化。三是革命的目标和任务是塑造集体主义的英雄代表，经过典型化，集中，纯化，革命语言成为革命者抒发感情，宣讲观念，维护权力的一种绝对方式。这使得语言概念化、模式化，出现了千人一面，千人一腔的标准口号式语言，这时候我们可以把社会革命语言称为：观念语言。四是反对资产阶级美学和一切资产阶级生活方式。语言的美学标准成为一个被反对的重要对象。语言严守一种工具性，语言知识成为革命服务的一个载体，并且提出了工农兵文学，语言是为工农兵大众服务的。大众语言、工农兵语言本身可能没什么错，问题是这种语言的实质指向革命的目的性，它是一种抽象的概括语言。可见后来的文化大革命的工农兵语言不是天上掉下来的，它是红色经典语言的新的延续。

第五节　新时期之后的社会革命语言变体

新社会革命的语言作为变体，它有哪些新的元素呢？

第一，它是一种反思性语言，这种反思的社会革命语言有两个最大的特点：其一，采用回溯的方法，展示旧体制与旧生活，同时大部分保持个人的亲历性，右派均是作者个人的人生经历，知青作家也都是亲身参与者。这种回溯有痛苦但不是完全的，他们不过移动了一下空间。说白了，他们只不过换到了劳动的底层，和所有农民没什么两样，甚至他们高出农民身份，在农民中获得尊重感，恢复到更自然的状态生存，因此他们的回溯又会有一些心灵的欣慰。对于右派和知青来说，这些小说又有许多感人的东西。其二，辩证逻辑的分析语言。首先，下到乡村去的人物是当权派，右派，知青，应该说都是知识分子，他们必然会进行到制度性的反思，会去分析社会结构与关系中的要害。另一方面知识分子还会进入精神反思，结合个人命运处境，有自我精神分析的痕迹，一种创伤，一种闪电式回忆都会让他们重新认知事物。

第二，当代新的社会革命语言有一种内在的矛盾性。他们保持着部分社会的批判性，但他们渴望这种体制更美好的心境应该更强烈一些。这种既批判又得保护的矛盾态度使他们的语言很纠结，既有明朗的，也有暧昧的。在大原则上他们坚持的是共产党与无产阶级的社会正义，维护国家民族利益，甚至他们更多出一份劳动人民的情感。但他们也深深地看到了这种体制的弊病。同时他们还掌握着人民的权力，他的政治判别还保持着阶级立场，阶级分析，但是那种原始的阶级分析他们已经没有了，更多的是从经济利益的等级去分析。在改革的全盛期他们又看到了财富的希望，王蒙、刘心武、从维熙、李国文、陆文夫、张贤亮、冯骥才、蒋子龙、张一弓、张洁、路遥、高晓声等一大批作家都是如此。

第三，我们可以在年龄上来一个定位，生于1960年以前的作家大部分的政治态度及个人道德观还能从国家民族利益去判断失误。1970年后的作家这种意识形态痕迹基本消失，因此新社会革命语言大至保持到1970年以前出生的作家群体。把官场小说纳入进去，从作者群看七〇后的作者大多数就不选择这种社会革命语言了。对社会问题与事件在他们那儿是一种新表象的处理方式，更多的是作为一种文化图像，理解为社会化符号，很少去探讨政治制度的革命了。这表明新社会革命语言到2000年以后处于萎缩状态。阶级分析方法慢慢被文化分析取代，马克思主义的总体论认知方法大体会被网络传媒的写作时代所淡化。更重要的是社会革命的激情已经消失殆尽，七〇后作者的那种社会革命的语言激情已经变成无源之水了。止于二十一世纪的青年已经很物质主义化了。这提醒我们现实主义小说必须发生变化。新的写作人群已经不采用这种方法了。但是新社会革命语言仍是我们分析2000年以前的小说的一个主要方法。社会革命语言一定是随着社会历史的发展而变化的，本质上它受财富的制约，穷人时代一定盛行社会革命语言，富人时代一定会讨厌它。

这里我们列举几个实例来看看新社会革命语言：
先说王蒙的小说。

他喜欢讲一些热烈神情的语言，发言之始就说明：

我很激动，我觉得有一股深深的烈火在我的胸膛深处熊熊的燃烧。我想谈一谈我们伟大的时代，伟大的国家，伟大的生活，伟大的普通人……当我想起那些为了伟大的事业而献出自己青春自己生命自己幸福的伟大的英雄的时候，我常常一夜一夜的不能安睡……是的，我没有权利入睡，我们不能高枕无忧，我们没有权利贪图安逸……啊，让那在我的胸膛深处熊熊燃烧的烈火也在众人的胸膛处燃烧起来吧，让它发出热……

…………

然而事实并非如此，对于当事人来说，政治既具体又生动，既越不过又择不开，除非你想完全把人物的现实性冲洗干净。而对于一个严格的批判家来说，冲洗现实性的本身便是政治性的。

这位打喷嚏的朋友眼泪完全是政治性的……

王蒙《一嚏千娇》

开始他戏仿了一位有政治激情的人物语言，罗列一种激情喷发的革命语言，其意图在于讽刺，可反讽的是王蒙本人便采用了一种激情的政治语言在说话。这种讽刺是针对他者的，没想到成为自身的反讽。作家张辛欣曾劝王蒙的小说不要大量使用政治术语，翻译起来比较困难。第二段摘引文字便是王蒙对张辛欣的反驳。这正好表明王蒙热衷于政治激情的表述，这正好证明了革命语言是一种政治无意识，从正面反映了詹姆逊论点的正确性。这也是王蒙所有小说最主要的语言特征。因此我们说王蒙无论何时何地都充满了一种革命语言的激情，一个短句出现了，他设法再使这个短句衍生出三个五个短句，因而他的句子是一串一串短句的连缀，这种句子的连缀服从于一种思维习惯，或者一种情绪之流。词汇总是类比性，或者对立性，还有相关性地接续。用一个形象的说法，他的句子总是前拉后扯，枝枝蔓蔓地呈放射性地排列出来。他有一种喷涌的激情让语言随着情绪蜂拥而出，这一点他具有蒋光慈式的情感喷发。他的句子在确定一个核心的语义之后，便采用循环反复拉网的方式把相关的词汇从同义词、反义词、借代、换喻的词典里全部拉出来，并不需要考虑词汇与句子的结构性关系，也不考虑句子形态有多少可能性的组合变化，只要根据特定语境的情绪让词汇和短句随惯性排列出来即可。因此在对话议论时总有压倒一切的气势。他的叙述总是很长的,例如坐上了火车卧铺,他会使这一个单一的行为方式成为三四个语段,回忆不同历史时期的火车卧铺,铺位的等级与平均主义。张思远的硬座卧铺便可以拉出几个章节,几乎写成了伍尔芙的《墙上的斑点》,他硬是把打喷嚏这一行为方式写成了中篇小说。这一切构成了王蒙的别具一格的语言特色,我们可以说他的语言是话痨,是油腔滑调,但他以此构成了特点,一方面,语言是跳跃或蛙跳式的,但有一种绵延感;另一方面,他的纵情感发的语言体现了一种社会话语心理学,能映射语言区域的各个侧面,因而王蒙的语言长于议论短于叙事,长于抒情短于描写。王蒙的语言用乡下人说法爱夹枪带棒的,真正是一种嬉笑怒骂、讽刺嘲弄,这种语言风格为他之后的王朔所吸取,形成了一种幽默调侃的语言。具体到王朔,似乎他强化了一些叙述的特征,用一个相对完整的故事形态或人物形象来调侃社会与各色人物。由于王朔较多地选择了青年阶层的人物,又使用了这种幽默讽刺的语言,这使得王朔的文本更有一种渎神主义精神。

再说水运宪的小说, 如果从新时期整体创作看水运宪的创作并不具有典型性,但他的《祸起萧墙》却非常值得注意。

> 最反常态的要数那几个省委领导同志。那位省委副书记在晚年落了一种神经系统的毛病, 只要内心一激动, 右半边脸部就会开始抽搐起来……副省长已经瞥见了他这一明显的变化……便悄悄地把手伸过去轻轻地拍拍他的手腕,借以提醒他。奇怪的是,副省长的手竟收不回去了……像是电报员在敲打这电键一般。
>
> 经委主任勉强控制住了自己的激动情绪……
>
> 佳津一连串提出几个问题……我们批准的那套班子, 你们有什么理由不承认? ……
>
> 局里的代表……也回敬了三条,以攻为守……
>
> ……省委组织部长宣布……我们认为,对各地区电业局,还是要实行双重领导……
>
> 一个人在下棋的时候,一大群热心的旁观者七嘴八舌地给你出主意,有时候他们之间还为你争执起来, 弄得你不知听谁的好。稍稍失去了主见,非输棋不可。有的人却不是这样,他有一副异常冷静的头脑……摒弃纷纭,果断出手。也许完全出乎旁观者的意料……

水运宪《祸起萧墙》

这里是分析省委、地委关于地区电业局的管理权问题，而且是省地两级机构在协商管理的人事与经济权。小说很详细地描写了这种权力争夺。另外，关于佳津电业局的领导班子的权力分配也极尽详细地分析。在新时期以后这种逻辑分析语言有什么意义，与传统的逻辑分析语言有什么不同呢？传统的社会革命语言采用逻辑分析，核心落实在阶级分析的方法上；而新时期以后社会革命语言重点落实在权力分析上，这种权力分析主要考察权力的结构与关系，还比较分析权力背景，权力人物的历史与能力。权力分析牵涉一切社会关系及结构，当代权力涉及到个人心理，极微小的环境变化因素，因此又创造了一种微观政治分析的方法。显然，新时期的新社会革命语言首要的是进行权力分析。它不仅是政治学的，还是经济学的，同时还是对人的欲望的分析。伤痕、知青、反思就是一种微观政治分析。前提是人的主体性产生过程必然受制于一种政治理念（世界观）和政治行为。那么对日常生活事物的微观分析也就具有激进政治的后果。二十世纪以来的中国人长期生活在压迫与被压迫的阶级斗争理念中，而压抑是多种形式的，革命的欲望形式也是其中之一，“主张在生活风格、话语、躯体、性、交往等方面进行革命，以此为新社会提供先决条件，并将个体从社会和统治下解放出来。”①

我说这话的意思是指自二十世纪七十年代后期开始到2000年的这三十年是中国人一个欲望解放的时代，一切政治激情、革命方式、社会伦理都转化为一种日常生活的话语实践，在这个过程中虽然图像、媒介信息、现代性时空抽离和机制发挥了极大作用，但人们对阶级、等级、革命观念的关注转向了权力、欲望、物质的关注，又由权力、欲望、物质的关注转向了价值、符号、图像直观的关注。在这样一个背景下我们讨论社会革命语言，它会出现多种变形。就像水运宪在谈论权力问题时说到一个棋手的对局，旁边挤满了看客，欲望政治不仅仅是两个棋手的，它还是所有看客的，看客在为一场与他们不相关的（其实他就在其中）棋局在激动，引起看客的斗争，微观的欲望政治便从这一切日常生活细节中寻找解读渠道。

张贤亮的语言在新时期初同样也有他重要的意义。他的社会革命的政治倾向十分鲜明，同样他身体化的欲望也非常浓厚，人们仅注意到他小说带有强

---

① 《后现代理论》，（美）凯尔纳著，张志斌译，中央编译出版社，1999年，第150页。

烈的社会反思，实际最重要的是他带来了1980年代中期人们欲望化的叙事。

> 感到马克思的书在训练着我的一种思想方法，一种世界观的方法。我们可以把“商品”、“货币”、“资本”等概念都当作X,Y,Z等代数字母，随着马克思对这种概念的分析和运用，我脑子里自然而然地会形成一种思维的方程式，一种思想的格局。这种思维的方程式或思想的格局，可以套用在对任何外在事物的分析上。把握这种世界观的方法并不困难。这里需要的是信仰……我读着它，种种抽象的概念都会还原为具体的形象，每一页书都是鲜明而生动的世界的一个片断。每天晚上我都在马缨花家里如饥似渴地汲取着这种精神的享受……我常常抬起头来看着她。
>
> 张贤亮《绿化树》

张贤亮的小说《灵与肉》、《初吻》、《男人的一半是女人》，包括《绿化树》，几乎都是关于欲望的书写。他的小说架构基本原点在压抑与反抗的矛盾中。右派生活在看押之中，但他总能在这种政治压制之下找到反抗方式：阅读马克思著作，勾引女人释放欲望。他的压抑与反抗总是如此巧妙地存在，这给我们提供了一个时代的象征。中国从1960年代到1980年代初期有一种浓厚的马克思主义政治话语氛围。这是由压抑带来的，同时这个政治时代性高度压抑状态是观念的，也是体制的。政治参与成了最为紧密的同盟，从形式看，压抑得越厉害反抗得也就越激烈。张贤亮居然如此和谐地提供了这一个压抑与反抗的社会语境。这当然是对他个人的历史反思，但是其文本放置的阅读时代却是1980年代中期。所以我说他提供了一种欲望解放的新语境渠道。同时我们看到了1980年代的社会革命语言在政治与性，革命与欲望之间有了一种新的巧妙融合。因而新社会革命语言便寻求了新的代码形式，大量的马列主义、毛泽东思想的政治词汇在消退，大量的实用主义和物质性词汇在扩散，一种革命的政治激情转换为另外的符号和图像。当然，我这里说的是在转换中，其实社会革命话语在1970年代中期到1980年代中期还是处于支配地位的。

张平的《抉择》所代表的是柯云路、陆天明、周梅森，甚至包括后来的王跃文、肖仁福等这样一个类型的写作，其通常的叫法为官场小说，其实有一个很准确的命名：政治抒情小说。这类小说从内容上讲上至省委、部委的高层领导，下至市委、县委到乡政府，小说文本的针对性是在握有领导权的大部分贪官之中。从国家和民族上来捍卫广大人民群众利益，针对贪官的批判本身就是一件正义性事件的维护，这样的文本里面总是共产党政府内的最高长官保持了同普通人民群众在利益和情感上的一致性，最终使整个事件取得了胜利，群众利益得到了维护。这里还有更深层的原因，小说文本并没有因此而深入，而只书写了中国政治的表象，提出了问题，所有的文本都在提出问题，而且充分地展示了问题的严重性，甚至把这些问题扩大化，使我们国民都耳熟能详了，可问题永远发生而且越来越多，我们把现实与文本同步阅读，看棋的人比棋手更深一步说透这些政治表象小说，不是我这本书的任务，我仅在解释社会革命语言怎样在这类文本中成为一个表述策略。首先，这类小说建构一套语言分析模型：政治权力话语分析。张平的小说权力分析中依然由阶级分析作为核心：

> 李高成明白了自己再次犯了一个巨大的错误……一个最不应该忽略的事实：那就是再一次选择错了依靠的对象。现在站在你眼前的这个领导班子，是这个国有企业几万工人极为愤恨，极不信任的领导班子……你面对这里的数以万计的工人许下诺言……一查到底！然而……(你却)把眼前的这些工人视为腐败分子的领导干部，再次作为依靠对象……而你却让这些人来对工人们进行慰问和救济！这岂不是佛头放粪，放虎自卫！难怪工人们一个也不来……
>
> 张平《抉择》

这是一种阶级政治的分析，核心：我们到底依靠谁？整个工人阶级应该成为一个政治主体。他们的力量是最重要的，他们是中国政治的基础，所以党和政府的最高机构只要明白这个道理才能不发生动乱，李高成作为市长这才看到严重性，他明白在权力的顶峰，不会为了保护一个人、某个班子而失去一个重大的政治群体，工人们上访找到了省委书记万永年、省长魏振国，找到了最高权力仲裁，如果李高成不处理好事件他也会离开权力中心。而工人和中阳纺织集团的领导班子的矛盾又是巨大的经济矛盾，因此文本的分析总是把权力、阶级、经济三者结合起来分析，这符合马克思主义的方法论。我们考察社会情势总是把生产力和生产关系，经济基础和上层建筑，社会基础力量与权力代表等诸多方面结合起来考察，最基本的立场是要站在整个无产阶级利益上看问题，这样我们才有了总体论的方法，张平的社会革命语言分析是建构在马克思主义的总体论上，这使得他的语言更具有逻辑分析的力度。为什么我说这种语言为政治抒情的？这是由张平在政治表述中的阶级立场所确定的，情感态度是鲜明的,其中的愤怒、热切、关怀、同情、批判的情感是高昂的、澎湃的,有时甚至不能自禁,把理性逻辑与感情情绪结合起来,呈现为政治革命语言的纵横捭阖,恣肆汪洋。这种政治抒情语言是有力量的,是感染人的,它很朴实,但含有一些坚硬的政治术语,甚至一些经济数据,正因为这些元素都到位,这种语言以理取胜,又扣住了普通人的情感,例如夏玉莲一家的生活情状。它又以情取胜。因而社会革命的政治抒情语言有它存在的广阔空间而且也成为了一套革命语言的传统,这一点上写作完全不必要为平浅朴实,口语白话的语言特征去辩护,这正好是它的优势,文本追求的是这种东西,无可厚非。现在讨论一下文学语言,或者说语言的文学性。这一套政治抒情语言确实不具有语言的文学性,于是张平便去批判语言生产的游戏性,斥之为“无病呻吟、故弄玄虚的消闲和游戏之作。”[①]一个文本的语言缺少文学性不是什么大逆不道,中国的革命小说几近一百年了,并且成为一个传统,这表明政治革命的小说早就有它的合法化,而且进入中国现代文学。一部文学史是由各种风格的语言或不同类型的文本所组成的,同样我们不能因为自己做文学语言的试验,就否定这种政治抒情的社会革命语言。它已作为事实存在于中国现代文学的历史上,并且将来还会继续,当然多为变体。

陈忠实是立足乡土写作的,本应在乡土语言中去讨论他,只是他的乡土表达中有大量的时髦政治和社会革命语言的涌入,另外,支配他的乡土小说的仍是一套政治革命的观念,他会非常浓厚有力度地表述乡村政治。他的《梆子老太》、《蓝袍先生》等代表性文本表述的是乡村事件,但人物、故事、年代、推进都以中国政治发展为特征,演绎的是乡村政治的发展过程,并且由社会时代的政治起支配作用。

> 一枚刻着梆子井村革命领导小组字样的印章,由解放军战士郑重地交托到梆子老太手里……老太心里,一阵喜,一阵愁,忧喜交织,手也颤抖了。这是权力的象征……她接过印章来了……搁在炕头上方的墙壁上挖出的窖窝里。这儿最保险了。
>
> 陈忠实《梆子老太》

这个五十岁老太一生都在权力政治中滚动,由她的人生演示了乡村政治的

---

① 《抉择·后记》,张平著,人民文学出版社,2004年版,第525页。

变化。老太的权力结束标志着一个时代的结束，富有象征性地让老太死于新时期开始。陈忠实的社会革命语言虽然纠结着各时期的政治事件的演讲与发展，但他始终把一个人物的命运、成长，分期性地搁置在乡村生活之中，梆子老太这样一个人在梆子井村成了举足轻重的人物。而蓝袍先生是右派政治的结果，社会政治支配人生，因此人生命运和性格都成为一个时代政治的说明书。陈忠实的语言粗糙而凝重，人物还带有反讽的性质，社会革命语言是描写性的，作为一个革命场景，一个乡村农民是不会对社会政治作一番深刻分析的，但人物口语很好地保留了地方特色。叙述者语言有一些重复啰嗦，一段讲述里句子总是一串一串地连着，害怕没有说明白。其句子方式也不变化，一根筋地说到哪儿算哪儿。事物内部的秩序感和结构关系没有摆布和提炼，所有语言是超量出现的，其实语言模仿生活是在选择生活，敏感地切入事物关键，而不是一览无余地展示。因而他的环境布局、场景描写很少有跳跃，也没有精心剪接以后的结构布置。如何处理革命语言在人物和环境上高度融合，在乡土语言中，革命语言做得不要太生硬是人物的自主行为，是特定环境的有机物，陈忠实做得不错，所以我们也可以叫他的文本为革命乡土小说。

我们接着说一个特殊的社会革命语言的变体：新写实小说。这是一种习惯叫法，其准确名称应该叫新现实主义。

1989年3期江苏《钟山》杂志开辟“新写实小说大联展”。同年10月31日《钟山》与《文学自由谈》编辑部在南京召开“新写实小说讨论会”。到1991年3期以后结束了这次联展。新写实对其小说要求写实为特征，重视现实生活原生形态的还原，直面现实，直面人生。小说具有鲜明的当代意识，包括了现实主义之外的各文学流派作品。这一批作品主要有刘震云的《塔铺》、《新兵连》、《单位》、《一地鸡毛》、《官人》。池莉的《烦恼人生》、《不谈爱情》、《太阳出世》、《你是一条河》。方方的《风景》、《白雪》、《祖父在父亲心中》、《桃花灿烂》。叶兆言的《艳歌》、《采红菱》，还包括刘恒的《黑的雪》、《贫嘴张大民的幸福生活》。范小青的部分小说。在这样的分类中除刘震云以外都可叫做市井文化小说。我把那些作品归于地域文化小说中去谈论。但在这一个历史时段内，文学确实呈现出与红色经典时的小说、乡土现实主义小说或者新时期前阶段的现实主义小说的极大不同。整体上看，这批小说更倾向于自然主义小说的特征，写琐碎无遗的日常生活状态，凡人小事的困顿忧愁，特别重视生活中的畸形、丑陋、变形、堕落现象，还原生活中的原生态，特别主张对生活细节片断做精确细致的描绘。注重从生物学的本能层面展示人物、故事、环境现状，有一些类如表象主义，基本舍弃了马克思主义的现实观,不揭示时代历史发展的倾向,不描写典型环境中的典型人物,不从社会革命的观念去支配人生命运。因此它是反传统现实主义写作的。我以为叫它新客观现实主义更加准确。

我这儿就刘震云的文本谈谈这类型小说语言的特征。首先表现出来的是家长里短,生活琐事的碎片描写,单调重复的家庭与单位生活,展示的是灰色黯淡的人生风景。大量书写单位同事,或者家庭内部与邻里的琐碎矛盾。《单位》中小林二十九岁大学毕业分配到单位工作了四年,单位的人员组成为老乔、老何、老孙、老张、小彭。小说从单位分梨写起,大到单位干部提升,个人入党,小到单位上下班和写请假条。《一地鸡毛》延续了《单位》中的人事矛盾,写得更为琐碎,冬季买大白菜,菜买到什么程度呢?

先买了一堆柿子椒,又用粮票换了二斤鸡蛋(保姆走后,粮食宽裕了许多,可以腾出些粮票换鸡蛋),正准备回家,突然看到市场上新添了一个卖安徽板鸭的个体食品车,许多人站队在那里买。小林过去看了看,鸭子太贵,四块多一个;鸭架便宜,才三块钱一个。小林女儿爱吃动物杂碎,小林就也排到了队伍中,准备买半个鸭架。摊主有两个人,一个操安徽口音的在剁鸭子,另一个老板模样的人在收钱。可等排到小林,(老板是大学同学小李白)……就坐在鸭子车后边卖鸭子收款……回家一身鸭子味,赶紧洗澡。可干了两天,每天能捏两张人民币,眼睛,脸就敢抬了,碰到熟人也不怕了……小林感到就像当娼妓,头一次接客总是害怕、害臊,时间一长,态度就大方了,接谁都一样……每月可多六百元的收入……有钱到底过得愉快,九天挣了一百八,给老婆添了一件风衣,给女儿买了一个五斤重的大哈密瓜……在单位就要真真假假,真亦假来假亦真,说假话者升官发财,说真话倒霉受罚。

刘震云《一地鸡毛》

一地鸡毛是个很好的比喻,当代生活就是一地鸡毛。刘震云展示这一地鸡毛式的语言:一是生活流,把日常生活的琐碎系数纳入,拉杂着演绎,生活本相是什么?是这样琐事的时间之流。二是语言流,让日常语言跟着语流走,生活惯性也是语言惯性,语言一经发出它总会有一个承接的点,点与点接续便连成一条线了。三是生活语言在刘震云那儿是幽默化的,总是突然有一些矛盾的小拐弯,经常用这些小拐弯推动语言,用他自己的话来说,便是绕弯,一再地绕弯儿。平常的语言总会有些小波折，连续的波折便把生活缀成片断，缀成段落，最后缀了人生的起伏。四是在生活的琐碎流里植入一些喜剧因素。说的是冬季大白菜，转弯时却是市场卖鸭，偶然遇上小李白，于是成了卖鸭收款的，卖鸭刚混个脸熟，偶然遇上老关，家里刚多了些收入，老婆女儿都高兴了，一下子又跌入了困顿。作者又善于从小事中折腾起波折，保姆、幼儿园、拉蜂窝煤、查水表能扯到某省某市某县的人事文件，入党换房关乎买香肠还是买烧鸡的问题，收礼是收布娃娃还是微波炉的问题。排队买豆腐，给孩子老师送炭火，生活便是这无尽的琐事之流。这一切都是日常生活的琐碎语言，它和社会革命语言有什么关系呢？为何要把它作为一种变体呢？

我们先说第一层，这类小说必须要建立一个社会框架，就家居而言是筒子楼，就行政单位是一个机关，就生产而言是一个工厂或一个商铺，社会矛盾、政治权力、革命理念都会通过人们躯体，成为人们的欲望之流，简单说，社会的政治权力被日常化地整合在一个社会的微缩景观里，一切琐碎的细节冲动由欲望转化，欲望呢？由权力转化。第二层面，这类小说中总会有直接的权力争夺问题，分房、职称、工资、小行政单位的位置调整，在这里人也会是等级的存在，家庭里的人员也会因背景与经济能力大小而等级化的，家庭争吵其本质上也是个权力的斗争。《单位》里的提干、入党，部里，局里，老张升迁，老孙老何想变动位置，这些都是直接描写权力斗争的，这种权力斗争的形式还转换一种心理效应。

这些语言不像新中国建立前的社会革命语言是政治化的，是直接的阶级分析方法。新时期以后社会革命语言是欲望化的，它转移为我们现实中日常生活化语言。我们可以从语言冲突的本质上看出，这些日常生活话语冲突的背后仍是权力与等级以及价值观的冲突，这表明意识形态理念并没有从我们当下的日常生活之中退位，它仅仅转化一套新的符号系统，一些更直接的物质形式。也就是说，社会革命语言潜隐为政治无意识进入我们的日常生活琐事，躯体欲望之流，话语和性，随机的公共交往。我们必须采用微观政治的方法进行语言诠释，说白了社会革命语言成为一个底盘，日常生活表相与符号成为了它的符码化过程。

第六节　现代小说社会革命语言的可能性

社会革命的语言产生与中国社会历史和时代现实革命的事实有着必然的

关系,但是社会历史现实是变革的,文学本身而言也是变化的,它要求"文学革命的目的,是抛弃传统借以束缚文艺创作的一切陈规旧则"[①]为目的。可见社会革命没有什么永恒的必然性,文学也会变化,那么社会革命语言包括形式和内容必然发生变化。就连社会革命语言在中国现代文学史中的状态中也是变化发展的,1902年仅是一种政治口号,蒋光慈、洪灵菲把它变成为一种话语行为,解放区把它变成一种文艺政策, 新中国成立以后则把社会革命语言本身也作为反思对象。二十一世纪社会革命语言潜隐为各种文化符号。将来在小说中还有没有社会革命语言呢？我想一定还会有的,只不过它是一个显与隐、正体与变体的关系,或者说在中国还会坚持相当长的一段时间,因为我们的意识形态还存在,有意识形态存在便会有阶级、革命、等级存在。当下中国的日常生活中意识形态依然严重,什么是意识形态？阿尔都塞是这样解释的:它是个体与他或她的现实存在条件之间的想象性关系之再现。意识形态不是过去认定的仅是思想观念,它还可以通过我们自身的行为,日常生活的意识指导来发现。这种"意识形态是个中介性概念,是辩证法所说的个别与一般事物之间的中介。"[②]中国人有一个视家国天下为己任的传统,这是一种顽强的政治无意识,将来的小说无论如何都会有这种意识的流露,因此社会革命语言不会绝迹。新的问题提出来了。我们需要什么样的社会革命语言,这一点我们可以从七月派获得启发,我们也可以从荒诞派吸收营养。七月派重视极端感觉化、体验化的语言描写,把社会革命语言引入到对战争的强化体验,但它增加了语言的感觉体验色彩,强调人置身环境的情绪与幻觉,战争中人的身体各种感官都置于了一种极端状态,社会革命由一套理性语言被撕裂为个人的感性激发状态,语言是一种非逻辑的感受与体验,这样七月派的语言便向心理靠拢、感觉化靠拢,最终也就向文学靠拢。新写实小说为什么会有诸多的失败而不能久长呢?关键在他们的写实,"只是对某种特定的现实的单纯记录,而不是真实的描写。"[③]所有描写都是选择性的,描写会使对已发生的现象之物被迫作细致的观察之后,而对现象的各种特征做精细的加工而塑造出一种新的形象, 这个形象里便含有新的审美元素。新写实小说不在于他记录现实的错,或者更像自然主义的错,文学永远都会和现实发生关联,关注现实中的事物。但新写实小说在于他们不善

① 《抒情与史诗》,(捷克)普实克著,郭建玲译,上海三联书店,2010年版,第85页。

② 《后现代主义与文化理论》,詹姆逊著,唐小兵译,北京大学出版社,2005年版,第31页。

③ 《抒情与史诗》,(捷克)普实克著,郭建玲译,上海三联书店,2010年版,第89页。

于描写。描写必然是一种意识的，一种态度的，是观念对事物的占有，意识到某物是注意的结果，而不是我们照搬现实中的某物，我们不能做现实事物的搬运工，首先，我们要认识现实生活并作出某种判断，我们描写现实的真理性何在呢？一现实事物是真实的客观物。二是现实原则本身会揭示出新东西。现实在什么地方？时间与空间，现实不仅仅是在时空中，只要是地球上，现实便在特定的社会关系与社会结构中，简单说，我们的现代小说就在中国的现实社会中，而社会是要变化的，社会必将具有革命性的改变，无论在世界还是在中国都是如此。中国社会百年来都是革命性的变化。将来中国仍然会发生革命性的变化，这一点毫无疑问。沃勒斯坦有一个极为精彩的观点："相信实际存在的社会主义不是也不可能是一种选择的制度，因为在任何一个特定时期都只能有一种世界制度支配，确实地说，各种社会主义都是在资本主义世界制度本身的力量领域里的反体制的运动。"[①]我们选择了WTO便选择了一种世界贸易制度，遵守运作规则，但是我们是社会主义体制，于是中国的现实便是一种社会革命的反体制运动。我们与制度的矛盾是永恒的，因而革命总会以各种方式发生，于是我们也就不必担心革命语言的消失。至于它的变体是何种面貌一定是根据语境变化的。所以新社会革命的语言是值得关注的。

我们如何评价社会革命语言的历史功绩呢？首先可以肯定，中国现代历史经过了一百多年的演变，其核心动力是社会革命。它走过了漫长而曲折的道路，其社会制度体系经历了封建制度、新民主主义制度、社会主义制度三大转变，社会革命语言无疑会呈现出错综复杂而又变化多端的状态，这不仅是语言决定问题，还是一个现代小说决定问题，无论我们承认与否都是如此。作为模仿工具与媒介的语言必定完成它的社会革命任务。社会革命语言自身表现了中国社会这一历史变化和发展，这是一种历史事实，无论这种语言成功与否，或者功绩有多大，我们都无法否定这一语言事实。

同时社会革命语言的产生、定型、发展经过了现代无数作家，经过多少代人的巩固、规范才铸造成一种传统。他们积累了丰富的语言经验，提供了众多的社会革命语言的模型。或者说也产生了许多社会革命语言的变体。中国的社会革命语言的参加者有领袖、革命家、工人、农民、军人等，汇集了社会上的三教九流，铸成个性差异，也呈现多种风格的社会革命语言。它业已成为中国精神与思想的载体，也构成了中国社会的特殊形象，总体来讲是思想形象大于文

① 《时间的种子》，(美)詹姆逊著，王逢振译，江苏教育出版社，2006年版，第65页。

学形象。因为这些形象大都由革命者、英雄形象所构成。文学领域总体呈观念化的方式发展，我们可以说，有现代小说以来“文学就像这样存在着，始终围绕某些个主题或强迫性形象在打转，并且从这些主题和形象出发构建文学的理论反思。”[①]这一切都表明了文学与革命在中国现代社会的历史语境中的合理性。它存在，它合理，这是无法更改的了。

但社会革命语言也有它最根本的致命的问题所在，从风格来讲它是非文学性语言，它是一种思想观念语言。文学应该是一种特有的叙事方式，会使用一套特殊的语言，语言应该被视为非规则的、变形的、碎片式地对世界事物描写性地表达，文学语言应该是身体化的，感性地扩展，丰富人类对世界事物的体验与感受。而中国现代小说变成了一种革命思想运动所引发的对真理的追求，英雄永远是他者的塑造，自我则永远显示为未完成的不完整的片断的，从修辞上说，它永远只是一种影射形式而非潜意识领域里中国人真正一种自我意识的正面探索。中国人没有自我化，这不能不说是社会革命语言的流弊。由于革命观念的支配作用文学的三种关联，或者区别是混乱的，而且是排他的，没有正确评价的。一是革命者和革命文学混为一谈，使文学没有了界限。二是由于阶级革命，上层与下层价值没有定位始终游移，价值混乱没有正确客观的价值观，使得其他文学形式被否认，例如唯美主义与精神分析。三是历史上人类文化发展中的文学是变化的，文学丰富多彩的表现没有成为中国现代文学的重要形式，也就是说，中国文学格局永远是革命文学，是主流，而多元文学的西方流派的重要文学现象却没有出现，这形成了中国是大国，文学是小国。这教训是足够的严重的。

社会革命语言带来的问题也是不可小看的，第一，社会革命语言是一种现代传承，由于它的经典化形成了思维惯性，生产的语言是由革命观念规定的，所以它是概念化、模式化的。它的语言是千人一面千人一腔，革命应该是创造性的，可革命语言确是惊人的趋同。第二，社会革命是集体主义的，是英雄的，作为抽象的代表，泯灭了个人性，从本质上它是非人性化的，非个性的。第三，破坏语言的审美性，社会革命是一种观念追求，用观念征服事物，语言是模仿的，是一种服务思想观念和行为逻辑的东西。文学语言应该是自为的，语言自身的装饰性，自身的规则和方法有一套语言运用和显示的形式技术。社会革命语言非常自觉地压制了这一切，因而社会革命语言我们又可以叫它霸权语言。

① 《文学在思考什么？》，(法)马舍雷著，张璐译，译林出版社，2011年版，第305页。

第五章

中国现代小说自主语言的发生与演变

我们讨论现代乡土语言、社会革命语言、文化心理语言，总体上仍建立在传统的语言观上，就是把语言作为表现事物与人传导信息的工具，语言在事物与人之间起一种媒介作用。这样的语言观一是模仿论，二是表现论，三是中介论。语言到底是什么呢？从文学创作的理论与实践上都没有认真探索语言到底居于何种位置？语言有没有主体性？事物、人、语言各自的地位及其关系怎样？语言作为符号它自身的性质是什么？语言作用于他者，如何作用于自身呢？语言问题的讨论成为二十世纪的热点，出现了理论上的语言学转向。这个问题从语言学上说，始于1878年索绪尔的探索，1913年他于日内瓦大学讲授了《普通语言学教程》，成为现代语言学的起源，因此而创立了结构语言学流派。哲学上始于罗素、摩尔、皮尔斯，但集大成者是维特根斯坦。在语言论转向的背景上，语言问题认知的观点是纷纭复杂的。在1942年达成共识的语言学定义："语言是一个任意的声音符号系统，一个社会团体通过它而协调一致。无疑，语言之于人类而言是一个交际的工具。"[①]它的作用是一种社会的公共交流。但也认识到语言是符号，是任意的发声。这时有两个语言学派发挥了重要作用：一是哥本哈根学派，他们在1931年提出语言是一套独立的自足系统，有自己的术语和方法论。二是萨丕尔—沃尔夫假说。他们认为语言影响人类关于现实世界的概念构成，语言决定了思维现实，因而有了语言决定论。这种世界范围内的语言学转向当然也影响到中国文学界，但在中国学术思想界并没有一条清晰的语言学转向的界限，或者代表人物与文本作为支撑，特别在文学界更是如此。中国现代小说发生的初始年代恰逢西方世界的语言学转向的时期，我们国家的

① 《中国现代小说语言美学》，刘恪著，商务印书馆，2013年版。

小说家虽然没有认真地思考过,并不等于他们没有受到西方新理论的影响,例如新感觉派小说受弗洛伊德的影响,唯美派文学受欧美唯美主义影响。因而中国文学的语言观是在整个西方语言学转向的背景下重构的。然而中国现代小说已经走过了110年历史,止于今天仍没有作家和理论家正面回答过什么是语言的自主性,小说语言的问题究竟出在何处?我们应该如何解决?

第一节　什么是自主语言及它的发生

自主语言,即语言的自主意识,或者又称自为语言。这是从语言本体论而立论的,语言是自身的主人,还可以称之为语言的主体性。比照“为艺术而艺术”,我们可否说“为语言而语言”呢?自主语言的称谓及启发来自于这样两个方面:其一,法国语言学家埃米尔·本维尼斯特在1958年的《心理学杂志》发表了《论语言中的主体性》,正式质疑了语言的工具论。他提出了“人在语言中并且通过语言自立为主体。因为实际上唯有语言在其作为存在的现实中,奠定了‘自我’的概念”[①]。这里表述的是语言使主体性成为可能,主体性总要表述为一种语言形式。例如语言中的人称代词明显地使人作为称代关系的主体以符号方式呈现,所有的称代关系都会要彼此称代参照才得以定位,在相互依存的前提下才可以界定。因而主体性也才可以在语言中建立。语言在建构主体的形成特征时,语言自身也是个主体。其二,也是来自于语言学的研究。语言学是研究语言的,它研究的功能、形式、语法或者还可以说语言经验的表述,这一切都应该有一套相应的语言,即关于语言的意义,在语言学家看来可以称之为元语言。元语言适用于语法书,语言的教科书,一切语言学家使用的都是元语言,这是无可置疑的,但是文学家借用了这种形式,用元语言来指称语言活动,来指示作家与他个人文本之间的关系。因此,文学家的元语言是关于文学语言的语言。在欧美最早的是长篇小说《项狄传》,在中国最早的可以追溯到唐宋传奇,例如《李娃传》等。这些先例表明了元语言的存在,而且有可能扩大为文学领域里的表现,也证明了在特定的情况下,语言可以用来讨论其自身,确定自身的主体性。小说应该重视语言,这可以说是中外小说家的共识,但如何把语言作为小说的主体属性不能只是一个口号、一个观念,而是一个小说语言的实践问题。

莫尼森认为小说没有别的,只有语言,小说特色在于语言,仅仅是语言。略

① 《普通语言学问题》,(法)本维尼斯特著,王东亮译,三联书店出版,2008年版,第293页。

萨谈论马尔克斯时说，这些故事就是讲述这些故事的语言。故事是通过语言而获得生命力的。[①]

汪曾祺最具代表性的口号是，“写小说就是写语言”。在这个口号内他的延伸性理解，“语言不只是一种形式，一种手段，应该提高到内容的高度来认识。……语言是小说的本体。”[②]他还认为小说写语言就是长句和短句的关系。

南非的布林克说得更实质一些，“世界是由语言构成的，世界是依语言的模样，被语言或通过语言而构成的，更为确切地说，世界是被语言并通过语言，整合成有序的叙事。”[③]1960年代出现了奥斯汀的言语行为哲学，从理论上有力地支持作为小说的语言本体论。这个理论的核心是，我们说话便表示我们在行事。任何一句陈述性的语言均包括了三项行为方式：即语意行为、语行行为、语效行为。特别是叙事语言几乎包括了小说诸元素的全部内容。

我们说话标志着我们的行为过程，一切语言在表达过程中均标志着人物与事件、心理过程、体验方式在发生。意识心理学也提供了这样的理论基础，我们的意识，我意识到也就是我们的语言发生，是否可以说，我们用语言表述某物的意象时，语言与意向性互为表里。在伽达默尔的阐释学看来，语言并不像镜子一样被动反映，语言本身便是现实，只有把现实置于语言状态下才能被我们理解为现实层面的各种关系，或者社会层面的意识形态观点，语言作为游戏也只有各方面的人参与其中，游戏才有其交互性。“人拥有世界，世界就是对于人而存在于世界之中。但世界对于人所表述的世界并没有它独立的存在……世界在语言中得到表达。”[④]弗洛姆有一个更细致深切的感受，他说：“如果语言中没有字句来表达经验，则这种经验极少被我们觉察。”[⑤]这个观点很重要，它强调语言是我们体验生活的一种方式，我们对客观事物是用语言去称名与认识的，我们并没有真正去占有一棵树，一张桌子，我们仅仅去感受体验，他用语言经历这一过程，却不是把一个事物占有在胸怀之中。一个具体的爱的词语等同你去经历一次爱的体验。语言和人的行为方式同步。

关于语言的认识和表述是建立在世界知识范围内，不是某个人突发奇想

---

① 转引自《小说本体论》，刘阳著，上海世纪出版集团，2010年版，第300页。

② 《中国文学的语言问题——在耶鲁和哈佛的演讲》，《汪曾祺文集·文论卷》，江苏人民出版社，1993年版，第1页。

③ 《小说的语言与叙述》，（南非）安德烈·布林克著，王洪章译，上海人民出版社，2010年版，第15页。

④ 《真理与方法》，（德）伽达默尔著，洪汉生译，上海译文出版社，2004年版，第574页，第575页。

⑤ 《禅与心理分析》，弗洛姆著，孟祥森译，中国民间文艺出版社，1986年版，第157页。

的创造。它在整体上构成了语言论转向。在这个背景下我们来谈论中国现代小说的语言问题,才有一个坚实的基础。但是我们中国的作家和理论家在谈论小说语言时总是大而化之,给出一个空间的概念,小说重视语言是一个共识,但各自理解不一样,甚至都没有区别语言与言语这两个概念,他们重视的还是一种公设语言,或者仅指口语的表述,甚至还有可能是强调语言的社会意识与社会批判,争论是否使用地方俗语、方言来写作,简而言之,他们注意到了节奏问题,可讨论的却是文本的叙述节奏,而非语言节奏。我认为,谈小说语言的主体性,必须深入到小说语言的描绘能力、讲述语式、口气语调、语言特殊的感觉,语象在句子上的具体特征,造词和句法的关系,甚至是一些特殊的词汇组织形式。关于语言主体性,除了我们说语言观之外,还必须是一套具体的语言操作技术与方式。

而这样一套语言操作层面的技术与方式并非是一时一地由某一个人在一个文本里所完成,它经过了漫长的演化,积累经验,传承交流,然后才形成一套艺术语言主体性的成果。在中国现代小说语言发展的历史中,要梳理一条自主发生发展的清晰线索谈何容易。第一,中国现代小说发展的110年间并没有一个自主语言的理论体系,止于今,重视小说语言还只是一个口号。第二,语言主体性作为小说的重中之重,至今在理论和实践中都被多数作家或明或暗地反对,仍然沿袭了语言工具论的传统观念。止于今天主流文学仍然没有认可自主语言的存在。第三,自主语言在小说史上仅是少数作家的实验,作为文学先锋的一种努力,他们虽然取得了杰出的成果,但仍然处于劣势之中。或者我们还可以说,中国小说发展的历史一直存在着语言工具论和语言主体性的公开论争或暗中较量,形成主流文学与非主流文学界限,其考量标准便是语言工具论与语言主体性的区别,为什么?这很好理解,语言工具论者所持有的文学态度是意识形态的观念。

我这里提出自主语言,把现代小说语言的自主意识放到一个新的高度,作为语言主体性问题而重视,现在已经是接近二十一世纪的二十年的事了。而论述现代小说语言中的自主语言确实要回溯到二十世纪中国现代小说刚刚产生的那个时刻,以一个历史视角去看问题。小说语言的自主意识对于西方人来说是一个常识问题,相对于我们中国现代小说的实际是一个特别艰巨、矛盾、困难的任务。如果从历史的特殊性看,自主语言的创作实践是两头大中间小。这个意思是指自主语言兴盛的一个时间是二十世纪的二十年代,另一个时间却是二十世纪的最后二十年,而中间的四五十年里自主语言仅仅是零星地存在 在某些特殊时期里自主语言几乎绝迹。除了上述的实际状况以外,还有一个重大的问题,什么是自主语言的标准语言呢?在自主语言的探索方向上我们应该共同遵守哪一些原则、技术、方向?我们的许多小说家依然是迷茫的,有的甚至把意识形态意义的激情夸张表达也当成了自主语言,这是荒唐的。可见,我们还有一个区别自主语言与其他语言的方法。假定我们把历史上发生的新感觉语言、唯美语言、荒诞语言、元语言、意象语言、隐喻和换喻的语言、(象征语言)称之为自主语言,我们面对的第一个难题,废名、沈从文的语言是不是自主语言呢?首先,他们是绝对重视小说语言的艺术,其次,特别强化语言的选词造句,是汪曾祺说的那种,"写小说就是写语言"。再次,是他们激发了汉语言的最大魅力和效果,形成了中国小说语言中的抒情美文,并且成为了一种典范文体。可是,他们并不是语言实验者,把他们和戏拟语言、游戏语言、暴力语言美学的自主语言相比较又有非常大的差异。废名和沈从文似乎坚持的还是一种语言模仿论,语言在那里仍然是作为工具的,废名和沈从文从语言观上应该还是一种传统的语言观。这使自主语言的区别与细分有了非常大的难度,不仅从作家与文本上指认谁是自主语言有困难,深入一个自主语言的文本之后,它依然会有传统语言的强大支撑。由此可见,任何一个文本里都是各种语言现象的综合运用,仅有极个别的先锋实验文本保持了严格自主语言运用。如果把自主语言作为严格的先锋文本标准,那我们就无法谈论中国现代小说史上自主语言的演进与发展了。

如此说来,我们还必须有一个自主语言的大致标准,这种限定原则应该是相对不同的文本语境而言的。

一、自觉追求一种语言主体性的意识。也可说是一种文学上的形式主义追求。中国现代小说史上并没有打出一个语言主体性的旗号,但文学上强调语言追求却是一部分作家与诗人的宗旨。1922年创立的浅草社,鲁迅认为他们便是"为艺术而艺术的团体……要发见心里的眼睛和喉舌,来凝视这世界,将真和美歌唱给寂寞的人们。"(鲁迅《中国新文学大系·小说二集》导言[①])后于1925年又成立了沉钟社,由陈翔鹤、陈炜谟、杨晦、冯至等人组成,这是中国现代文学里早期的唯美主义的一部分,其后的1924年成立的狮吼社,主要成员为滕固、黄中、方光焘、章克标、邵洵美、张水淇等人,我们可以称之为中国现代文学史上第一个唯美主义团体。他们的作品有诗歌、小说与散文,他们有公开的文学语言的主张,"我相信文学的根本条件是'文字的技巧'……他们确定了每一个

① 《鲁迅全集》(六),第242页,人民文学出版社,1981年版。

字的颜色与分量，他们发现了每一个句段的时间与距离。他们把这一个时代的相貌与声音收在诗里，同时又有活泼的生命会跟着宇宙一同滋长。”[①]“他自己的最好的秩序……形式的完美便是我的诗所追求的目的……只有能与诗的本身的品性和谐的方式完美的形式。”[②]邵洵美的观点直接源于法国唯美主义理论家戈蒂埃的“形式的完美是最大的德行”的理论。在此十年前徐志摩也表述了类似的观点：“我们信完美的形体是完美的精神唯一的表现。我们信文艺的生命是无形的灵感加上有意识的耐心与勤力的成绩……”[③]这种语言的观点虽然是针对诗与诗人的，其实也是针对整个文学的，邵洵美是诗人，同时他有《搬家》、《缘分》、《自白》，还有《贵族区》。《自白》中表达的是精神分析的谈话疗法与语言的节奏感的追求。另一个长篇小说《珰女士》其本质也是对一个革命者的精神分析。邵洵美认为小说是一种成人的工作，它需要灵感，但是更需要观察，年纪大了，记忆里的疆界也大了，人物也多了。这一看法隐含于卢卡奇的小说是诗人的艺术。追求对语言的感觉并不是诗人的专利，小说也如此，爵青在《恶魔》写作谈中说：“题为‘恶魔’，并不是想作什么阴惨的谈话，我只是喜欢由‘恶魔’这个词汇所带来的感觉而已。”[④]在《遗书》的小说中作者直接对遗书解读，有对浮士德句子的分析，那些翻译家对译体文句产生一种虚构的神秘感觉，从文体上他还构成了一种论文式小说《废墟之书》，它既是一种元叙述，又是一种意识流的写作方法。小说写作中对语言的自觉追求其实是中国小说史上的一种自觉行为与公共认识，但这种对语言的讲究似乎又分为两种现象：一种是传统写作的语言观，坚持的是语言中的炼字造句，精简节约的语言原则，这一点自鲁迅、废名、沈从文等最早的现代小说家就开始有。另一种是现代主义之后的对语言主体性的有意追求，刻意地将语言形式的美学追求放置首位。这种现代语言观的追求应该说始于唯美主义与新感觉派小说。自此之后，我们可以把现代小说史分为非语言派和语言派，或者我们又可以把它分为意识形态派和唯美语言派的两条线路。

二、对语言主体性的追求往往与世界性的文化、思想、科学潮流相适应，很多情况下，一种人文思潮便产生一种类型语言，而这种语言也成为了该种文学

① 《诗二十五首》自序，邵洵美见于《花一般的罪恶》，华东师范大学出版社，2002年版，第353—354页。

② 同上，第357页。

③ 《诗刊弁言》，《徐志摩文集·散文集(丙)》，商务印书馆香港分馆，1983年版，第53页。

④ 《恶魔》爵青见于《新满洲》第四卷第九期，1943年9月。

潮流，我们现在可以理清的潮流有波德莱尔与戈蒂埃、王尔德兴起的欧洲唯美主义运动，便产生了中国以邵洵美、滕固为代表的唯美主义的诗歌与小说。受弗洛伊德的精神分析心理学影响的，中国以穆时英、施蛰存为代表的新感觉派小说。欧美象征主义影响下的中国以李金发为代表的象征主义诗歌。由欧美存在主义思潮影响的中国荒诞派小说，新时期由谌容、宗璞为代表。欧美现代派思潮产生以来，其中反讽艺术影响到张天翼、沙汀一派的讽刺艺术，同时由于现代派方法的渗透戏仿手法也影响了中国的王蒙、王朔等人的创作。在中国八五新潮中的马原、洪峰、余华基本上是受1960年以后巴勒斯、巴塞尔姆等元叙事与戏拟手法的影响。法国新小说派影响了孙甘露与西飏，超现实主义成为了格非和林白的背景，更深层地作用于残雪的梦境写作。由西蒙写作所产生的语言效果：能指游戏被吕新、唐晋、何大草所袭承了衣钵。后现代的解构叙事策略极大地影响了李大卫、徐坤、叶舟、张弛、李冯等人的写作。博尔赫斯的叙事迷宫直接影响着行者与墨白，其幻想的文学性质又被更年轻的七格、黄孝阳、李浩、何小竹等人拿过接力棒继续一种文学的接力赛。拉美的魔幻现实主义启发了莫言与韩少功，欧美的意象派又带来了苏童的意象小说，自歌德与施笃姆开创的浪漫诗意小说，几乎是平移地、极为恰当地造成中国浪漫诗意的乡土小说，废名、沈从文、周全平、汪曾祺、何立伟、董立勃、老张斌等人组成的一个庞大群体。鲁羊在二十世纪九十年代早期连续产生了几篇语言实验之作，那种语言高密度的组织有西蒙与巴塞尔姆的特点，除掉罗斯的戏拟因素，从灵巧与飞动的感觉而言他们是非常接近的，而且他大量地使用了元叙述。用中国古典语言写意象的小说还有孟晖、须兰(唐晋与何大草也使用)，极好地发掘了汉语言的古典的诗意的余韵，或许正是这种本土性，反而很难看到他们的西方痕迹。另外还有一个史铁生在文本制造了人物多重分裂的影像，大量地使用了一些疏离语言，碎片语言，重叠的人物影像互相对话，其文本目的仍在于一种终极的追寻。我们不难看出，史铁生的整个文本是一种互文性写作。

我已从若干实例说明中国作家追求语言主体性与小说技法上的新的表述形式无一例外的都和二十世纪以来西方的文学思潮和西方个人先锋写作的潮流发生了千丝万缕的联系。我可以断言，不会有一个作家首肯他对西方小说家原创的以某种方式的继承。但是没关系，当代文学理论研究中的互文性理论已经替我们解决了这个问题。只要有比较的文本存在，我想证词并不需要补充，中国小说既然已经在世界小说的大潮之内，这种互相影响已经很能说明问题了。我这里只取益于文学语言主体性在中国现代小说中的状态描述，说明一种自主语言在小说中的存在,而且是持续演变地发展直至未来,作家承认与否对我来讲已经不重要了。我们为有中国现代小说中的自主语言而高兴、而欣慰就足够了。我们可以推论的是自主语言的小说将来一定会产生杰作,一定也会成为一个时代的伟大作品。

三、文学的自主语言一定是关于语言的语言。只有这样才能充分自觉地发掘出语言的审美潜质,由感性的语言主体性到理性的语言主体性。这个问题很好理解,语言的自身是一种器官的感觉语言,我们极容易感知,但它的价值呢?好坏在何处?我们要理性地发现语言的审美性质,就必须指向语言自身,对语言自身进行审视,这就决定了考察语言的主体性必定是关于语言的语言,只有这种分析性、修辞性的策略才能真正解决语言本体的问题。

中国历代以来注重的都是小说的叙述语言与描写语言,提高这种语言的表达功能,使语言能力达到最大的效果,这使语言作为工具达到极端化,语言在其中已展示了事物的魅力,人的状态,简单说,语言告诉我们世界是一个什么样的状态,说的是人与事物本身,语言是什么样的形式与态势并没有引起人们注意。在文学中,世界、事物与人是语言中的世界,是语言中的人与事。语言既是事物与人的符号替代,又是它自身。因此,我们只有认识了语言的主体性,才能更充分地理解世界与事物。传统语言是叙述语言与描写语言,作为工具与媒介无可非议,而关于语言的语言是一种反思语言,提请人们重视语言的主体性。

应该说,无论传统或现代的小说语言里只要注意到语言从语音到语法,至句子的讲究都有元语言的性质在里面,都在锤炼语言的艺术性。但传统的语言在炼字造句的时候并没有告诉你使用了什么样的语言方法, 现代语言主体观要把关于语言的一切理念与方法都陈述出来,在表达是什么的时候,还要表达出为什么。元语言从其性质上讲,其实就是关于文本内部词汇,句子之间指涉语言的解释,揭示出语言使用的动机、意图、审美,在功能语言与审美语言之间揭示出语言为什么会这样, 倒不在于你是否针对性地使用哪些针对自身的指涉词。

> 美人!假定世界上果然有所谓美人,必然是这个样子的!我惊得呆了。我早已相信世界上是没有美人的, 人的面貌大家是差不多的。西施和无盐,大概也相去不远,孟光和王嫱,总不过是相像的轮壳。所谓美人。纯粹是诗人文人脑中的一种想象……我大胆的决定美人不是人世间的存在。……但是美人竟然在我面前出现了……啊! 神秘的美! 月光散在她的颜

面上,她的眼睛正是天上的明星,就是月光底下也是灿烂的。她的全头部的建筑美,到底不是我所能够描写出来的。

章克标《美人》(《屠苏》1926年8月第一辑)

这里仅有的指涉词只有"所谓",那些对"美人"一词的解释,关于美人的虚拟评述都是元语言,选例中最后出现了月光下的真正美人,那才是美人的描写语言,这样描写美人与指涉美人的解说,互相之间形成解释与说明关系。这就是元语言。元语言作为先锋性技术,一般都会采用指涉词,语言在自我指涉时通常都会使用"关于"、"那个词"、"所谓"、"此时正在"、"正确的解说"、"比如它的含义"、"感到含义"或者针对某个词语以器官的敏感性,对词语有一段感觉性描写。

他梦想的又一次陨落。梦想就算能战胜现实,也是水滴石穿的胜法。年轻人不知道这一点,披着梦想的外衣,就以为有了金刚不坏之身,敢在万丈红尘的沙场里横冲直撞,真正以卵击石。梦想如流星雨般陨落,被世俗的大气层摩擦,悲壮地燃烧殆尽。他关于文字的梦想较其他的体积更大些,故而残留了小小陨石。这块瘦丑透陋的陨石便构成他的精神和灵魂,再不会飞翔……

冬安居《秘密》(《东京文学》2012年第7期49页)

这段文字是我顺手摘引的,它就是关于梦想的元语言,由此我们注意:梦想=陨石。这是一种隐喻关系,所有的比喻都是两个词(或事物之间)的互文,喻体与本体之间存在着解释关系,由此可见,象征也是一种元语言。这在二十世纪二十年代初的唯美主义语言中是一种普遍存在的现象。

元语言成为一种写作方法便是元叙述,什么是元叙述?即关于叙述的叙述。元叙述手法一定是元语言的,当然它不能理解为一种简单的《李娃传》或者"我就是那个叫马原的汉子"这样一类句子,元语言实际含有三个语言系统,而三个语言系统又要高度融合,在句子内部形成一种阐释循环。"两种语言却产生了三个意义系统:一是对象语的基本意义;二是元语言的释义;三是对象语和元语言的重合之间的关系产生的新的语言,是关系中的语义生成。"[①]由此可

① 《先锋小说技巧讲堂》,刘恪著,百花文艺出版社,2012年增订版,第147页。

见，元语言的使用一种是在文本中有明确的指涉词，或使用元语言方法的一种语言表述法。另一种是没有指涉词的元语言运用，关于语言之间的注释说明，重复延异，互证转义，最大限度地发挥语言能指与所指的丰富性。

四、语言主体性就是要寻找一种独特的个性的言语形式，达到一种语言风格化的追求。语言是一种社会的公共交流，是一种集体的产物。文学创作不是寻找一种公共语言，或者说也不是要使用一套意识形态语言，如果这样，其语言还是一套公共交流的工具。在文学中，限定的语言是个人言说的语言形式，语言是不同个性的人所说的，这样才能区别彼此之间的差异。说语言是公共语言，例如太阳是红的。千百个人都会如此说，太阳是红的。个人言说语言就不一样了，太阳是一个大胆的家伙，跳到湖里洗了个澡，把一池水染得通红。深层语言结构还是指太阳是红的，但却改变了个人的言语形式，是个人独特的个性化表述。因此文学语言是指文学言语的形式。既然是个人的言说方式那一定会是个性的、风格化的。一般说来，诗歌的语言必须依靠形式上的特征呈现，例如词语发音的长短、音量、分行排列、句首句尾的押韵。小说不能显示这样的形式特征，那么如何展示小说言语的形式特征呢？1.个人特定的口语叙述，即说话所选择的语式、语调，使小说叙述语和人物语呈现为个性的表述，我们姑且叫做小说言语的个性化。2.使小说语言具有一定的地方性。因为每个作家都会使用自己民族的母语，这和作家的出生地有关。萨丕尔说："艺术家必须利用自己本土语言的美的资源。"进一步解释它就是小说家能够"下意识地懂得如何把深藏的直觉剪裁为适合日常言语的本地格调。"[①]可以肯定地方性语言是小说家个人的直觉运用，因为他一生下来就是如此说话。每一个地方会有该地方的地理学特征(山川风貌的)，水土特征，气候特征，因而构成了他们生活方式的特征，这一切都是地方性印迹。所以地方性言语一定是个性化的。3.小说语言的风格化。这个风格化应该说是小说家艺术个性气质与地方性特点的综合。首要的是小说家才学知识的统一；其次，才是地方性的；最后才归结到文学语言的特殊运用。"风格不是一种绝对的东西，不是把希腊或拉丁的模型强加在语言上，而只是语言本身在天然的河道里流动，带有足够的个人色彩，让人觉得艺术家的个性是自然的神态，不是费力的做作。"[②]所谓言语风格化一定要呈现个人，不然仅是整体的语言特点，例如拉丁语有繁华的叠尾方式，汉语有集点法

---

① 《语言论》，(美)萨丕尔著，陆卓元译，商务印书馆，2011年版，第206—207页。

② 同上，第208页。

特色，中国小说是在汉语之中，是在个人文本语境之内讲究风格。4.言语的风格化与小说家个体的直觉与审美有关，因此言语的形式特征还显示为，小说家选用的特殊词汇，与习惯词汇，即这些词汇的特殊用法，小说家喜欢的句式句法，例如长句与短句，在句子间使用的跳跃、断裂、延续的节奏特点。包括语调与情韵。甚至小说家躯体器官的灵敏度，例如视觉性作家和听觉性作家。后现代以来一直要粉碎风格化写作，文本不要个性化。在文学领域里消灭个性化是一件不容易的事。事实上美国后现代四大家：品钦、罗斯、巴塞尔姆、库弗，他们分别都有强烈的语言风格标记，并非戏仿手法便没有特定的风格了。例如巴塞尔姆的戏仿与罗斯的戏仿风格差异极大，只要比较一下《白雪公主》与《喀迈拉》便一目了然。5.私人词汇的使用，特殊语序的使用，这是绝对的个人语言密码。特殊语序受家族及地方性影响，私人词汇受个人的知识构成影响。例如有人爱倒装语序，有人爱循环语序，有人故意破坏语法语序。词汇不能创造可词汇组合可以创造，颜色词、仿生词、声音词都是个体物无意识的先天直觉反应。还有小说家先天有长句心理和短句心理。抒情心理一般爱用长句，讽刺心理一般爱用短句。词汇、句子的节奏和小说家的呼吸、血压特征有关。总之，个人和语言融为一体显示为一种特定的文本风格。

语言主体性的四大特征仅作为一种文学的抽象，也许还有其他许多特征。这样类化其实是一个非明智之举，不得已这样做仅仅是为了方便我们识别自主语言为何物，我们如何实证地分析自主语言，作为创作而言，我们又如何创造自主语言，也许由于我们总结了现代小说的自主语言，将来最伟大的中国小说就产生在自主语言之中，有一点可以肯定，会运用自主语言不一定产生伟大杰出的小说，但是，没有自主语言就一定不会有伟大杰出的中国现代小说。

即便我们已经知道中国有一个自主语言的传统，而且我们已经根据这四大特征可以识别自主语言了，但考察起中国现代小说自主语言的发生，即使早期有了唯美主义和新感觉派，我们要梳理出自主语言的一个清晰线索依然是困难重重。这不同于乡土语言和社会革命语言的总结梳理，因为他们在发生始初有明确的理论口号，有代表性大作家和典范性文本，而且这些语言在发展的阶段性之中都有明确的标志，乡土语言和社会革命语言有明确的理论依据，更重要的是，这两类语言的作家是公开地自觉地实践了乡土语言写作和社会革命语言的写作，在语言实践过程中他们能够自我指认；而自主语言的产生和发展均没有一个详细完备的理论纲领，仅有写作者个人关于自主语言的零星感受和体验，他们自己有自觉的语言实践，但他们并不能对自己的自主语言进行自我指认。所以,我们今天几乎无法指证谁是第一个自主语言的代表人物与代表文本,我们还无法从中国现代小说史的角度提供一个自主语言产生的准确时间,即便我们提供了这样一个时间表、代表人物、代表文本,也很难取得文学史的理论家与作家的共识。例如我们可以反推,先确定新感觉派产生于1928年9月的《无轨列车》,上推1923年产生了《狮吼》半月刊作为唯美主义的标志。但这也不能作为自主语言产生的标志性事件,因为还有浅草社成立于1922年,1923年出版《浅草》季刊,1925年10月《沉钟》杂志创刊,1922年开始由杨晦、陈翔鹤、陈炜谟、冯至主编《浅草》,1925年林如稷才从法国来参加编辑《沉钟》杂志。上述刊物和团体即使明确无误了仍不能作为自主语言正式存在的标志,因为还有创造社,他成立于1921年6月8日,最初有田汉、郁达夫、张资平、穆木天、成仿吾、郑伯奇。在这个社团里还有重要人物:郭沫若、陶晶孙、滕固、倪贻德、周全平等人。在时间不停地推移中,各类代表人物的比较中最后恐怕推导出代表人物郁达夫,他在《创造季刊》第一卷第一期发表的第一篇小说《茫茫夜》始于1922年3月15日。可是更早的人物和篇目又推到了1920年11月《学艺》刊发的张资平的《约檀河之水》,如此又推到了郭沫若1918年写的《牧羊哀话》发表于《新中国》第七期杂志。因而我按其创作时间把早期有语言意识的小说作一个梳理:

人名	作品	年份
郭沫若	《牧羊哀话》	1918年
	《残春》	1922年4月
张资平	《约檀河之水》	1920年6月
	《木马》	1922年5月
	《双曲线和渐近线》	1922年11月
郁达夫	《沉沦》	1921年
	《南迁》	1921年7月
	《采石矶》	1922年11月
成仿吾	《一个流浪人的新年》	1921年4月
陶晶孙	《木犀》	1922年
	《剪春萝》	1922年11月
滕固	《石像的复活》	1922年11月
方光焘	《疟疾》	1922年5月
倪贻德	《花影》	1923年春

	《下弦月》	1923年8月
	《玄武湖之秋》	1923年
周全平	《林中》	1925年4月
白采	《病狂者》	1923年
林如稷	《狂奔》	1922年8月
	《将过去》	1923年5月
	《流霰》	1923年4月
陈炜谟	《轻雾》	1923年2月
	《甜水》	1923年
亚士	《绿纸》	1922年2月
陈翔鹤	《茫然》	1923年2月
冯至	《蝉与晚祷》	1923年7月

从上述文本创作时间看，现代小说自主语言意识的高峰基本在1922年和1923年,最早我们可以追溯到1918年,这几乎是和现代小说同步发生的一个概念,与这些作家的文本相关的概念便是和三个团体:浅草、狮吼、创造相关。这种整体的一群人共同追求一个艺术目标,应该说:一有艺术的自觉性;二有创作上的流派感。这样可以判断,语言自主性以审美为标准是一个群体的发生,而它最集中的时间应该是1922年，自主语言的发生几乎是和中国现代小说发生具有同时性,它不能以一人一篇为代表,而是某一时区内的整体发生的文学状态。而且我们应该把它放在整个现代性运动的背景中来认识。为什么会这样呢?这是因为我国古代文学史上也有刻意的语言追求现象。例如《诗经》中的雅歌部分便讲究语言,浪漫主义源头的《楚辞》也讲究语言,而且文体形式还十分严格。汉代的赋体语言是那个时代文人刻意为之的,语言上的铺张扬厉和国家的政治意识相连,而这种文辞繁复,四六骈文与文人喜欢颂扬、好大喜功又不无关系。南北朝是一个文学的自觉时代,骈文,抒情短赋和山水诗歌都追求语言上俊朗清丽,出尘脱俗的风格,在写景状物上极尽细腻多姿,这种语言追求应该说影响后来产生的文体与唐诗宋词,尤其是那些抒情短赋。这种对语言上的追问又几乎成为了中国文学的一个传统。中国古代认识到文学讲究语言,但没有提高到语言主体性上来认识。只有在现代性背景下语言才提升到一个绝对高度来认识，这就是为什么现代文化运动也把语言作为其关键问题来讨论的。可见某种语言形式的选择是具有象征性的,它会成为一个时代的标志,或者成为某类文体的标志。例如“五四”运动,白话运动,小说革命,现代小说发生

之初为啥都会相对地集中在二十世纪二十年代的那几年呢?这至少说明某种语言的产生,一方面它会有一个缓慢绵长的历史阶段过程。某种事物的发生绝不是无根无由的,服从于某种必然性,但又不是绝对的,它会受到许多细小的偶然性所改变,中国文学的语言意识逐渐强化,到了现代小说产生的时候,便决定性地产生巨大革命,其时代性标志便是废止文言文,使口语的白话文作为现代小说的首要标志。自主语言的发生也是如此。另一方面,某种语言的产生它是时代文化运动多种因素的综合,深入到语言的内部又会发现是多种复杂因素的纠结。例如理论口号产生以后,白话文运动经过两次改革,其间大量地间杂这文白混合表达的方式。为什么白话文改革不能一次成功,但也不是三次五次能成功呢?两次运动改变了几千年的用语习惯,其强度不可小觑。再看我们的现代小说产生,按理要在白话文成熟以后才可以的,但为何偏偏现代小说的起点并不在白话文运动之后而是之前呢?一、“小说界革命”的口号是在白话文运动之前。二、西方现代小说的翻译也在白话文运动之前。三、西方的现代性运动遭遇中国现代革命,具体说早于辛亥革命。可见西方思想较早地通过文言翻译而影响中国。中国现代小说除了解决语言的白话文之外,还有诸多的其他现代性元素,例如现代性的时空抽离机制。西方现代民主思想的传播,中国人的伦理思想,具体宗法思想的改变,表明现代小说含有两种文化,是由两种文明和不同美学观的矛盾冲突而产生的。现代小说现象的起因是多个偶然因素促成的,例如陈衡哲、李劼人、鲁迅、郭沫若、郁达夫、张资平每一个人都是其中因素之一,在这多种因素中促成事物产生某个标志性出发点,例如鲁迅的短篇,张资平的长篇,李劼人的民俗口语,郁达夫的感伤抒情语言构成了现代小说发生之初的特征。

中国现代小说的自主语言的发生同样也是多种因素的综合,既有其小说内部的原因也有其小说外部的原因。

一、西方人文学科的兴盛带来的强大影响,特别是心理学和美学方面带来的影响。1906年西方有了弗洛伊德的《释梦》,1930年上海便有了《精神分析引论》中译本,《天演论》最早还是文言译本,同时卢梭的自由民主思想也在世纪初译介到中国。这种语言上的自由必然是个人心理自由和自由民主思想的高度融合的结果。非常直接的方式便是以弗洛伊德的潜意识心理学为依据产生的新感觉派和意识流小说。

二、西方文化思潮带来的影响。世纪初产生于欧洲的现代派、超现实主义、象征主义、唯美主义等时间正好是十九世纪最后二十五年,从佩特到王尔德的唯美思想与作品正好风行欧洲,日本的浪漫主义、唯美主义也起源于此。中国除了译介王尔德以外,还自发地成立文学社团,社团名称太阳、浅草、沉钟、狮吼多少都和西方文化有一些联系，而且社会团体的主要成员大多数都是从国外回来的,他们把国外新风气的接力棒传给了中国。

三、中国小说文体的自觉要求。文言小说一直都只采用点和圈的方法进行句读,所以叫圈点,采用口语的白话之后是新式标点,断句以分行低格方式呈现,而且交叉使用各种文体,如日记、信件、诗选,早期小说家经常在文体中插入外语词和句子,分句中有跳跃、断裂,过多使用连音符号,在形式上突出了抒情文体,有一种流动的诗意,故意打破中国汉字的方块形式的滞重感。中国汉语采用集点法的词汇拼贴组织,而新的小说文体则分节很细,人物话语故意用标点符号提请注意,有大量的碎片化写作。简单说,将文本的节奏感、抒情性提到了首要位置,而节奏与抒情必然关涉语言的主体意识。也就是说,语言形式文体化。

四、中国和日本文学的相互影响。中国现代小说发生前后中国作家大量留学日本,如鲁迅、周作人、郭沫若、郁达夫、章克标、滕固、刘呐鸥等。林如稷留学法国,邵洵美留学欧洲受正宗的英国教育,在法国学画。这一切构成了他们的西方知识背景。从文本分析看,个别作家甚至是在中国土地上写外国小说,因此唯美派与新感觉派的小说有一种浓厚的西方文体小说的痕迹，特别是受日本文学的影响。追溯到中国和日本的文化交流史,可以说早期文学思想的相互影响是错综复杂的,例如我国新文学发轫受日本文学影响,特别是创造社的作家。可是我们如果清理日本文学的情况时,便可看到日本文学其实又受中国文学的影响。“夏目漱石则固执于汉文学……漱石所说,欲举其一生钻研汉字,其汉文学内涵着政治性的意义。那时正是明治10年前后,自由民权运动兴盛的时期……可以说所谓汉文学意味着现代诸种制度建立起来的某种时代气氛……明治10年前后受到广泛阅读的自由民权派的政治小说乃是用汉文腔调而非口语所写……民权主义与汉文学的结合,这看上去仿佛是一种悖论,其实这正是明治维新本身所蕴含着的悖论。”[1]中国的新感觉派无疑受日本川端康成、横光利一等新感觉派的影响。林如稷有篇小说叫《将过去》,德富芦花有篇小说叫《不如归》(1898年),从篇名到文体风格是何其相似乃尔。可林如稷是留学欧洲的,文化上不直接承袭日本文学。这个名称也是日本文艺评论家千叶龟雄给日本《文艺时代》杂志的横光利一、川端康成、片冈铁兵、中河与一那批人的命名。

---

① 《日本现代文学起源》,(日)柄谷行人著,赵京华译,三联书店出版,2003年版,第32页。

新感觉派小说不是单纯地描写外部现实，总会把环境刺激的心理效果融会进去，强调直觉感受，把主观意图和感觉印象都投到客体中去，以创造对事物新的感受方法，主要指器官的感受性能，如声、光、色、味、触觉、通感等，所谓由个人才智感受构成的“新现实”。据说日本新感觉又是来自法国作家保尔·穆杭(Pall Morand)，他也来华讲学，《无轨电车》第四期做了他的专辑，他的小说《不夜天》、《夜闭着》都很有名气。刘呐鸥翻译日本新感觉派小说编为选集，他自己也写新感觉派小说。

由此我们看到自主语言的产生其内部也会有一个复杂的交流关系，虽然其渊源来自欧美，但他们融合了东方文化，有一点特别值得注意，中国人在文学上的主体意识是比较强的，几乎所有欧美的文学潮流都影响过中国，但中国文学的民族意识仍然是浓厚而强大的。鲁迅、沈从文、老舍、沙汀都没有失去自己的民族特色。另一方面，中国古典文学的余韵如同幽灵徘徊在所有文人的语言里，早有废名、汪曾祺，当代有何立伟、贾平凹、鲁羊等人。而且自主语言在现代小说史上远非个案，而是有一个强大的群体，早期有郭沫若、郁达夫、成仿吾、滕固、章克标、叶鼎洛、倪贻德、胡山源、林如稷、陈翔鹤、徐讦、白尘、黄中、邵洵美、方光焘、孟超、沈宰白、曾虚白、徐葆光、马静沉、高世华、亚士、冯至、顾随、葛茅、莎子、蔡仪、蔡南冠、陶晶孙、张资平、林薇音、周金平、敬隐渔、叶灵凤、黑婴、琦君、林徽因、芳信、袁犀、爵青、共鸣、山丁、石军、左丁、刘呐鸥、穆时英、施蛰存、徐霞村等组成一个庞大的语言群体。是这个群体的无数文本中共同构成了自主语言现象，所以自主语言不是一个单一的语言特征，例如说它可能包含如下各类型的语言特征：唯美语言、新感觉语言、元语言、碎片语言、戏仿语言、互文语言、间离语言、荒诞语言、象征隐喻语言、超现实语言、意识流语言、幻觉语言、悖论语言，甚至包括民俗方言等各种语言。从另一角度说，凡属反抗公共社会语言的语言，背离日常传统的语言都可以视为自主语言现象。针对中国现代小说史而言，凡属非意识形态语言也可以是自主语言。因此自主语言必须针对具体的语言个案依照我上文提出的四大特征去指认，一句话是针对语言自身反思的提高表述效果的文学语言的语言。

第二节　自主语言特征及早期演进状态

上文说了，自主语言从现象总体看呈现为一种综合样态，但这并不是说它没有具体的表征，在一般对语言的文学使用中，在语言观上，传统的讲究精练字句准确生动，自主语言在运用过程中强调使用各种语法与修辞手段来改造词汇和句子，使它在文本中取得最佳效果，这也是对语言主体性的强调，但它只是工具性和媒介性的。另一种情况是对语言的强化运用，改变词汇的组合关系，扭曲句子的结构形态，包括从各种感觉器官上直观地去体验语言，语言是一种变形状态，这是寻找语言的极端效果。说到第三种情况便是语言的自毁行为了，例如极态语言——暴力语言、游戏语言，通过宿命策略使语言在极端意义和非意义两个方向上试验。这里还包括戏仿语言的方式和悖论方式，使语言处于异化状态。这可以视为语言主体性的超负荷运行。第四种情况可能是改变语言自身的功能性能力，例如采用陌生化方法改变词性或句子的功能。第五种情况是语言的极态化使用，语言表现人与事物可以是唯美的，使这种唯美呈现病态、颓废、忧郁的感官之美。第六种情况是语言成为一种主体并作为一种思维方式，如意识流语言，还有精神分析的语言、解构的语言，特别展现为人文学科的新的理论现象。我这里认自主语言在各种可能的语境中出现的变异状态作为一个提示。远不是它的特征归纳。我们还是要从具体的个案入手来探求自主语言在小说家文本中的使用状态。

我这里随意地抽查一下倪贻德，他的感伤情调最接近于郁达夫，他曾留学日本，同时也写诗。1923年他连续写作了《花影》、《下弦月》、《玄武湖之秋》等唯美主义小说。

首先，我们注意他的文体，《花影》是一首诗，也是一篇散文，还是书信。《下弦月》是小说，也是剧本。《玄武湖之秋》是一个画家的日记，也是情书。人物对话可以是符号化的，地点也可以用英文字母代替，是散文的描写，也可以是抒情独白，还可以是第三人称故事陈述。有对话、独白、倾诉，是一种抒情性小说，也可以说是散文描绘的画，因而你可以说他的三个文本是小说、散文、诗、信、日记都可以，足见其文体的包容性。

其次，倪贻德的小说要干什么？表达感伤的情调，是一种极美的而又绝望的情绪。这些感伤主义者，又称零余人。一定程度上表达的是漂泊者的感受，更重要的是二十世纪早期知识分子的普遍情绪。这迎合的是一种国际的世纪末情绪，其发端来自法国的波德莱尔，“忧郁”为最高审美典范，颓废、病态、腐朽、悲哀、死亡，那种精致、迷离、困惑、彷徨的无助情绪，归于内心可以用哀怨悱恻欲说还休的特征表述。用郁达夫的话表达人生在世不过就是“沉沦”而已。

再次，表现在审美语言上极致地烘托渲染出这种没落衰亡的情绪，于是色彩是由迷离、暧昧转向阴冷、暗淡、模糊，声音上由朦胧、含混、不平衡的杂乱向下滑,变成一种挣扎的凄异的哀怨之声。人物总在幻想之中,我们可以用他的诗表达出那种状态:游丝般的/轻烟般的/深深地缭绕在我的梦魂里。文本中的人物亦是极为色情肉感的。

……修长的眉;额上疏疏的青丝发,尖鼻,长颈;嫩颊上总常常带些笑涡,笑涡里似乎蕴藏着不尽的深味;蓝色绒线的外衣;极自然的曲线,隐隐中有些高耸起的,也有顺适地向内弯曲进去的;白皙肥胖和杨妃一般的肉色;水一般的眼珠里,好像包含了许多说不出来的情怀似的……正午,太阳光正中的射下来,使人觉得好像在和蔼的冬日之下,芦荻都寂静无声,远山也懒洋洋的在睡着,只一声声的午鸡,从远村中悠悠地传过来,破了四周的寂寞。

倪贻德《玄武湖之秋》

他把两小无猜的情爱弥散在山水、嘴脸、风光之中,极尽细腻,极尽肉感,人体不仅是形的,还是色的、声的,是感觉触摸的,把一个人物完全变成了色香味的气氛融入到一种风景中去了。这是油画也是诗, 因而他又说是画家的日记。倪贻德的语言笔调有一种通感之美,他善于绘出一种色彩的韵律与形体的节奏,在语言的细褶里露出色情的肉色与感觉的灵韵。

林如稷在上海读书期间,发起陈翔鹤、邓均吾、陈炜谟、冯至组织浅草社,有《浅草季刊》行世,1923年他去法国留学,1930年回国又主持恢复《沉钟》半月刊,后一直在大学教书。1922年他在《浅草》发表小说《狂奔》似乎具有某种寓言性,随后发表了《流霰》、《将过去》、《办公室》等七篇小说。主人公分别为C、亦维、若水,他小说的人物多是符号性的,大部分都可以用英文字母代替。他的人物大体为精神变态的病人,或者是自甘堕落、颓废、忧郁、感伤的人物,在行为方式与精神均处在漂流回归状态,不停地移动位置改变想法,所以他的主要文本用一个关键词可以说明他的特点:狂奔。或者用他自己的话表达为:歧路上狂奔。这决定了他文本的主要特点。

一、有一种急速跳跃的快节奏,一种流动奔放之美。在这种情绪的内部充满了一种运动的速度,快捷的思维与跳跃节奏是相适应的,这种节奏很多都有词语断裂、错位、拼贴、延长,同时注意句子的错位与分行,拉长与压缩,他喜欢使用……,——,:,! 等符号揭示语言的节奏规律。常常表现为一字一停顿,一词一停顿,这个特点最鲜明地表现在《将过去》中,这个标题,表现人物的行为和思维都是在事件与行为的进行途中，有一种运动感。

> 静静的，清清的。
>
> 其实很嚣闹，何况有交点的卧酣声，蝇蚊鼓奏催眠曲……
>
> 何等凄凉冷淡。
>
> 房内热度确是尚保存着日渐的阳威……但他……
>
> 背上似有冷汗在下溜……
>
> ——这不是夜间，正是无所不容……
>
> ——我的观察所得，处处与他们相反……
>
> ——繁华的首都，我总觉的是沙漠……
>
> 在黑暗中他脑子里充满了幻想，充满对立，阴阳黑白在颠倒状态，冷热声响也都是反向的。词语总在运动状态，但又不断停顿，有情感的，语言的，声响的，气息的。
>
> ——唇快相接了……颤……颤……抵……
>
> 强烈的火焰……抵御……骨头骨节都暖熔的要化烟了……
>
> ——吮吸……舐……吸……颤……抵御……
>
> 强烈的电波……挣扎……骨髓骨沙都快泻出来了……
>
> ——挣扎……挣扎……
>
> ——甜……软……浓……热……星火……闪……电……
>
> 屋里全变为暗境，声音异常的杂乱，挣扎，挣扎，若水似才从冰窖里逃出来一样，周身发冷，冷不丁地又打冷噤；又似乎从火穴内逃出来，胸前只是狂跃，喉间……
>
> 林如稷《将过去》

他的情感大起大落，对立互生，词语间声音拉长，停顿，意义，动态不断裂，这些节奏既有摹仿，又有表现性，通过动态节奏我们可以扩展性理解场景，可以窥探其情感上的起落，有时你会发现作者仅是让词语互相打架：

> 颤，颤，路旁的树枝在颤。
>
> 接，吸，接，吸，白蝴蝶在双双接，吸。
>
> 挣扎，挣扎，黑幕之下的爬虫在抵御，在挣扎。
>
> 夜已是四合，乌沉沉，昏雾雾中间，只有风哭，雪笑，植物们叹气，蛰虫

们寒噤……

在书面语中像林如稷那样大胆、狂放地处理节奏的在中国现代小说史中不多。《将过去》是把节奏扩充拉大,有起伏跳荡的感觉,而他的《狂奔》却相反,让句子与词汇之间的节奏铆紧,情绪是狂放、奔涌的,但句子紧凑部分其语段又让它密不透风。这使得他的语言节奏和情绪节奏处于同位,自然有时也采用反差法,拼贴成这种语言的潮流。这种语言使他的思维如同水液一样,不断流走和奔放,人物的奔逃节奏也是气喘吁吁的永不停歇,他爱把环境置于那黑魆魆、昏暗暗、狭窄弯曲的小巷里,无论静态的风景或人物描写他都是跳跃式剪贴与拼凑,这种散点式的描写往往具有浓厚的诗化色彩,但其色质却是黑暗中幽冥的荧光闪烁,造成朦胧迷离的效果。

二、集点式物象描写,并以此打通视听、闻、嗅的感觉渠道,显示为一种景物通感状态,这样使得客观的景物主体化,从而适合人物情绪的表达。

> 初夏的景象,慈晖含着微笑散漫的照射在大自然的美丽花园内;沄沄的春水,被蒸发一种沉醉的繁云,使大气富于娇懒的诱惑神力。桃花姊妹的霞裳,已被苦雨撕碎,依附在绿茵茵之上;酣美的歌女似的金莺,漂泊在残枝丛中,哀悼欢乐时间的流逝。只勤于职工的蜂蝶们,还断续参差的飞浪亲近着余红,趁这晴朗的节候,预储蜜粮。懒蝉已将从事放展疏朗的心胸,吟出高人的萧韵。微风有时澹荡的互送一种繁香,刺入倦怠的人们的鼻官内,似乎要真被催眠而沉醉中去寻觅各人的所恋的爱人了。
>
> 林如稷《狂奔》

这种描写色、香、味俱全,植物、动物、人的感觉综合而出,有一种香软甜腻的感觉,事物熏人而醉,低回沉迷,风景是天然地适合C君忧郁伤感的情绪,深陷在这种感伤忧郁之中便渴望逃离,于是主人公开始狂奔似的逃逸,逃来逃去都是这种现实的不能兼容,情感的不能归宿,理想的不能实现,因而每每误入歧途,逃学、逃婚、逃娼、逃自我这种奔逃总是循环式的。主人公亦维近乎自传式地从家里逃婚,又陷入病态,同性恋,异性恋,“一只迷途的鸟啊!”他无法逃出永无止境的“恐怖和无味悲哀”的忧伤颓废,于是他只能自沉湖底(暗示)。在这种狂奔之中他也曾多次找寺庙作为避难之所。若水已经逃到了香佛寺,在宗教中找出路,故事有了特殊的魅力,和尚给他介绍了一个娇媚的中年妇女,仅要两元钱,“这里,有美酒,有肥肉,有香烟,有女人,有……”物质的欲望诱惑足够使他毁灭后重生。若水只好又一次狂奔,将《狂奔》变成《将过去》,其实每一次狂奔都是向自身回归,他跳不出这种宿命,一个自我的悖论。

三、一种超越时代的新小说写法语言。语言展示一种纯粹状态,客观而冷静而又略带不动声色的反讽,这一反林如稷过去的语言风格。

> 房间的中心,有一个矮小的火炉,里面生的火大致早就不多,此刻更是衰微,炉上放的一把铁壶便始终不曾冒过蒸汽。靠里墙,一张小方桌上,也还有一个铜盘,盘内傻模傻样放着一把茶壶和几个茶杯,不过已经冰冷多时,所以一直没有人动它。窗外刮着呜呜叫的风,从门缝里就常常送进来一股寒气。
>
> 林如稷《办公室内》

这个小说的人物也没有名号,均用借代的办法分别叫:抽烟斗的,溜来溜去的,写字的,他们在办公室谈论琐碎的话题,没什么意义。当然在文本末他还是点出《外套》文本的寓意。这是林如稷在法国待了七年之后回国的写作,他无疑受到了客观主义写法的影响。语言表述上不使用任何修辞手法,特别消除了他早年热衷使用的比喻手法。

章克标是唯美主义流派中极重要的作家,最具语言实验的文本,常常让人感受到他语言上的新奇。

> 香气、音声、光彩,三种大军纷纷地布开了各自的阵势,要捉捕他们的俘虏。来,来,去,去。三点钟。书,书,文房具,碑帖,小说。银楼,银子。看门巡捕,强盗,江北人,车夫,汽车夫,白俄罗斯,乌利文,青红帮,便衣侦探,黄麻皮。叫花子,方壶酒店。绍兴,蔡元培,邮票四分。水果店。桂花。梨子。栗子。名片,名片,请帖,结婚,街头,出风头,女人,女人,老太婆,靠不住。布店,一元五码,水饺子,汤团。电柱上红头阿三。红,红,红,红,绿。日升楼!共施公司,永安公司。
>
> 章克标《南京路十月里的一天下午三点钟》

这是按感觉器官:嗅觉、视觉、听觉来展览词汇,单字的是动词、名词,双音节多是名词,还有三个字的名词,作者在展览一系列词语,这让人想到美国作家史泰因在《软纽扣》中的名词实验。章克标接下来的实验更明显了。

> 拖车出轨,停,停,停。红,红,红。人,人,人。前面去。人,人,人。电车:停。人,人,人,男人,男,女人,女,停,停,停,停,停,停,停,停,停。车子——人力车,汽车,汽车,汽车,停。人,人,人。男人,男人,女人,停。走,走,走。退,退,退,不动。停,停,停。开车。卖票。查票不动。停。电车,停……
>
> 章克标《南京路十月里的一天下午三点钟》

这些文字在干什么?你可以说是文字游戏。没意思。它是文字游戏吗?章克标在展览词汇,一条五光十色的南京路展览各种各样的词汇,给你上海南京路的印象。你会认为摆弄几个词语就行了,如果你细心体察语言的技术没那么简单。他这是用词语给南京路照相,用节奏的长长短短把南京路的视像词语搬动,前一段可以是声、味、色,后一段便是街头行人的车辆的状态,活现了旧时代南京路的状态。用他的话说,是在2198步之内的词语景观。"只有一字:动。"全是各种镜头的定格,或慢镜头,不能不说别有用心。

> ……你的大腿,圆润好像美玉;是巧匠的手作成的。你的肚脐如圆杯,不缺调和的酒。你的腰如一堆的麦子,周围有百合花。你的二乳好像一对小鹿,就是母亲双生的,你的颈项如象牙台。你的眼目,像希实本巴特拉并门旁的水池。你的鼻子,仿佛朝大马色的利巴嫩塔……(《雅歌第七章》)
>
> …………
>
> 一个裸体的美人,弯下她苗条的身子,托出手来,重重地抱住宗老;宗老也伸出两手,抱住她的颈项。顿时觉得有种重量,压在他的胸次……
>
> 一会儿,这蜡人竟对宗老点一点头,笑了一笑;他用手掌拍着玻璃,动也不动;他就在路旁拾起一块三角大石子……这片大玻璃砰砰碎了!……
>
> 滕固《石像的复活》(1922年)

这个小说与鲁迅的《阿Q正传》,郁达夫的《沉沦》前后没差几个月时间发表,说的是宗老通过雕塑石像狂热地单恋情人苔子。她是美丽的哑女,他给苔子写信,多次幻觉和苔子体肤相触。宗老三十多岁,研究道学,严厉禁欲,所以被同学称呼为宗老。这是一个典型的精神分析文本，小说一开篇便交代了宗老的性压抑，道学先生。一次幻想他的情人身体，文本中不厌其烦地写了两个段落，用了各种美好的比喻，然后便是写信，然后便是寻找失去的苔子。注意，苔子是哑女是构不成欲望交流的，哑女、石雕、蜡像均是如此，性在他周遭的环境里无法交流，他只能用幻想来满足他的愿望，最后居然砸碎了窗橱，寻求幽会。宗老的心理幻觉与行为均是无意识的，"我们有两种无意识——一种是潜伏的，但能够变成意识；另一种被压抑的，在实质上干脆说，是不能变成意识的……所有被压抑的东西都是无意识的……"①这被压抑的无意识便是性本能——利比多。我们讨论的意识与潜意识的生成规律，而性却深深地潜入其内，是属于不说出来的部分。语言呢？语言是符号性的表示，是用一个符号表示无形存在的观念，这就是说，语言符号是代表事物的观念。宗老的幻觉心理，清楚地看到情人的形象，竟用语言还原出极细致的描写：腿、脐、腰、奶、颈、眼、鼻，这些名词作为符号代表一种存在，也就是说，苔子在缺席的情况下用各种形式在场，为什么？语言的工作机制总是借助可表达之物（语言符号的象征隐喻）来表达不在场的某种观念。而《石像的复活》正好是宗老的性观念通过一种曲折方式显现的。弗洛伊德的无意识冲过重重压抑的阈限表现为性心理，无意识幻想，冲动行为，苔子不过是他性记忆的一个符号，文本中一再描写的语言符号只不过是个体欲望转化的一种形式。用复杂多变的词语形式揭示个体意识各种微妙的复杂状态，这正好让我们看到了语言具有多方面的表现能力。

从时间上看，唯美主义在中国兴起于1922年或1923年，以《狮吼》半月刊为标志，准确时间是1924年7月，以滕固、方光焘、张水淇、章克标、黄中、邵洵美六人为骨干成立狮吼社。新感觉派要迟一些，应该从1928年9月刘呐鸥创办《无轨列车》半月刊算起，主要是刘呐鸥、施蛰存、穆时英等人。唯美主义的语言特征，首先，极尽辞藻之华美，情绪之饱满，词语在情绪中走两个极端，一方面亢奋，欲望在视觉、听觉、嗅觉触觉方面不断变幻出各种个人欲望的花样来。另一方面又极为低回婉转，曲尽衷肠表达一些个人的哀怨悱恻，总之，他们实践了佩特的那句话：人生的意义就在于充实刹那间的美感享受。因此，他们的语言充分感官化。不仅小说如此，散文更是浮词艳章，铺排华美到极端，这些作品还有朱湘散文《空中楼阁》，于赓虞的《魔鬼的舞蹈》、《空梦》、《别宴》，芳信的《但让》、《神火》、《狂欢》，倪贻德的《秦淮暮雨》、《秋夜抒怀》，田汉的《银色的梦》，

① 《弗洛伊德后期著作选》，（奥）弗洛伊德著，林尘等译，上海译文出版社，1986年版，第162—165页。

何其芳的《扇子的烟云》、《独语》、《梦后》。

…………

我要用我的心和我的生命舞了……我要舞的这样多情，像年老的，垂死的花匠，他的血液已经冰凝了，只有一丝气息存留的，因梦，觉到他的年轻的熟悉的花香，从他的颤动的嘴角闪出一丝苍白的微笑，然后攸然长逝；我要舞得这样轻盈……我要舞得这样飘忽，这样游离，像迟留的阳光在汪汪的浮碧中闪耀它的可惋惜的灿烂时，海鸥以它的闪白而熟练的翻跃和低掠，哪怕无一补偿地消耗它的精力底灵动，去捕捉无从捕捉的海浪的色颤；我要舞得这样傲然，这样发轫豪狂，像对于云朵的一切更异的芬芳和变换的色彩游倦了的苍鹰，以它的羽翮底雄浑的稳定和它的躯体的狂夸的安闲，独居在枯木底绝顶上，凝看，半掩目地，铺排在它的前面的那自然底梦渺的苍翠和宇宙悲壮的墓冢；我要舞得这样的工妙，像一只憔悴的彩蝶，在春底花坛的终结期内，它所要呼吸的已呼吸了，要采集的已采集了，要追求的已追求了，从花丛到花丛地，从花朵到花朵地，昏沉，徘徊，和梦想，可是，它，突然地，在一个不可遏制的奋发下，不知为了一个什么积极的目的，或是企图，以它的狂浪，它的淫荡，迎着风底无定形的式样，高低地，来回地，倾坠地，斜升地，翻飞出一个美底最形式的典型；我要舞得这样谐和，像自然节制地，秩序地安排时令底季节的调和。

芳信《狂欢》

这是一个五百多字的长句，采用的排比修辞，每个分句的内部又有一个动态结构。特别值得注意的是他对词组采用了一些反常规的扭曲组合，“浮碧”、“色颤”、“豪狂”、“狂夸”、“梦渺”。还有一些反常小句：什么是“垂死的花匠”？什么是觉感冰凝？何为因梦？什么是精力的灵动？海浪的色颤是指水色吗？什么叫躯体的狂夸的安闲？什么是梦渺的苍翠？什么舞是工妙的？像彩蝶为何后继的分句中，蝶舞的姿态那么不可思议，积极的目的？无定形的样式？最形式的典型？安排时令的季节调和？这些用词和这些分句极大地扰乱语义的正常表达。这样的繁复错杂的长句在乡土语言和社会革命语言中是绝无仅有的。这种语言的错乱不惜以病态的面貌表现出来。

其次，唯美语言极为灿烂、香艳、肉欲，无论事物与人都描写到极致，极尽语言的表现能力。因而唯美的语言总是罗列在香草美人、春花秋月之上。发誓把这些柔美以毫发如丝的细腻呈现出来。同时采用比喻、象征、互文、影射等方法。

> 一株碧桃花树，目不转睛地仔细端详。树上的花还没有开上一半，但是红红白白，夹夹杂杂，重重叠叠，已经绚烂至极点了；细长的枝子，宛如柳条，缀满了花球花蕊，重重地四面张着。与树枝相接……
>
> 一个十岁的女孩子，梳着双股辫，穿着粉红红洒花的长棉袄……骑上他的双膝，将一双小手分穿在他抱头的手弯间，扳了他的双眉，头低了一些，一副含着娇嗔的眼光，从长长的睫毛中瞟出来，盯住了伦田的双瞳，红红的小脸鼓着，久久不做声……
>
> 胡山源《碧桃花下》

这里碧桃花和小女孩互相映衬，象征比喻，文本中形成互文。这里写灿烂之美童、灿烂之花树，同时还有潜行流动的灿烂之情，从文本上看仅是一个成年男性和一个小女孩打闹，然后一别便是“唉”！便是黯然销魂的！这是何意呢？这是一种心理病态：恋童癖。小说正好暗合了弗洛伊德的精神分析理论。我们再看，“伦田忽然闻着一阵香味，从伊脸上发出。‘什么香，给我闻闻。’‘不告诉你。’却由伦田亲亲秘密的闻着，闻到口边，乘势就接了一个吻……”文后说到伊缺了一颗牙齿，“伦田果真和伊嘴对嘴，用舌头舔了一下。”胡山源没有过分地写恋童，甚至强奸，而是采用婉曲的笔法，写成人和小孩的嬉闹，在貌似友情与关爱中散发出来的性意识，并且还有一个第三者的男性视角，高诗的这个观察点也是充分性意识化的。

唯美作家滕固、章克标、芳信、叶鼎洛、倪贻德、胡山源、林如稷均有大量的美人描写，极为细腻而香艳。这种美人是身体性的，重点在头部的照相式描写。我们随意就可以挑选一例：

> ……她的眼睛反射着月光，闪出点点的银星，她的烫得像许多黑葡萄似的头发，松松地覆盖着后脑和颈子，她那在月光中不失其鲜红的嘴，像正在绽开时一朵春花，她不言语了，但是她的眉梢在那里向他传意，她的眼角在那里向他送情，他被她这迷人的色相摄住了……
>
> 叶鼎洛《红豆》

章克标写女人身体更加肉感还注入充沛的情绪流，不仅描写肉体现象状态，还调动主观感觉，在句子之间还渲染出美的器官的审美效果。

这时是要有非凡肉感的体躯，成熟了的女性特有的芳香，才有引力的。她鲜红的，润泽的，像爱神背着的弓一般的，适合于给人接吻的嘴唇；灵活的，深黑的，像水晶一般晶亮的勾魂摄魄的眼睛；芙蓉花般艳丽，天鹅绒般软和，香喷喷的面孔，还有花笑般的眉，鸟歌般的鼻，配给人拥抱的胸腰，丰丽的肩膀，俊秀的手臂，都是发自她们的欢呼，散开她们的幽香……

章克标《蜃楼》

我们今天的色情肉欲无外乎在床上完成的性欲，这仅仅是一个结果，娼妓时代这个做爱可以明码标价，在现代小说发轫的20世纪20年代初，唯美主义把文采笔力集中在展示美的事物上，把表征之美用语言灿烂铺陈，这注定了他们集中写美人及美人的脸。这种美是一种感官直接给予的。它是色彩、香味、动听、柔软、温情的综合表现，因此美则美矣，仍然脱不了庸俗、浮浅、单调。

其三，唯美主义语言有一个情调基础：伤感，落寞、病态、变异，使美走向一种畸形，因而荒唐颓废，尽量寻找不同类型的感官刺激。这一特征是国际流行病，波德莱尔崇尚忧郁之美，巴黎的忧郁，戈蒂埃醉心于莫班小姐，于斯曼写《逆流》，王尔德写《道连·格雷画像》，在颓废腐朽中找到一种丑恶、厌恶、糜烂的负审美。

毁灭！将生命抛于奇丑的苍黑的污池，毒毙于死水，无须恋恋于痛苦足下之生命，作魔鬼舞蹈与歌吟之场！嗟乎，孤魂，沉醉罢，沉醉于微笑，沉醉于死亡，沉醉于辉煌的宫殿，沉醉于长流的青堤，因是，纵魔鬼歌舞于心峰、发上，亦能暂时沦于不能记忆的烂醉——有如死灭，将一切遗忘。

于赓虞《魔鬼的舞蹈》

于赓虞纵情感发地写这些魔鬼之歌，《空梦》迷醉、徐訏写《鬼恋》、章克标的《蜃楼》不折不扣地写了一个白日梦。邵洵美用一首诗宣布了他的美学旨趣：处女之泪，淫妇下体的汗，美人踏断了花头颈，血染粉墙，美人也有死白的脸死魔的牙齿，蛇蝎心肠的狐狸。这首诗的标题便叫《花一般的罪恶》。叶鼎洛的小说《未亡人》写一破落子弟与其姑母通奸乱伦，畸形的欢爱中“充满着热情的眼泪、缠绵的悄语、肉体的颤动以及快乐的光彩。”他的另一篇小说《归家》中，

“我”迷恋了一个十五岁的病态的妓女：

……我摸过她的手心，十分烫热显然有什么病毒……那身体上的热度则由于一种其他的虚弱的病症，本来面孔也没血色的，我就恍然而大为快乐……

……微弱的烛光就照出两个淡黄的脸孔，有两个淡黄面孔的嘴巴中吐出淡白的蒸气，使那微弱的烛光有些摇动……

这就是那个病态的秀芳，日本清倌，未成年的妓女。这种人物的病态也是病态的心理，更是一种时代的病态。我们如何认识这种病态感伤的心理呢？一般都归结为社会心理学的认识，我并不反对这种社会说，每一个时代相沿成习的都会有这种病态，这典型地出现在世界末的情绪，或者大富豪人家与王朝崩败产生的衰落。但我更认为这是一种原型情结，它天生地滞留在富裕人群的精神史上，如果更细致地考察它还是一种人类疾患，特别普遍地出现在城市病之中，忧郁病，感伤病，我们说它是一种病态，实际乃是人类心结之中的一种精神状态，我以为是一种常态，因为我们有积极向上的健康心理，就必然会有另一种颓败忧伤哀愁的心理，最为有力的证明是这两种心理状态无论盛世和末世都普遍存在，很大程度上受个人心理学的性格和气质而决定。这引发了我们谈唯美主义语言的第四个特征：语言敏感，激情、幻想、梦态、迷乱、感伤，有一种病态的敏锐、纤细、阴柔、羸弱的美感。这其实便是郁达夫长期抒发的一种孤独冷艳之美，一如他小说的标题：《沉沦》和《蜃楼》，郁达夫这种浪漫唯美的小说早在1921年便开始了。郁达夫的《南迁》、《银灰色的死》、《茫茫夜》、《怀乡病者》都呈现这样一种语言格调。

他近来觉得孤冷得可怜。

他的早熟的性情，竟把他挤到与世人绝不相容的境地去，世人与他的中间介在的那一道屏障，愈筑愈高了。

……一阵紫色的气息吹来，窸窣的一响，道旁的一枝小草竟把他的梦境打破了。他回转头来一看，那枝小草还是颠摇不已，一阵带着紫罗兰气息的和风，温微微的喷到他那苍白的脸上来……身体觉得同陶醉似的酥软起来……躺在情人膝上，在那里贪午睡的样子。

郁达夫《沉沦》

这是一个忧郁气质的人对外部世界的感受,一种与环境格格不入、病态的孤独,一有风吹草动就无病呻吟了,他的情绪,他的思维触点格外细腻敏感,风的气息与味道,草,草虫的颤动,花及花的颜色,以及病弱之后雪白肌肤下淡青色的血管,病态的娇俏无力,在中国的这是一种阴性的柔弱美的环境,或者还有潮湿晦暗,酸腐霉味的低矮草房子与病床。这种环境最容易触动作家五味杂陈的情怀,使他的神经特别地敏感起来,如果说环境造就了作家和文本,还不如说是作家选择了这种审美境界, 这种对美感的触碰会因人的个性与气质的不同,呈现出来不同的语言状态。在章克标、于赓虞、林如稷那儿是最热情放纵的,语言有一种情绪的力量和弹性,一种喷吐和倾泻的语言状态,那种激动、愤慨、冲动、扼腕产生让人们和语言一起跳动的效果。而叶鼎洛、胡山源、滕固则不同,他们采用一种敏感纤弱的绵长抒情语调,词语在一个春晦之日弯弯曲曲地在小溪里流淌,语言下的人和事物是那么平缓从容。

> 另一台子边,坐着一个人,这人约二十多岁,面目是一个农夫,衣服还是俗家;面前不知放着一本什么经,头低了,差不多离台子只有三寸,将手指细细的,缓缓的,一字一字,由上往下,一行一行,由右向左,移动着;口中更是曼声低吟,随着颂;每一字大概要三秒钟……
>
> 胡山源《睡》

> ……偷看看她那搁在膝上的一双纤嫩的白手,同衣缝里露出来的一条粉红的围裙角。
>
> ……衣服上也没有纽扣,腰里只缚着一条一尺多宽的带子,后面结着一个方结。她们走路的时候,前面的衣服每一步一步的掀开来,所以红色的围裙,同肥的白的腿肉,每能偷看。这是日本女子特有的美处……
>
> 郁达夫《沉沦》

《睡》中那种极缓的念经节奏,与《沉沦》中偷看与衣裙红白相间的肥白腿肉的渲淫心理相结合,正好是唯美语言的节奏,呈现妖艳、肉感、敏感的特色,这种语调我们恐怕不能把它当作观察描写的细腻方法看待, 因为仅是描写的粗略与细致一般作家也能做到,最重要的是他们采用的审美视角,审美情趣,还有自弗洛伊德以来的潜意识心理。我们可以作一个这样的推断,革命者的语言是行为语言，导向语言向外走，在公众领域是横冲直撞，因为它要引起大众的注意，语言要让革命行为导向一种成功意义的目的，它可能是斗争的动力的。而唯美主义的语言是静观默察的，导向心理体验的内向性，它尽量地避开公众语言，走一条隐秘的语言之路，观察别人不注意的地方，但又是关乎于本能冲动的语言，所以唯美语言有其隐秘微妙之处，它揭示的是心理意识之中一些不受人注意的深层无意识状态，它具有的是一种心理的感觉的力量。

郁达夫创造了一种情调语言，任何一个文本都会把读者带入到规定的语境中让你和他的情调一同搏动。他会有一种主观的情绪牵动你，并不用复杂多变的词语去堆砌成华美的词章，反而会有很多直白，贴近事物本身的词语用一种怀旧、感伤、忧郁的情绪去带动语言，如果我们用浪漫派的标准来评判它，思想与情感就显得太概念化，他热爱一些在困顿中的零余人，小知识分子，写他们的理想与情感。他热爱女性，尽量展示她的肉欲的美感，当然他也极尽一些变态的情绪和描写。

> ……呆呆的对着镜子看了一二分钟，他就狠命的把针子向颊上刺了一针。本来为了兴奋的原故，变得一块红一块白的面上，忽然滚出了一滴玛瑙珠似的血来。他用那手帕揩了之后，看见镜子里的面上又滚出一颗圆润的血珠出来。对着了镜子里的面上的血珠，看看手帕上的猩红的血迹，闻闻那旧手帕和针子的香味，想想那手帕的主人公(二十多岁的妇人)的态度，他觉得一种快感，把他的全身都浸遍了。
>
> 郁达夫《茫茫夜》

这篇小说写了于质夫和吴迟生两个青年男子的同性恋。于质夫本身是纤弱苍白的青年，“他的面貌清秀得很，他那柔美的眼睛，和他不大不小的嘴唇，有使人不得不爱他的魔力。”他苍白的脸上，也脱不了一味悲寂的形容。郁达夫热衷的人物造型便是这类典型，说这于质夫是男人，他却写他似女人的妙态。写女人更尽其娇俏妙曼，但也是这般苍白纤弱，这种形象配合着这种词语，这些词语也就是这些人物的写照，郁达夫还让这些语言带上他独特的情调，跟这种语调配合的是长句子，一般描写长句均在100字以上，结合感觉细描时长句内部多次转折，能拉长好几百字。他的变态恋还不是偶尔勃发的，有对西方典型的仿效，他把兰波和魏尔伦作为榜样，表现一种性偏执。语言看似朴实直白但在运用过程中却很有质感，他的句子轻易不能从他的情绪里拉开，细察之下，这与他会渲染环境有关，让词汇置于一种特定的语流而不是硬插一些不协调的词汇，也不能让规定的情调轻易地跑调。这就是其他唯美作家不能达到的。这形成了郁达夫极其自然流畅的语言感觉。

章克标有一种外露纵情的才华，这一点他和林如稷近似。他的节奏很急迫，受一种情绪所裹挟，似乎他构成幻想的成分多，《美人》标准地构成了一个梦境。夜的美人是实体，但皓月白洁之中又是一个梦，似实似虚，美人如梦或者夜里幻想中的梦。他把《蜃楼》也打扮成了一个白日梦，在跟郁达夫通信中讨论《蜃楼》的创作意图，郁达夫已有了他的一座《蜃楼》，陈逸群在杭州养病，特别挑了肺弱养病之处，这不禁让人想起托马斯·曼的《特里斯坦》小说。仅是这个人物冶妮太肉感，行为动作会让性魅力光芒四射，不如托马斯·曼笔下的贵妇人。"……正适合了她的妖幻的梦境，满足了她浪漫的嗜好……他的心里真恨不得把一个在前面蠕动，还满含着烂熟的青春的肉体，生生地吞下肚去……一个柔软的同无骨动物似的微温的肉体就倒在他的怀里。冶妮向后一靠……"要说超过郁达夫描写较困难，但章克标展现了另一种风貌：

我和淑琴自然而然地坐立不安了……娇嗔，媚笑，燕语，莺啼，曼歌，欢舞，还加上管弦丝竹同打牌所混成的一团顶时髦，顶风流，顶肉感，顶荡心，顶诱惑，顶幻妙美丽的声音所鼓动的细浪，不知是从哪处的门缝里，哪一处的窗隙里，墙壁的哪一处的细孔里钻过来，透过来，传过来的。一感染了那一缕的声息，像细菌繁殖一般，顿时我们的房间里，空气像沸腾了，座椅像癫狂了，床褥像奔跃了，电灯像爆裂了，全房间像有几百条火蛇乱舞着，那些火蛇烧我们肉体，刺我们情感……

章克标《蜃楼》

章克标的语言更具有一种情绪上的奔涌，词语之间更具有跳跃性。但章克标也有词语组合生硬的痕迹，他和林如稷都属于思维速度快，跳跃性强的具有节奏感的作家。章克标语言还有一个大特点，他的语言有一种向下接触事物的感觉，通俗说有一种生物学拟想与感受。他所触摸的事物，除了美人之外，还有《草的感觉》、《银蛇》、《蜃楼》、《一个人的结婚》、《美人李》。他写李子接近成熟，可以采摘时：

周身渗了一层白粉，像小女的薄施化装，若我们用手把这层白粉擦去，便露了一个精干净的肉身，那时绿澄得同碧玉浸在净水中一般……一口咬下，便劈了她全个的皮肤，直切进到肉的深部，一种鲜红的色彩，贴核的中心，向四周放射，像没日的红云一般娇艳，像酒醉的少女一般芳醇。

章克标《美人李》

草荐把尸身翻动一回，却透了些风，现在又已许多时闷在这草荐底下，清气也吸不到，却专嗅那尸体的腐臭。老人这一番骂很引起草的同感，不住点头表同情，草有时固然欢迎人的践踏，有时却也要那清风的轻拂，太阳光的爱抚。在早几点中被人践踏了一阵的草，现在是要有一个酣畅的休憩。

章克标《草的感觉》

将植物采用移情、拟人的方法来描写，这从审美上倒也不奇怪，但章克标写得如此感同身受，体验入微却也是极不容易的。这使得词语具有非凡的生命力，语言从情感与人格中淘洗而去。说白了，让语言具有如此生命的灵性感，或者说在《蜃楼》中展示的身体写作的色情感，让人们达到语言上的共鸣这绝非一般寻常者所能达到的。

我们回头再谈郁达夫的语言。从语言和文体角度来估评郁达夫的创作，在中国现代小说史上怎么评价也不为过。是他创造了中国小说有史以来的一种浪漫的主观的抒情文体，一并也就创造了一种描写诗意化的情调语言。并且将这种情调语言和抒情文体风格化。在1923年以前他便有了十几篇这样的作品，《茑萝行》和《春风沉醉的晚上》便标志着他这种抒情文体的成熟。我们现在考察一下他这种抒情文体包括的要素：其一，现代小说的革命从代词开始，"我"作为文本的主体，意味着第一，自我设计形象，第二，主观抒情和体验，第三，个性自由地发挥，是一种无拘的文体。这标志着自我的私小说开始，他的核心原则是探寻自我，张扬个性。同时把一种自由的理念作为文体和语言的要素，说自然是他有自然风物的美的追求，说主观是他把个人情绪的奔涌自由地发挥。他使一种文体具有极大的包容性，有散文、日记、书信、考证、故事、自传，包容一切文体又铸成了一种自我的抒情文体。其二，他以忧郁、孤独为其内省方式又以凄切、哀婉为其情感格调。竭尽全力挖掘人的五官感知能力，色彩上偏于冷调性，声音上回环纤细，嗅闻感知极尽细腻多变，触抚中表现人的敏感、神经质，以极端的感受能力深入到情感，情绪回环多变、起伏跌宕之中展示人物意识的多重心理与多重影像。其三，所有的语言都着人物主观之色但又极大程度地贴近客观事物，达到物我两融的整合状态。这种语言极具诱惑力，一方面，具有高度的描写性如山川河流、风花雪月、各种植物与自然环境。另一方面又是情绪的自由流淌，潜行心理层面但外化于一切人与事物之中。再一个方面，这种语言进入五官感知和体验层面，使人的语言具有质量地贴入人的肉体与精神，使得语言不流于空泛，有一种自然生命的感受力。其四，郁达夫语言趋向风格化，这里整体的抒情风格与单篇文本风格既统一又有差异。总体上是一种幽婉凄切，飘逸清丽，语言情感的诗意化，在幽微处是一唱三叹，回环往复，情在笔尖，意在笔后，神在全篇。《沉沦》里苦闷忧郁，《采石矶》忧愤暗讽，《茑萝行》清纯幽婉，《春风沉醉的晚上》情感高洁，意境宽朗，《迷羊》绵密详细，《青烟》清丽隽秀，《烟影》感伤凄清，《迟桂花》清香幽婉，《蜃楼》幻情幻景幻欲，《她是一个弱女子》神情忧患。由此可见，他的风格里情绪是其底座，语言形式是表层的诗画，他不是以结构的力量带动文本的前行，而是以其气氛韵调为境界渲染，然后是以情以意为轮盘带动全篇，最后才见整体语言构成的神采气质。其五，感伤情调，颓废精神其实是一种美学追求，是时代和个人的认知能力所决定的，其实是没有什么意识形态观念的好坏等级的价值评估的。说白了是一种美学现象而不是一种政治现象。色情也是一种唯美的追求，是一种欲望的补偿，这方面郁达夫已近极致了，其代表作《蜃楼》真是活色生香娇艳无比。

> 那双肥小的脚，还同十二三岁小女孩的脚一样。我也曾为她穿过丝袜，所以她那双肥嫩晰白，脚尖很细，后跟很厚的肉脚……从这双脚，我能够想出许多离奇的梦境来……吃饭……粉白油润的香稻米饭……那双嫩脚，那么我这样的在这里咀吸，她必要感到一种奇怪的痒痛……一双肉脚伸出来任我咀嚼的时候，从她那两条很曲的唇线，必要发出……喊声来。
>
> 郁达夫《过去》

色情如此，情何以堪。何种文字何种细节能传导出这肉欲的极致呢？更不说那浅雪风景的神秘与静默，还有日本碧空如洗，晶蓝润透，《迟桂花》中的月色朦胧，空气清幽风景如画，美不胜收。《青烟》里月下江流，青山辉放生命的神韵。《薄奠》中远山轮廓顶着蓝幽幽的天，苍苍与晶晶相融。还有北京的陶然亭，芦荡残照，光影变幻，色彩纷呈。既有西方印象派的绘画之蒙胧迷离，又有明清小品里的清细婉丽，真切性灵。郁达夫给我们的启示是语言与情感融合的极致运用，所谓艺术追求便是追求情感的细微与极致表达，所谓艺术追求便是让语言在各种感觉器官里释放生命的极端体验。语言既要有一种天然效果又是人工修辞的极致。

滕固的文本值得注意，其重要性是他表现了直觉主义的审美，这种审美感受使身体器官的直接感受上升为一种艺术美。《壁画》写绘画，《石像的复活》写雕塑，《十字街头的雕刻美》寻找美是什么？找到雕刻美。《迷宫》写欲望的迷宫，表述为一种直觉感知，也会有重重叠叠的复杂形式。我对K先生虚拟的自白语言，对其个人心理做一次解剖，迷宫是什么？金钱荣誉女人，总之一句话欲望。一个人必然是堕落在自我的欲望的迷宫里。迷宫便是一个人的象征结构。《狗》采用动物的视点，借助嗅觉在寻食的狗，人与动物的换位，我由主动变被动，我害怕，其实主人公不过在公园做了一个梦。《奇南香》中利冰往日恋人晴珊要结婚，他选了奇南香作为礼物。因为他曾用奇南香给晴珊治过病。这香气和他过去的肉欲紧密关联。滕固写了些什么？画、雕塑、雕刻、迷宫、狗与食品、奇南香，这一切形式之美都和女人的肉体发生联系。表明美是感受性的，是直观的，尹先生能诗会画，不厌其烦地寻找美的材料，有人说美在酒里，有人说美在女人的灵魂里，他终于找到美在雕刻里，看来他主张美在艺术里，但是最后反思所悟认为美在自杀里(见《十字街头的雕刻美》)。滕固的文本其实无时无刻不在寻找美，他通过自白倾诉，重点在于表现个体对各类形式的感觉与体验，然后通过体验式的分析性表明美在直观，美在感官。“视觉的和听觉的印象直接地进入审美的事实……审美表现是综合，其中不能分别什么直接和间接的。一切印象，就其审美作用而言，就让这种综合摆在平等地位了……审美的感官说，还以另一姿态出现：就是要证明生理的器官对审美的事实为必要。”[①]克罗齐的美学理论1909年便有了英译本，应该说中国现代小说的唯美派中滕固是最直接实践了克罗齐美学的。滕固的小说也有抒情色彩，但比郁达夫、章克标、林如稷、倪贻德的浪漫浓烈的抒情言要克制得多，语言的客观色彩要多一些，相对使用短句更具有节奏感，同时简练朴实一些，滕固的短篇小说结构与篇幅均精致一些讲究整体上的控制，当然，进入局部的细腻描写时他仍是铺排夸张的，也有那种放纵式的倾诉，所不同的他的文本带入了分析性的反思。

早期自主语言特别集中1922年和1923年，似乎有一些爆发。这和现代小说早期的繁荣有关，也与现代作家大量的留日和去欧洲学习有关。这种美学思想

① 《美学原理》，(意)克罗齐著，朱光潜译，人民文学出版社，1998年版，第22页。

直接溯源于波德莱尔的现代主义思想,或者说是美学现代性,更重要的是弗洛伊德的精神分析的社会思想潮流的影响。同时也与语言的自主意识,主体性和整个世界性的文化思潮演进不无关系。因此,自主语言的特征很难说是单纯的中国特色,这一点它不同于乡土语言和社会革命语言。我这里简略地归纳一下早期自主语言的特征:

一、早期自主语言是一种主观的情绪语言,是一种唯美的形式语言,这一点刚好与客观的乡土语言形成对照, 又和社会革命语言的粗糙肤浅自白显示出语言上的巨大差距。因而与此相关的它是一种身体感觉语言,语言是一条感觉和体验的河流,当然也表述了人性的异化的状态。

二、早期自主语言一经产生,语言是繁复的、修辞的、文体的,基本是一套人工装饰语言,语言的技术性决定了语言的形式感。当然也有一部分成熟的自主语言发展为文体语言、风格语言,有一种天然去雕琢的纯粹美,这主要表现在两个方面:一方面是对自然风景的描绘,艺术美就是对第一自然本色美的追求与表达。另一方面是对人体美的极端细腻与欲望化的描写。

三、早期自主语言特别追求语言的形式感。从语言陈述方式上看,多采用怀旧、回溯的模式,大量地表达幻觉错觉及梦境状态。一方面追求清晰准确的客观摹写,另一方面追求主观的蒙眬迷离的幻想状态。讲究的是效果语言,而非语言的客观尺度、数量、程度、性质的精确严准。在词语方式上是采用的以多胜少。(鲁迅是采用以少胜多。)特别突出的是语言形式美即指它的节奏感。因为表情达意,语言和情绪是融会贯通的,语言节奏与情绪节奏相适应,但最重要的是语言节奏变成了词汇组织的安排,变成句子的分行排列,有的以短句跳跃,有的以长句绵连回环。

四、早期自主语言主要讲究在词语运用和情感抒发上的一种有机的效果,因此这些文本的解构比较单一、拘谨,意境是清新婉丽的,但却是一个比较小的格局之内。自主语言的杰出之作多是精彩的短篇。中篇也很有限(郁达夫和周全平才有),长篇大都变成了言情的通俗小说。总体我们可以称早期的自主语言为情调语言。它虽然是个性语言但都是一种私小说,它虽然是风格语言,却把抒情的内容与程度推向了一种模式化。因而我们可以说这类文本是语言的而非结构的,是形式的而非内容的。

五、早期自主语言是一种身体语言,或者说是一种器官语言,是一种未经组织化的器官语言,因而它是感性的、是直观的,这种语言带有浓厚的感觉体验色彩。具体说,自主语言的色彩、声音、重量、软硬、质感、气味、光泽、速度、触抚、情势、意境等都分别对应了具有个性感知能力的人的器官。语言可以直接进入肉体刺激然后渗透心灵感受。自主语言可以决定人的感受性能力和丰富程度。

第三节　自主语言的成熟:三十年代前后

为什么把自主语言的阶段性放在1930年代前后呢?其一,唯美主义语言在1930年代仍活跃着,有小小的高潮之感。其二,新感觉派始于1928年9月,实际兴盛在1930年代。施蛰存说:"我把自己的创作生命从1928年算起,因为《上元灯》一书编成于1928年,到1937年因抗日战争而封笔为止,共有十个年头。"①这是一个非常适合划分自主语言由成熟到高峰的时间段。因为这是它新感觉派鼎盛期。创造社以1925年为界分前后期也坚持到1929年，狮吼社坚持到1930年,《沉钟》坚持到1934年,《现代》杂志坚持到1930年代之后,他们的创作正好延续到1940年代初张爱玲的小说出现。而张爱玲的创作高峰正好对应了袁犀、爵青、共鸣等人四十年代前期的创作。而1940年代以后自主语言从总体趋势上是下滑的,抗战结束,共和国成立之后自主语言大约有四十年之久处在被封杀之中,几乎没有踪迹。

这一时期的自主语言继续沿袭了唯美主义的表征,值得注意的有邵洵美、陈翔鹤、陈炜谟、周全平、林徽音等人,当然徐讦、叶灵凤、张资平等也在关注之内。按说邵洵美、陈翔鹤、陈炜谟应该放在初期的自主语言来讨论。邵洵美是诗人,小说不多,但在唯美派中他很重要。他是1926年夏天从欧洲回国的,使后期的狮吼社进入鼎盛期(那时候滕固已经很有名了)他公开主张:"从丑恶中寻找美的;从苦闷中寻找出愉快的,他的作品也就成了兀傲不群的异样之花!"②邵洵美直接继承了波德莱尔的《恶之花》,他的诗集也定名为《花一般的罪恶》,其最首要的特征带来了他诗歌中的悖论语言:最美丽的与最丑陋的并存,尸身腐烂到极处便是生命的快乐。社会现实和艺术带来了极致的幻灭感和危机感,恐怖与美丽并存。这使一代知识分子产生了悲观,颓废的心理处于苦闷和彷徨的精神状态,于是情绪便变成了无可发泄的哀怨悱恻。由于孤独的人生态度,从审美态度上邵洵美与滕固都是唯美主义态度,而且他俩主要写诗,滕固的小说

---

① 《十年创作集·引言》,施蛰存著,华东师范大学出版社,1996年版,第3页。

② 见《民国日报·觉悟》,1924年11月16日。

十分独特已造成影响，邵洵美总共也就十四篇小说。但他出手的小说《搬家》立刻受到了郁达夫的好评，把他比作爱尔兰作家摩尔，小说飘逸，有诗的笔法。当时在病中的叶秋原致信邵洵美说："《搬家》是我近来看到的最得意的一篇。"并认为"确为我国小说界开一新纪元——至少发现了一条新光。"(见于《贵族区》陈子善的《序》)这个小说写自己搬家时要移动从欧洲带回来的沉重的箱子，想象里面有金元宝一样的惊天财富，迫切急忙打开箱子，其实不过是欧洲旅行时的一些账单、门票和各种纪念品，他回想起巴黎的一个夜晚他和老谢同处一客栈，他在扶梯的四楼听到女性的尖叫，还有打翻的凳子，地毯上的跑动，打人声音，摔在床上的声音，挣扎与反抗，"我"准备去英雄救美，但又猜想室内可能的各种状态，如果是娼妓呢？或者是另外状态呢？我挣扎于自己的内心——心灵的反抗与屈服。房间内倒成了一个秘密。第二日客栈左门女子身影出来去了邮局，"我"去四楼把消息告诉老谢，老谢一夜未回客栈。小说表现的我的窥视心理对某种不确定性事件的猜测、反抗与屈服的矛盾心理。小说写了一种"我"的想象，句子灵动，情绪贯注，结构也比较精致，脱离了当时纯粹写肉欲和颓废，不是那种要死要活的自我挣扎。把我们从彷徨苦闷中移开，转向对某一事件的关注，对某一事件未被确定的想象，同时也是对自身道德伦理及自尊正义的考量。《自白》是一篇元小说。英甫想把自己的遭遇写成一篇小说，总是寻找角度与方法，如何去写和某个女人邂逅呢？在中华旅馆和一个妓女贪欢染了花柳病。戴医生和英甫讨论病情与可能性。英甫处于死亡的悲怖之中痛不欲生，可是同他住了两天的Mary来找他来了，告诉她因为爱他，故意让他染上病，因而可以一生一世服侍他。在这里爱超越了疾病，这里英甫在自白，戴医生在自白，然而真正的自白只有妓女的爱。第五节Mary的爱的自由节奏处理极好，把绝望—恼怒—哭泣—倾诉—和解的过程予以展示。最后他解除了家庭婚约和Mary结婚了。这两篇小说构思还是精巧的，语言比较灵动，而且保持心灵自白的倾诉性，基本用诗人语言写小说，跳跃、想象、内心，还有一种口语言说的延续，有明晰的节奏感。如果从小说的多样性与技术性看邵洵美赶不上滕固，他们两个人都使用自白语言，滕固就冷静客观得多，同时具有很好的描写性，描写的细腻与情绪和感觉的细腻是同步的。邵洵美多对白，多跳跃因而把语言的细微处给省掉了。仅给出了氛围感。

周全平有一部中篇《林中》，我们依秩序将他文本中的小说标题列出："林中"、"薄暮"、"童时"、"姑母家"、"湖畔"、"秋雨"、"他乡"、"佳节"、"月夜"、"姑母家"、"微笑"、"薄暮"，这些词汇业已表明了文本是以青年视角写家族的自然风光的浪漫抒情小说，这样的小说很容易想到施笃姆的《茵梦湖》，而《林中》这个小说也确实有这种效果。首先他极尽了能力描写风景：

> 湖水浩浩的，荡荡的，一直向前……明亮的深蓝的秋天把湖水映成一片浓碧，世界浸在碧色的水晶瓶里了。光芒四射的旭日，把自己的影子投在湖中，湖面起着涟漪，每一片波纹上反映着一些日光，漾漾地，闪闪地，像万条银色的玉龙在碧琉璃中游戏……茫茫的碧水，遥遥的晴天，在无尽的远处，连成一线；更不晓得这一线是怎样一个地方……寥廓的碧色世界中，除了浮在水上底几叶棕色的孤帆，和飘在天上底几片白色的浮云外，只有几只银色的水鸟，沐着日光，在湖面低回，飞翔；而湖里唯一的乐音，就是那昼夜不息的波浪所咄底幽抑，呜咽的涛声了……小舟渐渐向前，一弯眉黛的远岸，渐渐随着东流的湖水浮到面前来了。隐约的远山……淡淡的青色，渐渐加浓色彩，而浅蓝，而深碧，而翠绿。它们静静地浮在湖上，自身底浓影投在明净的湖中……
>
> 周全平《林中》

可是《林中》的风景描写是无法摘引的，例如第一节《林中》先写湖—天—舟帆—远山—林—林中鸟—岩石—树与草—山顶—山中之水—村庄—湖。大约有2500字全是由这样的风景组成。同时他把人物也当作风景一般进行描写。

> 他（仙舟）踞坐砂丘上，两手托着下腮，在迷迷地冥想……他眼前是如此美丽的一尊女神。——啊！他眼前是如此美丽的一尊女神。他青年的情火，在胸膛烈烈地燃烧起来了……她把面转向湖中；然而仙舟看见有一滴清泪，从幽怨的眼波中落在她的袖管上……湖上的凉气丝丝透入肌肤，有怪枭鸣声从林中叫出。天半有一片灰色的云在月面浮过，景色便渐渐暗淡。
>
> 周全平《林中·湖畔》

清纯风景，美丽佳人，浪漫情感，天然一种优美风光画中的爱情。我们把《林中》和沈从文的乡土浪漫爱情比较，很明显《边城》、《阿黑小史》是一种民族爱情，而周全平完全是西化了的庄园式风光爱情，他的诗情画意在大自然的欧化式描写的风光中，其特点是景纯、人纯、爱纯，绝对理想化的超尘出俗。因而语言也是纯粹的未被污染的。

我们可以肯定的是，这里的语言仅表现纯粹的美，而与观念价值评估无关，是语言的作用显示了自然的纯粹状态。

我们看露萍、启英、歌娘，与其说她们是作为美人的存在，不如说是作为风景的存在，她们凄艳婉丽，在那个大杉林、榆林里仿佛精灵一般，然而都逃脱不了悲剧的命运，浪漫风景中的美人悲剧更有其情感上的冲击力。仙舟和露萍相爱，但露萍却嫁给了李光韵，李光韵品行不端，在公众场合欺侮歌娘，被仙舟打抱不平，再回到姑妈家，美丽的启英表姐又死了。数年后他再次遭遇露萍，她有了小官官而被丈夫休了。在美丽风景中的悲惨命运，最后变成一个老者终老林泉。这种小说故事并不重要，简单，平面，重在人物描写与神韵，甚至人物也不重要，而重要的是风景的美丽。这在20世纪20年代后浪漫小说刚刚勃兴，已经是非常不容易了。能把自然风景人格化写得如此之神妙细腻，应该说和欧洲的浪漫风景小说没什么差别。从类型化来讲，此后数十年再没产生过类似的浪漫抒情的风光小说了，当然这仅就中篇小说而言的。

林微音几乎是一个谜，今天很难寻找他的生活踪迹，只知道他和芳信、朱维基一起创办了《绿》杂志。他信奉的是唯美主义艺术观："生活，正如一件艺术作品……是的，要使你的生活成为一件精致的艺术作品，这样，你的作品也能成为精致的艺术。"[①]他的小说有《春似的秋》、《天堂》，最有名的当数《白蔷薇》，1929年出版的小说集曾以此为名。他爱采用书信式结构写小说，而且是所有小说史中的一种奇怪方式，他完全撇开了众人注意的视野，化腐朽为神奇地在单词、词语、意涵上翻出新的内容和看法，从而引入新的思考，使一种语义我们完全可以有新的经验。我们可以重新思考小说，智慧征服日常经验，我们完全可以悖论式地处理我们的语言，在一些异常事件里包括着边缘经验，我们要有新的整合方法。有些句式是毁灭性的，既不肯定也不否定，或者是肯定时不否定，或者肯定时又否定。对任何一种肯定或否定的方式我们都要非常警惕。"它排除了一切不被渴求的事物那样，它也无情地排除了受渴求之事。它取消了它所针对，所否定的那个词，却也取消了它似乎保留的另一个词。"[②]有时候放弃就是获得，在句式上我们情愿什么都不选择，它会胜过我们选择的任何东西。语言正是如此，许多地方让它空白起来比让词语填满要好，词语在那儿的时候，

---

① 《为艺术而人生》，林微音，见《绿》第二卷第一期，1932年10月18日。

② 《批评与临床》，(法)德勒兹，刘云虹译，南京大学出版社，2012年版，第146页。

我们要追问它为什么?《春似的秋》是一个很抒情描写性的标题,他采用书信方式讨论的都是几个词语在日常生活中的应用。首先,露仙用元语言同斯滨先生讨论的是针对信而写信的原因,什么是秋?我理解的秋,秋味,激秋,致秋,关于秋的诗,一封信,夫人给他的信。在又一封信中露仙讨论的是性别认同问题,为什么称露仙先生?"我想你也在想象,正如我尝想象过你一样。"书信由你的讨论转到"我",讨论的是一个生活细节,"我"被一个男人盯住了,多次巧妙地甩掉然后还是盯上了。"怎么你老是盯着我?"很有力的责问,而反问更有力量,"我为什么不能盯着你?"以此补证"我"也是盯上你了,为什么不呢?一个"盯"字构成文本,同理下一个讨论时居斯滨说居斯滨不在,一种否认自己之罪。表明他已经屈服了,这正好是"我"失望的,"我"盯你并不希望你屈服,"我"爱的是你的傲岸,你却说"我"屈服了。随之"我"的盯也互解了。这是一篇关于词语的推理小说,侦破的是词语本身。《天堂》中讨论的是一个自欺问题,很多堕落的生活我们从观念上讲是不好的,例如去浴室按摩用手用嘴,类似旅馆、舞场,与娼妓舞女鬼混是不好的,用一个比喻:那是下地狱。可这是自欺!为什么?每个人都在堕落中享受快乐,人的每一个器官均是有用的,我不能让它们空置而浪费,官能多一种享受便多一份快乐,因此去地狱路上便是上天堂。我们需要颓废,堕落因为它是一种美。《白蔷薇》里一民和若兰是夫妻,若兰和雅茜是闺蜜,但一民和雅茜有一种欲望,这矛盾的欲望很纠结。三个人之间彼此都被矛盾的欲望所笼罩。这种欲望是一种病。奇怪的是三人恋各取所需,所印证的是《莎乐美》主题:爱比死更神秘。所爱之人全部走了,妻子若兰也离家出走,雅茜也归叔雄了。"我"依旧是形单影只,但爱依旧在"我"的内心。林微音和所有小说家不一样,他别具一格,别具一格的思路,别具一格的语言追问。

陈翔鹤的小说有《茫然》、《幸运》、《See!……》、《西风吹到了秋边》、《一个偶遇的故事》、《悼》、《陶渊明写(挽歌)》等。就每一个文本而言,可能与婚姻家庭有关,就整体来讲真是无法说出陈翔鹤写了一些什么东西。从他的婚姻而论或许有些自传性,这从《悼》中可以看出,但把所有篇目归拢后并无法看清他一生之行踪。从文字风格看最显著的是他语言的自白性。他在表达自我的矛盾状态。或者属于一种纯精神性想象,有时可以看出他有妄想症、发狂、精神间歇,但都具有反思性,在追问什么是命运?何为爱?他要呼吁,他要反抗,同时还兼有一些忏悔意识。《一个偶遇的故事》对大姐之死的感时伤逝。可怜的生物体都是无可奈何的。《茫然》倾诉性的自白,C君精神昏乱,他百无聊赖转向D君倾诉(写信),朋友B君来了寻欢作乐,C君爱上了唱大鼓的姑娘,最后天各一方。《幸运》写D君之死，死于精神分裂、妄想症、花痴，他有心爱之人婉如，却是梦幻一场，人生用佛家语："空幻"二字便可以解释，他渴望成功。《See!……》中第六号伙计，第八号伙计，太太等人一种狂想症的对话。企求生活中最应该有一点新的东西呢？这些小说是干什么呢？其实仅有一个精神近于分裂的抒情形象：孤独得发狂的零余者。展示的是内在的精神冲突，他那不安的灵魂总在求索中失败。

他的创作语言特点：一、人物是符号化的，可以用英文字母替代，而整体文本中他又是一种互文写作，人物分裂为多重影像，最后成为一个形象的象征体。二、语言等于思维、跳跃、分裂、拼贴，更重要的是一种精神想象。语言追随情绪有一种流动感，表现特别好的是在《看》中看颜色，看肉体，看香气，看笑，看对话，看女人之一切细微处，看两个精神病患者互相冲突，"失望"一词本质上也是看。最后便是呼吁"拯救"。三、他的每一篇便是整体，从整体看他就在写一篇小说，个人自我的精神追索，因此全部都可以理解为意识流小说的自白方式的展示。他的意识流大部分体现在情景融合。

陈炜谟是一个不该被忽略的作家，从纯小说的技术层面看他实在比陈翔鹤、邵洵美、周全平、白采、陶晶孙等人更优秀，他特别讲究词语和句子的运用，其构思也颇费心思。他小说成绩倒不在他拥有乡村与社会时代的写实性文本《烽火嘹唳》和《狼筅将军》，他的特色在描写和叙述的能力。他语言上的功夫成绩更突出。从浅草、狮吼、创造社出来的作家大部分是语言随着情绪的流动走，显示出情感的特点，而语言仅作为某种风格而存在。陈炜谟的语言必须根据客观景物与人物情感的融合，另外安排语言的节奏，组词是他个性特点的外化，句子也长短不一，他的语言凸显了文本特定的语境，且有一定的韵味，另外很重要的是他的语言有立体感，他的重复或者断裂、跳跃都根据情势来。《甜水》中葛罗静总是单调地反复一句话"为我施一点轻便的手术……"余意未尽，这种朴素的总是重复地延异了意义的出场，使整个文本场景的情势都围绕这句话驱动，同时也制约了他的马医生。待所有的事件进程都清楚了，他要求的是割除下体，这让所有人震惊，但又合乎情理，如此重复四次时表妹琼瑛的悲剧故事还在进行中。他把全部激情控制调整换成一个病人缓缓的病态语，充分让句子断开并不断停顿，但罗静为什么这样做？殉情。为情所致而戕害身体。整个文本的语言是舒缓的，犹如一字一顿，但内心情感悲怆而充满浑厚的力量。《烽火嘹唳》首先给出一个悲壮低沉的气氛：

丝丝的细雨，仍旧络绎不绝地，落着；蓄怨的天空中，且加上一层乌油油的黑云，微风吹着树梢，葱绿的叶儿，唏嘘的微语。远处村落中送来一声声的犬吠，幽咽而凄哽，将这瞬间化作惨淡、肃杀、幽闭、凄哀的世界。濛濛的细雨，仍旧忿恚地从空中飘坠。——不，已澎湃、潇潇、怒涛狂浪般倾盆而来了……山坳的平林，萧条的古庙，畸零的村落，都在大雨的狂怒中，模糊——黯淡。

黄昏的微光，一分一分的减少；黑暗势力，一刻一刻的增加，一切都笼罩在黑暗里——圆的天空，矮的小树，四周的繁花细草……

陈炜谟《烽火嘹唳》

川滇军阀之战给人带来的恐怖感也给环境布置了一种色彩与气氛，但又不故意特别的夸大，这种环境气氛为下一步军阀向农民开枪射击的暴行进行烘托渲染。注意，这些词语的使用是精心挑选和组合的，他的分句断裂与组合，用了一些对仗、排比的修辞，陈炜谟是有意突出语言的描写功能与节奏效果的。这实际也是一种情绪语言，但不刻意给你一种大幅度的抒情感。雨京和紫笙两人在烟雨紧锁、战云密布的环境里穿行，那种氛围与情绪，还有王营长指挥的战争中那种惨烈的描写均开启了七月派小说家的情绪描写。《狼筅将军》中我暑假回故乡，听取了乡邻石隶讲土匪和军队之间的厮杀，这侧面笔法竟然比正面笔法还惊心动魄。这种侧笔竟然连写句子也主客体易位，他不写我们坐在石凳上，而写客体主体化，石凳许久没有肩着人体的重量了。晚上回忆时似是想象性描写，又如置于一种夜的梦境之中。把现实与幻想结合起来造成亦幻亦真的效果。石棣的讲述是典型的口语化，因而小说的句子的断裂与延续都是以讲述口气显示出来的。于是战争、军人、杀人、祸民的价值倾向都在说话中显示。他所表现的语言风格在《烽火嘹唳》中是一种幻境深沉，情绪急迫。《狼筅将军》的口语诉说，亦庄亦谐，是一套讽刺笔墨。《夜》是一个乡村故事，箴婶婶在难产中说是遇到鬼啦，信哥和蕙哥为她打鬼。鬼没打着人死了。写的是家族生活艰难不易。《寨堡》中熊震东五年没回家，这次回家处理家事。故乡似一座寨堡，不断想象着它的影像，他处理完家庭纠纷再返回P城。这两个小说从“事”的意义上未见有什么意义。乡村打鬼与家庭纠纷是故乡的日常生活事态，可见，他运用的是一套的写实笔墨，但语言用的都是亦幻亦真：

凝神想去，这座石城便在脑中消灭，或者紧闭着门向他拒却，好像他是一个闯入者……看看蜡烛，它旺盛地燃烧着，没有一点啬……它就能耗尽我们，用着它那鲜红的火焰……燃烧亦是一种工作啊。像一座寨堡一般，工作可以防御我们……以后故乡的影像便不时从他的脑里出现……筑好堡垒……凝神想去……踪影全无。

陈炜谟《寨堡》

什么是寨堡?是故乡,是一种影像,是一个模糊不清的迷梦。对熊震东而言是一个象征。陈炜谟的文本总会去写一个实在的事实,与故乡、与个人、与时代战争相关,但却喜欢在“事”的周围布置一个环境,这个环境是想象的梦境中,或者是一个不稳定的象征物,他对一切事物含有一种忧患,一种隐痛。但可以看出他个人又不具有解决这个事件的能力。就像他在《轻雾》中所想象的:我们不必戴着面具厮杀而要和谐共存，但这仅是一个幼稚的幻想，我们最后只有“孤寂与冥想是时常相伴的,素云自然也不能例外。”

现在我们说说海派作家。典型的海派作家应该是新感觉派的刘呐鸥、穆时英、施蛰存,另外叶灵凤、徐讦、予且、张爱玲、苏青、东方蝃蝀还有周天籁、潘柳黛、施济美三人。还包括有曾虚白、徐蔚南、崔万秋、章衣萍、杜衡、叶为耿、曾今可、黑婴、禾金等人。海派是一个比较宽泛的称谓,主要针对资本市场的商业化与都市市民的世俗化与通俗化,表现的是都市男女主题,因而注定了他们是表现情爱的性欲的。我们几乎可以把他们称为一条情感的河流,但这一切都紧扣了人性与本能,特异之处是他们从城市罪恶发现了美,发现了忧郁与颓废,我们可以极简单地归纳出他们的特点:其一,书写以情感人性为主的爱情小说,这个起点是从鸳鸯蝴蝶派开始的。其二,从社会政治的文学转向个人体验感觉的向内的文学,表现的是一种个人的思绪与感受,这一点又可以归结到新感觉派小说。其三,注重对文学纯形式和艺术的探索,语言华丽雕琢,讲究选词造句,甚至调动全部感觉器官极致地表达人的感受和体验,语言上也主张一种极致的表达,创立了一种抒情的风格语言。其四,产生了一批先锋派文本,导致中国首次出现现代派的创作方法。这又可以从唯美主义小说、象征派小说、意象派小说去寻找踪迹。从生活形态看海派作家关注当下都市生活中各种形态:城市广场、交通工具、夜总会、酒吧、摩天大楼与百货商场、跑马场、赌场、证券市场、马路上的都市风景线、披头士、爵士乐、妓院、百乐门歌舞厅、外滩码头,南京路、假面舞会……可以说他们极尽可能地演示现代都市文明的现代性,即所谓的上海摩登。

我们在这里剖析几个作家,看看他们文本的艺术贡献。先从今天文学史不太注意的作家说起。先说女性作家施济美。施济美(1920—1969年)笔名梅子、梅寄诗、方洋、薛采蘩,祖籍浙江绍兴,生于北京,自幼喜欢中国文学,爱梅,1927年随父亲到南京,有一个《红楼梦》似的大家庭,1935年就读上海培明女中,1937年考入东吴大学。新中国成立后在上海静安区71中教书,1968年5月9日结束生命。她的重要作品有《凤仪园》、《莫愁巷》、《井里的故事》、《群英乱飞》等。

> 淡云对着扇子仔细端详:檀香的扇骨,镂空的细花,白绢的扇面,琥珀色的流苏……既没有画,也没有字……这空白的扇面就如同没有玫瑰的花畦,没有太阳的白昼,她这一生的日子……(表哥送的生日礼)
>
> 画,像尘埃下的刺绣,掸去这层灰,底下的玉色缎子和五彩金银锦线,还保持着绚丽的颜色,只不过悒郁了一点;那些灰暗的记忆复如是,虽然惨淡,却并不朦胧……从朝霞般的娇红到绝望的死灰,是那个名叫"命运"的画家,握着"时间的笔"……画下了那些画……
>
> 施济美《莫愁巷》

在小说中,王文先与表妹尹淡云是天生一对。尹家衰落亲事变更,20年后谈云做了姑妈的贴身,这里暗借陆游与唐琬的故事,也挪用《钗头凤》,李商隐的无题诗,朱淑真的断肠词。文先送淡云一把空白扇,用缺席法写往昔情怀。一把扇子的空白绢,想象绣画里的容颜,尘缘已断恩爱永在,这种凄美的爱情故事完全是古典文学中挪用的雅词余韵。施济美一生的创作都离不开古典风范里的雅韵风采。从原型来讲,家族家庭与古老的宅院既是我们人生的出发点,也是归宿点,怀旧模式是向我们生命的出发点回归,本能本性含有着个人经验的历尽沧桑仍要返回人类的童年,只是我们要把情感、生命、人性全部提升、净化,然后返回到原初的朴实,那里依然燃烧着生命的激情,永远是人类最美好的。这种古典余韵实际是向生命的回归。她的长篇写尽了这种古典风韵里的人间情怀与个体生命的记忆。坚持的情感底盘是她无尽忧郁感伤情怀,这种感伤是脱离现实尽量地向理想回归。"素朴型的特征在于感觉占据优势,而感伤型则是直觉占据优势。感觉造成对客体的依恋……直觉作为某人对自己无意识过程的知觉,使人撤离客体。"[1]我们的生命一种是不断增加东西,一种是不断失去东西,施济美是属于失去东西的那种,所以她的心理特征是感伤型的,其

---

① 《心理类型》,(瑞士)荣格著,吴康译,上海三联书店,2009年版,第110页。

感伤让我们在脱离现实的一切事物，寻找过去尽可能的完美，回忆，无意识幻想，想象乌托邦理想，在不可得到中便会更加感伤。施济美便是写尽了那种感伤之美。典型的意象特征是，美人依旧，废园，乡愁，故国不堪回首，皈依，回忆，病态等。所谓感伤一定有某种不可追回的东西，由此可见时间是一个永恒的敌人，“失去”一词便有了主题意义。《晚霞的余韵》韩文渊回南京姑母家在玄武湖独游巧遇美人，费尽周折才知道她是秦淮歌女，虽然双方相爱，却因战争爆发而不能结合，但是美人被永远定格：

> 什袭珍藏的那张照片：还是圣母型的脸，修眉如鬓，樱唇上挂着神秘的微笑；长睫毛下流露着的眼波……凝视……多了无限幽怨，悲忿。
>
> 施济美《晚霞的余韵》

> 水红菱倚在门框儿上站着……玄色长裤底下露出一双挺俏式的脚……雪白的丝光袜，满帮子绣花的黑缎鞋……鸭蛋清的衫子，又紧又窄，几乎是包着身段儿裁的，油光水滑的头……泰西缎的黑亮黑亮，瓜子脸，尖尖下颏儿，皮肤并不有多白，可是黑得俏，高鼻子，小嘴，一双娇滴滴滴滴娇的媚眼，不笑也含情，笑起来那眼珠子转啊转的……
>
> 施济美《莫愁巷》

人物描写前者采用白描，后者采用工笔法，都极注重写眼睛逼出所有的情韵。她写尽了女人的幽怨与顾盼多情。施济美的美学专注于纯美，不描写丑恶的事物去影响美的印象，因而她语言里有一种单纯明快的节奏，例如《小天地》开篇便说：“暮春时节的黄昏，古朴……舒徐的美……屋顶上飘起了一缕缕炊烟？你听，钟声又响了起来，颤动而悠长的余韵，在微风里漾着，然后，渐渐地飘远了。小雨濛濛，替飘在乱草上的玫瑰落英增得几分凄媚。”这里组织的意境仍然是一种古朴的雅韵、悠远而绵长。即使描写静谧的莫愁巷也是一种短节奏，明朗而跳跃：

> 四面八方都是静静的，连那一匹蓝绢似的天，也是静静的，没有一只鸟儿飞过，没有风，树枝儿不动，尘土也不飞起来，一条莫愁巷，从西到东，从东到西，就是一个人，她一个人，她真想大声儿唱一只小曲……
>
> 施济美《莫愁巷》

她的明朗的短节奏加上古典余韵便产生一种特别的抒情，我们可以理解她用一种朴素的方法，简洁的文体来表达一种幽微婉丽的抒情。这极为不易，因为短节奏是欢快的，朴素又很难产生曲折，她却用这种方法以简驭繁来创造效果。还有她写废园也不采用冗长的笔墨，"荒园的墙角畔，没人理睬；到临了还让无情的东风吹得你片片落红，落在我这贫愁憔悴的发上，落在我这破旧黯淡的衣衫上……"还有《井里的故事》描写古宅，"从十一进大厦入宅，阴森森感觉，霉湿味儿……深邃幽暗的狭长巷子……狭长的黄昏的天，可怕的灰色；阴暗的墙角，结着密密的蛛网；墙脚的青苔，砖缝里的野草，绿得有点异样，走路时，仿佛背后有人在追似的。"废园里的环境应该比较适合长句，她却采用短句，而且是跳跃的，对比的，有感觉的，气味的，声音的，这是一种感觉体验的环境描写，有时候你不如说她在某个环境里抒情呢。和别人不一样的，是她在描写环境和人物时，除了句子里的节奏跳跃外，她还利用分行跳跃，这种分行，使你一见她文本的局部会产生一种读诗的感觉，加上她还爱引述一些中外诗歌，形式虽然有诗歌感，但文本并不刻意地使用很多诗意的方法而透着一种内在诗意。这种诗意与新感觉派，以及与滕固、邵洵美、周全平他们不一样，他们是一种现代性的审美诗意，施济美一直只使用中国古典遗韵的诗意。这种审美指向别具一格，同时也是从中国古典美学中汲取营养，创造的一种中国民族风格的抒情文本。

叶鼎洛是一位善于描写的小说家，他本人有自己的艺术理想和宗旨。"艺术家这种人，他的任务应该是表现这美，赞美这美，介绍这种美给其余的人。"① 不过他的美是病态的，纤弱的，颓废的，感伤的。他写完《双影》之后"觉得像梦中遇到的一般，又好像完全没有这么一回事。不过是我的多感的神经在幻想中捏造出来的一般……我的精神也总要陷入做梦的发痴似的状态，这状态或者是一种病的状态吧？"②这似乎是他全部创作的出发点与状态，他有一个敏感的梦幻状态的精神气质，这使得他的描写格外细腻，有一种幻想状的暧昧，极力绘出事物色彩声音强度的极致变化。

夕阳的光……偷看灵珊的面孔，看见她的眼睛在背光之处闪出灵妙

① 《艺术的法则》，叶鼎洛著，《青年界》新第5卷第2号，1948年3月。

② 《未亡人》，叶鼎洛著，花城出版社，2003年版，第249页。

的美光，睫毛在夕阳光中微带黄色，面颊上的纤细的寒毛也被太阳辉照着，她的皮肤上敷着一层薄薄的粉，这粉却和她细腻的皮肤调和在一起，反映着阳光成了一种淡淡的玫瑰色，头发松松地梳着，有几丝更细更松的飘在耳际，迎风颤动像香头上的轻烟一般飞着……精神恍惚起来，不相信她这肉体是普通的肉和皮肤做起来的……山芋粉做人的玩意儿，灵珊真像用粉做起来的动物……面孔细腻……剥光的鸡蛋。

叶鼎洛《未亡人》

美不是一个单独的事物，它是以光与影、色彩、形状及其肉体的质感的相互鉴别中感知到的。他不再写美的概念而在写美的物质感受形式，使抽象所说的病态、感伤、颓废等唯美概念有了具体的体验细节，同时他会直接告诉你“昏沉的颓废美”，“四壁的花纸都不很鲜明，而软尘正在偷摸着各种陈设。床上的帐子似乎被隔年的炉灰熏黑……电灯”。这些客体事物正在悄然改变，它们主体化已经着色，此物正在改变为他物，也在改变审美心理。叶鼎洛善于移动笔触的描写方向，主观观察，客体主体化，侧笔渲染，细节描写，想象描写，幻觉描写，情绪描写，心理细微地曲折转换，把各种描写推向极端。他采用第一人称为其叙述向度，但也不断地变换第二人称或第三人称，既扩大了文本的表述空间，同时也避免了一味的心理描写会使文本单调。叶鼎洛的小说靠内在情调推动，爱成为基本动力，但具体到谋篇也会有一个他自己的意图，我们从《未亡人》、《双影》、《回家》、《红豆》、《故友》、《前梦》、《乌鸦》等篇目来看，文本退居次要位置，大量扩大了人物、环境、心理等诸侧面的描写，文本终结时也会有一个观念意图，但会符合他的美学准则，所以他的小说里含有浓厚的意象小说的特点。一帧画像和被画的人物交叉着成为互文关系，画像成为永恒的艺术品，在文本中人物、画像、诗成为了象征物，在S埠文学家把画像确实作为象征物，华祺将画像送给房鹤龄用来祝贺蒋红瑛的爱情，他通过房的秘密情书发现房不配，华祺要回了那张画像。他去了另一个省的报社。许多年后人老了变成了林娜，“人生是空虚的！艺术是永存的！”画像成了美的象征物。这里再强化地说一下，《归家》是一个非常有力度的小说，在黑暗中同小妓行进，同她去见她寡妇的妈，一家病态人物穷困到极点了的彼此亲情，一根蜡烛里昏暗中还有几个黑糊糊的烂了的梨，破棉袖口伸出的手，一切悲哀和苦寒超出了人们想象的极限，这样一种氛围一种感觉，“这次探访似乎是我的归家。”

沉默在幻想里，这时候我的幻想异常的碌乱，并为形成何种境地或一个整块的思想，只觉得空气还是那般冷，鼻子还是那般伤风地塞着，外套的纽扣正解开，似乎有一只冰凉的手在摸我的胸膛……微黄的烛火所照出来的如烟如雾般的一切……那寡妇，已把下半个身子垂在炕边上，微黄的烛火在她后面惴惴地摇动，她的影子很大，也在墙上惴惴地摇动。

叶鼎洛《归家》

《归家》是极其写实的一种笔法，可是你读着它却像在幻想之中，一种沉重的压力让你透不过气来，你见识一个小妓女不到十五岁，她在严寒中不能动弹的寡母，濒临灭亡的边缘，可分明感受到母女间的亲情与环境形成的巨大张力。在《未亡人》中他鲜明地运用了两种笔墨，一种新艳清朗的笔墨，一种沉重忧患的笔墨。而且是极有氛围感地展示不同人物的不同心理与不同情感。他的这种语言能力似乎只有吴组缃、端木蕻良几个极少数的人可比，就语言的细腻程度而论又似乎只有沈从文具有如此的耐心。他的语言是要深入到细节的内部去感受的。

叶灵凤确实是一个风格复杂的海派作家。作为通俗言情的小说家我们没有什么讨论的必要，作为一个性爱作家所达到的深度又引入现代派表现技术倒是值得我们格外注意的。他注意到王尔德的唯美主义，翻译了《格雷的画像》，同时又接受了弗洛伊德的精神分析，公开谈论普鲁斯特的小说，他认为“现代小说着重于内心分析。”1925年他写作了《女娲氏之遗孽》、《昙华庵的春风》，均采用了性心理分析的方法，应该说他是中国现代小说中最早的心理分析小说作家，因而自然便有了一套心理分析语言，这不能不说是一大贡献。

四周静谧，日光映得房里雪亮，她像方做过了一件不可告人的事似的，忽觉在这寂静中，似乎四周都有眼睛侦视她。她屈身闭上双眼，只觉得面部发炎，血液循环加快，她用两手掩住胸部，胸部皮肤表层里似有无数小爬虫在搔动着想钻出。她发了狂似的抱着被在床上反复地乱滚。

…………

她感着口中干得厉害，像夏日在炉火旁的焦灼……在黑暗中摸着了桌上茶具……一种绝望的难堪，使她口中加倍的渴……将小指放入口中用力啮住，但是依然不能减杀这种痛苦……

叶灵凤《昙华庵的春风》

一个十七岁的私生少女月谛由金娘的性启蒙认识到自身的性欲望。这里是描述性的,性意识表现为一种本能的身体反应,性的心理冲动往往表现在这种不能自持。这可以视为性的描写语言,在《女娲氏之遗孽》中转换为一种自白语言和分析语言,其矛盾状态往往是压抑与反抗。

呵,我真罪过!我此时虽并不懊悔和他有这段历史,然我终害他了,终辜负他了。我这一株已萎的残花,真不配园丁的培植!……我为了……一个有望的青年再沦陷与绝望的悲哀里……我不可再留恋;我要使他憎恨我,我要使他与我隔绝!……

我并无一丝恐惧的心,休说是她们这几个无关系的人知道,即使令关系最密切的敬生知道了,我又何惧之有?我若对于这事有所畏葸,在当初嫩草方萌出土面时,我早就将它消灭了,我既大胆滋着它去发长,这便是我不顾忌什么的证据。

……偌大的一座房间,仅有我一个人悄对昏黄的孤灯和岑寂的夜静。每晚我一个人侧卧在床上,遥看了壁间所悬莓箴手绘给我的玫瑰,那皑白的花瓣,那淡红的带束,每要引起我不少旖旎的梦想和感旧的情怀。

叶灵凤《女娲氏之遗孽》

这是叶灵凤早期的成名作,写了一个三角恋爱的悲剧,敬生的妻子蕙是一个中年女人与一个十八岁青年莓箴偷情三年并怀有他的孩子。通篇是蕙的自述,蕙的情爱心理分析,我们看摘引的三处描写。一处是对性爱后果的忏悔,伦理压抑。二处是性爱是自我本能“我”并无所惧,可以视为性的自我反抗。三处静夜中对性欲望抒发与表达。这三处都是性的心理描写与分析。立足于性本能的多角度探索,弗洛伊德称性本能为力比多,又叫爱的本能,通俗地说叫爱欲。在性的结合上又叫占有。我们看三处的性心理分析,性爱是一种人的生物本能,但在社会因素中它纠结了责任和义务,所以“大多数有教养的人把这一术语当作是一种侮辱,并用泛性论的责难作为报复来攻击精神分析”。①蕙在忏悔中自我责难,是一种伦理社会中道德意识的压抑,她认为给一个十八岁的青年

① 《群体心理学与自我的分析》,(奥)弗洛伊德著,见《弗洛伊德全集》八卷本《自我与本能》,长春出版社,2006年版,第84页。

带来灾难。使她的性意识回流于潜意识状态。但性既是本能的，又具有反抗意识，她本能地宣称自己并没有错，是一种勇敢的爱，她又要维护这种爱的本能，这和前面的忏悔意识之间是矛盾的，因而她充满了心理斗争，不断地说服自己又反抗自己，这是一种性爱心理的辩证法。叶灵凤大部分小说都采用了这种心理分析的辩证法，但分析形式又是多样化的，例如心理独白、心理对话、心理倾诉的描写，心理的性经验体验与反思，心理回忆与想象，性爱心理的身体器官反应，所以我们说的是性心理分析，但它的语言形式是多种多样的。例如我选的第三处，是一种抒情景物的描写，又如何体现心理分析呢？这是一种性心理暗示，采用的语言形式是隐喻与象征。“暗示实际上是一种不可还原的原始现象，是人的心理生活的一个基本事实。”①塔尔德称暗示为模仿。暗示所表述的性心理我以为：一、客体着主观之情欲，使性处于物化的表征状态。二、借某一观念暗示，这时的心理会有正反两面，欲爱却拒绝，另一方面欲爱过程中换一个说法。三、性爱本能的多种表达形式，指某种性爱的变体、变态、变形。无论什么语言形式的模仿都会是性心理的一种暗示。我们的分析便是寻找这种对暗示的模仿形式的解释。《姊嫁之夜》舜华为雯姊布置婚礼，想象婚礼的举行：

> 一座半圆形的礼堂……（红幔）上缀了一对金黄的喜字……霞光的蝉翼纱中。两人渐渐走近了……远远地又有个瘦白的青年，像严冬赤身立在风雪中般，不知何故，这青年战栗得竟是这样厉害，两耳浓浓地冒出青烟，目中喷出了赤焰的烈火，一种炸裂的声音，续续自胸部发出。
>
> 叶灵凤《姊嫁之夜》

这是一种自我幻象的描写。暗示婚礼中的第三者在幻觉中登场，发生了幻情幻景。这种描写最具现代手法的是《鸠绿媚》这个文本。春野做了一个梦：白灵斯与鸠绿媚。画家朋友雪岩送给小说家春野一个小骷髅。原型则是波斯王国的爱情故事。自从春野接受了这骷髅便也进入了神话传奇的梦幻之恋。

> 他便夜夜握着这个骷髅做他的白灵斯梦……白灵斯与鸠绿媚的情感愈趋愈好了起来。他将这一切的消息都秘着不使一个朋友知道。白天将

---

① 《群体心理学与自我的分析》，（奥）弗洛伊德著，见《弗洛伊德全集》八卷本《自我与本能》，长春出版社，2006年版，第82页。

这个骷髅放在自己的面前，夜间便握在手中一直到天亮。他有时竟忘记了自己是春野，他觉得自己好像真的是成了白灵斯……没有一个知道他在梦中曾遇到这样的事。

但是假若这一夜未曾将骷髅带上床去,这一夜便不会做梦,第二夜再握着的时候,他便梦见鸠绿媚问他昨日为何缺席。

叶灵凤《鸠绿媚》

一个现代青年和古代波斯王国公主鸠绿媚在梦境中恋爱了，这种幻恋的春野却是实实在在的。这里的暗示法很巧妙。一、骷髅作为象征物:死亡的情欲。二、梦境中幻恋,人物身份在古人中颠倒复制,梦是要醒的。三、一切艺术都在梦想之中,现实中是什么?是春野每次惊慌的夜间火把。叶灵凤的短篇小说特别讲究布置技巧,《妻的恩惠》、《拿撒勒的人》、《内疚》、《落雁》、《未完成的忏悔录》在形式上都有特别之处,但其内容均超不出男欢女爱。他的特征:一是奇特诡异的想象与梦幻;二是浪漫诗意的抒情文字特别绵密细腻;三是运用大胆先锋的手法表现性心理,时空错乱的意识幻想,内心独白的主观文字,浓厚的梦态抒情。应该说他的这些艺术特点影响了他稍后的新感觉派小说,事实上他也是新感觉派成员之一,仅是因为他的通俗长篇小说影响了文学史的评价。

张资平其实在现代小说史上还是很有贡献的，他在1921年创造了中国现代小说史上第一部长篇小说,他的一生至少为我们贡献了18部长篇小说。1920年的《约檀河之水》也是早期的现代短篇小说。他写自传体小说,建立了恋爱小说的模式，情爱基点建立在人的生物本能基础上，但他的爱欲都有违伦理道德,我们姑且说是一种反抗,但亲属中的乱伦毕竟不是文明社会的行为。自己也成为汉奸文人。《苔莉》专注于刻画两性的苦闷。苔莉因丈夫堕落转向表弟谢克欧寻找爱,克欧惜声名又重情欲,在情与理中失去控制,二人跳海殉情。苔莉成为一个性欲的象征物:

这么大的乳房:雪白膨大的乳房给了克欧不少的诱惑。她一面说一面把第二个乳房也露出来。这时候她是半裸体的状态了,这时候克欧也壮着胆子过来按了她的乳房。

张资平《苔莉》

克欧的性欲因雪白的乳房而勾引起来,这是一种直白的宣泄性描写,性是双向的勾引，克欧接下来要触摸她的胸脯，于是双向的性表现在二者中展示，一边是性诱惑一边是性展示，诱惑与宣泄并在，克欧与苔莉的性是夸张的情色肉欲，细细思量性的渴望仍是来自肉体的吸引，张资平善于提取勾引欲望的细节，他的语言追随叙事的惯性而流走，并注入丰沛的情感之流，这种浅近而通俗的句子是贴近大众语言、大众视觉的，由于他大量的句子是平铺直叙，所发生的情节又由人性而展开，他的语言只要做到模仿场景中的行为，或人物口语中的欲望，贴近欲望与情绪形成一种语言流向就行，并不在意结构，叙事逻辑上的严谨，所以长篇仅看到他的速度与游走，加上一到器官描写就放松大胆，牵引了词语与句子的注意力，因此语言内在性的美感开掘便丧失了。这倒真是通俗语言的质地、口语、浅近、肉欲与视觉的、情感和肉体所构成，消解了词语形式的障碍，词语在反复的磋磨过程中贴近性，贴近肉体，这样煽情实际变成了词语性的，一是动作，二是物体象征，三是口头的言说，这三者无一不由词语在语境中的派生。这种欲望语言也应该是张资平的一大贡献，极大地影响后来开放性的身体写作。

徐讦的语言具有冷艳怪诞的特点，这与他的成名作有关。

> 月光下，她银白的牙齿像宝剑般透着寒人的光芒，脸凄白得像雪，没一点血色，是凄艳的月色把她染成这样……她衣服太薄，像是单的，大衣也没有披，而且丝袜、高跟鞋，那么难道这脸是冻的。我想看她的指甲，但她正戴着纯白的手套……她的脸艳冷得像久埋在冰山中心的白玉，声音我可想不出用什么来形容，如果说在静极的深谷中，有冰坠子在山岩上溶化下来，一滴一滴的滴到平静池面上的声音象征她的清越，那么该用什么来象征她的严肃与敏利呢？
>
> 徐讦《鬼恋》

这里确立了徐讦语言的基本风格。冷艳，取意冰清玉洁，喻其言情的本质是高洁纯粹的。怪诞，取意离奇诡异，喻其形式是变幻莫测的。和一个都市女鬼在郊外谈了三夜恋爱，倾心地交流。探秘到三年前西楼确住一黑衣女子染肺病而死。隐情是她同爱人做秘密的革命工作，18次暗杀敌人。如今丈夫被害，她流亡国外归来，亲家父待鬼如亲生女儿般。我劝她同我共同享受共同的世俗生活。她谢绝了，我病了两个月。再见于月光下默默地走，四野中有点微风，路上没一个人，她非常哀颓地靠着我。这种风格在《赌窟里的花魂》的人物也是如此："眼珠没有光彩，眼圈灰黑，面色苍白，头发零乱，嘴唇发干，衣裳也很不整齐。"赌徒一个个衰落，"我"突然被赌场花魂关爱，她的形象：面色苍白，嘴唇发干，像枯萎了的花瓣；头发很零乱；一件紫色条纹比她眼白稍蓝的蓝地旗袍，长袖的，露出细瘦的手，手指上没有蔻丹的痕迹与指环等的饰物……把这个花魂与《鬼恋》中的女鬼相比，在描写的色调与氛围上是一致的，依然是冷艳。她帮我赌博赢了三千元，她不愿我堕落，我回香港留给她三千元，怕她生活没有着落。我们互相救赎。现在我们考察他运用语言的方法：其一，描写与渲染，他定了一个冷色调的描写基调，突出白色，对比色，暗色调，然后不断写与之相关的细节，用夸张、比喻、暗示法，使这种描写有某种象征性。其二，在描写的过程中延异结果，他把语言中确指的成分隐藏起来，人物身份总是扑朔迷离，语言或叙述，描写，对话总是一点一点地慢慢显露。其三，着力让人物与事件笼罩在氛围中。他的语言总是有一个气场。其四，他的语言会营造一种异域情调，或者说是超现实的情调。这种方法一般是在现实环境的元素中插入一些异质的因素，如正常与变态的反差，现实与幻境的对比，在场与缺席的矛盾，显示与隐匿的配置。更多的时候是他幻觉与想象成分超过现实性环境的设计。因此比较张资平的世俗，叶灵凤的感伤，徐讦更多出一份奇幻。从语言上说徐讦有几个重要文本：《精神病患者的悲歌》、《彼岸》、《字纸篓里的故事》、《鸟语》，各自显示了不同的语言风格。《鸟语》是一套诗化的语言表达，一个芸芊的女孩儿能听懂鸟语：

> 她的脸是圆的，眼睛闪着新鲜的光，面上浮着愉悦的笑容，发出一种很好听的声音，不像鸟鸣，不像人语，也不像唱歌；两只小鸟，似乎同她很熟稔的一回飞进篱内……好像同她很亲热。
>
> 徐讦《鸟语》

他描写自然，描写鸟，人与鸟沟通灵性，芸芊也因她鸟的世界而皈依佛门。这里的材料与笔法都是诗的质地。《园内》、《花神》都有一些诗的笔法。而《彼岸》几乎就是一首长诗构成，这不仅是他在文本中插入了《自己之歌》、《睡之歌》、《笑之歌》、《吻之歌》、《泪之歌》五首长诗，而是整个文本是诗化与哲理融化的一种表述方式，从第六章开始到第十一章，每一章都是哲理诗，这种融故事、哲学、诗歌、人物、自然于一体的文学描绘，本身便是一种跨文体写作，这是一种极为先锋形式的文本表述。

> 月色尚是朦胧,月色已淡,就有一只鸟翻弄他的嗓音,起初每一声隔半分钟,慢慢的一声近于一声,接连着转出一个调子,他翻覆奏弄,毫不单调,于是第二只鸟应声而和。一呼一应。一问一答,有时一长一短,有时一急一缓，接着就跟来三只四只，慢慢你再也分不出有多少飞禽在你的周围;它忽而东忽而西,忽而在上面,忽而在下面,忽而从遥远遥远飞来,忽而从切近切近逝去,你慢慢会感到你好像睡在那些声音的里面,它们簇拥着你,像云彩簇拥着明月,你在他们的里面时浮时沉,忽升忽降,忽而你感到像摇篮一样的摇曳,忽而你觉得像秋千一般震荡,最后,这些声音逐渐散去，好像一一融化在原来的静寂空气之中，于是你也就逐渐静止下来……
>
> 徐讦《彼岸》

这里是词语的游戏吗？它是声音的游戏,又是声音的感悟,是声音的节奏应合于自然的节奏,同时它又是语言的节奏,是事物的描写又是声音的描写。人物的感觉与体验全部随着声音的节奏在运动。一个言情的小说家在鼓吹肉欲情色中进入哲学,进入宗教的感悟,与大自然融为一体,这时徐讦的文字便看不到人间烟火与色情了。

《字纸篓里的故事》是一种拼写和推论的写作。一个人请徐先生写篇小说,是关于他家主人的,徐先生从他家字纸篓里的碎片材料拼出了全部故事:三封不完全的信,几组废纸,“我”穿插加说明提供六个小节。菁妹残缺的情书,获弟的日记:8月21日起至12月25日;起于1月24日止于2月15日。又是残缺的情书,没有称呼与具名的信,然后再后记。小说完成了。整个小说建立在一个叙事的推论分析。因而也是一种逻辑分析语言。《精神病患者的悲歌》直接取材于精神病患者,进入猜谜分析的心理,实际是对一种可能性的探索,奢拉美专家重金聘请助手,而“我”则对病理一窍不通,只能采用东方医术的土法让病人吃药。“我”被录用了,却去警察厅的侦探学校进行骑马、驾车、打枪、拳击的严格训练,似乎在培养刺客或武侠主角,并把故事人物、环境命运设置在这样一个连环套之中，治疗的病人是富人厂主梯司朗的独生女，父亲把她许给了英国贵族,她就自甘堕落于赌场、舞厅,还开枪打死一个非礼男子。“我”被安排在这富有的藏书之家,获得小姐的信任之后再进行治疗。“我”发现小姐变态是对沉闷的家庭气氛的反抗。“我”的唯一帮手是家庭女仆海兰,“我”以爱海兰的方式转化白蒂小姐,诱惑她接受奢拉美的治疗,病情好转,当“我”的身份揭穿后她枪杀“我”，子弹从头上过弹回来又伤害了她，“我”以爱的方式安慰，海兰为了成全小姐，把灵与肉给“我”结合后自杀。这是一个灵魂解剖式的精神分析。

> 我确实已经变了，这不但是心理的组织，而且是生理的构造，在我的细胞之中，通过了白蒂灵魂的电流，世界对于我感官的反应似乎都换了形式。那么要一定说不是我心身的变化，该是世界有些颠倒了。
>
> 白蒂的风度还是依旧的，似乎更加焕发一点，有非常聪敏而有风趣的谈吐，操纵着我们的空气。我精神有点恍惚，分不清是获了救，还是犯了罪，也分不出是痛苦还是快乐，一个沉重的心坠在胸底，使我沉默在恍惚之中。
>
> 徐讦《精神病患者的悲歌》

“我”和海兰相爱，为了白蒂治病“我”又陷入另一种爱与被爱之中，于是自我良心、道德的多重拷问与审查，从精神分析的层面探讨人性的多侧面和复杂性。《旧神》也交织着道德心理与犯罪心理的分析，微珠有一个清纯白玉的心灵，爱程协旦被抛弃，欲与刘伯群结婚却突然宣布去美国与路国光订婚，到美国与程协旦旧梦重温，杀了程。其后二十年她使三名男子身败名裂，同两个男子结婚而离婚，谋杀丈夫，同居敲诈数人。心中神像崩溃以后犯罪心理产生。

徐讦的精神分析语言涉及到社会、行业、文化心理，主要是性心理，还有犯罪心理，或者说还有一种叙事心理分析，他的这些分析推论语言似乎有这样的特点：一、保持一种心理预期，事物总是会有目的性地朝向它的结果，而语言表达总是随着追踪发现结果而走。二、故意在讲述进程中制造一些迷离莫辨效果，如人物身份，故事端倪，环境铺展他都会刻意地遮蔽起一些东西，保持揭示和探求状态。三、他喜欢采用一些对话方式，在说与未说之间布置断裂与连续，所以声音总是延续状态的存在。说话发出之后总是等待回话的反应，或者说交流中语言总会是连环套地出现。叶灵凤、张资平、徐讦三个人都是言情的小说家，可以说是一种欲望写作，基本上都是从郁达夫的抒情风格出发，因而可以定性为浪漫抒情的情调小说，总体特点为表现浪漫爱情、异域情调、性爱心理、人性欲望，同时采用了浪漫诗化的笔法，陈述文笔喜欢浓墨重彩地描写，烘托氛围气势，徐讦的语言叙事特别讲究张弛有度，有一种事情正在进行的预期效果。张资平比较朴实，浅近的叙述，述说语言有一种自由的流动感。叶灵凤在词语运用和句子调遣比张资平讲究一些，特别是他的短篇很有结构意识，语言有浓厚的诗化倾向,同时他的小说具有一种文体意识。三个人相比较,徐讦的语言意识最强烈,他有大量的对话语言,更加凸显出人物的性格或者他的心路历程,还可以指认他,人物有一些命运感,他的叙述语言和对话语言是有反差的,他不会像叶灵凤那么细腻冗长地描写,但描写趋向风格化,短篇小说很注意结构与节奏,他的语言初始平稳,但随着叙述展开又会层出不穷,他的许多篇章诡谲怪异,奇境异域人鬼通信,赌场花妖,精神病患者,通鸟语的人,变态者。他的语言有一种诡异的抒情气氛,特别是在描写上有些诗化,但由于众多的长篇、中篇写作,可能仅次于张资平,这导致了他的对话随意性强,对话重叠、啰嗦,虽然对话中较多使用短句仍给人有调胃口的感觉。徐讦、张资平、叶灵凤三个在中国现代小说史上的长句创造贡献很大,在描写长句上少则几十字,多则百字,最长可达三百字。这与他们的抒情文体相关,抒情长句多曲折,回环,有气势和氛围,但他们都不如郁达夫把抒情长句变成一种文体,是一种真正自我追寻意义上的探险;虽然他们三人也是情调语言但就其个性化,风格化仍只有郁达夫是最优秀的情调语言,并且使这种情调语言成为一种抒情文体而影响中国现代小说发展的历史。这里可以检讨一个深刻的问题,论才气徐讦波云诡谲,纵横驰骋;论写作雄心张资平的起点和对小说的坚持是中国现代小说史早期最富有的人;叶灵凤的语言也珠圆玉润,清朗诗意,其细腻曲致也是少有人可比。但为什么三个人在情调语言上都不及郁达夫呢?这是值得深思的!我认为最重要的是郁达夫的语言里任何时候都有一个自我的抒情形象,内省的忧郁的抒情的形象主体,是内在形象与外在形式的统一而构成的美学特征,并将这种情调语言风格化与文体化,成为郁达夫独有的语言标志。叶、张、徐三人的语言中总有驳杂游移的东西。若论单篇文本语言都有极好的佳作,如果论到语言总体上的贡献,他们每个人都缺语言整体上的统一性,或者说缺少语言整体的独创性,也或许就是大众化、通俗化、言情化的风格害了他们。

陶晶孙的小说典型如日本私小说,他是一种日语转移过来为汉语的表达,应该说是典型的日本美文。其代表作为《木犀》,精致圆润,深得郭沫若喜欢。他语言最大的特点是短句、词组性地停顿与跳跃,使短句之间出现跳跃性空白,增加了句子弹性。另外,他还爱使用短句分行的排列方式,类如写诗分行的效果。

> 土堤上开着许多蒲公英,堤下自来水道水涓涓地流着。她的头发……红色的帽子和红褐色的春外套……穿着黑皮鞋,她在看水,我坐在草

里接吻……

…………

他被忧郁牵下去,眼前的她,过去的她都忘去了。

他不经意之间立起来,他沿着市中河谷旁高岸缓缓地走。

那张不能给她的纸片,仍留在他的衣袋里。

于是他的旧女朋友又回到他的胸中了。

陶晶孙《音乐会小曲》

这种语言是一种高效剪切,把极为意象化的语言片断保存,而把起承转合的连接语言删除,他的《两情景》绝似中文写的日本风光小说,“你可以看见白背心、白襟饰、白皮手套、黑的燕尾……脚上是穿高跟的靴,两根细胫,薄袜透明,脱下了她的薄皮外套……手执一朵蔷薇,挥,挥,挥。”很多时候他是用日文语感来写中国的生活方式。语言特别简洁轻灵,语言形象是清明朗丽,疏落绰约。不似那些现实主义讲究缜密沉实,讲究文字的密不透风。因此他多把场景布置于校园、郊外、舞场会馆、海滨浴场,简单说他的语言显东洋调。

沉樱的小说代表作公认为《喜筵之后》,一个专制的丈夫总把妻子关在家里,连一个婚庆喜筵也不乐意让她参加,因此茜华终日是苦闷的,她决定参加喜筵恰逢过去的恋人,一个红润清秀的男人过去疯狂地爱过她,但却是怯懦的男人。过去时男人与进行时男人构成了她的失落与压抑,这产生了她的无助与迷惘。她善于写这种《迷惘》:

为爱痛苦着的心,像被什么抓住了似的,任是怎样竭力也挣扎不开;有时悲痛,有时绝望,有时抱了死的决心想把这断绝了的,但他依然是抱碎裂的心儿迷惘地追求。爱的欲念已融合在生命中了。生命一天不死,这爱念一天不会消灭似的,而生命又是那样使人留恋,虽是痛恨,诅咒,仍是固执地活着。他也常常想到自杀,但又没有勇气,只好活着……

沉樱《迷惘》

怅惘无奈是一种如影随形的东西,想来是明白的却伸手抓不着,想遣散它,它又固执地缠着你,是生命的附骨之肉。无论爱情、婚姻、朋友,还是公共领域里人际关系都是如此。喜筵是欢愉的,留下的却是迷惘。沉樱便如此地书写生活中无处不在的迷惘。这是一种迷惘语言。

沉樱还有一种很优美的抒情语言，细密而清丽，绰约而凄婉，是一种极诗意化的描写语言。

> 月光代替了太阳，温柔地照着一切……后门静寂地关合着，同时又被月光覆盖着，像涂上了淡淡的银色；无声地裂破了这门上的月光，走出了像影子似的妩君。远远的山林，遥遥的浪涛，以及眼前的平坦恬静的马路都悄悄地浴着月光……她结伴了随身的影子……不觉地已走上山坡，路旁渐渐有着很多的树，这似乎把月光遮掩不少，但同时黝黑的树影，映衬着青白的月光，成了可怕的景象。
>
> 沉樱《妩君》

她爱把风景描写得凄清如许，带上她个人的迷惘。我们说忧郁、迷惘、无奈、伤感、颓废、绝望都是一种状态，一种个人情绪和身体的表征，它浮游于生活表层所能看见可以触摸的东西，它没有深度，是种日常的人的喜怒哀乐的结果，是精神无目的性的现象，我们容易指责它仅是个人的郁结怨愤，没什么意义。不是，它有特殊的含义，当然我不是说社会时代造成了这一些，而对社会有批判性作用；刚好相反，把它认为是社会压力的结果是浅薄的，如果把它看成一种无意识状态这就具有特殊的心理深度，可以归结到人性的深处找问题。如果把它看成日常生活中的一种文化方式，这又可以从人类文化学上找到许多原型来。从生物学上看，体征、性格、气质根植于人类原始状态，它是我们的宿命。或者它根本只是生物界，万事万物一种本能的趋向，一种人类视为适合艺术创造的审美现象。如此一来，唯美主义的纯艺术向往只不过是人的本性本能而已。

予且是海派一员，通俗小说作家。他的小说是表述上海弄堂里的日常生活，属于市民生活的众生相，尤以男婚女嫁的家庭生活见长。看起来有些家长里短，风俗世态有些近乎琐碎，这几乎和乡土语言，社会文化小说的语言相混。我们如何认识到予且小说语言的好处呢？

予且小说语言是浅近世俗的口语，由大量的人物对话构成生活状态。他们讨论的是日常生活的平凡琐事，例如浅水、凌湘女人的梳妆打扮，赵芸求王嫂从中作伐，李星如、凌湘、水月明构成的家庭三角关系。一切家庭故事构成了予且的代表作：《浅水姑娘》。予且的语言为什么可以注意一下呢？大量海派作家都是一种非人化语言，为文人雅词的抒情，予且写的是世俗经验，切近平常人的感受与体验。是人物的口语,句子短,长于叙述短于描写,是一种看似容易写起来难的语言,尤其是这种日常语言产生的场景性效果,活跃人物性格就更不容易了。这在海派中也算是别具一格的小说语言了。当然他是一种模仿性语言,又没有风格化。

中国二十世纪三十年代的新感觉派是无可争议的一个文学流派。为什么会出现这样一个文学团体而不是别的呢?这无疑要归结到中国社会的现代性与文化的现代性,甚至是审美的现代性。没有现代性就不可能称之为“新”的感觉。论及身体的感觉对事物的反应无论传统和现代都应该是一致的,特别提出新感觉便表明社会时代和过去区别开了。这个区别靠什么?现代性的改变,火车和飞机改变了速度,电影电报电话改变了传递媒介,人们也因时间、空间由现代性技术带来的改变而发生了变化,那么人们对时间、空间、信息的体验方式就不一样了,这带来了新感觉的性质变化,高科技带来物质激增与发展,这物质的丰富刺激了人们的感觉,又是一种新感觉。市场经济发展了,消费社会,那些新鲜的享乐形式不断变幻地成为新时尚,影剧院、跑马场、歌厅、舞会、咖啡馆、酒楼、吸毒、赛车、节奏快捷的现代社会搅动人们的欲望,不停地追求新形式的感官刺激,我们又可以理解为审美形式带来了这种新感觉。因此新感觉是特定于中国最大的商业都市——二十世纪三十年代高度发展的上海商业社会和资本市场的结果。

因此我们总体上便可以找出新感觉派小说第一大特征, 即现代大都市商业化资本化以后的高频率快节奏变形化的现代都市极乐生活的腐朽颓废的欲望享受。从国际潮流来讲也是一种世界资本主义的新生活浪潮,是一个唯美的享乐化的新生活时代。我们大可相信,在日本东京、法国巴黎、英国伦敦都会是如此,这就是波德莱尔所称的人造天堂。刘呐鸥、穆时英、施蛰存、黑婴、禾金无一例外都是这种城市生活的表现者。

第二大特征,极端过度地描写大都市万花筒一般的缤纷驳杂,五彩斑斓的消费社会生活,因而所选场景都与各种消费方式相关:影院、游乐场、百乐门、四马路、大百货商业、南京路霓虹灯等景观。这些景观特点:既流逝又固守。所谓流逝,一切现代享乐都是快节奏地过去了,彼此替代,新的时尚到了。所谓固守,它依然是固定地满足吃喝玩乐,是一种感官消费。这是一种成熟的生活模式,于是现代性审美变成了流逝与永恒的辩证法。换一句话说,现代享乐就是一种主观感受的印象式,它通过视觉、触觉、听觉、嗅觉、味觉传导出来的身体器官感受的丰富性,把它们换成美学的形式因素,效果就像闪烁不定变化多端的霓虹灯似的，肉体与视像，音乐与口味，光线与色彩，在幻觉与想象下在人们的躯体上交互反应，是真实的感受你企图抓住它，可它马上又流逝了。这就形成了快节奏，梦幻式，瞬间切换的意识流方法，碎片、跳跃、拼贴的不确定，非稳固的组织结构。这些感官印象与审美的变幻莫测成了所有新感觉派共同的语言形式策略。

第三大特征：大都市的生活幻象之流，很快由一种表征类化为大众的仿像生活，这种高效的商业化的享乐生活是可以机械复制的，批量生产的、时尚的物质生活变成了符号，人们的高效浪费的追求更加促进了这种享乐形态的生产。由一种特殊的享乐生活变成常态，进入人们的无意识之流。说得明白一点，这种表征生活常态化以后便进入人们的心理的深层印迹。一种欲罢不能的依赖，一种追求刺激的新鲜，便产生冒险、变态、扭曲，人们一方面变得感官麻木作为空心人存在；另一方面是更加疯狂，我们变成了时代的病人。人格扭曲，变态分裂，大可以视为像今天的新新人类一样。一切价值观伦理观都消失了，我们只是感官地活着。

当然，社会、文化、审美现代性又极大地开发了人类感官体验的丰富性。由于感官体验是由各种刺激方式产生的，人们的五官通感就会出现许多奇异的现象，正常的美的享受，变异的美的形式，幻觉的不确定的美感，总之，最大限度地开发了人类感官，这几乎是一个悖论。人们需要感官享乐，不断发展促进感官美学，可是最大限制的刺激会带来审美疲劳，在一般状态下很难有新的审美享乐。因而，过度性浪费也是人类自身的死敌。这种新现实很快也是人们为自己掘下的坟墓。

刘呐鸥在中国现代文学史上是一个奇迹，他是靠仅有几篇小说而盘踞文坛的，他唯一正宗的小说集《都市风景线》仅八篇小说，(现代收入十篇)，而我们文学史常讨论的也不过七篇：《游戏》、《风景》、《流》、《热情之骨》、《两个时间的不感症者》、《礼仪和卫生》、《残留》。如减去《流》与《礼仪和卫生》，仅五篇小说便可以讨论刘呐鸥了。《残留》是一个妇人性心理的自由展示，典型的意识流小说。霞玲的自我幻想，还带有自慰状态，她呼吁少豪与白文两个男人。

谁在那儿？快来！快来！啊，他抱着我了。怎么办呢，这么有力气的手臂？啊，啊，他要我的嘴！哼，哼……啊，啊，他吻了，吻了，啊，啊，算了，给了他吧！哼，这个人并不醉着，他看着我拼命地挣扎着笑着哪。好意地笑着哪！这个脸并不俗，年纪似乎很轻呢。他爱我吗？……啊，我的腰别弄断了……很舒服啊，这么紧紧地被他拥抱着。啊，我被抱着哪……

刘呐鸥《残留》

霞玲想象着被男人占有，她有少豪和白文并不满足，在孤独中每时每刻都渴望男人，她不满胖男人但愿意用他来抵房租，想象那些外国水手那么强有力，渴望每天床头都有新丈夫。《残留》什么？性作为延时性补偿，她希望性的感觉永远成为她身体的残留，全篇采用自白式口语，倾诉、呼吁、低喃地、耳语，自己跟自己对白。特点在于她跳跃的口语节奏与她性欲望的心理冲动的渴望节奏是吻合的。自我的疯狂与性紊乱及都市河流停着小船、街灯，水与灯晃动，桥与近代曲线，高楼与近代都市风景和她所需要的性欲全部处在亢奋、骚动之中。这是一种性欲语言，一种永不满足的欲望的焦渴感。

一种旋律的动摇中——男女的肢体，五彩的灯光，和光亮的酒杯，红绿的液体以及纤细的指头，石榴色的嘴唇，发焰的眼光……两个肢体抱合了。全身的筋肉也和那癫痫性的节律，发抖地战栗起来。当觉得一阵暖温的香气从他们的下体直扑上他的鼻孔来的时候，他已经沉醉在麻痹性的音乐迷梦中了……希腊式鼻子……丰腻的嘴唇……那柔滑的鳗鱼式的下节……

刘呐鸥《游戏》

哪怕是一小段语言他都让现代性都市所有的感官元素到位：声音、光彩、肢体、酒液、动感、眼、嘴、鼻、香气、梦幻，还有异域元素——希腊式，更色情的岛国日本的食品肢体感的鳗鱼。这种声光色若明若暗，似幻似真，全部布置在一种肉欲的感受中，我们说它是都市光怪陆离的生活吗？不是，对一种生活形态永远都是选择的结果，这里只有光怪陆离的欲望在迸发，神经的纤敏才能感受到光与影的迷离效果，一种情欲的泛滥才会有肉体刚劲或者滑腻的刺激感。刘呐鸥的新感觉语言是整体性的，不遵法度的话语流。他的词语碎片拼贴、重复互文，形象恍惚紊乱，变异扭曲，句子间是非逻辑的组织，只看到情绪腾挪，有时还故意制造出闪烁不定迷梦感，沉醉、眩晕、摇摆，但却有一种声旋色斑的飘忽感觉，或者是一种不可言传迷幻错位的虚幻感，正是这种斑斓驳杂的特殊韵味传导了梦幻都市的风景，最深处的是一种腐朽与靡废的性欲气味。

刘呐鸥是典型的新感觉语言，这不仅仅是因为他生长于日本又会英法文的原因,他的短句骨子里有着日本俳句的特征。他的语言是速度、现象、气味、声音,触碰在事物上残留的痕迹,那是一种古怪的小资的气味,是一种岛国文化的风情和语境,那种环境中浸染、过滤后,骨子里所发出的情欲,又濡染了一种欲望的语言文字。他的语言不像穆时英,穆时英在运用上更有一种自觉意识,更注意调控句子,但穆时英的语言是学来的。刘呐鸥语言是本能的。他的《风景》开头说:“人们是坐在速度上面的,原野飞过了。小河飞过了。茅舍、石桥、柳树,一切都只占了片刻的存在就消失了。”这话什么意思?一切都已流逝,剩下什么呢?印象。我们的印象:风景。都市也仅是一道风景线,人生也只是风景线,你看他篇名的刻痕:《流》、《残留》、《热情之骨》、《风景》、《游戏》,刘呐鸥就是用语言感觉挽留这些印象。在光彩的旋律中,“男女的肢体,五彩的灯光,和光亮的酒杯,红绿的液体以及纤细的指头,石榴色的嘴唇,火焰的眼光……错杂的风景。”然后是散发的各种气味,夭夭的香味,白粉的,袜子的,汗汁的,潮湿了的皮包的,脂油的,酸化铁的,药品的,这些许多的为混合起来造出一种气体的鸡尾酒。在歌厅和舞场,或者影院包厢充满了这种热情。夜总会、旅馆、浴场、快速列车之上,戏院、轿车,在都市的各个角落里都充满了感官的享受,它充分地把主观感受融会到客观物质中间去,然后获得一种不同往常的所谓的新现实的体验,这就是他的那篇《两个时间的不感症者》,在赛马场它充分地把视听、触觉、气味、通感立体化,留下感觉印象的痕迹。

这种典型的刘呐鸥语言我们是不可类化分析的,因为他要表达迷乱混合的感觉,于是也尽量地把语言处理成混合迷乱的状态。如果我们一方面说他表达色彩与声音,一方面说他表达运动速度与力量,把词语条分缕析之后,刘呐鸥的语言就不存在了。他的语言就是在迷乱混杂中传达感觉,这或许正是刘呐鸥作为天才小说家的存在,同时可以肯定的是刘呐鸥的语言及小说是不可学的,从根本上说他没有汉语文学历史作为依傍,仅仅凭借他的本能感觉留下了几篇小说。

如果刘呐鸥是先验的天才,穆时英则是后学成的天才。穆时英《南北极》那个写实的本色的集子,正好是说明他的世俗情怀与作为个人本性的肝胆。作为写实的语言顺着口语和贴着人物性情去模仿,并不见得有什么大的特点,那是想象中的口语。

> 想起了玉姐儿。我心里说,别想这小娼妇……上海这个地方儿吗,和咱们家那儿一比……电车汽车不用人拉……自家儿会跑,像火车,可又不

冒烟……汽车就像蚂蚁似的一长串儿，也没有一个早晚儿尽在地上爬；屋子像小山，简直要碰坏了天似的。啊，上海真是天堂！……全又矮又小，哈着背儿，眼珠儿咕噜咕噜的成天在算计别人，腿像蜘蛛腿，出窝儿老！

穆时英《南北极》

一种口语的土气地模仿，上海仅是一个新概念，他做梦也没想到日后会带给他那么多重新的感觉。这些感觉一部分是学来的《街景》、《被当作消遣品的男子》，学习现代生活学习现代感觉。另一部分是他自身融入都市以后的真情实感，掀动了他心里底层的情感。《公墓》便是如此。这个小说的故事发生在一个公墓，南方暮春的气息，克渊祭母艳遇欧阳玲，一个病态美的姑娘，“杜鹃在田野里叫着丁香的忧郁。”意境可以是戴望舒先生的“雨巷”的复写。而“我”这个时候青春年少，“我是无轨列车，我要大声的嚷，我要跑，我要飞，力和热充满着我的身子，我是伟大的。”玲变成了爱的性的象征，“太阳从白窗纱里透过来，抚摸着紫丁香的花朵，和她的头发、温柔地。窗纱上有芭蕉的影子。闲静浸透了这书房。我的灵魂、思想、全流向她了。和太阳的触手一同地抚摸着那丁香，她的头发。”男女双方在幽思中没有等到双方表达爱，我随父亲办商务去了天津，她则南行香港。然后是几则短小通信，她病了，“我”找到她时她已去世，“我”得到的遗物是枯了的紫丁香和金边相册。“我”在墓边对她说，你不懂的我懂。我们的爱欲起于墓地又归于墓地。爱那是死。或者说只有到了死才真正懂得了爱，你死了不知道，“我”知道爱活在我心里，她同生命一样延续着。这个小说可以看出现代性文化与审美悄悄地改变穆时英，唯美主义的意象遍布文本：丁香的姑娘，忧郁的病态美，四月暮春时节，季节与墓，包括描写的纯美。接下来他的《圣处女的感情》更加纯美更加罗曼蒂克，陶茜和玛丽两个基督的女儿，在祈祷中遇上了白马王子，梦中情人，她们的处女展开想象，任爱的情感在心灵漫游扩展。《某夫人》、《玲子》、《墨绿衫的小姐》均是这一写法的延续。这里的语言纯粹是浪漫爱情的，看来都是一些香软甜腻，娇情软语，他的特点是描写的极端化，将植物的隐喻变为多元开放，鸟虫与色彩：

唱着小夜曲，云似的走着的蓉子。在银色的月光下面，像一只有银紫色翼的大夜蝶，沉着地疏懒地动着翼翅，带来四月的气息，恋的香味，金色的梦。拉住了这大夜蝶，想吞她的擦了暗红的Tangee的嘴。把发际的紫罗兰插在我嘴里，这大夜蝶从我的胳膊里飞去了。嘴里含着花，看着翩翩地飞去的她，两只高跟鞋……

穆时英《被当作消遣品的男子》

这里的动态、颜色、气息、梦与感觉都置于光与影之下表明器官的感受并非那种如同钟表的确定性，而是各种游走的不同感受在交叉融会，尽量展示其细腻的变化。另外，把不同器官感觉的东西从主观上沟通起来，通俗说是一种两种三种感觉中的体验互相转换。我们看这样一些句子：

一支芦笛悄悄地吹了起来；于是，在旋转着七色的光……

（琉璃制的传声筒的边上有着枣红的腮，明润的前额，和乳白的珠环……她还有林檎似的嘴。）

空气里边还微妙地氤氲着绢样的声音的，银绿色的香味，墨绿衫Senorita遗留在我的记忆上的香味。

记忆里边发掘着过去的月色和一些轻盈的时间。

自己抱着一个流动的，诡秘的五月的午夜踱回家去。

酒精浸过的声音叫着我。

在我嘴下一朵樱花开放了。

穆时英《墨绿衫的小姐》

这里所有的句子都交织着两种以上的感觉器官的体验，凡属一种混合的感觉都必然会带有通感的体验。当然还必须把这种感觉性的东西转换为语言文字。我们把《夜总会里的五个人》视为他感觉极端化的代表作。他充分利用黑白意象造成强烈的对比冲突：

白的台布，白的台布，白的台布……

白的台布上面放着：黑的啤酒，黑的咖啡……

……男子：黑的和白的一堆：黑的头发，白脸，墨眼珠子，白领子，黑领结，白的浆褶衬衫，黑外褂……

……侍者，白衣服，黑帽子，白裤子一条黑镶边……

白人的快乐，黑人的悲哀。

…………

时间的足音在郑萍的心上窸窸地响着，每一秒钟像一只蚂蚁似的打他心脏上面爬过去，一只一只的，那么快的，却又那么多，没结没完的——

…………

红的街，绿的街，蓝的街，紫的街……强烈的色调化装着都市啊，霓虹灯跳跃着……五色的光潮，变化着的光潮，没有色的光潮——泛滥着光潮的天空，天空有了酒，有了烟，有了高跟儿鞋，也有了钟……

穆时英《夜总会里的五个人》

在黑白意象里选择了对立冲突。在时间的响声里选择了五个声部的交响混奏，大学生郑萍被人遗弃，黄黛茜繁华过后的衰败，金子大王胡均益投机失败，政府秘书缪宗旦被市长撤职，季洁沉醉在《哈姆雷特》的版本研究里。上海有五光十色的生活，也有五光十色的享乐。繁华喧闹既带来《热情之骨》，也会带来恐怖恐惧之感，一个报童张着蓝嘴、蓝牙和蓝舌头的面孔，瞬间幻化为高跟鞋的尖儿，葡萄酒液，转眼又是红嘴，红舌头儿，红面空对着酒瓶儿。夜总会里霓虹灯的效果，女人肉欲，报童滑稽，嫖客在灯光、色彩、声音、变形中像酒汉一般游走，生活如此感受亦如此者。所以语言也产生了这种光与影，声与色的效果，他把色彩和气味，声音像勾兑鸡尾酒一样，让五味杂陈，在奇妙变幻的感觉再看这个世界，非真实，超现实，奇幻性，可是有一点是实在的，现实生活像刀锋一样尖利，胡均益死了。其他四个人为她送殡，而这四个人也只不过是活着的尸体。

穆时英的小说语言极具多样性，在《南北极》中，他具有一套模仿写实的语言。1932年之后他的语言出现分裂，有表现上海浮华妖艳、世俗金钱、爱情性欲、颓废凄婉的众生相与驳杂喧哗的噪音，由《街景》、《上海的狐步舞》、《夜总会里的五个人》、《被当作消遣品的男子》等篇目代表上海新潮时尚的新感觉派语言。由《圣处女的感情》、《墨绿衫的小姐》等以女性为主角的浪漫纯情的唯美主义语言。《烟》和《贫士日记》表述了上海另一层面人物生活，但又混合了一些唯美与新感觉语言，宝贵的是他这方面作品让人们触摸到了真实的现实，尊重普通大众的实际生活感受。穆时英还有一种不好类化而特别的语言，如《骆驼·尼采主义者与女人》和沈从文极为喜欢的《五月》，这类小说构成了一种新文体，可以称之为超文本写作，文本形式自由洒脱，有文学的诗意，又有哲学的意图，还有对生活现实的本质触摸，无疑它是一种前卫的先锋文体。

现代的繁华都市作为一个经久不息的意象无疑是由刘呐鸥所开创的，这一独立审美对象变成了都市的经典文学的写作模型，日后的都市形象无论如何也绕不开他们首创的一些城市表象的元素。作为语言的特殊：一是碎片拼贴；二是跳跃节奏；三是综合杂糅的新感觉；四是色情肉欲的身体写作。因而，它们是词组性，短句，时尚语，动态游走，时空变幻，一种主观性的心理意识流的抒情小说。另外，伴着这新的表现手法，小说语言增加了新词汇，拼贴，蒙太奇，立体结构，互文复调，意象式语言（包括象征，隐喻方式）。除此之外，穆时英还有一种凄切哀婉的抒情语言，也有一种哲思忧深，感悟诗化的语言。一方面，现代节奏下语言的速度与节奏，使句子有了推动力；另一方面，由于语言的多重修辞手法，使句子与小段之间产生了暧昧与曲折的意指，打个比方，语言有如一把檀香绘画的折扇，舒展与折藏中有简洁明了的东西，又有回环曲折的东西，还有语言显示出的人格面具，二重人格或多重人格，类似绘画中的多重影像。这是穆时英的特征也是新感觉派的特征，仅仅在于穆时英丰富地展开了他们表面的形式特征，而施蛰存则是更内在地隐蔽地开掘了人格的多重影像。

如果讨论都市语言，揭示都市繁华时尚带来的新感觉新意象，穆时英最典型的文本仍属：《街景》、《夜》、《上海的狐步舞》、《夜总会里的五个人》、《白金的女体塑像》、《被当作消遣品的男子》等。这些文本利用汉语词组的重复、延续、断裂，加强了短句的跳跃性，这种词语的弹跳往往配合的是夜晚的灯光，舞厅的旋律，烟酒的香味，他的语言节奏秘诀是伴随歌舞的节奏，因而是动态中的语言，我们可以朗诵。在华东饭店五层大楼中，每层依次给各房间拍照片一样地叠映，其结果他们的内容是惊人的相同，都市把所有男人和女人的生活同质化了。我们从一个单一的文本切入会认为它的语言便是都市夜总会语言，有着电影镜头一般的快节奏跳荡，都同样显示都市人的快节奏生活，其实我们只要深入分析这种雷同，大都市的每一个夜晚，不同时间的相同空间里，节奏永远都是这样，因而穆时英的节奏语言和大都会生活境况节奏同步的，即都市节奏的均质语言。所谓变幻、跳跃、动荡，光影都是不同时效里的相同重复，因而我把所有都市作家的新感觉语言集中起来，那便是只有一个共同的感觉：同质重复。

说到施蛰存，还是让我们先从文本入手：

> 薄薄的绸衣，黑色也没有效用了，两只手臂已被画出了它们的圆润。她屡次旋转身去，侧立着，避免这轻薄的雨之侵袭她的前胸，肩臂上受些雨水……
>
> 我看这位少女的长眉已颦蹙得更紧，眸子莹然……她的忧闷的眼光正与我的互相交换，在她眼里，我懂……

她凝视着我半微笑着，这样好久……

我起先是在她右边，右手执着伞柄，为了要让她多得些遮蔽，手臂便凌空了……我恨那个伞柄，它遮蔽了我的视线。从侧面看，她并没有从正面看那样的美丽。

……(似曾相识)她一定已经忘记我了，否则它不会允许我送她走。……也许我的容颜有了改变，她不能再认识我……

这些思想的独白，并不占有了我多少时候……

一阵微风，将她的衣缘吹起，飘漾在身后。她扭过脸去避对面吹来的风，闭着眼睛有些娇媚……我记起日本画伯铃木春信的一帧……画。提着灯笼，遮着被斜风细雨所撕破的伞……

我蓦然惊觉，收起手中的伞。一缕街灯的光射上了她的脸，显着橙子的颜色……

我怨怼着不晴的天气，何以不再继续下半个小时呢……一瞬间，我从她的对于我的凝视……等候我的答话——中看出一种……

施蛰存《梅雨之夕》

这是一种什么语言？描写语言，少女形象，雨中情景。"我"看少女，一种视觉语言，互相凝视、交流，注意，"我"经常是偷看，视觉中注意审美，转换为审美心理，内省，自我设问，我见过吗？似曾相识，许多年了，审美同化，错觉，以一个人代替另一个人。"我"等待这个少女的出现。"我"选择这五个人中的一个，"我"举伞去护花。想象一个旧相识，这一行为方式不是偶然的，无意义的，它暗含着"我"的内心被深压的潜意识动机、愿望，我反复追问、分析，以一种内省的方法解开自我心结之谜。分析语言从描写语言导出，想象语言正好在"我"追问之后，日本画《夜雨宫诣美人图》其事情、情状、人物何其相似，于是读懂了日本画，便解开了我心中的隐情。这一系列过程都建立在"我"护送少女的期待过程之中，期待，即愿望。潜意识里的隐秘。一直是追问式的，追问到"我"的初恋，但少女并不是"我"的初恋，特定环境激起了"我"深沉性意识，回溯性观望。这是一种自我心理分析，总体还是推导性语言，但包括描写语言、自我询问语言、想象回忆语言、联想绘画语言，表述得绵密细致，一层一叠，反复周详，类如抽茧剥笋的方法。这种语言看似朴实平淡，一问一答，想象回溯，没有什么词汇上的难度，就是这种平淡朴素增加了难度，是极不容易写的。例如首先一个语言"度"的把握，统一的调，极为细腻的遮蔽与敞开的艺术处理，那个少女说几句话，几个词才恰到好处。心灵的泄漏必须把握一分一毫，过度则无艺术，封闭太严则堵塞了通道，所谓收放正是心理分析语言的最大诀窍之一。有人抬高施蛰存的《春阳》，认为是他的代表作，那个婵阿姨一日之内的欲望心理变化及解放，这是一种手摇式的自慰心理，这个婵阿姨只是对那一个春日之阳萌动，在欲望对象之上失去了依凭、回应。冠生园三口之家不是呼应，是因为行长陈光甫要求对客人应不怕麻烦。最后从北站回昆山。《春阳》把一个突然性觉醒的人写得太活泼了，缺少一波三折，还有婵阿姨缺少一个像少女刘的呼应。周夫人最后忘情地诱惑“我”，拥抱，她恋童，这很正常，“我”长达十年之后再回忆，呼应得很是绝妙。心理分析一定要有个恰到好处的呼应。不能是隔窗挥拳，艺术辩证法的奥秘似乎便在于此。施蛰存很善于写这种欲隐欲露的性意识情调小说，而且每一个文本都显得风姿绰约、情韵悠远。《周夫人》、《鸠摩罗什》、《石秀》、《将军的头》、《梅雨之夕》、《春阳》、《黄心大师》、《李师师》、《扇子》、《上元灯》都有不俗的表现。这类小说于1932年以《鸠摩罗什》为起点，开始精神分析理论的探索，分别选择的人物有宗教名僧、皇夫人、草莽英雄、民族英雄、怀春少女、妓女、寡妇、多重人格的分裂者，从心理语言上讲，也有不拘一格的自传性倾诉，二重人格的分裂对话，自我心理的追问，隐秘心理的特定契机发现，冲冠一怒为红颜，乱伦或者变态，这种心理分析可以是宣泄式、独白式的，也可以是追踪解密的，反躬自问，心理索谜，还可融入心理辩证法，也可是求证式。语言灵活，根据语境符合人物与故事的需要选定模型，如果是在二者之间展开，视角主体采用开放式，客体采用封闭式。如果仅在主体心理展开，则采用自我追问与分析。如果有寄托与象征物，最好选择求证揭秘法。施蛰存确实给我们提供了心理分析语言的经典模型。这一点在中国现代文学史上无人能及。这类精神分析语言简朴平实，采用人物口语或叙事者口语，有时是娓娓道来，从容不迫，有时则环环入扣，类似心理侦探小说，有时则热情洋溢，情绪如火，有时则是普通对话的探讨。施蛰存的精神分析小说中有几篇是非常独特的，具有奇诡怪诞的语言风貌，《魔道》、《夜叉》、《在巴黎大戏院》，这几篇充满了一种内在而疯狂的力量。这种神魔幻觉语言感觉充满了一种不稳定性，具有特别的意象性，表面看故事的构成不难，但心灵中由常态入魔入幻而怪诞又不脱离人性之常情这颇不易。从技术上也特别见功力。《在巴黎大戏院》中那男子和浪漫女郎邻座观影，在黑暗中反复较量性心理效果，猜测，浅探，多层次的心理冲突真是表现得淋漓尽致。在黑暗中察言观色，反复追问笑，笑谁？为什么笑？我笑笑你，你笑为何？笑那个黑暗中的样子？看银幕，看黑暗，利用黑暗两个身体来表演，在相当长的文本内滚动着笑,“黑暗”这样的词,它们仅是能指层面的滚动,没有实际意义的所指,黑暗中发生了那么多行动都是无意义行为,深层心理仅是性意识地滑动:

> 这样的小手帕,又这样热,这样潮湿,一定揩上了许多汗了。好,我把手指都揩干净了……慢着,我还要闻一闻呢。我们可以装着揩嘴,顺便就可闻着了,谁会看出来呢?……哦,好香,这的确是她的香味。这里一定是混合着香水和她的汗的香味。我很想舔舔看,这香气的滋味是怎样的,想必很有意思的吧?我可以把这手帕从左嘴唇角擦到右嘴唇角,在这手帕经过的时候,我可以把舌头伸出来舔着了……吮吸一下吧……这里很咸,这是她的汗的味道吧?……这样的腥辣?……恐怕痰和鼻涕吧?……这真是新发明的美味啊?我舌尖上好像起了一种微妙的麻颤……
>
> 施蛰存《在巴黎大戏院》

凡属女人液体的东西他都吸吮,当是一种美味,他不断地让那种,美味反复地出现,他吸吮到令人恶心了仍是吸吮。这是用一种极端的手法写性,写性的极致,他挑选细节也到了极致。《魔道》中“我”去园艺家陈君家遇奇丑老妇,手能于夜间脱臂取人灵魂,是王妃陵墓中木乃伊所变,因此怀疑陈夫人的番茄,碧眼黑猫。回到上海售票老妇,咖啡店中侍女都有妖妇影像,白日梦里都是老妇阴影。这魔其实是心魔,某个心结,象征性语言,果然我三岁的小女儿去世了。这种魔影响了我对陈夫人的性欲念;几乎阻断了我对所有人的欲念,怎么理解?很简单,它仅是一个性障碍,语言是符号,是寄托物,精神分析对于某物、某意象会有一些私人密码。我们要特别注意这些解码。从私密经历到文化象征都可能是我们性意识的代码。魔幻化的语言分析除了意象解码以外,我们特别不要具体的字字求解。因为字字求解的魔幻便字字无解,魔幻意象一般都是整体象征。

新感觉语言中成就最大的是施蛰存,他超过了类的划分,在中国小说史有非常杰出的贡献,那就是他在乡土小说和社会革命小说之外开辟了真正的心理分析小说,而又以他的个人业绩提供给我们的时代一些经典性范本:《周夫人》,一个成熟妇人恋童性意识。《鸠摩罗什》道德禁欲下的性意识。《石秀》极为隐秘的性心理。《梅雨之夕》和《在巴黎大戏院》极其细腻的性心理分析,前者写得相当委婉,后者有极强烈的内心冲突。《将军的头》和《魔道》我以为是极经典的文本。前者构思极为精巧,内部有一种对立反差结构,是悖论式写作。后者不断地表现幻象复现，意识重叠，其质地上是一种非确定写法。《周夫人》的语言是最早没有雕刻痕迹的语言，保持着自然朴实，极流畅的抒情，少妇之爱极为动人，但语言没有成熟，到了《鸠摩罗什》中语言开始有痕迹，但语言的布置非常绵密，句子很紧凑地连接，开始有许多曲折的长句，其细致的描写融合高度的抒情，同时又把语言放在自然之中，使描写语言有了灵性。这种语言的效果只有《将军的头》中还存在，其日后大部分文本的语言都有人工的迹象。

施蛰存的语言如同猫科动物的触须，极为敏感，深入到心灵的最隐秘处，同时又是人们始料不及的角度和区域，石秀对女人的迷乱几乎在他自己不知情的情况下发展，他的爱欲和仇恨同样强烈，如同罗伯·葛利叶写《嫉妒》一样，两人走两极，石秀成为嫉妒的典范。《魔道》的恐惧我们不如说是语言的恐惧，相同影像的不同化身，使词语在分裂状态下通过心理幻觉成为意象化的语段。语言有着梦幻效果。当然，实际上它也是一个精神病患者的白日梦，表述的不过是性障碍。

施蛰存语言一贯绵密而悠长，长句多于抒情，短句多像一些灵动的触角，可在《薄暮的舞女》中，一改他的惯用语言，充分让意义节奏化，而这种节奏非陈述节奏而是人物话语的节奏。在人物语言的演说中保持长效的口语节奏感，这是他的所有文本中最突出的一篇。

施蛰存的语言还有一个显著的特点，他的人物口语在性格、职业、习得、文化等诸方面区别不太强烈，个人行为与对话是语境中互动反应，并不表现在人物成长史中固定的性情习俗反应，而服从于施蛰存叙述的口气和语调，构成他不同于刘呐鸥、穆时英的叙述语言。他有一种绵密悠扬的叙述语调，这种个人化的讲述，从容不迫，如同苏杭丝绸那般细针密缕地编织，使得语言整体有一种光滑油亮的光泽，一种情调的抒发。语言所具有的光洁度只有沈从文可以和他相媲美。在漫长的小说史上，反而因此映现出许多大小说家语言的粗糙。

新感觉派小说还有徐霞村、叶灵凤、黑婴、禾金等人，叶灵凤我们已经讨论过，其余的新感觉派作家仅仅是一个余脉，他们延续了上述三位主将的特点，例如禾金典型地学习穆时英的语言，表现采用碎片切换类如电影蒙太奇的跳跃与闪回，采用日本文体的短句排列，讲究凝练词语拼贴都市繁华街市的印象，有一种低婉徘徊的调子，代表性作品有《蝶蝶样》、《副型爱郁症》，当时很受注意。黑婴发表了《五月的支那》、《1000尺卡通》(1933年)后才有大量的新感觉小说，早期并没有新感觉趋向，仅仅是有些内在的感伤的诗性，后来尤其多地选择都市女性作为对象：妓女、舞女、侍女等均是一些不幸女性，写有《伞、香水、女人》、《咖啡座的忧郁》等都市特征明确的文本,语言梦幻,句子跳跃,分行排列,极善于写漂泊流浪的一类都市下层男女,这恐怕与他出身岛国不无关系。总起来说,后起的新感觉派只是形式上追求了那批前辈作家的样子,很难得到刘呐鸥、穆时英的神韵,更不可能有施蛰存那样优雅从容又吸收了中国古典语言韵调的一种特殊的感觉语言了。

中国现代小说的自主语言发展到1940年代是逐渐衰减的。这时的主体作者徐讦、无名氏、张爱玲、苏青及七月派作家,一方面走入通俗的市民小说、言情小说。一方面沿袭"左"派的浪漫风格。当然他们不可能对中国的唯美主义和新感觉派熟视无睹,从中吸取青春、爱情、性欲、都市万花筒的元素,也吸取委婉、闲适、柔情的风格特点,产生了大批言情的小说家:徐讦、无名氏、苏青、施济美、潘柳黛、汤雪华等人。七月派使用了情绪饱满的感觉化语言,极致地表述战争,下层草民,流动生活的体验,这些语言应该说吸取了新感觉派的恣肆飞扬,情绪喷涌的情调语言,不同的是赋予这种语言以一种苍凉、激越、沉痛的"左"派思想意识,由此开辟了一条解放区文学道路。但是从1942年以后就只有"左"派的革命文学,而没有再出现由海派作家创造的那种唯美语言了。在沦陷区还有少数作家继续在追求自主语言的卓绝表现,他们是袁犀、爵青、梅娘、共鸣、山丁、石军、古丁等人。从原则上讲他们还是延续了唯美主义、象征主义、意象派、新感觉派的文学传统。

袁犀应该是1940年代一个极重要的代表性作家。他的《时间集》可以说是绝品,共收五个小说《手杖》、《蜘蛛》、《绝色》、《暗春》、《红裙》,这些抽象的标题均是一个抽象的隐喻,是一种象征的指涉,最后强化为人生某种观念,那些具体感性的故事经过演绎、扩大、深化成具有某种人性的绝对深度。《绝色》是一个元小说。由"我"在讲述一个十八岁少年江捷的故事。这个美少年奇迹般地出现在我面前,那个夏季的语言是平实的,但他对各行各业的人都有想象不到的威胁,他可以决定一切(美可以决定一切)。他忧郁,隐痛,18岁太长了。10个月要向50个贵妇人复仇,第50个是一个16岁的处女,他要她一束头发她自杀了。他的童年母亲被贵妇人虐待致死。美少年变成杀人恶魔(象征美是恶魔的另一面),美少年留下信,他向女人复仇后准备自杀而死。而且是在屠牛场内用机器残忍地轧死。"我"赶到现场只有血液,美丽没有了。最后作者解构了文本公布结局:江捷没死,伤了双眼拉一手好提琴。小说保持了一种口述语言,多用细节展示美与恶,美少年江捷是一个象征物,复仇之后新生。意旨是古老的,美是难以置信的,新生也难以置信,任何绝对的东西都是虚幻的。

《手杖》是一个经典性文本，金卓因病去青岛疗养，他带了一个特殊的道具——手杖。

> 这只粗大古拙的手掌上雕镂着奇异的花纹，他记起来他曾经在一本希腊的什么神话里边，谈过一只魔术的手杖的故事……看着海洋的夜景，头上的天空是深蓝色的，星光熠熠闪耀，仿佛精灵的眼睛窥觑着大地和海洋，海正在静默着……海之神也应该是一个女神，一个肩披如云之黑发的裸体的女神，她手中执着透明的珊瑚杖——他看见珊瑚杖上生着碧绿的翠叶，开放着白玉似的奇葩，人鱼围绕着它舞蹈。
>
> 袁犀《手杖》

手杖是神奇的，是古典文明的象征，当然他也是我们心灵中某种理念的象征。金卓遇上了马霞也是一个美的象征。可是音乐家魏巍想将马霞据为己有，画家欧阳学海也想据为己有，那些水兵更是如此，金卓的嫉妒折磨得他近于疯狂，最后：

> 马霞的珠贝一样的足趾和纤巧的足踝，一时夺去了金卓的精神。……他无意中又看见了自己的身体，这简直是一种残忍，他的肋骨突出着，他的臂细瘦得像一根柴，看着被月光映在沙上的，他的弯曲的脊椎的身体……他恼怒、嫉恨、惭愧而怯懦。望着身边诱人的美丽无比的马霞的肉体，他起了一种残忍的意欲，他自暴自弃的，报复的用手执起放在身边沙上的他的粗大的手杖……挥起他的手杖，猛力地击打在马霞的丰满的魅惑的无限之美丽的肉体之上。
>
> 袁犀《手杖》

一种丑陋要毁掉一种美丽，而执行的是文明的手杖，“我”所信奉的文明准则处在劣势，“我”的疾病心理无论如何也忍受不了，于是意欲毁灭。如果深入下去，文本的内在矛盾极具反讽意味，“手杖”代表一种价值标准，但并不全代表我，因我的身体是丑陋的，显然手杖并不代表丑陋，手杖所代表的是文明与心魔两种交混的东西。马霞代表美确凿无疑，但这种美可以随时堕落，画家和音乐家他们也代表美，尽管他们自身可能病态，欧阳的画，魏巍的音乐都是无与伦比的，他们任何人获得马霞的美都无可非议，美与美的组合，但是马霞的美(据她对水兵的态度欣赏,她并不在乎堕落),于是,这里应该是美与美的争夺战。在这个形式的内部都是欲望,是嫉妒,是毁灭,从根本上说没有什么对错,金卓举起了自己的欲望——手杖。这具象之物是一个双重征服。故事象征的马霞之美在不断争夺,是不能有独享的,独享便有被毁的危险。但金卓、欧阳、魏巍三个人的欲望都指向了马霞,美可能结合于美,可能毁于丑,关键看借用什么的名义。如果我们认为世俗纵乐享受的生活方式是罪恶,那么金卓的丑陋便是正确的吗?如果手杖代表的文明击毙了美,那么我们规定哪一种美是正确的呢?显然,我们无法回答这内在矛盾的复杂纠结。因而这个文本的内在意旨便显得更加复杂丰厚了。

《暗春》是一个非常好的隐喻。它是那个写作的书记员的性心理的观察视角,也是李芗和那个装订工心里所涌动的东西。但是也有赵志潜、周崇信这样利用了"暗春"的卑劣之人。袁犀的文本总忘不了对社会底层人投去关怀的一瞬,赵德禄、许才、李瑛、李芗、印刷装订工等等。记录人类心灵的痛苦史,受难史,我们假借各种文明的名义却给人们带来更多的灾难。我们如何理解这种反文明的视角倒真是一个新的课题。袁犀有两套语言系统,《时间集》和《邻三人》,与《一只眼齐宗和他的朋友》里使用的语言有一种言说的叙事性,按人物的文化身份给予一定的叙事基调,或者贯穿一个客观的写作者来讲述。看似用语平实、舒展,却在语言的物象构成时非常用心,往往会有一些象征的标志。他的力量在人物、故事上有一种高度抽象的提纯,叙事在形式与观念的相互征服中不动声色地推进,往往在文本结尾强化他的理念意指。留给人们许多悲怆性记忆。

袁犀还有另外一套华丽纤秾的笔墨,或者说是美文的写作,极善于山谷森林的风光描绘:

> ……山峰上边,布着瑰丽的朝霞,清明的绿色晨光,笼罩着树林。新生的叶草,嫩绿的、黄的,生在柔软的褐绿色的新枝上。树干有点潮湿地放着一种发霉似的大雨以后的那种气味,夹杂着松树的清香:枝叶交搭着,遮蔽着天光……啄木鸟在一棵高大的枞树上,用嘴叩着树干,嗒嗒响着,看着那黑色的密林的深处……
>
> …………
>
> 山水奔流在石路上,激在巨大的岩石之间,跳跃着白色的浪花,飞溅雪样的水星,响着金鼓一样的声音,像一匹凶猛的巨兽般地咆哮着从山上以所向无力的威力奔流下来……木筏,像一枚草芥似的漂浮在水上,以无

比的速度被冲下来了……手持丈余的篙竿，以全部生命力注意这石礁和两岸的石岩，只要轻轻一拨，灵敏地一点，那大木筏就被运转得全如人意，像箭一样的，令人目不暇接地射出去了。

袁犀《森林的寂寞》

与袁犀其他叙述的笔墨不同，这是一套描写的笔墨，有静态森林里的环境描写，特别给出啄木鸟细节。还有放排人在激流中的动态描写，举重若轻，既描写了山水风光又描写了其间的人。小说中他还借用了朋友的画《森林之想象》补足森林风光，也用德国画家胥温特来描写伐木工人，当然他也借木材公司青年职员靳济光表达森林砍伐后的忧郁，对林中女人美丽的吃惊，他仍旧回到都市里去了。

爵青可能是个怪异的作家，有“鬼才”之称。他开创了一种论文形式的小说写作，实际是跨文体的，他以书信致远方朋友方式开始讲述，可是他意不在叙事，创造了一个第二人“你”的叙述。

是的，你固然是讥讽现代青年生活的好手，在别的青年躺在地下喘息抽烟的时候，你已经昂然的立起着。但是你却正有着青年人普遍的悲哀——新废墟的悲哀，而我不惮你的恼怒，大胆可以说。在某一方面，你的确实把那些什么时代先驱者的豪语作了生活的圣训，在一切公式主义上走着自己的路！……

…………

你走去了，但是走去又怎样？你无非是把这命运延长了而已。

爵青《废墟之书》

以我和你的口吻说事总会建立一个相互讨论的关系，我表述我的观点、事情和状态，因为你要出面，你会说话，你的观点、事件、状态便只能以自由间接引语方式出现，意即你说的话是由我转述而产生。论争的问题是不适合小说的叙事的，他这里借书信方式就废墟之新旧为基点插入，远方的友人你在一个落雨的早晨上船远去，你去乡村办一点教育，我在城里过点小吏生活，我们反复讨论：创造世界的热情与苦心只不过是由旧的废墟转移到新的废墟。我们离开了先祖的世界，可以跨入另一个失败的人生，原因在于这罪恶错误的时代。于是在我们这个时代产生了各种各样的问题。这个文本的语言是由不断提问不断反诘，在充满怀疑主义和宿命论的推论下展开的。这是一个有强烈哲学反思的作品,属于一种论文语言,作为小说在1940年代可算是极端先锋的形式了,可以作为特殊语言一例。爵青是中国现代小说家中明确提出是针对语言而写作的一位,在《恶魔》一开篇他就说,题为"恶魔",并不是讲什么阴惨不快的鬼狐之谈,我只是喜欢"恶魔"这个词汇的感觉而已。这个小说明确地采用元叙述的方法写作,交代写作的源起、人物,试着讲述故事的开头,贴近一个学校一个标本,一只鹭的羽毛,谁弄坏了羽毛?接下来便是一系列知性追索。一个15岁的少女不断偷东西又不断去赌博而且一点犯罪感也没有,反而理直气壮,"我"经常去寻找她,她经常失踪、旷课,最后一次被追捕是偷了富人家的金锁,原因是她三个爸爸中的第一个胸下刺青了一个锁形。"我"保护她,最后还是被警察带走了。意指犯罪根源是家庭和社会苦难带来的。恶魔在于自身,并不知道自己做的真正是恶魔的事。

爵青的小说爱使用元叙述方法,在讲故事的过程中不断切断故事,反思故事与人物所带来的思考,因此他的叙述语言,既是一种讲述的口语,意图在于陈述过程,但这只是一个形式,施行某种功能,而不是目的,目的在于他的元语言部分,他的元语言一方面充当故事与人物的行为动力;另一方面充当文本意义的解释与补充。或者额外的目的是抽象出事物的形而上的意义。他非常清楚语言的作用是什么?语言不仅仅具有陈述功能,更重要的是有解释功能,语言有一种极本质的特点,便是针对语言本身的特质而言来讨论语言。语言在说明语言自身时,还会消解自身。这已变成爵青文本的基本策略,《废墟之书》如此,《恶魔》、《喜悦》、《遗书》都采用了元叙述方式。这在二十世纪四十年代是最先锋的文本策略,其方法比后来1980年代洪峰、马原的元叙述的语言表述策略更全面,元语言也更本质化,而且爵青几乎所有的文本都会有一个极好的形而上学的提升,他的元语言给我们提供了无限丰富的语义内涵,同时将文学语言与哲学语言高度融合,从局部看他的语言平实,从容不迫地叙述,仅《喜悦》的语言密度大一些,《遗书》和《恶魔》都比较疏朗,当然他的叙述情势是连贯的,流畅的,有一些出乎意料的紧张感,最终都是让人们心里格外沉重,欲说还休。

爵青的元语言很有特点,一般小说家的陈述语言,或述说,或白描,或概括,或细节,总之,充当展示人物特征与讲故事。爵青都不这样,通俗说,他有一点夹叙夹议的方法。

这个夜晚,仍然和前夜一样……山涧的雾气横荡在静谧的天空中,群星闪闪,此外一无光阴。空气是纯粹的。偶尔有风声和山兽的咆吼声清彻而低微地撞在凸凹的岩石面上，浸在黑暗的峰丘，都融化在夜里了。风还很执拗，吹着群树的枝梢。我思索了一刻……啊！一种调和的，不易的秩序指导着它，支配着它，恰像特意为我在天空里闪耀了这些年一样，在无限的空间和无限的时间里，永久……

我在这夜里，不知为了什么，竟成了一个东洋的观照者了。我沉在冥想之中，这冥想的不动性不是嗜眠状态，而是生命的集注和爱情的积蓄。

爵青《喜悦》

《喜悦》里的"我"是一个讲述者，他不断提醒他在讲述山里发生的事，我在写50字的帝王纪，"我" 讲的最重要短文就是最后二十多字，"他失掉了生存的勇气，于是就想到山地去自杀……"四十二岁后，"我"失掉了生活的勇气。然后讲述他妻子是怎么死的，他儿子是怎么死的，山里的风景也是他讲的，"我"自杀是一条必死之路，肯定死了，从死中获得生之"喜悦！最大的喜悦，人间虽然再没有'我'所有的一件东西，可是'我'能回到人间去是喜悦的。"这表明生就是喜悦。"我"找到了山林监视所，努力地爬上了那里，刚往里一看，"我"被一枪打中了。《喜悦》所构思的一个人去必死，求生意念产生了，是喜悦！当你找到了生时，你得到的却是一枪，所有生死仅在一线之间，一念之间，悲喜之间。他的代表作《归乡》是一个苍凉悲苦之作，他充满了悲悯之心，反思故乡，揭示乡人的淳厚的人性。表述语言类似于家族谱系学式的追踪，苦难与人生命运同步。

这个时期值得注意的文本有小松的《乐章》，古丁的《竹林》，共鸣的《蝉蝉》、《未完成的杰作》等。另外张秀亚的《梦之花》、《珂萝佐女神》，虽学生气但描写亦佳，公孙写情色小说但语言韵调还不错，那种风月味浸透了所有描写文字，《海和口哨》、《镜里的昙花》充满了柔婉、浪漫、隐衷。在语言中情、性、景三味一体，中国语言往往忽略景，特别小说里是这样，景的重要在于它是出情出性的东西，更重要的景是要产生兴味的。自然之景还容易和哲学诗化相联系，1940年代的自主语言这方面是有它自己的贡献的。1940年代之后应该说还有几个特例：张爱玲和白先勇、琦君、林海音等。林海音的《城南旧事》是一种怀旧感伤语言，她幻觉、忆旧、瓦解叙事密度所造成的虚白、空位，产生旧物旧人特别的惆怅与迷惘，特别警示我们，语调可以整体上影响文本而决定语言风格。琦君的《橘子红了》借助电影的唯美叙事产生了巨大影响。就其文本的描写语言也是有特别力量的。琦君的语言把回忆、联想、独白、梦境、感伤交织在一起，在回忆中寻找一种味道，抽丝剥茧似的展开心灵：

(婉若)回到寝室,才把这层硬壳剥去了,剥去后对镜子照照。面容却又如此的苍白憔悴。眼角的皱纹与嘴边两道隐隐约约的细沟;刻下了她十四年无热无光的岁月。尤其是那被赞为翠黛沉沉的眉峰与澄蓝似潭水的双眸,如今也一天天显得暗淡了……窗外正挂着一钩淡月,把疏疏落落的树枝的影子投在窗帘上,这朦胧的光影又逗起了她的梦……一个玛瑙图章……"长沟流月去无声。"……那是一个仲夏的傍晚,落日余晕……

琦君《长沟流月去无声》

这种描写浓厚地带有中国古典文化精雅的韵调,刻画一位少妇的幽独,景观与思念,回忆与感伤,既是渲染的沧桑岁月又是幽人未眠的现实处境。

张爱玲是文化心理分析语言的小说家,我在文化心理语言会详细讨论,她具有高于流派的意义。她作为精神分析的心理展示别具一种性意识的语言,张爱玲是有意识地使用这种性语言,并且知道将泛性论的潜意识语言与中国古典语言的雅韵相融合,造成表述语言特有的情调与韵味。

当初她为什么嫁到姜家来?为了钱么?不是的,为了要遇见季泽,为了命中注定她要和季泽相爱。她微微抬起脸来,季泽立在她跟前。两手合在她扇子上,面颊贴在她扇子上。他也老了十年了,然而人究竟还是那个人啊!……

不行!她不能有把柄落在这厮手里。姜家的人是厉害的,她的钱只怕保不住。她得先证明他是真心不是。七巧定了一定神……

…………

(七巧)脸枕着袖子,听不见她哭,只看见发髻上插的风凉针,针头上的一粒钻石的光,闪闪掣动着。发髻的心子里扎着一小截粉红丝线,反映在金钢钻微红的光焰里。她的背影一挫一挫,俯伏了下去,她不像在哭……

…………

天就快亮了。那扁扁的下弦月,低一点,低一点,大一点,像赤金的脸盆,沉了下去。天是森冷的蟹壳青,天底下黑黝黝的只有些矮楼房,因此一望望得很远,地平线上的晓色,一层绿,一层黄,又一层红,如同切开的西瓜——是太阳要上来了。

张爱玲《金锁记》

什么是张爱玲的语言呢？即最简单地概括：口语的诉说。说自己心里所想的，说眼前发生的人与事，说环境中的物象，说出来的描写。因此张爱玲的语言，一是张爱玲的口语。二是打碎内部与外部的界限，一味都采用言说式，因而她的心理也是自言自语地说的。三是物的描写也是说的，因此描写纳入的是口语词，短句，用通俗的比方。理与情及相关的利害关系也是说的，把一切算计用口语在内心再划算划算，再说出关于情境的客套话，关键意思却保留在内心。四是采用隐喻与象征，说表层的东西，意旨的含义通过行为或特殊细节揭示出来。上面的三段文字分别代表内心的言说、描写的言说、象征隐喻的言说。

张爱玲语言的另一特征是突出地表现女性视觉特殊的敏感与细腻。她能感受性地写女人肚子：白色的，雪白肚子，白皑皑的一片，停在肚脐眼上“鼓起”、“瘪进去”、“改变样式”、“恬静的希腊眼睛”、“怒目”、“神佛邪教眼睛”、“险恶”。她的句子是追踪精致的情绪而来的，一点记忆，一个手势，一个眼神，一个微妙的姿态均有某种目的性的，或者下意识地移动，这一切均受制于个人心理的支配，或者整合了家里各方面的矛盾冲突。

尤其把语言落在细节处使之传神，她把各小句连缀起来构成一个集中的意象，这种意象语言又紧扣人物感知，适合于环境中的特定状态，她有许多新感觉派中的敏感句子，类如施蛰存与穆时英的句子，而且更为细致与精巧。张爱玲的语言核心还是落实在两性意识，采用弗洛伊德的精神分析法，当然她较多地移动心理角度，或者隐匿其文本目的。《心经》里表现恋父情结，《金锁记》中写极其变态又不大张旗鼓的曹七巧，人物的精神历程也就是人物性意识历程。她总保持着语言的内部其隐喻的特征，而外部句子绵长而又有抒情性，使语言的内部与外部互为因果，但又保持某种距离上的张力，这些细微的力量处，只有你深入了她的人物心理和句子的细节时才能品味出来。

白先勇比所有现代小说家都接近西方小说与文化，因为他在美国就是讲授西方文学的，但他的语言却是最中国民族化的，地道的中国文化口语，那种语言的从容和儒雅，精心地结构在句子上，而句子又精心地构成文本结构。语言的内容是展示没落贵族，这与《红楼梦》的宗旨同样，但《红楼梦》在曹雪芹那儿是一种贵族风情的自赏自玩自乐，语言没能沉下去。白先勇的语言常在对比中有一种沉郁与苍凉，语言的意蕴是中国风格与韵味，重要的是还保持了民族语言的说话方式，讲究语言的韵调与节奏，虽然象征隐喻是老套的办法，可在白先勇的语境里却是非如此不可的。他的人物活动又无法离开他的语境。他的语言是精致细微的,同时也把语言融入性意识的分析中,复杂曲折地展示同性恋,或者也有男欢女爱的性交往。但白先勇骨子里仍有浓重的社会心理分析的要素,当然他没有也无法提供这些人物心理完满的答案。他的语言另一部分来自中国古典戏曲的文化,他吸收了那些口语韵调,这使得他的作品特别好改编成电影或者戏曲。这种只是文本形式上的,在说话的口气上有一种贵族式的高雅特征,如果仅是一套贵族话语策略我们还可以怀疑他语言的成就,但是白先勇采用了一种无可挽回的感伤情调,语言在一种繁华落尽之后的素雅与苍凉并存,这就有一种极大的感染力和美学效果,细细品后便是曲尽衷肠。

关于张爱玲与白先勇我将在文化心理语言详细地讨论,尤其是白先勇的语言经验是值得特别总结与弘扬的。

第四节 新时期以后的自主语言发展述略

讨论自主语言必须放在中国现代小说语言发展的整个历史时代来看,同时我们还必须建立一个比较的观念,把和中国乡土语言、社会革命语言、文化心理语言等语言现象互为参照来比较研究,才可能发现自主语言的特征。或许还有另一个值得注意的语言现象:政治语言。中国的意识形态语言有一个漫长的历史,我相信它不仅是受现代社会马克思主义产生的影响,我们中国封建社会两千多年历史里也有一套传统的价值观系统,从诗言志文学传统开始,应该说我们文学传统都浸润着国家民族、封建君主的主流的价值观体系,就此而评人论事少不了意识形态价值观念系统,因此自主语言意识是在一个强大的被压迫的环境里产生出来的,它的产生、演进,一定会有阶段性的成功与失败。从理论上说我们一直没有自主语言的体系,仅有部分重视语言表现的文本实践,我们几乎无法勾连起一个自主语言发展的历史。更值得注意的,小说在中国也是晚近发展起来的概念。实际在明清时期才建立中国古典小说的概念,通常也只有《三国演义》、《水浒传》、《红楼梦》、《西游记》,而《金瓶梅》是被摒弃在外的。明代的白话小说,还叫做话本与拟话本。自主语言的小说恐怕得满足两个必要的前提:一、小说里面必须有描写语言的自觉意识,否则语言不能处于静态的观察分析之中,语言没法针对语言自身言说。二、小说的人称研究中必须建立一个真正的自我概念,而不是一个功能性的意识形态的自我。也就是说"自我"必须是弗洛伊德的精神分析理论之后,"自我"追寻、自我认同必须是分析性的,要揭示出本我与自我的矛盾,本能的社会的本我与自我是区别开来的。往深层里说,语言的自主还必须和人的自主结合起来考察,因为语言自主意识的理念相对晚于人的自我意识之后，理论上的时间起点应该是1942年有了布洛赫·特雷杰著《语言分析纲要》,他把语言学定义为:“语言是一个任意的语言符号的系统,社会集团依靠它进行协作。”明确指认,“语言是一种媒介。”这个更明确的理论标志是《论语言中的主体性》的产生,他批评了语言工具论,提出了“人在语言中并且通过语言自立为主体。”[①]自主语言学的理论最晚到了1958年。可见我们所有讨论的自主语言现象仅仅是一种有语言主体意识的语言实践,而这个时间在欧洲是开始于1885年。始于审美现代性的发生,始于唯美主义的文学运动。在中国语言自主意识的产生和发展要复杂得多,缓慢得多。最早发生的都是小说的主体意识的苏醒，那就是梁启超的“小说界革命”,始于1902年,这不过是一个夸张的、虚妄的口号。因为准确的中国现代小说概念还没建立,现代小说的文体也还有产生和成熟。但它给我们一个很好的启发,无论什么样的观念我们都是可以假定设立的。小说可以以任何样式出现,这样自主语言的小说产生也是绝对可以的。一种事物的现象的发生绝对不是无根无由的,但又不具有绝对的必然性,它被很多细小的或重大的偶然因素所左右、所改变。这样我们便能很好地理解了:现代小说自主语言的发生发展经过一个缓慢绵长的发展阶段，甚至还有连续与断裂的历史进程。明确地说,中国小说发展的历史进程中自主语言曾经有停滞、消逝的阶段性。一个事物在特定的时期消失了,这表明该事物可以不在,即我们可以不需要它。这个性质很严重,难道可以不要自主语言吗？这是因为一个强制性原因限制了它,从我们的现代小说发展史看,一方面是社会意识形态语言打压了它们,另一方面是社会文化体制的僵化造成的。中国新时期始于1976年,文学出现了复苏的新状态，可是不等于自主语言就可以强化发展，正好相反,1976年的变革是政治性的,它是对过去约30年的社会历史的清算与反思,文学正好作为一个社会工具发挥了积极的作用,因而大约有十年左右,当代的小说语言是强烈的意识形态化。我们只能以政治思想内容来考察小说,而不是以文学语言来考察小说质量,因为纯粹的自主语言的小说很难产生,也不会有立足之地。只能是相比较下有部分小说开始有语言的意识,开始注意到小说创作中的自主语言现象。这段时间我们大致可以确定在1976年—1985年之间,值得注

---

① 《论语言中的主体性》,(法)本维尼斯特,参见《心理学杂志》(*Journal de Psychologie*)1958年7—9月,法国大学出版社(P.U.F.)。

意的文本有：

叶蔚林	《在没有航标的河流上》	1980年
刘绍棠	《蒲柳人家》	1980年
汪曾祺	《大淖记事》	1981年
王润滋	《卖蟹》	1980年
何士光	《种包谷的老人》	1982年
谌容	《人到中年》	1980年
古华	《爬满青藤的木屋》	1981年
贾平凹	《腊月·正月》	1984年
马原	《冈底斯的诱惑》	1985年
残雪	《山上的小屋》	1985年
史铁生	《我的遥远的清平湾》	1983年
陈村	《初殿》	1985年
王蒙	《风筝飘带》、《春之声》	1980年
莫言	《透明的红萝卜》、《金发婴儿》	1985年
张承志	《北方的河》	1983年
韩少功	《爸爸爸》	1985年

这仅是一个极为简洁的搜寻，采样极不齐全，但可以看出新时期虽然头十年有重大的文学收获，也预示着现代小说及其语言有一种巨大的新变，但要注意这十年基本被分为两段：一段是1970年代，基本上是伤痕与反思的小说，有浓厚的意识形态，很难找到语言自主意识很强的文本，这一变化特别明显地出现在1980年以后。可见这五年是中国当代小说自主语言的生产初期。这时候自主语言有什么特点呢？或者说与历史上自主语言产生初期有什么不同呢？自主语言源起期是1920年代，到新时期1980年代自主语言是一种恢复和重建的概念，这个中间时间相差有了半个世纪，且时代历史发生了巨大变化，各自产生的原因也会大不一样。

我们先说1980年代以后自主语言有什么特点。

第一，语言的自主意识复苏也是人的意识与文化意识的复苏，也就是说，对作为人的"自我"意识的寻找与认同。这次人的主体意识是对政治人格、文化身份的认同。我们取得了政权，但有太多的年月我们经过了双重灾难，首先是自然灾难与物质匮乏，再者是政治浩劫与精神打击。这时的人们是在地位、价值、权力上的主体实现，还有不可否认的物质的享乐主义追求。属于刺激欲望发展的萌芽阶段。这个问题是在1970年代后期解决的，所以1980年代的人是要找回失去的人格，在这些文本里国家精英、工人、农民、普通知识分子都在建构自我的主体意识。王蒙人物的权力结构，在人民普遍渴求媒介方式的现代性，他品尝到电话铃声对他的打击与压力，信息对精英而言是轰炸形式的，接下来便是电视与广告的图像时代了。山野村民盘老五、何满子、种包谷的老人寻找主人公姿态，寻找土地归属，还有芸芸众生寻找日常生活的自我主体，那个时代所有人的理性意识都明白：人到中年，我们要补回我们失去的。这时候人的主体意识还是价值化的等级意识的。但1920年代的国民意识中的民族主体是认同的，人们靠信仰战胜国家的苦难，他们更关注个人主体中的"本我"，关注的是审美主体的现代性。美学和人性的关怀是一种根本的终极关怀，因而涉及形而上问题的追寻：信仰、美学、人性，很自然人们的目光在语言上转向了唯美与泛性。这表明语言主体所关涉的方向与问题的不一样。这时候的语言主体中建构的自我特征是这样的：社会人格向本能人格转移。这决定了1920年代和1980年代自主语言含有某些性质上的不一样，于是表现形式也就不一样。

第二，语言的描写性能所指有所不同。1920年代风景是移情的，多数与情感和性欲相关联，描写会直接与间接地指向了性。1980年代后描写多数展示的是文化地理学它构成了人们的文化背景，或者是血性与气质的参照物。因而描写环境、风物很有鲜明个性，张承志的是激情，叶蔚林、刘绍棠、汪曾祺是融合地方民俗，贾平凹的比较平实冷峻，张承志的风景描写变成抒情主体，莫言的描写更多地融合了个人体验极端的器官感受。残雪的环境是间离效果的。谌容、陈村、王润滋把描写深入到日常生活琐碎事物的感知中，而且采用了人物口语的自述性表达方式。韩少功把描写回溯到我们古老的民俗风情中，何士光对土地的描写近似一种宗教的情感，静穆，超尘出世，天地人三位一体在语言中充分展示，语言也因此具有一种神圣的感觉。将近半个世纪以来中国小说中才出现描写的高峰，描写的概念在小说中重新定位，引起高度的注意，这对中国现代小说是一个非常重要的标志。过去无论呈现，还是讲述的方式，陈述故事，却轻视描写，当然白描方法从来没有停止过。这种超量的感觉化的环境描写，表明了中国小说的抒情传统发扬光大。值得注意的是，自1980年代以后小说中的政治抒情在慢慢地减弱，直到2000年后的冷漠疏离的语言风格出现，或者又出现另一个极致，便是戏拟语言的出现。

第三，自主语言采用元语言，口语说语言的方法，语言的自主意识逐渐强化，甚至走向了另一个极端，话语泛滥，典型形式有话痨，重复对话。直到先锋语言形式的出现。元语言的表述方式1940年代的爵青在技术上非常成熟，他已使元语言成为他个人小说文体特征最显著的标志。马原在新时期率先使用它，仅作为文本的插入部分，整体上并没有成为文体；元语言使用的成熟期应该是鲁羊、李大卫、徐坤，在1990年代以后笔者本人把元语言作为一种诗意文体坚持，其成果有数百万字之多；谌容、陈村、贾平凹基本上采用了一套说语言的方法，贾平凹、韩少功还特别针对地方语言的表现，研究一种语言的使用状态。王蒙也基本采用说语言的方式。语言在小说技术中传统以来有两种方法，一种是极简极精，使用的是词语的减法，传神，意象，凝练，诗化。例如何立伟、王润滋、陈村的《初殿》；另一种使用的是加法，词语、句子、对话均超量使用，一个词语的语义核心是精练准确的，但他们都多角度地反复言说，词语和句子轰炸。形成了语言膨胀，是俗话中说的话痨，这方面有王蒙、王朔、刘震云后期作品、莫言、张承志。语言的过度使用，使自主语言达到了自我消解状态，但又不是一种先锋策略，从中国当代小说语境而言，语言的超量使用，或者极态化等现象是可以理解的，依然属于自主语言范畴。

第四，自主语言风格化、个性化，这在1980年代前期已经成为一个风格语言的信号，例如张承志发展到后期的《金牧场》，史铁生发展到后来的《我的丁一之旅》，汪曾祺和刘绍棠包括贾平凹的语言风格都未曾改变。韩少功的自主语言发展到《马桥词典》专门讨论语义考古学。王蒙是永远的嬉笑怒骂，话痨到底。自主语言的风格化是好事吗？当各种语言形成统一特色之后，实际已经类型化，那么语言的丰富多样性便受到质疑。这个原因在于他们一方面顺从一种思维惯性写作，于是词语句子的使用变成思维定式缺少创造性。另一方面，一些作家语言积累这方面的训练短缺，无法更新自己的词语和句法。一旦生活经验缺乏，就会永无止境地重复自己。于是他的自主语言便枯竭。自主语言有一个自身的铁律，语言是在不断创造中使用，从“一种语言在另一种语言中发生作用，并在此产生了一种新语言，一种闻所未闻的几乎像外语的语言。”[①]这主要针对有使用一种母语优势的人而言。我这里提的母语优势很重要，是指传统语言里的优势，对我们而言就是汉语。发掘汉语的自主意识是我们最初的出发点，也是我们语言的最终目的。新时期这种自主语言给我们现代文学史提供了启示，也是作为重要成果而存在的。其一，自主语言使我们的小说语言本身成为抒情主体，而这种抒情要素是多元化的，最重要的是诗意语言得到了空前认

① 《批评与临床》，(法)德勒兹著，刘云虹译，南京大学出版社，2012年版，第212页。

同。汪曾祺、何立伟式的精美雅致的诗化，张承志、莫言的大气磅礴的激情诗化。从乡土小说发展的风景诗化，史铁生、韩少功采用的跨文体诗化，使“诗化”成为现代小说一个极重要的元素。其二，自主语言为现代小说语言提供了方法论的东西，例如描写语言、分析语言、语义考古、元语言、戏拟语言、语言的多元言说方式、潜意识语言、间离语言，总之，有了语言创造的多种方法。其三，对小说自主语言的追求成为中国先锋文学在文学形式上革命的最初动机。在此后的二三十年中国先锋小说家陆陆续续地出现，如果要讨论先锋文学对中国现代小说史的贡献，恐怕最显著的仍是他们在自主语言形式上提供的成果。有一点值得注意，在中国并没有统一的先锋流派，为什么？因为先锋的反抗主要立足于语言形式的反抗，个体在语言上的追求受自身学识的制约，因而语言形式便有很大差异；同时他们所采用的语言类型化也不一样，我们几乎可以说，没有同样风格的先锋语言，因此也没有一个可称之为流派的先锋语言，例如同时采用元语言策略，在不同的先锋作家那里文本差别极大。同在上海，孙甘露和西飏风格迥然，格非与他俩更不一样。同在北京，史铁生、李大卫、徐坤语言上都有戏拟的元素，但语言风格又完全不一样。我在北京20年，文本风格和他们又是天差地别，这说明对语言的追求不一样，自主语言的风格就会不一样，因而自主语言尽管可以成为先锋的支柱，但却不能成为流派，同时它绝对不可能相互模仿，因为他们每个人都在追求语言上的标新立异。上面是从语言形式上说，如果再探讨内容的贡献那就更复杂，但可以肯定贡献会更伟大。

第五节　语言实验之后，近二十年自主语言进展

从形式和内容两方面说，中国新时期以后的小说性质有一些隐性改变，1979年出现了茹志鹃的《剪辑错了的故事》，宗璞的《我是谁》、《蜗居》，1980年有王蒙的《春之声》、《风筝飘带》，1983年张辛欣的《疯狂的君子兰》。1985年是现代派作品的喷发年，有刘索拉的《你别无选择》，史铁生的《命若琴弦》，徐星的《无主题变奏》，残雪的《山上的小屋》。到1987年又是一个高峰年，《人民文学》第一、二期刊登了莫言的《欢乐》，孙甘露的《我是少年酒坛子》，《收获》下半年连续推出了苏童的《1934年的逃亡》，余华的《四月三日的事件》、《一九八六年》，格非的《迷舟》、《青黄》，这样一个背景材料说明什么问题呢？表明了自主语言是在一个现代派作品兴起的潜在潮流里进行，当然中国的现代派始终没成一个大的潮流，仅仅是时隐时现地出现在一些作家身上，而且冠以不同的名

称,或者称之为先锋派。这一股力量在1990年代后被作家自行消解了,只留下少数几个坚持先锋写作的人。自主语言在先锋那儿达到了某种极端,但并不是说只有先锋才有自主语言,还有一些不同创作观的作家也会自觉地运用自主语言写作,呈现出特别的语言色彩,有些甚至在语言上还不是很好归类。

我们先说说朱苏进。他并不能算一个先锋性作家,但他明显使用了一种表现型抒情语言,构成了当代作家中独特的语言风貌。值得注意的重点有两篇小说:《轻轻地说》与《接近于无限透明》。我们说朱苏进的语言是一种生存体验性的表现语言是不会错的,但如何抽象他语言的特征并予以描绘就很难说清了,除非我们全文摘引。他的语言体验有两个东西双向推进:其一,是情绪的饱满度,这决定了他语言推进的力量与速度。其二,是敏感性的器官反应。这决定了他的语言应该落在哪些地方从而传导出一种什么样的感觉。是生理的、是情绪的、是思想的,或者是心理的思维的反应?其三,是描写式地反应人物细微的体验状态。妻子在产房里,期待一个新生命的来临,与另一个经历痛苦的生命共鸣地发出感受与体验:

> 她双眼紧闭,睫毛像欲飞的双翅停落在那里。她全身每个毛孔还含着细小冰晶,使她全身晶莹生辉。昔日装饰在她身上留下明星痕迹。小臂,膝部以下的双腿,脖颈和胸口上的一个半圈,都显出日照留下来的黝黑,身躯其余部分仍然白嫩。白与黑之间有分明的交界,像镯子样箍在她身上,仿佛她还穿着一件细薄贴身的纱衣。她双乳充满颤颤巍巍的生命力,看上去那样柔软,其实它硬得连一根钉子也钉不进去。镊子不慎碰到它时,它发出金属般清脆声响……她仿佛在呼吸,乌黑的长发无声无息地滑落到双乳间。她似乎拒绝遮掩,静静显示她寒彻心骨的美。
>
> 朱苏进《接近于无限透明》

这里想象一个生命体的状态并极端细致地描写出来,仿佛在同这位女人耳语,正如他的标题所示,他的语言无论情绪还是感受体验都在诉说,或描写,尽量地使语言接近事物或是融化于事物中,达到一种无限的透明。其实,只要是模仿性描写,语言是永远无法达到无限透明的,但朱苏进总是保持说语言的感觉,似乎让语言轻轻地触碰事物,或让语言带上声音、色彩、光线、情调,流淌在事物之上,他有时候会急切地言说,使用各种修辞术,如象征老树也会对自身体态作出反应,采用一种诉说的语言方式便带有自述、独白、幻想的特点,他发誓把心理的、情绪思想的(作为动词性的)都极致地说出来,包括通过直觉感受到的体验也都说出来,因而朱苏进的语言总会有一个言说的调式,根据语境掌握高低快慢,轻重缓急,从理念上说是一个生命诞生的喜怒哀乐,但却发自对生命极端的感受体验,连陈旧的回溯也变成了对生命的言说。这就产生了一种总是在湍流喷涌倾泻而出的话语,语言便有了一种流动的快感。一般说来,短句居多,采用诉说的语言调式短节奏,词汇性短语,但朱苏进把这些情绪置换成冗长的描写和抒情。语言具有蚕丝的光滑与水液滑润感,全部落在金色的叶片上,(作者非常钟爱具有的金色叶片与轻盈缥缈的意象语言。)就类似于摄影者对植物花卉采用超级微距,发誓绽开花骨朵上的茸毛,让水珠也呈现出来。语言在医院接近什么?接近痛苦与死亡。因为只有医院里才是身躯最有感觉的地方。体验与感觉让无意识流淌,也可以理性地整合,纤细地描写,按说,躯体感受最极致的时候是不适合言说倾诉的,但朱苏进偏偏选择了言说,因而他的语言特征便集中在言说方式的特征上了,或者节奏的处理上,他的语言因口语的诉说有了声音与色彩的感觉。从抒情性说,朱苏进、张承志、莫言都有共同的特征,那便是感觉化和体验化的抒情语言,差别仅在他们使用的强度不一样。

有一点值得注意,朱苏进主要写军队生活,关于战争,那表现战争的话语或者个人体验的情绪转化为感觉性语言,其来源肯定从七月派小说语言吸取营养。从形态上我们也可以视为七月派小说语言在新时期的延续。

我们接下来说苏童的语言,我以为他和朱苏进两个人都不属于先锋范畴,但有自主语言的浓厚意识,所以不放在先锋派系列中谈论。这里有个比较,从文本姿态看,他和莫言比较,莫言比他更具有先锋性的东西;再例如残雪,她是一个更为本色的先锋写作者,可是她的语言意识是她自身指认的,她基本上没有自主语言,苏童反而是有浓厚自主语言写作的人。如何从语言的总体特征定位于苏童呢?

苏童语言的自主性,是他自觉地选择了一些有原型意义的意象语言,或者说他使用了一套诗化色彩的意象语言。这种语言国内有许多作家都使用,例如废名、沈从文,当代的汪曾祺、何立伟等人。似乎苏童比他们倾向于废靡、忧郁、死亡、淫欲,是一种迷蒙杂乱的审美意象。色彩、光线、声音、味道,有一种向下沉的感觉。枫杨树下,香椿街里,南方宅院等地理单位无不如此。

有一股植物腐烂的气息弥漫井台四周,颂莲从地上捡起一片紫藤叶子细看了看，把它扔进井里。她看见叶子像一片饰物浮在幽蓝的死水之上……颂莲的走神了，她每次到废井边总是摆脱不了梦魇般的幻觉。她听见井水在很深的地层翻腾，送上来一些亡灵的语言，她真的听见了，而且感觉到井里泛出冰冷的瘴气，湮没了她的灵魂和肌肤。

苏童《妻妾成群》

这口废井是他小说的意象语言的核心。代表死亡、颓靡、毁灭，南方意象的氤氲湿气与淫欲。这不仅是陈家花园水井的意象，还有人物意象也是如此，陈佐千、颂莲均有代表的意象。什么是意象？通过语言的集合组织反映“人对事物与景象的反应，这一反应或印象常常通过比喻或者对事物不同的并列描写而得到表现。”①如果最简单地理解就是不采用明确的逻辑语言指代一个事物，必须要赋予一个具体物象的多边含意。或者我们可以说，意象语言就是一种词语的物象引起众多的关联形象，这关联形象可以是同质的，例如颂莲坐在井台，有残叶、紫花、瘴气、幽蓝之水，声音是亡灵的语言，这一系列形象是相关的，共同构成了腐朽破败、毁灭死亡的意义指向，但又不是一个单纯的主题。意象也可以用事物拼贴构成，例如黑白组成的死亡意象。苏童的意象语言有两个特征：其一，语言引起幻觉联想，有一个意义的倾向。陈家花园的井台是多次反复地写到，每一次核心词汇：井台，水是不变的，其他、色彩、声音、气味都会有变化，物象有变换感，会引起各种联想，秋叶秋风秋雨，还有靡腐的酸涩的气息，各种形象的感受都会指向毁灭、痛楚、挣扎、死亡的语义。其二，是镜像与重现。事物形象总是多次叠印，构成所谓的“密集形象”。形象既是自由的，又是关联的。这揭示了意象语言的一个深层原理：视听具有统一性。“文字的视觉感受通常不是自然而然地出现的。它们具有某种固定的相伴物，后者极其密切地联系于前者……相伴物中的重要部分是听觉形象——心灵的耳朵能听见的文字的声音。”②这种语言意象复现技巧保持语言在空间隔离状态下互相映现、叠合，但又不是完全一模一样地照镜子，它是重视的镜像，例如镜子破了会变形，修复后会有裂纹，空间偏移后，背景、光线、视角都会产生变化中的影像。那个桥上的疯妈妈总有固定物象，但在不同空间出现，她又有很大的差别：

① 《欧美文学术语词典》，艾布拉姆斯著，朱金鹏译，北京大学出版社，1990年版，第144页。

② 《文学批评原理》，(英)瑞恰兹著，杨自伍译，百花洲文艺出版社，1997年版，第105页。

……疯妈妈的檀香扇，暗黄色的，镶嵌着金线，柄上拖着绿色的穗子，隔了好远也能闻到它的香气……一张苍白的脸上便印了几条金色的条状光痕，是扇子的木骨缝漏出来的阳光。

……崔文琴路过桥头……一眼就看见了白丝绒旗袍。看得出来她走向疯妈妈是为了走向丝绒旗袍……另一种欢呼，白丝绒旗袍……其实是和白丝绒旗袍在说话……我有六件旗袍呢……还有一件红丝绒的，还有……

苏童《桥上的疯妈妈》

这里檀香扇、白丝绒旗袍与疯妈妈共同构成意象，这里意象除了物象叠合之外，还有香气与白色构成的所指。我们还可以深层地讨论一下苏童意象语言的所指问题。如果某一意象所指是单独的明确的，无可改变的一个主题词而不是其他相关意味，这种意象语言仅是一个概念。苏童的意象语言从其内涵而言是丰富的、近义的、指涉特殊的，甚至含有异质的部分，这构成了他的枫杨树、香椿街以及他那些病态，又异化变形的人物，提供了深度的人性解剖。他的意象语言悠长特别集中在他的中篇小说，或者他的早期创作。在短篇小说中意象语言显得薄弱一些。这种意象语言表明苏童语言除了寻求语言意义之外，还在寻找语言构成的审美意象。当然他的审美从本质上仍属于唯美主义的，有早期的现代性美学遗存，包括波德莱尔和王尔德，也有来自于中国二三十年代的唯美主义倾向和浪漫乡土的东西。

苏童基本上还属于一种意义语言，在短篇上基本没有语言试验的倾向，他的语言优点主要集中在中篇小说里，他的意象语言，即局部和句子上是不会有什么扭曲组合，但他一系列句子便构成了文本特有的语言风格特征。他的短句比较灵动，很口语化，在交流中有一种流畅感，但有一种世俗的直白。中篇里长句多一些，句群一定会构成某种意象，特别是在《罂粟之家》、《妻妾成群》、《三盏灯》中，其枫杨树、香椿树街均构成了象征性所指。苏童的语言构成他特有的韵调，织成一种江南的氤氲之气。语言上有一种布满湿润暗淡的水泽的柔软气息，有种旧时代的梦幻，村庄、旷野、祠堂都有些恍惚迷离的效果，而这正是他语言审美特征所在。苏童很正常地按语法和日常口语方式构成句子，绝无实验方法故意使语言达到某种变形，相反他还有一种古典余韵浸润其间，至少我们说他语言没有奔赴一条先锋前卫之路。

但我们可以肯定苏童内心有一种语言的自主意识，竭力构筑自己独立的语言风貌。例如他极为讲究语言的意境，行文造句中很细致地调整语调，他没特别注意语感，但语感在意象和境界中浓郁地渗透出来，语式倒真没被他注意。

我们现在简略地清理一下中国先锋小说的发生状态。最先产生先锋意识的是茹志鹃、王蒙、刘索拉、宗璞、徐星等人，这个起始在1980年左右。主要特征还是我们对当代社会的一种新的认识。从社会学概念看，一定时代历史的具体现实都是由规则的有序状态构成社会形态，社会的暂时好坏无可置疑，个人置身于社会无论其好坏都必然发生冲突，这是由个体自由和集体主义的限制而产生的。这是公共世界的共识。但上述的作家在本体上探索这个世界的荒诞性所在，世界对于你，你别无选择，人的生存并不需要什么主题和信仰，生活是一种随机性的东西。社会随时都可能把人生剪接错了。耐格尔说："在日常生活中，一种情景如果包含了抱负与事实之间明显的差异时，就会变得荒诞。"如果就中国社会特定现实来看，个人抱负难免都会和当下事实相冲突，可见荒诞在中国是一个常规状态。这由中国的历史所证明，我是多余的，人的多余性被"存在显现，被遭遇。""他们在事物具有必然性的结构中没有可以确定的位置。"[1]对象与人的多余性因此而显现了。说白了人在世界中没有了位置，人的主体性失落了，中国人首次从本体论上思考人的失落，而不是传统的思考，人的失落是社会制度的压迫。这是一个极好的先锋起点，但是接续下来的文学先锋并没坚持这一方向。

先锋的第二个拐点是1985年，除了上述作品大多数发表于此时，文学评论家黄子平在《上海文学》发表《关于"文学语言学"的研究笔记》(1985年11期)，亮出了"文学是语言的艺术"的观点，次年汪曾祺提出了写小说就是写语言。一时间兴起了关于文学语言的讨论，有李国涛、程文超、王一川、伍晓明、季红真、陈晓明、李劼，文学界还出现了语言革命的口号。同时还有针对性地出现了两次关于现代派的理论争鸣。第一次由徐迟引起的《现代化与现代派》(1982年1月)的论争。第二次是由李洁非、张陵在《当代文艺思潮》发起的"关于伪现代派的论争"(1987年5月)。

先锋文学的第三个拐点是1987年前后。这时期明确登场的具有先锋性的小说家是余华、马原、洪峰、孙甘露、残雪、陈染、林白、北村、吕新等人。

马原有《虚构》、《喜马拉雅古歌》、《错误》、《大师》

---

① 《存在主义》，(英)大卫·科珀著，孙水珍译，复旦大学出版社，2012年版，第171页。

残雪有《苍老的浮云》、《黄泥街》、《公牛》、《阿梅在一秋天的愁思》

余华有《现实一种》、《世事如烟》、《难逃劫数》、《往事与刑罚》

格非有《大年》、《青黄》、《褐色鸟群》、《迷舟》、《风琴》、《背景》

洪峰有《瀚海》、《奔丧》、《极地之侧》

孙甘露有《仿佛》、《信使之函》、《请女人猜谜》、《访问梦境》

陈染有《空的窗》、《嘴唇里的阳光》、《站在无人的风口》

这是先锋小说最强劲的一个时期,影响最大,他们是不是先锋小说质量最好的作家这得根据他们后续的创作看。一是,他们本人是否有更优秀的先锋文本来超过他们早期的作品,或者由他们自己创立一个隐形的流派。二是,是否有后续兴起的先锋作家创造更好的文本可以取代他们,那他们则是一个划时代的伟大贡献。三是,要参照国外现代派和后现代主义创作定位1987年这一时代的先锋文本水准。二十世纪过去了,老的先锋作家沉寂下来了,新的先锋以各种形式不断出现,所以我们不能最终判别这一时期的先锋业绩,能肯定的是他们在中国现代小说史上有着首创之功,其成就是否超过了以往的各小说流派尚无法定论。现在我能判断的他们的形式革命大于内容革命,我们不能说他们提供了崭新的文本形式,但凸显了新的文本形式特征,可以肯定地说,孙甘露创作了一种新的抒情小说文体,我们可以认定为甘露体。其余的则没有文体化。另外可以肯定的是他们提供了语言创新的形式。

先锋文学的第四个拐点在1990年后,先锋文学的冲击力降低,但作家人数却在增多,新锐的有西飏、鲁羊、须兰、孟晖、李大卫、张生、李洱、东西、刘立杆、庞孔、李冯、张弛、墨白、行者、刘恪、徐坤、何小竹、何大草、述平、朱文、唐晋、羊羽、韩东等人。花城出版社在1990年代出版了一套"九十年代先锋小说丛书":

格非　　《敌人》

苏童　　《我的帝王生涯》

余华　　《在细雨中呼喊》

孙甘露　　《呼吸》

吕新　　《抚摸》

北村　　《施洗的河》

刘恪　　《蓝色雨季》

林白　　《守望空心岁月》

应该补进的重要长篇小说还有:

史铁生　　　　　《务虚笔记》

陈染　　　　　　《私人生活》

先锋文学的第五个拐点自2000年以后算起，除了上述人之外，新出现的作家有：七格、李浩、刁斗、黄孝阳、赵刚、叶舟、余地、薛忆沩、贺奕、陈希我、刘建东、盛可以、阿乙、程青、东君、苏瓷瓷、梦亦非、向祚铁等人。如果从人员数量来看先锋队伍是越来越大，可是从提供的文本成果看先锋特色越来越迷离、新鲜、新奇，具有形式冲击力的东西几乎三年五载难见，十年也很难重现先锋性巨著。是否先锋形式被他们的前辈作家竭泽而渔了呢？不是！中国当代小说史上的先锋巨型文本，或者说诡异奇谲的文本我们还没有看到过，和国外相比我们几乎很难说有形式的创新，我们比照一下巴塞尔姆的《白雪公主》，巴斯的《喀迈拉》、品钦的《万有引力之虹》、勒古恩的《黑暗的左手》，即使我模仿过也没有超过他们的。这仅就美国而言，英法小说形式特异者更多。写作困难是固然的，这是作家的才气学识决定的，另外，今天物质化世俗化的社会很难有人产生那种先锋的写作雄心，但我相信潜在的伟大的先锋作家仍在继续坚持写作。还有一个极重要的原因，就是我国的文化土壤是限制了先锋的。我在1998年写完五十万字的《城与市》在四家出版社经过六年转移才得以出版。社会限制了先锋，凡属先锋没有不注重语言实验的，所以自主语言的写作是困难重重的。如果全方位研究中国现代先锋小说那将是一部大书，也是一个浩瀚的工程。我这里仅是研究先锋文本中的自主语言，既算这样我们做一个课题研究近三十多年的自主语言在先锋文本的运用，至少也得二十万字才行。我这里只能挑几个个案和语言现象进行讨论，待到此书重版时我会专门写一章中国先锋小说的语言研究。

从先锋写作的框架来说是如此，自主语言是对整个中国文学现象而言，一些未纳入先锋但语言上非常具有特征的有语言自主意识的作家还不少，例如：陶少鸿、熊正良、迟子建、李本深、陈应松、石舒清、红柯、聂鑫森、张炜、刘恒、阎连科、阿来、蒋韵、王彪、毕飞宇、荆歌、卫慧、棉棉等人也值得专文探讨，我在这有限的篇幅内就不能讨论了。

我们现在开始讨论孙甘露的自主语言的特征。他在早期的文本《访问梦境》里便用诗人卡塔菲卢斯的话表明他的语言态度，“到了结束的地方，没有了回忆的形象，只剩下了语言。”表明他的这个文本仅仅只是梦的语言。因而我们可以确立他的自主语言的特点是梦态的，是梦态的也就是无意识状态的语言。

我行走着,犹如我的思想行走着。(典型的甘露句式,采用的扩充法)我前方的街道以一种透视的方式向深处延伸。我开始进入一部打开的书。……(它的扉页实际是打开梦境)它们街灯般地闪亮在昏暗的视野里,不指示方向……一如神话为森林以迷宫似的路径传向年代久远的未来……在页与页之间,或者说在两种建筑之间,我读到了一条深不可测的河流,读到了它污秽的色彩,读到它两岸明丽的传说……一个声音在地平线上出现,它以一种呓语般的语调宣称:最终,我将为语词所溶化……我是怎么找到这片橙子林的?我们居住在这一带,家门前有一大片橙子林……

我看到了梯子,那架靠在门前的白色梯子。就是你告诉我的……老人在他双目失明之前,用他裱书手艺制成的白色梯子(意象)……一个有着一张修女般脸孔的少妇坐在树下吃橙子。她嘴里不断发出的咀嚼声,听起来像是在啃纸板。在她的身边公猫和母狗偎依着沉溺在缺乏宗教倾向的幸福之中……少妇……继续嚼她的硬纸板……那声音近乎一个男人在夜间磨牙……

孙甘露《访问梦境》

这里无疑是梦境。这梦境的特征是书页,从词语导入的,他要进入一个象征性的街市,橙子林,有白色梯子,少妇(欲望的代称)吃橙子,食品,贪食(用公猫和母狗暗示其情欲),从欲望的补偿原理看,这是不能获得的爱情与性欲,白色纸梯是无法上去的。这些词语浅层是符号,深层都是欲望的不可得。这个梦态,这个潜意识的语言,一个人犹豫不决,又以梦境迷宫的方式进入,这使他的语言又有了晦涩缠绕的系列长句,那是一种自我缠绕的甘露抒情句型。

孙甘露语言的第二个特征是将梦幻诗化,或者说他的词语仅仅作为诗歌的异体形式出现,整个文本便是一首梦幻的诗,其诗意诡谲奇异。

草席似水,瓦罐如冰。

钱庄内极为阴暗潮湿,如同我满脑子的胡乱念头。

曲尺形的柜台光可鉴人,那位长相如同鸵鸟的掌柜生死一副骇人的容貌……

鸵鸟径自朝我们走来……

在我们谈话的时候,时间因讽拟而为感觉所羁留。鸵鸟钱庄之外是被称作街景的不太古老但足够陈旧的房屋。是紧闭或打开的窗，是静止不动或飘浮的窗帘,是行走或伫立的人群。

孙甘露《我是少年酒坛子》

这是孙甘露为文本所讲的故事,这个故事有人物、场景,甚至还有一些晦暗的人物关系,但他采用了诗的剪接与拼贴,在句子间删除连贯的东西,或缺一些必要的交代,使整体环境变得恍惚迷离,这个钱庄仍是一个怪异的地方。孙甘露在书写典型的梦幻状态,一是人的无主状态,没有目的指向,因而永远指向远方。二是他的街道、人群、白色、橙子林、门窗、梯子、木椅、围巾都是典型的中国意象,但人群与物体间是失衡的,它们的联系是非稳定的,因而他的词语,句子产生的是迷离恍惚的感觉。三是他的环境永远异质,扭曲,变形,有梦魇的状态,所有的事物像木偶一般地游走不定,仿佛置于迷宫里的感觉。四是孙甘露将这种不确定性的梦幻诗意从单一文本推向了他全部文本的风格特征。我们几乎可以把他的《仿佛》、《岛屿》、《边境》、《庭院》、《境遇》、《影子》等等一系列作品视为一个一生所写的长篇，其中的标题仅是一部长篇的分章分节罢了。当然在章节之间还是有好坏优劣的现象。《仿佛》、《信使之函》把梦幻诗意的主题保持在一种欲说与不说的间歇状态。这部作品的语言尚未达到炉火纯青,有一种生涩与滞阻,人工的痕迹比较重,但他在语言思考上作的努力很值得称道。"信"作为语言的象征物,表明语言是一种表达,"信使"是一种无语的代码。信在抵达与未抵达之间,信也是一个符号,是自我引述的符号,自我通过信使把自我送入另一个自我。但这个信使也有自我,这个文本便是信使自我的梦幻性倾诉,但他揭示的乃是拉康式的关于信的游戏与哲思。按荣格的补偿理论,这部小说应该视为昔日邮差对自我生存经验的补偿。它的弦外之音仍是一个"抵达之谜"。谜底是信。文本的深层结构语法是"信是",而文本的表层结构均是一个对宾语的释义,无数个对宾语的释义使《信使之函》成为中国第一个明确的解释学文本,这个文本内部的诠释学的特点是:循环阐释,因为循环阐释我们便无法抵达终点,这样我们获得了孙甘露所有文本的意指,我们(主体)——现实(客体)永远都只能指向远方一个内心期许的地方:还是远方,暗指孙甘露文本一个经久不息的表象。耳语城仍是那般的梦幻诗意:

耳语城的人民生活在甜美的时光的片断里。在时光的大街上，男女老幼摇摇晃晃地行走如蚁,他们热切的嘴唇以一种充满期待的姿态微张着,那迷惘的神态似乎是一种劝喻,又像是在暗示他们正穿行在自我迷恋的梦幻中。他们的恒定的历史以轮廓般简练扫过他们火焰般抑或茅草般的头发,轻易地洞穿他们的躯壳,时时骚扰他们的灵魂。他们凄恻的目光在黯然无语中凝视信使梦游般的浮想。

信是淳朴情怀伤感的流亡。

孙甘露《信使之函》

耳语城是一个梦幻的象征世界,他们期盼信的引渡,"梦幻"的真正意义是指向愿望的达成,另一方面是指向个人本能潜意识的释放。孙甘露把这种梦幻象征化,作了形而上学的提升,变成一种信息传递的游戏,并且使它们循环解释。

孙甘露自主语言的第三个特征,优雅迷离、含混蒙眬的抒情风格。这种抒情语言消除了传统中意识形态的价值体系,而推崇一种忧郁、感伤的审美语言,并且使之风格化,成为一种甘露体。这是一种情调的氛围语言,抒情主体有别于传统的人物主体抒情,而是作家主体的一种抒情风格。这种风格语言在推进中涌现大量能指(所以他主语的修饰词很多),在能指与能指间相互连接地构成,或同质或异质,造成矛盾语义,这样能指符号便含混、蒙眬、犹豫,加上她采用了欲说还休、吞吞吐吐的叙事语调,经常会把前进中的语义折回来,再使用复杂、暧昧的修辞,重新推进语义,这样连环地使用句子便造成了抒情风格是委婉的伤感的,情绪犹如一汪梦幻的水液在弯弯曲曲地流淌。

孙甘露无疑是把诗歌语言引进表述小说中为数不多的几个人之一,孙甘露的陈述语言是冷静的客观的,表面是不动声色,且不停留在细部的感觉体验上,修饰语和中心词之间并不存在必然的逻辑的联系。句子在一串串的能指并联之后而悄悄地置换了所指,因而许多句子连接起来后,我们无法找到一个语段的共同语义,这样避免了一个语段对一个中心的叙述,表层结构相连的句子而内部却是断裂的。我们姑且叫这种陈述语言为能指的拼贴,许多相似性的能指在语段中散布给出某种意象,但又不构成核心意象语言,因此我只能大致归纳语段在某种形象上暗示,却无法肯定有某种逻辑意义让各句群彼此相连。我们可以指认各种句子的能指形象,它在一个语段链条构成某种诗意,在我们获得众多形象之后,只能从象征和隐喻的角度阐释这是梦境,那是想象。这个丰收神,那个耳语城,信使出发了,述谓之后漂流的地方不指向终极目的,文本中设置各种各样的状态,人物的、作者的、情爱的、音乐的,但永远无法找到一个人属于物质性经验性的传记生活进程。不过他的语言永远在进行途中,人物或者某意象均是二重三重等多种形象的叠合,类如超现实主义形象的拼贴画。芒芒在不停地摆出各种形象姿态,但不奔赴意义的终点,祖父也仅是在形而上状态里与他遥相呼应。语言成为孙甘露自慰的梦幻的书写方式,目的却指向没有端点的无限远方。

孙甘露的第一点意义便是彻底地粉碎了中国小说家关于叙事及其叙事抵达目的的梦想,粉碎了线性逻辑提供的语言思维,把人类各种事物与事务变成故事读本的梦想。第二点是让语言成为集体无意识的梦幻展示,自主语言仅是一种审美表现,而不是一种意识形态的价值图说。他的抒情风格的贡献是把诗歌语言的素质引入到小说叙述中来,使小说沿袭了中国现代小说1920年代由唯美主义与新感觉派所贡献的抒情小说传统。在忧郁感伤的抒情传统中,孙甘露的写作由一个叫西飏的小伙子继续地前行,不过西飏增加了叙事元素。

1987年先锋派兴起,这是一个短暂的风暴。这个风暴的意义在于真正有了自主语言的探索,它接续了半个世纪以前的语言现象,由于语境的改变并非单纯地指向感觉,或者浪漫主义的唯美,语言的实验延伸到了更宽的领域,例如乡土的、城市的、文化的、社会的、梦境的、逻辑的、幻象的等各种各样的领域,同时也发现了许多语言技巧,如元语言、荒诞、迷宫、互文、戏仿等,有直觉方式也有分析方式,这时我们才发现语言可以以各种姿态出现于文本之中。

格非自1987年发表《迷舟》之后,约有十年将这种梦幻式自主语言发散在他的有关历史的考古学之中,吕新则将这种语言贯穿地方性知识中,对农业文化的书写。林白以独有的女性感觉将自主语言融入到她的南方的故乡叙事。至于1990年代鲁羊以元叙事方式讲解自身对自主语言的处理方式。须兰、孟晖、唐晋、何大草特别将自主语言引入到中国传统的古典美学的表述之中,使古典美学转化为一种优雅的现代想象。李大卫、徐坤、李冯等人运用了一种戏拟的解构策略,使自主语言进入能指的游戏迷宫。总之,自主语言呈开放的形态。格非使用一套明确的清晰的描写性自主语言,他的特征是句子与词汇在局部上是明确无误的,句子间有可感的逻辑联系,但将词语和句子组合成语段时,其迷离的梦幻效果便出来了。所以我称它为裸体语言。

有一天,一个穿橙红(或者棕红)色衣服的女人……她说她叫棋……我为秋天而感到高兴……(她)胸脯上像是坠着两个暖水袋,里面像是盛满了水或者柠檬汁之类的液体……初次相遇就使我错过了一次注视候鸟的机会……前面那个女人的身影终于又在我眼前出现。——深棕色的腰部衣饰的褶皱，以及她圆润的臀部成豆瓣状分裂的节奏……刚才有一个女人从桥上过去了。

没有女人从这里过去。(老人说,我没有看见什么女人过去)

我又想起了那个穿栗树色靴子的女人——(延续到九二年)

(寻找这个梦幻般的女人)女人温存地对我说:我们这儿没有什么企鹅饭店,没有大街。也没有卖木梳的老人。

……"水边"的地域,写一部类似圣约翰预言书。

"水边"这一带,正像我在本书里记述的一样……"水边"青蓝的水线时……"水边"的石子滩变成一种冰莹的纯蓝色……"水边"的凉气……"水边"的鹅卵石……"水边"枯白的茅穗绵延的水线……褐色的鸟群扑闪飞翅,掠过"水边"……

格非《褐色鸟群》

这些引文从文本的各局部细节中选出来。词语清晰准确,可是"女人"呢?有,而又没有,我清楚地看见女人从桥上走过,可老人说没有,后来竟是连老人(卖木梳的)也没有。我遇到了那个栗树色靴子的女人,她全部否认了事实的存在。因而文本陷入了一片自我迷幻之中。"水边"无数定位无数次重复之后。"水边"被引号标志为一个特定的符号,它倒是真是的水边呢？还是"水边"的另一所指呢?我们说孙甘露粉碎了叙事仅留下了抒情,那么格非通过具体的描绘增强了叙事,可是他的叙事均是非确定性的。

因而他的人物永远在进程的路上动荡不安,人物与事件都在进行,可语言并不固定在一个逻辑点,那个语段肯定有什么社会意义的所指。格非特别延长了对某种词语的感受性,会分析个中的一些语词:水边、青黄、唿哨、迷舟,或者某种前倾性姿态,特别是人物叠影于恍惚中,有其若即若离的感受性,人物有许多经验性的实践,他指向隐喻和非本质意义上的后果。

格非的语言是裸体的,它站在阳光下,山冈上,写在飞走的鸟群的翅膀上,一次女人的邂逅,棋局,回忆中的远景,让语言与一切意识形态割裂开来。人物与时间都有叙事的行为过程，可均不指向目的。所有语言都会在能指链上奔跑。我们看到孙甘露在做语言游戏,却不怀疑他的语言试验。但你会认为格非在进行某种客观的叙事,给我们展示一个故事场景,到终结也不确定人物、时间的性质,他扎扎实实地做了一次又一次语言上的叙事游戏。格非诗性的语言是针对事物的陈述与描写进程的。表面看起来是一种有长度的语言，但是这个长度并没有含量，语言的容积是有限的，不如孙甘露的语言有着深厚宽广诗化与哲理上的意指更能表现自主语言的力度。

这两个人的语言彻底打破了作家和理论家对逻各斯中心的梦想，让中国的文学批评家得了失语症。也有极个别的批评家提出了阐释，可是用社会文化的观念评论那只会指鹿为马。他们不明白这是一种拒绝批评的文本，它是一种可写性文本，你只能在理论上扩大其神话与梦境，从语源和创作本体上来探讨其方法，千万别指向目的论的总结。

吕新的写作是一个孤独的类型，他似乎情有独钟地守卫着他的地理文化的农业语言。他的自主语言观如是说："我喜欢形容词，就像有些人不喜欢形容词一样。我还习惯把动词作为名词来用，大量的定语的运用，使我的语言产生了一种强烈的装饰效果。"[①]这种词性变位的方法其实是被所有先锋小说家热爱的，倒是他说的另一句话比较有实质意义，"想象力必须建筑在一种充满灵性的语言之上。"这表明了他的语言始终伴随着想象，或者说想象始终都相伴于词语的飞翔。但他有一点是明确的，他的(词语)"从不让它们关注现实。"这句话的另一个理解，便是绝不让语言意识形态化。

> 昨夜诡异的梦境使他感到了连日来的倦怠和困顿，其实天色已过三更，大雾弥漫的江面空寂无声……他垂下翻飞漫卷的草帘，挡住了来自舱外的阵阵阴风和鱼腥之气。水雾使他……此时，下身的某些部位疼痛开始……想到了可能要止的房中之术……不声不响的寂静的躯体……女人放肆的目光与侮辱性的言辞……稀泥般的麦芽糖……升起的炊烟有如温软的丝绸，舒缓漫卷，翩然而行。升起的炊烟，是一种活跃在民间的日常的生态格局，它下面的鸡犬之声温馨如初，日常的器皿在有条不紊的起居间叮当作响，裙裾丝带拂地而过，窸窣有声。挑夫们蜂拥而上……
>
> 吕新《抚摸》

语言在吕新那儿一是本能的释放；二是想象的飞腾；三是词语的狂欢。他的语言不关注现实生活形态，也就不关注实用主义的价值尺度，发挥的是语言的另一面，是属于他个人的审美语言。他的语言在四时季令与谷物上停留，与

① 《抚摸》，吕新著，花城出版社，1997年版，第286页。

植物与村庄相关切。吕新的人物对话简单,而且在对话中悄悄转移逻辑起点,你知道一小段对话在说什么,而大量的对话以后你不知道他到底想干什么。他把对话和叙述性语言分得很清,叙述中偏向于描写,恍恍惚惚的农业社会的景象,种植与收获是一种意义上的主题词。吕新的农业与人们日常生活的生存之道的经验意义没有关系,人物在行动但行为的目的是消解的。这样他的描写是一幅装饰性的风俗画,窑工也仅为一个行为技术的特征,并不一定要构成一种精美器物的创造。吕新让词语仅是在稿纸上行走,构成一个感觉的画面,这个感觉充分发挥其光影效果,让气味和声音在句子中灵动地行走。真正在实践一种写小说是写语言的誓言。

他沉迷于不同人物的不同画面,描绘他们虚伪的神采包括他们肩担手拎的物品,还有他们的服饰,纤细到衣褶的纹路与丝线质感,动作往往是器官的自主反应,哈一口气,凝望一缕光线,某一个手势,包括光与影的无穷变化,事物的形态与颜色,他太热爱那些粗糙的农具与食物,女人细部的精美,人物行进在场景中,他的脚步的轻与重,气息,手工艺的作坊,庄稼开镰的麦落或者稻香。春夏秋冬中农忙与闲适状态,有炉火中木柴炸裂的声音,与火炭由黑变红、由红变白,余温尚在,庄稼男人粗糙的手摸女人细软的屁股,对称感受中寻觅着江南丝绸纹路的细密。

吕新的自主语言是关于农事桑麻,男女饮食的微观物理学。相比较格非有一种透明性的恍惚,语言还有一种流畅的喜悦;而吕新总是缓慢地暧昧性地移动一个冰排或者一个山丘,语言采用的分形式装饰,重复修辞之后,语言从形式上有更多的迂回曲折,两人所共同努力的都是拆解了主题的叙事,让语言装饰美重现纤秾繁华。这就有了格非的朗丽,吕新的绵厚。

鲁羊有着语言与叙述上的高度的自足性,最能明确语言作为主体,无论作为表达因素还是被表达因素,他都建立在明确的语言观之上。

> 随便写写吧。没有第二夜就可能无法到达预期的第三夜。我写一下大好的汉语在房间里左右为难。那些谨小慎微的造句多么苍白干硬,而那些异想天开的混合修辞法迫使我们汉语显示出欺惑性和伪复杂性。
>
> …………
>
> 宇宙之间忽响起一个惊天动地的声音。这个声音至少蕴涵着如下事物:铜铸巨钟、石磬、深秋的霜、南水、千年老槎、西风、悬崖上的花、陨石、群集的玄鹤、大水、帝王之梦、高原、很细的蚕丝、桐木、长度和深度、黄绿

杂糅的蝇、螺钿、阳明心学、尘埃……

鲁羊《弦歌》

他还在《九三年的后半夜》中说，“小说的正确途径有多种。”并用闭门造车的词义分析来解谈，说明“小说本来就是一种幻想之车。它只须在内心体验的轨道上滑行。”鲁羊毕尽词语全部的功能和效果，注意从不同角度揭示事物的空间感，因而他把用语言构成文本比作建筑学，他用词语造就各种事物的形态、色彩、声音，就连人物也仅是一个词语的称代形式，如：对苏轼采用今古同源的做法，苏轼代“我”，“我”又为符号，行使阐释之权，我的写作和人物的虚拟是互文，可以相互注释，亦可双向消解。这表明所有元小说都含有一种悖论状态，他是一种语言的游戏，就像一个人左手和右手相互纠缠，但它重要的又是双向补偿，建构一种互文，一种复调。对于语言的认识，鲁羊充满了自身的矛盾性，一方面他用优雅玄奥的具有古典风范的语言构成了他的写作语言，既具有青铜器的坚实又具有苏杭刺绣的炫目与柔软，极大程度地开掘了描写语言的功能，但是他又企图消解语言的诠释能力，他认为，汉语，居然是一种谎言史，语言编撰历史，正人君子都以考古者姿态说明历史的正确无误，这不过是一种幻想，语言自身是不准确的，它的隐喻、象征，它的多边修辞，更何况汉语久远的历史，其语义学带上了时间的幻影，语言自身的悖谬刚好说明用语言编撰的历史是可以质疑的。

鲁羊的写作启示了我们，自主语言是一种高度结构化组织化的华美繁复的审美语言，但是也就有可能暗含了自主语言的反面，它可以自身消解、戏拟、反讽，因而语言是一种乌托邦神话，语言完全可以是罪恶、丑陋的同盟。在语言瓦解文本之时，也就互解了历史。他提供了语言的自我反思。先锋语言自身也提供了这种启示，并在极大程度地开掘语言潜质，从人性、本能、思维的极限处揭示无意识语言的深度与广度，使中国抒情小说发展到现代小说的巅峰高度。应该说大多数当代先锋小说家都提供了这种抒情性，但是先锋小说又同时提供了疏离语言，中性、冷漠、物化使语言在解构事物的同时也解构了语言自身。

先锋小说的语言还有一个支脉，女性话语。这方面林白、陈染、徐坤均是代表，残雪是一个很有影响的先锋小说家，但据我的研究，她不算自主语言的写作，我已在《中国现代小说语言美学》中论证过。

林白也是一种感觉体验的语言，这类语言容易被都市生活截取成为一套共同的语言，传统的新感觉语言便是都市语言。林白语言的好处在于南方热带地方性的介入，菠萝地、剑麻、椰树，一股浓厚的溽热布满在语言中，阳光针刺一般流出血色。暑热、猪叫、刀锋、昏黄晦暗、各种零乱物品和杂声构成了一种混合的语言环境。阳光与植物的词语一到位，林白的句子便拉不完了，让词语在声光色感觉中飞翔，或者如她说的子弹击穿苹果，一种粉碎的飞溅和水液的体感。她的语言便是躯体充分地敞开感官之口，让欲望喷涌地流淌，性意识暗含在她的一切事物中。

和林白比较，陈染的语言砍掉植物的元素，砍掉了地方性感受的表述。纯粹的个人心理表现与性意识流淌，一丝光线与隐在的黑暗，或门窗内的任何角度的一丝动静，均会让她的语言惊悸起来，她把个人的感受抽成丝线一层层地缠绕肉体，缠住事物，林白的语言要飞着荡出去，陈染则要让语言像雾一样缠绕着个人，龙头的一滴水某一丝香味，指尖的光芒触动情绪，感觉因此而从皮肤毛孔渗出来挂在灰色汗毛上，有一种晶莹剔透明亮闪烁的效果，如同草叶尖的一颗露水珠久久不能掉下来，传导的感觉又是无处可倾诉的。

另外有一个现象值得注意，是很多诗歌写作者进入了小说阵营，例如孙甘露、鲁羊、林白、韩东、西飏、何小竹、羊羽、李大卫、朱文等人。诗人带来了自主语言的感觉性体验性因素，把诗歌的抒情功能融入小说，使小说有了诗的质地，所以先锋小说发展的过程中有大量的诗化小说，提供了诗化小说的类型化的丰富性。过去的诗化小说是乡土的浪漫的，今天有都市的先锋抒情文本。不仅如此，许多小说家借助古典雅文学的纤秾、繁复、古雅、玄奥的语言风范来解释现代性审美的新文本，这与那些写古代历史题材的小说不一样，那些历史题材表达的是正统历史观，而现代性审美仅是拿历史题材说事儿：一方面他们坚持的是戏拟反讽原则；一方面是开掘发挥古典美学的余韵，孟晖、须兰、何大草、唐晋均属此类。

二十世纪九十年代也还有削弱小说的诗化倾向，而加强文本的叙事性，尽量使用客观语言，准确说是引入大量的间离语言，产生一种疏离效果，韩东、朱文、述平、刁斗、东西、鬼子、李冯、李洱、张生等人，其中韩东比较典型。

韩东的自主语言就其客观意义上说，他也是一种裸体语言，删繁就简，强调凸显神韵与意蕴。他尽量减削中心词的各种装饰性，突出核心词语的支撑力，因而小句非常干净而单纯，句子与句子的连接和推进也很节制。他以平淡的方式介入日常生活，平淡之中都有秘密途径进入人性、事件的深部，作者主观很干净地退位，具有足够的耐心去找到生活与人性的深度，并具有一种内在的震动。就叙事而言，他特别细致冷静地展开事物过程，有一种分析性陈述，这种分析的推进依靠事件或人物的动力,有时候他会突然脱离叙事惯性,补充或加入某种东西,采用括号方法,叙述上叫反身复指。它的好处会使得某个叙述局部立体地站起来。韩东会尽量让人物和词语流动起来,让流动性带走一切静止。他的陈述语言非常干净地剔除描写,当然他可能采用定格化,出于情势会使用反复与重叠,类如慢镜头拍摄,它像描写,可实际不是,因为他的动词很少使用形容词装饰,陈述句的行走不能拖泥带水插入各种怪异的方法。韩东采用这种方法剔除情感的过分介入的痕迹,当你在某个点上停下来时,整体时间实际还在运行中。这可能形成二十世纪八十年代以后大多数作家的写作的方式。这种不停顿的叙事方式实际有可能会毁灭真正的叙事,因为事物运动的法则永远是动静的辩证法,任何一种极端强化都会带来问题。

第六节　自主语言发展的可能性

自主语言的未来毫无疑问的会被越来越多的小说家重视,语言成为小说家的自主意识本来是无可厚非的,但在中国当代的社会语境却成了一个问题。这实际来自两个方面:一个是社会体制的,我们社会体制半个多世纪以来都有主流文学的要求,限制了非主流,对小说划出了意识形态要求。而自主语言的实验,把语言强化到本体论地位,从而取代了小说作为社会历史进程的反映的工具,这在主流文学来说是不可容忍的。因此中国现代小说的自主语言基本是在夹缝中求生存,一般来说是作为纯粹小说家个人的艺术追求。另一个方面是作家个体的自主意识,作为小说家的语言追求没有问题,他心甘情愿地做这件事。可是大多数小说家在这个过度物质化商业化的社会里,他们急功近利,把语言仅仅作为工具,以达到他个人把小说写成读本来挣钱的目的。还有一个重大原因是现代性技术的后果,我们有了大量的图像与声音的日常消费,信息媒介技术高度物质化,失去了对自主语言的审美追求,因为自主语言必须穷尽小说家的心智,在长期语言的训练中获得,说白了,今天的人们对语言失去了耐心,他们只是消费而拒绝审美。

我们可以总体概括地说,近三十年小说的自主语言总体成就,或说仅是从人数与量上超过了过去的八十年。从质上说,今天的自主语言仍没有公认的杰出的大家,例如列出的一份名单:鲁迅、废名、沈从文、彭家煌、沙汀、张天翼、郁达夫、林如稷、林薇音、施蛰存等人,我们现在谁敢说语言上超越了前辈小说家,甚至在语言的审美性上我们连章克标、施济美、陈炜谟、徐讦、叶灵凤、袁犀、爵青都没有能超过,更别说白先勇与张爱玲了。这个语言事实是非常残酷的,虽然整个中国现代小说史的语言史与世界各国比较很是微小,现代小说的汉语贡献真是比较小,何况自主语言一直都处在社会革命语言的压制中。中国新时期以后三十多年自主语言整体收获比较大,这与少数先锋派的努力有关。有少数优秀的文本,但仍然没有产生自主语言代表性的杰出小说家。我们现在总结一下自主语言小说的当代功劳:

第一,回归到语言自身的纯粹性,极大地剔除语言的意识形态化。要知道这个现象在中国有数千年的历史了,为此,他们不惜采用戏仿、荒诞、元叙述、拼贴等方法去破坏语言的逻各斯中心,使部分语言真正具有能指的游戏表演,当然这种表演具有浓厚的诗性。

第二,极大地拓展了语言的描写功能,一种语言必须和它的文化、思维、潜意识密切相关联,新的自主语言是作家个人独特的艺术感觉,地方性,知识构造成审美形象。也有作家性格气质、地理空间、人文情怀所综合处理的艺术敏感、心理体验,以及属个人家族原型的集体无意识的直觉感受与审美。真正的个人语言就是民族语言。

第三,新时期以来,作家尤其关注小说叙事学,这一点上呼应了理论上叙事学的热潮,刻意在陈述语言上下功夫试验,使叙事语言得到了宽广的开掘,例如叙事特别注重陈述动力,充分发挥日常生活语言的魅力,使口语生产出多种多样的形态,产生了纯客观新的叙事性,戏拟叙事法。只可惜还没有人真正探寻语言陈述动力的奥秘,在个人语言探寻时往往对语言有一种顽固的偏执,而没有考虑这种方式是否对语言的创造发展有利,很有可能阻滞了语言的创造,例如:一种是对语言过于随意;二种是语言上的话痨。

第四,自主语言极大地扩充了语言的表现功能与容量,真正表现了语言是本体论的独特地位,又使语言进入无意识结构。传统语言可以肯定是社会性的,今天的新自主语言一定是个人身体性与感受性的。语言是人类的家园,这种家园不仅是精神的,还是物质性的。语言作为一个民族的首要特征,不能仅作为工具与媒介,更重要的是它自身具有道德审美性。语言既是民族和个人的装饰,又是他们心灵的舞蹈。

最后,我们讨论一下现代小说在未来的可能性。

现代小说发展到今天满打满算还不过一百年。综合整个创作的实际状况,我们也可以说取得了巨大成绩,也可以说经历了巨大的失败。所谓成绩,我们确实产生了多种形态的现代小说语言,部分语言已经经典化了。成就最大的也许还是乡土语言,它所开创的语言实质,一方面具有古典传统的流韵;另一方面确实又是现代性的新乡土的审美语言。我们说失败的,也许是在社会革命语言上取得的教训最多。首要的是革命话语的非人性化,许许多多年以来革命者一开口,我们大家就都知道他说什么,完全概念化、模式化,社会革命完全使用一套公设的概念语言。社会革命语言太功利化、太实用了,因而难以彰显其语言的美学特质,更看不到语言的无意识状态中极其微妙的变化。说到自主语言,虽然从试验难度呈现了无限丰富的样态,可是它是一种进行中的话语,还没有一种极端实验的先锋语言被经典化,大量的自主语言不仅大众在怀疑它,连作者自身也在怀疑。未来是否能产生一种普适性的自主语言呢?这恐怕很难,因为自主语言大多处在先锋实验的姿态,而这种姿态要求是不断地独创新的语言现象。我们鼓吹自主语言,但由于语言自身的不成熟,只能为个体语言发挥极端状态而实验性存在。可不可以把这三种语言类型融为一体,创造一种新型的现代小说的规范性语言呢?理论上说可以,实际是一种达不到的事情,我们说只要选采语言个案,都会在某种类型与其他类型的比较中指认该语言的特点,取消了语言特征分类会是什么样的语言?也可能只有纯日常性生活语言。可以肯定当下没有一个人可以提供未来现代小说语言的规范性特征,因为它只能到未来小说生产的那一刻时,我们才能准确判断它的语言特征。

目前我只能说几点担忧。一、由于高度技术化时代的到来,人们生活内爆,所有人都在共同的平台过着同质化生活,这种同质化铲除分类的可能性,那么语言的类型化也就难了。那么语言越来越公共化、时尚化,流行语言都是消灭个性语言的,那我们的小说语言形成个体特征也就异常困难,或者很难得到大家认同。这一点又和当代社会有意构筑都市化有关,人变成了既群体又单向度的人。城市社会语言为大家公共使用,人们失去了有分类语言特征的社会基础。二、我们处于读图时代,会竭力使用各种信息化手段,因为作为阅读费力的文字(读文字,用文字书写,用文字作为交际手段越来越简单化),语言文字慢慢失去宠信地位,日常人群也许就使用一千多汉字即可。我们众多的小说作家恐怕也就使用了三千个汉字符号,学者也不会超过五千个,我们汉语的基本词汇可灵活运用的东西越来越少。一个人一生就使用几十个基本语义(仅指与日常生活相关的)。而语言的能指符号越来越少,是一个不够使用的文字库(我们的大脑),我们还想创造丰富多彩的语言,这仅是个梦话。三、我们最有成就的是乡土语言。但我们的乡土在异化,资源在慢慢地萎缩和枯竭,社会在鼓吹城镇化,只存在乡下人往城里跑的流向,乡下人并不能守护自己美好的土地家园，基本处于只使用不建设的状态，乡村环境（水与土），乡村民俗或建筑群都改成了简单的水泥盒子，乡村礼仪荡然无存，传统乡村的亲和力，包括经济形态、婚丧嫁娶的方式，传统节日、民间戏曲都在不断流逝，或许不要多久就没有我们称之为乡村的生活了。也没有地道的乡土语言，于是乡土小说也就会没有了。四、小说正在日益变成一个垃圾箱，初识字儿的人也能在网上写小说，大众的小说犹如江河湖海，认为只要能从键盘上敲出字来便可以写小说，这样小说便丧失了文体意识的边界，“纯文学死了，小说死了”不绝于耳，而把在大众中流通的随心所欲胡编乱造的东西视为小说，这样也就真正取消了我们的文体小说。这是借小说的名义消灭小说。这些现象都是我们千万要注意的。

我们必须要建立一个判断：有小说的语言意识才有我们真正称之为小说的东西。

第六章

中国现代小说文化心理语言的状态

讨论现代小说中的文化心理语言，首先是一个概念定位问题。从文化视角看，语言无疑是属于文化的；而从语言去看文化，文化则是类型的区域的。我们这里不是讨论文化和语言的归宿问题，文化心理语言是有三条规则是要说明的。第一，文化心理主要是指文化习惯带来的，分析文化，“心理”一词则是附属的。第二，中国文化的表征主要指儒家、道家、佛家，凡涉及这种传统文化的描述无疑是文化语言，可只要是中国的小说几乎就没有不涉及这些传统文化与礼仪的，这样文化语言便是对所有小说的指称，这就失去了语言分类的意义。第三，文化按西方人类文化学的范畴来确立，是指与生产方式相适应的一定生活方式为文化。这也是一个很宽泛的指称。因此我们谈现代小说语言的文化表征主要落实到区域文化，包括物质文化的形式。次之，才是个人的文化心理。中国是一个伦理的国度，因而伦理作为文化的底座其特征也非常明显，这决定了讨论文化心理语言，离不开文化精神、物质文化、文化心理、文化伦理等诸要素。这样看来，现代小说的文化语言仅仅是一个表征，它的深层逻辑恐怕还是由社会历史、个人心理的无意识状态决定的。

第一节　中国现代小说语言的文化基因

小说语言受制于什么？我们可以有许多种回答。我们首先说语言受制于思维、情感、意志、客观事物。小说语言仅将语言辖制在一个特定的范围内，我们可以受制于小说文本的特殊语境，这均是一些表象。我们把这些表象视为综合因素，就会找到一些深层因素。例如，我们可以说小说语言受制于生命、文化、事物。仅找到这些抽象的成因很容易，要讨论具体的成因却是困难的，必须视具体的语境综合考察，既不能特别偏重某一个元素，又不能忽略某个细小因素，一种精神现象的产生可能会因某一个极细小原因而发现，或因重大事件中的某个疏漏而忽略。“西方世界的整部现代思想史有精神文化的主要成就，都是与几十个重要词语的创造和使用息息相关的，这些词语一起构成了西欧各语言的共同财富。”①例如：文明、城邦、科学、民主、自由等词语。中国也是如此，我们也有自己的关键词，文明、仁、中庸、道、礼(法)、阴阳等。从词语的生产探讨文化起源和社会变化确实是一个很新颖的角度，而且还揭示了一个很深的道理，词语也是成长的，我们的语言是一种共同构成，没有一个是绝对孤立的词语。

第一，词语所具有的文化意义，每一个词都会有基本意义与引申意义，对词语的意义均可以作出文化方面的解释，小说语言大多数均是在注解它自身的含义。一种方法是采用元语言方式对该词语注释；另一种方法是在字词上并不明确解释，而是通过句子表述一个连续的过程，并把文化含义呈现给你看，这种方法也可叫隐喻与象征。

> 浆发音gāng，指稀粥，马桥是个缺粮的穷山村，“吃浆”是经常用的词。
>
> 《诗经·小雅》：“或以其酒，不以其浆。”浆用来泛指酒低一等的饮料，比如加水浸泡的粟米。《汉书·鲍宣传》载“浆酒霍肉”一语，意思是指比生活的豪奢，把酒当作浆，把肉当作霍(豆叶)了。可见浆从来就是在属于穷人的食饮之物。
>
> 初到马桥的知青，容易把“吃浆”听成“吃干”，误解成相反的意思了。
>
> 韩少功《马桥词典》

这里就地区方言而生发解释，一个词语和一群人的生活情状，这本身是一种生活方式，词语作为生活方式的体现这是典型的文化含义。这里还指出了历史语义，用《诗经》和《汉书》佐证词语的含义是源远流长的，这是词语文化含义的正解。另外有许多情况下是正解和曲解结合起来，目的在于延展读者的一种想象力。刘恪的《城与市》中把一个女人的名字命名为姿：别解为次女也。同时花了一千多字来解释物，共分了八个语段，从不同角度详尽解释物的含义，重要的是考证了东西方对物以词的运用与发生上，其词义均建立在惊人的相似

① 《普通语言学问题》，(法)本维尼斯特著，王东亮译，三联出版社，2008年版，第305页。

性上，因此“物”一词是中西方文化意义的交汇点。这个发现让人震惊，中西方创字各方面都不一样，远古的交通信息也不可能汇通，远隔地球两端而文化意义竟然惊人一致。

> 工匠笑道：十年以后，你可去京城找我。如果你找不到我，你就去撞那口大钟，那口大钟就是你父亲。你撞钟的时候你就喊父亲我来了，我是你的儿子，我就会响起来，连你母亲都能听到。
>
> 行者《黄钟》

行者的《黄钟》仅仅写了一个词：黄钟。但文化意义和生命意义非常深远。黄钟乃古代人称谓，巨大的钟。《左传》有载：皇帝造钟，钟匠应命，他知道造成与否都会没命，用了十年时间造成一口钟，用五个互套锦盒装上，层层打开后是小巧玲珑的一只小钟，可以手中把玩，但是置于旷野却是无比巨大。工匠被杀了。一只用生命铸造的钟，皇帝命令他的后代继续铸造一口巨大的钟：黄钟。

一个词汇，一篇小说，会有多种文化含意。只有进入它的词语内部，它的历史，它的语境，词语的文化元素才会丰富地展现出来。一个词语的文化含义总是在发展变化的，从历史语义学来说，我们的小说找到一个词语的始初意实际也就找到了一个词语叙述的历史，“黄钟”一词也就是叙述，它叙述铸钟史，人性史；或许联系到黄钟大吕，它还是音乐史；从铸钟匠看，它还是工艺美术史，日常生活史，这一切便构成了一个词语的文化史。《黄钟》的另一暗示，词语、故事、人物中平民、皇帝、皇后，锦盒均是民间故事元素，而且小说也是一种民间讲述，因而由词语到故事，由故事到故事的讲述方式都是一种民间文化。这里黄钟不仅仅是口钟，不仅仅是一种音韵，它不是一种政治社会伦理意义，突破了单纯的社会警示作用，具有多重象征和隐喻。

> 转过两个弯，来到一个茶坊间壁，或大叫一声：“大嫂开门。”只见芦帘起处，一个妇人出到帘子下应道…… “何不去叫隔壁王干娘安排便了？”……（武松）便脱了油靴，换了一双袜子，穿了暖鞋……
>
> 再脱了丝鞋，依旧穿上油膀靴，着了上盖……
>
> 这妇人正手里拿叉竿不牢，失手滑将倒去，不端不正，却好打在那人头巾上……那婆子正在茶局子里水帘底下看见了。（诗曰，须信叉竿是钓竿。）

且说王婆却才开得门,正在茶局子里生炭……便浓浓地点两碗姜茶,将来放在桌子上。

这是《水浒传》中第二十四回前一部分,讲述武松进大哥武大家遇嫂子潘金莲产生矛盾,潘金莲巧遇西门庆正好被王婆看见。这里没有我们习惯所说的文化描写,例如宗教、婚丧嫁娶、家族祭祀等,但它却是一种深层的文化表现,我们可看到丰富的文化信息。首先,我们可以看到市井的一般日常生活,我们现在称之为茶馆,明代称为茶坊,又叫茶局子,烧茶用的是炭火,对高贵客人而言,茶里面还放有生姜片,茶杯叫茶盏。而且茶馆里也做炒菜,办酒席,因而武大买回来的菜可以拿到王婆的茶坊里去做好, 故此, 潘金莲要间壁王干娘安排,这种茶与饭不分家明代已有,后来西门庆来潘金莲家都在王婆子茶坊置办酒菜。其次是生活方式的细密周正,武松多次去大哥家进室内得换鞋,日常走路穿靴,回家换室内鞋,并称为丝鞋、暖鞋;一般家庭也要掀帘子,再开门,上楼的阶梯叫胡梯。门外帘子叫芦帘,室内隔帘叫水帘,外帘密,内帘疏可以看见人的,武大小户人家也自有一份精致与条理。在家庭里弟弟见哥哥嫂嫂是要行大礼的,下跪叩头。而武大叫门,随弟弟口气叫,大嫂开门。最后我们看看日常的口语:邻居叫间壁,老虎叫大虫,陪客叫坐地,殷勤叫小意儿,服侍叫管带,勾当是一个中性词,可称行为,也可指做不好的动作,古人饮酒讲礼数的人家,酒壶不能直接倒入杯中,必须用一个中介器具倒酒,这叫注子。不应当花的钱花了叫坏钱。由冷转暖的天气叫回阳微暖。这些日常口语非常准确生动地表现了几百年前人们的市井生活情状。我这里仅就24回中前面的不到五千字的篇幅里取证,便清晰地展示了一幅市井生活图画与人际关系的矛盾。在我取的例证中基本都是一种生活过程的叙述而非描写,但其间的文化表现已经非常充分了,这足以启发我们不能小视,古代小说的文化语言的运用,可惜均被我们现代小说忽略了。我这里说的文化,其含义是指一种生活方式与规则,即一个群体所遵循的生活模型,个人在其间所奉行的行为准则与规范。明白地说,一定的文化价值与范型让武大、武松、潘金莲、王婆、西门庆生活在那个环境里。我认为这是一种文化塑造,潘金莲从大户人家的使女沦落于困顿小户人家,羸弱的武大无法左右生活只能逃避。是都头武松的高大俊朗带来了潘金莲的幻想,这应该视为一种文化反抗,伦理规范中叔嫂不能通奸,兄弟之间不能坏了亲情,这是严格的道德律令,于是妇人反目,展现人性丑恶的一面。巧遇西门庆又给她带来另外的希望,私通之后谋害亲夫,最后为武松所杀,替哥报仇。这里的王婆贪财,西门庆贪色,何九叔冷眼旁观,武大无力反抗,这些既是人性的又是文化的。为什么呢?文化是一种共享意义,大家都要共同遵守规约。伦理文化要守夫妻之道,以致离家出走,也是一种文化反抗,这里是一种文化秩序需要我们共同遵守。然而作者却要提出一种否定意义的文化解释,冲突由此而产生。上述所有人物都要在自己的行动中违反文化预期,走向了伦理文化的反面,最后只好由武松用暴力全部解决。当然这种文化解释未免有些简单化,微观文化理论要求我们承认共享意义并对行为作出解释,社会法制没有为伦理文化意义作出解释,最后只能由武松作出判决。这里暗示的是文化异化。按说封建伦理文化有能力处理这一事件,紫石街的街坊也是可维护的,个人也是可控的,每一个人都是自己的文化使者,"行动都有能力处理彼此之间的遭遇,让自己可以对遭遇作出预期,在遭遇中进行成功交流并理解彼此的行为。社会秩序即由此产生。"①我们该如何理解潘金莲的文化反抗呢?她的客观行为是反抗,而主观行为呢?却因人性丑恶支撑着,用小说中的话说:"妇人做出许多奸伪张致。"这不仅违背文化规范,也违反了基本人性,欲求小叔不能便反目,欲求西门不能便鸩杀亲夫,这就是她不能对遭遇作出预期,没有能力处理彼此的遭遇。我们说,反文化可以,但不能反人性,这正是悲剧根源所在。我仅仅对《水浒传》的极为局部的语言作出微观文化分析,我试图选用当代小说为例,可翻了几百个作家的文本,均无一例可取。因此我们要特别重视《水浒传》、"三言二拍",古代白话小说提供给我们的语言文化信息。为什么提出读"三言二拍"呢?古人写小说置身于传统文化背景中,并没刻意地讲述那种文化情状,也就是说,语言并非有意地模仿文化现实,而是把文化心理、文化规范、文化行为、文化仪式暗藏其间,我们是通过词汇、句子、语境悟到的文化,远远比我们在新时期叫喊文化寻根深刻得多。因为我们的文化寻根再次挖掘人的劣根性自身是一个伪运动,为什么?其一,人性之优劣自古而然,是一个事实,人性辩证法全世界如此,善恶是相互依存的,基于此,找到恶的同时也找到了人性之善。为什么寻根只寻其恶而不找其善呢?其二,基督教文化有原罪观,人,生而有罪,是会犯错误的,西方文化从来不提寻根,希腊优秀文化可能源于非洲大峡谷黑人文化,文化本来是互相渗透互相影响的,这没有什么可怕的。中国文化在东方诸国也是互相影响的,古代白话小说原本发源于民间,皆为一种日常生活叙事,其精华与糟粕并存,文化从来就是这种兼容并蓄的,不可能仅具有丑恶一面而没有良善一

① 《文化理论》,(英)菲利普·史密斯著,张鲲译,商务印书馆出版,2008年版,第90页。

面。《水浒传》和“三言二拍”便是一种全面的文化展示，而侧重的仍是中国市井中的底层叙事。我们知道，中国典籍均采用文言文，距古人白话表述甚远，明清时的白话小说，保留的是古代人的口语，一种真正的民间生活历史，这种语言和生活行为是融为一体的。我们所说的文化信息就是指向他们的生存信息。因而古代白话是那个时代政治、经济、历史、战争的综合反映，还包括地理气象、城市乡村的风俗与建筑、饮食等，这是一种文化的整体秩序，其语言便是这种文化整体的一面镜子。这刚好是我们今天语言学习的标本，不仅仅是学那种文化知识，了解社会历史，更重要的是学其用语言透视文化的那种方法。语言在不动声色中表现了一种文化秩序。

词语自身表现的文化意义我们可以视为一种符号象征和一种符号互动。在文本中词语符号可以在场，也可以缺席。白先勇的小说《思旧赋》、《梁父吟》、《那片血一般红的杜鹃花》中杜鹃啼血是一个典故，巧妙地把杜宇暗示到王雄身上，其故事的内在结构具有望啼化鹃模式，而小说分毫没提古蜀国的神话典故。《梁父吟》则是诸葛亮的象征来喻主人公，辛亥革命创建民国不屈不挠的精神。用向秀写《思旧赋》作为隐喻来悼亡旧贵族家庭的衰亡，其苍凉悲壮撼人心魄。中国的每一个词语都有几千年历史，给词语一个特定的位置，它的文化意义便赫然入目，白先勇用一种十分明确的象征隐喻，进入日常生活后词语会含蓄隐藏，在艺术表现上又会别有深意。

> 他瞥见过一围素地杏子黄绫裙。可是，此刻，裙幄上唯一一幅杏绫分明被折枝杏花与流水银线的纹华覆满，在阳光里纹光脉脉……他……特意独创的一种锦花……
>
> 孟晖《画屏》

这个小说是老师傅以生命热情最后一搏为升平公主画成了16叠屏风。病入膏肓方经孤云上人点化悟透生死和美艳。可回院中看见老树新花又不顾一切去江看丽人，竟然有一黄绫裙丽人，裙幄上的折枝杏花分明是自己画屏上的。无疑“杏子黄绫裙”是其关键词，这是一个美人符号的象征，既是美人再生，也是艺术再生。这个小说可以提供文化多元的阐释：其一，由禅宗悟色欲生死，由体验悟艺术之至境。其二，举凡大美的东西都是由生死的极致构成。其三，艺术与生命皆是一种信仰。其四，美是一种距离的远观不能拥有。这些理解我们都没错，现在回到《画屏》的标题，旧时贵族生活空间画屏是常见之物，画屏本身就是文化符号，它既是生活又是艺术，老画师创作了它，使画屏成为生命的结晶，而垂危之时由孤云老友以禅宗点化。这样“画屏”便成了一种文化关键词。这些微观文化阐释是否就揭开了文本的真谛呢？没有。关键在那个折枝杏子的裙幄，我们不能仅仅认识这个符号，或者折枝的创新构成，这些都是表层，我们必须理解裙幄及它的功能，表层看它是一个旧词，孤云在它上面创新了，使它具有一种美质。“裙幄”做什么用的？这要回到冯贽的《记事珠》，“仕女游春，遇名花则借草而坐，解裙四围遮绕……谓之裙幄。”我们从裙幄只看到了美的象征，而忽略了它的功能，升平求画屏，孤云创作，老友点化，长安人士围观，使该艺术成为神品。所有这些人干什么呢？其作用不过是一个裙幄，“裙幄就是护花使者”，只有所有的人都成了护花使者，花的美质才能具有共享意义。这个文化符号才能在交流领域互动，在艺术语境之内互动，重要的是它揭示了花、裙幄、观赏者、创作者的互动。画屏文化是作为一种非阶级制约的终极力量的来源，升平公主、孤云、画师、徒弟、长安人群，各色人等对黄绫裙的认同，它超越了性别、族裔和性取向，使问题而获得了共识，具体的画屏作为“文化形式被看成社会中一些群体对另外一些群体的权力表达，并不必然揭示任何单一的支配来源。”[①]画师创作画屏具有这一领导权，我们可以认为它是文化唯物主义的，一个艺术品对人的征服，一个创作者借艺术让人臣服，表明艺术的权力对人们也是一种霸权，语言呢？语言也行使这种文化霸权。

第二，句子所蕴含的文化意义。我们说句子具有含义是必然的，似乎不需要我们特别强化，但一个句子是否具有文化含义这倒不一定，此句与彼句文化含量也不尽相同。现在我们要追问的是，一个句子可以逃脱文化规则吗？当然好的句子一定会归属某一文化状态，不好的句子就不可能用文化标准衡量。例如：“上次搞扶贫系列报道，我就去过那儿。那次活动搞得很成功，被宣传部表扬了，我跟这个县的不少领导都成了好朋友。这次报社搞‘重走扶贫’活动，我主动报名到这儿来，来看看这儿到底有多大的变化，会会这些当年结识的老朋友。”(《小说月报2004年精品集》410页)这是一种套话，一种介绍，没有任何文化特征，也不提供文化信息，即使说宣传报道等词也是一些时政语汇。你可以说其间纠结了一些人际关系，但这只是概念性，并不具有文化互动含义。我们说句子的文化含义，还要指向句子的结构形态。句子结构是语言的基本形态，是普通语言学的，人类通用的，难道还归属特定的文化状态？不同的民族文化

① 《艺术与社会理论》，(英)奥斯汀·哈灵顿著，周化武译，南京大学出版社，2010年版，第13页。

语言便会有不同的结构特征，不同的结构呈现的句子，其语言风格也会不一样的。这需要我们特别细心地去体会。

> 大的太阳，红冉冉的，更其西斜了，以至于离远远的山顶只有三竿四竿的光景……
>
> 哥哥带回来的，除了一箱箱的书，便是他的基督教信仰。这事在起初很叫一家都不安起来。
>
> 陈映真《故乡》

陈映真的句法结构是中西合璧的，我们看他的西式句，"大的太阳，红冉冉的"、"哥哥带回来的，除了一箱……便……"，前一句应该是"红冉冉的大太阳"，后一句应该是，"哥哥带回来一箱书，还有他的基督教信仰"。这是中式句的特征。比较二者，他把中式句改成西方的后设句，也就是名词后使用状语。后一句稍复杂一点，本来是个主谓宾句，而后分句是承前省主谓结构。他先说主谓，使用"的"字结构，然后用一个并列的从句作为补语，这就具有典型西方句子特点。使用中西合璧的句子来表述《故乡》中国儒家文化和基督教文化的融合。我们从行文语境看起来简单，而深入到句子的结构作微观分析便是一种别有用心的复杂了。陈映真在句子结构中大量地使用中式词汇，口语作为连带，因此他的句子表面又是非常中国化的，这一点白先勇是最地道的，白先勇的小说中国文化味更浓。为什么？首先，他表述的人物与材料从格调上说是中国传统的人物，文化情感又是一种贵族式的没落伤感，是一种回瞥式的怀旧体验，很感人；其次，他的句子有典型的中国特征，大量使用短句，讲究其节奏的跳跃，然后在节奏句的连贯上又讲究韵律与意境。

> 他的马是白的，路也是白的，树干子也是白的，他那匹白马在猛烈的太阳底下照得发了亮。他们说：到中山陵的那条路上两旁种满了白桦树，那匹白马在桦树林子里奔跑起来，活像一头麦秆丛中乱窜的白兔儿。太阳照在马背上，蒸出了一缕缕的白烟来。一匹白的。一匹黑的……太阳，我叫起来，太阳照得人的眼睛都睁不开了，那些树干子，又白净，又细滑，一层层的树皮都卸掉了，露出里面赤裸裸的嫩肉来。她们说：那条路上种满了白桦树。太阳，我叫道，太阳……
>
> 白先勇《游园惊梦》

这些短句是典型的中国特色,它们是有节奏的、有速度的,回应着人物情绪紧张的,还有她的幻象,这和昆曲演奏时的节奏相吻合,节奏是声音的也是情绪的,一个类如梅兰芳的名角儿突然发现自己嗓子哑了,这是一种毁灭感,在一系列节奏上又布置出白色意象。这表明句子的结构连带着句子表层都具有很多文化因素。值得注意的是白先勇写了许多戏剧演员的生活,戏剧的道白、唱腔、音乐本身是极为中国文化的。他又采用一套民族文化语言的表述方法,这就构成了白先勇的文化语言特色。由上述例子我们似乎可以下结论说,句子的文化元素比词语的文化元素更有其综合性。从表述技巧上而言也更为复杂。什么是句子的文化性呢?我们先看两例子:

> 自王后以下,全部盛装登上宸极宫正殿,六宫尽悬灯彩,灯燎相接,火树银花,舞蹈如仪。
>
> 徐小斌《古典悲剧》
>
> 赵云削发为僧了,僧名智仁,智仁活了二百多岁。公元889年,即唐昭宗登基改年号为"龙纪"年的5月,智仁大师圆寂。
>
> 何顿《赵公和尚》

前例讲宫殿礼仪盛典,后例讲皈依佛家。应该是很明确的宫廷文化与宗教文化。但是,这些句子都不是文化的句子,他们仅用了句子去介绍一种现状,是抽象模仿,句子的根本如结构、节奏、韵律、口气、视角都不具有言语表达和文化后果。一种句子的文化表达必须让句子的内容和形式同时到位,不能仅仅是一种描绘与介绍。简单说,一个句子的形式要具有其文化特征,是特定的文化形态决定了句子形式上的构成。什么是句子?在我们的小说语言中几乎没有人讨论过。这是我们小说界、理论界一个不正常的现象。我们经常说小说的语言,还论大师的语言,例如把老舍称之为语言大师。可我们不知道句子是什么?一个人句子是混乱的,或者是半截句子,句子没结构、没逻辑、没体验、没感悟、没文采,我们还去称语言大师岂不荒唐。句子是一个自足的系统,能独立生存,是一个相对完整的意义系统,是陈述的、疑问的、反诘的、祈使的,就像一个人一样是一个有思想、有情感、有意志、有生命力的血肉体。一个句子有动态(行为能力)、有情状(表现能力)、有形象(塑造能力),因而一个句子是呼吸的,有重量有形体的,我们可以抚摸,感受到它的温度、力量、色彩,甚至带有一定地域的风习、水土、气候、地貌，由此，句子一定会带有个人身体上的味道。句子是一个生命体，我们通过句子重建生命运动，存在就是通过句子的运动重新达到平衡，恢复生命体的和谐。“句子的液态，内涵正以同一种方式给自身意义提供养分。由表及里，穿过语言所有的层次，由下至上，由上至下趋向于成形，又回到无定形，将流动着构成文体生命的现存一切流派，形式和无定形在句子里相互关联，犹如一有机体的两个互相依赖的部分。正如肉体的乐趣那样，表达的欢乐在存在中创造一种流动的平衡。”①

一个句子的肢体便是它的主要成分，这在结构上保障句子的健康，血肉则是使句子丰满。我们说句子的饱满，即指句子的各结构之间是完整有力量，是可以呼应循环的；句子的丰富，则是指向句子多边组合时，词汇与分句是多元多义、摇曳生姿的。自现代主义出现以后句子异化了，有了多方面的裂变，甚至混乱；特别是到后现代主义，句子走向与传统的古典主义相反，句子标准也发生了变化，似乎是与我们前面要求的句子准则不同了——因为碎片与拼贴成了句子的主要原则，可以允许半截句、独词，句子内部可以充满了矛盾分歧，甚至句子可以病态，可以悖论，可以胡言乱语，这导致了句子的新的美学原则。这是否可以说，小说语言不需要句子呢？不是。我以为对句子的要求更严格，难度也更大了。这主要是现代与后现代主义扩大了句子的表意系统，它是一种高度理性控制下的感性直觉表达，句子的开展面貌更复杂，句子本身成为了一个追求的目标。例如巴塞尔姆的一个短篇小说就写了一个句子，使句子成为小说文本的主角，因而小说篇名便叫《句子》。在中国文学的发展历史上，句子大体上还坚守传统的标准，仅在传统句子上增加了一些新的表现因素。尽管中国文学也有一批先锋文学在句子上做过很多实验，甚至颠覆了传统的句子形式，革新了许多句型，引进了诸多的国外句子形式。但总体上传统句子仍占主流，或者说这些传统句子根本没有被撼动，这或许并不是件好事。

冬至的祭祖时节……

她像是受了炮烙似的缩手，脸色同时变作灰黑，也不再去取烛台，只是失神的站着……第二天，不但眼睛窈陷下去，连精神也更不济了。

鲁迅《祝福》

---

① 《文学与感觉》，(法)埃尔·查理著，顾嘉琛译，三联书店，1992年版，第320页。

……他的庙一年三百六十日点盘香。盘香的工用盖等于取灯儿。文公菩萨面前长明灯也长明着,不能拿菩萨的灯来点火,一点点熄了呢?还有许多事要忙。他走出来,手上的扫帚还没有放下,刚刚……

废名《文公庙》

直挺挺地跪在高香前面,他不晓得求的是什么神,可是他心中想要虔诚。看着香火的跳动,他假装在火苗上看见了一些什么形影,心中便祷告着,香越烧越矮,火苗当中露出一些黑道来……

老舍《骆驼祥子》

这说的是祥林嫂、和尚、祥子三个人烧香,"烧香"一词本来就是一个文化行为,鲁迅、废名、老舍三个人的句子表现的各不一样,鲁迅写祥林嫂烧香之后的文化心理,是文本与人物的关键句子,非常具有力量。废名写的和尚烧香,很有意思,和尚烧香成为一种日常事务,不动心,仅有烧盘香的知识。老舍写祥子为虎妞烧香,没有虔诚,虚与应付,呆板地看烧香过程。三个人烧香指同一事物,但"烧香"一词各奔赴不同的目标,因而烧香的句子重心不一样:鲁迅取的是烧炷香之后的效果,废名仅是介绍香烛之烧有别,老舍写烧香的人总会装模作样,因此写过程。同样事物用不同句子去表达,而且表达的重点不一样,句子的效果因作家语言功力不同效果也会有差别。由此可见,句子的文化力量和句子自身的表现力量是不同的,这里透着作家处理句子的能力,效果自然也会不一样。这是否说只有传统句子才能表达文化含意,而现代后现代主义的句子不能表达文化含意呢?因为现代和后现代均是反抗文化传统的,不是这样一种关系。表面看起来句子传统,言语更具有这种文化主体性,因为它清晰、准确、形象,易于识别与分析,在文化认同中我们很容易感受到那些文化元素。作为一种先锋,现代和后现代它们是反抗这种文化的,这表明传统文化便在句子中消解了。理论上是这样,但是现代与后现代主义策略本身也是一种文化,无论如何,先锋的手段,在文本中它仍要建筑句子,从而建构一种新的主体。例如精神分析"小说中的权威形象既遭到破坏又得以确立,就像叙事既有作者性又有读者性一样。主体既是一个连续统一的整体,又是一个矛盾分散的杂烩。"①小说语言只要以句子形式登场,它便成为新的主体性,埃米尔·邦弗尼斯特认为,有

① 《后现代主义诗学》,(加)琳达·哈琴著,李扬、李锋译,南京大学出版社,2009年版,第238页。

语言……就可能有主体性,因为它始终包含适于表现主体性的语言形式,而话语则激发了主体性的显现。反过来说,只要有主体性显现(文化主体性),那就会有相适应的语言形式表现它,无论句子以何种形式呈现,它都是一种语言形式。因此我们不能把语言形式和主体性割裂分开。我这里是从语言的角度提文化主体,需要区别一点的是,我强调的是文化主体性从语言中凸显出来,是一种语言表现的效果,而不是语言作为模仿的结果。我们有太多的语言仅是用来描写文化事物、状态、过程,或者是描写文化仪式典礼、风俗习惯,这样文化主体性是出现了,语言形式却是没有特点的。因而作为小说语言我们应该削弱用语言去描写和介绍文化事件的方式,我们不仅要看到文化仪式与风俗的过程状态,我们更应该看到句子是如何运动的,句子具有什么样的特征。这一点传统句子很容易落入文化描写与介绍,句子会很平板,除非像白先勇那样始终抓住句子的某一特征表现人物与事件。什么是白先勇的句子特征呢?那就是他始终把握话语语言言说的节奏,以节奏跳跃、延续的程度而决定句子的长短,根据情绪的密度和语言意象来处理节奏。我所提倡新的句子处理方式,是在继承传统句子法的基础上,尽量融入现代和后现代主义文化方式,坚持中国小说语言达到民族的欣赏习惯标准,又要走文化全球化道路,这是何其的困难。我试着提出新句子处理的几种方法。

其一,命名法。传统命名是正面解释性的。突出人物与事件的正面含义,使之象征化。

> 郭轸是他的得意门生,郭轸在四川灌县航校当学生的时候,伟成就常对我说:郭轸这个小伙子灵跳过人,将来必定大有出息。果然不出几年,郭轸便蹿了上去,爬成小队长留美去了。
>
> 白先勇《一把青》

这还不是那种姓甚名谁的直接命名方法,是间接命名,通过人物之口,侧面给郭轸命名。中式命名爱给人一个象征性绰号,大小名出来后便是性格与容颜,句子容易千篇一律。我们看后现代代表作家巴塞尔姆如何命名吧。

> 她是个高尚的黑发美人,身上长着许多美人痣:一颗在乳房上,一颗在肚子上,一颗在膝盖上,一颗在脚踝上,一颗在臀部上,一颗在脖子后面,所有的痣都在左侧,如果你上下看,它们大略排成一行:

·

·

·

·

·

·

她的头发像乌木一样黑，她的肌肤像雪一样白。

唐·巴塞尔姆《白雪公主》

小说的开头是用大号代词进入命名的，可命名却没有名仅说身体，身体不说别的，从无关紧要的几颗痣说起，居然还用了一个图表排列。说黑就把黑色说满了，却收在一个雪白的背景上。这种办法是把命名隐藏在代词中间，或者使用互文法，参照了前文本格林的《白雪公主》中的那个冰雪美人。夸张了痣，以特征代人物，因有互文参照，这个人物命名是反讽的，看似客观却是戏仿式笔法。

城市是什么样子，城市就是山冈里嵌着一块块冰。

庞孔《挎一篮粽子到铜城》

这是定义法，但是一种别解，是一种逻辑语言，全部小说的核心词汇便是一个小孩去城里寻找父亲。母亲把他交给了父亲，父亲没找到。回家后，母亲又没了。黑孩最终只能和一个小黄狗为伴了。黑孩眼中的城市定义就是如此。

还有一种是指涉错误法。揭示命名与指涉中的矛盾关系。传统的命名句，名称和指涉同一人物同一意义同一性格是可以互换的。但新的命名句尽量地让指涉产生错觉，二者绝不相配。所产生的反差，一方面，可把人物命名为ABC，或12345等符号标记，而人物的身份意义系统却是任意的，说白了文本中人物的名称没有实际意义，非象征化，仅仅是一个木偶。另一方面，是顾左右而言其他。例如给今天的人物命名一个古典精英，苏轼《九三年的后半夜》、莺莺《生命之舞》，行者有一篇小说《东云》，小说中不断有新人物，有人物便不停地行使命名权，这篇小说便是不停地行使命名的过程，同时总以虚拟语气对待这些名字。

其二，对事物不停地解析，解析之后又散乱地拼贴，于是出现幽默、讽刺、歪解、荒诞，这是一种典型的后现代句法，经典的代表当然是《白雪公主》和《喀迈拉》。中国作家也使用这一方法，成功范例极少，大多数是把视角转到古代文学语境中，虽采用貌似戏拟的句子，实际仍然是比较传统的句子。

> 永远存在着两个截然不同的西夏王朝，一个是史书上记载的，一个是匿名但真实的；他们的关系就像人与镜，我们已知的不过是颠倒的镜中物而已。这是一个建立在沙砾上的王国，一个抽象王国，它既像沙砾一样微小，同时它的疆域又无边无际……
>
> 刘立杆《一封西夏朝的来信》

从句子上刘立杆仍很传统，没有破碎，拼贴也仅止于矛盾关系，他的本意是要展示矛盾悖论的句子，既存在又不存在的一个立论，他却使用了规范传统句型。不过他的句子含有丰富的文化信息，用中式的并列句。我们从中找到的，一是西夏国的历史文化；二是博尔赫斯的镜像互射意象，透出神秘主义；三是科学解释中有一个沙理论：沙即整个世界，这是一种临界理论。四是讨论真实与虚构的对比关系。一个句子能有这些文化信息，也属相当不易了。

> 毒疮和痂盖之间的瞳孔。他们通常把那只眼睛安插到无表情的白痴的额上……揣测到那人违反常规的有血痕的内心话语，远远地，远离精神险境，却可以看到危险。被伤害的鸟以断翅飞行。地面上无数走兽便得以确证么。在这样的行为中，只有一个环节是永远新颖的，那就是逼迫假想的白痴，使他竭尽全力为自己辩护。用语言或无声的记忆研究来清理道路，一条想象中通往白痴之路。逼迫与辩解，就成为新篇章诞生时必然在场的接生者的双手，左手和右手。
>
> ……关于末日白痴的构想，脉络愈显分明，影子忽然突破窗纸跳进空间之外的空间。
>
> 鲁羊《九三年的后半夜》

这是一系列的句子，这句子矛盾、短路、不通、重复、跳脱、散乱、非逻辑，是一个白痴的混乱思维，但又有极精彩的语言见解。一方面，他揭示新句子产生于精神病的潜意识状态；另一方面，精神分裂实际表现为语言分裂。这是一系列病态语言，瞳孔如何在毒疮与痂盖之间，因为瞳孔外为虹彩，黑眼外是白眼球,能看见物体的称为巩膜。眼睛也不可能长在额头。断翅之鸟又如何飞行?接生者的双手为什么还补出左手和右手,难道还有别的手吗?影子穿窗逃走,他在空间之外的空间,那一个空间是什么?这都是一些生病的句子。它透射的是白痴的幻想状态,如果白痴使用的都是正常的句子,那还有白痴吗?这仅是说事情的一个面。文本中有一句话很值得注意:白痴之路。他们的话语到某种特定时刻就需要另一只眼睛看世界。什么眼睛?那就是白痴的眼睛,我们正是参照疯人病态来确证自身的,或者说我们都是这个时代的病人。以此推论文学言语,它必须反常规反传统。文学言语的句子是要变形的,一切合乎语法的句子都是普通语言学的。

其三,元小说语言的句子。传统文本中我们都是采用对象语言,或者说是模仿性语言,让语言成为事物、思想、情感、意志的替代符号,这很容易造成工具化,语言指涉的是客观事物。元小说语言要求语言指向叙述自身,这就有了关于语言的语言:元语言。元语言成为现代与后现代小说中常见技术,几乎不用举例。但是,中国当代小说语言在使用元语言过程中都把它简单化了。最典型的是马原的《虚构》。

> 我就是那个叫马原的汉人,我写小说。我喜欢天马行空,我的故事多多少少都有那么一点耸人听闻……
>
> 马原《虚构》

这是元小说,没错,但它只使用在一个局部,表明我在写作一个故事,唐代白行简写《李娃传》便采用此法。我介入写故事,或者告诉你我在处理一个句子,这样仅在局部点明的元叙述是没有意义的。元语言的句子必须使文本内部出现三个语言系统:对象语,关于对象语的言语,高度综合。两种语言后的新的表述句子。我在《先锋小说技巧讲堂》一书中也有专章论述过。需要注意的是,元语言是一种句子表述模型,无论哪一种文化都可使用,但是它的成熟模型仍然是西方文化的。为什么?这是因为文化性质的作用,西方文化是一种理性的分析性科学,要求分析细化到具体的元素,找出其原因;另一方面与解释学兴起也不无关系,而且这种解释是一种反身自指,在内部自身寻找原因,在语言元素上有互文与阐释循环的形式特征。而中国文化比较感性,追求的是悟,讲究意象与意境的典雅和语言中诗与画浑然一体,因而元语言在中国文学中不发达。更重要的是元语言具有疏离、间隔的效果,执意破坏语言气韵统一的艺术效果，这正好是违反了中国文化美学追求的。

其四，语言内指性揭示句子功能是可以指向心理，指向意识与潜意识的，从而开掘句子的精神维度。按理说，文化性句子一般属于语言的外指性。我之所以提出句子的内指性主要针对作者和人物的文化心理而论。一种文化的外在显示，仅是物质维度的标记性，很容易把握，而一种文化心理是不易看清的，把句子形式看成文化心理的物质投影，加强了内指性便有了心理和人性的深度。

句子是一个文本的核心。就其文化分析我们可把心理、思维、意识归结为句子的内指性，而把物质形式的文化表象(符号标志)归结为句子的外指性。我们说句子是文化的反应，但文化不是句子的全部。一个句子除了文化元素，还有多方面的综合元素，甚至涉及了书写工具：毛笔、钢笔、电脑。书写排列，可以横排、竖排，也可以作为装饰，纯形式和纯意义地用在语言文字上，由于功用不同句子是可以分家的。小到一笔一画一个读音，大到个人语言和社会语言乃至整个宇宙的一个象征。因此我们可以说一个句子就是一个世界、一个人、一个声音、一个符号标志。

第三，语境和句群的文化意指。我们把文化视为一种规则，视为一种生活方式，足见文化不是单一元素所决定的，而是一个复杂的总体，包括知识、信仰、艺术、法律、道德、风俗，以及一切作为社会成员的人与事，它们获得的能力与习惯，因此"文化是一个包罗万有的整体，它构成社会生活的总和。"①一个词语，一个句子凝聚的是一个文化局部，往往文化由词汇、由句子构成某种象征或隐喻，客观上说我们可以指认为某一文化的具体特征或文化标志。文化作为一种动力往往又不能这么简单化，它体现在一个句群或语境的背景，作为一种支配性的力量；特别是一个人的行为，一个社会事件的产生，它潜藏着一种文化原因，或者作为一种功能，一种改变的力量，文化因为有了人的因素，在文学中特别表现为一种心理的动机力量，由一种信仰与意志，一种习惯或风俗作为支配性的改变。在文学中往往起决定作用的文化元素并不可用某词、某句可以清晰地表达，我们只能描述为某种文化状态。

夜渐渐地深了。

周子昌呷了口茶，偶然一瞥柜架上盛古墨的锦盒，说："怡目兄，这茶与墨两样东西很有意思：茶欲清，墨欲黑；茶欲重，墨欲轻；茶欲新，墨欲

---

① 《文化理论》，(英)菲利普·史密斯著，张鲲译，商务印书馆，2008年版，第4页。

陈。你说是吗？”

彭少怀说：“高论，也只有你这又闲又清的人才说得出来。”

周子昌脱口而出：“人生莫如闲，太闲则生恶业，人生莫若清，太清反类俗情。你说，我们之间的关系可否太清，清得反而有些俗了？”

彭少怀忙岔开话头，说：“这茶真好。”

…………

当天夜里，周子昌西装革履，握着文明棍，却去了城中唯一的一家咖啡馆。

…………

周子昌再也没去过怡目居。

他倒常常去咖啡馆坐一坐，喝一杯热热的咖啡。他现在觉得咖啡的味道很好，尤其不加糖时，苦味可以一直渗到心底。他喜欢这种苦味，仿佛使他得到一种赎罪似的快感。

聂鑫森《画里画外》

彭少怀开了一家古玩店，吃掉沈府公子因赌博欠债盘掉的全部祖传字画，钱不够，借了周子昌公司几万块钱。周子昌因月底急需用钱归位，便扮演了彭少怀的托，于是演了一出请君入瓮，金世钟入了周子昌的套，周子昌入了彭少怀的套，又是一出请君入瓮。彭少怀因此而发财了。这篇小说开始，周子昌和彭少怀谈的是茶道，论及墨，茶墨之性是辩证的，由此论及了人格，在中国文化中茶品与人品是相并探讨的，茶墨文化是典型的中国传统。彭少怀利用朋友，暗藏心机，破坏了茶道的清、重、新的高贵之气。关键是周子昌标榜的清雅人格也被拖入泥淖了，这是一个双重批判，自我和他者的共同失落。最后周子昌只好找咖啡了，咖啡的苦味正好是赎罪，赎罪观正好是基督教文化的核心。周子昌寻找西方文化来批评中国文化不是一字一句用概念说出来的，他仅罗列了事实，借助了喝茶与喝咖啡的习惯，每一句群分别综合描述了茶文化与咖啡文化。其批评意识是建立在一种比较的语境中。这篇小说深层次地表现为一种文化意识的选择。可它的矛盾在于，茶道文化中的清与新虽然被利用了，它仅是因彭少怀与周子昌而异，并不能因局部的，或个人的得失来对照全部的茶与墨的文化。同样的文化所产生的好与坏或善与恶，不同的文化也一样，基督教文化也是好与坏、善与恶并存的，不能把所有的个人问题归罪于一种文化。当然在某种具体指向上，不同文化确也存在优劣比较，但最关键的还是因人而异。

一般说来词语、句子的文化含意是明确的，虽然有象征隐喻，我们可以通过诠释将文化含义特征找出来，例如中国式的命名，富有文化特征的器物，如瓷器、绣品，简单说，某种文化必然有些相关的代表性事物，中国的笔墨与书写便截然不同于西方的，宗教也代表不同的文化指向，通过词语和句子作为标志化的显现是我们一眼可见的，但作为语境就没那么简单了。语境的文化意指很多是一种曲折表达，语境的压力会改变很多东西。林希《小的儿》中的命名，江燕芳在侯家被称为小的儿，意思是小妾。这是一种排不上号的轻蔑称呼。词语和句子表达其文化含意是明确的，但这个小说的语境很复杂，一个没落的晚清贵族家庭，又有袁世凯称帝的一段政治背景，表明当时社会动乱，各种势力彼长此消，潮涨潮落，小的儿的命运也是变化的，分明又强调了小的儿的戏子身份，这样她便采取了以曲求伸的表演策略，便战胜了侯夫人。小的儿的胜利便含有特别深厚的文化背景。例如中国文化中有非常阴柔的元素，大家族必定好虚荣，不务实，而小的儿的犬儒主义态度便是取胜的关键。所谓阴谋，为什么在中国成事儿，这是中国文化弱点所致，道家无为而治，儒家又宽以待人，阴恶便得以隐藏地存在，连我们的兵法也是上兵伐谋，可见小的儿的阴谋是一定能成功的。这种文化意是指作者深深地把它隐藏在语境之中，绝非某个词语和句子可以说清的。配合小的儿阴谋的语言也是文火慢功，契机居然是所有人都不屑一顾的烧开水活儿，借此取得了爷爷的好感。语言所展示小的儿心机也用的是一套曲里拐弯儿的方法。

语境的文化分析除了上述一法还有一种意象分析，意象是中国文化特有的一个审美概念，这个意象可以是词语的，句子的，还有特定的事物，中国意象有两个特定的因素。其一，中国汉字本身具有强烈的意象性。其二，中国传统文化中重视意象性表达，这与中国历代以来不采用科学分析有关。因而意象是直觉感性的，这与文化元素的作用也是相符的，每一个文化元素的作用都是多元分岔的，在相互作用中都无法彻底量化为某一种指标。我们说端午节是一种意象文化，它作为特定的风俗显示出汉文化民众心理的多种元素。如是生存方式，包括有诗意(屈原)除邪(一种祭祀的仪式)游戏(划龙舟)狂欢(水边集会庆祝)饮食(粽子、雄黄酒)，关涉到艾蒿、苇叶、雄黄、戏水等又是一种文化地理学的含义。我们不能把这种文化分解为每一个文化代码各含多少比例，量化为物品的指标，它是用一种综合形式塑造成的一种端午文化意象。这种文化心理的亲和特别是针对中国南方而言，必须带有水文化的性质，因此端午节必定是中国人的文化意象。中国小说中写春节、清明、端午、鬼节、七夕等一些传统节日，大多采用一种语言描述的方法，我们最好抓住文化意象分析。但这种文化的讨论一定要深入到心理去。这里虽然说的是语境比较分析和意象分析，是属于方法论的东西，但在创作发生学中对小说语言的创造依然适用。这就要求我们的小说语言走向内指性、意象性，充分地展示我们民族的文化心理，这不仅仅是一个用词选句的问题，还应该有配套的叙事调式、语象、语体，甚至形成某种独特的文化风格，例如笔记小说体便是一种。

第四，材料与主题上的文化指向。这个问题极易理解，每一种特定的文化都在历史的传承中凝固为某种代表性的象征物，例如欧洲的芭蕾舞、交响乐，中国的京剧、民间曲艺。这种辨认是极为明晰的，因为它是一个民族文化独一无二的形式。小说写中国戏曲故事，民间艺人，地方的道观与寺庙，以及各地方的风俗民情，无疑均是中国文化的，这一切是由材料的性质决定的。因而可以说，选择某种材料便选择了某种文化性质。这在我国古典小说中并不存在矛盾，可以说明清以前的文学均是中国文化的，最多仅体现在我国汉民族与少数民族之间的文化融合问题，这决定了中国封建社会的性质是封闭性的，传统小说是立足于国人国情的写作，它的材料是典型的中国货。而“五四”以后中国采取开放姿态，特别是今天处于全球化背景下，全世界范围内的华文写作也是风生水起，中国近代科学技术又基本上采用西方体系，在西方的物质性产品中国境内比比皆是，电报、电话、电视、电脑、手机所有的信息技术材料都已西方化。基督教近百年在中国势力越来越大，也包括知识体系的西方化，因此今天在国内的地方化写作也融进了众多的西方文化。这迫使我们要分析材料，选取材料的文化属性——材料并非纯客观的物质性，也含有材料的观念化。重要的是许多小说会着意地探讨中西文化的差异，特别去吹捧西方文化的优异，批评中国文化的劣根性，并在1980年代短暂地掀起所谓的文化寻根小说。这表明了小说曾把文化作为主题性探讨，企图找出中国文化之好坏优劣。问题是材料与主题上的文化性如何反映到小说语言上来，中国有些传统职业是民族独有的，例如测字排卦，修脚泡澡，还有中国的饮食文化。生活文化上的玩鸟，玩麻将，鼻烟壶，旧式服装上的佩饰，戏曲中的唱堂会，普通人的神怪信仰，江湖社会里的青帮红帮及各种帮会组织，只要涉及了上述职业生活的描述都会是中国文化的。一种职业会带来很多词汇和对话，带来人们日常生活中许多规则与条例。这就出现了中国有许多语言是顺应了某种文化产业兴起而产生的。

“袁乃宽这个帝寿，居然要代替他干老子问丙叩经，由我出山一番急打慢千轻敲响卖，准能牵得他涡涡旋。"师父面前，鬼谷生说起黑话。"帝寿"者，蠢材也，老天是爹爹，问丙是相面，叩经是算命，这套江湖黑话译成口语，就是说袁乃宽这个蠢材，居然代替他干老子来相面算卦，由我出去和他一阵盘问敲打三言两语准能说得他晕头转向，临走时连门都找不着了。

…………

"瞬目重瞳，方获祥尧之位；重耳骈肋，才兴霸晋之基。额方阔，初主荣华；天庭高，富贵可期。论相以头为主，以眼为权，头看天中天庭司空中正，八十八、十六、二十、五十七，眉看彩霞，眼看少阳中阳太阳，三十九、三十七、四十一。请问尊家贵姓？"

林希《相士无非子》

这是无非子给袁世凯、袁克定父子相面的一套术语，别小看这套术语：其一，它是历史相面经验的总结；其二，又必须切中现实中的某个人来分析，它针对的正好是日常生活中人们的文化心理；其三，保持了职业相术的神秘与幻觉。它是骗术又不完全是骗术，例如属于个人性格与身体健康的内容，它会作为各种特征反映在头部与手足，个人气色绝对反映性格与健康。不要忘了相术语言不仅仅在描写，更重要的是一种文化心理分析。这立足于中国人传统的深层心理，即迷信与希望相伴。相术业的兴盛又与自古以来我们文化缺少科学实证精神有关。中国每一种职业的兴盛都必定有着它深层的文化原因。中国的身体文化实际是一种腔肠文化，注重口腹享乐之便，因此，饮食与休闲在汉民族文化中是非常的发达，并且独创了一套体验表达的语言。总起来说，我们的语言是有强大而深厚的文化基因的，不然，汉字语言也许早就灭亡了。因而我们研究中国小说语言的历史绝不可忽略它的文化因素。文化和语言必定是深入每一个中国人的骨血里去了的东西，有些年轻人很容易反对中国传统文化，却无法反对语言。可是我们注意一个现象，当年轻人成为父母亲以后，或者人生到中年之后，又会格外重视起中国传统文化的东西，其中最牢不可破的是中国的家庭文化与地方文化。

认识文化与语言的生产，这对我们透彻地研究中国小说有很大的好处。我们往往容易把小说作为一种极专业的东西对待，其实它也是艺术的一种，和日常生活一样平常，又和精英艺术一样也有它的巅峰与高度。应该说文化与语言也是它的决定作用之一，由此，我们反观《红楼梦》、《金瓶梅》、《水浒传》、《西游记》、《三国演义》等古典名著，从根子上说是文化支撑了它们，是一套特定的语言策略产生了持之以恒的魅力。我们有必要进一步了解它们的生产方式。

亚历山大改造了一个“文化菱形意味着艺术和社会之间的关联永远都不会是直接的,它们必然一方面受到艺术创作者,另一方面受到接受者的中介。”①在解读这个菱形之前我们需要明白小说中的语言与文化是艺术化了的,它不是我们在日常生活中自然化了的语言与文化,二者的区别关键就在于小说中的语言与文化是经过了艺术家创造了以后的一个文本。因此,它必定和我们社会生活中的普遍语言与传承文化有所不同。

文化菱形图表:

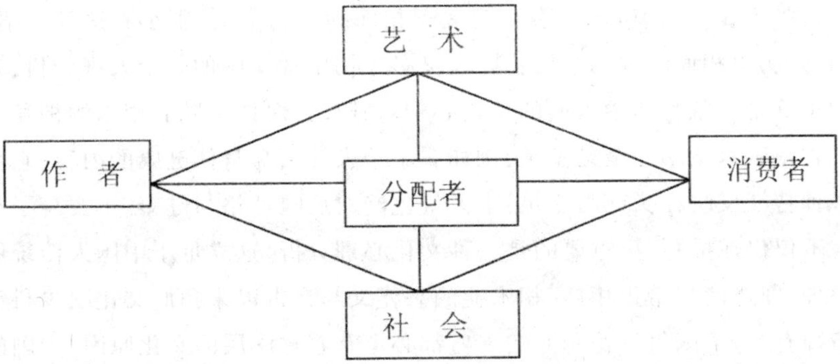

“文化菱形”为温迪·葛瑞斯伍德首创,这是类似于风筝的菱形,四个角分别代表了艺术产品一,艺术作者二,艺术消费者三,社会范围四。这个要素有四个方向,分别会与六根线段相连接。这是一个启发式图式,暗藏着隐喻,表明了四个点之间存在着相互影响的关键,相互之间究竟是一种什么样的关联,要由各自要素的性质决定。后来亚历山大发现图表缺少一个中介:艺术传播。因而他提出了一个元素:分配者。这个分配体系的形态决定了哪些艺术会被传递以及传递的范围。

这个文化菱形图表是说明性的,它清楚地表达了艺术生产由传播到消费的流程。我们可以把艺术这个元素用字母N表示,它可以指一切意识形态都是如此,所有能构成文本的形式也是如此。在生产领域,艺术家是决定性的,但艺

① 《艺术社会学》,(英)维多利亚·D.亚历山大著,章浩、沈扬译,江苏美术出版社,2009年版,第81页。

术惯例，生产技术也影响着艺术作品内容。在分配领域，决定文化产品可以抵达大众。在消费领域，文化产品要接受消费，产品具有的意义会因人不同而效果殊异。

我选择这个文化菱形图表的目的，不是提出小说语言文化性质的某种理论解说，而是让大家注意：一方面，小说语言携带的文化性在于它的产生机制，第一元素是作家创造艺术品但与社会关联，第二元素是传播媒介，第三元素分配系统也格外重要，第四元素才是消费者，第五元素社会是一个综合场域，它针对整个思想意识系统，不仅仅指艺术。在各元素的组织序列上我与亚历山大看法不同。我以为一切意识产生都服从这样一个图式规律，语言与文化也不例外。另一方面，我们研究分析小说语言的文化性也要尊重它的发生规律，它是一个新的价值评估系统。每一个环节在不同的语境里作用与功能可能不尽一样。在时空变化中这个菱形图表显示的元素是不同的。例如传播媒介在今天是异乎寻常的重要，而在古典社会并没那么重要。消费者和艺术品的关系也不一样，古典时期以精英消费为主，今天是大众消费，而消费的这种矛盾性使今天文化语言中垃圾增多，反而使许多真正的艺术品被淹没。传播中的语言化与图像化同时也改变文化艺术性质与功能。图像语言、图像文化使消费者欣赏能力降低，审美愉悦也是即时性的，可见传播方式了改变现实。在小说语言的文化性上我们还要看到一个差别，这是我从“文化菱形”的各要素比较上发现的。即文化语言作为发生学更应该注重其性质的潜移默化，而作者语言与文化的批评方式，具有很大的操作性，我们对于菱形的元素切入是任意的，是根据语境判断的。另外一个重要问题是，小说语言的文化性，在创作与评价中有两个端点，我以为创作中应注意语言的美学因素，评价中也许更倾向于社会文化机制中的价值观，没有审美语言那就是非文学的，那样，小说中的文化也许真正变成了一种史志编写了。这可能是我评价小说语言文化性的一个重要标准。

第二节　中国现代小说文化心理语言的发生与演进

文化心理语言肯定自古就有，现代小说系白话小说，那么我们寻源应该从古代白话小说里寻找文化心理语言的开端，最直接的是话本小说的文化心理语言表现。读完所有话本、拟话本之后竟然发现文化心理语言是无法摘引的，中国的话本传统是地道的文化小说，无论是小说中的文化描写与叙事，还是宋元以后人们的文化生存方式都是如此。这些话本真正是写出了三教九流，市井生活，普通人的生存情状。如果不论广义的文化叙事，单从文化类型的表现上也是极为丰富的。可以这么说，民国以前的小说都是社会文化小说，反倒是现代小说不能算真正的文化小说，因为其传统文化的印迹几乎被根绝干净，如今只有一类笔记小说、地域小说，或者有意书写的文化小说还保存着类型文化的特色，如果从传统文化而论，我们的文化心理语言大概要被1990年以后的文学家灭绝干净了。

话本里的文化语言有浓厚的文化形态表现，古代文化行业和文化生活与情趣紧密相连，三言两语便极为精致地把文化状态凸现出来，几乎处于文化无意识状态：

> 只听得桥下裱褙铺里有一个人叫道……
>
> 去府库里寻出一块透明的羊脂美玉来……内中一个道："好做一副劝杯。"郡王道："可惜！恁般一块玉，如何将来只做得一副劝杯！"又一个道："这块玉上尖下圆，好做一个摩睺罗儿。"郡王道："摩睺罗儿只是七月七日七巧使得，寻常间又无用处。"数中一个后生，年纪二十五岁，姓崔名宁……告恩王："这块玉上尖下圆，甚是不好，只好碾一个南海观音。"郡王道："好，正合我意！"
>
> 《碾玉观音》

> 东坡开砚匣，看了砚池，是一方绿色端砚，甚有神采。砚上余墨未干。方欲掩盖，忽见砚匣露出些纸角儿。东坡扶起砚匣，乃是一方素笺，叠做两折。取而观之……
>
> 西风昨夜过园林，吹落黄花满地金。
>
> ……菊花。此花开于深秋，其性属火，敢与秋霜鏖战，最能耐久，随你老来焦干枯烂，并不落瓣……依韵续诗二句：
>
> 秋花不比春花落，说与诗人仔细吟。
>
> ……东坡大喜，便拉陈慥同往后园看菊。到得菊花棚下，只见满地铺金，枝上全无一朵。唬得东坡目瞪口呆……
>
> 《王安石三难苏学士》

我们先看第一例，玉雕大师崔宁的故事。裱褙铺是书画装裱的店，旧时文学人士字画多，装裱店众多，但又是小本经营，故在桥下、街角。郡王的羊脂玉，料好，如果做酒杯和小孩偶像便浪费了。崔宁是行家，一看可以做一个玉观音。这种玉文化语言还是表面的，从中我们可以看出日常生活的民俗。古代人宴席喝酒，酒坛、酒瓶并不直接与酒杯接触，酌酒会有一个注入酒的樽，或杯，又称注子，这个劝杯便是装酒用的注子。还有孩子的玉挂件儿：玉偶像，是七月七日鹊桥会孩子们玩儿的。表明民俗节日中有赠玉、戴玉的习惯。这仅仅也就百余来字，可其间的文化风俗含量极大，同时又意味深长。

第二例说的是文化用品与文学作品：诗。今天看砚我们已经很难发现其深厚的文化意味，苏东坡细看文房四宝从情节上写出后面的诗文，其实他在表述一个文化时尚。砚、砚匣、砚池、砚盖，砚有足够的文化装饰，不是穷书生的砚石，而是端砚，砚中的最高档次，而且是绿色的，大官用素笺，无雕饰，和王安石性格相通。王安石的诗极其自然，同样表现他的性格，被西风吹落，也还是金的本色。苏东坡马上发现了诗病，与生活经验相左，于是开了个文人的玩笑，这也合乎东坡的性格，没想到他到黄州以后发现江南菊花是落瓣的。于是砚，诗，最后成了文化故事。由此可见，古代小说的文化语言不仅仅只写表征，它还有很深厚的文化内涵，文化语言的蕴含是意味深长的。

中国的古代小说应该起于魏晋南北朝，始称为志怪。最早的《列异传》始作于曹丕，其《讴士孙阿》以梦境写阴阳两界，暗含精神分析中解梦理论，梦是愿望的达成。《谈生》是最早的人鬼恋的爱情故事。《黄原妙音》为动物小说，暗写音乐。晋时《博物志》多采写神话，属人类文化学的。葛洪的《神仙传》撰写了一百多人的道教故事，应视为小说中最早的道家文化。特别是《搜神记》，是最早民间文学源头，有很好的情节基础辅之以细节描写。如果以故事、人物、环境三要素来确立小说的基本元素，《搜神记》可以视为最早的短篇小说，据此推断中国短篇小说真正源于东晋。《董永》中的纺织文化，《天竺胡人之术》写魔术属地方文化，《干将莫邪》是民间文化，《东海孝妇》是孝道文化，《紫玉》、《父喻》、《死友》、《邓元义妻》、《斑狐》、《李寄》等小说结构完整，情节曲折，大多沟通阴阳两界，神奇怪异，但其核心却是伦理文化的，表述的是忠孝节义。

唐宋传奇应该是成熟的小说了。写人物见性格见命运，例如《霍小玉传》、《李娃传》，还有侠义英雄《虬髯客传》，而《柳毅传》写得文采沛然。《南柯太守传》属于梦文化、《东城老父传》表述的是民俗文化中的斗鸡。

我之所以回溯古代小说的发生，主要是溯源古代小说的文化语言。由此我们看出，文化语言是伴随整个中华文学发展而产生的，或者说，中国文学本身是在中国文化发展之中演进的。光理解这一点并不难，重要的是汉语言的文化特征建立具有深层次的文化隐喻。所有的传统文体从语言表征上都反映出文化的性质,为什么在今天消失得荡然无存呢?这是因为文化语言有表里两个层次,表层结构的文化语言,例如服饰、建筑、风俗、口语、节庆、交往行为等每一细节都显示为伦理的文化,人生始初便灌输了这种礼仪规范,使这些规范成为人们日常生活的交往行为,所以无一处不显示出中国古人的文化状态。由于伦理文化塑造是人格精神,当环境与人际关系处于某一文化状态,人们一开口言说便表现出他特定的文化心理。例如古代行礼,举手作揖,这是一个行为,小说中称:唱个喏。《水浒传》便称唱了一个肥喏。唱个喏便是举手行个礼,一边行礼一边还要唱喏,行为可以直接看见,语言是听到的,可以引起关注,所谓礼,动作和声音都到位,这是通感的转喻,用声音代行为。于是礼仪表示某种深层的文化心理,所以我们定名说文化心理语言。文化心理语言从古代到十九世纪在汉语史上没有发生根本性的变化, 因为我们的主流文化一直以儒家文化为标准,持续到二十世纪初。但作为文体却出现异乎寻常的变化,小说一直是一个最晚定位的概念,但它却是最早向现代性转变的,这个标志性时间应该是1902年《新小说》杂志创刊。但认识这一转变要从1898年开始,这是由戊戌变法的政治维新开始波及小说的,首先有"诗界革命"与"文学界革命",时间是1898年提出来的。诗界承接古人,文学界则移植欧美文化思想。小说界革命酝酿成了运动,有刊物,是一种文本实践,其他则仅仅是口号,所以说是小说界革命成了新文学、新文化的源头。我们一直把新文化运动锁定在1919年5月4日,并以《新青年》为标志,表明新文化运动开始。1916年胡适开始倡导白话文运动,这一切表明我们从根基上开始动摇旧文化,于是文化里开始有了革命的思想,这时新的革命文化归功于梁启超、李大钊、陈独秀、胡适、鲁迅等人是确定无疑的了。

从文化心理语言的角度上讲,在110年后的今天来认识超越世纪的文化转向,我们看新文化包括什么呢?政治革命文化,欧美西方的翻译文化,还有大众的俗文化,这种三合一组成的新文化发起了对中国传统文化的冲击。这无疑是被当时时代历史称之为反动的文化。这种反文化动过去了一百多年我们到底怎么看?总体上基本上灭绝了中国文化,而我们所谓的新文化实质上是没有文化,政治革命引进的马列主义等新的思想,是政治的而不是文化的,20世纪60年代欧美有了"左"派文化,但"左"翼文化移到中国时变成了"左"派政治,所以中国朝野皆无"左"派文化。国外的文学翻译倒是潜在地影响了中国小说,特别是那些批判现实主义的小说,但那限于文学影响,而非文化影响。可见欧美文化始终都只是我们汉语文化的一种背景。大众通俗文化倒是中国真正的现实,在清末民初大众文化变成了强大的通俗小说，最早的当然数李伯元、吴趼人、苏曼殊、欧阳巨源等人，之后是鸳鸯蝴蝶派和礼拜六小说为核心的新才子佳人小说。第三波便产生了李涵秋、向恺然、张恨水、周瘦鸥、刘云若、还珠楼主、包笑天、徐卓呆、顾明道、白羽、王度庐、赵焕亭、郑证因等人。第四波便是张资平、叶灵凤、徐讦、秦瘦鸥、程小青、王小逸等人。这些倒真是大众文化的，三教九流，才子佳人归到市民文化中，但在中国一直没受到主流文学的承认，文学史只轻描淡写地提一提，如果和二十一世纪当下的小说比一比，倒是这些通俗小说有大量的文化心理语言。当然也有浓厚的伦理说教。我们说的新小说，大量的是政治小说而非文化小说。《东欧女豪杰》写的是中国在瑞士的女留学生华明卿结识俄国虚无党的女学生，主要表现革命者苏菲亚的革命活动，女英雄人物反专制主义，宣传自由平等的思想，特别是鼓动男女平等的思想。《苦学生》写日本留学生黄孙去美国求学生活，通过黄孙的不幸，揭露帝国主义对华工的虐待，黄孙，即炎黄子孙。当然也写了另一类不肖子孙文琳。这里讲的是民族正义问题，我们仍可视为政治小说。另外还有一批称之为启蒙的小说。指《负曝闲谈》、《扫迷帚》、《瞎编奇闻》一类的。当然也有一些市井文化的小说，写的是娼妓、赌博生活，还有一些是旧时候的迷信活动，属于科学启蒙的。《扫迷帚》虽是从科学启蒙破除迷信的方面入手，但它的文化意识，即文化风俗描写却很细腻。这个小说被阿英称之为苏州迷信风俗志。小说中有盂兰盆会、社戏、赛会、灯市庙会、节日游戏。

……乡女村姑数十人，执香相从，了无羞耻，俗称“会尾巴”。而春秋佳日，则又会有水会之举，名曰“摇快船”，或用赤膊船，或巧拟戏名，略加点缀，击钹鸣锣，手舞足蹈。其资各家分认，亦属可观……如黎里之中秋，盛泽之七月十五，同里之八月初七，初八，莘塔之三月十五，芦墟之八月初十，十一，十二，为各该镇特别最热闹之时。类皆灯彩辉煌，亲朋宴集。又有雇画舫，设酒席，士约知心，女偕闺友，相与荡桨中流，彼此相觑，全无顾忌，名曰“游市河”。若年逢大熟，市面兴盛……

壮者《扫迷帚》

这个《扫迷帚》写尽了苏州古旧风俗的全部内容，每个节日的风俗礼仪、交往活动都有详细的描写，不足的是小说写的是群像，没有很好地突出个人性格或人物命运。

早期的城市文化小说无疑仍以古城长安、开封、北京、洛阳为背景，新兴城市应该是天津、上海，但更多地被欧美西方文化所濡染了。写北京以及在北京写作的小说家此后称为京派。早期写北京的小说有《京华艳史》(1905年)、《如此京华》(1915年)、《老张的哲学》(1925年)、《啼笑姻缘》(1930年)、《京华烟云》(1938年)等，北京因系明清时的首都自然成一种文化象征。《京华艳史》所采取的却是一种反讽的态度。这个小说仅存四个章节，北京在文化史中多数首称第一，作者写的都是它臭名昭著的可耻第一，是一个屈服于外国列强的形象。描写各种头面人物聚集在饭店、剧院、妓院。雨天的泥泞、晴天的灰尘、马车的数量、街上的粪便味、见面礼节的繁冗、豪华的住宅、妓女、外国人，还有那些给外国人服务的人……实际上它是一个极污秽极龌龊的地方。小说采用局内人与局外人混合的视角写郁新人，一个南方青年，另一个是吴梅烟。吴梅烟把北京人分为五类：商人、官员、妓女、外省新人、京油子。中原浪子取的是一个人类文化学视角考察北京，妓院和私宅成为地区性象征。

叶小凤的《如此京华》小说共37回，发表了16回。相对比较完整集中写了圆明园和天坛两个地标性的建筑。危言老师和道士两人感叹故都世风日下，小说对北京有许多象征性细节的描写，更重要的是北京形象的感怀批评。

真正产生北京地域文化小说的是松友梅。他的长篇小说叫《小额》，小说没有回目，影印有132页，版首称为社会小说，有杨曼青的序。这部小说是写旗人生活的，主人公叫额少峰，又称小额。小说采用纯正的北京话写作，杂以方言土语，可以称之为老北京市井风情画，是目前所见的第一部长篇白话的京味小说，首版系光绪三十四年版。杨曼青评价："其中头绪之纷繁，人情之冷暖，语言之问答，应酬之款式，家庭之常态，世事之虚浮，俾观者闭目一思如身临其境，闻其声而见其人，写声绘影之妙，于斯备矣。"①

这个松友梅实际是蔡友梅，生于1873年死于1921年，《小额》有和记排印书局版。他写这个小说目的是"开通民智为宗旨"。"欲引人心之趋向，启教育之萌芽，破迷信之根株，跃进化之方域……"②其写作的笔法，以赏善罚恶为宗旨，有皮里阳秋之遗风，倘以旗人家政目之，恐负良匠之苦心也。由此小说宗旨很明确，推行教化，改良社会。小说专门刻画了市井无赖和各种江湖骗子，可以说是一个地道的市井文化小说。小额靠高利贷牟取暴利，手下养着一群收账的流氓，又有官府朋友撑腰，出场就是飞扬跋扈的样子。

① 《小额》，(清)松友梅著，世界图书出版公司，2011 年版，第 3 页。

② 同上，第 112 页。

小额当了三年的库兵，算是好的，没出多大的吵子(贼星发旺)，家里的钱是挣足啦。把小押儿也倒出去啦。自己看着这点儿账目，心满意足。又有些个不开眼的人这们一捧臭脚，小额可就自己疑惑的不得了啦，胡这们一穿，混这们一架弄，冬天也闹一顶染貂皮帽子戴戴，也闹一个狐狸皮马褂儿穿穿。见天也上什么通河轩啦，福禄轩啦听听书去。后头也跟着一个童儿，提溜一根仙鹤脚的水烟袋，大摇大摆，学着迈方步又迈不好(何苦)，没事儿也戴副墨镜。要是不摸底的……都称呼他额老爷(洋绉眼)，他自己也以额老爷自居。

松友梅《小额》

这里描写额少峰装腔作势已是足够了，一段文字中采用地方口语的有：吵子、贼星发旺、小押儿、不开眼、一捧臭脚、胡、混、一架弄、见天、提溜、洋绉眼……这些都是极具特色的北京口语，是老京油子口语。一说一开篇就把一个市井无赖写得神气活现。这个小说出版于1908年，早于我们习惯所称的现代小说起源的1918年十年，但小说的叙事与描写十分成熟，更重要的他使用的是地地道道的白话文，而且是地方风俗语言，中国传统小说史中叙事的，很少有大量描写，额少峰是旗人，使用旗人口语，生活习惯，极为不易的是细节描写。

这烟馆，一共是五间房子，外头是三间，里头有一个小院儿，单有两间。一进门儿，有一个木头影壁，拐过影壁来，里头有两铺炕，一个床，横躺竖卧的，有七八个人喷云吐雾……胎里坏进门一瞧，有一个掌戳儿而的小催在那里邀烟呢……别瞧你也在六扇门儿里头待过，要说办这些个事的话，火纸捻儿比号筒——你差得粗呢……抽完了烟，叫伙计打脸水，又擦了擦脸。擦完了脸，又换袜子，抓起水烟袋来，又抽了几袋水烟……胎里坏得着便宜烟了，撒开往饱了这么一抽。抽足了，又烧了几个泡儿，带到小扁盒子儿里头(这点儿来历)……桌子上，搁着儿带盖儿的瓷缸子。每个缸子上头，贴着一个红帖儿，是云膏、广膏、西膏等等。胎里坏搂搂，(土话管瞧瞧叫搂搂)，唉，心里说，这两天正没烟哪，了他点儿，高不高(不高，低微透啦)。拿了一个烟铲儿，掏出自己的一个铜盒子来，打开广膏的烟缸子，恶恶实实的，了啦一下子……

松友梅《小额》

这种烟文化，旗人把它作为一种生活方式，休闲与身份，抽大烟很少有这些细节的表述，烟馆、烟床、抽烟与抽烟服务，这烟馆抽烟是配套的，洗脸、洗脚，了事后，大烟抽完之后还要抽水烟，表明两者之间不能替代，分别是两种烟瘾，烟馆如同茶馆是谈事儿的地方。烟泡和烟膏处置方式不一样，各种烟膏是可以随意自取的，烟膏还会有个地方特产，还可以顺手捎带偷烟。这里的文化是一种生活方式，在模式化以后，文化也是程式的、方法的、心理活动的。表面上，这些行为过程分置于一个事件的间杂之中，可是他连环成一个完整的生活方式，又由两个人互相补充，把一个烟文化和烟民心理透透地展示出来，同时还用了足够的讽喻笔法。地方语言韵味十足，方言土语中还有歇后语。《小额》的对话描写也是极有特色的：

> 再说天下人管天下事，常言说的好，席头儿盖上，都有一个了。您知道啦，我们哥儿几个是为您好，别说这点儿事，不怕您过意的话，三头六臂，红黄带子，霹雷光闪的事情，这个兄弟都了过……了的了，我们了；了不了，送佛归殿，有你们的事在。好善哥的话。就说这件事，跟您说句外话："黄雀儿的母子，怕算不了麻儿。"嗬，小脑袋儿春子这一套大握大盖，连拍带咬，把一个老实角儿的善大爷，气得目瞪口呆，浑身的肉乱颤，张口结舌……
>
> 松友梅《小额》

小说里的人物语言都是这般风趣利落，紧扣各种人物的性格，多数情况下都透出口语中的讽刺，犯坏，土语背景中有一种油嘴滑舌的特点，不然也不能叫京油子。说话总是一串一串，一套一套的，仿佛把一个理儿说得滴水不漏。他的"简短捷说"还是神侃，顺溜的话一说下句就好几百字。所以《小额》的语言中有一种言说的语速，灵活快捷，但也开启了北京口语的套话模式，这一直影响到当代中国北京作家的写作特点。小额常去听书喝茶，这一套茶文化也让你开眼界：涮杯，涮完后得搁一阵子，童儿拿茶叶要交给跑堂的，李四要递上漱口水，还要洗把脸，童儿递毛巾擦脸，上了桌，还得互相推让一下。把泡茶端上来后，歇着，上火捻纸，然后才是水烟袋，吐口烟后，开始喝茶。北京语言和各地不同的，京城有一套官话系统，旗人常用到口语中，土语不用说，其中方言词很传神，瞜一眼，瞅瞅，特殊动作总会配着一些特别的词，同时还爱夹入一些歇后语，讲究说话的趣味。京白和苏白的极大不同就在声音与内容上，苏白软语细言，多在私密和女人之间。京白多一些讽刺幽默，场面上应用活泼流畅。虽然说话是一串一套，但却采用的是短句，节奏铿锵，所以京白声朗韵长。

《小额》的出现将现代小说的文化心理语言放置于一个极高的位置，其实后来的老舍、张恨水、林语堂的北京语言也很难说是超过了松友梅，只有他真正保持了白话语言中北京语言的原汁原味。还有一点是，他把北京土话和北京官话融为一体。风味独特，从语言的历史发展看，北京语言似乎天然有一种幽默讽刺的东西，常规说有一种玩笑游戏的东西，这种起源上的元素居然决定1980年后王蒙、王朔、刘恒等人的语言风格；倒是刘绍棠的语言风格不一样，他发展的是一套北京的乡土语言，是一种诗化的语言风格。因此我们把《小额》作为中国现代小说史一个不寻常的源起，这在现代小说起源初期怎么评价也不为过。《小额》对社会问题、人物、时代所作的讽刺批评也是极有意义的，表面上他是写了一个浪子回头的教化故事，但他写了一个社会层面，当然隐在地联系着官场、黑社会，这些人物之间是关联的相互依存的，他们构成的社会关系和文化形态都是那个社会历史时代的必然。因此小说提供了我们的社会文化认识。最后额少峰作为一个反思人物，他和他的儿子学好，改恶从善。这并不来自什么社会教育，而是一种良心发现，虽然说服力不够，但还是让我们看到儒家文化的力量，人性回归的力量。

就小说的地域文化语言而言，最早能够相比较的恐怕也就只有李劼人的《儿时影》(1915年)、《好人家》、《大防》(1924年)，这些都是短篇。张资平的长篇《冲积期化石》(1921年)、张闻天的《旅途》(1924年)、叶维钧的《倪焕之》(1928年)，这些都是精短长篇小说，也都有地方文化语言的表述，但并不具有《小额》那么浓厚的地域文化语言，而且将这些长篇略加比较，你会发现松友梅是一种个人自觉的北京文化语言的追求。

当然还有一部特别的文化语言小说，《海上花列传》，64回，1894年出版，采用的是吴语方言写作，从类型的文化语言而言它的成就无疑是巨大的，可是吴语之外的人几乎无法阅读。这个小说写17岁的赵朴斋初到上海，舅舅洪善卿把他带到妓院，他盯上了清倌人，此后更是大写他与妓女和他的客人们的故事，来往于饭店和妓院之间的生活，小说是一种片段式的结构方法。另外还有一部小说叫《市声》，36回，1908年由商务印书馆出版，这部小说值得注意的它是写现代城市工业文化的，视点落在工厂：棉纱厂、纺织厂、铁厂，缫丝商人、茶叶商、地产商、花匠，可以称之为上海工商业地图。从小说形态来说，他开启了茅盾的《子夜》这类小说，这种工业小说完全展示的是一种新兴的商业文化，具有现代性特色。《市声》这类小说特色在于材料的扩展上，值得注意的是，所有商业市场化后的一个核心问题：商业欺诈。因此该小说写了大量的谈判与欺诈。这两部写上海的小说采用的是章回体，所以很难说它是一种现代小说。尽管《市声》中有大量的工业现代性表现，仍不好归为现代小说的起源。

现代小说确实是由鲁迅拉开大幕，他展示的便是鲁镇文化。就鲁迅本人而言，他一直奉行的是旧文化批评的角色。和鲁迅同时的小说家叶圣陶、杨振声、王统照、许地山等人，还有稍后起来的许钦文、王鲁彦、黎锦明、许杰、彭家煌、台静农、废名、蹇先艾等一大批可称之为乡土小说家，其实我们都可以称之为地方文化语言的表现者，我已把他们都归入乡土语言这一章了。还可以作为文化心理语言讨论的作家，重要人物是郁达夫，他的独特性在于文化心理语言，开启的是一种心理抒情小说，影响的是新感觉派那一类的小说家。

早期的小说家，从文化语言而论自然还有吴组缃、李劼人、老舍、张天翼、艾芜、沙汀、郑振铎、端木蕻良等人。中国现代文学中还有一种特殊的现象：女性文化现象，先后出现了三批人，最早的陈衡哲、谢冰心。1920年代后有黄庐隐、冯沅君、石评梅。另有凌淑华、苏雪林等大户人家女儿。这些女性有一种主动融入社会时代内容的新气息，最早表现男女平等的自由思想，同时她们极具女性的思绪，情感及性格特色。有一个值得思考的问题，最早的女性文学也汇入了现代小说中最早的问题小说潮流，讨论的是社会人生、人性、人情等诸多问题，所谓问题讨论一定是理性的，反思的，而女性视角正好是细腻的感性的，她们的文笔和她们所处的时代社会的严峻正好是矛盾的，这正好影响了女性文学的发挥，使得现代小说史始初20年内没有产生伟大杰出的女小说家。

现在我们说说老舍(本名舒庆春)，他最早写北京的小说是《老张的哲学》(1926年)、《赵子曰》(1928年)，老舍在现代文学史上算第二个十年的作家，他立足北京，行走于英国与中国山东、四川，其作品均表现北京地理、北京人物、北京民俗、北京故事。重要作品有《骆驼祥子》(1939年)、《离婚》(1934年)、《四世同堂》(1946年)。首先我们从文化心理语言对老舍定位，他写老北京，但北京形象是复杂的，是明清两代的政治中心，可以说是旧的政治文化中心，因此而构成王公贵族的上等人生活，以此而形成了娱乐文化、京剧、茶馆、妓院、抽烟、玩鸟等，也就是说，北京是有贵族生活的。上流生活的上流文化是一个切入视角。北京另一形象是三教九流的市井生活，街巷胡同里的小人物，即他们的喜怒哀乐、婚丧嫁娶的日常平庸生活，这是一种市井民俗文化的东西。老舍主要着力的是底层市民的文化风俗生活，因此他的人物是拉人力车的、巡警、家庭主妇、小老板、妓女、小职员、手艺人、伙计、掌柜、厨子、说书人各色人等。他的人物语言是京白俗话，是北京人的口语，是北京市民日常生活交流的口语，朴实，形象，生动。京油子的特点就是说话一提溜一串儿的京味儿白话，有时在官话里精练简洁，可有时在市民口里变成了开口嚷嚷，闭口哼哼的味道，拖泥带水，夹枪带棒的。

> 太太竟自敢骂人，她也比我强！她的坏招数也许就是马少奶奶教给的，而马少奶奶是商鞅制法，自作自受。可是这个小妇人不去反抗，而来警告我，她也许是好意——为维持我的身份。臭科员，老李——他叫着自己——你这一辈子只是一个臭科员，张大哥与马少奶奶都可怜你，善意的，惨酷而善意的，想维持你。你只在人们的怜悯中活着，挣点薪水，穿身洋服，脸上不准挂一点血色，目不旁视，以至于死！李老想上城外，跳了冰窟窿；可是身不由己地走回家去。别吵架！
>
> 老舍《离婚》

这是一段人物的自言自语，前拉后扯地说了一大堆，说别人时又转头说自己，说自己又转去说明这说明那。东拉西扯，跟老百姓拉家常一样，它不仅是市民日常生活的纯浓口语，还是一个人反复掂量的文化心理，在这种大白话中夹着民俗风情，这种语言的打通融合不是在俗雅之间，而是在俗白之间，平常到人的日常生活之中去，不产生人物和语言上的距离感。可有一点，老舍总爱把语言打碎拉散，然后东拉西扯地用口语去说。说话时保持一种语流，一种说话的惯性。

> 天极黑，星星比平日似乎密得加倍。（繁星之天不会的太黑的天，属语病）……可是除夕的黑暗确有一种和平之感，天尽管黑冷，而心中没有任何恐怖；街上的爆竹声更使人感到一点介乎迷信与清醒之间的似悲似欢的心情。他对着星门叹了口气，泪在眼中。又加了一岁，白活！他觉得有点冷，可是舍不得进去。她的影子在窗上移动了两次，她嗑瓜子呢。街上放了极大的几个麻雷子。他有些摸不清他是干什么呢，这个世界干什么呢。他又看了看星们，越看越远越多，恨不能飞入黑空，像爆竹那样响着，把自己在空中炸碎，化为千万小星！
>
> 老舍《离婚》

这一段话没有什么意思要表达，仅是一种说话的愿望，一句赶一句，说一种自己的感受，而这个感受并没什么具体内容，这在鲁迅的语言里是绝对不会有的，二百字并没说什么，但依然在口头地言说。这就是老舍口语产生的效果。

《离婚》中的张大哥是个好人形象，讲交情，好人缘，他给人做媒成其好事，小科员关心的是家长里短，走科串室，为邻里朋友操劳好事，世俗人物心存的都是人际关系中的和谐，生活美满。他的日常生活哲学：利他主义。注意，老舍是用幽默批评的口吻表述的，含有对古都市民心理和文化习俗的一种批评。

我们再来说文化风俗语言，这类语言一方面是风俗习惯的自然语言，展示了人们的日常生活状态。另一方面，通过民俗土语使我们看到了人的文化无意识状态。这类语言是向下的。写底层生活，这类语言的俗白正好是人类文化学的根基，多倾向苦难灾变，破败毁灭，于是这类语言适合表现生活的苦难本质，沉沦败落。应该说是一种悲剧美学的。

《骆驼祥子》便是代表这类语言倾向的优秀文本。

> ……祭灶的糖瓜摆满了街，走到哪里也可以听到"扶糖来，扶糖"的声音……祭灶那天下午……天上落着稀疏的雪花，卖糖瓜的都着了急，天暖，再加上雪花，大家一劲儿往糖上撒白土子，还怕都黏在一起……七点以后，铺户与人家开始祭灶，香光炮影之中夹着密密的小雪……都急于回家祭神……长安牌楼，新华门的门楼，南海红墙，都戴上了素冠，配着朱柱红墙，静静的在灯光下展示这古都尊严。此时此地。令人感到北平仿佛没有居民，真是一片琼宫玉宇，只有些老松……
>
> 老舍《骆驼祥子》

北京旧俗腊月祭灶神，很隆重的一个迫近年关的节日，有着十分浓郁的民俗味道。这些民俗节日，一方面是仪式的，可以说家家户户都会祭灶神，香烛纸捻，白天还放那么多炮仗，可见其隆重，可见祭灶神糖瓜是不可少的祭品，且在这一天晚每人都会要赶回家团聚祭灶神，它不仅关乎春节还关乎一年生活。由此，另一方面强化了祭灶神为一种民俗心理，攸关一年生活，家人一起，民以食为天，潜意识里向往来年日子的幸福。老舍在这儿描写祭灶神，并不是写一个静态的仪式，而是祥子拉着人力车跑路，把一个城里的旧俗放在一个下层人的眼里展示，通过商人、老板、赶车的人和街道变化、天气变化、小贩着急等情状，来把这个民俗的祭灶节日渲染得浓浓的。

小说《骆驼祥子》中的人物也是民俗的人物：祥子跑兵走夜路拉了三匹骆驼卖了三十五块大洋，从此拼命挣钱买洋车跑路，抢生意，那种农民的朴素节俭到了常常忍着饥饿干活儿，他的全部愿望便是通过个人劳动改变自身命运。祥子那么淳厚、质朴、勤劳、善良，一个北方农民的厚实如何挣扎在命运之中。但他还是几起几落，被丑女虎妞诱婚，虎妞死后他孑然一身照旧拉车挣钱，可是他不再抱有改变命运的幻想。混日子，还和夏太太发生性关系，染上性病，他也去赌坊烟馆发泄苦闷。祥子由一个地道的农民进到城里成为流氓无产者，最后居然也和革命者阮明发生联系。这样的人力车夫是千千万万市民的一个代表，小说的好处是全力集中在祥子这样一个人物的命运上，起起伏伏，波折不断，他是社会整体风俗中的一个，刘四、虎妞、夏太太、曹先生、二马祖孙、阮明都是祥子命运途中的过客，是祥子交往行为中的人际关系，并由此构成他的生活环境、街市、胡同、杂院、车行、茶馆、白房子、烟馆，最繁华的街道与最破败的杂院，这些民俗人物都生活于其间，但说到底他们是生活在他们的语言之中。

> 话都说出来，虎妞反倒痛快了："我不要脸？别教我往外说你的事儿，你什么屎没拉过？我这才是头一回，还都是你的错儿，男大当婚，女大当聘，你六十九了，白活！这不是当着大众。"她向四下里一指，"咱们弄清楚顶好，心明眼亮！就着这个喜棚，你再办一通儿事得了！"
>
> "我！"刘四爷的脸由红而白，把当年的光棍劲儿拿了出来，"我放把火把棚烧了，也不给你用！"
>
> "好！"虎妞的嘴唇哆嗦上了，声音非常的难听，"我卷起铺盖一走，你给我多少钱？"
>
> "钱是我的，我爱给谁才给！"老头子听女儿说要走，心中有些难过，但是为斗这口气，他狠了心。
>
> "你的钱？我帮你这些年了，没我，你想想，你的钱要不都给野娘儿们才怪，咱们凭良心吧！"她的眼又找到祥子，"你说吧！"
>
> 祥子直挺挺地立在那里，没一句话可说。
>
> 老舍《骆驼祥子》

这是父女俩斗劲发狠地吵架，还相互揭短，没有一点父女亲情，好像路遇的两个仇人，刚好这样才是刘四爷和虎妞父女的性格。虎妞泼辣、厉害、粗鲁，骂骂咧咧的，一身的江湖气，能揪着祥子的耳朵灌酒的那种女人。虎妞是一个丑陋社会的丑女人吗？在社会生活的底层各色人等都会有，各种性格因环境而产生，但也会有个人生命与人类学的原因，一个人强势与软弱既有社会的，还有个人体质、心性、五官感受能力的。虎妞其实不过是一个强势女人，她追求祥子，视为一种个人幸福，婚后她对祥子很好。她的悲剧不过就是老舍给了她一个难产而死。她敢跟自己的父亲翻脸，打斗吵闹一点不屈服，但对祥子很顺从。“顺从”一词有浓厚的文化人格因素，虎妞顺从的是男权社会祥子的丈夫形象，刘四爷顺从女儿，是血缘亲情的人伦因素，他再发狠也拗不过女儿，祥子的顺从，更是一种观念的东西，在那个社会他没法不顺从，始初他想通过自己能力改变命运，尽管他拾了天大的财富也改变不了，35个大洋对穷人是一个天文数字，100个大洋对祥子也是天文数字，但祥子努力，自从虎妞和孩子死了，祥子顺从了，他对生活顺从了，随波逐流。宿命，是一种文化风俗，这种风俗蕴含着希望，于是人们变成了对风俗的顺从，把骆驼祥子视为一种社会文化的奋斗与反抗再到宿命，完成了一种文化人格的塑造，而不是看成一种社会政治的揭露与批判，似乎更有一种深度意味。

老舍还写了一种人力车夫文化。这一点其实是城市文化决定的，中层以下的人群最为重要的交通工具是人力车，人力车夫是旧城市的血脉，他们行车，这个城市血液就活跃了。老舍的人力车夫是一个系列：《老张哲学》里的赵四、《黑白李》的王五、《四世同堂》里的小崔，而在祥子身上最集中地表述了人力车夫的生存状态。这是为他人服务的，也是一个最底层的苦力活儿。可就是这个活儿成为祥子一生的希望，基本生存成为生命最大的满足，顺从生存便是顺从他的一种文化风俗，拉车就是一种风俗。旧的人力车夫有一套规则与礼仪，包括等级、客套、价格、殖民与暴力等诸多的文化潜心理状态。因此，文化风俗的礼仪是一种等级化的规则，表明人们是分层生活的，一种礼仪对车夫与客人均是双重制约。因此《骆驼祥子》便成为了老北京的民俗风情。这种风俗画是一种社会生存的展示：老式寿棚，自办婚礼，坐花轿，通过祥子的游走北京的描绘，上层人坐车，以交通工具区别人群等级，拉车人无疑属于下九流的江湖活儿，是他们构成了生活底层与社会底层。把人类生活作为一种文化风俗展示，然后提升为一种大众化民俗化的文学现象，这是老舍对文化心理语言最大的贡献。在这个层面上，文化心理语言氛围有两个端点：一方面是上层高雅文化的典雅精致的文学语言；一方面是底层下九流的通俗化的浅近俗白的人们口语。对两种文化心理语言，张爱玲选择了大家庭的婚姻爱情，或人格变异。白先勇选择了一个衰落破败的贵族层面，表现他们的喜怒哀乐。老舍选择了下九流艰辛劳苦的生活层面，表现人生的奋斗与落败。

李劼人在中国现代小说史的意义是：第一，他有开创现代白话小说之功。《儿时影》写于1915年，是约三万字的小说。他的《好人家》、《火防》也都是较好的现代白话小说。第二，他的小说中乡土语言运用得流畅朴实，极为自然，我已作为重要乡土语言论述过。第三，本章中我们还要把他作为文化心理语言的重要作家来讨论。在文化意义上，他写的市井文化其地点主要是成都市与天回镇，是一个边缘地带，不像北京、上海有完整的城市文化，他表述的是城乡结合部，小街巷的城市气象，很有地方文化风俗的特点：

> ……火神庙侧那家云集栈，虽非官寓，而气派竟不亚于官寓，门口是一片连三开间的饭铺，进去是一片空坝，全铺的大石板，两边是很大的马房。再进去，一片广大的轿厅，可以架上十几乘大轿。穿过轿厅，东厢六间客房，西厢六间客房，上面是五开间的上官房。上官房后面，一个小院坝，一道短墙与更后面的别院隔断；而短墙的白石灰面上，是彩画的福禄寿三星阁，虽然与全部房舍同样的陈旧黯淡，表白出它的年事已高，但是青春余痕，终未泯灭干净。
>
> 李劼人《死水微澜》

这是北京之外的外省街巷客栈特色，客栈不仅仅住人，还住马，大轿子，并不像北方把马拴在棚地，轿子放在院子空地里，南北的文化风俗不同，店铺也就截然不同。陈旧暗淡正好是他们的特色，铺面有门房、门槛、铺板，连接里面还有一条长柜台。这是商业的建筑文化，成都的嫖文化在罗歪嘴里是有说道的：

> 嫖，在袍哥界中，以前规矩严时，本是不许的，但到后来，也就没有人疵议了。况乎罗歪嘴嫖得很有分寸，不是卖货，他绝不下手，他常说："老子们出钱卖淫，天公地道。"又常自负：婊子、兔子、小旦，嫖过不少，好看的、娇媚的，到手总有几十，但玩过就是，顶多四个月，一脚踢开。说不要就不要，自己从未沉迷过……女人本等就是拿来玩的，只要新鲜风趣……
>
> ……他的老婆，自是老子的表弟媳。不过长得伸抖一点，这也是各人的福气……其实，也不算甚么，为啥子大家就不安分起来？……你们去跟

我招呼一声罢！

李劼人《死水微澜》

嫖在成都街市文化如同喝茶、打麻将一样，能摆在桌面上说透，并不在道德层面去讲究，可见中国的伦理文化并不都如中原、江浙那样制度化，铁板一块的。文化也是人的性情一部分。罗歪嘴又很江湖，用非常地道的成都话，风趣地告诫那些嫖客们：莫乱来。下九流生活里也充满了江湖道义。中国社会有一种很秘密的宗教性组织，他们和江湖黑道相互联络，这可以叫一种行会文化，《死水微澜》实际上就是描写这种行会文化，哥老会与教民冲突，就是这个罗歪嘴设计吞了顾天成的钱财，顾天成复仇与洋教联合，丢失了自己的爱女，顾天成以洋教案借官方势力打击袍哥，于是便娶了这个幺姑成了三奶奶，在这里，洋教、袍哥和市井人群的迷信构成了错综复杂的宗教文化的冲突，内地乡镇的秘密宗教与借官府势力的洋教势力实际上是此消彼长，而这种教派文化又深深地融入了地方的风俗文化之中，在市井中哪一种势力都是不可小视的，我们看看：

……北门方面有一个很大的庙宇，叫文殊院，吃饭的和尚日常是三四百人，煮饭的锅，大得可以煮一只牛，锅巴有两个铜钱厚。她知道有很多大会馆，每个会馆里，单是戏台，就有六七处，都是金碧辉煌的；江南馆顶阔绰了，一年要唱五六百本整本大戏，一天总是两三个戏台的唱。她知道许多热闹大街的名字：东大街、总府街、湖广馆；湖广馆是顶好买菜的地方……卓家大酱园，是做过宰相的卓恬家开的，豆腐乳要算第一。她知道点心做得顶好的是淡香斋，桃园粉香肥皂做得顶好的是桂林轩，卖肉包子的是都益处，过了中午就买不着了，卖水饺子的是亢饺子，此外还有便宜坊……

李劼人《死水微澜》

这里暗示了佛家文化、地方民间戏曲、食品文化等均构成了浓郁的乡俗与地域文化色彩，接着还描写了众多的官家身份，制台、将军、藩台一出门，街面轰动，抬轿的、打锣开道的、太太、奶奶、小姐、少爷，还有跟班打杂的，看得出来这地方是各种势力纠结在一起，场面既是权力的也是风俗的，热闹与面子在乡俗中是经久不息的一种排场，而这一套综合的文化背后是市民的文化心理，邓幺姑便深深根植于这种文化之中，她嫁给了顾天成，又与罗歪嘴奸姘，她明白血肉顶不住刀枪，在情欲中她寻找了一种权利平衡，她也过得风调雨顺。从民俗文化的深度而言，现代小说史上《死水微澜》有它独特的地位。这不仅仅是郭沫若说："我是想称颂劼人的小说为'小说的近代史'，至少是小说的近代《华阳国志》"。[1]以史料说明文学成就。我以为应从文学本身来说，以小说对诗歌的地位而言，《死水微澜》其成就并不低于郭沫若的《女神》，仅仅只是他的小说是放在中国现代文学史的后期而已。此后当然还有他的长河小说系列《大波》三部曲，这仅说明他是四川的一个大作家而已，就艺术质量而言，要写出那么醇浓的地方民俗长篇小说，不仅四川其他作家无法超越，李劼人自己也很难超越了。按理说，就李劼人的文化心理语言可以专门写成一个章节，从长篇小说成就来看，他的创作量在现代小说史上仅有巴金、老舍可以比拟，老舍依据北京文化之优势成为文学浪潮的一位重要人物，巴金是现代文学史上的特例，从语言研究角度是不值一提的，唯有李劼人，现当代以来给他的位置是不相配的，他应该值得我们这些研究现代文学者特别重视的。

张爱玲的小说成就主要在文化心理语言，她那些男欢女爱的故事，仅仅从旧日历史大家庭里略取了一些生活材料，作了一些变异人性的记录，故事是传奇吗？把人物寓于故事中来书写，仅仅是风流人生而已，我们不必去追逐她的家世历史与人生，就社会意义上看她没什么典型。就人性的弱点，无论封建社会还是新的历史时期，或者未来，均会有不同人生不同人性的弱点构成她自身的悲剧，在终结意义上并不值得我们去讨论。在张爱玲身上强加各种意义反倒是没有意义的。我们欣赏张爱玲，是把她的语言作为一个动态结构，或者用新的观点讨论，便是言语行为理论的，去看她说什么，怎么说的。语言在言说过程中达到的敏感度，掀动心灵中那些微妙的因素——人性人格中那些更为内在的文化心理活动，特别应注意的是她的言语行为并非完全统一的，如果言说和行为绝对统一了，那真成了一个个的传奇故事。只有从言语与行为不统一的方向，才能明白张爱玲是一个语言的幻想家，她的语言并不能落实到一种真正的行动，她使语言成为一种虚拟之物，这样她的幻想、想象、心象才具有表现的意义，才能真正构成张爱玲的意象主义。

曹七巧嫁给骨痨富少后，在富家受到歧视，她等待老人和丈夫死后分家，为达到这个目的她忍辱负重，她如同老鼠一般警惕四周，她爱小叔子，破坏女

① 《中国左拉之待望》，郭沫若著，载《中国文艺》第1卷第2期，1937年7月。

儿幸福,破坏儿媳幸福,她以怀疑的方式作恶。我们应该把这一切都视为她本能和欲望受到压抑后的反弹,她要从抗争中获得,她没法不变态。我们不能把她看成故事,看成人物性格如何展示,而是应该看到一个女人受到压抑之后,她的语言如何作为一种宣泄,而且这种宣泄不能全部是直接的,而是通过隐喻、象征的方式,以语言的曲折方式,揭示心理的曲折,每一个心理细微的变化,都决定了她言语行为变化,因此我们将七巧的所有的欲望语言都视为一种系列能指,在这些欲望能指中,词语有时和心理是对应的,有些是反弹的,有些是对立相反的,有些是无意识的遮蔽,当然有乌托邦想象,我们不能忽略她的语言中敏感与快感的分裂组合。

> "你去挨着你二哥坐坐,你去挨着你二哥坐坐!"
>
> ……她顺着椅子溜下去,蹲在地上,脸枕着袖子,听不到她哭,只看见发卷上插的风凉针,针头上的一粒钻石的光,闪闪掣动着。发髻的心子里扎着一小截粉红丝线,反映在金刚钻微红的光焰里。她的背影一挫一挫,俯伏了下去。她不像在哭,简直像在翻肠搅胃地呕吐。
>
> ……"难不成我跟了个残废的人,就过上了残废的气,沾都沾不得?"
>
> ……七巧捏着一片锋利的胡桃壳,在红毡条上狠命刮着,左一刮,右一刮,看看那毡子起了毛,就要破了。她咬着牙道……
>
> 张爱玲《金锁记》

七巧是一个充满金钱与肉欲的符号。她每天要伴着一堆发腐的肉体睡觉,正如她自己泄露的沾了残腐的气了。她敏感于活着尸体的气味,不像哭而是翻肠搅胃,这是一种怎样的恶心?但是小说的文字又是那般的色情,"她将手贴在他腿上,(季泽)伸手去捏她的脚道,倒要瞧瞧你的脚现在麻不麻!"两人的色情心理视角与表述不同,季泽轻佻,七巧怨情发泄。七巧的发泄是一种身体性的,呕吐,清空身体,呕吐完了还要和季泽调情,欲望要畅达,没想季泽给了个空手道,最后产生一种破坏的欲望,刮毡条。我们把七巧所说的话,对季泽,对长白,对长安,都排列起来,这一个系列的能指,无论她以正或反的态度都可以视为她心理欲望的系列表演,她的所指:金钱、性。这种能指的疯狂表达其实是很正常的,仅在于七巧有一个欲望很强的身体,她的占有欲超乎常人,因为她总在得与失中去权衡,导致更大的变态与疯狂。异化是她自己操控推动的,儿子长白、女儿长安在她眼中也作为能指符号,她把儿子留在身边,她需要男人的性别，这是一种性缺失引起的需要；长安总找不到男人，她总怀疑女婿会占有她的金钱，因而疯狂，异化的是七巧的所指，她仅仅通过一系列行为、言语、本事、人情，就展示了各种各样的生活细节的能指方式，为什么七巧必需要展示这系列能指呢？难道不可以取中庸之道，适可而止吗？不行！因为她是曹七巧，她是麻油店铺老板的女儿，她的暴躁正说明她性欲旺盛，这样的女人，欲望是生产性的，七巧面对的是压抑，她不能充分发泄，必然在金钱与性的高度挤压之下的变异而疯狂。不过就姜家公馆里的人际关系而言，七巧的欲望表达是夸张了的，是张爱玲的想象之物，小说如此细致地处理性、情爱、金钱的贪欲，包括众多女人之间的角斗，应该说这是一个特别的弗洛伊德文本，再加上古典式的《红楼梦》里的儿女意象。从《金锁记》的后半部看，又确实有一些反人性的元素，因此这部小说的文化心理语言是一个杂交式的，总是闪亮着古色颓废淫欲靡腐之气。

《十八春》是部24万字的长篇爱情小说，这部小说足够的教训是把故事讲述得弯弯曲曲，起伏跌宕仅是几个人物生世的过程，回溯30年前的上海，人生如梦，世事如棋，人与时间是那沧桑如海，具体人物的内心开掘不够深刻，是一种平行推着走的行为语言，仅在有些细部还处理得不错。

> 她走到门口，把门钮一旋，门就开……她一看见门上新装了一扇小门，小门里面安着个窗台……把门钮拭了一试，果然是锁着。那小门也锁着。
>
> 张爱玲《十八春》

这里花了数百字来写门，意味深长：从心理上说，只有特别关注门的人才注意到门的细节。从理念上说，只有关注自由的人才关心门。门在这里意味着禁锢，意味着隔断。再回溯上面各个写门的细节，又发现门是一个象征，门是某种阴谋的实践。另外还费了一些笔墨写阿宝，阿宝也是一扇门，这个仆佣出卖了曼桢，表现了小人物的贪婪之门。这使得整个十二章是一个关于门的象征性书写。

张爱玲有一支光鲜圆润的笔，她从中国古典小说中接收了讲述体的故事手法，就言情方式而言，又大量效法了鸳鸯蝴蝶派，在那些精短的篇什里还接收了古典主义的精巧雅致、华丽高贵。骨子里她还是接收了新派文艺的理念，例如唯美，新感觉，深层心理学（弗洛伊德），从表面的风花雪月进入深度意识地展示了性意识汹涌如潮的力量，发誓写出旧式高门大户家族的变态与疯狂。

因而她是浪漫而凄美的,在悲怆阴郁中又暗含一些哲学与境界的意志,显示人与时间、人与时代、人与空间的矛盾。她追求雅致华丽,谋求意象。这种意象是作为敏感的器官发生,因而她讲究语言的色彩、声响、情调、韵律,所以,她的意象也是一种唯美的颓废,精巧雅致,连那一只镯子也是长在她骨头上的热情欲望之物,一种生命象征之物。她一生的不朽就在那只镯子上闪闪发光,让光鲜圆润从骨头滑下来时,生命如此悠悠荡荡地弥散。

> 这个女人的色情欲望真是让人惊心动魄,让你触摸到:电影院,灰红,暗黄二色砖砌的门面,有一种针织粗呢的温暖感,整个建筑物圆圆的朝里凹,成为一钩新月切过路角,门前十分宽敞。(……胳膊,一只肘弯正抵在她乳房最肥满的南半球外缘……暗中却在蚀骨销魂,一阵阵麻上来。……)对面就是刚才那家凯司令咖啡馆,然后西伯利亚皮货店,绿屋夫人时装店,并排两家四个大橱窗,华贵的木制模特儿在霓虹灯后摆出各种姿态……
>
> 张爱玲《色戒》

我有意把两段文字镶嵌式摘引,那种蚀骨淫荡的情欲挥洒自如地抹在所有象征之物上,内心激荡的性爱颗粒饱满一如热锅烧炒的豌豆欢蹦闪烁,那种红笑,那种利齿,圆润的乳房在幽荡的衣襟里,深深浅浅地洗出来的布纹在欢爱的肉体上燃烧,那种亵衣盖过起伏的情绪滑在皮肤之上,“夜深了,月光照的地上碧清;铁栏干外,挨挨挤挤长着墨绿的木槿树;地底下喷出来的热气,(情与性)凝结成了一朵朵多大的绯红的花。木槿……南洋种,充满了热带(事物)森林中的回忆——回忆里有眼睛亮晶晶的黑色的怪兽,也有半开化的人们的爱……花木之间,又有无数的昆虫,蠕蠕地爬动,唧唧地叫唤着,再加上银色的小四脚蛇,咯咯作响的青蛙,造成一片怔忡不宁的庞大而不彻底的寂静。(《沉香屑·第一炉香》)这里是描写花,描写笑吗?她的激情受欲望的驱遣不断推动性欲的波涛,浩浩荡荡地奔涌。没有另一个女性的作家能采用这个隐喻方式把情绪与性爱写得如此的酣畅淋漓,纵放奔腾。我们推崇张爱玲,是现代早期的作家中没人能把这种性心理语言展示得这么细致入微,而又这么放纵奔腾,也没有人能对性欲望做这么多反复错综的修辞处理,她让那种从心底里游荡出来的性放肆于一切事物,变成形态、热情、气息、色彩包括声音,深入到性心理时,她浑身上下让每一个毛孔都散发出修辞性的暧昧,性语言一会儿是情绪,一会儿是梦想,一会儿又是真正性欲之行为,热情之骨变为幻觉,任想象的边界跨越事物,那是一种真正的文化心理的欲望语言的盛宴。

在中国谈论文化心理语言应该是一个顺理成章的话题，而且也应该是现代小说史上最大的主流语言。可是刚好相反,真正的文化心理语言随着1940年代结束,新中国成立出现了传统文化的断裂,真正意义上的文化心理语言也停滞了。你会说,怎么会停止呢?难道周立波、丁玲他们不是文化心理语言吗?难道说赵树理、柳青他们也不是文化心理语言么?从20世纪50年代到20世纪80年代初期都不是文化心理语言吗？我们新中国传承的是20世纪40年代自延安文艺座谈会议后的文艺方针,我们众多的文本是意识形态语言的,最重要的是我们当代小说文本要服从于一个时代社会的政治主题，我们小说的根子是一套政治文化,即使我们对地方风俗的表述也是为社会的政治主题服务的,因此,他们是天然地适合社会革命语言，例如对传统的文化风俗就提出了移风易俗的口号。既然传统的文化风俗都在革命改造之列,就不可能有些传统的文化风俗的心理。从个案上讲，仅有中国台湾的白先勇坚持使用了这种文化心理语言。

如何认识传统文化,包括儒释道三派的文化呢?大约有半个世纪我们基本上执著一种偏见,佛道两种文化一直都不能成为我们国家的主流文化,似乎可以不在议论之列,但儒家文化几千年来一直是我们的制度文化,我们所有的社会风俗、人情世故、伦理血缘,包括我们的人格都是儒家文化所滋养的,一直是儒家文化塑造我们的人格,所谓的忠孝节义都以儒家文化为根基。新的社会制度从根本上铲除了这种文化体制，因而使得传统的文化风俗与文化心理失去依傍,于是小说中的文化心理语言仅作为前一个社会的遗韵,作为历史故事,或者作为历史小说的写作。简单说,我们没有文化小说,是因为我们社会制度已根除了几千年的旧文化形成的规范与风俗。

是否真正要根除旧的文化体制呢？既是选择采用一种新的社会政体也不一定要根绝旧有的文化体系。例如中国台湾、新加坡都采用了儒家文化体系,并没影响他们地域性的现代化；日本与韩国也是如此，依然是经济发达的国家。这个问题重要的是从“五四”时期起,一直到今天,一些文人反对传统文化的态度仍然很坚决。

这是文化思考中的一个根本性的大问题。我个人在年轻的时候也痴狂地反对旧文化体系。经过半个世纪的反思才发觉其中出了的问题,最关键的是我们如何构建中国文化的新体系？而作为社会文化来说,根本性的是建设性,生产性的，这里有矛盾性，在中国成为一个结，很不好解决。因此，我们当代没有能够新创造一种文化，我们是选用了传统文化的形式。我这里不是鼓吹一种文化保守主义，旧的传统文化，特别作为制度性的那一部分很显然已经不适合新的时代；另外传统文化中的道德权威化、迷信宿命观、绝对价值观，文化礼俗中的愚昧落后部分，例如裹脚、家庭专制等，这些旧文化中的封建势力部分是应该消除。当代社会忙着破除和打倒文化，泼脏水把婴儿也泼掉了，我们没有重建新的文化规范和道德体系，导致我们的人格塑造失范，直到今天我们仍没有一套塑造新的理想人格精神的文化规范，仅有政治宣传。作为泱泱大国无论如何都得有一套特色鲜明的文化传统，而不能只是从西方搬来的大众通俗文化系统。

中国1980年代开始文化觉醒，认真思考文化问题。1980年李泽厚出版《美的历程》，12月份上海召开“中国文化史研究学者座谈会”。1984年成立了中国文化书院，并举办了传统文化讲习班。直到今天有了遍布世界的各种孔子学院，在二十世纪末悄然生起一股国学热潮。但要注意，我们的文学展览的是旧文化中那些落后保守的部分，寻根，找的也是一条恶俗的根脉。韩少功、邓友梅、冯骥才、郑万隆、李杭育、扎西达娃都采用一种文化批判的方法，极少的是去认同传统文化，仅阿城认同道家文化，何立伟、汪曾祺寻找儒家文化中的温情。要注意，任何文化都有落后保守的东西，承认文化中的积极与落后的矛盾，是任何一种文化都必须正视的，这是自明的，我们不需要甄别寻找文化恶俗根脉。1985年我们的文化热不是文化建设反倒是加速了文化批判，只有在二十世纪末从传统国学寻找资源，保卫春节，保护我们的文化民俗，才是一种重建反思我们的文化的行为。新时期后的文化心理语言应该是一个专章论述，我在文化心理语言分类中和文化基因中都个案性地作了分析，限于篇幅下次增补。另一方面，我期待会有文化乌托邦的伟大作品出现，创造一种新的文化精神，真正成为塑造新的人格精神的理想规范。

第三节　现代小说文化心理语言的分类

我们谈论中国小说有一个特别的指称，文化小说。或者把小说中的文化类型进行归类，因此有了京派小说、海派小说、城市小说、乡土小说。特别是地域文化小说。几乎所有小说研究中都是按文化模式而类化的，这是一个极便捷的方法，即有多少文化分类便有多少小说分类，因而我以为这失去了分类意义，他并非独特地显示了作家的个人特色。以文化类型而论，又很容易划分出流派小说，例如山药蛋派、荷花淀派。结果对小说的研究变成了一种对文化类型的考查，我以为应该以语言的审美特质为准，语言表述中的文化，可以是从客观的叙述语言，可以是梦态主观的抒情语言，也可以是尖锐泼辣的评论语言，还可以是社会意识形态语言。文化分类更多的是公共性，而语言分类一定是个人的。另外，应该把语言和文化结合起来考虑，特定的文化状态适合某种语言表达，例如废名、沈从文的乡土文化采用的是慢节奏，细描、抒情的语言，而施蛰存与刘呐鸥的城市文化采用的是跳跃闪烁的，主观体验的情绪语言，在穆时英的语言中还带有大量的拼贴、游戏、幻觉，真正保持了一个《上海的狐步舞》的独有特征。我们研究的是语言，是从语言的文化性去考查小说的一个元素，而不是从文化性去看小说，从文化去研究小说容易归于内容与思想性的讨论，从语言去讨论小说的词汇、句子看的是形式因素，是语言中的文化表达，它应该是与文体、语调、调式、风格密切相关的东西。可以肯定文化不仅仅是语言的，文化是综合性的，经济、政治、法律、道德、宗教等都是这样。文化显示为一种语言，仅仅揭示了文化一个方面的表意特征，文化有许多是客观物质性的，作为状态的存在，在交流中具有语言性质，如果文化仅是一个静态，仅为展示存在，它只是客观物。但是作为符号存在，文化和语言又是同质的，语言无疑是一种符号表达，而且是一种表示意念的符号体系，符号联结的概念和音响形象，不是直接连接事物与名称，说白了，语言符号与它的意义声响之间并无实质的联系，仅是因习惯风俗而定的——文化符号是某种意义的象征表达，符号仅为某种理念和动力的一个物质性结果，它也是因人们的意志或习惯支配下一个臆想塑形的标志。文化也会形成一套话语形式，具有某种规则性，是一部分状态的整体描述。作为符号，文化和语言均是以意义为基础的。对人类生存来说，语言和文化都是整体性存在，并揭示其语言的文化性，这大大地缩小了语言与文化的范围。这里，我们仅是从一个特定历史的小说文本来讨论它，因此我选择从语言分类的角度看语言如何表达文化，或者说文化是如何渗透于语言而显示出特征的，而且强调语言的审美效果。

什么是小说语言？有没有一个叫小说语言的性质？理论上说是有的，可我们反复追问，诗歌语言性质、散文语言性质、戏剧语言性质、语言性质可以类化吗？这样追问我们又有了许多迷茫，我在第一章已经探讨过文学语言的性质，重点说的是语言的性质，指明文学语言的性质并不超出语言的性质，但决定的是文学性，是一种特殊语言的性质。而在文学内部，我们无法区别它同诗歌、小说、散文、戏剧语言的性质，虽然前面我对小说语言性质做过几种假定，那也只能从语言文学性在种类体式的特征上区别，只能把语言在文学类别中赋予它的一种功能,例如小说最显著的是语言的叙事功能,诗歌最显著的是语言的抒情功能,戏剧则是对话功能,散文则是描写和评议功能。

这里谈语言的文化:其一,语言本身是一种文化存在方式,或者标志,这是非常明确的,西方文化是拼音语言,中国文化是象形语言,读音和方块字是脱节的。语言是我们思维的基本单位,我们以此组成汉字文化的话语系统,而这个文化又产生历史变化中的各类词语,仅就礼仪、民俗、官职、服饰、饮食、中医、建筑、宗教的文化词汇就多如牛毛。传统词语在今天业已被词典化了,成为今天的语言规范,尽管我们向外来文化借了许多词汇,但并未改变我们语言的性质与特点。从这一点看,我们可以断定语言是历史文化累计的结果。其二,语言的性质其实影响了我们的文化性质。我们对词语的运用在语言学上说,是任意的,习惯的。“说是任意的,是因为其他成千个词中的任意一个,我们都能够很容易地学会并与相同的概念相联系;说习惯的,因为我们所习得的,它唯一的基础和约束力就存在于我们所处的群体所一致赞同之中。”[①]惠特尼此处说的是语言的性质。实际我们文化符号也是一种任意的选择,尤其是习得一词指出文化也是一种习惯与传承，文化也必定只有在我们所处的群体的所一致赞同中才具有效性。足见我们的小说语言也一定是那个时代的文化产物,作家便生活在那个群体之中,他的语言选择也是一种文化选择。我们的文化变迁影响语言的变迁,语言变化也会促进文化变化,这两者是相互关联影响的,尤其是口语与文化,它们是一种潜意识存在。其三,小说语言实施的是一套叙述语言,针对的是文化语境中的人和事件,当今之世所有的事件逃脱不了文化的渗透,人则无疑是文化塑造的结果。可见小说语言摆脱不了文化的制约。更内在的探讨是,小说语言有强烈的叙事性,因而是经验的,传统小说更体现了这种世俗化与经验化。足见中国小说原本就产生在明清的世俗生活中,它是一种大众的俗文艺。小说语言也应该显示出这种世俗化的经验状态。

第一,地域文化小说的语言特征。选择从地域文化说起,这是因为中国小说占主流地位的一直是地域文化小说,且艺术成就也相对高一些,至少现代小说状况是如此。其原因我以为一方面是历史造成的,我国的城市自古以来并不发达,中国是一个农业国,商品经济并不兴旺,因为古代政治中有一条重农抑商的国策,治国根本是亲民和谐,重视的是民以食为天。另一方面,我国的农民

---

① 转引《差异的面纱》,(英)戴维·理查兹著,如一等译,辽宁教育出版社,2003年版,第211页。

作家占绝对多数，基本是乡村经验的书写。他们的乡村出身表明他和土地的关系，也固定了他童年时代的生存经验，如废名、沈从文、许杰、王鲁彦、许钦文、蹇先艾、柔石、萧红、赵树理等众多的现代作家。当代出生农村的作家更多，贾平凹、陈忠实、莫言、张炜、李佩甫、韩少功、李宽定、赵本夫、周大新、阎连科、迟子建、古华、莫应丰、尤凤伟、李贯通、刘震云、关仁山、余华、吕新、格非、毕飞宇等可谓数不胜数。我们一般用地域文化来指称乡土文化，其实存在一个误区，城市也是地域性的，北京称为京派，他们分属不同的地缘政治；再如西安、洛阳、开封、南京均是历史文化名城，是帝王之都，它们的文化风尚也是有很大差异的。从时空历史看宋代以后，特别是明代以宋代为背景的小说极多，东京开封在小说中成为一种市民文化的象征，这包括江南的杭州。都市文化小说另走了一路，我把它和地域乡土小说相对而分类，仅仅在于地域上的容易分辨，特征上容易区别，并非一种实质性的语言分类。对地域文化，我们仅是一个空间划分；而文化传承是历时性的，从文化变迁来说除非历史上的大动荡、人口大迁徙出现，一般文化传统会遵守一个时空规则并相对地集中在某个区域内，或一个时代风尚中。在中国历史上民族文化有几次大冲撞，例如南朝与北朝，元代与清代，这给汉语言带来许多异质的东西，文化特征有了新的改变，例如胡琴、旗袍，元代建筑的古朴简洁。这些变异并不能改变文化在空间上的地方特色，即文化的空间性。因而我们谈地域文化小说，首先必须是文化地理学的考查。从小说语言上来说，那就是语言的地方性。这个推论不难理解，任何语言均是一个区域内人群的交流活动，可见语言是活动的；语言有历史，也是在这个区域内历时性传承的结果，可见语言是一种地方性知识与经验。特别从发音上说，某个地域语言既是稳定的又是变化的，为什么有许多语言在全球化进程大量地消逝，大语种才能保持强势发展呢？这就与某种文化有关，与心理有关，(与心理有关是因为语言功能的大小)，与传播方式、语言的特权地位有关，语言还与现代性技术有关。以中国为例，历史上有许多小国，农业经济使人群散落在特别广阔的区域，由于时空的局限，各种独特地形地貌的限制，使人们的交流总是小区域小范围的，这出现了中国每一个县设的行政单位内语言都会不同，我国南方便有十里三音的说法。而现代性技术改变了人群的交流状态，公路交通把各村寨连接起来，省县之内一日可通，晨夕之间便是数百千里之遥，大的交流覆盖了许多小型板块，语言的流通活动大大地跨出了它的历史的区域的边界，语言的地方性被约化，向公共性汇通，普通话作为公共语言的通行。现代性技术改变了语言。其一，空间的畅通改变时间，速度改变了距离，语言因而变成了大区域的交际。其二，信息化以及各种通信联络手段使所有的远程语言变得可以瞬间操控，手机与电脑使大量的语言公共化。其三，语言权力的扩张，政治、经济、军事的强化，使某种民族语言世界化，例如英语。中国经济的变化也使得21世纪汉语在全球范围之内强力活动起来。这一切让我们看到了语言会因文化力量的扩张带来的新的变化，而这些新的变化作为语言现象又进入了新的小说，所以，我们看到的中国近百年的小说语言史是充满变化的，这个变化有一个特点，语言的主体形态变化小，语言的地域性变化大。这带来的好处是促进了现代性的发展，人群的交流更加丰富多彩，但问题也很大，首先，汉语言丰富多变的语言特征不是扩大了而是缩小了，独特语言少了，公共语言多了。其次，一个大的汉语言系统，虽保留着传统语言，但那些繁多细密的语言细节不断流逝，汉语面临着被简单化。另外，古典文本中汉语大量地被雅化、经典化，它的词汇量曾扩展到百万计，单词也是在十万之内；而今天已被大众化、通俗化，许多人一辈子仅拥有三千汉字，或者更少，语言的重复代替了语言的丰富。这是我们民族语言的一个大问题。从近百年的小说语言来看，也是逐步被简略化，而且语言中的文化信息反而越来越少，一部长篇小说的语言文化信息，还抵不上明清话本小说中一个短篇提供的多。仅以《水浒传》中第24章的几千字为例，可抵上我们今天一部数百万字的语言文化信息。这是一个非常残酷的文化现实。

我们从地理文化小说中应考查哪些属于语言独特的东西呢？有一个前提是可以肯定的，地方的独特性一定带来语言的独特，为地方所使用的语言一定与他们日常生活中的衣食住行息息相关，和他们的交往行为相关，那么必然地保留一些独特的称呼、地名与人名，还有地方上的怪僻行为、神秘禁忌、心理信仰，语言是地方性神秘的徽章。除此之外，极重要的是他们的文化地理景观，山居之地和水居之地不同，基本气候条件，温度、湿度、气息非常重要地决定着该地域人群的生活方式，可以说，文化发展是一个人群能适合其他地域的基本气候条件的过程。比如在海南和在漠河的人群生活方式是绝对不一样的，在草原游牧的帐篷和在江南小院的生活肯定两样，这会决定他们的审美习惯、文化心理上的巨大差异。文化地理景观的差异改变了人群的生活方式，也就改变了人群的语言方式，所有语言的细微之处必然反映出地理景观中那些细微的特征，例如人们在水边和山脉的生存，各自会使用不同的词汇，食物结构也会大不一样。可见区域语言里包括地理景观的局部的极细微的部分，也包括了它整合的生物圈的功能部分，文化因素也许会更多。“区域的显著特征并不仅仅是各部分的组合，而是由将它们结合起来的方式的。”[1]地方文化并不是地方各元素的简单相加，而是对区域内各文化特征之和的拓扑学，它们各个元素的相互影响不仅是累计叠加的，而且是相互影响发生的建构，因此地域文化是构成性的、创造性的，甚至存在一些令人不可思议的多处的神秘表征。这样，此地区的语言便不被彼地区的人群所懂得，因为人们会根据地区特点来创造语言。某一相同性质的事件、人物、意义却使之有了截然不同读音的语言。即使汉语在汉语体系中不再使用，可却在地方文化中顽固地保存着，其意义不变。这时候地域文化小说的语言便有了如下特征。

其一，语言是一种地方性思绪，是一种地方性情感状态，顽固地保留地方文化心态、习惯及其信仰。

> 他们几个人自从搬到山洞以后，生活仍然是打猎。猎得的一切，也不拿到市上去卖，只有那些凡是想要野味的人，就拿了油盐布匹衣服烟草来换。他们很公道的同一切人在洞前做着交易，还用自酿的烧酒款待来此的人。他们把多余的兽皮赠给全乡村顶勇敢美丽的男子，又为全乡村顶美的女子猎取白兔，剥皮给这些女子制手袖笼。
>
> …………
>
> 他们的口除了亲嘴就是唱赞美情欲与自然的歌，不像其余的中国人还要拿来说谎的，他们各人尽力做所应做的工，不明白世界上另外那些人懒惰就是享福的理由……他们不迷信命运，却能够在失败事情上不固执。譬如一天中间或无法与一小只山鸡相遇，他们到时也仍然回洞，不去死守的。
>
> 沈从文《七个野人和最后一个迎春节》

这里描述的是改土归流后的土著人，他们逃到山洞中，用他们的思维生活，保持土著人的情感状态，以物换物的商业行为，拿最好的野味送给最勇敢的人，给最美的女人送兽皮，让女人制袖笼。这些土著人都有地方性思维，不做观念的奴隶，具有敢爱敢恨的情感，遵守相遇而安的生存法则。因而语言也就是这种自然的，具有地方性痕迹。

---

① 《文化地理学》，(美)迈克·克朗著，杨淑华、宋慧敏译，南京大学出版社，2003年版，第25页。

“醒”是蠢的意思。“醒子”当然就是指蠢货。

韩少功《马桥词典》

我甩掉了衬衫，老冉还瓷瓷地站在那里……

贾平凹《土门》

湘北方言的“醒子”、“醒宝”很流行，洞庭湖北部地区的方言土语都这样说，其意指愚蠢的人。这和书面语的“清醒”、“醒悟”含义正好相反。“瓷”作为一种器皿指陶瓷，为名词。我们湖南对瓷字还有另一用，指“瓷实”。某件东西结实称之为瓷实，一个人实在，便会说你太瓷实了吧。这些公共语言的东西就变成一种地方性知识。可见地方性思维改变了许多传统的固定性含义，有一种新的鲜活的口语感。语言是思维的直接现实，地域人用地方语言思考，因而地域文化小说语言也应该踏实地反映这种地方的文化语言状态。可也有另外的观点，“我感到并非一定要用语言思考。”[①]这是一个非常大胆的问题，我们可能一下被它击晕，我们的思考真的可以不用语言吗？那就有可能语言会纯粹外在于人的大脑和精神世界。那我们的精神财富在今天就变得不可以思议了，我们的文学艺术又如何流传了几千年呢？可鲍赞巴克也说得有道理。第一点，我们用语言谈建筑空间逃逸了、消隐了，反过来说，建筑空间不能用语言谈论；另一点，空间不在语言的把握之中，空间仅能同时间构成逻辑证明。可见时空的本质是非语言。自我思故我在之后，语言作为人的思想载体从没人怀疑过，今天提出思想可以不用语言实在大胆。我们思考某一建筑构成可能不进入语言状态，文学艺术也提出过用形象思维。可无论什么文艺形式最终都会被文本化的，没有语言我们如何能文本化。即便我们仅用意识思考出一个人、一件事、一段风光环境，我们如何再现为一篇文章、一部著作，或者剧本及电视电影。在各种媒介转换之间我们用什么交流。这一切只能用语言去实现。因此语言的要素几乎不可能从我们的大脑驱逐出去。将来是否有一种方法把世界一切事物直接用信息技术转换为影像资料，我们不得而知，如果有，人们仍然要把影视形象转换为口语交流，语言还是不能被取消。反而有可能汉语的形象作用会更大，因为汉语符号自身便有图像性质，是象形文字。

其二，词语一定会烙上地方性标记。某地的地形地貌、山水风光，那里的气

① 《观看，书写》，(法)鲍赞巴克索莱尔斯著，姜丹丹译，广西师范大学出版社，2010年版，第49页。

候变化，人的气息与表情，包括地震、水灾、磁场、物品都会影响个人。因而语言必定带上地方气韵。生活在湖泊之上，河岸之边，山岭之中，沙漠或大草地，每个人都会被地方环境所改造，人会不自觉地适应那样的环境。因而语言一定是文化地理学的。子曰："智者乐水，仁者乐山，智者动，仁者静。智者乐，仁者寿。"①虽然孔子是以山水为喻说仁说智，谈德行人理。但无意中他揭示了山居与水泽的文化地理学的差异。《韩诗外传》作了进一步的阐释，似有德者天地以成，群物以生，国家以宁，万物以平，品物以正。此智者所以乐水也。夫山者，万民所瞻仰也，草木生焉，万物植焉，飞鸟极焉，走兽休焉，四方益取予焉。出云道风，从乎天地间，天地以成，图家以宁，此仁者所以乐于山也。这实际表明了山文化与水文化的差别。汉文化总体包容二者，但偏重山文化，山文化以中原的嵩山和泰山为象征，是一种理性文化，讲究秩序规则，仁义以山为象征，以静而居、以寿而结，静得和谐中庸，寿得长久。讲的是安于事理厚重的不迁故似山，被历代以来的统治阶级所重视的，应该视为一种主流文化。被历代以来的统治阶级所重视的，应该视为一种源流文化。水文化以长江之南为界，是一种感性的浪漫主义文化，以屈原为典型代表，它含有的是固流变化，灵动清秀，激情理想的特征，是智慧的、运动的，因而也是发于情感情致的，是一种乐感的文化。地理是改变生活方式的杠杆，所谓北人乘马，南人乘船，南方小院文化的悠闲，北京大院的厚重。山林之中行猎，江湖河海捕鱼，人面对地理环境和工作的对象，其思维方式和心理都会因物不同而产生差异。这决定了语言的质地不一样，南方语言清灵秀丽，润滑柔和，情致委婉，透明而湿意，这个与雨水意象相关。北方语言，质朴厚重，粗犷简洁，坚硬爽快，这不仅与山地北方气候相关，还与马行速度有联系。所谓地域指向地理地貌时，实际也指向了它的生产方式，在地域性的生产方式中人们的行为方式一定是不同的。

> 天气时阴时晴，又是南方的梅雨季节。
>
> …………
>
> 透过窗外的霏霏雨线，可以俯视香椿街的雨中风暴。简少芬看见有一辆嫁妆车披红挂彩地经过泥泞的街道，两边有人打着雨伞遮蔽雨点……她只看见一群孩子淋得湿漉漉的。
>
> 苏童《另一种妇女生活》

---

① 《诸子集成》一卷《论语正义》，孔子著，岳麓书社，1996年版，第153页。

野孩刚下到水里，鱼群就从水草里迎出来了。它们都认识他，围着他的小身体摇头摆尾，水便柔柔地涌动……那血迹像一张漂浮的网，很快被鱼儿们撕碎并吞吃干净，蓝水河仍旧蓝得晶莹，野孩的小身体也变得光鲜了。野孩仰卧在水面，眯起眼，享受着奇异的酥痒。野孩猛地蹿出水面，大青鱼领鱼群也钻出水面……

河水重又平静下来。天地照在上头，发出宝石样的蓝光。一群羊在河滩上吃草，偶尔抬头叫一声……

赵本夫《走出蓝水河》

苏童和赵本夫写的是南方的雨和南方的河。文字中直接浸透了水的意象。南方雨水温柔，雨如雾，水如宝石；北方少雨，水质重，流动除了咆哮便是凝滞的厚重，它的雨也是暴风骤雨。因而南方人是被雨水养着的，特别是三月到五月江南梅雨季节，雨水像厚厚的棉絮裹着人们，这是北方人无法理会到的。长年雨水养成南方女人的性格是外表柔柔的，这不仅是体态，还有柔柔的语言，南方女人的肤色是细白红润，这是南方雨水滋润的结果。从牙齿的细节看，南方女人牙齿如同青瓷的光亮细腻，而北方女人的牙齿黄黄的，有一种墨的滞重。

那女人的脸像粗面蔚馍馍一样镇定，从她脸上看……她看到那女人一笑时门牙上有一些黄锈，便知道她是山以南的人，那里的水质就是这样，喝了那水，牙就会黄的。渐渐大家都知道，那些牙上有黄锈的人要比这些白牙的人普遍穷一些，但要比他们厚诚老实。

石舒清《旱年》

石舒清无意中通过一个女人的描写，从细节上揭示了人的性格与水质的关系，黄锈牙是一个表征。南方基本是流动之水，每年都在更新，而且是轻水，酸性大，而北方水碱性重，水锈厚。这表明了水与气候对人的身体和性格具有一定的决定作用。地域的环境风貌、水土气候是一个人的文化签名，它不仅仅是你居住的一个空间，还决定你的意识，你的行为方式也会带有这种地方性，随着时间的积累，空间就有了地域性，因而地点决定了你在哪儿？你来自何方？又会去什么地方？地域广大宽阔、天南地北便决定你是谁？自我具有什么样的身体特征？天南地北地理现象和文化的区别在于，前者是纯物状态的存在现象，后者是这地方性的关注和思索。地方文化正好说明，我们总是通过物质对象进行思维和行动的，这有点现象学的味道。另一方面，我们通过对地理的关注和认识，构成一套文化认知系统，决定我们的世界观，我们对世界的关注总是从身边具体事物的认知开始推衍的，本质上来说世界就是地方的。我们也可能知道地方之外的欧美世界，但那是抽象的图式了解，在我之外的地理区域的世界知识，那一种资料只是一种统计数据。你关注地方，是因为地方决定了你的存在，更重要的是你和地方一同生长，形成生命循环，因而你的体验与情感也会是地方性的，必然会带有地方独特的气韵。南方的梅雨和北方的干旱就是一种对立的气候状态。南方人生活在水泽之中常被水患所苦，而北方缺水便产生找水意识，有关水便不仅仅是一个词汇标记，它更是一种心理，一种生活方式。

另外，关于水文化语言：第一，它是描写性的，词语和句子具有水的特点与状态：清灵、透明、柔软、流动，水会和植物的清新相连，水会和动物的生命勃发并行，水与泥土，水与人，简单说水与生命重生有关，水是洗净沐浴的含义，新人新生新气象，因而水有焕发的快乐。第二，水是运动态，力量的显示，水至刚至柔，刚则暴力，柔则温情，流动与循环既是具体的山河湖泊特点，又具有某些形而上的品行，生命血液是水质的，因而水特别具有身体性、感受性、体验性。畅快与危险具在，由此延伸出激情，浪漫理想，水产生岸，彼岸意识，期许、愿望。水的特质在改变方块字，使之成为一种流动的语言，是那种流畅，贯通的文脉，或者还有回环曲折文理奥妙。第三，水意像语言。水是贯通于一切事物的，水的形态又是变化多端的，因而形成了一种水的表征也就形成了物质的内涵，所谓水意，在看不见水的事物中仍然有强大的水的含义，它构成了一种意识，一种审美，这就是水意象。我们说语言干涩、枯燥、滞重、粗粝是表明语言缺水（当然它表明另一种硬度语言的存在），语言潜在的要有水质感，要灵动而飞扬。水还是神话的，各种水中动植物崇拜，龙则是生活在水与云之中，宗教与巫术也都融会水的意象。第四，水是一种生活方式、思维方式。生活在水边是古人的首选，表明人依存于水。在如下词汇中不可缺水，饮食、交通、宅居、景观、植物、动物，天地之间的循环，生物圈，气候几乎决定于水，水是一种本体，它决定生命。水也是人须臾而不离的东西。词语是要有水性的，这不仅是语言作为句群的流动感，而且是语言作为材质要含有内在的湿度。某种意义上说，语言的弹性就是来源于此。

其三，语言是一种地方性符号形式。某一地方会有特定的服装，临水的住宅和依山的住宅是不一样的,人的生活更是受地方物产的决定,南方吃大米,北方人吃面食,南方产柑橘,北方产大枣。即使同一事物,同一性质在不同区域内的人选用的语言也会不一样,南方人说困觉,北方人叫睡觉。

那我也是勿晓得的。托我给钱的人只说惦着她。

张国擎《葱花》

这里的"勿晓得"是吴语,北方人会说成:"不知道"。惦与想也是有地方差别的。张国擎的吴语小说中有些词汇是专用的,滗漫、囫囵、叵耐处、咋呼、巴望、辰光,这些词语在表意上特点倒有限,如果进入口语,朗读便会有一种声音之美,这词语在句子中起调节作用,有些地方语言主要靠一些特殊的词来衬出语调显示为一种声音的效果。衣食住行的地方性语言好判断,它是在适用中进行,因而带有思维情感与行为的特征,还有的是地方作家的描绘性语言用来表述地方物产、地理、风光,就连植物也会含有的地方性文化的韵味。

这就叫拐枣,长得没有小腿高,小小的柳似的叶儿,不很密集,露出那茎条条,生得也不很展直,疙疙瘩瘩,曲里拐弯,像枣树枝子见棱见角,灰秃秃的颜色,透出一点绿的光亮。这拐枣也全然一副怪相,那倔强的神态像是说,就是天不下雨我也照样活,即使死个十年八载,老子来生照样还能从这沙石里钻出来!

邵振国《拐枣》

这是西北的拐枣低矮朴实,枝枝条条的,邵振国的句子短小,断开后再联结,特别强调了叶儿又少又小。

(杨柳)正同高高的晴空一样,失掉了一阵又一阵欢喜的呼喊,那是越发显得高,这越发显得绿仿佛用了无数精神尽量地绿出来。这倘若陡然生风,杨柳一起抖擞……

打杨柳,孩子们于各为着各家要打一个大枝而且要叶子多以外,便是扎柳球,长长的嫩条,剥开一点皮,尽朝那尖头捋,结果一个绿球系在白条之上,不知怎的,柳球总归是做姑娘的扎。

废名《杨柳》

这是南方的杨柳，我们把它和西北的拐枣相比，其生物特征非常清楚，一个是沙石里钻出来的怪相，一个是南方水边长成的秀丽垂柳，二者从语言表现上拐枣从形体说矮小而柳树高入晴空，颜色上把形容绿的词动词化，不仅绿成一片一蓬而且还绿出精神来，另一个却缺少叶子见棱见角的灰秃秃的。因而它们的精神气质是不一样的，拐枣疙瘩不展直是一副倔强的愣头儿青样子，它和世界较劲，就是死了也是个好汉，杨柳精神抖擞它绿出一种生命热情，可以做成柳球，从功能上它和孩子女人在一起充满了柔情和快乐。关于地方性语言，我们不仅从外相看出一种符号形体，还应该看出其象征意义以及符号的内部特征，这样从语言表现上看来是写一种地方文化的现象、症候、形体，但我们一定要突破其功用找到它的精神实质，地方文化语言一般扎根深厚，我们要善于找到它语言的源头，从历史考察中看其文化与语言的演变，透视语言的时代精神，更重要的是探寻到它们的文化象征与人性深度，可以这么说，任何语言的文化地理学考察都与人类个体的生命形态有关。

> 人们说他是这些女人的哩咯朗，他也很乐意听人们说他是这些女人的哩咯朗，哩咯朗是象声词，描述五音阶小调时常用，在马桥词汇里也代指情人以及谈情说爱的活动。
>
> 韩少功《马桥词典》

这里说的是“哩咯朗”最浅层的所指，并不是光明正大的爱情活动，隐含一种暧昧，因而也代指那些背后做的不光明的动作，例如说，你少跟我来那一套哩咯朗。另外也会指出空淡，或者闲适。从本源上讲哩咯朗有两处：一处是胡琴调式五度音的空弦共鸣音；一处是人们哼小曲时过渡歌词中用哩咯朗之类停顿和延长，因此哩咯朗并无关键性实质意义和作用。在湘北一带便变成空谈的口头禅。一种语言的运用和剖析便表明了地方文化的生活情状，归根到底它是一种人性发生与存在的声音形式。这让我们有了新的发现，地方文化语言的发生一定和人的地理意识与体验有关，所谓语言的修辞并非我们后来强加给词语的方式，而是语言发生时它自身的表现性附带的特征。例如湘北人说一个人轻狂、张扬，会说你这个人不实在，有些张皇，形容那些喜形于色的人，边说有事没事总会手舞之足蹈之。这本是一个古语却在洞庭湖流传至今。我想起那上古土家族人跳茅谷斯舞的疯癫状态。词语的修辞是发生学的，不是后代人外加的修辞格式。

> 家离水近，妈妈崽女多，看得不娇，腊妹子从小就学会了游水，一到热天，时常跳到水肚里，蛙式蝶泳，她都不在乎，她会打浮泅，还能扎猛子，那次落进水肚里，一个密子，她煞到了塘尾。
>
> 周立波《腊妹子》

南方雨水多，特别是洞庭湖周围关于游泳的词很多，但没有普通话中游泳的一套话语系统。水乡游泳不是锻炼，南人称之为玩水、水肚、浮泅、扎猛子、密子、在乎、煞，都不是乡人有意使用了修辞术，而是玩水时的情状。打浮泅实际是不讲姿势地在水里扑腾，四肢在水里溅起水花，大人见孩子打浮泅自然称之为玩水。地理文化的语言是一种地方文化特色与自然人性的反映。我们不能根据今天环境妄加揣测。语言特征是对地方文化的反映，我们在分析研讨的时候是分裂开来解说的，其实在很多状态下它们是共生一体的。找到了语言特征也许就找到了文化内涵，找到了文化特征也就发现了语言的使用形式。语言的地方性并非我能这么简单归纳的，它可以构成一部地方文化的词语史。

第二，都市文化小说的语言特征。按照霍布斯描绘的，第一自然状态是人与其他动物一样，没有干扰没观念的生活状态。第二自然状态是语言的存在与发展使得人与动物相分离，人是说话的动物，就有了人与人的语言交流。人类还有第三种状态，即主权者与公众和个体相联合的公民状态。也就是人们的社会状态。乡土小说更多的是指人们的第二自然状态之前，人更多的是和土地相联系、和地理风俗相联系。总体上而言，人保持着和自然的亲和状态。都市的兴起造成了人与自然的分化，人造地理景观，构筑宫殿与街道，而把自然浓缩于他的花园之中，如果说古典的有花园与庭院还和自然保持一点联系，那么现代都市的摩天高楼便彻底地割断了这种联系。地球都市化，乡村城市化已成为现代文明的一个趋向。这也决定了我把都市小说从地域文化小说中分割出来在单独章节谈论，其原因是都市小说已离开了自然状态。某种意义上说它是反自然的。今天的城市再也看不到土地的原貌，街道都已被水泥覆盖，树木成了楼房的点缀，甚至连阳光也互相遮挡。在都市我们无法看到纯自然，因而也就失去了描绘自然的语言和能力，这告诉我们，都市小说的语言性质同乡村小说自然语言比较发生根本的变化。中国现代小说一直存在着都市与乡村的矛盾，直到二十世纪八十年代以前，乡村小说都处于主流地位受到推崇。其小说乡村叙事的审美均得到普遍认同,到九十年代乡村小说急剧衰落,最普遍的是人们再也不爱看乡村小说了,都市小说成为热潮。甚至连农村读物都悄然退出市场,人们热爱的是历史的武侠的,或者官场的、言情的,还有公司职员与市民的,江湖黑幕与警员探案也变成了热门。这里的原因是多方面的,一是电视电脑媒介的兴起,大量的都市电视剧出笼。都市生活的丰富多彩吸引了人们的眼球。二是乡村大量的青年男女都拥进了城市打工漂流, 乡村生活的主体力量发生了变化。三是现代性技术改变了生活节奏和审美体验方式。最主要的是时空速度的变化,乡村那种田园牧歌的悠长、缓慢,旋律一般的情调不被当代都市人所喜欢,而都市的快节奏,变幻多端的视觉图像,各种技术化声音让都市人群不断遭受震惊体验,享受快感生活。四是都市青年的时尚生活如同万花筒一般,可以飙车,可以街舞,可以酗酒吸毒,可以在歌舞厅风月场快速消费,奇装异服应有尽有,刺激,冒险,还可以混迹黑幕江湖,当然也有鱼龙混杂的商场尔虞我诈,你争我斗,股票楼市文化掮客均成了青年冒险的乐园,官场和娱乐圈,老板、白领、经纪人、制片人、农场主,人们的身份离奇变化,这导致了当代生活无可定位。因而语言变成了杂烩和游戏,传统语言在都市的阳台和地沟里慢慢地流逝殆尽。小说和生活并不完全同步,现代生活感性化、功利化,但小说多少还是一种理性选择,有一种社会的主导倾向,有作者的世界观和价值追求,但语言仍然发生某些剧变,呈现多元化局面。我们看到的是语言的非艺术化,一种公共语言、意识形态语言的泛滥,这表现为权力意志制约的官场语言,商业运作下的功利语言,随处可见的官场小说、金融小说,由于它的大量膨胀人们几乎相信小说就是如此,语言就是如此。

从本质上而言,城市功能基于权力扩张与经济扩张,因而官场与商业成为它的两大分野。自古如此,欧洲以城堡为中心扩展城市,“不仅详尽地描述了扩大权力范围的途径, 而且还利用宫廷——骑士伦理道德的主要观念去掩盖统治者实施不正当权力的事实。”①而且直接道出它的结果:“修筑城堡的目的无疑在于建立专制统治”②。中国城市一样体现了这种权力与商业的集中。“典型的中国传统城市的社会空间结构被描述成:城市空间被九经九纬大道分隔,中央为皇宫,前朝后市,左祖右社,居住区围绕城市中心布局。”③从建筑城镇我们

①② 《宫廷文化》上册,(德)约阿希姆·布姆克著,何珊、刘新华译,三联书店,2006年版,第156页,157页。

③ 《中国城市地理》,顾朝林等著,商务印书馆,2002年版,第497页。

便可以看出权力一直是位于城市中心的，所谓风水最好的位置。在权力的中心有一位主权者，或权力核心，权力从这儿扩张。

> 除各省咨议局纷纷上书，反对责任内阁外，川省百姓对进行将铁路收归国有亦极为不满，镇压不得力，闹得难以收拾……
>
> 革命党广州暴动以来，隆裕心急如焚，寝食难安，她没有一天不临驾养心殿，没有一天不亲手批阅摄政王送来的大批"禀询皇太后"的重要奏章，倘若半夜有军报，她还要被人从睡梦中叫醒，剔亮灯，拨旺火，披衣坐在床上，将折子批好，交予立等在门外的军机大臣。
>
> 叶广芩《退位》

这是一些权力政治的语言，全部从养心殿一个女人手中批发，这是中央权力，地方权力也是如此，从地方的行政长官手里发出。这些词语充满了实行，判断，指令，相呼应的是事件的陈述，呈事者的态度，涉及了一个国家和地方的大小事宜，正义，平等，土地纠纷，人事升迁，财产归属，善恶事态，各地风情，都经过主权者的审定，还包括意识形态等问题处理。因而整个社会组织的话语系统都受到这个权力中心的制约。"所有这一类的词语在每一个人的口中所具有的单一，无争议的意义都是由主权者所赋予的。"[①]词语是主权者给社会组织制订的一个秩序化符号。这无论封建君主、民主总统，还是专制主义、自由主义政府，权力语言都是如此。权力语言的特点：一是一种强加的意志，有指使命令的语气，因而也包括服从与奴性，讨好的语言。二是语言建立了一种社会等级观念，具有阶级性，专制，攻击，斗争，语言是泼辣的批判的性质。三是语言有一种欲望扩张的特点，是强力暴力型扩展，这种压制的力量也带来语言气势，结果使语言成为非对话性的。四是语言价值具有一种伦理道德的指向，先于语言规定了价值观，是一种意识形态力量对他人施以惩罚，这就带来了语言的非人性化。权力在运行过程中一方面是压制性的，另一方面是玩弄性的。对这种权力，张贤亮作了如下表述：

> "正是我们现在叫'革命组织'的东西，现在以无产阶级名义建立的专政机关，可不像你们那时的'捕快'！在这种组织还没有形成的时候，他们

---

① 《语词的创造》，(爱尔兰)菲利普·佩迪特著，于明译，北京大学出版社，2010年版，第148页。

就会闻风而动；他们的围捕的行动甚至比你组织的行动还要快！这十多年来，他们是宁肯错捕一千，绝不放过一个的。”

张贤亮《男人的一半是女人》

革命权力便具有这种高效疯狂的性质，无论是他们取得政权之前还是取得政权之后都是如此。权力失去法制的监管，人民的监督，便成了执政者手中玩弄的工具。有生杀予夺的力量，还可以视作儿戏。

局长倾向提一处长老秦，部里某副部长主张提七处处长老关。拉锯一年，部里部长生了气，说一年下来，你们这个提这个，那个提那个，还有一点共产党人的气味没有？我偏不提这两个，偏提一个你们都不提名的！选来选去，选到了老张头上，老张把这次升任总结为“鹬蚌相争，渔人得利”……

刘震云《单位》

都市小说大量地集中地写这种权力运作，这也是官场小说关注的核心焦点，因此中国自晚清有了《官场现形记》以后官场小说便长盛不衰，特别在20世纪后十年产生了一大批这样的作家，张平、钟道新、周梅森、王跃文、肖仁福、洪放、王晓方等，比较关注官场权力运作的作家刘震云、张宇、刘恒、莫言、韩少功等就更多了，可以说六十年以前的作家几乎无一例外地都会把关注点切入这种权力场中，所不同的仅在于表达技术上的差异。这可视作革命传统小说以来的第一大特色，说到语言的差异，或尖锐泼辣，或反讽嘲弄，它集中的指向在于权力的产生，运作方向，权力所产生的利弊，从绝对优势上看是保持着对权力的批判，这是优势的一面。由于中国人的伦理政治意识强烈，国家政治成了每个人所关心的，尤其是人文知识分子，这又带来了权力语言的滥用，几乎所有红色经典都对革命权力情有独钟，文化大革命运动是它发展的顶峰。这使得意识形态语言成为半个世纪以来的小说语言的主流。

权力语言成为中国小说家的误区，这是由于中国文学有一个诗言志的传统。思考政治权力成为中国人长期以来的伦理政治的思维，如果从换成语言角度来认识，当代有一个重要语言观，即语言就是权力。这是从知识就是力量演化而来的。真正的语言就是权力，是指身体政治，语言身体性。语言是一种欲望，欲望一定是身体性的，它包括功名利禄，金钱权力，也包括食色性，还有物质与精神的一切感受体验性的需求。欲望首要的是权力欲望，语言首要的是欲望语言，我们应明白不是语言表现权力和欲望，语言自身就是一种权力，是欲望本身，语言既是话语又是行动，语言一经发出便关涉他者，这时语言成为一种动力。可以肯定，语言是一种欲望的符号，把欲望理解为一条直线，“在直线的上方，介体既关及主体，又关及客体，表现三方关系的空间图自然就是一个三角形。”①

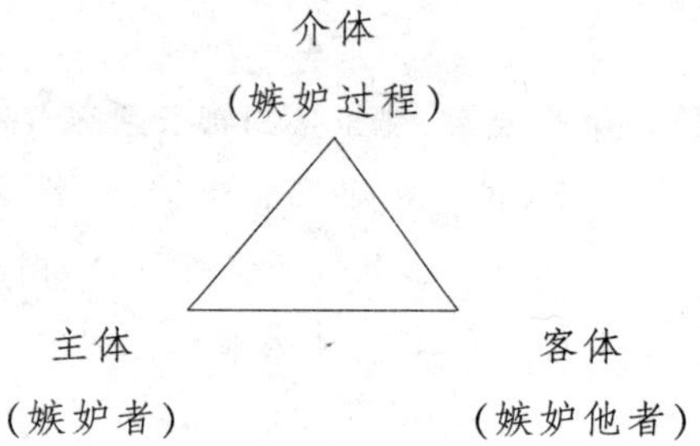

凡属欲望形态的东西都服从这样一个三角模式。一般我们会认为，主体是欲望的发出者，他决定欲望的存在与否。表面看是这样，其实并非如此，因而勒内·基拉尔有一个精彩的看法，欲望由他者产生，“他者产生欲望，无非是（主体）想成为一个他者，形而上欲望只有一个，但是将这个基本欲望具体化的个别欲望却变化无穷。”②我理解语言也具有这样的性质，它的模式应该是这样：语言发出者—语言过程—语言对象。这个语言对象不是指读者，而是语言的涉及物，语言一定要指向对象事物。在基拉尔看来，语言欲望是针对小说中人物的，我以为欲望仅用了人物，依然是一种模仿的观念，语言的三角模型与欲望同步，强调了中介的作用。语言是一种自身活动过程，是不断增长，不断扩展的，这样语言有了一种自身驱动力，会产生新的机制，它的狂欢，它的表演，它的非及物便是语言权力的象征。关于语言权力的实践我将在另外的章节里讨论它。

意识形态语言本质上也是一种权力语言，政治意图鲜明，思想观念带有阶级倾向，伦理价值与等级观念均代表一定的社会阶层。这样看来意识形态(Ideology)属于一种观念力量，引导并控制欲望力量的方向，使人们的交往行

①② 《浪漫的谎言与小说的真实》，（法）勒内·基拉尔著，罗梵译，三联书店，1998年版，第2页，第88页。

为处于一种价值平面,或思想平面来实践。简单说,我们是按照一定的观念来理解事物判断事物的。因为它是一个观念的群体,必然导致用思想、意志处理事物中的情感与价值的倾向性,对他者的意义是明确的、倾向的。在清王朝以前,我们的小说语言基本是伦理意识的,在好坏善恶层面来判断是非功过,二十世纪二十年代以后革命意识兴起,阶级观念成为判断的准则之一,我们的现代小说基本上是意识形态的,但现代小说在初期并没彻底观念化,例如鸳鸯蝴蝶派、新感觉派等,各种文化流派小说不仅没彻底观念化,还有各自的审美追求,中国流派始于“五四”,正好说明“五四”是一种观念革命,意识形态语言更加明确化(没有启蒙,观念不可能被意识形态化),特别是三十年代“左”联成立,革命文学兴起,鲁迅、茅盾、巴金、张天翼、魏金枝、柔石、叶紫、萧军、萧红、沙汀、艾英、周文,直到后来的山药蛋派、荷花淀派,都自觉地使用了意识形态语言。可以说丁玲和茅盾是最典型的代表。

他经受了长时间的冲击,才找到了他的指南,他有了研究马克思列宁等人著作的趣味。他跑到北京、跑到国外,他更坚定了自己的意志。他完全换了一个人。他耐苦,然而却又安心地锻炼了三年,他又回南方来,他用明确的头脑和简切的言语,和那永远像机器一般的有力,又永久地鼓着精神干起工作来,他得到无数的忠实的同志的信仰。

丁玲《韦护》

她天天忙着所谓政治活动,究竟她明白什么是政治?……你现在总算是知道几分什么是政治了。但要做实际活动——嗐!主观上能力不够、客观上条件未备……又说女子要独立,要社会地位,可少说些六面话罢!李小姐独立在什么地方?有什么社会地位?我知道她有的地位是在卡尔登,在月宫跳舞场子!现在又说不满于现状,要革命,咳,革命,这一向看厌了革命,却不知道还有翻新花样在影戏院跳舞场里叫革命!

茅盾《创造》

读上面的句子,你很难想象这是二十世纪二十年代的语言,八十年后的意识形态语言与此并没有差异。

万丽上班没有几天,就发现了余建芳的另一特色:工作积极。万丽新来乍到，要表现好一点，每天都提早到办公室，但是余建芳比她更早。万丽进来的时候，余建芳总是在埋头看材料……

范小青《女同志》

这些具有革命精神的人物也许一百年都不会变，她们生长成一个模式，好听说是执著，实际是一种偏执，被工作和信念异化了。因而表述语言也模式化了，这种语言的方式总是从一般到具体，具体事物和行动成了抽象观念的替代，多少有些非人性因素。意识形态语言左右了中国现当代小说的漫长历史，成为主流，细分析中国小说的语言现象构成是复杂的浸染性的，第一，小说人物语言是意识形态化的，这决定于我们有一条歌颂革命和英雄人物的历史传统。不仅把歌颂革命英雄人物确立为主旋律，并具有一套典型化的创作方法。第二，作者创作的理念是意识形态化的，他自身是一个革命者，建构的文学也有为社会服务的宗旨，讴歌英雄，其语言观也是工具论，模仿的，语言为其作者的意识形态服务便决定语言自身并没有主体性。第三，文本语境是意识形态的，这个语境受中国"五四"以后一系列的革命运动支配。政党的指导思想，也是政府的指导思想，这样意识形态语言成为全社会全体人民的共同语言，也支配人们首选的价值观。中国现当代小说很难摆脱这样一种正统的观念，所以意识形态语言既是一种历史发生，又是一种现实存在。第四，现实批判的中国小说语言也是意识形态的。为什么？我们确立马克思主义的观念是意识形态的，用它考量社会上的人和事，我们执这个武器来批评社会现实，评判是非，表明我们的批判也是意识形态批判，其语言也只能是意识形态的。

"群众是复杂的，尤其是现在的群众——分子非常复杂。我们要是不能起领导作用，那就很危险，很危险，事实上，此地各方面的工作也非有个领导中心不可。我们的担子真是太重了，但是我们不怕怎样的艰苦，也要把这个担子担起来。"

他反复地说明了领导中心作用的重要，这就戴起帽子去赴一个宴会。他每天都这么忙着。要到刘主任那里去办事。要到各团体去开会。而且每天——不是有别人请他吃饭，就是他请人吃饭。

张天翼《华威先生》

这是一种社会批判与讽刺，这里的领导中心论实际上便是一种权力中心论,在正统意识形态里我们批判的正是我们所维护的,一百年都不会变,这是一种根深蒂固的意识形态,而我们又正好是用这种意识形态语言去表演。难道仅是官场语言模式化了吗?不是!它们的语言既可以运用到官场,又可运用到社会和各个细部领域,这表明意识形态语言形成了一个系统一种模式,适用于社会领域的方方面面。我们无法评价这一套语言系统,因为评价这一套语言系统就评价整个意识形态体系。我们或许还会说语言有尖锐泼辣气势凌厉,或者幽默反讽,嬉笑怒骂,这些说明语言表征正好表明意识形态理念的渗透,并可以用于一切语言环境里来描述,当脱离意识形态内涵以后,这种语言便不复存在。那么我们可不可以取消这一套语言系统呢?在中国是不可以的,正像我们无法取消中国二十世纪的历史一样,我们不能采取虚无主义,因为它也是一个近百年的小说历史。当然我们如何评价它又是另一回事,相信历史会有一个客观评判。

市民小说语言,无疑是城市化带来的后果,不仅如此,它还是历史的产物。封建帝国王朝时期便兴起了城市,宋代汴京和唐代长安都曾经是国际大都会,但唐以前我们看不到真正的市民小说, 宋代庞大的笔记小说有一些市民小说特征,可真正的市民小说是宋元以后的话本。话本是一种真正的市民小说,《三国演义》、《西游记》、《红楼梦》都不能说是市民小说,《金瓶梅》是市民小说,《水浒传》也可以算作一例,但纯粹的市民小说应该算"三言二拍"了,而且艺术成就极高,特别是语言上的成就,止于今天,我还没发现中国的文化小说在语言上超越了它们的。第一,它是真正的明清口语,在古典时期采用口语写作非常了不得。第二,叙事均采用讲述方式,视野宽广,深入细微。第三,文化地域的信息丰厚,真切地表述了宋、元、明、清时期人们的日常生活情状。清代也有白话小说,但清代白话不如明代白话的语言信息,它们可以依据明代话本复活北宋开封和南宋杭州市民生活的全部情状。《水浒传》也保留了非常丰富的市民生活,其文化信息怎么估价也不过分。第四,语言是文化秩序的整体关照,语言是特定时期人性的一面镜子,明、清话本尤其保存了古代都市生活的底层状态,作者不仅描绘草根人物在做什么,而且还表现了他们在想什么,揭示了一种深度的文化心理。例如市民也会参与到时政活动中去,并对权力中心进行反抗,《水浒传》就是一部反抗之书,虽然结局是归依,更深层的意象却是他们以死亡形式抗争了。不过这些话本的权力反抗都是从文化视角出发的,反映了他们的生活形式、人际关系矛盾一般都立足于人性的矛盾冲突上,多数是在熟人或街巷邻里中展开。现当代市民生活发生巨大变化。首先,是都市人群的流动性加强，城市是一个扩大了的流动循环，不断被新的文化性质所代替，中国今天的都市中，原初的老居民占的比例极少，而且均已迁出旧城被边缘化。今天的市民是杂居，面目身份混杂不清，人群是流动的但交往是陌生的。市民的地方性被搬迁改造了。其次，市民的交流介质被改造了，传统市民家长里短，茶楼酒肆，人们交流的是谈天说地。今天人们很少直接面对面地交流，电视与手机使信息变成图像与数字，单元楼彻底把人群以方格形式分离，市民交流的隐私性被各种信息公开的大众化所代替。虽然是独立分户的市民状态，但市民生活都处于同质化，仅在一条街里生活的经济状态并不一致。各种社区方式把传统市民的小院生活方式打碎了，人们把散步交给广场和中心花园，可这儿的人群彼此是不认识的。可见新市民的衣食住行全部发生了变化，传统的市民生活方式几乎荡然无存。最后，关键的一点是由生活方式的变化引起的文化心理的变化。传统市民是各家小院可以互相串门，街巷邻里都是熟悉的面孔，这决定了市民是温馨生活，街巷邻里互相帮扶。今天小区单元把人隔开，即便在街上是迎面相碰也互不认识，彼此之间是陌生冷漠的，传统生活中的温馨人性没有了，只有单位工作之人情，可单位人情是功利的，是等级关系的。市民性质的变化，市民生活的小说被大大地缩减了。也许再也不会有老舍的那种市民小说出现了。今天的市民生活怎样呢？

> 一大早，天刚蒙蒙亮，他们就联袂下楼，先去附近公园，练完气功，又跳会儿老年交谊舞，出公园，小街上的早市还没散，他们便一起买菜，据说这时的菜价最平，因为快收市了，摊贩们都急着把推来的菜蔬全部出手……
>
> 回到家里，爷爷便收拾屋子，浇花，奶奶便收拾出街烹的菜蔬鱼肉之类，然后他们一起喝茶或给他们退休的同事打电话……中午吃饭，稍事活动，便睡个大午觉，起来，两人往往又联袂上街，到下午五点左右必又回来……晚饭后，根据电视报节目单上事先划好的记号，收看他们选定的节目……
>
> 刘心武《仙人承露盘》

这个生活流程可以是退休的人员，也可以是上班族，可以是老板，也可以是打工的，市民生活也被程式化了，这是一种机械化生活。它受一种大众文化模式所制约，例如电视与网络的信息发生便可以成为第二天上班议论的对象，好几天都会去谈论它，问题是电视剧、网络新闻都是按模式制作的，有些极具私人意味，并非过去所谓的民间意义，这样的行为交往方式也不具有市民生活的本质。大城市尤甚。中小城市正处在缓慢演变的过程中，也许20世纪80年代以前还保留着一些传统的市民生活，市民文化有着怎样的特点呢？它的意义何在？

一、市民阶层也是一个传统发生。其性质保持着中国儒家文化的核心精神：仁义礼智，和为贵，形式上的客气礼让必须保持着，这也是城市结构稳定的核心要素。因而把亲戚和邻里的关系置于同样位置，或称之为干爹干妈的互敬互让。一个街巷里弄保持着对外的同一性，使得小集体利益和个人利益紧密相关。

二、市民有自己的生活哲学，要旨是要过好自己的日子，发家致富。由于城市生活水平高，有一种精打细算的功利态度，但他们是非农业人口又有着城市人的优越感，看不起乡下人。凡事利益为先，所谓帮扶客气仅在口头和态度上，凡事也讲人情，如古道热肠，说媒做亲，邻里互相赠送一些礼品，年节互相道贺，也有急人为难的事，婚丧嫁娶一定都是互相帮忙的，因此有一种市井的温情。

三、市民处在一个城市的底层，经济收入比较低，生活环境条件都比较差，文化程度也不很高，很容易带来一些人性上的缺点：粗俗、虚荣、无奈、泼辣、狡黠、做人做事有些小家子气，因而又称他们为小市民。心胸比较狭隘，求人低声下气，别人求他又是趾高气扬，典型的小市民是利益为先、粗鲁庸俗、奸诈狡猾、缺乏文化教养，因此从市井中又产生一批地痞流氓、寡廉鲜耻之徒带来都市的帮会组织。

四、都市人群的地域分割基本以权力和经济划分。上流社会居城市的顶端，都是达官贵人，市井小民是芸芸众生。一般由这几类人组成：一类是小职员、小知识分子、社会从业人员，一般都是工薪阶层，在社会网络中他们上下勾连因而稍有地位优势。二类是小老板、业主商贩，有城市产业，经济上比较富有，但不能经受大的动乱，属于小康之家的水平。三类是城市贫民、个体手工劳动者，他们参与都市各行各业的工作，薪金低薄基本够一家生活所需，人数占街巷里弄的绝大多数。四类是无业游民，或称自由职业者，经济上没保障，新兴的打工族也汇入市民生活中，他们大都是租居的市民余房，生活更为艰辛。因人员构成和居地的杂乱，这形成了市民文化的杂烩低俗。市民生活决定了市民文化，他们的交际是家长里短，逢迎讨好，价值观是实用主义与功利主义的，家庭理念基本保持传统态度，重男轻女，传宗接代，所谓家和万事兴。

> 唉，说来话长，我就长话短说了。我虽有四个孩子，但海天是独儿子，你们是独儿独媳，我们让你们住在家里，宝贝什么似的。对你，更是娇惯一些，支持你上大学，给你带孩子，可你要珍惜这个家，维护家庭的名声。一个人名誉是最要紧的。
>
> 池莉《锦绣沙滩》

五、市井生活中的饮食男女是一种日常状态的，每家每户的油盐酱醋茶都不可或缺，最大不同的是燃烧方式都发生了巨大变化，明、清时期是柴与炭，新时代烧煤，当代改成了天然气。传统的井水，今天的自来水、电不再仅是照明的了，而是用于家庭生活的一切细节，电乃为日用生活之首。因而水电气是最关乎市民生活的，它的价格变化也是最牵动人心的。吃的内容决定了每家人换取生命必需与感官愉快。这样的都市生活中除了家常饭菜，茶楼酒馆便是最重要，街市上遍是家常饭菜的楼馆，许多小家经常不自己做饭菜了，彻底把饮食文化交给街道。市井中的男欢女爱仅停留在童年记忆与同学校友，生活流动性加大了，街巷里弄的婚姻少了，世家姻缘也没有了，倾向于更大的城市范围选择妻子与情人。反而不见什么邻里为亲的了。

上述市民生活特征随着时代与都市改造发生了巨大变化，市民这一文化形态也逐渐无以定位，这是一种发展趋向，目前大概还是一种过渡时期，中小城市保留着一些街巷里弄的完整。因而我国二十世纪八十年代还有比较浓郁的市井生活的小说和代表性作家。陆文夫、冯骥才、邓友梅、刘恒、池莉等，这些人的市井小说最重要的是保留了历史社会中城市民众的生活形态、我们可以通过纵向横向的比较发现市民生活的变化，因而也就发现了市民文化的变迁。从市民生活的无可归依，我们推断一种生活形态的结果，有可能城市小区、社区取代了过去市民生活状态，而小区生活是无法自主生成为独特的文化形态的，这有可能引起市民文化的断裂，至少传统的市民文化今天已经没有了。

市民文化小说的语言有哪些特征呢？

首先，市民生活出自市民之口，因此古往今来它必定保持一种极为自然的口语，这种口语又是合乎市民中各色人等的身份与性格。小知识分子的酸文假醋、市井泼皮无赖的粗俗蛮野、泼辣主妇的放肆撒泼式的骂街、江湖郎中的巧舌如簧，商贩们的心机巧织，劳工者的粗鲁，小女人的尖酸刻薄。也有些生活安闲达观的人话里透着一些机智、幽默与风趣。这一切使得市井语言驳杂丰富，极具特点。

你小子倒挺孝顺，告诉你，三爷回来肚子里没气，专气气人！……头次咱爷儿俩见面，你拿嘛孝敬我？脱下你这大褂，三爷正少个门帘。哎，要你这辫子真不赖，就揪下它来送你三爷吧！

…………

戴爷，戴爷，您是我爷爷！您千万不能废我，我家里还有八十岁老母和怀抱的儿子呢！

冯骥才《神鞭》

两个人物语言一个人物的两副面孔，霸气与奴才，市井人物的变脸，翻手为云覆手为雨。霸气时说话很混账，求饶时顺嘴说谎，前后语言一比较，人物形象跃然而出。这番话保持着天津地方口语，霸气时是一副流氓无赖，送礼是一种自然的人情关系，强迫别人送礼，而且要的是别人贴身之物：褂子与辫子，无理之极。

其次，语言本身也是一种生存状态，贴近生活，贴近人物的喜怒哀乐与生存感受。同时语言还是一种文化习惯，是一种民俗表现。

看印家厚和儿子吃得差不多了，老婆就将剩汤剩菜扣进自己的碗里，移开凳子，拿过一本封面花哨的妇女杂志，摊在膝盖上边吃边看。

美好的时光过去，轮到印家厚收拾锅碗了。起先他认为吃饭看书是一个恶习，对一个为人妻为人母的人尤其不合适。老婆抗争说："我做姑娘时就养成了这习惯……"

男人们利用洗碗这短暂的时间交流体育动向时事新闻，种种重要消息，这几分钟成了这挑房子的男人们的友谊桥梁……一个男人说，"伙计这房要拆了。另有人立刻问：我们住哪儿？……"

池莉《烦恼人生》

市民语言实际是市民生活的语言，少不了家长里短，在内吵架争执均与生活密切相关，在外与人物的活动环境相关，是生活的也就是世俗的。同时我们还可以推断市民语言有着浓厚的民俗性，这从老舍、汪曾祺的小说语言里明显得可以看出。民俗语言的运用在鲁迅、叶圣陶、陆文夫、冯骥才、沈从文他们那儿表现极为突出。

再次，市民语言也含有强烈的地方性，京味的、上海话的、广东话的，这体现在各大城市中的地域语言，例如天津离北京很近，但话语特征差别却非常大。地方口语增加的是趣味、气势、韵调，某一种地方性语言很好地反映地方人群的性格，武汉、重庆的口语泼辣、尖脆。北京语言速度快，有些吃字吃音的现象，南京与杭州语言轻言细语，音调连绵回环，有好听的特点。

最后，市民语言具有精明、油滑、质朴、粗俗等特征，语言态度极易随语境变化，喜欢闲言碎语，因而语言有些芜杂，泥沙俱下，爱耍嘴皮子，柴米油盐，鸡毛蒜皮一拥而上，最典型的是刘恒的《贫嘴张大民的幸福生活》。

> 婚后他们建立了自己的财政系统……像磁铁一样，一分钱一分钱又一分钱，纷纷地被他们吸过去嘬过去，情况就大为改观了。只攒了九百八十元。不是不狠心，是挣的不多的缘故。一个月不到一百块，拿了多少年？每月每人交伙食费三十元，孝敬双方老人各二十元；支援五民读书十五元；抽烟不到十五元；她怀了孩子每个礼拜吃一只鸡腿儿加起来绝对不止十五元；洗个澡一元，剃个头又一元；她的头不止一元；她去医院让大夫摸肚子，骑不了车，坐公共汽车公共电车再换地铁，来回多少钱？他不能陪她去医院让大夫摸肚子，也骑不了车，来回又多少钱？如果挤不上车打出租车，再碰上个比你还爱钱的司机拉着你兜圈子，那可真要了人的命了，那就血流不止了，什么也剩不下了。
>
> 九百八十元，是一堆金子。
>
> 刘恒《贫嘴张大民的幸福生活》

一个市民把经济账算到如此地步，可真是精明，这反复啰嗦的语言真可谓是一地鸡毛。市民语言是市民的思维，是市民置于特定文化环境的结果。某种语言的特殊性，是相异于其他语言的。我分析的市民语言的四个特征是类别化的，局域性的，也许它会更多，例如市民语言的泼辣与无赖也是非常突出的，有一种难缠的劲儿，具有黏稠、韧长、纠缠的特征，语言是声音化的，多出无数枝蔓，也多插进的言词，所以市民吵架只要接上火，那便是没完没了的，由此可见，市民生活分类有多复杂它的语言便有多复杂。例如城市帮会产生的江湖语言，黑话，切口，它也是市民语言，在城市里有一部分流动性极强的地方：码头、车站、旅店、医院、影剧院，可谓三教九流聚集的地方，这种言辞混杂的地方也是市民化的，市民语言在城市具有相当强的渗透性，可以是无处不在。

第三，现代性文化小说的语言特征。我这里提现代性文化小说主要是区别于中国传统小说和主流小说的特征。另一原因是“现代性”一词包容性比较广，我们所说的新感觉派，意识流小说、元小说、荒诞派小说、黑色幽默小说，象征派，新寓言派，现代派等新的一系列小说，无疑都是在现代性影响下发生的小说，它主要是西方文化影响下的小说特征，当然它还可能是我国现代性产生以来各方面发生深刻变化的结果。这儿我们有必要说说现代性在中国的发展，现代性发展无疑分为现代经济技术的发生和思想发生，我们可称之为启蒙时代，中国的启蒙主义时期很明确，“五四”运动，发生于二十世纪二十年代以前。在西方则发生在十九世纪工业化时期，他们拥有一个新技术发明的浪潮。现代性第二时期于西方则在世纪末，一个实证主义的时代，工业帝国开始产生，思想领域有涂尔干、西美尔、弗洛伊德，巨大的进步带来了进步观念的质疑。现代性第三时期技术全球化的后现代。技术化信息化全球化，金融将跨越了国界，信息技术使全世界变成了地球村，在中国启蒙延续到了二十世纪八十年代前半期，而现代性中国的二期和第三期是应该发生二十世纪八十年代的后半期，即文化寻根后的先锋小说时期。“在西方需要时间200年完成三个阶段，在日本却被压缩为一个世纪。”[①]杰姆逊的这一判断在中国则集中在30年之内完成，因为1980年代初还是启蒙主义的连接时期，在这样一个背景下我们可以看到西方文化的影响，早期是弗洛伊德主义的，还有日本新感觉，这样形成了中国早期的现代派小说代表：施蛰存、穆时英、刘呐鸥等人，还有诗歌中的象征派。

其一，新感觉语言具有内在的体验性与病态的分裂性，其深层依据是弗洛伊德的精神分析，它最明确的特征是内在复杂感觉体验的通感，主要体现在视听方式的表达。

> 忽然光线一变，勃路斯的音乐开始了，T并不客气，只说声对不起便拉了女人跳了下去，H只凝视着他们两个人身体在微光下高低上下地旋转着律动着，一会儿提起杯子去把塞住了的感情灌下去……
>
> 但是华尔兹下次便来了。H抑止着暴跳的神经，把未爆发的感情尽量放在碗里，把一个柔软的身体一抱便说，——我们慢慢地来吧。

---

① 《日本现代文学起源》，(日)栖谷行人著，赵京辉译，三联书店，2003年版，第232页。

刘呐鸥《两个时间的感症者》

她仰天躺着,闭上了眼珠子,在幽微的光线下面,她的皮肤反映着金属的光,一朵萎谢了的花似的在太阳光底下呈着残艳的、肺病质的姿态。慢慢地呼吸匀细起来,白桦树们的身子安逸地搁在床上,胸前攀着两颗烂熟的葡萄,在呼吸的微风中颤着。

(屋子里没有第三个人那么瑰艳的白金的塑像啊“倒不十分清楚留意”很随便的人性欲的过度亢进朦胧的语言,淡淡地眼光诡秘地没有感觉似的放射着升发了的热情,那么失去了一切障碍物一切抵抗能力地躺在那儿呢——)。

……他听见自己的心脏要跳到喉咙外面来似的震荡着,一股原始热从下面煎上来……闪光……闪光……闪光……闪光。

穆时英《白金的女体塑像》

“杀猪”这个词,真是一个十分美好的词眼,在这群又冷又饿的人中焕发出了诱人的光辉,回锅肉的色香从这个词辐射出来,直抵人们的舌尖,在铅灰色的雨意中颜色鲜艳地悬浮上鼻子的跟前,一大木桶滚烫地水甩摆着之字形走过来,浓白的水汽晃动着在地面前形成一道厚薄不均的气墙,……他将这桶滚烫的水举起来,哗地一下倒在猪身上,浓白的水汽腾的一下铺天盖地地升起来。这水汽在锅里一再被加热,它们憋足了劲,鼓足了热情,它们是水中热情分子,现在它们一下被释放了出来,它们迫不及待地奔涌出来,它们舞蹈,歌唱,扭动,喊叫,蔚为壮观,在铅灰色的雨意中,这一大片白色的水汽既辉煌又恐怖。

林白《回廊之椅》

回到南方,旅行者仍然经常在揣测那把刀的轻薄锋利与亮度。正义的,复仇的刃,穿越罪恶的,无耻的肉,在梦中使用刀子,无论是被刺对象还是手中的刀,全无质感。梦中刀子捅进胸膛,除却冰凉,也无痛感。钢的硬失去了具体,肉的软没有真实,血的红模糊艳丽,这类梦让旅行者体内压抑……

盛可以《途中有惊慌》

新感觉语言的特征首先是一种内在意识的感觉体验，是直觉的非理性的具有强烈主观色彩和情绪的语言，所描述的人与事物不是客观现象，而是经过主观感觉破碎、跳跃、幻想、体悟、拼贴、组合过了的精神现象。人物可以是符号的，也可以是想象的，事物也是在连绵的感觉之中，一把刀，一种水汽，总之是作者感受中的事物。其次，新感觉的语言伴随着作者强烈的情绪时有丰富的想象性。这里的想象在原物与非原物之间，在物体和感觉的变形之中，林白对于"宰猪"一词的感觉，穆时英对一个病态美人手术的感觉，盛可以对刀的感觉等，均以想象体验去改变原物的性质。在新感觉语言中是想象扭曲了现实，但并无是非对错的评价，只有审美价值的优劣。新感觉语言是细微的体验的，这种语言所具有丰富的细节性，直逼个体感觉的极端，以光彩色调，声音韵调，触觉中的软硬轻重柔和的性质，使人品味到闻到事物的气息，这种语言是从细部起抵达它的深度。最后要将语言作极态化处理，让词语达到最大量极，各种修辞手段综合运用，有荒诞魔幻，也有丑陋恶心，有梦呓的，有杂烩的，有清朗潇洒，也有混沌朦胧，可以说是一种极端的非理性状态。如果我们要将这种语言明确定位的话，那应该是一种变形异化的语言状态。

其二，新技术性语言，即指明显有西方各流派创作文本的影响的语言。如互文的元小说，戏拟的拼贴组合式，荒诞反讽的幽默小说，异化变形的寓言象征小说，这些语言是五光十色、缤纷多彩的，很注意新的叙述方式，由激情转入中性的客观叙事。这是一个庞大的语言群体，却没有产生大师级的经典语言作为现代语言的范式。它们最大的功绩在于对意识形态的社会语言的反抗，有了一种自觉的语言主体意识，这是中国现代小说史上最大的一次全方位的文本实验性写作，其人群与文本都达到前所未有的深度。比较西方而言，这样一场浩大的文学的变革却没有它深刻的哲学思想与社会思潮作为支撑点，因而他们不可能达到西方现代主义与后现代主义应有的深度和巨大成功。

她回来了，失去了许多色彩，增加了一些力气，新添了许多气味，油烟、蒜泥、炸成金黄的葱花。酒嗝儿，蒸汽，羊头肉切得比纸还薄。她做了一个清真食堂服务员，虽然她并非回民。所有这一切——献花、祝贺、一百分，检阅、热泪、抡起皮带嗡嗡响，"最高指示"从善如流，特大喜讯，火车，汽车，雪青马和栗色马，队长的脸色……

王蒙《风筝飘带》

他从不说话，不认人，不表示任何意见。给他大饼或片子是一样的，他都用嘴撕扯，都想咽它下去。他会扶着东西蠕动般地行走，会去触摸。不过，最能表现他个性的是长时间一动不动地坐着，像丢在那儿的一堆破布。

…………

他那蛇一般的身子不留空隙地贴向脚高脚底多肉的身体。他那极白极软的手无意识地在母亲颈上划来划去。听着儿子的“呜呜”，她显出积累了多少世代的幸福，手在继续滑行。紧紧贴着，不规则地蛇行着。血腥之气哈在她脸上，发上。永远没有忤逆、虐待、遗弃。永远没有心灵的分娩。是一个最为现实最为完满的梦。

陈村《他们》

所有这些现象都像脆弱的茎叶一样差强人意地连结在异常寂寥的天空下。作为一种日常生活的细节，遇上风吹它们便顿时分崩离析，支离破碎，并没有触及到那个真正的包袱一样的故事。远处的山顶上常在风中裸露出纯粹的秋天的颜色。草很茂密很高大地摇来摇去。收割烟草的女人们躬身于田垄，将十分肥大的臀部呈现在累累的烟泡之上。烟叶倒下后，她们结实的肉身就像饱满的石头或山顶一样裸露在某一种视线之内。至于故事本身，我一直不遗余力地探索过了好多个年头，至今仍然没有任何结果，像一堵不透风的山墙。

吕新《抚摸》

王蒙的是拼贴语言，陈村的是梦呓语言，吕新的是意象语言。这仍是现代派的早期语言，拼贴语言还不像后现代写作中的戏拟，具有强烈的反语言倾向。陈村的梦态语言表述儿子和母亲之间的怪异，是弗洛伊德学说的平移。吕新的山顶收烟叶女人的秋天意象是那部长篇小说贯穿性的画面，是一种油画般恍惚而不稳定的画面。这已经构成了对传统的社会意识形态语言的反叛，不再作为一种说教式的政治中心或社会意义的语言模仿，在词汇或句子单位上都尽量避免一种意识形态说教。他最具用心的还不是在词语和句子(因为他们在词汇和句子上并没有构成极为独特个性色彩。)，而是在语段上，他们往往通过一系列句子组合后暗藏一个写作的意图，在句群连接后并不形成文本中心，甚至你会觉得他们的句群没有意义，弄不清他们为什么写这么多啰嗦句子，其实这是一种句群上的反意义中心论,通过不同方向的短句拼合,没有内在意图的联结,句群自然会有一种意义离散的解构作用。因而句群只有某种形而上的象征或寓意,我们从语境中会把它归入到某理念中去。

其三,语言自身极限的挑战,使语言变成一种能指的表演,因而提示了每一种语言的极端表述都只是一种可能性。通常我们可以说是自为语言,实际已超出自为语言的边际。它可以是跨体语言、迷宫语言、诗性语言、雅俗兼容的语言、立体语言、错杂复沓语言。最大的特点是将小说写作成为极致的美文,散发着哲理诗化的光辉。孙甘露的《访问梦境》、格非的《褐色鸟群》、西飏的《季节之旅》、鲁羊的《液态屋檐》、行者的《两棵幻想中的树》、刘恪的《蓝色雨季》,这些文本自觉地将语言推向了极端,它们的意义用文本实例证明了以语言为中心,强化了语言主体得以实验存在的可能性。如何开掘汉语形象的美质并不在一词一句,而在于句子之间的关联,在于它的结构性。词语关联形象,并非是一种主题联结,而在于一系列句子并联后产生的形象效应,它们是一种隐喻性写作;意象的特点也不一定在句子,而在语境。另外,他们创造了一种模糊朦胧美学的语言效果,而这个效果来自于每一个单句是明确无误的,而形成句群的组合意义又是含混的。从理论上说,句子建立在结构与解构之间,首先给出意义明确的真句,但随着各种连续的句子出现后却解构了具体句子的意义,甚至在句群与句群中意义是矛盾对立的。这样汉语的表演便不是词汇的表演而是句子的表演了,句子表演的丰富性在于句子有语态、语调、语气、节奏、韵律的变化,一个句子的句首与句尾有很大的差别,名词带动句和动词带动句分别使句子功能不一样,以虚词和形容词为主的句子极富于状态描绘和体验表达。夏志清非常荒唐地批评沈从文的语言:“大概是为了要补偿不谙洋文的自卑心理,他偏要写出冗长的,像英文‘掉尾句’一样的断断续续的句子来。”[①]并借苏雪林的批评来证明自己“他用一个字写的一段文字,我们将它缩成百字,原意仍不失。”小说不是公文报告,也不是简洁的童话故事,小说句子要有形象,抒情句要一波三折一唱三叹,连绵回环,情致韵调全在句子中荡溢出来的,照他们的说法。鲁迅名句“庭院中有两棵树,一棵是枣树,另一棵还是枣树”,当要口诛笔伐了。当然,小说语言中的贫嘴、话痨又另当别论,关键在于句子形象是否达到审美标准了。语言是一个度的东西,某一意象使用两个句子准确,但语言的意味不够,甚至五个句子也不够,要到十个句子,或者十五个句子方是极致了。可

---

① 《中国现代小说史》,夏志清著,复旦大学出版社,2005 年版,第 138 页。

你啰嗦到了二十个句子,三十个句子那就坏了。另外我们必须看到句群使用,作者的目的,这个能指表演一定要让各分句形象是矛盾的统一,分句在句群中要达到某个意义上的效应。一个文本有多少句子原则是定量,而一个句群用多少分句合适,这个"度"也是一个综合标准,就某个最高明的语言艺术的创造者而言,度的把握会是方方面面的,一个文本一个句群肯定会有个最佳方式。经典作家究其实质就是度的把握者。

那壁厢,一场露天舞会刚结束。夜色莹碧,灿烂的星辉在甲板上蜂拥,如舞台边缘的脚灯。艉部甲板上,百无聊赖,画着晚装的人,眼含邀请的微笑,在已的伴随下绕游泳地款款漫步,娓娓谈心。前者胸前闪着半弧更加夺目的星辉,翠色长裙飘摆成一弧尾翎,在海风中不时箍出她的腿型;手中端着半杯红酒,另外半杯已经渲染成她的腮红,后者胁肩谄媚巧言令色,不时重复着几个他认为颇具绅士风度的手势——……鼓乐再次齐鸣,船桥上的灯光一齐点燃,把整个上层建筑辉映为一座光岛。64个琴师盛装出场,弹响64台钢琴,甲板上的一男一女忽而一蹲一耸一进一退,忽而又缘抱成团过马路一样东张西望,十分海派地舞起探戈来……

李大卫《方舟是个马戏团》

这是一个比较典型性的游戏文本,笔法是新小说派的,当然也有巴塞尔姆式的拼贴解构。写船写跳舞可以永无止境地写下去,当一个事物被慢镜头延长到永无止境,仅有物恋的态度,而没有事物表现的意识形态含义。这涉及了以意义定文字和物性表演定文字的区别,前者简略准确,后者发誓要"内爆",突破物的界限,最终使表述的事物的意义被拆解。语言拟物性消解后便是语言自身的表演。

我行走着,犹如我的想象行走着。我前方的街道以一种透视的方式向深处延伸。我开始进入一部打开的书。它的扉页上标明了几处必读的段落和可以略去的部分。它们街灯般地闪亮在昏暗的视野里,不指示方向,但大致勾画了前景。它的迷人之处为众多的建筑以掩饰的方式加强,一如神话为森林以迷宫似的路径传向年代久远的未来。它的每一页都是一种新建筑。对这种新建筑的扼要解释,在我读来全是对某个显而易见的传说的暗示。在页与页之间,或说在两种建筑之间,我读到了一条深不可测的河流,读到了它污秽的色彩,读到了它两岸明丽的传说以及论述河流与堤岸关系的许许多多的著作和文献。我的眼睛随着书页的翻动渐渐地湿润。一个声音在地平线上出现,它以一种呓语般语调宣称:最终。我将为词语所溶化。我的肉体将化作一个光辉的字眼,进入我所阅读过的所有书籍中的某一本,完成它启示录的叙述。

孙甘露《访问梦境》

这完全是指向无限广度的语言的一种叙述。语言成为文本中的艺术形象,字词本身会行走、说话、视听。我只能看到一本书页之间运动着汉语形象。词语和句子成为主体,它们有身体,有生命,它们表演着自身并不为模仿某物而表现为意义的影子。语言不是工具和媒介,语言在实践一种新的语言观。语言有它的主权意识,所谓语言行为哲学,不是语言模仿行为(当然指语言表现声音表现动作),重要的是语言在活动途中,换句话说,它是指行动中的语言。

第四节　中国现代小说语言的文化性问题

语言的文化经验是一个人生活环境中发生的一个事实,无论你的时空发生何种变化,你都会生活在一个文化环境里,所以小说语言具有的文化性质是不需要讨论的。一方面,语言的起源产生,它的根基就在社会文化中。“词汇是为了把握重要的文化事件而被创造出来的,并且由于它们无处不在,它们通常被习惯性地用物把握和传达不同领域的经验感受。”①可见语言产生于文化。另一方面,语言又是作为特定文化的符号标志,英语传导的是古希腊的文化精神,一种语言的根均在一种文化起源的最初状态里,因而每一种语言的词汇、句子都很好地显示出那种语言的文化之根。既然是中国小说的语言,就很好地体现中国文化之根,具体地说,我们的词汇和句子都应归因到儒学、佛学、道学上去,都归结到中国人的历史生存与我们的人格塑造上去。因此我们就必须肯定明、清以前的各类小说语言。它是我们的传统我们的正宗。古典小说的语言就是我们历史文化的共享。

可事情发生了变化。“五四”新文化运动是以反传统文化为前提而展开的。现代小说的产生从语言上几乎割断了这一条传统文化的道路,用一种完全崭新的

① 《文化研究导论》,(英)阿雷恩·鲍尔德温等著,陶东风等译,高等教育出版社,2004年版,第49页。

现代白话表述。是我们的文化发生了问题,还是我们需要创造一套崭新的语言体系呢?进一步追问的是我们能够创造一套完全与过去传统语言无关的语言吗?这就是说,我们应该使用一套什么样的小说语言方式作为我们的文化标准。

一、我们可不可以完全使用传统文化语言作为我们小说创作的标准?既可以又不可以。为什么?某种语言是不可能完全割裂它与传统文化之根的,这可以用地域文化小说作为佐证。另外我国已产生过大量的新笔记体小说,聂鑫森、谈歌、汪曾祺、孙方友等,他们的小说语言中大量地吸取了传统语言的用词,或者保留了传统文化中优良的人性的精神实质。小说语言本身也是一种文化传统,具有着保护文化,促进文化发展的功能。但从另一面说,我们又不可以全部使用传统文化的形式或内质来创作今天的小说语言,特别是今天小说的语言它有了许多新的规定性审美特质,是否完全彻底在语言上除掉我们传统文化之根倒可以商榷,但就整体而言它必须变成另一种语言形式才可以。为什么必须这样呢?因为我们无论是追求小说的形式,或语言的形式,还是追求它的意义构成,这种形式和"意义的文化属性是特定背景中的事件或过程的结果,并且,虽然意义是标准化的,约定俗成的,但它们作为社会行为和文化力量的结果,实际上却随着时间而改变……所有的语言使用和语言意义都随着时间而变化,这是因为语言运转的环境发生了变化。"①这就从时间和空间揭示了小说语言变化的必然性,显然,我们今天谁也不会尝试着用文言文写小说了。

二、文化现代性是一个进步发展的概念,小说语言也是在不断变化的,在自我完善中得到确证的,因而小说语言的特征也会具有鲜明的时代性。语言形式的每一种细微变化都会以某物化方式呈现,这就是说,"随着现代性成为其自身的形式(也就是说,随着现代性的发展成为其超越自身的条件)逃脱僵化的物化的机会可以说也逐渐丧失了。"②这话是什么意思呢?个体是以自足的方式,通过劳动完成自我的规定性,但在资本主义劳资关系中对劳动作出安排,导致了个体活动的束缚,因而资本主义形式便处于僵化中,"具有自我规定潜力的人性,却被囚禁在规定性,约束性的形式中。"③这表明语言形式是进化的,它也会不断成为自身的僵化形式,语言也会这样不断寻找自身的超越。这给我们的语言创新提供了理论前提。语言新形式出现的合法性,需要我们进一步思

① 《文化研究导论》,(英)阿雷恩·鲍尔德温等著,陶东风等译,高等教育出版社,2004年版,第45页。

② 《后现代性下的生命与多重时间》,(英)基思·特斯特著,李康译,北京大学出版社,2010年版,第39页。

③ 同上。

考的是使用怎样一种语言形式。传统语言作为工具、载体、媒介有许多具体的规定性,今天我们运用新的语言观,创造新的语言形式,它是一个没有典范标准的创新,因为语言创新中会有成功的例子,也有失败的个案,我们不能因此而否定语言的创造性。中国现代语言特指小说语言仅仅只有百年,况且这百年之中有许多文化停滞、破坏、毁灭的时候,真正有利于文化现代性发展的也仅仅那么三四十年时间,到今天为止,新的语言观和语言自主性的创造还被许多人无法理解,或者不被主流文化所接受,这是值得深刻反思的。

三、我们必须坚持小说语言多元化的观点,不能偏执一种语言现象而反对其他语言形式的实验。只有小说语言多元化,小说语言才是丰富多彩的,否则就是僵化的、单一的、停滞的,就我个人而言可能过多地会对意识形态语言发出批评。主要依据为,意识形态语言的社会工具化,而非审美的。有批评并不等于我彻底否认意识形态语言, 况且意识形态在我国文化和语言有一条源远流长的历史,也产生许多划时代的杰作。关键是我们在公共语言和审美个性语言中如何处理一个度,追求语言意义的中心化,强调语言的意识形态它的优势也是很明显的。首先,我们的社会形态如此,我们的语言也会如此。其次,我们有一个强大的语言传统,这个传统以追求意义为主,而意识形态是产生意义的一般过程。最后,意识形态小说包括它的语言均有它的修正和变化才对。苏珊·苏雷曼意义上的意识形态小说表明:“它不是力图通过小说这个载体来说服其读者相信某种特定的阐释世界的方式正确无误,相反,它们是让读者质疑其自身(以及他人)的阐释,与其说它们是‘假设型小说’,不如说是‘思辨型小说’”。① 应该说小说史也是允许思辨小说存在的。笔记小说存在,思辨小说存在,文化小说存在,那么语言实验小说同样也存在。

最后谈谈小说语言的文化性渗透问题。我们说过:任何语言都是他自身文化的反映,传统以来一直没问题,这里碰到了两个结:一个结是我们过去反对传统文化,而我们的汉语携带传统文化是极为浓厚深刻的,我们是否在语言上有意抛弃传统文化?另一个结是西方的零度写作的影响,客观对待零度写作是具有许多美学上的优势,避免我们在文本中煽情,明确地宣扬观点,竭力贬低读者智力。说白了,零度写作是一种表述风格上的疏离美学。自然要使用一套中性语言,因为文化语言有太多的意义暗示破坏了效果。我以为当代小说的多元化,既然允许存在文化小说,也就允许存在零度写作,允许正统小说的写作,

① 《后现代主义诗学》,(加)琳达·哈琴著,李扬、李锋译,南京大学出版社,2009年版,第244页。

也要允许贝克特式的反小说存在。我主张小说语言极端的实验方式，但我也主张语言中具有一定深厚的文化含量，这需要我们具有超级的技巧和表述能力。最好的小说语言的文化性是暗含的、渗透的，而不是在小说语言上追求一些表面的文化口号和文化符号，如果那样，会使小说语言显得很浅薄庸俗了。

我们这个时代需要第一流的现代文化小说。

附录

刘恪主要著作目录

一、长篇小说

《寡妇船》	长篇小说（33万字）	百花洲文艺出版社 1992年版
《蓝色雨季》	长篇小说（19万字）	花城出版社 1996年版
《城与市》	长篇小说（50万字）	百花文艺出版社 2004年版
《梦与诗》	长篇小说（33万字）	中国青年出版社 2006年版

二、中短篇小说集

《红帆船》	中短篇小说集（17万字）	作家出版社 1992年版
《梦中情人》	中篇小说集（40万字）	百花洲文艺出版社 1996年版
《墙上鱼耳朵》	中短篇小说集（30万字）	云南人民出版社 2004年版
《空裙子》	中短篇小说集（30万字）	百花文艺出版社 2012年版

三、理论专著

《欲望玫瑰》（与高兴合著）（28万字）		山西书海出版社 2002年版
《词语诗学》（复眼）（31万字）		河南大学出版社 2008年版

《词语诗学》(空声）	（38万字）	河南大学出版社 2008年版
《耳镜》	（50万字）	河南大学出版社 2008年版
《中国现代小说语言美学》	（50万字）	商务印书馆 2013年版
《现代小说技巧讲堂》增订版	（50万字）	百花文艺出版社 2012年版
《先锋小说技巧讲堂》增订版	（50万字）	百花文艺出版社 2012年版
《中国现代小说语言史》	（40万字）	百花文艺出版社 2013年版
《文艺理论关键词》	（40万字）	河南大学出版社 2013年版

主要参考文献

《普通语言学教程》,(瑞士)费尔迪南·德·索绪尔著,高名凯译,商务印书馆,1980年版。

《语言论》,(美)爱德华·萨丕尔著,陆卓远译,商务印书馆,2011年版。

《语言分析纲要》,(美)布洛赫,L.特雷杰著,赵世开译,商务印书馆,2011年版。

《普通语言学问题》,(法)本维尼斯特著,王东亮译,三联书店,2008年版。

《马克思主义与文学》,(英)雷蒙德·威廉斯著,王尔勃译,河南大学出版社,2008年版。

《中国现代小说史》,夏志清著,刘绍铭等译,复旦大学出版,2005年版。

《中国现代小说史》,杨义著,人民文学出版社,2005年版(三卷本)。

《语言学与小说》,(美)罗杰·福勒著,重庆出版社,1991年版。

《来自词语的世界》,(美)费兰著,王建国译,安徽文艺出版社,1992年版。

《语言的艺术作品》,(瑞士)开塞尔著,陈铨译,上海译文出版社,1984年版。

《文化地理学手册》,(英)安德森等主编,李蕾蕾译,商务印书馆,2009年版。

《政治无意识》,(美)詹姆逊著,王逢振译,中国社会科学出版社,1999年版。

《文化理论》,(英)菲利普·史密斯著,张鲲译,商务印书馆,2008年版。

《文化研究导论》,(英)鲍尔德温等著,陶东风译,高等教育出版社,2004年版。

《心理类型》,(瑞士)荣格著,关康译,上海三联书店。

《弗洛伊德文集》(八卷本),东文博主编,长春出版社,2006年版。

《中国新文学大系》(第一辑),赵家璧主编,上海良友图书印刷公司出版,1935年版。

《诸子集成》,中华书局,2006年版。

后 记

这部书完成于10月10日，因责编俊石月底要去加拿大，他走之前要交给他最后一章，我在河南大学这边写着书，他在那边排着版样，终于在他30日出国前，全书清样出来了。50万字，共520页，足足写了七个月。每写完一章研究生发慧便录入打印一章，夏天最热的时候，我让她去意浓咖啡店去录入，有空调，我负责供应冷饮，她死活不肯，我吵她，这个藏族姑娘硬是没去，躲在蒸笼似的宿舍里打完书稿，应该说我怎么感谢她都不算过分。

这部书的第一章是最后写的，由博士李海英给录入的，这个学期我讲授《文艺理论关键词》作为一本新书，目前她又给录入15万字，估计三十多万字又该是她的活儿了。别小看这活儿，每个星期仅三天空，我写讲义用两天半，她必须在我上课前打完讲义。这一年我还带着她主持《东京文学》四个栏目，总文字量占刊物的百分之六十还多。包括她撰写博士论文和发表了十多篇评论，真是手忙脚乱了。我真心感谢她。

《中国现代小说语言史》这部书的起因很有意思。我和王一川在中关村图书大厦逛完了，每人拎两包书去上岛咖啡吃饭谈天。我说做一个语言史，毕竟中国现代小说有110年的历史了。他说，好哇，又要出一本新书啦！我说有什么建议，他说不要搞那么厚了。我说，行。没想到又写了一本砖头厚的书。后来占春建议我做成十来万字的小册子，配些书影，会很漂亮。去年在百花文艺出版社签了三本书的约，百花文艺出版社把我的书宣传一下，做小说理论新经典。我说，我给河南大学写了一本《中国现代小说语言史》，捎上一起宣传呗。俊石问，这个选题国内有人写过没有。我说，没有。嗨，拐个弯干嘛，给我们，做社里的重点书，他说。我说你们出这样的学术书吗？他说，没问题，当即就补了选题报告，社长马上同意了。现在三换社长，这本书仍是重点。后来我给河南大学云鹏总编辑说，我冒你们名了，本意真实给你们写的，我把百花文艺出版社签约事说了一遍，他很遗憾地说，你老兄的书，我什么时候都给出。我真是很感谢他们的信任。

到河南大学已经八年了。共出了十本书。理论书出了七本，理论文字总量大约三百五十多万，包括我正在手头写的一本新书《文艺理论关键词》。一年出一本书对自己对别人都是挑战，于是有老师说，到底是作家，写书就是快，我们写文章难着呢？查资料、选例、注释也要写好多条。这话决定了我改变方法，将《现代小说语言美学》和《中国现代小说语言史》按学术规范来做，加注释，公布文本间性的秘密。河南大学有一个最大的好处，它从来不会给你任何照顾，你就是棵弃之荒野的草可以自由生长，但也从来不限制你，我上的课相对会少一些，仅是少拿钱，学院从不会找你麻烦，这是个人自由发展的最大优惠，为此我得感谢河南大学这些年给我的自由。

这个学期讲文艺理论关键词和现代小说理论，一个星期有八次课，有时候一整天从早到晚都得上课，22 节课足够饱满的了，我倒也没觉得特别困难，时间太少，现在得挤时间写讲义。我倒也很习惯，往年写书也是一个星期不下楼，著书是一种真正的紧张，思维是高速运动，还要不停地书写。讲课反倒轻松一些，这一届学生大约五百人，其中有外系和跨年级的学生，博士与硕士，但这届学生比我上 2008 级学员差，让我很失望。学生厌学，逃学，不认真，睡觉，上甲课做乙课的事，特别明显的是民生学院两个班一百多人，这种现状非常危险，否则我们大学生毕业会变成文盲。河南大学的学科设置还是丰富而合理的，知识量信息量都比较大，应该是很扎实的，老师教学也很严谨认真，倒是研究生教学薄弱些。这个现象肯定是全国性的。可见国家教育体制改革迫在眉睫了。我的书一部分与学科有关，是教学的结晶，所以以讲堂形式命名了，真正讲授内容也许仅有全书的三分之一，我有意识地使讲课仅作为问题的引起，更重要的是我的深度研究和创造性阐释。另外绝大部分书写是我的研究成果，只能作为研究生的参考书。比较集中的是在小说理论的专业方向。我常问如果小说就此灭绝了，小说理论还有吗？我用了几百万字研究小说理论岂不是无意义劳动。从市场购买看，我的小说理论行情真不错，目前又在脱销状态。有小说的典范，经典存在便会有研究它的小说理论存在。当然作为理论研究止于 2013 年，我会告一个段落，更多的精力会投入到小说创作中去,我毕竟写了二十多年的小说。

这本书刘书棋兄投入了很大精力,清样校对已往来几个回合了,这是琐碎而麻烦的事,他准在暗暗地骂,这小子够麻烦的了。他抱怨我,我还得感谢他,真心的。我还要特别感谢马津海先生,我的几本书都是他终审的,很认真,每次去百花文艺出版社,他很客气,乐观开朗,还请我客,可我回报他的机会很少,最近几次都没见到他,我这里用文字表示感恩。

今年很辛苦,仅外出两次,同书棋参加了武当山笔会,另一次同老张斌、王仲刚、王国安我们四兄弟西部行。应该说全部时间都在河南大学写作和教书, 估计今年会完成八十万字的理论写作。往年我每个星期都会去书店看看,一年会购不少的图书。今年去书店很少,下半年居然抽不出一天去郑州逛逛书店,新书购得极少,我的人生,新书如同情人,对它每次都会长久地注视,拍打,翻阅,躺在床上长久的抚摸,它会带给我心灵的暖意。好在云鹏兄今年送了两套河南大学出版社的人文科学译丛,以解我的焦渴。只有书对他的主人是不离不弃的。

我今年也做了不少好事,推介发表了许多人的作品,由我来推介发表意义是不同的,这是一种特殊的认同方式。例如张云涛、丘脊梁、唯阿、陈洁、陈雁,还有河南的一些著名作家的专辑,我的认同条件上有些苛刻。最大认同是推介了老张斌,给他做了一个全国性的作品讨论会,并从他的作品里抽象出一种理论批评方式:语言的生态批评,把他写进了小说语言史。没想到的是招致了他对我的认同,他读了我许多作品,每次打电话都敦促我向诺贝尔文学努力。他认准了我有这种可能性。他非常严肃地说,国内外的重要小说他都读过。有次来河大居然带了本诺贝尔评传给我,叮嘱道,一定要努力。莫言的《蛙》也是他给我的。我把这些当作我人生最大的鼓励。谢谢老张斌。在北京理工大学见陈洁时,印象很好,聪明有才华,人品很好。真正是个湖南才女。我还应该感谢的是何弘、墨白、海燕、静宜多次约我参加他们的活动。在开封中森和景和是我敬重的人,他们对文学工作有宗教般热情与认真。还有一些朋友晓林、玉亮、崇喜也给我诸多关照。陈瑶的书店对我是敞开的,常借书引用资料。百花文艺出版社的校对很认真细致,替我纠正了不少错,谢谢那些漂亮的女校对员们,她们校对了我五六部书。开愚和茂国也常询问我写作状态一并谢谢。

我对上述朋友感恩,祝愿。

这本书是中国作家协会扶持的重点作品项目。同时还被批准为河南省教育厅人文社会科学研究项目：项目批准号 2011-JD-026。

于是我的研究成果应该归属于河南省高等学校社会科学重点研究基地文艺学研究中心。

刘　恪

于河南大学文学院